御製

佛光恩照 三千大千 隨緣徧滿

恒沙法界 普度衆生 悉證菩提

身心安泰 年時豐稔 風雨調順

日月升恒 乾坤清寧 百昌蕃熾

上下樂利 中外協和 庶物咸亨

萬善圓成 情與無情 同登正覺

大清雍正十三年四月初八日

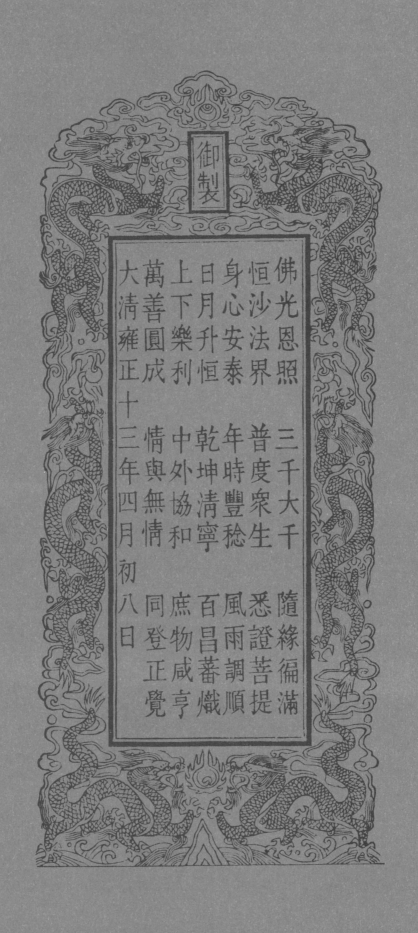

第三七册　大乘經　五大部（六）

大乘大悲分陀利經

失譯師名附秦錄

清刻龍藏佛說法變相圖

大乘大悲分陀利經卷第一

失譯師名附秦録

轉法輪品第一

如是我聞一時佛住王舍城耆闍崛山中與大比丘衆六萬二千人俱皆是阿羅漢諸漏已盡盡諸有結皆得自在心善解脫慧善解脫如調象王所作已辦脫於重擔逮得已利往來已盡正智已解心得自在到於彼岸唯除一人長老阿難菩薩摩訶薩衆八十四百千人俱彌勒爲首皆陀羅尼忍辱三昧樂居空靜皆不退轉娑訶世界主梵天王與無量百千梵天俱他化天子與八十百千他化天子俱化自在天子與七十百千化自在天子俱刪兜率天子與六十百千刪兜率天子俱須夜摩天子與七十二百千須夜摩天子俱

釋提桓因與八十百千三十三天俱毗沙門天王與其眷屬百千夜叉俱毗留勒伽與其眷屬十千鳩槃荼俱毗留波叉與其眷屬千龍王俱提陀羅吒各與其眷屬千乾闥婆俱爾時世尊與如是等上首皆求大乘行六波羅蜜圍繞四顛倒法明慧光照因四諦說法令諸菩薩摩訶薩得種種三昧以是三昧過聲聞辟支佛地以是三昧令得堅固阿耨多羅三藐三菩提爾時彌勒菩薩摩訶薩無礙見菩薩水天菩薩師子意菩薩照明菩薩摩訶薩如是等十千菩薩俱從座起整衣服面東南向右膝著地叉手合掌喜踊意視作如是言南無南無蓮華上多陀阿伽度阿羅訶三藐三佛陀成佛未久現大神通勸發無數億那由他百千衆生善根成就得不退轉阿耨多羅三藐三菩提爾時寶照明菩薩即從座起整衣服右膝著地叉手合掌白佛言世尊以何因緣彌勒菩薩無礙見菩薩水天菩薩師子意菩薩照明菩薩摩訶薩如是等十千菩薩俱捨世尊所說法從座起整衣服面東南向右膝著地叉手合掌喜踊意視作如是言南無南無蓮華上多陀阿伽度阿羅訶三藐三佛陀甚爲希有成佛未久現大神通瑞應勸發無數億那由他百千衆生善根成就蓮華上如來應供正遍知去此遠近成阿耨多羅三藐三菩提來幾時蓮華上如來世界何名彼土嚴飾云何莊嚴以何故蓮華上如來應供正遍知現大神通以何因緣有菩薩見於十方無數他方世界現在諸佛世尊又見彼諸佛所現神通我等不見爾時世尊

告寶照明菩薩言善哉善哉善男子機辯甚善所問賢快汝善男子乃問如來如是之義爲無量億那由他百千衆生善根成就故乃問蓮華上如來所現神通佛土莊嚴汝善男子諦聽諦聽善思念之當爲汝說唯然世尊寶照明菩薩聽佛所說爾時世尊告寶照明菩薩言善男子東南方去此佛土過億百千佛刹有世界名蓮華諸妙莊嚴散衆名華種種妙香充滿世界寶樹莊嚴多諸寶山地紺琉璃菩薩遍滿法音不絕彼瑠璃地柔輭妙好猶若天衣若以足蹈則下四寸舉足還復多諸蓮華七寶行樹高七由旬其寶樹上垂諸天衣天作音樂柔輭妙好樹上衆鳥演出根力覺道法化之聲諸寶樹葉互相振觸所出音聲勝天五樂一一寶樹所出妙香遍千由旬諸寶樹上垂天瓔珞一一樹間有七寶臺高五百由旬廣百由旬其臺四邊有諸窓牖繞臺周帀自然池水長八十由旬廣五十由旬池水四邊七寶梯陛芙蓉青蓮華遍覆水上一一蓮華廣一由旬衆華臺上生諸菩薩摩訶薩於初夜時華臺上生結跏趺坐受解脫樂歡喜竟夜天欲明時四方微風柔輭香好吹華開敷彼諸菩薩從三昧起捨解脫樂從華臺下昇諸寶臺於七寶座結跏趺坐而聽受法諸樹寶臺周帀四面紫磨寶山高二十由旬廣三由旬其諸山上有無數百千日明月明玉紺大紺明月寶珠處處皆現蓮華上佛光照山珠佛光珠明普照蓮華世界妙光常遍晝夜無異無日月光不覺有夜蓮華合時衆鳥聲止以是知夜彼諸山上有紺

瑠璃寶臺高六十由旬廣二十由旬寶臺周帀七寶窻牖其寶臺中有七寶座一生補處菩薩坐上聽法善男子蓮華世界菩提之樹名因陀羅高三千由旬枝葉分布五千由旬波菩提樹下有蓮華高五百由旬瑠璃爲莖黄金爲葉有億百千長五百由旬七寶爲臺碼碯爲鬚高十由旬廣七由旬蓮華上如來應供正遍知於彼華上昨夜成阿耨多羅三藐三菩提於其道場周帀華座皆有菩薩而坐其上觀蓮華上如來現大神通是時寶照明菩薩白佛言世尊蓮華上如來云何現大神通爾時佛告寶照明菩薩言蓮華上如來於昨後夜成阿耨多羅三藐三菩提即夜向明現是神通變化身至梵天頂上肉髻放六十億那由他百千光明照於上方過一佛世界微塵數諸佛國土是時上方諸菩薩觀見下方大鐵圍山小鐵圍山黒山無能障礙諸世界中大菩薩得受記者有得三昧有得總持有得忍辱有得過地有得一生補處菩薩摩訶薩皆見光明叉手合掌觀蓮華上如來身見三十二大人之相八十種好以自莊嚴并見菩薩摩訶薩衆蓮華世界佛土莊嚴見已歡喜皆發善心過一佛土微塵數世界菩薩摩訶薩各各捨已國土以神足力至蓮華世界供養恭敬親近蓮華上如來應供正遍知善男子蓮華上如來見大衆集現廣長舌相遍覆大衆及四天下行住坐立於此座上菩薩皆從三昧起一切大衆供養蓮華上如來善男子蓮華上如來還攝舌相神通復放一一身諸毛孔各六十億那由他百千光明

遍照十方各一佛世界微塵數國土於諸刹中菩薩摩訶薩有受記者得三昧者略說彼諸菩薩摩訶薩各各捨已佛刹以神足力到蓮華世界供養恭敬親近蓮華上如來善男子爾時蓮華上如來還攝神通爲一切菩薩大衆轉不退轉正法之輪多所饒益多所安隱愍念世間爲饒益安樂諸天世人成就大乘故

入陀羅尼門品第二

爾時寶照明菩薩白佛言世尊蓮華世界云何分別晝夜聞何等聲彼諸衆生身相云何住佛告寶照明菩薩言善男子彼蓮華世界蓮華合衆鳥聲止佛及菩薩遊戲三昧受解脫喜樂以是爲夜風吹華敷衆鳥和鳴雨衆名華四方輭風極妙香觸佛諸菩薩從三昧起蓮華上佛爲諸菩薩摩訶薩說過聲聞辟支佛菩薩法藏以是爲晝善男子其中菩薩摩訶薩常聞佛聲法聲僧聲滅聲無爲聲波羅蜜聲力聲無畏聲通聲無行聲無生聲無滅聲寂聲靜聲憺怕聲大慈聲大悲聲無生聲法聲得受職聲純菩薩聲彼諸菩薩聞如是等聲未嘗斷絶復次善男子蓮華世界菩薩摩訶薩已生當生皆具三十二相光一由旬乃至成佛不墮惡趣彼一切菩薩慈心潤心不濁心調心靜心忍心定心清心無礙心淨心無塵心善心法喜心除一切衆生結心如地心不樂世間語心樂過世間語心求一切善法心滅心除老病死心眞實心燒一切結心滅一切受心不輕一切法心意力强作力强因緣力强願力强業行力强斷力强善

根力强誓力强聞力强戒力强施力强忍力强進力强定力强慧力强止力强觀力强通力强念力强菩提力强破一切魔力强降伏一切外論同法力强破一切結力强彼蓮華世界諸菩薩摩訶薩已生當生已曾親近無量百千諸佛植諸善根又蓮華世界已生當生菩薩禪悦爲食法食香食猶若梵天無有揣食其中無有一切不善之名無諸女人亦無其聲無有一切苦聲及愛憎聲乃至亦無結使之聲無有爲聲亦無闇冥無諸臭穢身心無疲無有地獄餓鬼畜生之聲亦無假名無諸刺棘坑坎瓦礫亦無燈火日月星宿亦無大海須彌山鐵圍山大鐵圍山障山黑山及諸土山無雲雨聲無惡風聲無有一切諸惡趣聲無諸難聲彼蓮華世界佛光菩薩光

摩尼珠光寶光妙光普照於彼有鳥名娑訶羅各各自出根力覺道輭澤之聲爾時寶照明菩薩白佛言世尊彼蓮華世界大小云何蓮華上如來昨夜成阿耨多羅三藐三菩提幾時住世說法教化般涅槃後正法住世幾時彼蓮華世界菩薩已生當生幾時住世彼諸菩薩爲何見佛及與聞法供養僧耶爲不久乎蓮華世界先有何名先佛去世爲經幾時蓮華上如來次後成阿耨多羅三藐三菩提以何因緣有見十方餘世界中諸佛世尊所現神通變化有不見者佛言善男子須彌山王高六十八千由旬廣八十四千由旬假使有人勇健力以三昧力碎須彌山令如芥子無能數者唯除如來一切種智以一芥子爲一四天下盡此芥子爲蓮華世界如是世

界菩薩滿中譬如安樂國土菩薩充遍善男子蓮華上如來應供正遍知壽三十小劫住世說法教化衆生善男子蓮華上如來般涅槃後正法住世十小劫於蓮華世界菩薩摩訶薩巳生當生皆壽四十小劫善男子蓮華世界先名栴檀國土莊嚴衆生清淨皆不如今善男子彼時栴檀世界有佛名月上如來應供正遍知明行足善逝乃至佛世尊彼佛亦三十小劫住世說法欲般涅槃時有菩薩以本願故至他方佛國餘者各作是念於今中夜月上如來當入涅槃世尊般涅槃後我等於十小劫當持正法誰當正法滅後次成阿耨多羅三藐三菩提時有菩薩摩訶薩名虛空印以本願故月上如來即授其阿耨多羅三藐三菩提記諸善男子吾般涅槃後正法住世十小劫中初夜正法滅盡即於後夜是菩薩成阿耨多羅三藐三菩提名蓮華上如來應供正遍知明行足善逝乃至佛世尊是時彼諸菩薩摩訶薩詣月上如來所彼一切菩薩以誓願力種種菩薩神通至心供養月上如來繞佛三帀前白佛言世尊我等欲於十小劫中入滅心無諍三昧善男子爾時月上如來告虛空印菩薩摩訶薩作如是言汝善男子受是入一切悲陀羅尼門一切過去如來應供正遍知皆爲受職法王子菩薩摩訶薩說於今現在十方一切世界諸佛世尊現在住世說法教化彼諸佛世尊亦爲受職法王子菩薩摩訶薩說於當來諸佛世尊亦爲受職法王子菩薩摩訶薩說是入一切悲陀羅尼門即說呪曰

闍梨尼　摩訶闍梨尼　域翅厲　復翅厲
三鉢陀　摩訶三鉢陀　提焱頞帝　遮
致吒翅　咃厲(羅嫁切)　咃翅　阿肆摩迦肆吚
(阿尼切)梨彌梨帝利　樓樓翅摩訶樓樓翅
闍裔突樓闍裔　闍耶摩帝　䩥(詩旃切)帝賖
斫(丁豆切)漏　涅伽多禰　阿牟隸牟邏波利
瞋禰　摩羅栖若比哆羅　娑禰目帝　多
波利輸地　阿毗帝裟夜　暮遮禰　婆羅
憂訶羅禰　檀哆毗滯　毗滯婆樓多咩(弥尒
切羊鳴聲)抳伽羅呵婆泥南(尧唊切)　達磨婆泥那
僧伽羅呵勒叉　達磨婆泥南
此是四念處解脫句
佛馱波羅迦賖裔　阿摩磨美(明雉切)　摩磨
阿支至　頞剃　頞咃禰致　羅禰盧迦
緻(兜雉切)目帝那陀　馱波利婆婆禰

此是四聖種解脫句
婆沙剃　婆沙禰馱隸　陀羅波帝　眄畢
帝　牧憊牧婆波羅憊　米帝隸　修摩婆
帝　羼帝枳帝　加樓柰鬱泥叉裔　畢履
帝憂蜫叹　三般禰　阿勒翅　婆羅蝨佉
祇(求臂切)佉爾阿牟隸　牟羅輸禰
此是四無畏解脫句
怛頗邏　阿伽羅頗羅　阿昵頗羅昵羅頗
三目哆　阿目哆涅目哆　阿罷(薄亞切)毗
柰毗目帝婆禰　毗羅頗羅阿延大　伊毗
雉　帝毗雉　鬱喻度　兜徵羅兜嵐阿興
(虎徵切)　三摩伊弟多婆頗帝婆多帝婆薩
婆路迦(鳩他切)　阿嗏迦隸(婁咩切)　阿迦隸頻
大阿浮娑隸嗏他昧帝　毗賖伽羅婆帝
頞頗邏迦頗羅

此是四擁護解脫句
闍嗏哆阿尼尸羅婆婆多步屏趣切　伊曇頗
隸抳耶　摩頗嵐三其陀那夜　毗浮舍波
袉蘇摩訢　阿兜磨姤　阿鳩磨姤　侈他
婆帝昧多羅他偷大切　陀舍婆邏毗波羅婆陀
伊舍絺哆須抳佉磨泥差初几切　那摩帝
阿盧句　阿泥兜瑟南薩弟磨帝波羅㲉都蔚
切波柰佛馱　佛樓婆波　羅呵隸
此是四正斷解脫句
安爾摩爾　摩禰摩摩禰　旨隸旨隸帝賖
哶除哶多鼻羶帝　目帝郁多瞇模系切　三瞇
尼三瞇三磨三瞇叉裔　惡叉裔　頞者雖尼
切羶帝賖美瑟帝　陀羅禰阿盧伽婆細
曷羅多那婆羅帝　曷羅濕彌婆帝　闍那
婆帝　禰樓婆帝彌樓婆帝　叉夜眤陀梨

賖禰　盧迦婆羅泥婆眤達梨賖眤
此是四辯解脫句
遮湊又晝切　阿婆娑眤陀　梨賖禰闍那盧迦
馱姤波羅婆娑帝　薩蓃寅泥利耶浮磨帝
迦蘭帝　娑婆娑婆婆磨薩𢡟波羅他匐叉
裔伽隸瞿迦嗏　婆陀禰盧迦兜陀利舍那
毗復
此是四神足解脫句
阿遮隸浮地陀陀馱波遮隸婆禰𪘨　栗那
悉地金加嚴切　毗坻尼稚三筆智波利迦肆利
蘇彌旃地陀陀遮遮阿遮遮隸阿波隸毗至
婆隸眤　波隸波羅遮遮隸波邏波隸　阿
那夜阿那夜阿便馬地切　細迦迦羅彌　波
羅婆毗禰　迦羅彌尼遮細　伽羅伽羅彌
那由帝

此是根力解脫句
沸師薜　蘇沸　師薜杜　摩波利阿隸
阿婆脩　垂樓腨隸支迦羅　勒差　阿蛇
摩悉姤帝　帝隸　摩磨隸般遮失尸隸
盧迦寫毗若禰那夜　嗟其利尸帝　遮鹽
帝　沙失旃地那
此是七覺意解脫句
遮迦羅婆視　隸婆帝　遮翅隸　遮迦羅
陀隸　陀遮翅隸陀隸　目隸醯隸　醯隸
陀隸　阿留皺婆地　休休隸　耶他視多
伽　頻婆隸耶他　伽眤耶他　波隣遮垤
泥　利舍夜他婆夜俟利履舍諦音　闍留
祏毗利精進音　周隸道音　戒音定音慧
音　解脫音解脫知見音　星宿音月音日
音如是等句　如來所說頌浮哆　彌羅浮

躭　三佛曇　阿浮曇　伊呵浮曇　怛多
羅浮曇　眤酣呼甘切　伽摩目隸　阿羅頗
陀羅頗　曼荼隸　曼荼禰怛多羅　嵐多
樓曼牟啖切　伽　伽羅膩　牟緻膩　三波羅
牟緻膩　伽奈波楞伽磨毜毜　尼樓婆那
賒禰那賒婆陀眤鵶鵶帝鵶鵶　摩余婆逸
雨詰切　澄紬陵切　伽磨婆隸　磨隸呵　多甯
婆歛魯謙切　婆隸頻地頻隸頻隸郁沙隸賒
羅禰陀羅甯　婆羅婆帝　婆嵐那嗏夷毗
頭頭磨　婆羅丘曼婆羅呵　磨遮梨那
因陀羅婆眤提提羅蛇眤　磨醯尸波邏羅
羅眤　婆磨𠻘咩　阿羅尼　彌伊伽俟勒
叉俟利師遮　眤遮羅頗肯　旃阿羅修隸
薩婆修嵐　阿婆嵐不那　伽泥檐般泥
多　阿夷那揵泥哆　闍婆細迦揵陀隸陀

隷　阿多羅嗏呵昵　磨伽羅　頻盧呵昵　肆曇曼帝　毗盧伽磨帝　佛馱泥　師絺帝　陀羅尼目企

此是十力解脱句

入一切種智行陀羅尼品第三

爾時世尊欲說是入一切種智行陀羅尼門句時於此三千大千世界大地六種震動極大動揺發大音聲峘峨踊没現如是光令十方過數恒河沙世界妙光普遍於時須彌鐵圍大鐵圍不障礙眼十方無數世界現平如掌十方無數世界於中止住菩薩摩訶薩有得三昧陀羅尼忍辱者乘如來力各於其土忽然不現來此娑訶世界詣耆闍崛山至世尊所頭面禮足以種種無量菩薩神通供養世尊各坐一面爲聽是入一切種智行陀羅尼門無數欲界色界無色界諸天來詣佛所爲聽是入一切種智行陀羅尼門無數龍夜叉阿脩羅鳩槃茶毗舍遮詣耆闍崛山至世尊所爲聽是入一切種智行陀羅尼門菩薩摩訶薩於此集者普見蓮華世界蓮華上如來應供正遍知與大菩薩衆圍繞倶於是世尊始說是入一切種智行陀羅尼門七十二恒河沙數菩薩摩訶薩得是陀羅尼見十方無數世界諸佛世尊并見彼諸佛世界莊嚴得未曾有以菩薩誓力神通供養供養佛已佛言善男子若菩薩摩訶薩修是入一切種智行陀羅尼門得八萬四千陀羅尼門得七萬二千三昧門得六萬法門菩薩得是陀羅尼已得大慈大悲得是陀羅尼已菩薩摩訶薩覺三十七助菩提法得一切種智是中具

攝一切佛法諸佛世尊實覺是陀羅尼爲衆生說法不疾入涅槃善男子應當知是入一切種智行陀羅尼門威德令大地震動妙光顯照普遍無量無數諸佛世界緣是妙光照無量無邊諸佛世界令無量無邊菩薩摩訶薩來會此土爲聽是入一切種智行陀羅尼門於此一切娑訶世界無量無邊欲界色界無色界天龍夜叉阿脩羅人非人爲聽是入一切種智行陀羅尼門菩薩適聞是入一切種智行陀羅尼門得不退阿耨多羅三藐三菩提若書寫者常得見佛聞法供養衆僧乃至無上般涅槃若菩薩讀誦是入一切種智行陀羅尼門一切重罪滅盡無餘轉生得登初地菩薩摩訶薩修是入一切種智行陀羅尼門是菩薩若先有五無間罪皆悉滅除轉生亦登初地若無間罪現身餘罪悉皆滅盡轉得登初地設不能修不能讀誦若不得聞法以繒綵爲鬘供養法師是人恒河沙數他方世界現在住世諸佛世尊皆讚善哉彼諸佛世尊亦授其阿耨多羅三藐三菩提記是菩薩施繒綵故不久當得法王子位一生補處成阿耨多羅三藐三菩提如是香供養不久當得無上三昧之香以華供養不久當得無上智華有持寶供養法師不久當得三十七助菩提寶善男子是入一切種智行陀羅尼門有如是饒益諸菩薩摩訶薩何以故是中純說菩薩法藏故緣是入一切種智行陀羅尼門菩薩得不可計辯得四妙法善男子爾時月上如來以是入一切種智行陀羅尼門教授虛空印菩薩即時亦復地大震動大

光顯現十方無量無邊諸佛世界妙光普遍地平如掌於中菩薩集者見彼十方無量無邊世界諸佛世尊如是十方無量佛國無數菩薩來至旃檀世界供養恭敬親近月上如來爲聽是入一切種智行陀羅尼門善男子時月上如來應供正遍知告諸菩薩摩訶薩言善男子等有菩薩摩訶薩一生補處者我聽十小劫中入是滅心三昧其餘菩薩摩訶薩從虛空印菩薩摩訶薩十小劫聽是入一切種智行陀羅尼門菩薩法藏於此十小劫中見彼十方無數諸佛國土現在住世諸佛如來彼從發清淨心善根成就彼諸菩薩以種種智若干菩薩神通供養月上如來已白佛言世尊是虛空印菩薩摩訶薩竟十小劫時轉於無上正法輪耶佛言如是如是善男子是十小劫盡時是虛空印菩薩摩訶薩當成阿耨多羅三藐三菩提所成佛夜即於是夜爲諸菩薩轉正法輪其有菩薩於十小劫中從其聞入一切種智行陀羅尼門善根成就虛空印菩薩成阿耨多羅三藐三菩提時即於是夜轉正法輪不退轉輪最上輪令無數億那由他百千菩薩住不退轉其諸菩薩於十小劫從其聞說入一切種智行陀羅尼法門者爾時皆得一生補處其諸菩薩有少聞法是時皆得登住地不退轉阿耨多羅三藐三菩提爾時皆具得是陀羅尼時月上如來應供正遍知爲諸菩薩摩訶薩現諸佛種種神通變化已爲虛空印菩薩現三昧名那羅延令受金剛身現莊嚴光三昧令未轉法輪十小劫中爲諸菩薩說是入一切種智行

陀羅尼法門諸佛世界皆見其現佛身相衆好光明現金剛輪三昧令坐菩提座未轉法輪爲諸菩薩説種種法現輪鬘三昧令轉法輪時無數億那由他百千衆生得不退轉地虚空印菩薩既知轉法輪與無數菩薩衆供養世尊已各還上寶臺即於是夜彼月上如來應供正遍知入無餘涅槃彼諸菩薩所應供養世尊舍利供養已竟各各還昇寶臺其餘菩薩各還本土於中一生補處菩薩入滅心三昧十小劫中寂然而住時虚空印菩薩尋即爲諸菩薩摩訶薩十小劫中具説諸法令衆菩薩種諸善根彼於昨夜得成阿耨多羅三藐三菩提即於是夜便轉法輪現大神通令無數億那由他百千衆生住不退轉阿耨多羅三藐三菩提是時復説入一切種智

行陀羅尼門八十那由他百千菩薩得無生法忍九十二億衆生得不退轉阿耨多羅三藐三菩提七十二那由他百千菩薩得是入一切種智行陀羅尼門無數諸天世人發阿耨多羅三藐三菩提心爾時解怨菩薩白佛言世尊菩薩具足何法得是陀羅尼佛言菩薩具足四法得是陀羅尼何謂爲四菩薩住四聖種隨所得衣以爲喜足隨所得食以爲喜足隨得房舍卧具以爲喜足隨所得藥以爲喜足菩薩具是四法得修是陀羅尼菩薩摩訶薩復具五法得修入一切種智行陀羅尼門何謂爲五自持戒波羅提木叉以自防制威儀具足乃至小罪生大怖畏應如是學不持戒者勸令持戒使住其中無正見者勸令正見使住其中無威儀者勸正威儀使住

其中邪意衆生正意勸之令住其中學聲聞辟支佛者以阿耨多羅三藐三菩提勸之令住其中菩薩摩訶薩具是五法得入一切種智行陀羅尼門菩薩復具足六法得是陀羅尼何謂爲六已積多聞見少聞者勸使多聞令住其中自不慳嫉慳嫉衆生勸使布施令住其中不惱衆生施以無畏救恐畏者令得解脫不誑謟僞常樂空靜菩薩具是六法得入一切種智行陀羅尼門菩薩具如是法略備一切於七年中住空閑處是呪章句晝夜六時叉手專意而讀誦之起時普修念十方現在諸佛彼菩薩摩訶薩竟七年已得是入一切種智行陀羅尼已得如是陀羅尼已得如是聖明慧眼見於十方恒河沙數世界中現在住世諸佛現大光明見彼諸佛神通已得八萬四千陀羅尼門得七萬二千三昧門得六萬法門菩薩摩訶薩得是入一切種智行陀羅尼門得陀羅尼已得大慈大悲若得是陀羅尼菩薩摩訶薩設有五無間罪捨是身已即時除滅轉至三身無復餘習得登十地設菩薩無無間罪其餘諸罪皆悉除盡轉身得登十地不久得三十七助菩提法成一切種智善男子是入一切種智行陀羅尼門如是大饒益菩薩摩訶薩堅衆菩薩摩訶薩見佛世尊所現神通得如是聖法喜如是神通備足以是供養恒河沙世界諸佛世尊已於諸佛所聞種種法得三昧忍辱陀羅尼已還來此土善男子是入一切種智行陀羅尼門如是饒益菩薩摩訶薩除諸業障善根增長復有菩薩作如是言世尊我等於過去一

恒河沙數現在住世諸佛世尊所聞得是陀羅尼復有菩薩作如是言二恒河沙數聞復有三復有四復有五復有六復有七復有八復有九作如是言世尊我等於過去九恒河沙數現在住世諸佛世尊所聞得是入一切種智行陀羅尼門彌勒菩薩摩訶薩作如是言過去十恒河沙數劫有劫名删提蘭是佛國土名一切瓔珞嚴飾爾時有佛名娑隣陀羅羅闍明行足善逝世間解無上士調御丈夫天人師佛世尊無數億那由他百千比丘僧圍遶如是無數菩薩圍遶説法是入一切種智行陀羅尼門我從彼聞是陀羅尼修行滿足如是無數劫復過無數阿僧祇過去諸佛世尊現在住世無數阿僧祇菩薩神通供養彼諸佛世尊已一一佛所種無量阿僧祇無稱無邊諸善根福德以是善根多千諸佛授我記我待時本願故久住世間不先成阿耨多羅三藐三菩提今日世尊授我法王子位解脱鬘結阿耨多羅三藐三菩提爾時世尊告彌勒菩薩如是如是彌勒阿逸多如汝所言於娑隣陀羅羅闍如來應供正遍知所聞得是入一切種智行陀羅尼門汝彌勒欲成阿耨多羅三藐三菩提者於十大劫中便可滿足如來意汝彌勒如是速疾以無上般涅槃入無餘涅槃汝彌勒乃能樂久住世以本願待時故彌勒汝今於我所受法王子職爾時世尊普觀大衆菩薩摩訶薩比丘比丘尼優婆塞優婆夷天龍阿脩羅夜叉羅刹乾闥婆人非人等觀已即於是時説是呪句曰

怛哆羅浮彌　檀哆浮彌　曇摩陀浮彌

伽帝浮彌悉彌　離帝浮彌　波羅若浮彌
鞞舍伽羅滯(除若切)浮彌　波羅帝三毗大浮
彌　阿惱釵波浮彌　拮略波羅舀(以沼切)廢
浮彌　三摩哆波利差慕俾叉浮彌　闍帝
叉那浮彌　三牟闍　毗牟闍　波羅牟闍
毗舍伽羅達舍婆帝　毗舍吒帝羅那　伽
伽羅伽羅娑毋賒婆哆毗摩帝愈波醯羅煙
羅伽冒(弥闍切)闍賴吒目羅婆尸僧伽羅磨
伊帝朱羅婆帝彌企文陀羅陀呵羅婆帝波
羅若浮哆呵大　迦邏彌哆　沙度沙槃哆
伊羅夜　尸羅夜尼羅夜　阿睺娑吒　阿
聞陀羅冒　阿梨他娑帝　求留婆帝　帝
醯那提汎(孖喽切)　阿迦那婆帝　婆迦那帝
沙彌帝　毗沙婆煙嗏吒　婆邏頗吒
羅怛哆邏　鳩留師磨㘸留師磨　邏留師

磨邏留他他　留緹薩婆多薩婆多薩婆多
柘　阿尼樓馱　地呵他多醯頗邏　婆睺
頗邏　薩哆頗邏　失吒婆帝
世尊為諸天說是十二因緣解脫句六十那
由他諸天得見聖諦
怛頗嵐　鵞伽邏頗嵐　羅羅頗阿邏頗尼
羅呼邏　婆婆哆驃伊曇嵐扼蛇廢頗嵐那
毋馱炎毗浮伽　波羅若遮迦阿耨毗利
帝遮迦　闍昵遮迦羅
以是解脫句十億那由他天發阿耨多羅三
藐三菩提心即得不退轉
波施蘇摩妬　阿奴磨妬　阿鳩磨妬　尸
馱婆句摩多邏他　他阿舍羅　毗波羅波
他伊舍絺哆　修尼磨　聖差那磨帝　阿
盧駒頞雉覺師那

以是解脱句六萬四千龍發阿耨多羅三藐三菩提心即得不退轉

修婆叉修婆娑 婆羅摩陀 那阿羅住 婆伽邏住 伽婆羅住 伽羅耀叉 悉大磨帝 娑曼哆初（又句切） 惡叉婆隸 佉吒迦盧 摩訶婆隸 嗚闍陀盧陀羅那 佉伽勒叉鳩陀 叉毗留歎 毗留歎目佉 賖帝呵悉多 賖帝婆隸 阿修路 毗那修路 波羅磨地

以是解脱句十二億夜叉發阿耨多羅三藐三菩提心皆不退轉

頞利剃 毘梨隸昵緻剃 珊緻剃 伽緻寗 那迦眯 阿羅儰 阿馱眯 磨帝眯珊昵呵 首隸 阿羅尼夜阿 鞞尸哆薩因陀邏薩提婆薩那伽薩夜阿 修邏提婆那伽昵留帝波利婆邏 昵留帝羅毗悉昵留 帝波羅若波利 婆邏 磨伽帝直力 帝羅毗弗婆只儰視禰儰薩遮利多槃哆 阿毗他那槃哆首羅槃哆 指利那毗利蛇槃姤 毗馱槃帝 毗三婆祇末伽叉陀羅 達舍波利羯磨昵叉波羅鶪十烏呵羅奴 提邏婆昕 修羅文陀羅 那伽文陀羅 夜叉文陀羅 枯邏叉肆文陀羅儰題彌多辟多多辟鬱卒禰那彌 婆邏佉滯那那帝陀羅尼夜阿畢賖哆 提舍輸陀禰婆柘（紂若切） 輸地捨破輸陀禰 婆指波利羯磨波羅若 浮地悉勿帝磨帝伽帝直力帝伽那那波羅帝薩羅那 浮闍地耶遮吉利首若哆遮吉利婆耶

以是解脱句五萬六千阿脩羅發阿耨多羅

三藐三菩提心不退轉於阿耨多羅三藐三菩提心爾時世尊告無畏地菩薩甚難善男子諸佛如來出現於世戒定慧解脫解脫知見修習呪句是亦爲難以饒益衆生成就菩薩功德故也善男子如來本行菩薩行時布施調善忍辱精進禪定智慧滿足親近億那由他百千多佛或行布施或持戒或行梵行或修習或精進忍辱修成就定親近學慧多種種若干善業滿足以是我今得無上智善男子如來本行菩薩道時於億百千那由他多劫口無四過不妄言不綺語不麤辭不兩舌緣是得成廣長舌相善男子如來所説終無虛妄爾時世尊即於座上欲現神通入于三昧名集一切福德出廣長舌相以自覆面於其舌相放十億光是諸妙光普照三千大

千世界地獄餓鬼畜生人天無不周遍地獄衆生遭焚燒者以斯光故有涼風起暫得受樂於地獄中一一人前化如來身皆三十二大人之相八十種好以自莊嚴彼地獄人以見佛故快樂充足心生此念蒙斯大士我等今得歡喜快樂於如來所心愛生喜恭敬如來告彼呰汝衆生作如是説南無佛南無法南無僧能令汝得長夜安隱聞佛語已彼地獄人叉手合掌作如是言南無佛南無法南無僧彼地獄衆生緣是善根即捨地獄或生天上或生人中若有寒水地獄衆生熱風來吹乃至得生人中如是餓鬼飢渴身然光明照已飢渴火滅得受快樂一一餓鬼化佛現前有三十二大人之相八十種好以莊嚴身彼見佛已喜樂充足於世尊所心生喜愛恭

敬佛隨其語而教化之緣是善根於中捨身有生天上有生人中如是化畜生乃至人天是時無數諸天世人詣如來所各坐一面而聽受法即於爾時無數諸天世人發阿耨多羅三藐三菩提心於中無數菩薩得三昧忍辱陀羅尼

大乘大悲分陀利經卷第一

音釋

棖除庚切撞也 陛部禮切升堂之階也 揣徒官切摶聚也 棘訖力切小棗叢生者 坑坎坑丘庚切塹也坎苦感切阱也 礫郎擊切小石也 焱弋贍切 頞烏割切 睸巨九切 憊蒲拜切 羼初限切 枳諸氏切 螕叹螕房脂切叹音以 蠡佉蠡落戈切佉丘伽切 崙盧昆切 兠嵐兠鄒侯切嵐盧含切 荼音茶 袉徒何切 眤尼質切 稉房連切 匐蒲北切 [illegible]胡郎切 抵諸氏切 簸布箇切 垤徒結切 鵄赤脂切 嗽色角切 岠峨岠滂禾切峨五何切岠峨傾側搖動也 繒疾陵切帛也 慳苦閑切悋也 刪所間切 慉許竹切 拮居鐵切 哹邏哹匹尤切邏郎賀切 齅許救切

大乘大悲分陀利經卷第二

失譯師名附秦錄

勸施品第四

爾時寂意菩薩摩訶薩承佛威神白佛言世尊以何因緣其餘諸佛國土清淨無諸穢惡亦無五濁種種奇妙莊嚴佛土彼諸菩薩摩訶薩種種威德而皆悉備種種歡樂而皆滿足亦無聲聞辟支佛名何況其餘世尊以何因緣於此穢惡命濁劫濁衆生濁見濁煩惱濁世界成阿耨多羅三藐三菩提而有四衆說三乘法世尊何故不取清淨佛土無五濁者佛言善男子以本願故菩薩取淨佛土亦以本願故取不淨土善男子有菩薩摩訶薩大悲具足取不淨佛土所以者何以本願故令我於此惡世成佛汝一心善聽當爲汝說時寂意菩薩聽佛所說佛言善男子乃往古昔過一恒河沙數阿僧祇劫於此佛剎爾時有大劫名持是大劫中在此佛剎是四天下爾時轉輪王名曰離諍王四天下離諍王時有國大師婆羅門名曰海濟生一子有三十二相八十種好百福莊嚴皆悉具足身有圓光如若瞿盧樹紫磨金色當生之時百千諸天來供養已即爲立字名曰海藏彼於餘時出家學道剃除鬚髮而被法服得成阿耨多羅三藐三菩提號曰寶藏彼佛轉法輪時令多億那由他百千衆生有得天道及解脫果彼於餘時與多億那由他百千聲聞衆圍遶侍從村城聚落王舍遊行漸漸至安訓羅城離諍轉輪王所治之處去城不遠有閻婆羅園寶藏如來應供正遍知與多億那由他百

千聲聞衆俱於中止住時離諍王聞寶藏如來應供正遍知與無數億那由他百千聲聞衆俱入其街里往閻婆羅園王即生念今我應至如來所應供養恭敬尊重讚歎時離諍王以大神德無量王威咸與無數億百千臣民前後圍遶導從出城詣閻婆羅園以其所乘盡所乘地下乘步進向寶藏如來所至已頭面禮足遶佛三帀却坐一面善男子爾時寶藏如來應供正遍知見離諍王正法喜悅要語勸化離諍王令踊躍歡喜以無數言辭正法喜悅要語勸化令踊躍已默然而住時離諍王叉手合掌白寶藏如來應供正遍知言惟願世尊與比丘僧受我三月請供養衣服飲食牀榻卧具病瘦醫藥隨其所須善男子寶藏如來默然受請彼離諍王知佛受請

禮畢遶佛三帀而去時離諍王還告諸小王群臣人民作如是言汝等當知我請寶藏如來應供正遍知及比丘僧三月供養一切所須我有財寶供養之具所可愛重盡迴施佛及比丘僧汝等所有已物供養之具盡迴施佛及比丘僧彼諸人等皆亦迴施時主藏寶臣盡以金爲閻婆羅園地尋時以竟即爲世尊造七寶臺周帀四邊七寶爲户遍於園中置七寶樹彼諸樹上種種衣服而以莊嚴種種旛蓋種種眞珠瓔珞種種房舍種種嚴飾種種寶器種種雜香種種七寶華果以莊嚴樹園中一切衆寶莊嚴散種種華種種繒綵種種茵蓐種種氍毹毾㲪種種衣服以用敷座又置寶輪在於臺外當世尊前去地一仞虛空中住光燄甚明純白象寶七支平滿住

世尊後擎持寶樹覆世尊上彼樹莊嚴以七寶瓔珞種種莊嚴以七寶瓔珞種種嚴具種種鬘飾種種繒綵種種妙衣種種房舍樹上有蓋七寶莊嚴離諍王第一正后在佛前住以海此岸牛頭栴檀末香以散佛上離諍王親自執持摩尼寶珠光耀極明置如來前彼輪光珠光照於園中其明充滿其佛光明亦照三千大千世界妙光普遍一一聲聞以牛頭栴檀爲座亦以爲几而承其足諸聲聞後皆有白象擎持寶樹嚴飾麗妙如前所說以覆其上諸聲聞前皆有婇女衆寶瓔珞以爲嚴飾皆以海此岸牛頭栴檀末香用散佛上其一一聲聞前置瑠璃珠種種音樂周遍園中聖導寶臣將四種兵列住園外周帀侍衛善男子爾時離諍王於晨朝時出城詣佛乘其所乘盡所乘地下乘步進向世尊所至已頭面禮寶藏如來足及禮衆僧遶三帀已王親以水灌如來手躬自斟酌百味飲食種種餚饍皆悉備足王知食訖收鉢手執寶拂敬拂如來其王千子及八萬四千諸小國王如是供養聲聞僧已皆各執拂而拂大衆飯訖少時無數億那由他百千衆生皆來入園爲聽法故無數億那由他百千諸天於虛空中雨衆天華作諸妓樂種種天繒旛蓋柔輭衣服及諸瓔珞懸虛空中四萬青夜叉於栴檀林中常取海此岸牛頭栴檀爲薪爲佛比丘僧供設飯食時離諍王即是夜於佛大衆前然多億那由他百千燈明善男子時離諍王夜分於世尊前頂上兩肩手膝兩足竟夜擎燈佛威神故形無疲懈其身受樂譬如比丘

入第三禪身不傾倚心無勞倦如是供養終竟三月如是千子八萬四千諸小國王并餘多億那由他百千衆生以王供養一一聲聞終於三月如離諍王供養寶藏如來等無有異時王正后於三月中華香供養餘多億那由他百千婇女於三月中以華香供養諸聲聞衆亦復如是善男子爾時離諍王竟三月已以八萬四千紫磨寶臺迴施世尊八萬四千金輪輪寶爲首亦用施佛八萬四千白象象寶爲首八萬四千馬馬寶爲首八萬四千日明珠珠寶爲首盡以施佛八萬四千諸小國王主藏寶爲首迴施世尊供給所須八萬四千小王聖導寶爲首迴施世尊給侍左右八萬四千城安訓羅城爲首施佛及僧隨意所用八萬四千七寶行樹八萬四千衆寶華聚八萬四千七寶蓋八萬四千上妙衣服八萬四千雜寶鬘飾略說車乘牀座及承足几卧具屣器頭服冠幘瓔珞金瓔眞珠瓔珞妓樂鐘鈴螺鼓幢麾及拂燈爐澡罐園林鳥獸皆是衆寶并及妙味各八萬四千盡迴施寶藏如來應供正遍知已而白佛言我國事殷并懺悔世尊唯願如來樂住此園比更奉覲彼離諍王千子於佛前住一一王子請佛及僧三月供養一切所須世尊默然受王子請爾時離諍王知佛受諸子請已頭面禮足及比丘僧右遶三帀辭退還宮彼時諸王子中第一王子名曰不眴於三月中供養世尊及比丘僧如離諍王王子間日一來奉覲世尊及比丘僧聽微妙法善男子時國大師婆羅門是寶藏如來父名曰海濟遍閻浮提男女

大小而從乞求未便即受先令施主受三歸依住阿耨多羅三藐三菩提然後受施閻浮提內一切老少有智海濟婆羅門無不受其施勸以三歸令住阿耨多羅三藐三菩提者如是勸多億那由他百千衆生令修三福地住阿耨多羅三藐三菩提不眴王子於三月中如是供養世尊及比丘僧如離諍王子竟三月已唯除城郭自然輪自然象自然馬自然摩尼寶玉女寶主藏寶聖導寶除是已以八萬四千金輪八萬四千象八萬四千馬盡迴施佛略說日明珠姝女童子如意之樹華聚衣蓋瓔珞車乘牀座及承足几卧具筵器頭服冠幘真珠瓔珞妓樂鐘鈴螺鼓幢麾及拂燈爐澡罐園林鳥獸皆是衆寶并及妙味各八萬四千盡迴施已懺悔世尊及比丘僧

尼模王子亦以如是供養之具於三月中供養世尊并比丘僧如不眴供養已如是寶物施與達嚫亦如不眴帝衆王子於三月中供養世尊并比丘僧達嚫亦然今當略說彼衆王子無畏王子虛空王子支象王子民陀羅王子寥蘇王子摩陀步王子土衆王子知義王子童子王子解愚王子解人王子阿邏步王子遣使王子安佉慕王子義語王子阿隣度路王子將願王子將象王子月將王子日將王子主將王子金剛將王子忍將王子處將王子疾將王子賀邏尼慕王子噎障王子障力王子障雜王子樂雜王子主財王子欲問王子賀邏陀附王子擁護王子王稱王子盥摩野婆羅步王子野闍路王子野度披樹王子野頗奴王子野象奴王子豊月王子不

退王子乃至離諍王千子一一亦皆如是以一切所須供養寶藏如來應供正遍知及無量比丘僧衣被飲食卧具隨病醫藥并餘所須各於三月如王太子不眴一一以八萬四千金輪乃至八萬四千味皆迴施佛及比丘僧以是大施有求天帝有求梵王有求魔王有求轉輪聖王有求大富有求聲聞乃無一人求辟支佛乘況求大乘爾時離諍王以此大施還求轉輪聖王如是滿二百五十歲皆亦各各懺悔世尊并比丘僧爾時國大師海濟婆羅門詣寶藏如來比丘僧所請供七年以一切所須衣被飲食卧具隨病醫藥并餘所須爾時世尊默然受父國大師請是時海濟婆羅門以一切所須供養寶藏如來如王離諍亦無有異善男子海濟婆羅門於餘時心生念我已勸多億那由他百千衆生令發阿耨多羅三藐三菩提心不知是離諍王所可志願爲求天王爲求人王爲求聲聞乘爲求辟支佛乘爲求阿耨多羅三藐三菩提設我當得成阿耨多羅三藐三菩提未度衆生令皆得度未解衆生令皆得解諸老病死憂悲苦惱衆生令得解脫未涅槃者令得涅槃若龍若夜叉若佛若聲聞若梵王願示我夢是王爲求天福爲求人福爲求聲聞辟支佛地爲求阿耨多羅三藐三菩提耶善男子爾時國大師海濟婆羅門即於夢中見如是光明見十方恒河沙數世界諸佛如來彼諸佛世尊皆遣蓮華與婆羅門白銀爲莖黃金爲葉碼碯爲臺瑠璃爲鬚一一華上皆有日現彼諸日生有七寶蓋一一日出六十億光彼

一切光皆入婆羅門口自見巳身高千由旬清淨如鏡自見身中六十億那由他百千菩薩皆於蓮華臺上結跏趺坐入於三昧見彼諸日遶身周帀又見諸蓋虛空中住乃至梵天彼諸蓮華遶身住者聞出柔軟之音過天五樂於中見離諍王豬頭人身以血自塗東西馳走多諸雜蟲競來食之於卑賤伊蘭樹下坐多諸雜蟲競共食之乃至白骨巳數數還復豬頭人身以血自塗多諸雜蟲競來食之於卑賤伊蘭樹下坐多諸雜蟲競來食之乃至白骨於中見諸王子有豬頭者有象頭者有水牛頭者有狼頭者有豺頭者有狗頭者有獮猴頭者以血塗身多諸雜蟲競來食之皆依卑賤伊蘭樹下坐多諸雜蟲競來食之乃至白骨其身還復蟲尋食之復見餘王子乘水牛車須曼那華以自莊嚴隨不正道而南遊行梵王帝釋并及護世來語之言咄婆羅門汝邊蓮華周帀住者於中先以一華持與國王其諸王子各與一華然後與諸小王自與汝子并及餘人時婆羅門聞彼諸天使分布巳即分諸華眠覺起坐憶所見夢於坐生念是轉輪王願樂下賤生死悕望安樂而願卑賤諸王子等亦復如是又我所見王子乘水牛車須曼那華以自莊嚴而南遊行是求聲聞乘者又我所見光明見於十方諸佛世尊緣我徧至閻浮提勸化多億那由他百千衆生以三福地使得成就令住其中以是故我夢見大光明見於十方諸佛世尊以我徧至閻浮提勸化過數衆生令住阿耨多羅三藐三菩提又我今請如來應供正遍知

及比丘僧於七年中以一切所須以是十方諸餘世界諸佛世尊今遣此華而來與我令我發阿耨多羅三藐三菩提願以是諸佛世尊爲我遣華我所見華上日有諸光明入我口中見己身極爲高廣見日周身自見身中有六十億那由他百千菩薩蓮華臺上結跏趺坐入於三昧如是諸夢我所不解又見梵釋護世勸我分布諸華尋時自見分布此華如是諸夢唯佛明焉我以何因緣見此大夢我今應至佛所問此夢意爾時海濟婆羅門即於夜時具辦餚饍明至佛所自行澡水佛及比丘從上至下行水畢巳手自斟酌種種餚饍隨意所須飯佛及僧食訖收鉢還坐說法爾時離諍王與其千子無數百千大衆俱圍遶侍從往詣佛所乘其所乘盡所乘地下

乘恭肅步進入園至如來所頭面禮足及比丘僧坐於佛前聽說妙法爾時海濟婆羅門如前所見夢前問佛巳世尊告大婆羅門汝所見大光明見於十方恒河沙數世界諸佛世尊彼爲汝遣華上見日皆放光明彼諸光明盡入汝口以汝婆羅門於二百五十歲遍行閻浮提勸過數衆生以三福地令住其中又勸過數衆生以阿耨多羅三藐三菩提亦住其中以是大施故婆羅門彼諸佛世尊皆授汝阿耨多羅三藐三菩提記於十方恒河沙數世界中現在住世說法諸佛遣華與汝以白銀爲莖黄金爲葉碼碯爲臺瑠璃爲鬚一切華上所可見日婆羅門彼所現夢是先瑞應汝婆羅門夢見十方恒河沙數世界中諸佛世尊現在住世說法彼諸佛世尊爲汝

遣七寶蓋彼諸寶蓋於空中住乃至梵天婆羅門汝所可成阿耨多羅三藐三菩提夜時即是夜名稱流布聞於十方恒河沙數世界乃至梵天無能過上見汝項者婆羅門彼所現夢見先瑞應婆羅門汝夢見已身極自高廣乃至梵天日周身住婆羅門汝所可勸化過數衆生發菩提心是汝成菩提時一佛世界微塵數十方國土彼亦成阿耨多羅三藐三菩提是汝本所勸化於菩提者彼皆稱譽汝而作是言彼如來應供正遍知初勸化我等於阿耨多羅三藐三菩提是故我今得成阿耨多羅三藐三菩提彼是我等善知識彼諸佛皆遣菩薩恭敬供養讚歎於汝彼諸菩薩摩訶薩各各捨已佛土而來皆以種種菩薩神通供養於汝而聽法已得種種若干三昧忍辱陀羅尼門彼諸菩薩摩訶薩各還本土稱譽讚歎汝之名稱婆羅門彼所現夢是先瑞應婆羅門汝自見身中多億菩薩於蓮華上結跏趺坐入於三昧者婆羅門汝成菩提時勸化多億那由他百千衆生得不退轉住阿耨多羅三藐三菩提婆羅門汝以無上般涅槃般涅槃已於後一佛世界微塵數大劫中十方國土諸佛世尊以正法王治皆讚歎稱譽汝如過無量無邊阿僧祇劫有如來應供正遍知名號如是彼如來應供正遍知勸化我等令住阿耨多羅三藐三菩提以是故我等今得成阿耨多羅三藐三菩提得正法王位婆羅門彼所現夢是先瑞應婆羅門汝夢見餘人豬頭人身象頭乃至狗頭以血塗身多諸雜蟲競來食之卑賤伊蘭樹下坐

多諸雜蟲競來食之乃至白骨其身還復豬頭人身乃至狗頭以血自塗多諸雜蟲競來食之是彼愚癡男子住三福地布施持戒修定者有求魔鬼苦樂求天上福盡命終之苦人中老病死苦怨憎會苦愛別離苦餓鬼中飢渴苦畜生中癡冥屠割苦樂在地獄中受種種苦住三福地者求天上天王求人中一天下王求二天下王求三天下王求四天下王彼愚癡男子食一切衆生一切衆生亦食彼愚癡男子如是經久沉溺生死婆羅門彼所現夢是先瑞應婆羅門汝夢見餘人以須曼那華而自莊嚴乘水牛車隨不正道而南遊行者婆羅門彼善男子亦住三福地布施持戒修定爲自度故是求聲聞乘者彼所現夢求聲聞乘人是先瑞應

勸發品第五

善男子爾時國大師海濟婆羅門語離諍王作如是言大王人身難得閑靜時難如來應供正遍知出世甚難譬如優曇鉢華時一現耳樂求善根難三願亦難大王王位衆苦之本人中一天下王位二天下王位三天下王位四天下王位皆苦之本大王此是久受生死苦器大王人天福報譬如疾風無有住時如水中月凡夫五欲無足醉於境界樂求人天福報凡夫人數受地獄苦畜生苦餓鬼苦人中愛別離苦天上退還苦數數入胎苦更相殘害苦凡夫如是展轉受苦所以者何無善知識不發正願故亦不能求未及謂及未得謂得未證謂證如是無明凡夫不知猒足不肯發菩提心所可滅衆苦於生死中不猒

不憂於中數數受苦大王思惟生死苦器是故大王汝今於佛法中已種善根作諸福德於三寶中已得信喜施與世尊大富果報奉持戒者生天果報有所聞法大智慧果報大王汝沒邪見苦已竟汝今可發阿耨多羅三藐三菩提心王曰止婆羅門我不求菩提樂住生死婆羅門我已布施持戒聽法婆羅門阿耨多羅三藐三菩提甚爲難得海濟婆羅門復作是言大王菩提道淨應至意發願淨心滿足是道清淨故意淨故是道正直以不諂故是道極淨諸結盡故是道寬博無障礙故是道等度以等心故是道無畏以不作諸惡故是道大富以檀波羅蜜故是道最尊以尸波羅蜜故是道無辱以羼提波羅蜜故是道無住以毗梨耶波羅蜜故是道閑靜以禪波羅蜜故是道善擇以般若波羅蜜故是道得實智以大慈故是道得不退轉以大悲故是道得踊躍以大喜故是道堅固以大捨故是道無坑坎刺棘無喜欲誑想故是道至安隱心無壞故是道無劫奪善解色聲香味觸故是道降魔怨敵善解陰界入故是道無魔滅諸結故是道得妙心無聲聞辟支佛念故是道興盛受諸佛力故是道至大寶應一切種智寶故是道一切露現阿僧祇智明故是道明導師所行不離善知識故是道無高下無憎愛故是道無塵穢不喜瞋濁故是道善逝無諸不善故大王彼菩提道趣安隱盡涅槃際大王可發菩提心王曰婆羅門是八萬歲世人中如來出現猶尚不能滅諸惡趣其有衆生善根熟者彼衆生皆住於果有得三

昧陀羅尼忍辱者菩薩善根純熟彼受菩提記有少種善根者彼受人天福衆生各各轉輪隨善惡行有處佛說若一切衆生不種善根苦不滅雖佛身是福田然不能度脱未種善根者我當發菩提心我行菩薩行時以大智入不可思議陀羅尼法門度衆生佛事然不以此不淨土迴向菩提心設我得如意佛土我當發菩提心乃至證阿耨多羅三藐三菩提時我爾所時行菩薩行滅佛土中一切衆生苦善男子爾時寶藏如來應供正遍知入現莊嚴三昧現如是神通寶藏如來入現莊嚴三昧已應時現如是光明於十方各千佛土微塵數世界現一切莊嚴有諸佛世尊已入涅槃有欲入涅槃有菩薩摩訶薩菩提樹下坐降魔官屬有成佛未久而轉法輪有久成佛說法有純菩薩充滿佛土有國土乃至無聲聞辟支佛名有處有聲聞辟支佛有國土空無佛菩薩亦無聲聞辟支佛有不淨佛土五濁出時有淨佛土無有五濁有尊有甲有長壽有短壽有佛土火災起有水災風災起有處已壞有處始成妙光照彼一切悉現爾時大衆普見彼諸佛土國界莊嚴爾時海濟婆羅門語王言汝今但觀佛土莊嚴大王可發阿耨多羅三藐三菩提心大王可取隨意佛土善男子爾時離諍王向寶藏如來叉手合掌而白佛言唯世尊菩薩摩訶薩以何行業取淨佛土以何不淨意衆生以何取長壽佛言大王菩薩摩訶薩以願取淨佛土無五濁亦以願取不淨王曰唯世尊我還入城一處靜坐思惟所願如我所應佛土無有

五濁淨行迴向佛言大王今正是時善男子爾時離諍王頂禮世尊足并比丘僧遶佛三帀而去還來入城至其宮殿獨坐一處三昧思惟佛土莊嚴誓願善男子爾時海濟婆羅門語太子不眴言善男子汝亦可發阿耨多羅三藐三菩提心汝所有三福地布施持戒修定所修善行一切迴向菩提彼曰我亦還家獨坐一處思惟莊嚴佛土願我若發菩提心更來如來所迴向菩提心取莊嚴佛土時彼王子頂禮佛足并比丘僧遶佛三帀還於已舍獨一處坐如是思惟莊嚴佛土願善男子爾時國大師海濟婆羅門語第二子尼模作如是言汝童子亦可發菩提心乃至王諸子勸發菩提心八萬四千諸小王并餘九十二億人觀發菩提心彼一切皆作是言我等亦各各歸家獨坐一處思惟莊嚴佛土願彼一切如是七年中各坐三昧無惱亂心思惟莊嚴佛土願善男子海濟婆羅門於餘時心生是念我勸多億那由他百千衆生於阿耨多羅三藐三菩提又我請佛及無量比丘僧七年供養一切所須設我阿耨多羅三藐三菩提意滿如願必成我當勸化天阿脩羅乾闥婆龍夜叉羅剎鳩槃茶等以大施會善男子爾時國大師海濟婆羅門思見毗沙門大王善男子爾時毗沙門大王與多百千夜叉圍遶侍從其夜詣海濟婆羅門所於其前住作如是言婆羅門何故思我耶婆羅門言汝爲是誰彼曰婆羅門汝不聞乎有夜叉主名毗沙門我身是也婆羅門欲使我作何等婆羅門曰大王汝亦應助是大施會彼曰唯然

婆羅門如汝所思大王汝以我語勸諸夜叉令發阿耨多羅三藐三菩提心又化汝等夜叉樂求福德者樂求菩提者可日日往海彼岸取海此岸牛頭栴檀香來復取種種塗香種種雜華日日給我供養世尊唯然婆羅門毗沙門大王聞婆羅門語已還本住處擊鼓集諸夜叉羅刹作如是言汝等當知是閻浮提有婆羅門名曰海濟是離諍王國之大師彼請寶藏如來應供正遍知及比丘僧俱七年供養一切所須汝等於彼善根隨喜以是善根發阿耨多羅三藐三菩提心即於爾時多億那由他百千夜叉羅刹叉手合掌作如是言如海濟婆羅門福德善業請寶藏如來應供正遍知及無量比丘僧七年供養一切所須如是彼福德業我等隨喜以是善根願我成阿耨多羅三藐三菩提毗沙門大王曰諸賢善聽汝等樂求菩提者樂求福德者日日可往海彼岸取海此岸牛頭栴檀香來給海濟婆羅門爲如來設食并比丘僧九萬二千夜叉同聲唱言我等大士於此七年當取海此岸牛頭栴檀香來以給海濟婆羅門爲如來設供并比丘僧四萬六千夜叉作如是言我等取種種香來五萬二千夜叉作如是言我取種種華來二萬夜叉作如是言我等當取種種諸味之精來著如來比丘僧衆食飲之中七萬夜叉作如是言我等大士爲世尊造作飯食并比丘僧善男子爾時海濟婆羅門思念欲見毗留勒迦大王即時毗留勒迦大王詣海濟婆羅門所乃至多億那由他百千鳩槃茶勸發阿耨多羅三藐三菩提心

如是毗留波叉提陀羅吒與多億那由他百千龍乾闥婆勸發阿耨多羅三藐三菩提心善男子爾時海濟婆羅門思念一四天下護世彼以佛威神至婆羅門所婆羅門亦以如是勸化已各還本處勸其眷屬以阿耨多羅三藐三菩提乃至一切三千大千佛土百億毗沙門與其眷屬勸化阿耨多羅三藐三菩提百億毗留勒迦百億毗留波叉百億提陀羅吒與其眷屬俱勸以阿耨多羅三藐三菩提善男子爾時海濟婆羅門心生是念若我阿耨多羅三藐三菩提意必成所願必果我當分此天耶若福與彼欲界諸天勸以阿耨多羅三藐三菩提我以是善根審得阿耨多羅三藐三菩提者天帝釋今應來現須夜摩天子删兜率陀天子化樂天子他化自在天子悉應來現善男子海濟婆羅門適發念已釋提桓因來現在前須夜摩天子删兜率陀天子化樂天子他化自在天子來現在前婆羅門問曰汝等是誰彼五天王各各自說名字已作如是言汝婆羅門欲使我等何所施作欲使我等於此大施何所供給婆羅門曰汝等天上所有最妙寶臺寶樹若劫波樹若香樹若華樹若果樹天衣天座天衆敷具天諸寶器天莊校天蓋幢旛瓔珞妓樂如是等一切盡爲佛及僧嚴飾此閻婆羅園唯然大士彼五天王從婆羅門所聞是語已各還天上告鞞宅居天子曠野天子畢天子居藍婆天子難陀天子作是言汝等大士至閻浮提閻婆羅園以如是莊校以如是嚴飾以如是瓔珞以如是座以如是敷具以爲莊嚴如天

嚴飾等無有異又爲世尊造立寶臺如衆寶嚴臺對曰唯然彼五天子於五天王所聞已至閻浮提竟夜如是一切莊嚴閻婆羅園從寶樹乃至幢旛以爲莊嚴又爲世尊造立寶臺如釋提桓因衆寶嚴臺一切莊校閻婆羅園如天莊嚴作已還至天上白諸天王大士當知如此天上莊校閻浮提閻婆羅園莊校一切瓔珞亦如是又爲世尊造立寶臺如釋提桓因衆寶嚴臺天上閻浮提閻婆羅園等無有異彼時五天王帝釋須夜摩刪兜率陀化樂他化天王來至閻浮提語海濟婆羅門言爲世尊及比丘僧莊校園已復何所爲爾時海濟婆羅門語諸天王作如是言汝等天王所主領處普集天衆以我語而告之言閻浮提有婆羅門名海濟彼請寶藏如來應供正遍知并無量比丘僧七年供養一切所須汝等於彼福業應當隨喜發阿耨多羅三藐三菩提心汝應下閻浮提奉覲世尊恭敬親近并比丘僧於世尊所聽微妙法彼五天王聞婆羅門語已各還本處時釋提桓因集三十三天以海濟婆羅門語勸化而告之言汝等大士當知閻浮提離諍王有大師婆羅門名曰海濟請寶藏如來及無量比丘僧七年供養一切所須我等爲佛僧莊校園已汝等於彼善根應當隨喜發阿耨多羅三藐三菩提心即於爾時多億那由他百千三十三天叉手合掌而說是言我等於福業隨喜以是隨喜福業盡迴向阿耨多羅三藐三菩提如是須夜摩天子集須夜天略說刪兜率陀化自在他化自在天子集他化自在天乃至多

無數億那由他百千天子叉手合掌而說是言我等於彼善根隨喜以是善根我等得阿耨多羅三藐三菩提是故汝等大士應下閻浮提奉覲世尊恭敬親近聽受妙法并比丘僧時五天王即夜一一天王與天子天女及童男女多億那由他百千圍遶俱下閻浮提頭面禮世尊足并比丘僧於世尊所聽受法晝則空中雨衆天華優鉢羅鉢曇摩俱物頭分陀利伽須摩那波利師迦阿提目多伽瞻蔔伽華曼陀羅華摩訶曼陀羅華并作天樂

復次善男子海濟婆羅門心生是念若我阿耨多羅三藐三菩提意滿所願必成我當以菩提勸阿脩羅善男子適發心已五阿脩羅王來詣海濟婆羅門所乃至多億那由他百千阿脩羅男女大小以婆羅門語勸令發阿耨多羅三藐三菩提心來至佛所而聽受法略說婆羅門如是思念魔王即時魔王名佛樓那來至婆羅門所乃至無數億那由他百千魔子魔女大小勸發阿耨多羅三藐三菩提心乃至聽法善男子爾時海濟婆羅門思念螺髻大梵螺髻大梵亦來至婆羅門所聞已還梵天上乃至多億那由他百千梵天勸發阿耨多羅三藐三菩提心從上來下至世尊所恭敬親近并比丘僧而聽受法善男子爾時海濟婆羅門思念二四天下帝釋思念須夜摩刪兜率陀化樂他化天子彼五天王亦以佛威神來至海濟婆羅門所婆羅門如是約勅彼各還去以婆羅門語勸眷屬以菩提如是多億那由他百千三十三天子天女大小勸發阿耨多羅三藐三菩提心及帝釋

來此四天下恭敬親近世尊并比丘僧而聽受法如是須夜摩刪兜率陀化樂他化自在如是他化天子勸發他化自在天以菩提多億那由他百千他化自在天子天女大小勸發阿耨多羅三藐三菩提心來此四天下恭敬親近世尊并比丘僧而聽受法如是二四天下阿脩羅魔及大梵如是三四天下如是四四天下如是五四天下帝釋須夜摩刪兜率陀化樂他化阿脩羅魔及大梵以佛威神故與眷屬俱來此四天下而聽受法乃至三千大千佛土百億帝釋百億須夜摩百億刪兜率陀百億化自在百億他化自在天子百億阿脩羅王百億魔百億大梵一一大梵勸無數億那由他百千梵天發阿耨多羅三藐三菩提心彼以世尊威神一切來此四天下恭敬親近世尊并比丘僧而聽受法爾時三千大千世界地無如毫髮空不周者善男子爾時海濟婆羅門而生是念若我阿耨多羅三藐三菩提意得滿者如百億毗沙門乃至百億大梵悉皆隨我者應現如是大神通令遍三千大千世界人及畜生餓鬼地獄一切苦受得息樂受得生一一衆生化佛在前勸發阿耨多羅三藐三菩提善男子爾時寶藏如來應供正遍知知海濟婆羅門心所念即入三昧名鉢羅婆入已一一毛孔放過數光明照此三千大千世界妙光普遍其光明至地獄者令寒地獄衆生煖風來吹有衆生舉身火然冷風來吹彼諸地獄衆生飢渴困乏苦受即滅極得樂受一一地獄衆生化佛在前具三十二大人之相八十種好莊嚴其身

彼地獄衆生受喜樂已而生是念以何因緣我等苦滅樂受得生彼見世尊三十二大人之相八十種好莊嚴其身見已作是言蒙是具足大悲之恩得受樂受倍極歡喜善心生焉瞻仰世尊世尊告曰咄汝衆生當作是言南無佛陀發阿耨多羅三藐三菩提心汝等衆生更不受苦常得受樂彼作是言南無佛陀我等發阿耨多羅三藐三菩提心以是善根願罪業永滅於中有命終者生此人間於地獄衆生火所燒者光明至已冷風來吹彼一切飢渴困乏苦痛即滅乃至於中命終來生人間畜生餓鬼及人亦如是說彼光還來遶佛三帀從頂上入過數天人夜叉羅剎龍阿脩羅得不退轉住阿耨多羅三藐三菩提於彼過數衆生得三昧忍辱陀羅尼於此閻浮提人間安詶羅城王之住處閻婆羅園諸天爲佛及僧以天莊嚴已彼生是念我等宜應往觀奉覲寶藏如來應供正遍知敬瞻聖衆於如來所聽受正法當於爾時無數億那由他百千男女長幼日日往見世尊恭敬親近并比丘僧周遍觀園彼園有二萬七寶門一一門側敷五百寶牀五百童子各坐其上來入園者彼諸童子誨以三歸依佛法聖衆勸發阿耨多羅三藐三菩提心令住其中然後乃聽入園見佛及僧恭敬親近周遍觀園善男子爾時國大師海濟婆羅門於七年中勸過數諸天發阿耨多羅三藐三菩提心令住其中過數龍阿脩羅夜叉羅剎鳩槃茶乾闥婆餓鬼毗舍遮及地獄過數人盡勸發阿耨多羅三藐三菩提令住其中過數衆生勸

發阿耨多羅三藐三菩提令住其中彼七年將欲盡時海濟婆羅門具八萬四千金輪除自然輪寶八萬四千象授以七寶除自然象寶乃至八萬四千味欲以迴向於彼七年離諍王曾無欲想瞋恚愚癡及吾我想悉皆無有又無王想無施想無妻息想無食飲想無香華衣服想無車乘想無睡眠想無樂想無彼我想於七年中未曾倚卧無晝夜想無有色聲香味觸想於七年中未曾疲懈常觀見十方各千佛土微塵數世界佛土莊嚴諸須彌山不障於眼其餘諸山鐵圍大鐵圍障山日月諸天宮殿悉無障礙如彼所見莊嚴佛土彼思惟莊嚴淨佛土願如離諍王以如是德樂住七年如是見莊嚴佛土彼坐思惟莊嚴淨佛土願王子不眴尼模因陀羅伽盧乃

至彼王千子八萬四千諸小國王并餘九十二億衆生亦復如是彼一切於七年中獨坐一處而入三昧見十方各千佛土微塵數世界彼亦於七年中不生欲想無瞋恚想乃至無疲懈處常普見十方各千佛土微塵數佛國莊嚴彼須彌山不障於眼其餘諸山鐵圍大鐵圍障山日月天諸宮殿悉無所礙如彼所見莊嚴佛土思惟莊嚴淨佛土願彼一切以如是功德快樂於七年住有思惟莊嚴淨佛土願有取不淨佛土爾時海濟婆羅門知七年竟欲以七寶迴施寶藏如來應供正遍知又手合掌白言世尊我勸離諍王於阿耨多羅三藐三菩提彼自還家獨坐一處而入三昧無敢入者無人能覺如是彼王千子我勸以阿耨多羅三藐三菩提彼亦如是各各

還家獨在一處而入三昧無敢入者無人能覺我亦如是勸八萬四千諸小國王并餘九十二億衆生以發阿耨多羅三藐三菩提於彼一切各各還家皆在一處而入三昧無能入者唯願世尊覺離諍王令三末起來至於此彼一切我所勸化菩提者皆亦使來彼獨坐三昧者一切使來取阿耨多羅三藐三菩提意不動於世尊所得受名號國土之記善男子爾時寶藏如來應供正遍知入于三昧名涅邏訶邏波帝口出青黄赤白紅紫色光於彼住三昧者一切化婆羅門在前立作是言起大士往見世尊并比丘僧恭敬親近大士海濟婆羅門般遮于瑟巳竟七年世尊復欲遊諸聚落彼聞婆羅門語巳一切皆起離諍王聞是語即從座起天於空中椎鐘擊鼓作天妓樂時離諍王躬自乘車與千子俱及八萬四千諸小國王餘九十二億衆俱圍遶出城詣世尊所至巳頭面禮足并比丘僧却坐一面離諍王與無數億衆生俱時海濟婆羅門語離諍王曰大王於此達嚫應發隨喜大王汝於三月供養世尊以一切所須及無數比丘僧種種雜寶迴施及八萬四千城迴施巳以此隨喜福業是一切可迴向阿耨多羅三藐三菩提亦如是勸王千子八萬四千諸小國王并餘多億衆生以此隨喜福業勸於阿耨多羅三藐三菩提令住其中是達嚫應隨喜應迴向而説偈言

我以是施不求釋　亦復不求梵天果
危脆不堅如疾風　况求世間人王福
此施果報極寛廣　我所願求畢令獲

心得自在妙菩提　度諸衆生無有量

大乘大悲分陁利經卷第二

音釋

詶（市流切）榻（託甲切牀狹長者）茵蓐（茵伊眞切褥也蓐如欲切薦也）氍毹（氍強魚切氍毹也毹力朱切氍毹也）毾㲪（毾吐盍切毾㲪㲪都滕切毾㲪毛席也又云毛布也）爓（羊瞻切與燄同）屣（所綺切履屬）幘（側革切巾也）麾（吁爲切旌旗也）鑵（古玩切水器也）眴（貯輸閏切）模（莫胡切）達嚫（梵語也此云財施嚫初覲切）曀（於計切）犲（士皆切狼屬）餚饍（餚胡交切凡非穀而食曰餚饍時戰切具食也）斟酌（斟諸深切酌職略切）屠（同都切）割（居曷切）踊躍（踊於隴切躍弋灼切）

大乘大悲分陀利經卷第三

失譯師名附秦錄

離諍三受記品第六

善男子爾時寶藏如來應供正遍知而作是念彼勸多億衆生以阿耨多羅三藐三菩提住不退轉地我今應授其記示現佛剎爾時世尊入于三昧名爲不忘菩提心即現微笑笑已妙光普照無量無邊佛土示離諍王并餘多億衆生佛剎莊嚴爾時十方過數佛土中菩薩摩訶薩見光明已承佛威神來此世界奉覲世尊恭敬親近并比丘僧以種種菩薩神通供養世尊頭面禮足禮足已於世尊前各一面坐爲聽授菩薩願記善男子爾時國大師海濟婆羅門語離諍王曰大王汝可先取莊嚴佛土善男子爾時離諍王向寶藏如來叉手合掌白佛言世尊我樂求菩提我於三月以一切所須供養世尊并無數比丘僧我以是善根迴向阿耨多羅三藐三菩提唯不在此穢濁佛土世尊我於此七年思惟莊嚴佛土已世尊其中無有地獄餓鬼畜生如是處我成阿耨多羅三藐三菩提願令其中有命終者不墮惡趣令其一切普皆金色人天無異願其中衆生皆自識過去億那由他百千劫宿命願其中一切衆生具是天眼見億那由他百千餘世界中現在住世說法諸佛使中一切衆生具天耳聞億那由他百千住世諸佛所說之法使其中一切衆生善具他心智如是知多億那由他百千佛土衆生心念所行令其中一切衆生善具神足如是一念頃過億那由他百千佛土令其中衆

生無我我所無所作乃至已身願其中一切衆生得不退轉阿耨多羅三藐三菩提願其中衆生悉皆化生使其中無有女人亦使其中衆生壽命無量除隨願者令其中衆生無不善之名其佛國中令無臭穢香氣遍滿過踰諸天願其中一切衆生具三十二大人之相願其中一切衆生得一生補處除隨願者使其中一切衆生以小食頃承佛威神過無數佛土親近住世無數諸佛令得成就隨其所欲菩薩神變以供養諸佛以是食頃還歸本國使其中一切衆生皆說佛藏令其一切衆生具那羅延力令無量衆生能盡知其佛土中莊嚴色像亦非天眼之所能知願其中衆生悉逮無礙阿僧祇辯願令一一菩提樹高千由旬願佛土明淨周帀過數莊嚴佛土於其中現願使衆生來生其中者乃至菩提際常具梵行令其中一切衆生爲諸天人之所禮敬乃至菩提際無有諸根不具足者令其中衆生生已得聖喜樂過於諸天願其中一切諸善根集願其中一切衆生生時自然袈裟著身而生使其中衆生生已得善分別諸三昧以是三昧至過數佛土親近諸佛世尊乃至菩提際未甞不見令其菩薩來生其中隨其所欲佛土莊嚴輒如所念佛土莊嚴寶樹中現使其中衆生生已得普至三昧以是三昧普見十方過數佛土現在諸佛乃至菩提際未甞不見令來生者得如是衣服宮殿莊嚴瓔珞形色如他化自在天令其國中無土石黒山亦無鐵圍大鐵圍須彌大海願其中無有障礙結使之聲願其中普無地獄

畜生餓鬼之聲無諸難聲無有苦聲非樂非苦聲我今欲求如是佛土世尊我爲菩薩時行如是等難行我以如是嚴淨佛土世尊是我丈夫行然後乃逮阿耨多羅三藐三菩提願我菩提樹高十千由旬我坐其下發心念頃證阿耨多羅三藐三菩提使我光明無量照億那由他百千佛土使我壽命無數億那由他百千劫無能數者除薩婆若智令我菩薩僧衆無數聲聞緣覺無能數者除薩婆若智令我得成佛時餘無量阿僧祇佛土諸佛世尊稱譽讚嘆令我成菩提時餘無數阿僧祇佛土中有衆生聞我名者所作善根迴向我國命終之後得生我國除無間罪謗毀賢聖非正法者令我得菩提時餘無數佛土中衆生發菩提心願生我國善根迴向彼欲終時我與無數衆圍遶而現其前彼見我已令於我所得大歡喜除諸障礙命終已後得生我國其中菩薩隨其所樂所未聞法隨意得聞使我得菩提時過數佛土中菩薩聞我名者得不退轉阿耨多羅三藐三菩提得第一第二第三忍隨其所欲三昧忍陀羅尼隨意即得令我般涅槃後過數劫過數佛土中菩薩聞我名者得極歡喜敬禮於我得未曾有稱譽讚歎彼爲菩薩時作佛事已然後成阿耨多羅三藐三菩提彼極歡喜已得菩薩第一第二第三忍隨其所欲三昧忍陀羅尼隨意即得乃至菩提際未嘗斷絕令我逮菩提時於過數佛土中有女人聞我名者得極歡喜發阿耨多羅三藐三菩提心乃至菩提際不受女身願我般涅槃後於過數劫過數佛

土中女人聞我名者得極歡樂迴向阿耨多羅三藐三菩提心乃至菩提際不受女身唯世尊我求如是佛土如是淨意衆生如是佛土中我當逮阿耨多羅三藐三菩提善男子爾時寶藏如來應供正遍知告離諍王曰善哉善哉大王所願甚深大王取淨佛土淨意衆生汝觀大王西方過億百千佛土有世界名帝無塵其佛號帝明自在王如來應供正遍知現在住世純爲菩薩說一乘法其佛國土無有聲聞及辟支佛亦無其名不說聲聞純說大乘其中衆生一切化生於中乃無女人名字其佛土中有是一切功德猶如大王所願取無量莊嚴佛土攝度無量淨意衆生是故大王字汝爲無量淨彼帝明自在王如來應供正遍知竟一小劫當入涅槃帝明自在王如來應供正遍知正法住世十小劫正法滅後過六十小劫彼世界當名彌樓光其佛號不可思議意德王如來應供正遍知如帝明自在王如來帝無塵世界佛土莊嚴彼不可思議意德王如來彌樓光世界佛土莊嚴如是無異彼不可思議意德王如來壽六十小劫不可思議意德王如來般涅槃後正法住世六十小劫正法滅後過千小劫世界名無樂其佛號寶光明如來應供正遍知略說壽命等世界亦等如是正法住世正法滅後彼世界當名娑羅其佛名寶幢自在鳴如來應供正遍知出現於世佛土莊嚴等佛住世說法三十五小劫彼佛般涅槃後正法住世七小劫正法滅後略說我見於彼世界無量無數諸佛世尊成佛而入涅槃彼世界未

曾成敗汝無量淨於當來世過一恒河沙數阿僧祇始入二恒河沙數阿僧祇彼世界當名安樂汝無量淨於中當成阿耨多羅三藐三菩提名阿彌陀如來應供正遍知時王白言唯世尊彼諸菩薩摩訶薩其佛土中先前我成阿耨多羅三藐三菩提者今在何處佛言無量淨此菩薩摩訶薩於無量阿僧祇無稱無數十方餘世界中來奉覲恭敬親近於我坐聽法者是過去諸佛皆授其阿耨多羅三藐三菩提記現在諸佛世尊亦授此諸善男子阿耨多羅三藐三菩提記其佛土中先成阿耨多羅三藐三菩提者無量淨彼一一菩薩摩訶薩於無數多億那由他百千佛所植諸善根修行智慧無量淨彼善男子先於其佛土中當得成佛王曰唯世尊此海濟婆羅門勸我及與眷屬於阿耨多羅三藐三菩提彼幾時當證菩提佛言是大婆羅門大悲具足汝大王自當聞其師子吼時王曰如世尊授我記我所願必成若我五體禮世尊足時令恒河沙數世界震動於彼諸佛土中諸佛世尊現在住世願授我記善男子爾時無量淨王五體禮寶藏如來足頭面著地時恒河沙數佛土即震動涌沒恒河沙數諸佛世尊即授其記於删提蘭佛土劫名陀羅尼八萬歲世人中佛名寶藏如來應供正遍知四天下轉輪王名無量淨於寶藏如來所積植德本彼王當來過恒河沙數阿僧祇始入二恒河沙數阿僧祇世界當名安樂彼無量淨王於中當得成佛名阿彌陀如來應供正遍知光明遍照十方恒河沙數世界諸佛告言

妙智明士今可起　諸十力已授汝記
恒沙山地普震動　當為人尊上調御

善男子爾時無量淨王得喜踊躍起一面坐而聽法

三王子受記品第七

善男子爾時海濟婆羅門告無量淨王第一太子不眴曰略說我已觀惡趣於中衆生受苦痛切又觀天上於中衆生心垢濁故數墮惡趣我已觀一切衆生離善知識住貧窮法處於冥中盡諸善根為邪見覆障困於邪道唯世尊我當以高聲告彼衆生以諸善根迴向阿耨多羅三藐三菩提我行菩薩行時若有衆生苦痛逼切有諸恐畏貧窮於法處在闇中無所依怙無燈無救無歸無趣令使念我稱我名字我以天耳聞其音聲天眼見之若不脱彼衆生困厄我終不成阿耨多羅三藐三菩提世尊如我為衆生願故久行菩薩行是意得滿如今大王過一恒河沙阿僧祇始入二恒河沙阿僧祇於安樂世界當成阿耨多羅三藐三菩提名阿彌陀如來淨佛土淨意衆生而作佛事乃至阿彌陀如來於無量劫作佛事已入無餘涅槃隨其正法住世幾時於爾所時我當行菩薩行我為菩薩當作佛事盡阿彌陀如來正法初夜滅即是後夜我當成阿耨多羅三藐三菩提唯願世尊授我阿耨多羅三藐三菩提記如是十方恒河沙數世界中諸佛世尊現在住世我亦以音聲白彼諸佛彼諸佛亦當授我阿耨多羅三藐三菩提記善男子寶藏如來即授其記如汝善男子已觀惡趣又觀天上觀衆生苦

能生悲心爲脱一切衆生苦故除結使故令得樂故是故汝善男子字汝爲觀世音汝觀世音當度脱多億那由他百千衆生苦汝善男子爲菩薩時當作佛事阿彌陀如來般涅槃後二恒河沙阿僧祇之餘初夜阿彌陀如來正法滅已即於後夜安樂世界當名一切寶集彼土莊嚴無量阿僧祇勝於安樂即於後夜汝善男子無量寶莊嚴菩提樹下坐金剛座逮阿耨多羅三藐三菩提名光明普至尊積德王如來應供正遍知壽九十六億那由他百千劫汝般涅槃後正法住世六十三億劫觀世音言世尊若我如是意滿我禮世尊之時於十方恒河沙數世界中現在住世諸佛世尊皆授我記恒河沙數世界地皆震動一切山川石壁樹木叢林出五樂音一切衆生心得離欲觀世音菩薩適五體禮寶藏如來如是恒河沙數佛土地皆震動彼諸佛如來皆授其記略説一切山川石壁樹木叢林出五樂音一切衆生心得離欲佛言

起悲福德歡喜意　十方諸佛授汝記

地及世界六種動　汝當作佛度世仙

善男子爾時海濟婆羅門國大師語第二王子尼模言善男子於此大施應當隨喜又汝所作善業爲一切衆生故發阿耨多羅三藐三菩提心迴向薩婆若善男子爾時尼模王子即於佛前作是言我以一切所須供養世尊并無數比丘僧又以是隨喜福業又先身口意善業一切迴向阿耨多羅三藐三菩提然終不於此穢濁佛土證於菩提觀世音童子所可一切寶集世界無量寶莊嚴菩提樹

下坐成阿耨多羅三藐三菩提名光明普至尊積德王我先請說法隨彼如來幾時住世演法以爾所時我行菩薩行彼如來滅後正法滅已我次當成阿耨多羅三藐三菩提令我佛土莊嚴亦復如是我亦如是施作佛事我般涅槃後正法住世久近亦爾令我得如是一切莊嚴如光明普至尊積德王如來佛言善男子汝取大處汝當逮是處如汝所取汝善男子於彼佛土當成阿耨多羅三藐三菩提名善安隱摩尼積德王如來以汝善男子取大處故字汝名大勢至彼白世尊若我如是意得滿者我五體禮世尊足時於十方恒河沙數諸佛世尊皆授我記雨須曼那華善男子如大勢至善男子五體禮寶藏如來足時於恒河沙數十方世界中恒河沙數諸佛世尊皆授其記大地六種震動雨須曼那華佛言

起堅固勢疾福德　十方世尊已授記
地已震動雨須曼　於天世人汝爲梵

善男子爾時海濟婆羅門告第三王子帝衆略說彼叉手合掌白寶藏如來言我已一切所須供養世尊及比丘僧又我身口意善行及此隨喜福業盡以迴向阿耨多羅三藐三菩提終不於穢濁佛土逮阿耨多羅三藐三菩提亦不速成我如是逮菩提行菩薩行時見十方無量無邊餘世界中諸佛世尊是我先所勸化菩提我先勸發菩提心我使住菩提心我勸以波羅蜜令住其中者我行菩薩行時以天眼見一一方恒河沙數佛剎微塵數佛土中彼說法諸佛世尊是我所勸化菩

提者我當如是行菩薩行而作佛事我爾所時行菩薩行如是淨衆生身意於我佛土生者如梵世天子佛土嚴淨亦如梵世我一佛土令如恒河沙數三千世界令其佛土周帀墻障無量百千衆寶合成間錯嚴飾高至有頂令其佛土純以瑠璃周遍爲地柔輭細滑令無塵土瓦礫衆穢令其中無有女人之名其中衆生皆令化生其中衆生令無揣食其中衆生皆以法食歡喜食三昧食令其佛土無有聲聞辟支佛名令其佛土純諸菩薩充滿其中無瞋惱亂淨修梵行願令其中一切菩薩沙門形服與身俱生適生中已令思念食無量味飯充滿寶鉢在於右手適得是已令生斯念我等不宜食此揣食應以此食至餘世界供養現在住世諸佛并諸聲聞及貧窮者餓鬼困乏飢渴身然亦至其所以食濟之我等宜應住歡喜食彼諸菩薩適發心已令得不可思議威儀三昧以是三昧無所染著去至十方無量阿僧祇餘諸佛土現在住世諸佛世尊以此供養幷諸聲聞及餘衆生亦施餓鬼爲說法已以小食頃還來本土如是衣寶以小食頃歸本土已更相施衣乃至其佛土中彼諸菩薩所有供養具分以此一切供養諸佛并諸聲聞及餘衆生爾乃自用令其佛土無有八難及不善聲亦無苦聲又無受戒犯悔之聲令其佛土無量百千衆寶嚴飾無量百千衆寶間錯令如摩尼現衆色像其中摩尼寶十方未見未曾見未聞未曾聞如是摩尼寶世所希有說其衆寶名號億歲不盡有菩薩欲見佛土金即時見金欲見

銀即時見銀令不壞略說其要有欲見水精瑠璃碼碯赤眞珠硨磲令見如是種種衆寶佛土沉水木樒多摩羅跋海此岸栴檀有菩薩欲見牛頭栴檀佛土即時令見隨其所欲皆令見之彼此願見各自相覩令彼一切所願悉滿令其佛土無有日月令菩薩生時身有光明隨所欲照放如是光乃至照億那由他百千佛土令其佛刹無晝夜名唯以華合令其佛土無有寒熱疾病老死唯有菩薩欲成菩提者至他世界兜率天上盡令成菩提令其佛土無有死者令以無上般涅槃於上虛空中如來般涅槃其中菩薩隨其所欲供具悉皆得之令其一切佛土虛空中作億那由他百千音樂其音樂中不出愛欲之聲唯有波羅蜜聲佛聲法聲僧聲菩薩法藏聲令聞如是隨菩薩所樂音聲世尊我行菩提行時乃至無量無邊阿僧祇佛土中見多億那由他百千佛刹莊嚴彼諸莊嚴瓔珞彼相貌彼瑞應彼處彼行彼願令彼一切皆在我佛土中唯除聲聞緣覺五濁佛土令其彼土無地獄畜生餓鬼之名又無須彌鐵圍大鐵圍土石諸山亦無大海令其中無餘樹木唯有種種寶樹過天所有在其佛土行列周遍又令其中無有餘華唯有天曼陀羅華無諸臭穢但有種種妙香充滿佛土令其中生者皆是一生補處菩薩令無一衆生退生餘處唯兜率陀天其中退已成阿耨多羅三藐三菩提世尊我當爾所時爲菩薩行我乃成就如是大丈夫行令安立如是莊嚴佛土如是淨意一生紹位菩薩充滿其國令其中無一菩

薩非我所化於菩提無不令住波羅蜜者令彼諸菩薩來生其中亦是我先所勸化菩提住波羅蜜者今此佛土令入其中此一切苦皆當滅之唯世尊我爲菩薩時成就如是大丈夫行然後於其佛土成阿耨多羅三藐三菩提願我菩提樹莖圍十千四天下枝葉周帀各十三千名善現衆寶彼菩提樹光明香氣於其佛土一切充遍其下我金剛座衆寶閒錯縱廣正等五四天下高八萬四千由旬名普放無盡光善解智香我於彼菩提樹下金剛座上結跏趺坐於彼少時成阿耨多羅三藐三菩提乃至涅槃不改此坐亦復不捨我坐菩提樹下金剛座上不起遣化佛菩薩至過數佛土一一化佛以一小食頃爲衆生說法即以小食頃勸過數衆生以阿耨多羅

三藐三菩提使住其中得不退轉令化菩薩亦復如是願我逮菩提時十方過數餘世界我身普現若有衆生見我身相莊嚴者令彼一切衆生堅固阿耨多羅三藐三菩提乃至無上菩提入般涅槃彼諸衆生未嘗不見諸佛世尊令其中無有諸根不具足者其中菩薩樂見我者彼所住處隨身迴轉經行坐立彼諸菩薩適心念佛令見我坐菩提樹下見已隨所疑法互然開解不說法句令知其義令我壽命無量無能數者除薩婆若智使其菩薩壽亦無量我欲於其佛土成阿耨多羅三藐三菩提時令有如是瑞應相現謂其佛土一切菩薩其首文茶袈裟在身乃至般涅槃其佛土中無有一人飾髮俗服令其一切住沙門像而無有異佛言善哉善哉丈夫汝

亦聰達解慧所願甚善志意極大威德特尊智慧甚妙善男子汝能爲一切衆生故自作如是妙勝大意取妙莊嚴佛土是故善男子字汝爲曼如尸利曼如尸利汝於來世過一恒河沙數阿僧祇始入第二恒河沙數阿僧祇於南方有世界名淨無塵積此娑訶世界亦在其内如是莊嚴佛土嚴淨汝曼如尸利當於其中成阿耨多羅三藐三菩提號普現如來應供正遍知如是菩薩衆汝淨一切願悉當成就如汝所願汝爲菩薩時於多億佛所植諸善根汝曼如尸利爲衆生良藥除意患滅衆結增長善根時曼如尸利白佛言世尊若我如是意滿如我所願於十方無量阿僧祇世界中現在住世説法諸佛世尊願授我記令無量阿僧祇佛土皆悉震動令一切衆生得如是快樂滿足猶如菩薩遊戲第三禪三昧亦令無量阿僧祇佛土雨天曼陀羅華令彼曼陀羅華出如是等聲所謂佛聲法聲僧聲波羅蜜聲力無畏聲若我五體禮世尊足時如是瑞應皆悉令現如曼如尸利童眞禮世尊足時於無量阿僧祇佛土地皆震動雨天曼陀羅一切衆生皆得如是快樂充滿如是所願其中菩薩摩訶薩於諸佛所聽法者彼皆問諸佛世尊以何因緣現是瑞應彼諸佛世尊皆授曼如尸利阿耨多羅三藐三菩提記佛説偈言

起最上意智慧廣　十方濟世授汝記
地動雨華衆生樂　汝當作佛出現世

四王子受記品第八

善男子時海濟婆羅門告第四王子支衆略

說如曼如尸利所願無異世尊讚言善哉善
哉善男子汝爲菩薩時當破無量阿僧祇衆
生結使金剛之山而作佛事然後當成阿耨
多羅三藐三菩提善男子是故字汝爲壞金
剛慧明照尸利汝壞金剛慧明照於當來世
過一恒河沙數阿僧祇始入二恒河沙數阿
僧祇東方過十恒河沙數佛土微塵數世界
有國名阿尼彌沙善男子汝於其中當成阿
耨多羅三藐三菩提號普賢如來應供正遍
知明行足乃至佛婆伽婆其佛土無量莊嚴
亦復如是如汝所願善男子寶藏如來適授
壞金剛慧明照菩薩摩訶薩阿耨多羅三藐
三菩提記於虛空中無量億那由他百千諸
天皆讚善哉雨海此岸牛頭沉水木櫁末香
彼白佛言唯然世尊若我如是意滿如我五
體禮佛足時令恒河沙數世界踰天妙香充
滿其中於中地獄畜生餓鬼人天彼衆生得
聞是香身心苦患乃至乞我頭面著地於爾
所時得休息善男子爾時壞金剛慧明照菩
薩五體禮寶藏如來足應時恒河沙數世界
踰天妙香充遍其中於中一切衆生身心苦
患盡皆休息佛言

起能壞金剛　香色充滿剎　喜樂多衆生
汝爲世間解

善男子爾時海濟婆羅門告第五王子無畏
略說世尊我唯不取斯穢濁佛土當知是處
成三藐三菩提其中無有地獄畜生餓鬼紺
瑠璃地等如蓮華世界莊嚴說無畏王子以
蓮華置寶藏如來前白佛言唯世尊若我如
是意滿當承佛威神令我得現莊嚴三昧如

我在世尊前於十方恒河沙數世界微塵數佛土當雨蓮華大如車輪令我等見適發斯言蒙佛威神得現莊嚴三昧十方恒河沙數世界微塵佛土皆雨蓮華大如車輪無畏王子見已極大歡喜佛言善男子汝所願甚善取如佛土以至誠語疾得三昧雨於蓮華彼白佛言若我得滿阿耨多羅三藐三菩提意者令此蓮華懸於虛空應時即住虛空佛言善男子汝所爲甚疾以蓮華印於虛空善男子是故汝爲虛空印汝虛空印於當來世過一恒河沙數阿僧祇始入二恒河沙數阿僧祇於東南方過億百千恒河沙數佛土有世界名蓮華汝當於中成阿耨多羅三藐三菩提號蓮華上如來應供正遍知明行足乃至佛婆伽婆純菩薩僧其數無量壽亦無量必

得是一切威德如汝所願虛空印菩薩即時五體投地禮寶藏如來足佛言

汝當饒益世　除滅結穢濁　持剎微塵德逮覺如前勝

善男子爾時海濟婆羅門語第六王子虛空略說唯不於此穢濁佛土略說如虛空印菩薩所願世尊若我如是意滿令於十方恒河沙數世界虛空中有七寶蓋白珠羅網以覆其上懸衆寶鈴以嚴其蓋寶鈴網中出如是聲所謂佛聲法聲僧聲波羅蜜聲力聲通聲乃至無畏聲其中一切衆生使聞是聲令發阿耨多羅三藐三菩提心其有先發菩提心者令不退轉阿耨多羅三藐三菩提適發是言於十方恒河沙數世界一切虛空中略說出如是聲蒙佛威神皆悉自見復白佛言唯

世尊若是意滿如我所願令我於世尊前得智顯明三昧以是增長善法得是三昧已然後世尊授我菩提記蒙佛威神即得智顯明三昧佛言善哉善哉善男子所願甚妙以汝福業於十方恒河沙數佛土虛空中覆以寶蓋出柔輭聲覺悟多億那由他百千衆生善男子是故字汝爲虛空顯明汝虛空顯明於當來世過一恒河沙數阿僧祇始入二恒河沙阿僧祇於東方過二恒河沙數佛土有世界名日月汝當於中成三藐三菩提號法自在富王如來應供正遍知明行足乃至佛世尊時虛空顯明菩薩以五體禮寶藏如來足

佛言

起善習意調伏心　能發大悲於衆生
當度群品苦海岸　覺智無上正菩提

善男子爾時海濟婆羅門語第七王子支像略說唯不於此濁佛土中我如是處成菩提於中無有地獄畜生餓鬼之名亦無女人其中衆生不由胞胎無須彌鐵圍大鐵圍土石諸山無有泉源瓦礫刺棘高下惡風樹木大海亦無日月星宿晝夜闇冥其中衆生無有穢氣屎尿洟唾形無汗臭身心無寄令其中不以土爲地純以碼碯成無量百千衆寶莊嚴令其佛土無有餘草唯曼陀羅摩訶曼陀羅令其佛土以種種寶樹莊嚴其寶樹上種種寶蓋莊校有種種寶房舍種種寶衣種種寶鬘種種寶瓔種種寶嚴具種種音樂種種寶器種種華以莊校樹令衆華合音樂聲止以是知夜衆華合時菩薩受生適生其中便坐定意令得現莊嚴三昧以是三昧見十方

佛土微塵數世界中現在諸佛令於爾時得淨天耳聞於佛土微塵數十方餘世界中現在住世説法説法諸佛令其中衆生生已皆自識宿命憶念佛土微塵數劫中生事令其生已得淨天眼普見十方佛微塵數佛國莊嚴令其生已善具知他心智以一念頃知佛土微塵佛刹中十方衆生心念所行乃至菩提般涅槃不失是三昧夜欲明時四方香風微妙柔輭觸身生喜來吹華敷令諸菩薩從三昧覺於華臺起令得如是神通一心念頃至十方佛土微塵數佛刹親近現在諸佛世尊已還來本土於曼陀羅摩訶曼陀羅華臺上結跏趺坐思惟法門瞻仰如來如所坐處隨其迴轉於一切方悉令見我其中菩薩於法惑想若生疑者令觀我身見即豆然彼諸

菩薩隨欲聞法適觀我已皆悉令知其中菩薩令無我所無所爲作乃至身命其中菩薩皆得不退轉其中令無不善之名令其佛土亦無受戒之名無犯悔語令其中一切衆生具三十二大人之相具那羅延力令其中無有一人諸根不具乃至菩提般涅槃令其中一切衆生其首文荼袈裟著身一時俱生令得善分别三昧乃至菩提際未曾中失令其中衆生普集善根令其中衆生無老病苦有菩薩於中壽欲終時結跏趺坐而般涅槃身中出火以自闍維四方風來吹彼舍利置於他方無佛土中令成如意珠寶如轉輪王明淨摩尼之寶其中衆生有見彼摩尼寶光者有見摩尼寶者有復觸者令彼一切不受地獄餓鬼畜生之苦乃至菩提般涅槃未曾受

痛於中命終其有諸佛現在住其世爲衆生說法生如是處彼得生已於諸佛所聞說妙法發菩提心適發心已得不退轉阿耨多羅三藐三菩提我佛土中無有一人不入三昧而命終者亦無苦痛無相戀著別離命終於中終已令不生難處無佛國中乃至菩提際未甞不見佛未甞不聞法未甞不供養僧令其中一切衆生無穢濁瞋恚愛憎慳嫉無明吾我於中生也其佛土中令無聲聞及辟支佛純諸菩薩潤心輭心無怨心不濁心寂心定心如是菩薩充滿其中令我佛土莊嚴明淨現於十方佛刹微塵數餘世界中香亦遍至使其衆生常樂充滿令其佛土不聞苦聲我當爾所時行菩薩行爲菩薩時先立如是淨莊嚴佛土安置如是淨意衆生充滿佛刹然後我於其中成阿耨多羅三藐三菩提我逮菩提時令光明無量又我身相莊嚴令於十方千佛土微塵數餘佛刹中皆悉遍現於中衆生有見我者令彼衆生滅除貪欲瞋恚愚癡慳嫉吾我嫌恨結使悉皆令滅發菩提心隨其所欲三昧陀羅尼忍辱以見我故悉皆令得其有衆生生寒氷地獄者見我已受暖樂受得是快樂譬如比丘入第三禪彼見我已令其身意極樂充滿皆發阿耨多羅三藐三菩提心於中命終來生我國得不退轉阿耨多羅三藐三菩提若衆生生餓鬼中得見我已略說令不退轉阿耨多羅三藐三菩提畜生亦如是說如是我光倍照諸天令我壽命無量無能數者除薩婆若智我逮菩提時於十方無量阿僧祇無稱無邊餘世界中

諸佛世尊讚歎稱譽我其中衆生聞名者於彼所作善根迴向我刹彼命終已來生我國除無間罪非毀正法謗賢聖者我逮菩提時於無量阿僧祇餘佛刹中衆生聞我名號求生我國命欲終時我與無量大衆圍繞入無曀三昧而現其前如是善說令彼衆生心得歡喜一切苦滅以是歡喜悟畢定三昧令其心得法忍之樂彼命終已得生我國又餘佛土乏七財者不樂求三乘亦不樂求人天之福又不樂求三善福地樂著非法慳貪嫉妬樂近邪法衆生之類以墮無隨三昧彼諸衆生命欲終時現住其前與無量衆圍繞而爲說法以巳佛土示彼衆生勸以菩提令彼衆生於我所得樂喜踊躍發菩提心令彼一切苦痛除滅得日燈三昧令捨愚癡命終之後得生我國佛言善哉善哉善男子所願甚善彼白佛言世尊若我如是意滿於佛刹微塵數十方餘佛土中令雨奇妙海此岸栴檀之末香於中衆生聞是香者令彼一切發菩提心令我於今得如願三昧已而自得見善男子彼適願已得如願三昧自見佛土微塵數十方餘世界中雨奇妙海此岸栴檀之末香見於十方各過數衆生叉手合掌發菩提心佛言善男子雨香甚速勸過數衆生於菩提善男子是故字汝爲師子香於當來世過一恒河沙數阿僧祇始入二恒河數阿僧祇於上方去此佛土過四十二恒河沙數佛刹微塵數佛土有世界名紺香光明無塵汝師子香於中當成阿耨多羅三藐三菩提號光明無塵上身香月自在王如來應供正遍知乃

至佛世尊善男子爾時師子香菩薩五體禮
如來足寶藏如來言
起人脩羅天所敬　當爲世尊濟衆生
汝斷三界苦結縛　汝當得成無上士
第八王子受記品第九
善男子爾時海濟婆羅門語第八王子阿摸
具略說世尊我當爾所時於濁佛刹爲菩薩
菩提行菩提行我先淨十千濁佛刹立如是
淨如紺香光明無塵佛土無異安置如是種
善根清淨意求大乘諸菩薩充滿其刹然後
我當於中成阿耨多羅三藐三菩提唯世尊
我當如是行菩提行非餘菩薩之所能行世
尊我於此七年中一處靜坐思惟淨佛功德
佛刹莊嚴淨佛土功德我於中發起現莊嚴
三昧等一萬八千菩薩三昧而得修習世尊

是我以菩薩菩提行菩提行我以臣婆闍伽
枳由邏三昧常見十方無量無邊餘世界中
現在住世諸佛世尊饒益衆生而爲說法又
過三世者見彼諸佛滿一切刹世尊我以旋
三昧微塵等心見彼諸佛世尊菩薩聲聞大
衆圍遶我以無依三昧力佛土微塵數身禮
一一身以無上雜寶華無上雜香塗末香鬘
飾及與音樂以此一切無上嚴飾供養諸佛
一一佛土如大海劫行我以一切修身三昧
一念頃知一一佛土中微塵數佛行世尊我
以功德三昧佛土微塵數無上妙讃一一佛
世尊我以不眴三昧一塵等心見佛充滿一
切佛土世尊我以無諍三昧一念頃見一切
佛土中過去當來現在佛刹莊嚴世尊我以
首楞嚴三昧入地獄中化作其身而爲說法

勸以菩提令彼發心於中命終得生爲人值現在世說法諸佛令彼衆生從佛聞法得不退轉地如是畜生餓鬼夜叉羅刹阿脩羅龍緊那羅摩睺羅伽中及與天上如是毗舍闍富單那迦吒富單中如是人旃陀羅賈客婬女中如是世尊隨衆生處而受其形順彼衆生業行因緣示受苦樂若有種種工巧技術隨類而入現說所行巧言方便得衆生心然後誨之正法勸以阿耨多羅三藐三菩提令住不退轉無上正遍知唯世尊我當爾所時行菩提行淨除十千佛土於中一切衆生行業結使滅如是毒乃至一衆生所令無四魔道我當如是淨立十千佛土如光明無塵上身香月自在王如來紺香無塵世界佛刹莊嚴我當自淨佛土及以眷屬如師子香菩薩摩訶薩所願唯世尊若如是意滿令十千佛土中一切衆生衆苦除滅令得一切輭心隨作心令彼各各自四天下見於諸佛彼諸衆生種種衆寶種種華香末香塗香雜衣房舍幢麾旛蓋令自然在手令彼衆生用供養諸佛發阿耨多羅三藐三菩提心我以現莊嚴三昧力令已自見適發是語如其所願悉自得見佛言善哉善哉善男子如汝普自立淨佛土周帀淨十千佛土淨無量阿僧祇衆生身意如是無量阿僧祇諸佛世尊以如是無量阿僧祇供具而供養之善男子是故字汝爲普賢汝普賢於當來世過一恒河沙數阿僧祇二恒河沙阿僧祇餘少分在於北方去此佛土過六十恒河沙數佛刹有世界名智水淨德汝普賢當於其中成阿耨多羅三藐

三菩提號師子奮迅金剛智如來應供正遍知乃至佛世尊善男子爾時普賢菩薩摩訶薩五體禮如來足寶藏如來言

起善習樂調伏心　於衆生所善堅誓
於結深河度衆生　汝智炬妙世作佛

大乘大悲分陀利經卷第三

音釋

臰(尺救切與臭同)薩婆若(梵語也此云一切智若爾者切)覲(渠吝切見也)怙(侯古切恃也)櫁(莫筆切)紺(古暗切深青赤色也)涕唾(涕他計切唾湯臥切)闍維(梵語正名茶毗此云焚燒闍石遮切維夷追切)逮(徒耐切及也)

大乘大悲分陀利經卷第四

失譯師名附秦録

十千人受記品第十

善男子於爾時十千懈怠者同發聲言唯世尊我等欲於淨佛土中成如來應供正遍知所謂世界普賢菩薩行菩薩行所修淨處如是我等行六波羅蜜滿於佛土逮成正覺善男子寶藏如來亦復如是授彼十千懈怠者記如普賢菩薩成阿耨多羅三藐三菩提時汝等亦於周帀世界成阿耨多羅三藐三菩提有千人同號智識種自在聲如來復有千人同號攝自在師子音如來復有千人同號無垢聲自在王如來復有千人同號除恐畏音自在王如來復有千人同號善無垢聲光曜自在王如來復有五百人同號日明如來復有五百人同號日藏自在王如來復號七龍雷如來八號無畏稱王無垢光如來十號無光音如來十一號稱自在聲開法稱音如來九號德法稱王如來二十號不可思議意王如來三號寶幢月自在熖牟尼智自在墻微無味王不可思議意智藏如來十五號智高幢如來五十號智海王如來二號大精進音自在王高德劫如來八十號智無塵疾如來九十號自在種如來一百號智善無垢雷自在如來八十號非食德海王智集力王如來四十號勝菩提自在王如來牟尼積疾華如來積德智意如來金剛師子戒光音如來賢上如來無量光明如來三師子喜如來無盡智積寶光如來智無垢如來智珊瑚如來二師子稱如來道德王如來法華雨如來光

踊高如來法踊王無垢如來香自在如來無
垢眼如來大積如來阿僧祇力王如來自智
福德力如來智衣如來自在如來阿僧祇饒
益如來智積如來大高如來力藏如來德沉
如來枝華幢如來照衆如來無礙德王如來
金剛上如來法勝如來聲帝王如來自執金
剛持寶如來自在踊幢止劫如來樂雲法用
娑羅王如來普德海王如來智積如來智焰
華如來衆世主自在如來優曇鉢華金幢如
來法幢雷王如來栴檀善安隱超勢如來幢
最燈如來智超如來堅幢滅如來法稱如來
降魔德焰如來闍那波羅沙睺如來智燈如
來安隱王如來智音如來幢集如來金剛如
來金剛曜如來莊嚴王如來闍夜僧棄如來
善安意如來月王如來超吼王如來娑羅王
如來八十師子步如來五十那羅延勝藏如
來七十寶積德如來三十月藏如來二十星
宿稱如來三十德力娑羅王如來九十輭音
如來梵上堅固如來復有千號香華勝稱王
如來七十光明圓月照王如來三十香華上
如來無量德海如來智上如來閻浮影如來
一百三德山幢如來師子最如來百一龍吼
華曜王如來善香種無我如來無量德曜王
劫如來復千人同號捨法智龍王解脫覺世
海眼止如來應供正遍知汝等各於異國一
日同時當成阿耨多羅三藐三菩提當壽十
小劫汝等亦當同日入無上涅槃後佛土正
法七日皆滅彼十千人五體稽首禮寶藏如
來足寶藏如來言

起汝等妙堅龍吼　當求習最積善財

勤修六度莫懈怠　當爲天人作導師

第九王子受記品第十一

善男子爾時海濟婆羅門語第九王子阿彌具略說彼白佛言我當如是行菩薩行令十方恒河沙數世界中恒河沙數現在住世諸佛世尊證我行菩薩菩提行唯世尊如我今於佛前發菩提心乃至成阿耨多羅三藐三菩提於其中間行菩提行莫令心悔乃至菩提際誓願堅固如說修行不惱他心令我不生聲聞辟支佛心令我心意不生愛欲不與眠睡慠慢輕弄誑惱疑惑共俱不與殺生偷盜及非梵行妄語兩舌麤言綺語無明掉動邪見嫉妬等俱無不敬法心亦無離心我行菩薩行時乃至菩提際莫令心有如是等法願我乃至菩提際舉足下足心常念佛乃至菩提際未曾不見佛不聞法不供養僧在所生處常得出家常糞掃衣但三衣樹下止常坐空閑處常乞食少欲知足常說法言無染著語令我具足無量辯才常不犯根罪不離妄語非毀他論常念於空爲女說法常思惟空於女人前不露齒笑不染相動手爲人說法我常於大乘菩薩有師事供養之心我若從他聞法敬意如師我常恭敬沙門婆羅門尊重供養唯如來前我不觀應與不應與而爲布施我於法施不生嫉妬心我以身命濟應死者自以精進辦及衆物救厄衆生我不說在家出家是非長短我常觀榮利養稱譽如火如毒如怨心常遠避世尊若我乃至菩提際成就如世尊前所立誓願者令我兩手中自然輪寶千輻輞轂明焰具足阿彌具王

子適發言已如其所願輪即在手復白佛言世尊若我乃至菩提際如是意滿者令此輪寶往至五濁空佛土中出是大聲如難陀跋難陀龍王之聲一切佛土聲唱是言菩薩受記入不妄念智唱修空不動意界法藏一切衆生生其中者此法藏聲入彼耳根適入耳已令彼衆生欲愛即滅瞋恚愚癡吾我慳嫉皆滅令得思念佛境界智發阿耨多羅三藐三菩提心善男子阿彌具王子遣彼二輪其輪甚速譬如諸佛如來神通如是往至十方無量阿僧祇五濁空佛土中至已爲衆生唱菩薩受記入不妄念智修空不動意界法藏其中一切衆生此法藏音入耳根已一切欲愛乃至心意嫉妬滅皆悉思念如佛境界智發阿耨多羅三藐三菩提心須臾之頃彼輪還來王子前住善男子爾時寶藏如來歎阿彌具王子言善哉善哉善男子如汝行菩薩行所願甚善遣此自然輪寶至彼五濁空佛土中令多阿僧祇億那由他百千衆生住無濁心無惱心勸以菩提善男子是故字汝爲無惱汝無惱當爲世導汝可取莊嚴佛土隨汝所欲阿彌具白佛言世尊我求如是莊嚴佛土所謂一切黃金爲地平正如掌饒諸天寶周遍其中令無瓦礫土石諸山地柔軟觸猶劫波育足下則下舉足還復其中令無地獄畜生餓鬼之名我佛土無諸臭穢勝天妙香充滿其國令天曼陀羅華周遍佛土令其中衆生無有老病無相畏者無相惱亂令其中衆生無有横死死無悔恨無不入三昧而命終者令其中衆生思惟念佛而取命終終

已不墮惡趣不生五濁空佛土中乃至菩提般涅槃未甞不見佛不聞法不供養僧令其中衆生少於愛欲瞋恚愚癡令其中一切衆生修十善業令其佛土衆生無受戒無犯悔名令其中衆生魔不得便令其中衆生無諸醜陋使其中衆生無有貴賤分別使其中衆生無我所無所作令其中聲聞菩薩乃至夢中無失不淨令其中一切衆生愛法求法令其佛土無有一人異學倒見令其中衆生身無疲懈心無勞倦使其中一切衆生皆得五通使其中衆生無飢渴患隨所欲食充滿寶器而在其前如欲界天令其中衆生無有屎尿涕唾目淚身汗令其中無有寒熱令其中香風輭觸以熏人天隨意所欲有求涼風有求暖風有求優鉢羅香風有求木樒香風有求海此岸香有求多伽羅香有求沉水香有求一切香風隨心所念悉皆令得令無如是五濁世界令其國中有七寶臺於彼臺中有七寶座重敷茵褥安置丹枕觸甚柔輭如劫波育人所住處令其寶臺周帀有池八功德水充滿其中彼諸衆生以此爲用使其中諸樹行列須曼那莊嚴以種種華種種果種種香種種衣種種蓋種種瓔珞種種嚴具以莊嚴樹其中衆生隨所樂衣於如意樹上取而著之如是華乃至嚴具隨取服之我菩提樹令七寶成高千由旬其莖徑一由旬枝葉分布一千由旬微風來吹枝葉相振令出柔輭過天法音謂波羅蜜神通根力覺道之聲其有聞者心得離欲令其佛土女人具諸功德譬如兜率天女又其中女人無諸臭穢不㑃

舌慳嫉妬使其男子不與女人觸身行欲彼生欲心往視女人須臾之頃欲心即滅生大慚愧而去令得淨無塵三昧以是三昧常離魔所終不更生欲心彼女人以欲心視男子已令即有胎適視已欲心俱滅如是男女處胎身心受樂譬如三十三天歡喜受樂使其佛土男女處胎七日七夜如是受樂女人懷妊亦受是樂譬如比丘入第三禪彼處胎者不爲不淨胎垢所汙於七日旦極香甚樂而得出生令彼女人不受苦痛俱入池浴令彼女人心即離欲得淨無塵三昧以是三昧令離魔事常入三昧先身所作業行因緣應多億劫受女人身令以是三昧得盡除却一切女身乃至菩提般涅槃更不復受又有衆生所作業行應過數劫常受胎苦我逮菩提時

聞我名號心生喜樂者於彼命終即來我國受胎衆生其中一切所作業行盡使除滅乃至菩提際更不受胎生有衆生善根熟者令彼華中化生有少福德未種善根令彼胎生盡諸業行我國土中若爲女人若復入胎令彼衆生一向受樂充滿令微風吹須曼那多羅波帝樹出如是喜樂之聲苦空無常無我之聲以是音聲令其中人得照明三昧以是三昧令彼衆生覺明深空令其佛土不出樂欲之聲世尊我坐菩提樹下願須臾之頃逮阿耨多羅三藐三菩提逮菩提已令其佛土無日月光亦無有夜唯以華合我當放如是光明遍照三千大千佛土無不周至以是光照令彼衆生得如是天眼見十方無量阿僧祇餘世界中現在住世諸佛世尊我逮菩提

時當以如是聲說法遍滿三千大千佛土令其中衆生得念佛心隨所住處經行坐卧及與迴轉令彼一切常得見我隨所疑法適觀我已疑惑盡除我逮菩提時於十方無量阿僧祇佛土衆生若求聲聞乘若求大乘者從我聞法令得甚深三昧忍辱陀羅尼即住不退轉阿耨多羅三藐三菩提令我聲聞僧衆無量無能數者唯除如來我逮菩提時在所遊行投足之處令有千葉金色蓮華我遣彼華至空佛土彼華至已稱讚於我彼諸衆生聞我名者即生喜樂令彼衆生所有善根盡皆迴向求生我國於彼命終皆得來生令我聲聞僧無沙門垢無諂曲心令一切衆生皆悉如是令我眷屬貴重於法不貪財物不重榮利悟於無常苦空無我勤修精進敬佛樂法重比丘僧令其中不退菩薩得入空意隨所生處常說般若波羅蜜乃至菩提際令不忘失我逮菩提時令住世十千大劫般涅槃後正法住世千劫佛言善哉善哉丈夫取淨佛土汝阿閦於當來世過一恒河沙數阿僧祇始入二恒河沙於東方去此千佛土有世界名樂喜莊嚴成就如汝所願汝當於中成阿耨多羅三藐三菩提即名阿閦如來乃至佛世尊阿閦白佛言世尊若我如是意滿者於一切世界中衆生成陰界入有形之類在衆生數者令彼一切皆得慈心無怨心無濁心令彼身意受樂譬如住十地菩薩入蓮華三昧捨身得淨使一切衆生身意受樂亦復如是如我五體禮世尊足時令一切地皆作金色善男子彼阿閦菩薩五體禮寶藏如來

足即時一切衆生受如是樂如其所願彼一切地皆作金色寶藏如來言

起住妙意無惱心　寶輪最妙在汝手
多億衆生得悲心　汝當淨意爲世尊

諸王子受記品第十二

善男子爾時海濟婆羅門語第十王子尼摩尼略說王子尼摩尼其所立願亦如阿閦唯世尊若我如是意滿令一切衆生得念佛心令其手中皆有海此岸栴檀之香令彼一切以是妙香供養佛像佛言善哉善哉善男子所願極妙汝能使一切衆生手中皆有海此岸栴檀妙香發念佛心善男子是故字汝爲香手汝香手於當來世過一恒河沙數阿僧祇二恒河沙阿僧祇之餘阿閦如來般涅槃正法滅已於後七日汝香手於彼世界成阿耨多羅三藐三菩提號金華如來應供正遍知乃至佛世尊香手白佛言世尊若我如是意滿我五體禮世尊足時令此園中周遍雨瞻蔔華善男子爾時香手菩薩五體禮寶藏如來足時尋遍園中雨瞻蔔華寶藏如來言

起極妙德意善香　雨瞻蔔華周遍園
汝當顯示淨妙道　度多衆生無畏岸

善男子爾時海濟婆羅門語第十一王子名師子略說即以寶幢上寶藏如來如香手菩薩所願無異寶藏如來言善哉善哉善男子是故字汝爲寶勝於當來世過一恒河沙數阿僧祇二恒河沙數阿僧祇之餘金華如來般涅槃已正法滅後竟三劫樂喜世界當名妙樂汝當於中成阿耨多羅三藐三菩提號自在龍雷音如來乃至佛世尊國土莊嚴如

阿閦佛土無異寶勝白佛言世尊若我如是意滿者禮佛足時令一切衆生得如是心如菩薩住平等悲三昧爲饒益一切衆生求菩提者令不退轉善男子寶勝菩薩五體禮寶藏如來足時一切衆生得如是意謂諸衆生得住悲心善男子爾時寶藏如來告寶勝菩薩言

起勇善意大丈夫　能因衆生立堅誓
安立多衆無塵心　於天世人當作佛

略說摩闍婆等五百王子立如是願取莊嚴取佛土如虛空印菩薩所願取淨佛土寶藏如來盡皆授阿耨多羅三藐三菩提記汝等同時各異世界當證阿耨多羅三藐三菩提復有四百王子立如是願取莊嚴佛土如斷金剛慧照明菩薩寶藏如來亦皆授其阿耨多羅三藐三菩提記各異世界復有八十九王子立如是願取莊嚴佛土如普賢菩薩又彼八萬四千諸小國王皆立淨願各取莊嚴淨佛國土寶藏如來悉皆授其阿耨多羅三藐三菩提記各異世界俱逮菩提如是九十二億衆生皆各立願所修淨土寶藏如來亦盡授阿耨多羅三藐三菩提記汝等同時各異世界當逮阿耨多羅三藐三菩提

八十子受記品第十三

善男子時海濟婆羅門有八十子皆是寶藏如來之弟其第一者名海自在童眞善男子爾時海濟婆羅門告海自在曰今汝童眞可取清淨莊嚴佛土海自在言大師應先作師子吼大師告言我所思願後乃說之彼即白言我爲取淨土取不淨耶大師告言其有菩

薩具大悲者取不淨土度諸濁意倒見衆生汝童眞自可知之善男子時海自在童眞至寶藏如來前白佛言世尊我求阿耨多羅三藐三菩提亦於如是八萬歲世人中證妙菩提如今世尊願令衆生少於貪欲瞋恚愚癡等畏能於生死以身爲患令於我所而得出家我亦當以三乘爲衆說法世尊若我如是意滿者唯願世尊當授我阿耨多羅三藐三菩提記寶藏佛言汝於來世過一恒河沙數阿僧祇始入二恒河沙數阿僧祇於散華劫時此佛土四天下當名妙勝於八萬歲人中當逮菩提號寶積如來乃至佛世尊彼白佛言世尊若我如是意滿者令遍此園雨赤眞珠一切樹上出五樂音善男子海自在童眞五體禮寶藏如來足時遍於園中雨赤眞珠一切樹上出五樂音寶藏如來言

起大勢力無盡慧　慈心衆庶愍傷仙
所求當滿淨衆生　爲群黎故世成佛

婆羅門第二子名曰成就彼作是言如海自在所可立願我亦如是略說寶藏佛言汝童眞亦於散華劫妙勝佛土中四天下於八萬歲世人中汝當成佛號照明華如來乃至佛世尊略告第三言汝於二千歲人中當逮菩提號月持王如來乃至佛世尊略說授記須摩那如來山王如來剬眼如來梵上如來闍浮影如來滿如來高如來寶山如來海藏如來那羅延如來尸軀那牟尼如來牟尼主如來憍陳如如來師子步如來智幢如來佛聲如來最勝如來開化如來饒益如來慧明如來帝主如來寂慧如來作喜如來無怒王如

來金眼如來摩醯覩如來日喜如來寶髮如來善眼如來梵摩如來善喜如來梵征如來吼如來法月如來現議如來稱善如來稱上如來端正香如來四妙根如來須尼闍覩如來適違如來善意如來妙乘慧如來金幢如來善目如來天淨如來淨道如來善現如來乘幢如來毗樓波叉如來梵音如來德聚如來德無塵如來摩尼光如來焰氣如來釋迦牟尼如來音自在如來爾成如來最尊如來華成如來等華如來無惱如來日藏如來樂自在如來月如來龍齒如來金剛照如來稱王如來常光如來勝光如來薩泥楮如來智成如來香自在如來婆羅王如來那羅延藏如來月藏如來善男子其大師最後幼子名無恐畏彼白寶藏如來言世尊授此七十九童真記於散華劫成阿耨多羅三藐三菩提世尊我當發阿耨多羅三藐三菩提心盡散華劫世尊令我最後證妙菩提如彼七十九佛壽命令我逮菩提時壽獨與等如彼所度願我亦等彼三乘化我亦當說三乘之法如彼所有聲聞僧數我得佛時聲聞亦等如彼七十九佛出世於散華劫所有衆生得受人形半劫盡時我逮阿耨多羅三藐三菩提我當使彼一切衆生住於三乘世尊若我如是意滿者佛當授我阿耨多羅三藐三菩提記善男子爾時寶藏如來讚無恐畏言善哉善哉善男子汝能爲過數衆生大悲饒益汝於來世過一恒河沙數阿僧祇入二恒河沙數阿僧祇散華劫半盡時汝當最後成阿耨多羅三藐三菩提號無上勇王如來乃至佛世

尊如彼七十九佛共壽半劫汝當獨壽半劫乃至如汝所願悉皆當成彼白佛言世尊若我如是意滿者五體禮世尊足時令此佛土普雨青蓮華極妙甚香其有衆生聞是香氣四大調和衆病皆愈善男子如無恐畏童眞五體禮寶藏如來足應時一切佛土雨青蓮華衆生聞香彼一切四大調和衆病皆愈寶藏如來言

趣習大悲善調心　多妙世尊皆敬汝

諂結慳結汝能斷　當得淨妙智慧藏

三億少童子受記品第十四

善男子時海濟婆羅門三億弟子謂在園門坐有人來爲我三歸勸以菩提者善男子爾時海濟婆羅門告諸弟子言汝等童子可發阿耨多羅三藐三菩提心各隨所欲而取佛土在如來前隨意發願其弟子中有一童子名曰月忍彼白師言是道云何當積何德修何行作何念而得菩提大師告曰童子菩薩具四無量藏得逮菩提何謂爲四具無盡福藏具無盡智藏具無盡慧藏具無盡一切佛法藏是名具足四無盡藏善男子如來說如是菩提道名總集淨德度生死法門菩薩具足行施爲度衆生故菩薩具足持戒爲滿願故菩薩具足忍辱成相好故菩薩具足精進以辦衆事故菩薩具足禪以調心故菩薩具足慧以滅諸結故菩薩具足聞爲阿僧祇辯才故菩薩具足功德潤益一切衆生故菩薩具足智爲阿僧祇智故菩薩具足止隨心作故菩薩具足觀爲除疑惑故菩薩具足慈爲心無礙故菩薩具足悲爲度化無疲猒故菩

薩具足喜爲樂法喜故菩薩具足捨爲除愛憎故菩薩具足摩沙門爲除障礙故菩薩具足出家爲捨一切有爲故菩薩具足閑居爲滅不善業修益善業故菩薩具足念爲得持故菩薩具足意爲覺深解故菩薩具足强志爲覺義故菩薩具足念處爲觀身受心法故菩薩具足正捨爲捨一切不善法修滿一切善法故菩薩具足神通爲輕身心故菩薩具足根爲滿攝根故菩薩具足力爲伏一切結使故菩薩具足覺分爲實法故菩薩具足六和敬法爲淨應度者心故童子是名總具足淨德度生死法門彼白師言聞世尊說布施得大富饒益諸眷屬持戒得生天多聞得大慧世尊說修淨德爲度生死故大師告曰童子有樂生死施者如汝所說童子善男子善

女人信菩提道施者爲調伏心故持戒爲滅心故求聞爲除心濁故修悲爲大悲心故餘法以智慧方便具足集行童子此是菩提道具足集如是德如是修如是念乃逮菩提諸童子菩提道行如是諸童子可求菩提諸童子菩提道淨應至意立願必當得滿諸童子菩提道淨以意淨故諸童子菩提道直淨除諸結無諂僞故諸童子菩提道乃至安隱無上涅槃際故是故汝等今可立願隨取嚴淨不淨佛土善男子爾時月忍童子至寶藏如來前右膝著地叉手合掌而白佛言世尊我今欲發阿耨多羅三藐三菩提心於此濁佛土中衆生少於貪欲瞋恚愚癡無忘失無濁心無怨心無慳嫉心無邪見心住正見心無不善心常求善心無三惡趣心求人天心集

三福地善根心求三乘心我當於是中成阿耨多羅三藐三菩提世尊若我如是意滿者令我兩手有自然龍象適發言已以佛神力於兩手中有自然龍象其身純白七支具足躬自目見而告之曰汝二龍象上昇虛空周遍此土降極香妙八功德雨覺此佛土一切衆生令此雨滴觸衆生身有聞香者令除五蓋謂愛睡掉悔疑適發是言彼二龍象即昇虛空如是捷速如大力士放箭甚疾彼二龍象如向所說事訖而還在其前立善男子爾時月忍童子極大歡喜時寶藏如來告彼言汝善男子於當來世過一恒河沙數阿僧祇始入二恒河沙阿僧祇於照明劫明集佛土此四天下汝當成佛號寶蓋勇光如來乃至佛世尊善男子爾時月忍菩薩五體禮寶藏如來足寶藏言

起汝無塵心甚淨　　汝授多億衆生記
淨治菩提最妙道　　汝當得仙導衆生

略說千人不滿三億童子於此佛土立阿耨多羅三藐三菩提願寶藏如來皆授彼記其最後者名毗婆尸如來式棄如來鞞尸羅婆如來是授童子記也

千童子受記品第十五

彼千童子皆通四鞞陀其最大者師而事之名婆由毗師紐彼言我欲於彼五濁佛土證阿耨多羅三藐三菩提爲極重貪欲瞋恚愚癡諸結衆生而說法月鬘童子白大師言此婆由毗師紐見何等事乃能立願於五濁佛土大師告曰童子有大悲菩薩彼於五濁佛土而逮菩提無救無趣困於諸結邪見之厄

爲此衆生作救趣饒益故於生死海度斯等類令住正見以涅槃甘露之味充滿衆生此現菩薩大悲立願於五濁佛土者時寶藏如來言汝婆由毗師紐於當來世過一恒河沙數阿僧祇二恒河沙數阿僧祇之餘於東方過佛土微塵數佛刹有世界名結使幢汝善丈夫於中當成阿耨多羅三藐三菩提號主山王如來乃至佛世尊婆由毗師紐白佛言若我如是意滿者禮世尊足時唯願世尊當以百福莊嚴兩手摩我頂上善男子如婆由毗師紐童子頭面禮世尊足時寶藏如來即以兩手摩婆由毗師紐菩薩頂而告之曰

起大悲意深智慧　汝爲菩提修妙行
結縛甚堅强力斷　汝當成佛饒益世

善男子爾時月鬘童子向寶藏如來右膝著地而白佛言世尊我欲發阿耨多羅三藐三菩提心於此佛土貪欲瞋恚愚癡等分心衆生不住諸善惡心衆生於四萬歲世人中我當成阿耨多羅三藐三菩提寶藏佛言汝於來世過一恒河沙數阿僧祇二恒河沙之餘有世界當名娑訶何故名娑訶其中衆生忍樂貪欲瞋恚愚癡一切結縛皆悉忍故以是因緣名曰娑訶時有大劫名賢何故名賢於此劫行貪欲瞋恚愚癡吾我衆生中當有千大悲佛婆伽婆於中出故汝善丈夫始入賢劫於四萬歲世人中當先成阿耨多羅三藐三菩提號迦羅迦孫馱如來乃至佛世尊當以三乘說法有過數衆生爲生老病死駛河所漂汝當度著涅槃彼岸善男子爾時月鬘菩薩五體禮寶藏如來足却坐一面善男子

爾時第二童子名曰欽婆羅前白寶藏如來言世尊我欲次迦羅迦孫駄如來後於三萬歲世人中當成佛寶藏佛言汝童子於當來世過一恒河沙數阿僧祇二恒河沙阿僧祇之餘於娑訶國土適入賢劫次迦羅迦孫駄如來後於三萬歲世人中當得成佛號迦那迦牟尼如來應供正遍知乃至佛世尊名稱流布彼於世尊所聞授記已頭面禮足起遶三帀於寶藏如來前以華散佛叉手合掌以偈讚曰

善集和合巧次第　無失濁亂淨妙稱
意極高廣諸仙尊　說菩提道如火爍
與人德自百福滿　施寂樂道燒結山
牟尼所爲無過者　授多衆生菩提記

善男子爾時童子名厚攝以七寶牀著寶藏如來前價直百千兩金數以所宜置之金鉢盛滿七寶以金澡罐并七寶牀施佛及僧而白佛言世尊我欲於來世過一恒河沙數阿僧祇二恒河沙數之餘於彼賢劫成如來應供正遍知衆善滅時惡世瑞現衆生住重貪欲瞋恚愚癡慳嫉依惡知識邪見衆生常樂親近不善根心離善根心無正見心邪命亂心迦那迦牟尼如來般涅槃已正法滅後衆生盲冥世無導師二萬歲世人中我當成阿耨多羅三藐三菩提善男子時寶藏如來告厚攝曰善哉善哉婆羅門汝善丈夫具大明智惡世人中瑞應出時乃至二萬歲世人中盲無導師於中立願是故善丈夫字汝爲明智悲意汝明智悲意於當來世過一恒河沙數阿僧祇二恒河沙之餘即於此娑訶世界

在賢劫二萬歲世人中當得成佛號迦葉如來乃至佛世尊善男子爾時明智悲意菩薩五體禮寶藏如來足於一面立以華鬘香粖散寶藏如來以偈讃曰

人尊多聞益　皆生喜樂意　以巧妙善語
善智處人天　授多衆生記　於十方作佛
神通智意等　佛法無稱量　尊現菩提行
故我稽首禮

善男子爾時海濟婆羅門覺悟第四童子名無垢意善男子爾時無垢意童子前白寶藏如來言我欲如是於此土賢劫中求菩提以不如是惡世迦葉如來般涅槃後正法滅已於萬歲世人中衆生布施持戒修定心意轉薄乏於七財敬惡知識以之爲師心不樂求於三福地亦不樂修三善之業及樂爲三不善惡業以諸結使閙亂心故不欲樂求三乘之道於當爾時尚無能辦菩提行者況復千歲世人乃至百歲爾時衆生無有善名況行善者是五濁世壽命轉減乃至十歲刀兵劫起即於我爾時當從天上下拔濟衆生使捨不善爲說善法令彼衆生住十善業以諸善業除衆生結亦除五濁乃至世人壽八萬歲我乃於中成阿耨多羅三藐三菩提爲少貪欲瞋恚愚癡無明慳嫉衆生說法令住三乘世尊若我如是意滿者世尊應授我阿耨多羅三藐三菩提記世尊設我不得如是授記我當求聲聞地若辟支佛速脫生死寶藏如來言婆羅門菩薩有四懈怠地若有菩薩具此懈怠者久樂生死爲見所誤受生死苦不速逮阿耨多羅三藐三菩提何謂爲四或有

菩薩卑賤威儀卑賤同學卑賤分施卑賤立願何謂菩薩卑賤威儀或有菩薩破身口意或不攝威儀與學聲聞緣覺者俱不一切施不一切處施求人天福樂施不至意立願莊嚴佛土爲度衆生具四法懈怠菩薩久受生死之苦不速逮阿耨多羅三藐三菩提有菩薩具四法速成阿耨多羅三藐三菩提何謂爲四護持身口意或常親近大乘學人一切施一切處施爲脱一切衆生苦故發悲心施至意立願莊嚴佛土爲度衆生故是爲四法菩薩行是速成阿耨多羅三藐三菩提復有四法菩薩具足攝菩提道何謂爲四勤行波羅蜜施攝衆生修辦諸禪遊戲神通是爲四復有四無猒法菩薩應具施無猒聞法無猒攝衆生無猒願無猒是爲四復有四無盡藏菩薩應滿信無盡藏菩薩應滿說法無盡藏菩薩應滿迴向無盡藏菩薩應滿濟窮厄衆生無盡藏菩薩應滿是爲四復有四淨菩薩應具無我戒淨無衆生三昧淨無命慧淨無人解脱知見淨是爲四法菩薩應具菩薩以是速成阿耨多羅三藐三菩提轉虚空輪不可思議輪無稱量輪無我輪無言說輪假現輪猒患輪轉未曾有輪汝無垢意於當來世過一恒河沙數阿僧祇於二恒河沙阿僧祇餘入賢劫未久五濁以除其壽轉增至八萬歲人中汝當得逮阿耨多羅三藐三菩提號彌勒如來乃至佛世尊時無垢意婆羅門五體禮寶藏如來足已於一面住以華鬘抹香供養世尊以偈讚曰

尊面如滿月　白毫相如雪　身淨如金山

誰不願牟尼　雄猛如獸王　無量德照世
光明普周遍　今授我佛記
大師海濟婆羅門勸彼一千人少一童子通四鞞陀得發菩提所謂迦羅迦孫馱迦那迦牟尼迦葉彌勒子照等千人少二童子通四鞞陀彼一切立阿耨多羅三藐三菩提願於此賢劫寶藏如來彼一切阿耨多羅三藐三菩提記於賢劫中其最小者大師覺之咄持大力何以久觀汝摩訶薩捨餘意想爲衆生故可發大悲以偈告曰
衆生老病死　没於愛流河　處在三界畏
受胎之微形　飲結毒相害　曠野苦燒煮
癡盲失善道　爲生死所逼　三界苦熾然
皆住於邪見　一切在五道　譬如車輪轉
衆生鬾法眼　念無救衆生　修慧除疑惑
今可求菩提　爲世渴愛河　作衆生橋梁
解世結縛故　心迴向菩提　除癡開法眼
施以無上道　生死三界燃　充足以法味
速可詣饒益　頂禮牟尼足　可立最堅願
爲佛世導師　慰喻諸群生　曠野濟衆庶
施妙解脱道　根力及覺分　爲求雨法雨
以滅衆生苦
善男子時持大力童子白言大師我不樂生死樂求尊德又復不求聲聞辟支佛乘欲求無上乘我觀所化處待時立願大師是故我住思惟至今師待須臾聽我師子吼時善男子爾時海濟婆羅門捨彼而還告其弟子五婆羅門常給侍者汝諸童子可發阿耨多羅三藐三菩提心彼白師言我等無財寶物可供養佛及比丘僧我等云何未種善根發菩

提心善男子爾時國大師告其弟子一名迦羅浮殊即與七寶耳璫渠二名他羅浮殊亦與七寶耳渠第三名闍羅浮殊與七寶牀第四名佉伽浮殊與七寶杖第五名娑羅浮殊與純金澡鑵而告之曰汝等可以此物供養佛及比丘僧發阿耨多羅三藐三菩提心時五給侍進詣世尊各以所齎施佛及僧已而白佛言唯願世尊授我等阿耨多羅三藐三菩提記於彼賢劫我等於中當成無上正眞之道略說善男子時寶藏如來即與迦羅浮殊童子授菩提記於賢劫中當名堅音如來次後他羅浮殊當名樂相意如來次後闍羅浮殊當名商導如來次後佉伽浮殊當名愛清如來次後娑羅浮殊童子當名青葉髻王如來佛適授彼五童子記於賢劫已時大師重告持大力言汝持大力於世尊所今可立願取莊嚴佛土隨意所欲以法味調一切衆生堅固精進行菩薩行莫復久觀自執其臂將至佛所善男子彼時持大力童子住世尊前而白佛言世尊於當來世後賢劫中當有幾年尼日出現於世寶藏如來言童子於半賢劫當有千四年尼日出現於世童子白佛言世尊於彼賢劫乃至千三年尼日般涅槃已其最後娑羅浮殊童子當成阿耨多羅三藐三菩提名青葉髻王如來我當於爾所時行菩提行難行苦行布施持戒修定多聞精進忍辱隨福德智慧我當具滿於彼賢劫一切成佛未久我先施供養彼般涅槃後如舍利法供養舍利護持正法乏戒衆生勸令持戒使住其中少見困厄衆生勸令正見使住

其中少意衆生勸住正意無威儀者令住威儀當爲衆生示現種種若干善行彼諸佛世尊涅槃未久我當復正法眼正法攝正法與正法燈熾然於世刀兵劫時我當勸化衆生使住不殺乃至正見以十善業於邪逕路拔出衆生著善道中除彼惡行闇冥開示善行法劫濁乃至命見結衆生濁世我當滅除饑饉劫時我當勸化衆生行檀波羅蜜令住其中我以六波羅蜜除滅一切饑饉之劫濁亂鬬諍及與怨嫉於衆生所除滅結垢疾疫劫時我當以六和敬四攝法勸化衆生令住其中除滅衆生疾疫闇冥乃至滅結一切娑訶佛土半賢劫中如是救濟衆生困厄千四世尊出現涅槃彼一切正法滅已於賢劫中然後我當成阿耨多羅三藐三菩提如彼賢劫千四諸佛壽命限量我逮菩提已壽命與等如彼所有聲聞僧數我聲聞衆亦當與等如彼半劫千四如來所度衆生獨我與等彼諸佛世尊學聲聞者設違失戒逐邪見林不敬諸佛多憎嫉心惡心害心伺求法僧失心過心誹謗賢聖非毀正法作無間業者願我逮菩提時於生死中拔彼一切安置無畏涅槃城中乃至我般涅槃隨正法幾時滅賢劫俱盡我正法滅賢劫盡已當令我齒及身舍利變成無量阿僧祇化佛具足三十二大人之相以莊嚴身令一一相八十種好而自莊嚴令諸化佛往至十方無量阿僧祇無佛之國令一一化佛勸彼無量阿僧祇衆生使住三乘其有佛土爲災劫所壞令彼化佛往至其中救濟衆生如前所説然後令我如意摩尼

於諸佛土若有衆生乏無珍寶到彼諸國如意雨寶示現伏藏又餘佛土衆生尠諸善業爲病所困亦到於彼令雨海此岸牛頭栴檀香令彼香雨滅除衆生結病身患及與見困令彼衆生勤三福地得生天上世尊我行菩薩行時欲以如是濟度衆生我逮菩提時如是作佛事我般涅槃後亦令如是無量無邊諸佛土中救濟衆生世尊若我如是意不得滿不爲衆生能作良藥而救濟者令我禮佛已不見十方無量無邊世界中現在住世說法諸佛今日世尊不授我阿耨多羅三藐三菩提記又令世尊所授多億衆生阿耨多羅三藐三菩提記令我亦不見彼諸佛世尊不聞菩提聲若如是意不滿者令我流轉生死不聞佛聲法聲僧聲不聞善業聲令此諸聲不經我耳令我常在阿鼻地獄寶藏如來告持大力童子言善哉善哉善丈夫汝當爲衆生作善良藥脫諸苦難善丈夫是故字汝爲無垢明藥王汝無垢明藥王於當來世過一恒河沙數阿僧祇二恒河沙數阿僧祇之餘於賢劫中千四如來成佛未久汝先供養乃至如汝立願青葉髻王如來般涅槃已正法滅後汝當成阿耨多羅三藐三菩提號曰樓至如來乃至佛世尊壽命半劫如彼賢劫千四諸佛聲聞僧數汝聲聞衆獨與彼等所度衆生亦復與等般涅槃後正法滅時賢劫俱盡如是汝齒及以舍利成諸化佛如是乃至無佛國中雨栴檀香除彼結病見困身患安置衆生著三福地皆得生天善男子爾時無垢明藥王菩薩白佛言世尊若我如是意得

滿者唯願世尊以百福莊嚴相足著我頂上善男子時寶藏如來即以百福莊嚴相足以摩其頂善男子時無垢明藥王菩薩心大歡喜意甚踊躍五體投地禮寶藏如來足已却住一面時海濟婆羅門以天劫波育衣與之讚言善哉善哉丈夫所願甚善自今以後勿爲我使隨意所欲

大乘大悲分陀利經卷第四

音釋

嫉妬（嫉昨悉切妬都故切害賢曰嫉害色曰妬）剬（多官切）楮（遵係切）捷（疾葉切敏疾也）紐（女九切）駛（踈士切疾也）咄（當没切呵也）璫璖（璫都郎切耳珠也璖強魚切王也）髻（古詣切）饑饉（饑居宜切穀不熟也饉渠各切菜不熟也）疫（營隻切病氣流行也）尠（息淺切少也）

大乘大悲分陀利經卷第五

失譯師名附秦錄

大師立願品第十六

善男子爾時海濟婆羅門心生是念我已勸化多億那由他百千衆生於阿耨多羅三藐三菩提令此大衆無不是者此諸摩訶薩各立妙願取淨佛土唯除婆由毗師紐賢劫中者彼亦避惡世我念應惡世中以法味諸衆生我應堅固勇猛應以如是作師子吼令此一切菩薩大衆得未曾有又令一切大衆天龍夜叉乾闥婆阿脩羅及世人皆合掌禮恭敬於我令佛世尊讚我善哉并授我記又於十方無量無邊阿僧祇世界中現在住世爲衆生說法諸佛世尊我師子吼時令彼諸佛讚我善哉亦授我阿耨多羅三藐三菩提記令彼遣使慰喻於我令此大衆聞見彼使我當於中爲後世具大悲菩薩安立願眼令後時乃至我逮菩提聞我願者令彼亦得極未曾有復於後時菩薩具大悲者令彼如是於濁佛剎大惡世時願取菩提尠法闇冥結病漂者令救濟之而作佛事爲衆生說法乃至我般涅槃後過不可思議不可稱量無邊佛剎中諸佛世尊皆於菩薩衆前稱譽讚歎我爲諸菩薩說我願眼令彼菩薩受大悲力聞我願者得未曾有亦於衆生發起大悲令彼如是取菩提願如我今日取願無異彼亦如是濁剎中成三菩提於四漂浪濟脫群萌以三乘法化度衆生乃至著涅槃道善男子爾時國大師海濟婆羅門具修如是大悲願已整衣服偏袒右肩詣寶藏如來所即於爾時

多億那由他百千諸天於虛空中作億天樂雨衆天華同聲讚言善哉善哉善丈夫至世尊所令取妙願以智慧水滅世衆生煩惱苦結一切大衆合掌向之同聲讚言善哉善哉妙達智慧饒益我等妙意堅願我等欲聞時大師至世尊所右膝著地時三千大千剎提蘭佛剎六種震動極大震動極搖傾動岠峨涌沒鐘鈴螺鼓自然而鳴禽獸衆鳥出柔軟音世界枯樹皆生華葉於此三千大千世界地住鬼神有勸菩提有未勸者除地獄餓鬼種種畜生彼一切得饒益心善心無怨嫉心無濁心慈心未曾有心皆得充滿有衆因空住者彼於虛空意得歡喜以諸雜華鬘香音雜寶旛蓋及以幢麾衣被房舍以柔軟聲爲聞婆羅門願故以用供養乃至阿迦尼吒際諸天盡下閻浮提住虛空中持諸天香乃至房舍爲聽婆羅門願故以用供養爾時婆羅門叉手合掌以偈讚歎寶藏如來言

尊遊三昧如梵王　顏色從容猶帝釋
施與錢財如國主　持最妙寶若仙尊
德軟吼音如師子　堅固不動喻須彌
無有怒恚如大海　舍忍好惡等如地
除一切垢如大水　燒諸結林如山火
無所染著猶疾風　開現眞實如大天
牟尼澍法如龍雨　充濟世間猶時澤
降伏外道如論師　仙放德香如妙華
妙聲柔軟如梵王　治世脫苦如良醫
心住平等如慈母　常攝衆生喻如父
破諸堅怨如金剛　斷恩愛枝如神劒
濟度衆生如船師　施人智慧如牟尼

施涼光如牟尼月　開敷人華猶如日
施四上果如妙樹　仙衆圍繞如鳥王
尊意甚廣如大海　等心於世猶草木
觀諸法性如空拳　尊等隨世譬如水
佛授多衆菩提記　持最妙相善大悲
我化衆生多無量　願今授我菩提記
於濁結怨世成佛　安置衆生寂靜道

善男子國大師海濟婆羅門以是偈讚寶藏如來已即時一切大衆天龍夜叉乾闥婆世人歎言善哉時國大師白佛言世尊我勸化多億那由他百千衆生於阿耨多羅三藐三菩提彼各各觀已而受妙土取清淨意種諸善根易化衆生此千四月鬘等通四鞞陀羅如來所可授賢劫中記者彼諸丈夫亦以三乘教化貪欲瞋恚愚癡吾我衆生彼等亦捨重結煩惱惡世棄無間業誹謗正法非毀賢聖住於邪見乏聖七財不知父母不識沙門不別婆羅門不知作恩不作福德不畏後世不求三善天人之德造三不善乏十善業爲一切善知識所棄爲一切慧人所譏爲三界煩惱駛水所漂沒在生死灰河燒煮癡冥所蔽離諸善業棄彼衆生置無佛國離諸善根集不善根困於邪道處大曠野當爾之時娑訶世界賢劫中人轉壽千歲爲此智慧諸善丈夫之所棄捨當於爾時爲三界生死因緣所逼無救無趣無所歸依苦器所困捨此衆生各取妙土易化淨意種諸善根精進不懈以曾親近供養多佛而濟化之世尊如是不耶寶藏如來而告之言如是如是婆羅門隨彼衆生立願所取佛土莊嚴我亦如是授彼

等記婆羅門白言世尊我心振搖如芭蕉葉意甚憂慮舉身喈然世尊是一切大菩薩皆發大悲然棄彼時惡世熾盛衆生處在闇昧之中皆是所棄世尊我亦於當來世過一恒河沙數阿僧祇二恒河沙阿僧祇三恒河沙阿僧祇之餘於賢劫中待世人壽千歲時我能於爾所時處在生死行菩提行我能不以願力取度衆生當行六波羅蜜而取化度曾從佛聞能捨物施是檀波羅蜜我當如是行檀波羅蜜在所生處有來求者我當如是行之所謂飲食佉闍蒲闍螺夜梨舍衣服卧具園林房舍鬘飾塗香隨病與藥幢旛麾蓋錢財象馬車乘金銀雜寶摩尼眞珠瑠璃螺貝硨磲碼碯珊瑚琥珀玫瑰并及餘寶悲念衆生以歡喜施如是等物度衆生故不望果報爲攝度衆生故具足施與復有衆生求極難捨我當與之所謂奴婢聚落城邑宮殿王位妻妾男女及與手足眼耳鼻舌皮膚血肉骨髓身命乃至求頭悲念衆生以極歡喜如是施與不求果報爲攝度故我當如是行檀波羅蜜先未曾有菩薩行阿耨多羅三藐三菩提行能如是行檀波羅蜜者後亦無有菩薩行阿耨多羅三藐三菩提行能如是大施如我在所生處無量阿僧祇億那由他百千劫中行阿耨多羅三藐三菩提行行檀波羅蜜我當爲後具大悲菩薩安立施眼功德先思惟諸結是尸羅波羅蜜我當如是行阿耨多羅三藐三菩提行種種持戒我行無上難行苦行如前所說於境界不墮落觀我無我故是羼提波羅蜜我當如是修行羼提如前所

說又猒患諸有爲一切無爲靜寂行無上而不退是毗梨耶波羅蜜於一切作捨行空等是禪那波羅蜜如性無生法忍是般若波羅蜜我當如是堅固勇力無量阿僧祇億那由他百千劫中行般若波羅蜜先無菩薩行阿耨多羅三藐三菩提行有能如是堅固勇力行般若波羅蜜者後亦無菩薩行阿耨多羅三藐三菩提行有能如是堅固勇力行般若波羅蜜如我所行爲後時具大悲諸菩薩安立慧功德眼我初發心爲後菩薩示現大悲乃至無上般涅槃彼諸菩薩得未曾有是故我不輕行施戒無依忍無想進無住禪無著慧無二我不求果報衆生乏聖七財捨棄彼一切衆置無佛土中作無間業謗正法毀賢聖盡皆邪見集不善根墜在曠野爲此邪道

所困衆生故我以極勇猛力行波羅蜜一一衆生所爲置善根種故於十大劫能受阿鼻地獄苦痛如是畜生餓鬼夜叉貧窮人中貧窮能忍斯苦如一切衆生所置善根種我當如是攝度無惓心意燋枯衆生乃至賢劫之際我不求人天榮利之福唯除一生補處在兜率天待成菩提時我於爾所時生死中親近佛土微塵數諸佛以佛土微塵數種種供具供養一一諸佛於一一佛所得佛土微塵數功德佛土微塵數衆生勸以菩提辟支佛乘聲聞乘亦如是隨其所欲我以如是而勸化之若世無佛我作仙人以諸善業化彼衆生令住神通困於邪見奉事摩醯首羅天者即現摩醯首羅天勸以善業現那羅延日月乃至現梵天形勸以善法或現迦樓羅勸迦

樓羅鳥修諸善行乃至現爲免形飢渴衆生以身肉血而充濟之以已身命救彼一切急厄衆生世尊我當於爾所時以極勇力修諸難行爲心意燋枯乏善根者我於爾所時爲衆生故受於種種苦切乃至過一恒河沙數阿僧祇二恒河沙阿僧祇之餘始入賢劫中如月鬘童子成阿耨多羅三藐三菩提號迦羅迦孫駄如來令我爾時以聖慧眼見於十方各千佛土微塵數世界中已轉法輪現在住世諸佛世尊是我先所勸化心意燋枯集不善根乏聖七財爲一切所棄在空佛土作無間業誹謗正法誹毀賢聖乃至邪道所困處大曠野者我先爲彼衆生讚歎阿耨多羅三藐三菩提勸以阿耨多羅三藐三菩提令住其中者彼衆生是我先所勸化住檀波羅蜜乃至般若波羅蜜者彼衆生是我置無上涅槃善根種者拔出惡趣者使立具智慧福德將至現在住世諸佛世尊所得受阿耨多羅三藐三菩提記者得三昧陀羅尼忍辱者得登地者彼衆生是我先所勸化教使立願取莊嚴佛土隨彼所欲取莊嚴佛土者我爾時始入賢劫迦羅迦孫駄聖日出時令我見於十方各千佛土微塵數世界中現在住世爲衆生說法諸佛世尊迦羅迦孫駄如來應供正遍知成佛未久我當住詣其所以種種供具而供養之諮請問難出家修戒多聞三昧說法第一唯除如來於彼時心意燋枯衆生集不善根沒邪見道作無間業乃至邪道所困曠野衆生我當攝度而爲說法聖日沒後我當具作佛事如是迦那迦牟尼迦葉成

佛未久往至其所乃至具作佛事展轉乃至千歲世人以三福地安立衆生過是已往上生天上爲天説法而攝度之乃至衆生百二十歲極甚愚癡憍慠恃色自倚種族昏濁無識多懷嫉恚處在五濁闇冥是諸衆生貪欲瞋恚愚癡甚重憍慢嫉妬染著非法非法自活邪見倒見乏聖七財非母非父非沙門非婆羅門不知作恩不作福德不畏後世不修三福地不求三乘不修三善業修三惡業不修十善業樂修十不善業爲四顛倒所困住四迴轉隨順四魔四疾河所漂常隨五蓋六情昏愚没在八邪曠野恒起諸使不求天人福德爲倒見邪道所困作無間業誹謗正法誹毀賢聖離諸善根剛强麤獷不知恩分若有所作尋即忘失見修善者惡心譏謗淺慧少聞諸根不具羸瘦少力衣服乏短親惡知識胎中忘念衆病所困顏色醜惡不顧前後無有慙愧更相恐怖一小食頃身口意行多作惡業以是爲貴衆生常見斷見著五陰心貪五欲心喜心掉心怨心欺心濁心麤心恚心不調心不執心不柔伏心著非法心無住心相求心散亂心更相害心離法心無報心計有法心滅善心不生善心不求涅槃靜心不知應供養心集一切使縛心老病死無因緣心受諸煩惱心執一切障礙心毀法幢心慳見幢心更相訾毀心共相食噉心自貴心困他心嫉妬熾盛心共相殺心貪欲無猒心嫉他一切所有心無恩分心盜竊心邪婬心欺調心無願心是時衆生無不爾者於中展轉相從聞如是聲所謂地獄聲畜生聲餓鬼

聲病聲老聲死聲害聲難聲陰使他國聲枷鏁杻械繫閉聲拷楚聲說是非聲罵詈聲穿鑿聲壞衆聲竊盜聲軍馬聲饑饉聲貪欲邪婬聲妄語聲癡狂聲綺語聲惡口聲兩舌聲嫉妬聲出內積聚聲鬬諍聲吾我聲愛憎聲愛不愛聲愛別離聲怨憎會聲販賣聲迭相鬻賣聲處胎聲臭穢聲寒聲熱聲飢聲渴聲疲乏聲疼痛聲種植聲憂種種業聲種種苦逼聲種種疾疫聲衆生展轉相從聞如是聲有四十五如是乏無善根尠善知識惡心衆生爾時充滿娑訶世界彼諸衆生爲一切薩婆若所棄處無佛剎謂無布施持戒修定無善業集諸不善法我當以八分聖道度生死海置無畏城爾時衆生緣惡業重於賢劫中壽百二十歲以彼衆生惡業重故娑訶佛剎當極弊惡爲諸福德種善根者所見棄捨處處地生鹹鹵瓦礫土石諸山高下不平多諸毒蟲蚊蚋惡蛇鳥獸爾時充滿非時風起惡濁麤澁非時暴雨雜毒鹹苦霜雹災降地生如是惡種草木枝葉華果諸穀種味衆生服食養身之具非時惡濁雜毒麤澁彼諸衆生食之皆當增長麤惡殺害欺誑傳說是非不相恭敬生怖畏心相憎嫉心欲相害心飲血食肉衣之以皮好執兵器傷殺殘害恃己族富貴算數外書跨馬鳴弦人衆鬬戰嫉妬憿慢勤修種種如斯鄙賤是苦難世爾時我當從兜率天下爲度衆生熟善根故於最妙轉輪王種第一夫人腹中受胎而住我當爾時放妙光明遍照娑訶佛土上至阿迦尼吒天下至金輪際妙光周遍爾時衆生生娑訶佛

剎者或在地獄或爲畜生或爲餓鬼或生天上或生人中在色界無色界想無想非想非非想處令彼一切見斯光明覺觸其身令彼一切猒生死苦樂求涅槃乃至住滅結心是初種涅槃道種我當受一切法決定三昧受一意法門三昧心十月住母腹中又我得佛衆生猒離生死我所應度者令彼衆生於十月中見我在胎結跏趺坐心入三昧如摩尼現滿十月生時以集一切福德三昧六種震動一切娑訶佛土上至阿迦尼吒天下至金輪際皆悉震動彼時衆生生娑訶佛土者或在地獄乃至人中悉覺悟之我當從母右脇而出又以妙光普照娑訶佛刹無不周遍爾時亦復覺悟娑訶佛土一切衆生於未種善根衆生所著涅槃種於已種涅槃種衆生生

誓願芽若我足蹈地時令此娑訶佛土六種震動峘峨涌没乃至金輪際爾時衆生有依水依地依空依四生處依止五趣我當覺之有衆生未生誓願芽者當令生已生誓願芽者令住三乘得不退轉令我生時娑訶佛土大梵魔王帝釋日月護世諸天龍王阿脩羅化生大威德夜叉羅刹龍脩羅令彼一切來供養我令我適生即行七步我以集一切福德三昧如是說法令彼大衆得住三乘其大衆中求聲聞乘者令住最後身我當度之其有衆生求辟支佛乘者令彼一切得顯明華忍其有衆生求無上大乘者令彼一切得金剛持海不動三昧以是三昧得登三地我欲浴時令其中最勝龍王彼來浴我其有衆生見我浴者令彼一切住於三乘獲如是德如

前所説其有衆生見我乘者略説爲童子遊戲及種種業示教衆生在宮婇女遊戲五欲心生猒患中夜捨出除去瓔珞嚴身之具爲伏諸異學尼乾陀遮羅迦婆利婆羅闍迦離波路多衣求應法服詣菩提樹有衆生見我詣菩提樹者我當以集一切福德三昧爲彼衆生説如是法令彼一切勤求三乘其有衆生植聲聞種令彼衆生一切結熟住最後身從我得度其有衆生求辟支佛乘者令彼一切得顯明華忍有植大乘種者令彼一切得金剛持海不動三昧以是三昧得登三地我當手自執草菩提樹下敷金剛座於彼座上結跏趺坐端身正意我當如是入不動禪滅出入息日日一從禪起食半胡麻半以施人我當爾所時行是苦行令乃至阿迦尼吒際

依娑訶佛土一切諸天來供養我令彼一切證我苦行其有求聲聞乘者世尊令彼諸結皆悉除滅住最後身從我得度有求辟支佛乘者乃至如前所説如是天龍夜叉乾闥婆阿脩羅迦樓羅緊那羅摩睺羅伽餓鬼毗舍遮鳩槃茶五通仙人如是等來供養我令彼一切證我苦行其有求聲聞乘者乃至如前所説於此四天下異學行麤弊苦行者令天非人唱告彼言汝等苦行無大果報復非未曾有於如是處住最後身菩薩所行苦行入是禪捨心行縛離於身行滅口行喘息日日一從禪起食半胡麻彼是苦行彼果甚大彼大寛廣不久當得阿耨多羅三藐三菩提汝等不信可自往觀令彼一切捨離苦行盡來見我苦行者有植聲聞乘種者乃至如前所

說若有人王群臣百官及餘庶民在家事家業者令彼一切來至我所見我苦行有求聲聞乘者如前所說若有女人來見我者令是最後女身更不復受有求聲聞乘者如前所說若有禽獸見我坐修苦行者令最後畜身更不復受有禽獸植聲聞乘種者令更一生從我得度有求辟支佛乘者如前所說種種畜生作如是說餓鬼亦如是說我當於爾所時行如是苦行一結跏趺坐令多億那由他百千衆生證我苦行得未曾有於彼所種無量阿僧祇解脱種我當如是修行苦行先無衆生數異學聲聞乘辟支佛乘無上大乘能行如是苦行者後亦無有衆生數異學乃至大乘能行如是苦行如我所行我未逮阿耨多羅三藐三菩提作丈夫行降魔官屬留餘

業報破結使魔成阿耨多羅三藐三菩提於其中我當令一衆生得阿羅漢如是爲二法得阿羅漢如是第三第四說法得阿羅漢我當爲一一衆生故現百千神通令住正見說多千法文義具足隨所住果衆生結山猶如金剛我要當以金剛慧杵而破壞之說大乘法爲一一衆生故步涉多百由旬而爲說法置無畏道令我法出家無有遮礙羸瘦少力荒忘狂心剛强慠慢無慧多結煩惱亂心及與女人令我法出家得受具足令我有四衆比丘比丘尼優婆塞優婆夷令我法中有多耶若令天見諦夜叉龍阿脩羅具八聖分齊乃至畜生令修梵行世尊我逮菩提已有衆生於我惡心害心若刀火石若以種種器仗來至我所麤言罵辱又於十方誹謗揚惡雜

毒飲食而用施我我當如是留殘業果成阿耨多羅三藐三菩提我逮菩提已衆生於我先有怨嫌執持殺具種種器仗麤言罵辱雜毒飲食來至我所出我身血我以大悲梵柔輭音猶如鐘鼓雷震之聲爲彼衆生說如是法戒聞三昧及與淨心令彼衆生得住於善改悔惡業逮具淨戒令彼衆生無失解脱果離欲漏盡障礙業報我於是盡所留業果世尊我逮菩提已隨身毛孔之數日現爾所化佛皆具三十二大人之相八十種好我當遣彼化佛至空佛剎又遣至不空處亦復遣至五濁佛剎彼諸國中衆生造無間業謗正法毁賢聖乃至集不善根其中有求聲聞乘者求緣覺乘者求大乘者於戒缺漏威儀不具犯於根罪心意燋枯違失善道墜生死曠野爲邪道所困没在曠野令一一化佛日爲如是億那由他百千衆生隨所説法有衆生奉事摩醯首羅天者隨現摩醯首羅天形而爲説法稱我娑訶佛土勸彼衆生迴向誓願彼諸衆生聞我名者令彼衆生願生我國世尊若彼衆生命欲終時我不現前不爲説法不生善心者令我莫證阿耨多羅三藐三菩提彼衆生命終已若墮惡趣不生我國得受人身者使我忘失一切正法不現在前令我不能具成辦作佛事有衆生奉事那羅延者乃至衆生命終已後若墮惡趣乃至令我不具成辦作佛事也我逮菩提已於一切佛土有造無間者乃至邪道所困墜曠野者令彼終已生我國中彼身相貌猶如土色面若毗舍遮念忘多失破戒臭穢多病短命乏衆供具

彼諸衆生壽命短促我時爲彼衆生故於娑
訶世界隨幾四天下我當於彼一切四天下
從兜率天降神母胎示現出生略説童子遊
戲種種技藝苦行降魔成三菩提轉正法輪
於一切四天下示現具足作佛事已而般涅
槃乃至現分舍利我逮菩提已設一種句法
有衆生求聲聞乘者令彼得解聲聞法藏設
有衆生求縁覺乘者令彼得解因縁法藏設
有衆生求無上大乘者令彼純解摩訶衍設
有衆生未具功德欲求菩提者令彼得解布
施法設有衆生乏無福德求生天樂者令得
解戒法設有衆生更相怖畏濁心惡者令彼
得解慈法設喜殺生者令彼得解悲法設慳
貪嫉心者令彼得解喜法設恃色倚强欲心
昏濁者令彼得解捨法設耽著愛慾心者令
彼得解不淨法設有大乘衆生憍慢亂心者
令彼得解阿那波那念法設有少慧求燈明
者令彼得解因縁法設有少聞學者令彼得
解不忘失聞持法設處邪見曠野者令彼得
解空法設多相因者令彼得解無相法設不
淨願因者令彼得解無願法設身意不淨者
令彼得解身意柔和法設亂行所因者令彼
得解不忘菩提心法設懷於瞋欲造因者令
彼得解無怨法設滅至意因者令彼得解無
法設惱心者令彼得解無嫉法設略説忘善
者解照明設作魔業者解淨設没他論者解
勇出設種種結因心者解去離設没偏道者
解旋法設大乘悕望心者解不退設猒生死
者解善權樂設未得善地智者解增長設不
想喜善根者解惱悔設心不等者解無礙光

設没惡業者解濟度設衆中畏者解師子勝
設四魔陵心者解勇健設意不明佛刹者解
莊嚴光設憎愛者解脱捨設佛法明不學者
解第一幢翅由邏設乏大慧者解光明設愚
闇困者解日燈設不求無盡辭者解作得設
如沫求我者解那羅延設意傾動者解堅住
設觀頂者解高幢設捨先誓者解堅固設退
通者解金剛意設求道場者解金剛場設一
切法不辱者解如金剛設欲知他心所念者
解行處設欲知他根者解慧道設言不相了
者解入辭設未得法身者解修一切身設希
見如來者解不眴設具念一切作者解無諍
設求轉法輪者解無垢輪設無因邪求者解
明順因縁設一佛土常見者解善作語設未
種相好因者解莊嚴設不能分别言音者解

辭道設求一切種智智者解法性不隱設於
法退轉者解堅固設不達法性者解通達設
捨誓者解不退設道隱者解無貎設求等虛
空智者解無所有設未滿波羅蜜者解淨住
設未滿攝物者解善攝設未住梵行者解等
住設未滿助菩提寶者解不住行設忘失善
説智心者解海印設悕望無生法忍心者解
決定設如所聞法廣分布心者解不忘失設
更相善説無猒足者解無障設未得敬信三
寶者解集福德設法門雨不知足者解法雲
設三寶斷見者解寶莊嚴設不作智業者解
無生設一切煩惱縛者解空門設於一切法
輕心者解智印設未滿如來德者解世諦現
門設於先佛所未積德者解必變化設未説
一法門究竟念者解一切法性設一切經未

了者解法寶等設離六和敬法者解一切法相設不爲思惟解脫者解遊戲神通設欲入如來祕密者解不求他設不勤修菩薩行者解得智設不現生者解至一切處設行菩薩行有殘者解受職設如來十力未滿者解最勝設未得四無畏者解勇進設未得不共法者解阿僧祇意設無愚闇見者解願道設不能現前覺一切佛法者解白淨無垢印設有餘薩婆若智者解善覺意設未逮如來一切作者解無邊盡法設有無量阿僧祇求大乘菩薩不諂曲不幻僞端直者令彼菩薩以一句音得八萬四千法門八萬四千三昧七萬五千陀羅尼以是功德諸菩薩摩訶薩以大莊嚴而自莊嚴令勇發不可思議妙願令菩薩不可思議知見功德以自莊嚴謂身莊嚴以相好口莊嚴以如意善說令衆歡喜心莊嚴以三昧不退念莊嚴以持不失意莊嚴以強識至莊嚴以至覺義志莊嚴以堅誓作莊嚴以辯誓志極莊嚴以過地非地施莊嚴以捨一切物戒莊嚴以白淨無垢意忍莊嚴於一切衆生無高下心進莊嚴以一切事辦禪莊嚴以一切三昧遊戲神通慧莊嚴以知結使因由慈莊嚴以至一切衆生處悲莊嚴以不捨一切衆生喜莊嚴以一切法得無疑惑捨莊嚴以毀譽無二通莊嚴以遊戲一切通福莊嚴以得寶手無盡藏智莊嚴以解一切衆生心念所行覺莊嚴以善法覺一切衆生明莊嚴以得慧眼明辯莊嚴以得義法辭應辯勇悍莊嚴以伏衆魔及諸異論德莊嚴以逮佛無上德法莊嚴以阿僧祇辯令普爲衆

生說法明莊嚴以照一切佛法光莊嚴以照諸佛刹變化說莊嚴以所說不錯變化教授莊嚴隨所應教識神變莊嚴以到四神足彼岸一切受如來莊嚴以入如來祕密法自在莊嚴以智不從他得敬順一切善法莊嚴以如說修行一切處無能退者無量阿僧祇求大乘衆生我以一句音淨除多不善以充足之令彼諸善薩摩訶薩於一切法不因他得智具大法明速成阿耨多羅三藐三菩提世尊又餘世界中衆生造無間者乃至犯根罪心意憔枯有求聲聞乘有求辟支佛乘有求無上大乘者以隨願故生我佛土集不善根麤獷樂惡剛强倒見不攝意志我當爲彼八萬四千心行亂意衆生廣說八萬四千部法其中衆生求無上大乘者我當爲彼廣說六波羅蜜法廣說檀波羅蜜乃至廣說般若波羅蜜其中衆生有求聲聞辟支佛乘未種善根求度世者我當令彼住三歸依後乃令住波羅蜜喜殺生者令住不殺貪重者令住不盜染著非法者令住不邪婬妄語相說者令住不妄語樂昏濁者令住不飲酒其有衆生有此五病者我當令彼斷是五患住優婆塞戒有衆生不樂善法者我當令彼一日一夜住聖八分戒其有少樂善根者我當令彼來近我法出家十戒得住梵行其有衆生樂求善法者我當令彼於善法中得受具足盡住梵行我當爲如是造無間業乃至不攝意志衆生故以多種種若干句義文字變化而爲說法示現陰界入無常苦空無我令住善安隱妙寂無畏城我當爲四衆比丘比丘尼優

婆塞優婆夷說如是法其有喜樂論者我當爲彼現諸法論乃至求解脫者我當爲彼現於空論其有不樂善法者我當爲彼說勸化業樂者我當爲說誦習一向禪定解脫我爲一一衆生故步涉多百千由旬多種種若干句義文字方便變化忍此疲倦終至置於涅槃乃至以誓願力我當五分壽滅一欲般涅槃時我當碎身舍利如半芥子爲悲衆生故然後當入涅槃令我涅槃後正法住世千歲像法住世復五百歲

立願舍利神變品第十七

我般涅槃後其有衆生以衆寶物供養舍利乃至一稱南無佛一禮一旋一合掌一華供養者令彼一切隨於三乘得不退轉我般涅槃後其有衆生於我法中能受一戒如說奉持乃至讀誦一四句偈爲他人說其有聞者能發好心供養法師能以一華或設一禮令彼一切隨於三乘得不退轉乃至正法滅盡法燈永滅法幢倒已令我舍利乃至入地金輪上住隨其幾時娑訶世界窮乏珍寶令成瑠璃珠現如火色名曰勝意令從彼上乃至阿迦尼吒際住雨種種華曼陀羅華摩訶曼陀羅華波利質多羅伽華曼殊沙華摩訶曼殊沙華盧遮摩那華陀羅華摩訶陀羅華無垢輪華百葉華千葉華百千葉華普光華普香華善樂華薩哆華盧遮那華樂明月光華明月華無量色華無量香華無量光華令雨如是等大華雨令彼諸華出種種柔軟聲所謂佛聲法聲僧聲三歸依聲優婆塞戒聲聖八分戒聲出家十戒聲施聲戒聲具足梵行

聲勸化聲誦聲習聲禪定思惟九觀聲不淨
聲阿那波那念聲非想處聲無所有處聲無
量識處聲無量空處聲勝處聲一切處聲止
觀聲空無相聲緣起聲令出具足聲聞藏聲
令出具足辟支佛乘藏聲具說大乘六波羅
蜜令彼諸華出如是聲令彼色界諸天聞如
是聲各自識念先造善根令彼於一切善法
摩訶薩不嫌令從彼下爲娑訶世界一切人
說十善業令住其中令欲界諸天亦如是聞
令彼一切捨受使遊戲樂著心意令彼一切
各自識念先作善根令彼從天來下爲娑訶
世界一切人說十善業勸令住中令彼諸華
於虛空中變成雜寶世尊所謂金銀摩尼眞
珠瑠璃硨磲碼碯及螺珊瑚琥珀玫瑰右旋
一切娑訶佛土令雨如是等寶除滅娑訶佛

土瞋諍言訟饑饉疾疫及他軍馬惡風雜毒
一切除盡令安隱康健無諸鬬諍言訟繫閉
娑訶佛土一切豐樂其有衆生見寶觸寶隨
作供具者令彼一切於三乘法得不退轉令
彼逮下乃至金輪上住世尊如是刀兵劫時
令彼舍利復更變成紺玉摩尼上至阿迦尼
吒際住降種種華雨所謂曼陀羅華摩訶曼
陀羅華波利質多羅華乃至無量光華令彼
諸華出種種妙聲所謂佛聲乃至如前所說
令彼舍利乃至金輪上住如是饑饉劫時復
令舍利上昇虛空乃至阿迦尼吒際住降大
華雨乃至如前所說如是疾疫劫時亦如前
所說如賢劫中我般涅槃後舍利當作佛事
勸化過數衆生於三乘住不退轉如是五佛
土微塵數大劫中我舍利化衆生於三乘住

不退後過千恒河沙數阿僧祇於十方無量阿僧祇餘世界中諸佛世尊於彼出者是我爲菩薩時行阿耨多羅三藐三菩提行先所勸化於阿耨多羅三藐三菩提令住其中者亦是我勸以波羅蜜得住中者亦是我逮菩提已勸化衆生以阿耨多羅三藐三菩提令住中者又我般涅槃後衆生以我舍利神變發阿耨多羅三藐三菩提心者彼亦於後過千恒河沙數阿僧祇時令彼菩薩於十方無量阿僧祇餘世界中成阿耨多羅三藐三菩提已稱譽讚歎説我名號過去久遠爾時有劫名賢於彼賢劫始第四聖日名號如是彼先勸化我等以阿耨多羅三藐三菩提於燋枯意集不善根造無間業乃至邪見令我等得住六波羅蜜緣是我等令得轉入一切種智行正法輪轉深妙輪令多億那由他百千衆生生天住解脫果其有衆生求菩提者彼如來所聞稱譽我今以如是問彼如來唯世尊彼如來見何義趣於彼重結五濁惡世成阿耨多羅三藐三菩提令彼諸如來爲求菩提善男子善女人説我是具大悲是初發心佛土莊嚴立願本事令彼求菩提善男子善女人得未曾有信樂大法令彼亦於一切衆生發如是大悲立如是願攝度重結五濁惡土造無間業乃至集不善根者令彼諸佛如來亦以是授彼具大悲求菩提善男子善女人記隨善男子善女人意重結五濁惡世立願復餘諸佛世尊以我舍利神變爲求菩提善男子善女人廣説本事過去久遠時有聖日名號如是般涅槃後舍利於爾所時爲如

是苦切衆生現如是種種若干神變以彼舍利神變我等初悟阿耨多羅三藐三菩提心集諸善根廣修波羅蜜乃至如前所説

大乘大悲分陀利經卷第五

音釋

螺盧戈切蚌屬 嗒託合切解體也 諮將支切謀問於善也 憍慠憍擧喬切矜也慠魚到切倨也 獷古猛切麤惡也 呰將此切譏毀也 鏁蘇果切 杻械敕九切械下戒切杻械桎梏也 拷苦老切打也 詈力智切罵也 出內出尺類切使之出也內諾合切入也 販方願切鬻也 鬻余六切賣也 鹵郎古切鹺滷也 蚊蚋蚊無分切蚋儒稅切 雹弼角切雨氷也 跨枯化切騎也 涉實攝切跋涉也 悍胡旰切性勇急也 玫瑰玫謀杯切瑰姑回切玫瑰火齊珠也

大乘大悲分陀利經卷第六

失譯師名附秦録

歎品第十八

善男子爾時國大師海濟婆羅門住寶藏如來前乾闥婆世人前立如是具大悲五百願而白佛言世尊若我如是意不滿不於來世賢劫五濁重結散亂惡世冥時盲無導師無引導師爲見所困長處冥世造無間者乃至如前所說若我不能具成如是佛事如我立願者我當還捨菩提願非餘利中善根迴向世尊是我所欲我亦不欲此善根迴向阿耨多羅三藐三菩提不求辟支佛乘亦不求聲聞乘亦不求人天王位亦不求五欲供具生天之樂又亦不求乾闥婆阿脩羅夜叉羅刹龍迦樓羅亦不求人中生我不於如是等處善根迴向世尊雖說施得大富持戒生天多聞大慧修行無異世尊又說福德生善根迴向隨意皆告世尊我所作施戒聞修福德若我如是立願意不滿者我以是一切善根迴向地獄衆生其有衆生在阿鼻地獄受諸苦切者以是善根令彼得脫於此佛土得生爲人值如來法令得羅漢而入涅槃若彼衆生業果不盡令我今命終生阿鼻大地獄中令我一形分爲佛土微塵數身令此一一身大如須彌山王令一一身覺如是苦痛如我一身覺苦痛甚令我一一身受佛土微塵數地獄苦切又今現在佛土微塵數十方餘世界中衆生造無間業乃至造作入阿鼻業又復於後乃至過佛土微塵數大劫中於十方佛土微塵數餘佛國中及此佛土衆造無間業

者我當爲彼一切衆生故住阿鼻地獄受彼罪業令彼衆生不墮地獄永與苦别值遇諸佛得度生死入涅槃城我當於爾所久遠住阿鼻獄度脫衆生乃至如是於十方佛土微塵數餘佛刹中衆生有造如是業應生燒炙地獄者乃至如前所説如是大燒炙啼哭大啼哭刀劒黑繩還活等種種畜生中作如是説餓鬼中亦作是説夜叉貧窮中亦作是説如是鳩槃茶毗舍遮阿脩羅迦樓羅亦作是説於佛土微塵數十方餘世界中衆生造起如是業應生人中聾盲瘖瘂癃殘百病手足不具心意散亂應食不淨略如前説我當復還生阿鼻大地獄中乃至隨幾所時衆生於生死中受陰界入我當於爾所時久遠受如是種種地獄畜生餓鬼夜叉阿脩羅羅刹乃至人苦如是諸苦我當受之如前所説我若如是阿耨多羅三藐三菩提意不滿設復我如是阿耨多羅三藐三菩提意滿者乃至如前所説令十方無量阿僧祇餘世界中現在住世説法諸佛世尊證我是事唯願世尊授我阿耨多羅三藐三菩提記於彼賢劫百二十歲世人中我爲如來應供正遍知明行足善逝乃至佛世尊我能成辦如是佛事如我所立誓耶爾時一切大衆天龍夜叉乾闥婆阿脩羅及諸世人在於虛空及住地者唯除如來彼一切無不墮淚皆以五體禮婆羅門足同聲讚言善哉善哉大悲得深妙法念於衆生發深大悲立深大願如仁立願以至意大悲覆一切衆生又能攝度造無間業乃至集不善根以是願故知仁是初發心於阿耨

多羅三藐三菩提爲衆生良藥安濟歸趣爲脫衆生苦故立願仁如是意必當得滿如來正爾授仁者阿耨多羅三藐三菩提記

爾時無量淨王啼泣雨淚五體禮婆羅門足叉手合掌以偈讚曰

奇哉甚深妙　乃能不著樂　愍傷哀衆生
爲我等現寶

略說時觀世音菩薩以偈讚曰

自無所著著衆生　縱根逸馬已調伏
仁於諸根得自在　仁當總持智慧藏

時大勢至菩薩以偈讚曰

是多億衆生　爲善故來集　聞仁悲墮淚
異哉甚難事

時曼殊師利菩薩以偈讚曰

精進誓堅固　妙慧甚明了　仁亦應受供
塗香及華鬘

時虛空印菩薩以偈讚曰

仁如是行施　大哀愍衆生　濁時仁爲濟
具三十二相

斷金剛慧照明菩薩以偈讚曰

如虛空無邊　仁哀亦如是　爲衆生津梁
今現菩提行

虛空照明菩薩以偈讚曰

更無愍衆生　唯除諸如來　仁者功德具
妙慧心甚明

師子香菩薩以偈讚曰

妙士於來世　亂結賢劫中　當得大稱譽
度脫衆生苦

普賢菩薩以偈讚曰

勤樂生死嶮　處於邪曠野　能取燋枯意

食肉飲血者
阿閦菩薩以偈讚曰
墜於無明闇　没在結使淵　能取燋枯意
造無間業者
香手菩薩以偈讚曰
仁見來世畏　如照鏡觀像　能取燋枯意
誹謗正法者
寶積菩薩以偈讚曰
智戒二俱等　愍哀自瓔珞　能取燋枯意
誹謗賢聖者
無恐畏菩薩以偈讚曰
仁見苦衆生　於來世三界　能取燋枯意
依邪忘失者
華手菩薩以偈讚曰
愍哀智精進　於此衆爲最　能取燋枯意

老病死逼者
智稱菩薩以偈讚曰
多病之所逼　使風塵充遍　淹以智慧水
降伏衆魔兵
持印菩薩以偈讚曰
我等進不堅　能解脱濁結　如大德梵師
降伏諸結力
華月菩薩以偈讚曰
精進力堅固　如德哀愍意　名稱遍三界
當割生死縛
無垢王菩薩以偈讚曰
仁今說大悲　現示菩薩行　我等今禮仁
哀愍無過者
持大力菩薩以偈讚曰
結病惡世中　仁修菩提行　當斷諸結根

仁願甚堅固
月髮菩薩以偈讚曰
智藏稱讖等　立願淨無垢　仁行菩提行
爲衆生良藥
現力菩薩摩訶薩悲泣墮淚五體禮婆羅門
足已叉手合掌以偈讚曰
妙哉智明士　除諸結病穢　積德行如海
脫斯衆生苦

感應品第十九

善男子時大衆天乾闥婆及世人五體禮婆
羅門足叉手合掌種種句義偈讚歎已善男
子時海濟婆羅門於寶藏如來前右膝著地
應時大地震動周帀十方佛剎微塵數佛土
普極震動岠峨涌沒悉極傾搖復現大光明
雨種種華雨所謂曼陀羅摩訶曼陀羅乃至
無量光降如是華雨於十方佛土微塵數世
界中所有諸佛世尊現在住世淨佛剎中及
不淨剎爲衆生說法其諸菩薩摩訶薩於諸
佛所坐聽法者彼諸菩薩摩訶薩見地大動
雨大華雨令彼諸菩薩摩訶薩問彼諸佛世
尊何因何緣世地大動降大華雨於時東方
去此佛土過一恒河沙數佛剎有世界名寶
集佛號寶月如來應供正遍知乃至佛世尊
現在住世無量阿僧祇諸菩薩衆圍遶演法
純說大乘彼佛國有菩薩摩訶薩一名寶勝
二名月勝彼二菩薩摩訶薩向寶月如來叉
手合掌白寶月如來言唯世尊何因何緣世
地大動降大華雨寶月如來告善男子西方
去此佛土過一恒河沙數世界有佛土名刪
提蘭佛號寶藏如來乃至佛世尊現在住世

授多億菩薩阿耨多羅三藐三菩提記説菩薩境界現刹願莊嚴三昧境界陀羅尼門無難法其有一大悲菩薩摩訶薩立如是願具説大悲爲授菩薩摩訶薩阿耨多羅三藐三菩提記現如是願眼令多億衆生立菩薩願取莊嚴佛土攝度衆生於彼一切是大菩薩具足大悲彼諸大衆無能及者能取五濁亂結惡土一切世間乃至集不善根心意燋枯而攝度之彼諸大衆天龍乾闥婆阿脩羅世人捨供養寶藏如來盡皆供養最後大悲五體禮訖叉手合掌衆妙偈讚彼摩訶薩坐如來前而聽授記如彼摩訶薩於如來前右膝著地時彼如來應時微笑令十方佛刹微塵數世界地極震動降大華雨爲悟彼刹一切菩薩摩訶薩故爲現大悲菩薩願行故爲集十方佛刹微塵數世界中菩薩摩訶薩故爲説菩薩摩訶薩誓願行無畏法門故彼如來現是神通善男子彼二菩薩問寶月如來世尊彼大悲菩薩摩訶薩發心幾時彼摩訶薩修菩薩行幾時能取五濁重結亂世造無間業乃至集不善根心意燋枯而取度之寶月如來告言善男子彼大悲適始初發阿耨多羅三藐三菩提心善男子汝等可往删提蘭佛刹奉覲恭敬親近寶藏如來應供正遍知聽説誓願行無畏法門又以吾言致問於彼大悲菩薩摩訶薩如我辭曰善丈夫寶月如來致問於汝以是月樂無垢華與汝爲信又言善哉汝善丈夫如是初發心汝大悲音聲充遍十方佛刹微塵數餘世界中得大悲名是故善哉於汝又汝善丈夫爲將來具大悲

菩薩摩訶薩立大悲音願眼幢是故善哉於汝又汝善丈夫當來佛土微塵數阿僧祇劫名稱流布十方佛土微塵數世界中又汝勸化多億那由他百千衆生於阿耨多羅三藐三菩提皆住其中將詣佛所住不退轉阿耨多羅三藐三菩提其中願有取佛土莊嚴攝度有當得授記是汝所勸化菩提者彼一切於後乃至佛土微塵數阿僧祇劫佛刹微塵數十方餘世界中彼逮菩提轉正法輪已當稱譽讚歎汝善丈夫以是三事故善哉於汝爾時九十二億菩薩同聲白言世尊我等欲往刪提蘭佛土奉見恭敬親近彼寶藏如來應供正遍知并見彼善丈夫所可如來以三事善哉又以此月樂無垢華與善男子時寶月如來告言往善男子今正是時汝等至彼寶藏如來所聽說誓願行無畏法門時彼寶勝月勝菩薩摩訶薩從寶月如來所受月樂無垢華與九十二億菩薩俱發寶集世界譬如電頃如是彼菩薩衆於寶集世界忽然不現至此刪提蘭佛土閻婆羅園到寶藏如來所至心頭面禮寶藏如來足以種種菩薩神通供養已見婆羅門在寶藏如來前一切大衆叉手合掌稱譽讚歎彼諸菩薩生如是念是彼具大悲者所可寶月如來與此月樂無垢華者彼二菩薩摩訶薩於世尊所迴向婆羅門以華與之而作是言汝善丈夫彼寶月如來以此月樂無垢華又言善哉乃至如前所說略說東方無量阿僧祇諸世界中菩薩摩訶薩來至刪提蘭佛土與月樂無垢華俱彼現在世諸佛世尊皆爲婆羅門以華爲信

又以三事善哉如前所説南方去此佛刹過九十七億那由他百千佛土有世界中佛號師子奮迅勝自在王如來應供正遍知現在住世純爲菩薩摩訶薩説大乘法時彼衆中有二菩薩摩訶薩一名智金剛勝二名師子金剛勝彼二菩薩摩訶薩問師子奮迅勝自在王如來世尊何因何縁世地大動降大華雨乃至如前所説略説南方無量阿僧祇餘佛土中無量阿僧祇億那由他百千菩薩來此刪提蘭佛土乃至如前所説爾時西方去此佛土過八十九億那由他百千佛刹有世界名上勝其佛號降伏根廣長明如來現在住世爲四衆説三乘法時衆中有二菩薩一名賢顯明菩薩摩訶薩二名師子奮迅身菩薩摩訶薩彼二善男子問降伏根廣長明如來此義世尊何因何縁此地大動降大華雨乃至如前所説爾時北方去此佛土過九十億那由他百千佛刹有世界名紫磨其佛號世自在王如來應供正遍知乃至佛世尊純爲求大乘菩薩説摩訶衍法衆中有二菩薩摩訶薩一名不動處二名慧財彼二菩薩問世自在王如來世尊何因何縁世地大動降大華雨乃至如前所説爾時下方去此佛土過九十八那由他佛刹有世界名無闇冥其佛號無畏近處音如來現在住世普爲四衆説三乘法彼佛土中有二菩薩摩訶薩一名潤疾顯明二名空疾顯明乃至如前所説爾時上方去此佛土過二百千佛刹有世界名等華其佛號華敷照明如來乃至佛世尊現在住世普爲四衆説三乘法彼佛土中有二

菩薩摩訶薩時在座中一名自執境界無怒二名悅持無怒彼二善男子問華敷照明如來世尊何因何緣世地大動降大華雨華敷照明如來告言善男子下方去此佛土過二百千佛刹有世界名删提蘭其佛號寶藏如來乃至佛世尊現在住世說法授多億衆生阿耨多羅三藐三菩提記說菩薩境界現刹願境界莊嚴三昧境界陀羅尼門無難法衆中有一大悲菩薩摩訶薩立如是願具說大悲行授菩薩摩訶薩阿耨多羅三藐三菩提記現如是願眼令多億菩薩立願取佛土莊嚴攝度衆生彼具大悲菩薩於一切衆中無能及者取彼五濁亂結惡世造無間業乃至集不善根心意燋枯而攝度之彼一切大衆天乾闥婆阿脩羅世人捨供養寶藏如來盡以供養於彼大悲五體禮已合掌而住稱譽讃彼摩訶薩坐寶藏如來前而聽授記如彼摩訶薩於如來前右膝著地應時世尊而現微笑令十方佛土微塵數世界中大地六種震動降大華雨爲覺悟彼諸佛土中菩薩摩訶薩故爲現大悲菩薩願行故爲集十方佛土微塵數餘世界中菩薩摩訶薩故爲說菩薩摩訶薩誓願行門無畏法故是故彼如來現如是神通善男子彼二菩薩摩訶薩自執境界無怒悅持無怒問彼華敷照明如來世尊彼大悲菩薩摩訶薩發菩提心幾時彼大悲菩薩行菩薩行來幾時乃能取五濁惡世亂結重時造無間者乃至集不善根心意燋枯而攝度之華敷照明如來告言善男子彼大悲適始初發阿耨多羅三藐三菩提心善

男子汝等可至删提蘭世界奉見恭敬親近寶藏如來應供正遍知聽誓願行門無畏法以吾言致問於彼具大悲菩薩摩訶薩作如是言善男子華敷照明如來致問於汝遣此月樂無垢華爲信又與汝善哉汝善丈夫如是初發心大悲名聲流布十方佛土微塵數餘世界中得大悲名是故善丈夫歎汝善哉又汝善丈夫乃能爲後具大悲求菩薩摩訶薩汝以大悲之意立願眼幢是故善丈夫歎汝善哉又汝善丈夫於當來世佛土微塵數阿僧祇劫名稱周遍佛土微塵數十方餘世界中又汝善丈夫勸化多阿僧祇億那由他百千衆生於阿耨多羅三藐三菩提皆住其中將至世尊所得不退轉阿耨多羅三藐三菩提其中有從世尊所願取莊嚴佛土以大悲光遍覆所度衆生而攝取之是汝所化阿耨多羅三藐三菩提衆生未得授記者彼亦於後當得授記彼一切於後乃至佛土微塵數阿僧祇劫於十方佛土微塵數餘世界中當得成佛轉正法輪已當讃歎稱譽汝以是三事故汝善丈夫甚爲善哉爾時多億菩薩同聲白言世尊我等亦欲至彼删提蘭佛土奉見恭敬親近寶藏如來應供正遍知及見彼善丈夫所可如來以三事善哉以此月樂無垢華爲信者善男子時彼華敷照明如來告言往善男子宜知是時善男子汝等於彼寶藏如來所聽説誓願行門無畏法善男子爾時彼二菩薩自執境界無怒悅持無怒從彼華敷照明如來所取月樂無垢華與多億菩薩俱發彼等華佛土忽然不現一念之頃

至此刪提蘭佛刹閻婆羅園諸寶藏如來所爾時一切刪提蘭佛土充滿如是大乘菩薩求辟支佛乘求聲聞乘善男子等天乃至摩睺勒譬如甘蔗竹葦稻麻叢林成熟充滿如是於爾時此刪提蘭佛土取大乘善男子乃至摩睺勒充滿其中彼諸菩薩頭面禮寶藏如來足以種種誓力菩薩神通供養已彼諸菩薩亦寶藏如來前見婆羅門又見一切大衆合掌而住稱譽讚歎彼諸菩薩生如是念是彼大悲摩訶薩所可華敷照明如來與此月樂無垢華者彼諸菩薩從寶藏如來所迴向婆羅門以願月樂無垢華與之而作是言善丈夫華敷照明如來以是願月樂無垢華與汝爲信善丈夫與汝善哉乃至如前所說以三事善哉又諸華雨雨空佛土中以種種善聲充滿彼諸空佛刹中謂佛聲法聲僧聲滅聲無爲聲波羅蜜聲根力聲無畏聲通聲無行聲無生聲無滅聲靜聲寂聲憺怕聲大慈聲大悲聲無生法聲受職聲登地聲純說摩訶衍聲彼種種華雨以是善聲遍滿彼諸空佛土中又於彼空佛土中有大神通及威德於深得自在諸菩薩隨本願爲度衆生故在其中者彼聞是聲已承佛威神隨本願以爲誓力於彼發神通速疾猶若壯士伸臂之頃如是彼諸菩薩發空佛刹至此刪提蘭佛土彼諸菩薩以種種菩薩神通供養寶藏如來訖并供養彼諸大衆已隨所得處各坐聽法

大師受記品第二十

善男子爾時海濟婆羅門國大師以彼月樂

無垢華供養寶藏如來已白佛言惟願世尊授我阿耨多羅三藐三菩提記善男子時寶藏如來即入三昧名曰電燈以是三昧令一切刪提蘭佛刹變成七寶一切山林樹木瓦礫及地盡現七寶隨彼衆生所可助善思惟坐聽法者隨應現身其中有身現青有黃有緑有紫有赤有黑有白有現如風有現如火有現如空有現如野馬有現如水有現如沫有現如山有現如梵有現如釋有現如華有現如迦樓羅有現如龍有現如師子有現如日有現如月有現如星有現身白骨隨所助善思惟衆生坐聽法者彼如是見自身善男子其中衆生如見自身見寶藏如來身亦復如是善男子時彼大衆見婆羅門國大師於寶藏如來前七寶千葉華臺上坐善男子其中衆生有於地坐止空中者彼一一衆生如是見寶藏如來在我前坐盡意視我爲我說法善男子爾時寶藏如來應供正遍知讚海濟婆羅門言善哉善哉大悲大婆羅門汝亦大悲爲饒益照世過數衆生故出現婆羅門譬如成好華刹種種色種種香種種觸種種葉種種莖種種根種種德悉是良藥其中有華香色照徹百由旬中有二百由旬有三百由旬略說於中有華香色乃至照徹四天下世界其中衆生聞彼華香盲者得視聾者得聽乃至諸根不具悉得成就其有衆生四百四病之所困者彼聞香已身病即除其中衆生有狂癲錯亂失志者彼聞華香逮得本心是華刹中有一分陀利出是堅固金剛琉璃爲莖而有百子黃金爲葉碼碯爲鬚臺赤眞

珠高八十四百千由旬縱廣正等百千由旬是分陀利香色光徹照遍十方佛剎微塵數世界中婆羅門於彼十方佛剎微塵數世界中衆生四大不和身病所困諸情不具狂癲錯亂失志心者彼諸衆生見分陀利光聞其香已一切患除逮得本心其有衆生久死骨節未離分陀利光照彼骸骨香熏觸已彼諸骸骨尋皆得活平復還起見諸親屬與彼俱遊入園嬉戲五欲自娛聚會中止從彼終已皆生梵處於中久住壽命無量彼閒終已不生餘處婆羅門如彼成華剎如此大衆如日初出諸華敷舒香色顯現有高百由旬乃至有高千由旬爲多衆生除種種病如是汝善丈夫我爲如來慧日出世譬如日出光照諸華皆悉敷舒光色明淨除滅衆生種種病惱

善丈夫吾今出世亦復如是以悲光明遍覆衆生啓發衆生先造善根又以三福地立衆生汝亦勸化無量阿僧祇衆生於阿耨多羅三藐三菩提令住其中將至我所彼諸衆生皆於我前各各立願隨取佛土有取淨土有取不淨我亦隨授彼記善丈夫彼有菩薩在於我所取淨佛土淨意易化已種善根衆生而攝度之是名菩薩摩訶薩彼無大丈夫行於心意中亦無大悲彼諸菩薩不爲悲一切衆生故求阿耨多羅三藐三菩提所可取淨佛土捨棄困厄有善薩求聲聞辟支佛乘衆生佛土彼諸菩薩意無善智有立如是願我等當於無聲聞辟支佛無集不善根無女人無地獄畜生餓鬼佛土中得成阿耨多羅三藐三菩提聲聞辟支佛但爲求大乘菩薩純

說摩訶衍法求我逮菩提已得長壽命久住多劫爲淨意易化諸善根衆說法是故彼諸菩薩意無善智是故不名摩訶薩也善男子時寶藏如來伸臂於五指端種種無量色無量百千色光彼諸光明照於東方無量阿僧祇佛土於彼有世界名鳶崛吒其世界中人壽三十歲顔色醜惡無慙無愧集不善根身長三肘其中佛號月明如來應供正遍知現在住世爲諸四衆說三乘法善男子此諸大衆見彼佛土如來及諸衆生寶藏如來普告大衆言彼月明如來過去無量阿僧祇劫於寶蓋照踊如來前初發阿耨多羅三藐三菩提心亦勸化多億那由他衆生於阿耨多羅三藐三菩提令住其中隨彼衆生於寶蓋照踊如來前立願取佛土莊嚴有取淨土有取

不淨五濁於中彼摩訶薩初勸我阿耨多羅三藐三菩提我於彼寶蓋照踊如來前立阿耨多羅三藐三菩提願取此五濁佛土莊嚴時彼如來歎我善哉授我阿耨多羅三藐三菩提記善丈夫時善知識勸我菩提者彼自立願取極重結五濁惡土造無間業乃至集不善根心意燋枯墜在生死曠野衆生取而攝度爾時於彼十方無量阿僧祇餘世界中現在住世諸佛世尊爲彼遣使亦致善哉即爲立字名善大悲照明彼大悲照明菩薩摩訶薩是我善知識饒益於我成佛未久今在鳶崛吒世界三十歲世人中轉正法輪彼亦逮菩提已於十方無量阿僧祇世界中現在住世諸佛世尊遣使供養是彼先初勸化阿耨多羅三藐三菩提令住其中者是彼先所

勸化檀波羅蜜乃至般若波羅蜜令住其中者彼諸佛世尊知念先恩遣信與彼如來婆羅門汝觀彼諸佛世尊於佛土長壽淨意易化衆生而作佛事彼月明如來於如是五濁國成佛爲無間業乃至集不善根衆生如是短命中極多作佛事不捨棄聲聞辟支佛而爲説法如是汝善丈夫此一切菩薩衆無能及者立願最妙取五濁惡刹造無間業乃至集不善根而攝度之又彼諸菩薩取淨佛土除地獄畜生餓鬼捨棄聲聞辟支佛取度淨意易化已種善根者是諸菩薩名曰如華非摩訶薩非分陀利有於易化善根熟中作佛事者婆羅門菩薩有四懈怠何謂爲四一者立願於淨佛土二者願淨意衆生中而作佛事三者願遠菩提已不説聲聞辟支佛乘四者願遠菩提已長壽作佛是爲菩薩四懈怠地是故彼諸菩薩名曰如華非分陀利非摩訶薩婆羅門此大菩薩衆其譬如是除婆由毗師紐取不淨佛土攝度亂結衆生於賢劫中亦復少有善男子菩薩摩訶薩有四精進何謂爲四一者願不淨佛刹二者願不淨意衆生中作佛事三者願遠菩提已説聲聞辟支佛乘四者願遠菩提已壽命處中不長不短是爲菩薩摩訶薩四精進是故彼諸菩薩謂如分陀利不似如華是故彼諸菩薩摩訶薩婆羅門譬如汝今日於無量阿僧祇菩薩衆中善授別記於如來前大悲分陀利出汝妙願攝度無間業乃至集不善根取重五濁佛土善丈夫以汝大悲音故十方佛刹微塵數諸佛世尊遣使稱汝善哉爲汝立大悲名

又此一切大衆事供養汝汝大悲於當來世過一恒河沙數阿僧祇於二恒河沙阿僧祇少餘於彼娑訶佛刹於賢大劫百二十歲世人老病所困盲冥之中世無導師集不善根困於邪道曠野衆生造無間業誹謗賢聖非毀正法犯根罪中乃至如前所說充滿於世汝爲如來明行足乃至佛世尊轉正法輪降自在魔伏諸結魔名稱流布十方無量無邊佛土汝當有大聲聞衆一千二百五十比丘當於四十五年中如是漸漸具作佛事如所立願於爾時是大王無量淨當名阿彌陀於無量劫中具作佛事如是汝大悲於娑訶佛刹賢大劫百二十歲世人中於四十五年如是成滿大具佛事汝善丈夫當以無上般涅槃後正法住世過十歲正法滅後善丈夫汝色身舍利亦如是作佛事如汝願於爾所時化度衆生如前所說

大師立誓品第二十一

善男子爾時有梵名螺髻彼言汝善丈夫於無量阿僧祇劫中行菩薩行時在所生處我常爲汝給使隨順供奉猶如僮僕於最後身願爲汝父善丈夫汝逮菩提已爲汝第一檀越汝當授我阿耨多羅三藐三菩提記時有女海神名曰調意彼言在所生處乃至最後身我爲汝母生育於汝大悲逮菩提已亦授我阿耨多羅三藐三菩提記時有女地神名水儀彼言在所生處乃至最後身我爲汝母汝逮菩提已授我阿耨多羅三藐三菩提記時有二釋一名親近二名雪思念彼二俱言汝大悲在所生處乃至逮菩提已我等爲汝

神足智慧上首聲聞復有一釋名曰善現手彼言大悲在所生處乃至最後身我爲汝子時有山神名曰日臺彼言大悲汝在生處乃至最後身我爲汝妻善丈夫汝逮菩提已授我阿耨多羅三藐三菩提記時有阿脩羅名曰釧行彼言大悲汝在所生處於無量阿僧祇劫中善丈夫汝行菩提行時我當與汝作親族善友如奴僕使汝最後身我當供給善丈夫汝逮菩提已轉正法輪初說法時我先證果服法味得甘露乃至除諸結使成阿羅漢略說爾時恒河沙數天龍阿脩羅世人隨順大悲立願受度時有一邪命名曰壞想彼言大婆羅門我爲汝友助成衆事我當所在生處無量阿僧祇劫中爲汝同師友及作親屬又常至汝所爲乞衣服卧具象馬車乘輦

轝聚落城郭男女妻妾及諸眷屬皮肉骨血手足耳目鼻舌及頭盡求索故大婆羅門我爲汝友助成汝檀波羅蜜乃至助成般若波羅蜜大婆羅門汝行菩提行時我當如是助成六波羅蜜乃至汝逮菩提令我得聲聞處受持八萬部法眞爲法師汝當授我阿耨多羅三藐三菩提記善男子大悲婆羅門聞彼語訖五體禮寶藏如來足已語彼壞想邪命言善哉善哉善丈夫汝爲我無上行友汝乃能爲我於無量阿僧祇那由他百千衆生處從乞衣服乃至頭目故我當歡喜淨心施與令汝永無罪分善男子時彼大悲菩薩摩訶薩復白寶藏如來言世尊若我在所生處於無量阿僧祇億那由他百千劫中行阿耨多羅三藐三菩提行時其有住我前行從我求

食或以輭言或以麤言或輕調言或正直言從我求索世尊若我於求者所一念之頃若生瞋恚不愛敬心施求果報如是施者令我永巳不見十方無量阿僧祇餘世界中現在住世說法諸佛令我不成阿耨多羅三藐三菩提世尊我以淨心施與乞士若受施者於信施墮障礙善法乃至析毛億分一者令我永巳不見諸佛世尊受施者乃至毛億分之一障善法者令我墮阿鼻地獄中如施飲食衣服亦爾乃至乞者從我求頭或以輭語或以麤語或輕弄語或以正直語從我索頭世尊若我於求者所有一念頃若生瞋恚不愛敬心願求果者令我永巳不見諸佛世尊乃至令我入阿鼻地獄如我行施戒亦如是乃至慧乃至捨亦如是說善男子爾時寶藏如來讚大悲菩薩摩訶薩言善哉善哉汝善丈夫以大悲意立是妙願善男子時一切大衆天乾闥婆阿脩羅世人合掌而住讚言善哉善哉仁善丈夫以大悲意立是妙願善勝堅固仁亦以六和敬法滿足衆生善男子如壞想邪命立願受菩薩施八萬四千衆生亦立願善男子時大悲菩薩摩訶薩聞八萬四千衆生立如是願如壞想所立生大歡喜起叉手立觀一切大衆巳悲喜交集而言甚奇未曾有我當於彼窮法困弊大結散亂五濁惡世爲導師商主爲照爲燈無力無覺悟者我爲示導我乃能於初發心得此如是無上菩提行及在所生處能受我頭眼耳鼻舌手足血肉皮骨乃至受我飲食善男子時彼大悲菩薩摩訶薩還坐寶藏如來前白佛言世尊

我在所生處無量阿僧祇那由他百千劫中其有求索來至我所從我受施若食若飲乃至受頭從我手中受施乃至析毛億分之一者乃至菩提際若我遠菩提已從生死中不脫彼衆生不授彼聲聞乘辟支佛乘大乘記者令我永已不見現在十方諸佛世尊令我不逮阿耨多羅三藐三菩提善男子寶藏如來復歎彼大悲菩薩摩訶薩言善哉善哉善丈夫汝菩提行願如是如持彌樓山如來先勸發心於世自在明如來前立如是菩提行願如是行菩提行立願以來過恒河沙數大劫彼大丈夫於東方億百千佛土最在邊持熾然世界百歲世人中成阿耨多羅三藐三菩提號智華無塵上勝菩提自在如來應供正遍知乃至佛世尊四十五年具作佛事已

入無餘涅槃大悲時彼智華無塵上勝菩提自在如來般涅槃後正法眼住千歲正法滅後像法亦住千歲大悲又彼智華無塵上勝菩提自在如來般涅槃後正法眼時復於像法比丘比丘尼破戒惡法行邪非行無慚無愧毀供養法無有慚愧斷截四方僧及現前僧衣服飲食卧具湯藥種種供具而自入若自食若與俗人大悲時彼智華無塵上勝菩提自在如來先授彼一切三乘記大悲其有衆生於彼如來法中著染袈裟者先授彼一切三乘不退轉記其有犯根罪比丘比丘尼優婆塞優婆夷先於彼如來有師事者善根故亦授三乘不退轉記善男子大悲菩薩摩訶薩重白寶藏如來言世尊我如是立願乃至隨我幾數時行無上菩提行無上菩提行

所勸化衆生於檀波羅蜜以善勸化衆生乃至毛億分之一修行乃至菩提際不令彼衆生住三乘地不退轉乃遺一人者令我永已不見十方無量阿僧祇世界中現在住世説法諸佛令我不成阿耨多羅三藐三菩提世尊我得無上智已其有衆生於我法中著染袈裟者若犯根罪若因諸見於三寶失犯衆過罪比丘比丘尼優婆塞優婆夷有於我所能一念頃發師事想生恭敬心若於法僧起恭敬意者世尊我若不授彼衆生三乘不退轉記遺一人者令我永已不見諸佛世尊乃至不成阿耨多羅三藐三菩提世尊我逮菩提已令染服袈裟爲天世人之所尊重恭敬供養其有衆生得見袈裟者令於三乘得不退轉其有衆生飢渴所逼乏無飲食若夜叉貧窮若人貧窮若於餓鬼其餓鬼衆生得染袈裟乃至四指令彼一切所求飲食隨意充滿其有衆生不相和順多饒怨疾共相鬬戰若天若夜叉若羅剎龍阿脩羅迦樓羅緊那羅摩睺羅伽鳩槃茶毗舍遮及餘世人交陣鬬時能念袈裟者令彼衆生得悲心輭心無恐心淨心隨用作心衆生若於鬬戰若於諍訟爲護身故尊重恭敬供養袈裟常持自隨者令彼衆生所在常勝無能陵者從鬬戰諍訟安隱解脱世尊若我袈裟不具此五聖德者令我永已不見十方諸佛世尊乃至令我不能具作佛事令我諸法悉皆忘失令我不能降伏異學善男子爾時寶藏如來伸右臂以手摩大悲菩薩頂告言善哉善哉丈夫所願甚善辯才妙勝善丈夫如是汝逮菩提已

染服袈裟有此五聖德饒益衆生善男子時大悲菩薩彼以受記善哉善哉歡喜踊躍以如來百福莊嚴柔輭右手縵網長指觸之還成童子如年二十善男子爾時一切大衆天乾闥婆阿脩羅世人還叉手住敬事供養大悲菩薩摩訶薩以華香乃至音樂供養大悲菩薩摩訶薩以妙偈讃已就坐

大乘大悲分陀利經卷第六

音釋

炙 之石切燔炙也 嶮 虚檢切阻難也 淹 央炎切 奮迅 奮方問切迅思晋切 摩訶衍 梵語也此云大乘衍以淺切 葦 羽鬼切葭也 癲 多年切狂也 骸 雄皆切百骸也 肘 陟酉切尺曰肘 二釧 樞絹切 析 先的切分也 縵網 縵莫官切網文紡切

大乘大悲分陀利經卷第七

失譯師名附秦録

莊嚴品第二十二

善男子爾時大悲菩薩摩訶薩五體禮寶藏如來足已還坐如來前問寶藏如來言世尊說菩薩道決定三昧門淨資用法門世尊云何得滿三昧門淨資用法門世尊善男子善女人具何資用得住堅固以何決定三昧門而自莊嚴善男子彼時寶藏如來應供正遍知告大悲菩薩言善哉善哉大悲所問甚善辯才極妙又汝大悲能爲饒益多無量阿僧祇菩薩摩訶薩故出現又汝大悲乃能問於如來如斯之義是故汝大悲善聽吾當爲汝分別說之大悲求大乘善男子有三昧名首楞嚴菩薩住是三昧者能入諸三昧有三昧名寶印能印諸三昧有三昧名師子遊戲能遊戲諸三昧妙月三昧能照諸三昧如淨月幢勝三昧能持諸三昧幢諸法湧出三昧能湧出諸三昧觀頂三昧能觀諸三昧頂菩薩住畢法性三昧能決定諸法性畢幢勝三昧能持諸三昧幢金剛三昧能破諸三昧入法印三昧能印諸法三昧王善住三昧能住諸三昧如王住放光三昧能放諸三昧光力進三昧能進諸三昧力踊出三昧能踊出諸三昧必入言辭三昧能辯說諸三昧釋名字三昧能辯諸三昧名號觀方三昧能觀諸三昧方破諸法三昧能破諸法持印三昧能持諸三昧印諸法閑靜三昧得入諸三昧閑靜不忘失三昧能不忘失諸三昧法不動三昧能住諸三昧不動諸法等朧海印三昧能攝諸

三昧如大海水不輕諸法三昧能至諸三昧不輕生滅遍覆諸三昧如虛空諸法無斷三昧能持諸三昧無斷金剛輪三昧能持諸三昧輪諸法一味三昧能持諸三昧一味捨寶三昧能捨諸三昧煩惱垢諸法無生三昧能現諸法無生滅顯明三昧能以光明顯照諸三昧諸法無滅三昧能破諸三昧無是非三昧能終不是非諸三昧法無住相三昧能見諸三昧法中無住相虛空相三昧能見諸三昧如虛空無堅實無心三昧能捨諸三昧中心心數法色無邊三昧能照諸三昧中色無垢燈三昧能諸三昧中作燈諸法無邊三昧能諸三昧中現無邊智無邊明三昧能明現諸三昧中無邊智作諸光三昧能現諸三昧門光性無邊三昧能現諸三昧無邊通三昧淨堅三昧能逮空三昧法彌樓雜三昧能現諸法空無垢光三昧能除諸三昧中垢諸法無畏三昧能於諸三昧現無著作樂三昧能得諸三昧中樂諸法實遊戲三昧能得現諸三昧中色散明三昧能現諸三昧中難諸法無垢著三昧能現諸三昧垢智無盡相三昧能現諸三昧中無盡不盡諸法不可思議淨三昧能現諸法如影火相三昧能然諸三昧中智無盡相三昧能現諸三昧中無盡相無想三昧能於諸法中無想無受無掉增長三昧能見諸三昧中增長日燈三昧能於諸三昧門放光月無垢三昧能於諸三昧作明淨影三昧能於諸三昧得四正解作不作三昧能於諸法見作不作智相如金剛三昧能於諸法作猒亦不見猒者心住三昧能於諸法

心不動不覺不照不惱不生是念此是心也普明三昧能普見諸三昧明安住三昧能諸三昧中得安住不動寶聚三昧能見諸三昧中如寶聚妙法印三昧能印諸三昧法等三昧能見諸法無離等者捨喜樂三昧能捨諸法中喜樂法炬三昧能除諸法中闇冥散相三昧能散諸法破諸法句等字相三昧能諸法中得字相無字相三昧能諸法中不得一字斷作三昧能斷諸法中作無作三昧能諸法中得無作性淨三昧能諸法中得無思無相行三昧能諸法中不得相行無朦昧三昧能不見諸三昧行過等不等除集諸功德三昧能捨諸法中集住無心三昧能諸法中不得心覺分三昧能覺諸法無量辯三昧能諸法中得阿僧祇辯智淨相三昧能得諸法中無等等智勝三昧能度一切三界斷智三昧能見諸法斷分別諸法三昧能遠分別諸法無住三昧能見諸法無所依一莊嚴三昧能不見二法作相三昧能諸法中不見作相一切作一切處散三昧能入一切法作相智所可入無所受等相辭入三昧能入諸辭等相中音聲字解脫三昧能見諸法中字解脫智炬相三昧能以光明照諸三昧妙智相奮迅三昧能現諸法淨相破相三昧能見諸法破相諸作妙相三昧能得諸法三昧中諸妙作相捨諸苦樂三昧能見諸法無所依無盡相三昧能不見諸法中盡陀羅尼句三昧能持諸三昧諸法不見邪正除逆順三昧能諸法中不見逆順無垢光三昧能諸三昧中不見有爲垢必堅三昧能諸法中得無不堅滿月

淨三昧能滿諸三昧功德大莊嚴三昧能於諸三昧具足大莊嚴一切世光三昧能以智照諸法三昧等明三昧能諸三昧中得第一淨無諍三昧能諸法中得無諍無住處樂三昧能諸法中不得住處如住無心三昧能諸法中如住不退除身穢三昧能諸法中不得身菩薩得除語穢虛空相三昧能諸法中不得語業菩薩住虛空無染著三昧能逮諸法虛空無數是名求大乘菩薩決定三昧門何謂菩薩摩訶薩資用法門善男子菩薩摩訶薩有施資用得勸進菩薩戒資用得滿願菩薩忍資用得調心菩薩慧資用得知諸結使菩薩聞資用得阿僧祇辯菩薩福資用得饒益衆生菩薩智資用得阿僧祇智菩薩止資用得成作心菩薩觀資用得無是非菩薩慈資用得無礙心菩薩悲資用得化衆生無猒菩薩喜資用得樂法喜菩薩捨資用得捨愛憎菩薩聽法資用得捨蓋障菩薩出家資用得捨一切有爲菩薩閑居資用得不失作業菩薩念資用得陀羅尼菩薩意資用以得意解菩薩至資用得覺至議菩薩念處資用得覺身受心法菩薩正捨資用得捨諸不善法修諸善法菩薩神足資用得輕身心菩薩根資用得滿一切衆生根菩薩力資用得伏一切結使菩薩覺分資用得覺法寶菩薩得生天上菩薩正解資用得釋一切衆生疑菩薩無依資用得自然智菩薩善知識資用得一切功德門菩薩志資用得不離一切世菩薩作資用得辦諸作菩薩至志資用得至殊勝菩薩思惟資用得具修如所聞法菩薩攝物

資用得勸進衆生菩薩攝正法資用得不斷三寶種菩薩解方便迴向資用得佛土淨菩薩方便資用得滿薩婆若智善男子是名菩薩摩訶薩淨資用法門復次善男子時寶藏如來又觀菩薩大衆已告大悲菩薩摩訶薩言大悲於中以何無畏莊嚴菩薩摩訶薩得莊嚴滿忍觀第一義菩薩摩訶薩得無礙作一切三界無爲心於諸衆生心亦無爲是無畏三昧沙門法其有一切法中心如虛空平如掌者大悲是名菩薩摩訶薩無畏莊嚴又何謂滿忍彼如是者於中不見得法可覺可知解無報法所謂說慈無我悲無衆生喜無命捨無人施調心戒靜心忍善心進勤心禪滅心慧無行心念處無念思惟心正捨無生滅心神足無量心信無數心念自然心三昧無三昧心慧根無根心力無伏心覺分破意心道無修心止滅心觀無失心修聖諦永斷修心思念佛無量相心思念法法性等心思念僧無住心化衆生極淨心攝正法法性無破心淨佛土等虛空心滿相無相心得忍無得心無退轉地無退不退心莊嚴道場心三界場心於一切衆生降魔心攝一切衆生心菩提一切法等無覺心轉法輪一切法無轉心現大般涅槃生死實等心說是法時六十四百千菩薩於十方來詣耆闍崛山釋迦牟尼如來所爲聽本事決定三昧門淨資用法門故彼皆得無生法忍時釋迦牟尼如來告大衆言諸善男子寶藏如來應供正遍知說是法時四十八恒河沙數菩薩摩訶薩得無生法忍四天下微塵數菩薩摩訶薩得不退

轉地恒河沙數菩薩摩訶薩得具滿是決定三昧門淨資用法門清淨智慧善男子時大悲菩薩摩訶薩以彼歡喜變成童子如年二十從寶藏如來後如影隨形善男子彼時無量淨王與其千子八萬四千諸小國王及餘九十億衆生俱出家爲道奉持禁戒學問修禪善男子爾時大悲菩薩摩訶薩漸漸從寶藏如來所誦八萬四千部說聲聞乘法誦九萬部說辟支佛乘法誦百千部說無上大乘百千身念處百千受念處百千心念處百千法念處百千部界百千部入百千部捨貪欲使百千部捨瞋恚使百千部捨愚癡因緣生百千部三昧解脫百千部力無畏佛不共法乃至寶藏如來所受百萬部法而誦讀之乃至異時彼寶藏如來應供正遍知入無餘涅

槃界善男子彼時大悲菩薩摩訶薩以種種若干無量阿僧祇音樂華鬘末香塗香旛蓋幢麾及餘雜寶而供養之以種種闍維訖以舍利起七寶塔高五由旬縱廣半由旬於七日中以無量阿僧祇音樂華鬘末香塗香旛蓋幢麾及餘雜寶供養已又即於彼化無量阿僧祇衆生令住三乘彼竟七日後與八萬四千人俱共出家剃除鬚髮而被法服正法堅固皆如法已寶藏如來般涅槃後護持正法興顯道化滿十千歲其中勸化無量阿僧祇衆生令住三乘有住三歸依有住優婆塞戒有住沙彌戒有具修比丘梵行令住其中彼令多億那由他百千衆生得善神通修住梵行令知陰如怨入如空聚又令得知因緣生諸有爲知見現一切法無我如影野馬如

水中月現無生無滅無續永滅靜寂憺怕極妙滅盡眞實涅槃令其知之住八聖道已時彼大悲大沙門即便命終已衆生雲集如是供養舍利猶如供養轉輪聖王舍利也爾時如是供養大悲大沙門舍利已其命終日實藏如來正法亦滅彼諸菩薩摩訶薩各隨本願生他方界有隨願生兜率陀天有生人中有生龍中有生夜叉中有生阿脩羅中有隨願受種種畜生

眼施品第二十三

善男子時大悲大沙門命終已以本願故生於南方去此佛土過十千佛刹有世界名集穢其中世人壽八十歲集不善根凶害手血樂作衆惡於諸衆生無有憐愍無母無父乃至不畏後世其大沙門以本願故生集穢刹旃陀羅家巨身甚長有極大力所爲迅速念力極大才辯難折衆行悉備彼以强力疾攝衆生而告之言咄汝衆生能斷竊盜邪婬乃至能斷邪見者我當賜汝等命及養身具若不止者我當斷汝等命斷已更至餘處彼時衆生叉手合掌同聲白言若濟我命當隨汝教盡斷殺盜乃至邪見彼時强力旃陀羅往語王及王子群臣百官言我須養命之具若飲若食若佉闍蒲闍若薜夜梨舍衣服卧具種種塗香金銀摩尼眞珠瑠璃硨磲碼碯珊瑚琥珀貝及玫瑰我用與此衆生時王群臣多與養命之具彼時强力旃陀羅又令王及眷屬盡形壽住十善業已人壽轉增至五百歲時彼國王忽然崩亡群臣百官拜彼强力旃陀羅爲王拜已即爲立號號曰福力善男

子爾時福力王未久教化一國已如是堅進復化二國福力王不久乃至作一切閻浮提强力轉輪王時福力王自知攝一切閻浮提爲大王已然後勸人不奪他命住不殺生如是調施乃至斷邪見教化衆生令住正見隨衆生意勸以三乘令住其中時福力王普勸閻浮提衆生修十善業得住三乘已遍令閻浮提言其有求索飲食乃至雜寶彼一切來詣我所我悉與之於餘時閻浮提諸求索者皆來詣福力王隨其所求種種給與時有邪命名曰土鳴來立王前白言汝大王能種種極大施與爲求阿耨多羅三藐三菩提故大王汝能滿我意者必當於世爲燈明尊王曰欲求何等土鳴邪命言大王我是呪師欲成降伏天呪故來白汝我今欲得生人肉眼善男子時福力王思惟念言吾已得爲强力轉輪王又復勸化過數衆生住十善業隨住三乘無量施已此是我善知識能勸我危脆身令爲堅固王曰汝且歡喜我當與汝此凡肉眼令我得無上慧眼以歡喜心與汝身皮令我得佛無上菩提善男子時福力王以右手自挑兩眼與邪命血遍流面而作是言

聽我此多天夜叉　緊那脩羅諸善神
若於虛空住地人　明我是施爲菩薩
願逮最勝妙寂道　於四暴流度衆生
還置涅槃到彼岸

復作是言若我得逮阿耨多羅三藐三菩提令我命根於爾所日不絕意念不亂不生悔心盡彼邪命呪術得成告言善男子可取我皮時土鳴邪命手執利刀剝取王皮於七日

中得成呪已時王福力亦於七日命根不絕意念不動受如是苦無一念頃而生悔心善男子彼時大悲寶藏如來父豈異人乎莫造斯觀我身是也是我先初發阿耨多羅三藐三菩提我於初發心勸過數衆生於阿耨多羅三藐三菩提是我初勇健行我隨願故從彼終已生集穢佛土旃陀羅家是我二勇健行能於旃陀羅種中勸衆生住善已以自進力乃至得爲强力轉輪王滅除一切閻浮提鬭諍怨嫉及諸穢濁又壽命轉增是我初自施眼及皮從彼命終還生集穢刹二天下中以本願故復生旃陀羅家略說於中用是堅進以善法勸衆生乃至得爲强力轉輪王滅除其中鬭諍怨嫉種種穢濁增其壽命於中亦自施舌及耳乃至一切三千大千集穢佛

土一一方中作如是丈夫行以本願堅進勇猛相續以本願故於恒河沙數五濁佛刹中作如是大丈夫行勸衆生令住善業於三乘中又復滅除鬭諍怨嫉種種穢惡善男子是故餘諸佛世尊佛土清淨以彼諸佛世尊先行無上菩提行時不說他非不麤言加人不現恐怖不以聲聞辟支佛乘化衆生是故彼諸佛世尊隨意盡滿得淨佛土其佛土中無受戒犯名又不聞麤言不善之聲無諸惡音唯以法聲充滿佛土其中衆生隨意所欲無聲聞辟支佛名不如我於恒河沙數大劫在恒河沙數五濁空佛刹中以怨逼麤言勸衆行善隨衆生意令住三乘以彼殘業令我今此佛土穢濁多諸不善惡聲充塞集不善根衆生遍滿我以三乘說法如我先所立願而

取佛土隨所化衆生如是以勤修進力行菩提行如本所種得如是佛土如我先所立願善男子我今略說所行檀波羅蜜如我行菩提行時極盡施與先無有菩薩能如是行施者後亦無有菩薩行菩提行時能行如是施者如我行菩提行時施與除八大丈夫名持與菩薩於南方一切護世界中成阿耨多羅三藐三菩提號除穢明如來百歲世人中說法彼却後七日當入涅槃如是菩薩名進覺於東方阿閦拔提世界成阿耨多羅三藐三菩提二千歲世人中作佛事彼舍提如來以無上般涅槃而般涅槃已過恒河沙數大劫彼大悲舍利今猶在五濁空佛刹中作佛事道是堅華菩薩以進誓力施行菩薩行彼却後於來世過十恒河沙數大劫後於北方有五濁佛刹當名因穢彼大丈夫於中當成阿耨多羅三藐三菩提號曰除愛王如來應供正遍知乃至佛世尊菩薩名慧明無畏喜彼善丈夫過一大劫當於西方五濁世界名三毗羅婆帝百歲世人中當成阿耨多羅三藐三菩提號曰日藏明無垢王如來應供正遍知乃至佛世尊又令是二等樂喜臂當竟過數大劫後於上方有世界名灰集曲五濁極惡劫名大亂彼等樂以本願故於灰集曲世界五十歲世人中當成阿耨多羅三藐三菩提號不可思議樂如來乃至佛世尊彼以本願當十年中具作佛事已而般涅槃即於是日正法亦滅時彼佛土當十年空又彼喜臂菩薩以本願故於灰集曲佛土三十歲世人中當成阿耨多羅三藐三菩提號照明伏如

來乃至佛世尊於十年中具作佛事已當入無餘涅槃界以本願故般涅槃後正法住世滿七十歲彼二丈夫得前受記得善哉得受阿耨多羅三藐三菩提記彼二丈夫頭面禮世尊足已以是歡喜上昇虛空去地七仭叉手合掌同聲以此偈讚世尊

佛照世間譬如日　上智勇出於此時
目淨無塵世導師　明能降伏諸異學
於多劫中修無想　爲求微妙上菩提
供養諸佛如恒沙　過去導師未記我
心善解脫無貪欲　能使盲世修善行
爲失道者說妙法　於生死河度衆生
我於自然法出家　世尊所說解脫戒
我等已學及三昧　隨從世尊猶如影
樂法自活無所依　聞法生心如尊想

我今現前得職地　佛授我等菩提記

佛言其二未發菩提心善男子此等樂喜臂彼四持與進覺道是堅華慧明無畏喜此六丈夫我初化於菩提者汝等善聽我今當說

身施品第二十四

善男子往昔古世過無量阿僧祇大劫爾時此土名無塵彌樓猷彼大劫百歲世人蓮華香如來像法中善男子我時爲閻浮提强力轉輪王名無勝有千子我皆勸於阿耨多羅三藐三菩提彼亦於餘時出家於蓮華香如來法中具修梵行彼亦與顯蓮華香如來法唯我六子不欲出家不欲發菩提心我數教語汝等何求不發菩提心不肯出家耶彼言我不能出家所以者何於像法弊惡時有出家者不能具持戒身彼當乏七聖財恒處生

死淵彼當復失人天功德有不具持佛禁戒者長在三塗是故我等不能出家我復問言汝等何故不發菩提心彼言若能以一切閻浮提與我等者當發阿耨多羅三藐三菩提心善男子我聞語已甚大歡喜而自思惟我已令一切閻浮提人住三歸依勸八聖分齋又勸三乘我今應分此閻浮提爲六分持與六子勸以菩提我宜出家具修梵行尋如所思分一切閻浮提而作六分與諸子等我即出家具修梵行彼閻浮提六王不相和順鬬諍怨嫉疫氣流行與兵交戰各不自寧令普閻浮提極大饑饉天不降雨五穀不成樹木不生華葉果實及諸草藥亦復不生人民鳥獸飢渴身然苦逼難堪我即思惟今正是時應以身施自身血肉充足衆生捨林而去往詣中國上障水山上立誓願言

如我今者捨身命　但因悲念不爲天
爲利世人及諸天　令成肉山給衆生
如我捨身受妙色　不求釋梵及魔王
爲益世人及諸天　令我肉血成彌樓
聽我人天龍夜叉　有在於此山樹神
我因衆生起憐愍　以身血肉濟群生

我立願時阿須羅宫皆悉大動地極肅震彌樓傾摇海水波涌天及諸神皆悉悲泣我時即從障水山上便自投下以本願故即成肉山高一由旬縱廣正等亦一由旬人民鳥獸來食血肉以本願故晝夜生長漸漸乃至高千由旬縱廣正等亦千由旬周帀四邊皆有人頭悉具髮毛眼耳鼻舌口齒悉備彼諸人頭高聲唱言咄汝衆生各隨所欲恣意取之

食肉飲血若眼耳鼻舌口齒髮隨汝所欲身得充滿從意所求若發阿耨多羅三藐三菩提心若聲聞乘若辟支佛乘此是汝等養身之具卒未便盡不與汝等作於施罪又令汝等命不速盡其解脫慧衆生有發聲聞乘心有發辟支佛乘心有發阿耨多羅三藐三菩提心有求人天福心食肉飲血有取眼者有取耳有取鼻有取脣有取齒有取舌者以本願故尋即還復不盡不減乃至十千年以身肉血充滿一切閻浮提人夜叉及諸鳥獸於十千年中施眼如恒沙施血猶四大海施已身肉若千須彌以舌施人如鐵圍山以耳施與中彌樓等施鼻猶若大彌樓山我以齒施如耆闍崛山我以肉施遍娑訶刹善男子觀我於十千年中以一身命如是無量無邊阿僧祇施以是充滿無量無邊阿僧祇衆生無一念頃而生悔心我即於彼立如是願若我得成阿耨多羅三藐三菩提意如是滿者如我於此一天下中自身血肉充足一切令我如是於恒河沙數千年中於此無塵彌樓猷佛刹一切方中我以如是身於一一方滿十千年以身血肉皮膚眼耳鼻舌脣齒及髮充滿衆生勸以三乘若人夜叉羅刹及諸畜生有四大者噉肉飲血乃至餓鬼我當充足於彼一切如我一佛刹中以身血肉濟諸衆生如是普於十方恒河沙數五濁佛土中以身血肉眼乃至舌充彼衆生以如是身恒河沙數大劫之中以已身命充足於彼諸佛土中一切衆生若我是願意不滿者令我永已不見十方餘世界中已轉法輪現在住世說法

諸佛世尊我不成阿耨多羅三藐三菩提使我於生死中不聞佛聲法聲僧聲波羅蜜聲力聲無畏聲使我於生死中乃至不聞善聲若我身施與充足一切衆生如是願不滿者使我常處阿鼻地獄若我求願如是得滿如我於此一佛一佛刹土一一方中以已肉血如是充足一切衆生亦於十方恒河沙數餘佛土中以身肉血充足衆生善男子觀如來所行身施檀波羅蜜相續眼施積滿閻浮提至三十三天際善男子此如來略說身施檀波羅蜜

寶施品第二十五

復次善男子從彼已後億無量劫時此佛刹名月眼亦復五濁我於此閻浮提爲强力轉輪王名燈明以如是善勸化閻浮提一切衆生如前所說我時出遊觀園見有一人反縛兩臂極爲急切即問諸臣此人何罪諸臣答言此犯王法敢是天民歲田常課六分輸一此人違命又居王境種植自濟賦斂不順是以繫身即告諸臣速放斯人儲粮酥油勿苦索之臣答王言終無有人能以善心輸王諸物所可日日給王夫人及諸眷屬厨供所須皆從民出自非王力終不可得未有一人好心與者我時愁憂即自思惟此一切閻浮提王位今當付誰時我有子五百人皆勸以菩提我即分此閻浮提爲五百分用與諸子即捨詣林求仙梵行南近大海優曇波羅林中坐禪食果草根用濟身命漸漸不久得具五通爾時閻浮提有五百商人入海採寶獲衆寶聚其中商主名宿王以福力故得如意摩

尼從彼寶洲多取衆珍寶及與摩尼始發引時海水波涌諸龍惱亂海神啼泣中有龍仙名馬藏寶是菩薩以本願故生於其中彼摩訶薩擁護商客安隱度海自還所住隨彼商客有惡羅刹恒逐於後伺求其便彼於晝日放暴風雨使諸商人迷失徑路不知所趣極甚恐怖發大音聲啼嘷悲泣求諸天神風神水神乃至稱喚父母所愛兒息爾時我以天耳聞彼音聲即往慰喻汝等商人勿得恐怖我當示導汝等徑路令汝安隱至閻浮提我即以縉而自纏手内著油中以火然之發至誠言我於林中三十六年遊四梵處爲益衆生故食衆果實及諸草根旣化八萬四千龍夜叉令住不退轉阿耨多羅三藐三菩提以是善根業報令我手然使此商人得道安隱至閻浮提如是手然經七日七夜彼諸商人安隱還到於閻浮提我於彼時即自立願如此閻浮提乏諸珍寶若我得成阿耨多羅三藐三菩提是意滿者令我得爲商主採如意珠於一一方七反雨種種衆寶之雨於此佛土一切方中如是於十方恒河沙數五濁空佛土中如前所説我如是意皆已得滿於恒河沙數大劫中爲無上商主於恒河沙數五濁空佛土中雨於衆寶一一方中七反雨種種衆寶之雨以如是隨意充足無量阿僧祇衆生令住三乘善男子汝觀如來寶施善根相好果報

醫方施品第二十六

復次善男子竟無量劫時此佛土名曰朦昧劫名喜悅亦復五濁五萬歲世人中我以本

願故於此閻浮提爲婆羅門名曰鬘香通四鞞陀爾時衆生常見極重樂怨嫉好鬭諍我以勇猛力爲衆生說法示陰如怨入如空聚因緣相續生滅現阿那波那念思惟勸發阿耨多羅三藐三菩提心善根迴向皆悉住中我自得五通爾時無量阿僧祇衆生以我教授亦得五通如是無量阿僧祇衆生捨諸怨嫉種種鬭諍往詣園林食衆果實及諸草根坐禪思惟遊四梵處日夜無諍劫欲盡時堪受供人滿閻浮提以是滅除鬭諍怨嫉非時風雨地生五穀皆悉香美食增氣力以劫惡故衆生種種諸病所困我即思惟若我不能除此衆生諸疾病者令我不逮阿耨多羅三藐三菩提不能得除衆生結病我當以何方便除衆生病復生是念我宜集釋梵護世諸餘天仙龍仙夜叉仙人仙爲饒益衆生故造現方藥我即以神足往告釋梵護世天仙龍仙夜叉仙人仙有山名億迦毗羅鉢帝來集其山頂石鞞陀遮羅迦大醫之處於中造說治風水火諸大病方令無量阿僧祇衆生病盡除滅我於其中立願如是我今以此慧照明無量阿僧祇衆生令住三乘閉惡趣門置天道中滅除衆病如是爲無量阿僧祇衆生而作慧明置安隱樂以是善根業報願我是意得滿如此一方閉無量阿僧祇衆生惡趣門置天道中爲疾病故集諸天衆仙衆夜叉衆龍衆爲衆生故集鞞陀遮羅迦山頂衆醫集處說除衆病平健方藥如是曚昧佛土一切方中作如是丈夫行安置衆生於天道中如是集天龍夜叉人仙爲衆生故造說種種

呪術如此矇昧佛土當於十方恒河沙數五濁空佛土中作如是丈夫行令衆生得住三乘安置天道現諸種種呪術於世除衆疾病善男子我以如是滿無上意又復於此矇昧佛土一切方中作如是丈夫行如所立願亦以無上於十方恒河沙數五濁空佛土一一佛刹一切方中作如是丈夫行如我本所立願善男子觀如來勝慧行菩提行是如來三善護持善根種

大乘大悲分陀利經卷第七

音釋

憺怕憺徒覽切怕白各切憺怕安靜也　佉闍梵語具云佉闍尼此云不正食佉丘伽切闍音蛇　薜蒲計切　脆此芮切物易斷也　挑土凋切撥取也　剝北角切裂也　仭而振切八尺曰仭　噉徒濫切食也　輸式朱切送也　諸直魚切貯也　伺息利切偵候也　嘷胡刀切大呼也　鬭丁候切競争也

大乘大悲分陀利經卷第八

失譯師名附秦録

現伏藏施品第二十七

又於好時過阿僧祇劫時此佛土名曰除穢於饒益大劫亦復五濁於東方第五十四天下閻浮提名曰啼例我爲度衆生故於其中生爲四天下轉輪聖王名曰虚空我於彼中以十善業教化衆生勸以三乘令住其中又一切施一切處施有來求索種種珍寶金銀瑠璃玉紺大紺明月水精隨其施與珍寶轉增我問諸臣從何所因得此衆寶諸臣答言諸大龍王開示伏藏伏藏現故世饒珍寶彼雖現伏藏不及從王求寶者多我即立願若我於彼五濁惡世結使極重百歲人中得成阿耨多羅三藐三菩提是意滿者令我於此佛土得爲龍王名現伏藏於除穢佛土一切方中各七反受龍身於一一身示現億那由他百千伏藏滿中衆寶金銀乃至玉紺大紺明月水精持用施與一一伏藏縱廣千由旬如是衆寶充滿其中開發施與一切衆生如此佛土立男健事如是十方恒河沙數五濁空世界中於諸刹土一切方中各七反受身如前所說善男子如我立是願應時億那由他百千諸天於虚空中雨衆妙華讚言善哉善哉一切施如所立願意必得滿時諸大衆普聞是聲天於空中爲王改號名一切施諸人聞已即生是念我等應從求其難捨彼若與者名一切施若不與者非一切施彼諸衆生即來從王乞宮人正后男女時虚空王以歡喜心皆悉施與彼諸人等復生是念妻子

施與猶未爲難我等今應從乞支節若能與者名一切施若不與者非一切施時有人敬持雞戒名爲月光至虛空王前白言大王若一切施者此一切閻浮提可以施我王聞語已欣然大悅即浴以香湯著王者之服立爲一切閻浮提王尋即立願如是今日捨此閻浮提王位爲滿阿耨多羅三藐三菩提意故令立王願令一切悉皆伏從增壽無窮究竟得爲大轉輪王如我今日王位與之願成阿耨多羅三藐三菩提時受其次後阿耨多羅三藐三菩提補處職記復有婆羅門名曰盧遮來乞兩足我以好心手執利刀自截兩足持用施之尋立大願令我得成無上戒足復有婆羅門名陀吒波來乞兩眼自挑與之尋即立願令以是施令我得無上五眼復有婆羅門名曰堅紅來乞兩耳自割與之即便立願我以是施得無上智耳復有一邪命名曰逸林來乞男形自截與之我尋即立願令以是施令得無上陰藏之相復有來乞肉血我即與之尋即立願以是施報得金色相復有波利婆羅闍迦名曰日味來乞兩手我自截左手令人截右手而與之尋即立願願得果成無上信手如我截身支節流血塗體即復立願我以是施得滿阿耨多羅三藐三菩提意者令我必得付此身處時彼無有聖智群臣諸小國王不識重恩衆共議言王甚愚癡無少慧分傷損支節不顧王位譬如肉聚何用斯爲今應放棄即便攝我擲置城外丘壙之處捨已還歸我於彼中蚉蠅蚊蚋狐狼烏鷲來食者我以好心尋即立願如今捨此一

切王位支節施與一心念頃不生恨想亦無悔心令是意滿願我此身變成肉山其有衆生食肉血者令彼盡來服吾血肉彼既來食以本願故令吾此身日得生長漸漸轉增高千由旬縱廣正等五百由旬於千年中以身血肉充足衆生於中施舌禽獸來食以本願故尋即還復但舌施與如着闍崛山即立願言令我常得無上廣長舌相於中命終以本願故還生啼例閻浮提龍中名現伏藏龍王所可生夜即現億那由他百千伏藏現衆寶積滿所謂金銀乃至水精咄汝衆生應修十善業發阿耨多羅三藐三菩提心若發聲聞乘心若發辟支佛乘心隨意所欲可往取寶於彼啼例閻浮提七反爲龍經七十七億那由他百千歲中現無量阿僧祇伏藏施與衆生其中如是勸無量阿僧祇衆生令住三乘修十善業以種種衆寶充足衆生尋即立願令得無上三十二相如是於二天下七反爲龍立是丈夫行如是三天下乃至遍餘穢世界一切方中立是丈夫行如是於十方恒河沙數五濁空佛刹中於此諸刹一切方中皆各如是七反爲龍經七十七億那由他百千歲中以無量阿僧祇伏藏施與衆生如前所說善男子觀如來菩提行如來極精進力爲具三十二相行菩提行非先菩薩能如此極力行菩提行今亦無有後來亦無菩薩能如斯極力行阿耨多羅三藐三菩提行除彼八人我先說者過阿僧祇劫於餘好時此佛土名珊瑚井亦空五濁蓮華大劫中時我爲是四天下釋名曰等照我見斯閻浮提衆生不

求戒行見已即自變形爲惡夜叉甚可怖畏
下此閻浮提人前住彼見我已甚大怖畏而
問我言欲求何等我言須食不用餘物便速
辦之彼言欲得何食我言唯食人肉不用異
物若盡形壽能斷殺生乃至邪見發阿耨多
羅三藐三菩提心若辟支佛乘心若聲聞乘
心能作是行者吾不食也現作化人而取食
之彼衆生見已極生恐怖彼盡形壽斷殺偷
盜乃至邪見有發阿耨多羅三藐三菩提心
有發辟支佛乘心有發聲聞乘心令此一切
四天下衆生修十善業得住三乘我於中立
願若我阿耨多羅三藐三菩提意得滿是願
得滿願者如使此四天下衆生得住善道如
是於此佛刹一切四天下現如是恐怖令修
十善道業安置三乘復於十方五濁空佛土
中乃至今修十善業安置三乘善男子我如
是意願盡滿如此遍珊瑚井世界中以夜叉
形調伏世人置善法中如是十方恒河沙數
五濁空佛刹中以夜叉形調伏世人置善道
行以我恐逼衆生住善行故以是殘業今我
欲成菩提坐金剛座菩提樹下魔王波旬將
大兵衆來恐怖我作菩提礙善男子此是我
略說檀波羅蜜行菩提行未得深忍深陀羅
尼深三昧除先二身得世五通如是立大丈
夫行如是勸化無量阿僧祇衆生令住阿耨
多羅三藐三菩提勸化無量阿僧祇衆生得
住辟支佛乘勸化無量阿僧祇衆生得住聲
聞乘除我行菩提行時親近佛刹微塵數諸
佛一一佛所得如海水渧功德我供養過數
辟支佛供養過數如來聲聞如是供養父母

五通仙人如我先行菩薩行憐愍衆生以身肉血而充足之彼時憐愍令阿羅漢所無有也

菩薩集品第二十八

善男子如我以佛眼觀見十方佛刹微塵數諸佛世尊已般涅槃彼皆是我勸化阿耨多羅三藐三菩提令住中者亦是我初勸檀波羅蜜乃至般若波羅蜜令住中者乃至當來亦如是說又見東方現在住世無量阿僧祇諸佛世尊轉正法輪爲衆說法亦是我初勸發阿耨多羅三藐三菩提心令住中者乃至六波羅蜜亦如是說南西北方及與上下亦如是說善男子我見東方去此佛土過八十九百千佛刹有世界名華敷佛名無垢德明王如來現在住世爲衆說法彼世尊是我初勸發阿耨多羅三藐三菩提心亦是初勸檀波羅蜜乃至般若波羅蜜令住中者略說東方有樂喜刹佛名阿閦有紫摩刹佛名日藏有樂自在刹佛名樂自在月明有日没刹佛名智日有勝息刹佛名龍雷有等林刹佛名金剛稱有自王刹佛名虎兕有無樂刹佛名日藏有照怨刹佛名稱自在有彌樓光刹佛名不思議王有衆護刹佛名月德藏有華光刹佛名音勝光有安上刹佛名現安自在彌樓有持主刹佛名智像有雜華刹佛名無垢眼善男子我以佛眼觀見東方如是等無量阿僧祇諸佛世尊現在說法彼未發菩提心我初勸於阿耨多羅三藐三菩提令住其中是我初勸檀波羅蜜乃至令住般若波羅蜜是我先所將至現在住世諸佛世尊所初得

受阿耨多羅三藐三菩提記者說是語時華敷世界無垢德明王如來座動其中菩薩見無垢德明王如來座動即白佛言唯世尊何因何緣如來座動我等初未曾見彼佛告言善男子等西方去此佛剎過八十九百千佛土有世界名娑訶其佛號釋迦牟尼如來今現在為四衆說本事法彼如來先為菩薩行菩提行時初勸化我於阿耨多羅三藐三菩提令我初發阿耨多羅三藐三菩提心彼如來先為菩薩行菩薩行時初勸我行檀波羅蜜乃至般若波羅蜜得住其中又彼如來先為菩薩行菩提行時初將我至諸佛世尊所令得受阿耨多羅三藐三菩提記彼釋迦牟尼如來是我善知識現在娑訶世界為四衆說是本事法以彼如來威德力故使我座動諸善男子汝等誰能詣彼娑訶佛土如我辭曰敬問釋迦牟尼如來少病少惱安樂住不彼諸菩薩白無垢德明王如來言世尊此華敷剎中菩薩摩訶薩神通具足皆度諸菩薩功德岸於今食時見大光明此諸瑞應從異剎來地數大動雨衆妙華彼諸菩薩摩訶薩復白佛言世尊我等欲往彼娑訶世界奉見恭敬親近釋迦牟尼如來又欲聽入一切種智行陀羅尼門彼多百千菩薩以自神力欲發彼土我等不知娑訶世界釋迦牟尼如來佛土為在何處時彼無垢德明王如來尋即伸臂從五指端出種種光彼諸光明徹照八十九百千佛土乃至照此娑訶世界彼諸菩薩普見此娑訶世界菩薩充滿天龍夜叉阿脩羅遍滿虛空見已彼諸菩薩重白無垢德

明王如來言世尊我等見娑訶佛土一切菩薩充滿其中無有少地可容杖處又見彼釋迦牟尼如來唯視我等爲我說法時彼無垢德明王如來告諸菩薩言善男子等彼釋迦牟尼如來所視普等善男子於娑訶世界住地衆生在虛空者彼一一皆如是知釋迦牟尼如來唯獨視我爲我說法善男子彼釋迦牟尼如來以其一身現一切形而爲說法彼佛土中其有衆生事梵天者彼見釋迦牟尼如來梵天形聞大梵音而爲說法乃至事魔事釋事日事月事毗沙門事毗留勒伽事毗留波叉事提咃羅尼吒有事摩醯首羅天者彼見釋迦牟尼如來摩醯首羅形聞摩醯首羅音而爲說法乃至其中衆生有事八萬四千種處者彼如所事見釋迦牟尼如來聞法亦爾彼大衆中有二菩薩一名羅潘象二名月光時彼無垢德明王如來告二菩薩言汝等善男子可至婆訶世界如我辭曰敬問釋迦牟尼如來少病少惱安樂住不彼菩薩白佛言世尊我等見彼一切娑訶佛土地上虛空皆悉充塞乃至無有容一人處我等何住時無垢德明王如來答言善男子等莫作是說娑訶佛土無有住處彼釋迦牟尼如來處所極廣具不可思議佛之功德彼如來以本願故憐愍儀法所容甚廣說三歸依三乘說法說種種戒現三脫門於三惡趣拔濟衆生爲度衆生於中石山帝眼夜叉宮住娑羅窟一結跏趺坐七日無諍受解脫喜樂其如來身滿娑羅窟乃無四指空處如來之身所不遍者竟七日時於十方有十二那由他菩薩

摩訶薩至彼娑訶世界住彼山前咸欲奉見恭敬親近釋迦牟尼如來又欲聽法善男子時釋迦牟尼如來爲彼大衆即現神通令娑羅窟極大寬博彼十二那由他菩薩入娑羅窟中猶見寬博彼一一菩薩以種種菩薩神通供養如來已唯善男子彼釋迦牟尼如來住處所容廣博如是彼諸菩薩從釋迦牟尼佛所聞說已頭面禮足右繞三帀各還本土彼諸菩薩發去未久彼娑羅窟還復如故其中有四天下釋名憍尸迦觀命將終應墮畜生極大恐怖與八萬四千三十三天俱詣娑羅窟向世尊所近帝眼夜叉宮娑羅窟前住承佛威神即生是念我今應請般遮飾乾闥婆子以彼妙音歌歎世尊可令世尊從三昧起時彼帝釋往請般遮飾乾闥婆子時般遮飾執琴而來承佛威神以柔輭音五百偈讚彈琴歌詠歎於世尊善男子如般遮飾讚歎世尊應時彼釋迦牟尼如來入無聲勝明三昧令此一切娑訶世界諸大威德夜叉羅刹阿脩羅迦樓羅緊那羅乾闥婆欲界色界一切諸天皆悉來集其中樂音詠者彼聞詠音生大歡喜樂讚誦者彼聞讚辭於世尊所生希有心歡喜恭敬樂琴音者彼聞琴音亦大歡喜時彼釋迦牟尼如來從三昧起現娑羅窟時帝釋即前問世尊言我坐何處彼釋迦牟尼如來告言汝等夜叉所共來者今可入此娑羅窟坐時窟寬博十二恒河沙數大衆入彼窟坐時釋迦牟尼如來爲彼大衆說如是法衆中有求聲聞乘者彼解說聲聞乘九十億衆生於中得須陀洹果有求辟支佛乘

者彼得解說辟支佛乘有求無上佛乘者彼純解說無上大乘般遮飾乾闥婆子等十八那由他衆生得住不退轉阿耨多羅三藐三菩提其中未起三乘心者有發阿耨多羅三藐三菩提心有發辟支佛乘心有發聲聞乘心彼憍尸釋即離恐怖增壽千年得須陀洹果善男子彼釋迦牟尼如來所容寬博如是彼如來音輪亦復寬博無有人能筭數如來音輪邊際彼如來方便廣博勸導衆生無有人能知彼如來方便邊際善男子彼如來身甚爲高廣無能見頂知身際者如今於彼娑訶佛刹衆生雲集若彼一切入釋迦牟尼如來腹中皆悉容受彼如來腹亦不增減彼諸衆生不能得彼如來腹之邊際又彼衆生同時和合入彼如來一毛孔中又復不還出亦

不增減欲尋如來一毛孔際無能得者乃至天眼所不能知彼釋迦牟尼如來身所容受如是寬博復次善男子彼釋迦牟尼如來佛土甚大寬博善男子又於十方恒河沙數諸佛刹中衆生充滿如今娑訶佛刹若彼衆生今盡來入娑訶佛土者皆悉容受所以者何以彼如來先初發阿耨多羅三藐三菩提心立是願故善男子置此一恒河沙數世界乃至十方千恒河沙數諸佛土中衆生如是充滿如今娑訶佛土衆生充塞若彼一切令入娑訶世界皆悉容受是彼如來先初發心求無上智立如是願善男子彼釋迦牟尼如來佛土所知如是寬博以是四法故彼釋迦牟尼如來勝諸如來善男子汝等持此月樂無垢華如已所見往至西方娑訶佛刹如我辭

曰敬問釋迦牟尼如來少病少惱安樂住不時彼無垢德明王如來以月樂無垢華與羅潘象菩薩月光菩薩與已告言汝善男子承我神力詣娑訶世界彼中二萬衆生同聲白佛言唯世尊我等亦承如來神力詣娑訶世界奉見恭敬親近釋迦牟尼如來時彼無垢德明王如來告言善男子等隨意可往彼二菩薩羅潘象月光與二萬菩薩俱承彼無垢德明王如來神力發華敷世界如一念頃至此娑訶佛剎詣耆闍崛山叉手合掌白釋迦牟尼如來言世尊東方去此過八十九百千佛剎有世界名華敷其佛號無垢德明王如來彼佛於菩薩大衆中稱譽如來功德作如是言娑訶剎中有佛號釋迦牟尼如來今現在彼如來先爲菩薩行菩提行時初發化我於阿耨多羅三藐三菩提令住其中我隨彼語發阿耨多羅三藐三菩提心彼如來先爲菩薩時初勸我住檀波羅蜜乃至如前所說彼釋迦牟尼如來以是四法勝諸如來彼如來遣此月樂無垢華致問少病少惱安樂住不如是樂喜剎中阿閦如來座動其諸菩薩在會中者見阿閦如來座動尋即發問略如前說於一切處亦如是說爾時東方無量阿僧祇如來使菩薩各持月樂無垢華至此娑訶佛剎奉見致問釋迦牟尼如來供養恭敬親近聽法爾時世尊適稱東方世界名字諸佛號已又復欲稱南方而作是言善男子我見南方去此佛土過一恒河沙數佛剎有世界名除一切憂惱其佛號無惱德如來現在說法我先行菩薩行時初勸彼佛於阿耨多

羅三藐三菩提乃至如前所說閻浮提光刹中法自在雷佛彌樓安刹中至自在堅帝佛德莊嚴帝刹中師子奮迅王佛珠冠莊嚴刹中那羅延伏藏佛放光遍覆刹中寶集功德奮迅佛天樂刹中明藏佛栴檀根刹中星宿稱佛香聞刹中福力娑羅王佛善解刹中柔輭雷音聲佛閑居刹中娑羅稱帝王佛雷是刹中自在明照佛雲雷刹中柔音聲佛分寶刹中寶掌龍佛波羅摩寶樹刹中法雲月明自在佛略如前說南方如是無量阿僧祇諸佛座動彼諸佛世尊皆稱譽讚歎釋迦牟尼如來爾時南方乃至無量阿僧祇如來遣菩薩持月樂無垢華至此娑訶佛刹敬問釋迦牟尼如來乃至聽法爾時世尊復作是言善男子我見西方去此國土過九十七那由他百千佛刹有世界名寂靜其佛號寶山如來今現住世爲衆說法我本行菩薩行時初勸彼佛於阿耨多羅三藐三菩提乃至如前說略說佛號其名曰妙光藏佛音智藏佛廣稱佛普藏佛梵華佛掌超越佛法燈明佛無等辭佛樂高音佛流布王佛梵帝聲佛皆如前說如是西方無量阿僧祇諸佛世尊所可釋迦牟尼如來稱其名者彼座皆動爾時西方無量阿僧祇佛遣菩薩持月樂無垢華至此娑訶佛刹至已各坐聽法略說如是北方上下東南西南西北皆亦如上說時釋迦牟尼如來又欲說東北方而作是言善男子我見東北方去此佛國過九十八億那由他百千佛土有世界名無塵其佛號除憂惱踊上廣聞娑羅王如來我本爲菩薩行菩提行時初

勸彼如來於阿耨多羅三藐三菩提令住六波羅蜜我初將彼至諸佛所令彼得受阿耨多羅三藐三菩提記如所稱名彼座皆動乃至説衆生八萬四千種處隨事聞音見釋迦牟尼如來聞如是法彼衆中有二菩薩一名山蜜二名等樂趣時彼除憂惱踊上廣聞娑羅王如來告彼二菩薩言汝等善男子往彼娑訶世界以我辭曰敬問釋迦牟尼如來少病少惱安樂住不彼白佛言世尊我等見彼娑訶佛剎地及虛空皆悉充滿乃至無有容一人處我等何住彼如來言善男子莫作是説娑訶佛土無可住處善男子彼釋迦牟尼佛如來容受寬博具不可思議佛功德彼如來以本願故憐愍儀法所容甚廣説三歸依三乘説法説三種戒現三脱門於三惡趣拔濟衆生置三善道善男子彼釋迦牟尼如來成佛未久於時爲衆生於中石山帝眼夜叉宮娑羅窟一結跏趺坐七日無諍受解脱喜樂彼如來身滿娑羅窟其窟中無四指空處如來之身所不滿者竟七日時於十方十二那由他菩薩摩訶薩至彼娑訶世界住彼山前奉見恭敬釋迦牟尼如來乃至以此四法彼釋迦牟尼佛勝諸如來善男子汝等持此月樂無垢華如已所見往西南方娑訶佛剎敬問釋迦牟尼如來少病少惱安樂住不爾時除憂惱踊上廣聞娑羅王如來以月樂無垢華與山蜜等樂趣菩薩告言善男子承我神力至娑訶剎時有二萬人同聲白言我等亦承如來神力詣彼娑訶佛土奉見恭敬親近釋迦牟尼如來彼如來言諸善男子隨意

可往彼二菩薩與二萬菩薩俱承如來神力發無塵刹以一念頃至此娑訶佛刹耆闍崛山中叉手合掌白釋迦牟尼如來言世尊東北方有佛乃至如前所説彼佛遣此月樂無垢華敬問世尊少病少惱安樂住不如是降魔宫如來座動於中菩薩集者見彼降魔宫如來座動即問如來所由因縁如前所説如是娑羅帝王佛大力光佛蓮華上佛旃檀彌樓王佛海此岸明佛智力佛爾時東北方如是等無量阿僧祇如來各遣二菩薩持月樂無垢華至此娑訶佛土奉見敬問釋迦牟尼如來供養恭敬親近聽法

入三昧門品第二十九

爾時一切衆生集此娑訶佛刹者釋迦牟尼如來以神通力令一一衆生身如芥子如是衆生遍滿罗塞娑訶佛刹地及虚空衆生充滿乃至無容毫髮之處彼諸衆生各不相見唯覩虚空又諸石山須彌鐵圍大鐵圍山障山上至諸天宫下至金輪悉無障蔽衆生之眼唯見釋迦牟尼如來入遍虚空法無斷滅三昧爾時如來内一切月樂無垢華諸毛孔中是諸衆生集娑訶世界者皆悉得見彼諸衆生捨思惟觀佛色身心皆觀如來毛孔見毛孔中諸有園池種種寶樹種種華果枝葉茂盛種種頭舍種種衣服種種旛蓋幢麾枳由羅眞珠瓔珞以莊嚴樹譬如安樂世界園林茂盛時諸衆生皆作是念我今宜往觀於園林時集此娑訶世界一切衆生從如來身毛孔入而坐其中唯除在地獄餓鬼畜生及無色天爾時世尊還攝神通其諸衆生各得

相見即相問言釋迦牟尼如來今在何處時彌勒菩薩普告大衆言咄汝衆生皆當應知我等今者盡皆集如來腹中彼皆各各見其如來身相内外然後乃知集在如來腹中彼皆生念我等云何入如來腹誰持我等置如來腹中爾時彌勒菩薩即以高聲告大衆汝等當聽此非餘力是如來神通變化爲饒益我等故世尊今當說法汝等一心諦聽善思念之時諸大衆叉手合掌瞻仰世尊爾時如來即說一切法門行經何謂一切法門行經謂度生死淵入八聖道滿足一切種智自然智中有十事一者至意發心迴向解脱二者於一切衆生發大悲心三者以饒益攝一切衆生四者未度者度如大船師五者未解者解諸顛倒六者大師子吼驚動一切衆生使觀無我法七者遊諸世界覺一切法如幻夢影八者莊嚴光飾一切世界淨戒身力九者成辦如來十力滿一切波羅蜜十者爲具四無畏如說修行爲得十八不共法無餘菩薩如所聞法皆悉修行除世愚惑是名十事一切法門行經知至無相行門思惟一切法無我心無生滅是不退不轉不斷不常無捨無證說是法時八十億恒河沙數衆生即於如來腹中得不退轉阿耨多羅三藐三菩提於中過數菩薩摩訶薩得種種三昧陀羅尼忍辱時彼一切還從如來身毛孔出於如來所得未曾有頂禮如來足已各還十方至其本土東方菩薩誠欲推尋釋迦牟尼如來音輪身相彼東方菩薩展轉乃至東方過無量阿僧祇佛土猶故不盡釋迦牟尼佛如來音輪

之聲於彼聞如是音文字句義皆悉備足猶如釋迦牟尼如來前坐聽法無異於彼一切亦不能知釋迦牟尼如來身之增減彼在所至處見釋迦牟尼如來身現在前又見無量阿僧祇菩薩聲聞在釋迦牟尼如來身一毛孔中出入無礙一一毛孔亦如是乃至見一切毛孔中衆生出入亦復如是於十方亦如是說爾時大衆在如來腹者皆從如來毛孔出已頭面頂禮世尊足繞佛三帀住如來前以衆妙偈句義備足同時讚歎稱譽如來爾時欲色界諸天於虛空中雨衆妙華華鬘塗香作天妓樂懸諸天繒旛蓋幢麾衣服頭舍眞珠瓔珞供養如來

囑累品第三十

爾時有菩薩名無畏等持叉手合掌前白佛言唯世尊此大授記當名何經云何受持佛言一名入一切種智行陀羅尼門二名諸佛之藏三名多集四名授菩薩記五名入無畏道六名入諸三昧七名現諸佛土八名如大海九名過數十名大悲分陀利重白佛言唯世尊若善男子善女人受持誦讀此經爲他人說乃至一四句偈得幾所福佛言此經功德吾先已說今當爲汝略說若有善男子善女人受持是經讀誦書寫爲他人說乃至一四句偈是人得福過於菩薩十大劫中具行六波羅蜜者所以者何此經能滅除諸天世人梵魔沙門婆羅門衆夜叉羅剎龍乾闥婆鳩槃茶餓鬼毗舍遮緊那羅阿脩羅等諸惡心故又能除滅一切諸病鬬諍怨嫉又能除滅非時惡風霜雹暴雨又能除滅疾疫饑饉

能令安隱常得豐樂令人强健集會歡喜不相順者能令和合有恐怖者施無畏樂能滅結使增長善根能三惡趣脱諸苦際又能示現三乘妙道能令人得三昧陀羅尼忍辱能饒益一切衆生能坐金剛座能破四魔能覺助菩提能轉法輪乏聖七財衆生能以菩提法令得富足我欲令多衆生入無畏城故演説是法今我是法當付囑誰誰能於後惡世之中宣布是法令於諸方不退轉菩薩皆得聞知令除衆生染著非法貪著榮利處邪見法無果報心皆悉除滅爾時一切大衆知如來心衆坐有一夜叉仙名那彌樓弗沙時彌勒菩薩摩訶薩手執那彌樓弗沙臂將至世尊所佛言汝大仙受持是法乃至於後惡世之時廣宣流布令諸方不退轉菩薩皆悉聞知有得聞者住不退轉心彼白佛言唯然世尊我以本願爲夜叉仙過八萬四千大劫於行菩提行我以勸過數衆生遊四梵處住不退轉地世尊其有衆生於後惡世能受持書寫讀誦此經乃至爲他人説一四句偈我當身自擁護令彼法師無能惱者佛説是經巳時諸大衆天龍乾闥婆阿脩羅世人聞經歡喜作禮而去

大乘大悲分陀利經卷第八

音釋

壙 苦謗切 竁也　蝱蠅 蝱莫耕切 蠅余陵切　狐狼 狐户吴切 狼魯堂切　狐狼並獸名　鷲 疾僦切　渧 都計切 點也　兕 序姊切 似牛一角者　畟 初力切 過遮也

善思童子經

隋三藏法師闍那崛多譯

清刻龍藏佛說法變相圖

善思童子經卷上

隋三藏法師闍那崛多譯

如是我聞一時婆伽婆住毗耶離城在菴婆羅波梨園內與諸聲聞八千比丘一萬菩薩如是大衆一切悉皆變化形服作諸天身爾時世尊於晨朝時著衣持鉢將此化衆前後圍繞入毗耶離大城之中次第乞食漸漸行至毗摩羅詰離車之家當於是時毗摩羅詰離車家內有一童子名曰善思是時善思在於自家重閣之上嬭母抱持時彼童子手中秉執一莖蓮華玩弄嬉戲而彼童子以其宿植衆善所熏又佛世尊神通力故令此童子忽然以偈白其嬭母作如是言

今有響微妙　翳諸音樂聲　願嬭放我身
捨置於樓上　而此光明照　決是大丈夫

右足跨於閫　欲入此城門　微妙令意喜
諸鳥鳴喚聲　我耳未曾聞　諸鳥如是唱
決定是調御　爲利益世間　右足跨於閫
欲入此城門　如服諸瓔珞　徧體振鳴聲
其響妙鏗鏘　聞者皆歡喜　決定千輪足
威福莊嚴身　右足跨於閫　欲入此城門
猶彼大地震　亦如打銅鐘　諸如是等聲
無有不聞者　決定彼人日　大聖之身光
欲入此大城　令衆生無畏　如諸林樹木
種種華莊嚴　各聞微妙香　衆生隨所樂
決定善安住　與顧大龍王　右足跨於閫
欲入此城門　如虛空光照　大地普皆明
日彩曀不彰　此世尊金色　決定喜觀察
大威放燄光　右足跨於閫　欲入此城門
阿嬭今觀此　天衆在虛空　歡喜歌嘯聲
弄諸衣服等　決定利益世　最勝諸衆生
右足跨於閫　欲入此城門　今此大城内
相向起慈心　各各共歡喜　如父母愛子
決定大福聚　衆德莊嚴身　右足跨於閫
欲入此城門　又男夫婦女　將種種香華
滿掬四面飄　心生大歡喜　決定大自在
福德華莊嚴　右足跨於閫　欲入此城門
天人華所散　悉徧滿虛空　處處雨衆香
微妙甚可喜　決定世善逝　大智慧入城
爲利益衆生　所以今來到

爾時善思懷抱嬭母聞其童子自口所說如此偈已心生恐怖身毛悉豎支節顫掉不能自持安彼童子於樓閣上置已即作如是思惟此子何也爲天爲龍爲是夜叉爲是羅刹爲鳩槃茶爲毗舍遮爲緊那羅或復爲是摩

睺羅伽如此之言非是世間嬰孩所說時彼孀母即一定住不敢動移亦不起行不敢大語細喘低頭黙然察聽爾時世尊漸漸行近善思離車童子之家入彼街巷至於其家門前止住而是善思離車童子遥見世尊在於閣下見已即便從高樓上投身向佛是時善思離車童子以佛神力在於空中嶷然而住即以偈頌而白佛言

世尊住智中　最勝者住此　利諸衆生故
願受我蓮華

爾時世尊即還以偈報於善思離車童子作如是言

我所住實際　非衆生境界　彼際無所有
是際如實相

爾時世尊說是語已離車童子復更以偈而白佛言

世尊云何住　於此眞實際　此際既無有
無有何所住

爾時善思離車童子說是語已佛復以偈而更報言

如際實際者　彼際是如來　如彼實際住
我住彼亦然　如實際諸佛　其體一無殊
如彼眞實際　我作如是住

爾時世尊說是語已善思童子復更以偈重白佛言

非際非非際　此際有何相　作何等方便
得名爲實相

爾時善思離車童子說是語已佛復以偈而更報言

不可執際際　故言爲實際　彼際如虛空

虛空亦無相

爾時世尊說是語已善思童子還更以偈白於佛言

希有眞實處　住處最上住　願衆生住此
如諸佛所住

爾時善思離車童子說此偈已一心合掌而白佛言惟願世尊慈愍我故受此蓮華爾時世尊爲欲憐愍善思離車孩童子故受彼蓮華佛受華已是時善思離車童子歡喜踊躍發是願言藉此善根我於來世若當證得阿耨多羅三藐三菩提已如今世尊爲於一切衆生說法然其法中諸凡夫法及阿羅漢一切聖法皆不可得爾時長老舍利弗同在集會聞是語已於大衆中即問善思離車童子作如是言離車童子汝向所言我當證彼如是法已爲諸衆生說於彼法云何說法彼法云何爾時善思離車童子即以偈答舍利弗言

彼法無有佛　及諸聲聞等　我當證是法
爲諸衆生說　彼法無處所　亦復無去來
智者如是知　法之本體性　過去一切佛
現在無上尊　無不如是知　入無餘寂滅
彼中無法界　衆生界亦無　如是之邊際
世間無入者　法界唯名字　字從分別生
分別無分別　究竟不可得

爾時長老富樓那彌多羅尼子即於衆中還以偈問善思童子作如是言

童子汝云何　能學解此法　甚深無譬喻
諸智者所迷　汝今身未行　已作如是辯
能對最第一　智慧大聲聞　汝體如眞金

徧皆巧知解　顯赫此城巷　如月處虛空

爾時善思離車童子即還以偈答於長老富樓那彌多羅尼子作如是言

尊者今言生　此生無有處　諸法無生故
當生此是何　諸法既無生　何者名眞體
此我說本性　一切諸法無　法及法本性
二俱不可得　二既不可得　此法諸佛說
是名最上輪　鹿苑中前轉　虛空搦拳已
令覺多聲聞　惟鳴於法聲　衆生多誑惑
乘方便及智　當說如眞實　言生及死者
是名凡夫境　此之顚倒見　富樓那未盡
生死及彼此　世間人言語　無言語法中
假以語言說

爾時長老富樓那彌多羅尼子聞此偈已歡喜稱讚即便白佛作如是言希有婆伽婆希有修伽陁此之善思離車童子乃有如是甚深智慧難可度量是時佛告富樓那言如是如是汝富樓那如汝所說爾時世尊問於善思離車童子作如是言善思童子汝今欲爲阿誰證於阿耨多羅三藐三菩提是時善思離車童子即以偈頌而答佛言

佛最勝世尊　知而故問我　欲爲誰著鎧
今當眞實宣　我無所爲人　亦無著鎧者
甚深上法內　無受化衆生　衆生非衆生
一切皆無有　此處不迷惑　彼名爲世尊
如是生解知　如實際常處　非一非無異
此甚深最上　我當令覺衆　彼衆生亦無
衆生體既無　彼中何有智　智慧及衆生
性畢竟非有　若能如是解　彼名世智人

爾時善思離車童子說是偈已而白佛言大

聖世尊我若當來自覺了知如是法已爲諸衆生作如是説是時長老阿難比丘於大衆中即從座起而白佛言世尊希有婆伽婆希有修伽陀此之善思離車童子乃能如是宣説甚深微妙法句不染著句無倚著句此深法中天人世間恐怖迷没世尊如是實性甚深法中誰不欲行惟有昔於甚深法中有因緣者乃能生信爾時阿難欲重宣此義而説偈言

猶如聚眞金　遥觀妙顯赫　此善思童子
處在大衆中　譬如須彌山　安住於海内
如是善説法　彌覆此世間　無有及非無
善思童子説　如是彼實際　實際亦空無
汝今説此時　不曾生恐怖　善思汝如是
我云何得知

爾時善思離車童子聞是語已即還以偈報阿難言

我已誓捨身　著此無爲鎧　無望故求道
多聞如是知　爲五欲所迷　墮於可畏獄
今見無上尊　我云何不喜　世尊大慈愍
化度諸衆生　我身不墜傷　今在佛前住
虚空及我體　此二悉是無　身及空既無
云何當畏壞　佛身及空體　眞實不可分
能有此忍心　彼中無怖畏　虚空及大地
眞如中悉無　我今眞實知　是故無恐怖
虚空徧大地　畢竟不可得　無眞無生故
眞實無驚畏　虚空無有高　下處亦無有
如是法知者　彼無處可驚

爾時善思離車童子説是偈已佛即問言善思童子汝不畏耶是時善思即答佛言善哉

世尊我實無畏佛復更問善思童子汝不恐耶善思答言善哉世尊我實無恐佛復問言善思童子汝不怖耶善思答言善哉世尊我實不怖爾時世尊讚善思言善哉善哉善思離車眞實善哉今乃能如是不畏不恐不怖佛因此事即爲善思而說偈言

有有故怖生　彼有不可得　能定此忍者
彼即近菩提　取相言衆生　而衆生無有
能如是了達　彼即住眞乘　菩提無得人
而得得不得　離是得不得　恐怖心則無
若能如是知　有無皆不住　善思汝當識
此路趣菩提

爾時世尊說此偈已復告善思作如是言善思童子是故菩薩摩訶薩等若欲速疾安樂得成阿耨多羅三藐三菩提者當應須念常相樂相我相淨相及衆生相壽命養育福伽羅相此相即是阿耨多羅三藐三菩提眞正直路善思童子我於往昔發心行於菩薩行時常念此路以是義故我乘此路得至菩提然其此路無有一法而可得者此即是我無上菩提爾時世尊欲重宣此義而說偈言

我雖說常相　其常非是有　既知無有常
即無有諍競　有著樂相者　樂亦無眞實
此是顚倒見　分別福伽羅　若知諸法眞
各各無集處　彼等不作相　命及福伽羅
路非是菩提　非路亦復爾　我說此本性
諸法無處所　本性及衆物　智者不分別
善思汝當知　此路向菩提　若著如是路
彼佛非行道　若著有相者　彼不知諸法
亦不能乘乘　諸佛所憐愍　無有人能行

此寂甚深處　一切處無物　彼物不可得
既無有物故　彼樂無處生　諸樂及諸苦
此路如虛空　能得如是覺　彼心得解脫
我雖說我相　此法亦無有　既無有我所
亦復無有智　既無有智知　此即智境界
壽命分別有　其相畢竟空　無有言知者
小智即迷惑　我相及壽命　本性非是有
本性及諸物　此愚癡境界　彼等不能近
不思議佛乘　不聞深經典　復不讀誦持
此經典不說　無有諸法相　我不得諸法
說處亦復無　我昔坐道場　無一智可證
此智我如是　菩提不可得　菩提及道場
此二無證者　凡夫輩分別　諸佛說諸法
此是假名字　諸佛甚深處　甚深及諸佛
此是魔境界　不聞此經典　佛世尊所說
彼等不知味　諸法利益處　菩薩行苦行
其行無知故　言佛及菩提　此二不可見
如是思惟已　妄言諸佛說　稱有諸境界
倚之而生著　既有染著處　彼等不見我
若有諸衆生　成就甚深智　彼等大唱說
諸佛不思議　是故汝善思　欲知甚深法
精勤當用心　即知法眞實　彼法實無礙
故名爲甚深　如是說之時　名爲不可得
衆生顛倒見　此非彼境界　非以禪定求
可知眞實義　三昧非三昧　空中不可得
此非智境界　無智亦復然　雖令覺彼際
亦非智境界　此法從緣有　甚深即能入
若有樂寂靜　則無有彼此　若心能信樂
正說此經處　彼非一佛邊　昔種諸善根
於多諸佛所　乃能受持此

爾時世尊說此偈已復告善思離車童子作如是言善思童子以是義故諸大菩薩摩訶薩等一切應當著如是鎧於世間中所有恐怖驚畏之處應於彼中不生驚畏恐怖之意發於此心如是著鎧是時善思即白佛言大聖世尊我信如是而世間中所不信處爾時世尊復告善思童子有諸菩薩摩訶薩等行於甚深有如是相有如是瑞有如是形彼等一切諸善丈夫觀於世間無有諸法可優劣者既見一切諸法平等無有優劣如是知已而心不畏不怖不驚斷一切諸法如是知已而不驚不斷一切諸法如是知已而不怖有一切諸法如是知已而不驚無一切諸法如是知已而不畏聚一切諸法如是知已而不驚散一切諸法如是知已而不畏和合一切諸法如是知已而不驚不和合一切諸法如是知已而不畏嫌一切諸法如是知已而不驚不嫌一切諸法如是知已而不畏思念一切諸法如是知已而不驚不思念一切諸法如是知已而不畏造作一切諸法如是知已而不驚不造作一切諸法如是知已而不畏境界一切諸法如是知已而不驚非境界一切諸法如是知已而不畏歡喜一切諸法如是知已而不驚非歡喜一切諸法如是知已而不畏世諦一切諸法如是知已而不驚非世諦一切諸法如是知已而不畏寂靜一切諸法如是知已而不驚非寂靜一切諸法如是知已而不畏解一切諸法如是知已而不驚不解一切諸法如是知已而不畏持戒一切諸法如是知已而不驚破戒一切諸法如

是知已而不畏明一切諸法如是知已而不驚無明一切諸法如是知已而不畏有名一切諸法如是知已而不驚無名一切諸法如是知已而不畏一切法出如是知已而不驚一切法不出如是知已而不畏一切法怖如是知已而不驚一切法不怖如是知已而不畏一切法生如是知已而不驚一切法不生如是知已而不畏一切法死如是知已而不驚一切法不死如是知已而不畏一切法菩提如是知已而不驚一切法非菩提如是知已而不畏一切法涅槃如是知已而不驚一切法非涅槃如是知已而不畏能作如是說法之時是名菩薩不畏不驚不恐不怖爾時世尊說是語已欲爲善思重宣此義而說偈言

一切法無有　眞如不迷惑　諸法無有故
彼相即寂滅　諸法無優劣　此彼悉皆無
一切法無故　眞實亦復無　諸法有優劣
此彼亦各無　諸法既悉空　則無有諍競
一切法既無　本性何有物　其性無有故
云何有壞滅　諸法有斷耶　智者無此念
但假有斷名　求斷處不得　欲斷一切法
微細求覓無　毫末及衆多　諸法皆無有
諸法無有者　此亦是言說　彼中如是無
但有中示現　一切法無形　但有相中現
有有及無有　一切皆假名　一切法有合
示現不合者　眞如無合故　畢竟無有物
諸法無和合　無作無滅者　如是亦不得
諸法各各無　諸法不可得　彼等前際無
本際既無故　故名爲實際　一切法歡喜

歡喜不可得　既無有諸法　彼亦不可說
諸法無歡喜　彼等二皆無　眞如中無物
此是甚深相　一切法無嫌　眞如中無我
眞如無有故　彼無有嫌處　涅槃無讃歎
彼法不可得　諸法無有故　故名爲涅槃
諸法無明者　眞如中示現　此是假名說
是故名爲思　諸法無思者　此法無定處
是故無衆生　此是諸法體　一切法如幻
彼幻不可得　諸法不得故　說有爲諸行
諸法既無爲　此彼眞如體　無有諸法處
故言無有邊　雖言有境界　境界實無有
而凡夫所說　故名爲境界　諸境界虛妄
故說無境界　說無有境界　是境界眞相
言一切法體　彼等無有數　彼等既無有
寂定汝等知　無得言有得　示現有得處
得無得之處　示現故有得　彼處無持戒
及破戒亦無　無行及無戒　如是諸法相
一切法悉無　故名爲無明　無有諸法故
汝當知是明　諸法名字者　彼名實無有
既無有法名　當知是涅槃　說有受名者
以受故是現　是處無有受　故言受示現
無有爲有相　示現名爲有　諸法中離有
故言常無有　如見幻化已　愚癡言有相
有有無有知　是處智無惑　法生處不知
此二不可得　愚癡人故言　說此爲生處
諸法若有生　應說當有死　生處及死處
此二不可得　一切法皆空　諸法不可得
善思汝當知　我說如是法　菩提不可作
是處作者無　若當得菩提　應即見三界
若分别菩提　彼不行菩提　行行及菩提

彼等無分別　一切有眞實　眞實無有處
眞實無得故　此是涅槃相　畢竟無出者
彼無處可得　無有諸物故　不生復不滅
若能知此義　諸法無眞實　彼等無可生
即不相諍競　說此甚深法　若無恐怖時
汝應知彼人　眞實是菩薩

爾時世尊說此語已善思童子復更以偈重白佛言

世尊利益我　出現於世間　說此法相時
我無有疑惑　今者具足滿　佛出不思議
我諸見網縛　今得脫魔網　我已斷生死
已住道場內　如來說相時　斷除我疑結
爲我說得處　摧滅諸見等　無畏益世間
善去我心垢

善思童子經卷上

音釋

詰（契吉切）嬭（女蟹切乳母也）翳（於計切隱也）閫（苦本切門限也）鏗（丘耕切鏗鏘玉聲也）鏘（七羊切）掬（居六切手捧也）顫（之膳切寒動也）掉（徒弔切揺也）喘（昌兖切疾息也）嶷（魚力切小兒有知識貌）赫（呼格切高明顯盛貌）搦（昵格切捉搦也）優劣（優於求切裕也勝也劣力輟切弱也鄙也）

善思童子經卷下

隋三藏法師闍那崛多譯

爾時世尊復告善思離車童子作如是言善思童子此菩薩行無虛妄行善思童子此菩薩行是哀愍行善思童子此菩薩行是無患行能斷一切諸過患故慈憐一切諸衆生故善思童子此菩薩行甚深微妙無有相行善思童子此菩薩行眞實能離一切欲想善思童子此無欲行無愛憎故善思童子此菩薩行一切衆生平等心行其心畢竟無所得故善思童子此菩薩行大慈悲行於一切法無有得故善思童子此菩薩行大布施行無有施故善思童子此菩薩行不虛誑行不受一切後身報故善思童子此菩薩行無惱忍行現無諍故善思童子此菩薩行發誓願行捨懶惰故善思童子此菩薩行是三昧行以寂靜故善思童子此菩薩行是智慧行於一切法無有得故善思童子此菩薩行是無畏行心無恐故善思童子此菩薩行是無礙行成就如來諸智力故善思童子此菩薩行是增益行入智慧門無有著故善思童子此菩薩行觀十方行無染著故爾時世尊欲爲善思重宣此義而說偈言

無疑惑行者　爲諸菩薩說　疑惑及諸行
此二不可得　爲諸菩薩說　有行無行處
若知此行處　彼等無諍競　攝受一切法
爲諸菩薩說　無所有得處　此行最爲上
我行此行處　彼則顛倒行　既住顛倒行
彼無有畏處　此雖名諍行　彼諍不可得
若能如是知　彼行最上乘　此乘無有驚

佛乘最爲上　驚及無驚怖　一切法假名
雖說諸行處　一切不可得　一切既不得
彼行最爲上　此行甚深行　愍於一切法
愍及甚深行　皆從分別生　甚深及諸行
是處二俱無　若知此際者　彼於法無没
諸法無可染　非法亦復然　此諸法本性
當說無染處　無牢及無固　此但是有現
無有名字處　此句最爲上　我雖說有愛
彼處無恐怖　以無有物故　彼處不生競
此諸衆生行　此處無有眞　若有知此者
彼爲善說行　此處無衆生　故我說衆生
衆生法一等　此路最爲上　心及有衆生
畢竟不可得　此名爲最慈　我前說大慈
世間大施主　亦名大衆生　常樂行布施
故名大施主　法尚不可得　況復當有邊
大智菩薩輩　故名爲施主　佛既不可得
法亦不思議　此戒不缺犯　諸法無倚處
彼等不思議　佛戒不思議　不分別戒行
爲諸菩薩說　忍向衆生輩　衆生畢竟無
此是最勝忍　我法行中說　心不可得故
諍競無處生　此是最上忍　諸法不可得
菩薩無懈怠　不被他毀辱　此名最精進
名爲不捨取　身心善質直　能辦於此行
是名最精進　爲諸菩薩說　菩薩能懶惰
不發諸行等　能不捨不取　彼住最精進
心界不可得　若外若在內　故名寂定心
其心無有處　攀緣及心行　眞如中無有
不思彼三昧　示現如是定　我說此三昧
自在修伽陀　能行此行者　我說彼得定
不以智能知　有諸眞如法　眞如及智慧

此二邊無有　此法不可得　此是識境界
法不以識知　眞體此處寂　能知如是者
彼等名眞念　菩薩眞如行　世所不能行
彼勝一切衆　爲衆生說法　彼無衆生相
況復有徒衆　衆生如幻化　幻化亦無有
如是能說者　彼無有恐怖　若我若他身
此二俱無有　能有此智者　彼無有驚怖
諸內及與外　有相畢竟無　心無怯弱處
即勝一切世　諸法無有體　猶如虛空行
既如虛空行　法眞如亦然　善能知此智
菩薩無所畏　巧解一切法　彼知衆生行
既知無衆生　一切法亦然　界智巧解知
彼界不可得　若入是法門　此路最爲勝
有能從此道　即知衆生行　境界及衆生
此二無有物　欲識諸法門　須知此勝智

若內若有外　智慧無集處　無礙諸法中
故名爲實際　諸法不思議　故名爲佛法
彼無所有處　其處亦復無　若能如是行
世間無障礙　智既無有礙　故名爲佛智
諸法不思議　彼輩無眞正　諸法既無體
是覺諸佛法　佛及諸佛法　此二俱無有
菩提無有故　是名爲佛道　乘此大乘者
到法安樂處　此世最爲勝　人世不可得
凡世間所有　一切處衆生　彼菩薩爲勝
行此勝智者　能求此諸法　佛法不思議
能得此諸法　彼即近菩提　菩提及諸法
此二畢竟無　能作如是行　即近諸佛法
能行此行者　不染諸世間　既無有染心
彼去菩提近

爾時世尊說此偈已復更重告善思離車童

子如是言復次善思我今宣說若有菩薩摩訶薩等善著鎧者能於如是甚深經典能善說者最妙微密善說之時聞已其人能不驚怖不悔不没如是菩薩摩訶薩等即得住於菩提道場即得入於諸佛境界即證無礙即住無爲解脱法門又能巧住無得之行即能觀察一切十方即能證得大慈大悲即得諸佛十八不共法即得無上最大灌頂說此甚深微妙法時能有信行能有思惟如是法者諸佛已觀彼等菩薩一切諸佛已觀持彼若菩薩能信此行者或有不信於此行者亦爲一切諸佛所知若有能入此法門者諸佛已知若能信行此法門者我當爲於彼等作師彼等則爲隨我出家爾時世尊欲爲善思重宣此義而說偈言

彼等證道場　道場者即空　若不取菩提
彼等即住智　諸法無有礙　畢竟不可得
法既不可得　解脱亦復然　諸佛智行者
一切諸法處　及於諸法行　世尊如是說
有礙無礙處　愚癡作是心　佛及大菩薩
不如是分別　雖觀世間法　世間畢竟空
智能觀世間　彼智亦無有　衆生及諸佛
一種無分別　既無分別處　彼慈最爲勝
法界廣大性　衆生界亦然　大智諸菩薩
不如是思惟　雖復欲起慈　彼慈實無體
慈體及無性　非衆生境界　若五指量空
先無今亦無　諸世間亦然　此慈最爲勝
諸法無上者　名爲諸佛法　彼等無得處
此即是眞體　世尊大慈悲　無有形與色
如是無色法　是行名世間　虛空無有邊

境界不可執　諸佛如是法　智者行此順
是即無上智　而智不可得　智既無得處
彼處實無有　此岸及彼岸　若思惟若見
彼等無此行　甚深是名相　若知此等法
一切處平等　於我法行中　不假求知識
若作取捨心　分別二見處　此事言有者
彼非善知識　有言此法成　或言此法滅
善思此比丘　非是我弟子　言證苦滅者
畢竟不可得　如是說法師　彼非說我法
諸法無起處　何言諸法集　無起處說滅
彼等遠我法　如是寂法中　無有分別處
諸法既無有　滅處亦復無　若有諍競心
豈名說寂滅　善思汝知此　彼不名眞實
說道及與法　此是示現有　既示現有處
彼假現有路　我說諸菩薩　未來世大智
能作如是行　彼依此境界　能行此行者
諸佛說甚深　彼已供養我　利益諸含識
能持此經典　諸大智菩薩　彼於未來世
住持諸法故　我所說諸法　常住無分別
此即是菩提　離此無別道

爾時世尊說是法已是時善思離車童子於諸法中即便證得無生順忍既得證彼無生忍已遠離一切世間憂喜得大歡樂即更飛騰上虛空中離地高於七多羅樹爾時世尊當於彼時即便微笑而諸世尊有如是法微笑之時從其面門出種種光其光雜色所謂青黃赤白紅縹緑紺玻瓈彼之光明如是徧照無量無邊諸佛世界乃至有頂大梵天宮照已還迴至於佛所圍遶三帀遶已從於佛頂而入當入之時此之大地具足六種十八

相動動徧動等徧動踊徧踊等徧踊没徧没
等徧没震徧震等徧震吼徧吼等徧吼覺徧
覺等徧覺爾時上界虚空之中天雨種種細
栴檀末沉水末香及天華雨天諸種種微妙
音聲自然而作此之三千大千世界清淨莊
嚴猶如北方鬱單越國莊嚴華麗一種無殊
此之三千大千世界亦爾無異爾時長老阿
難比丘從座而起整理衣服偏袒右肩右膝
著地合掌向佛而白佛言希有世尊未審如
來有何因緣微笑放光諸佛世尊非無因緣
而放光明作是語已即便以偈而白佛言
諸佛世間最勝尊　微笑放光必有以
利益之處願尊說　有此瑞相何因緣
虚空天雨華　供養世尊故　歎喜皆歌嘯
稱讚說此經　三千世界中　種種莊嚴淨
猶如鬱單越　光普照十方　如昔諸世尊
其中受記者　佛出光照訖　迴入佛頂中
世尊所放光　其光種種色　從佛面門出
爲我說此因
爾時世尊即以偈告長老阿難作如是言
此童子善思　宿植善根厚　當於未來世
成佛兩足尊
爾時世尊說此偈已告阿難言阿難此之善
思離車童子從今已去供養恭敬億那由他
阿僧祇劫諸佛如來承奉不違彼諸佛教又
復供養彼世尊衣服湯藥房舍卧具四事皆
足彼諸如來滅度之後供養舍利以種種寶
而用作塔其一一塔各各皆高百千由旬於
彼一切諸寶塔中安置舍利以諸名香供養
彼塔復將一切華鬘校飾一切諸寶一切諸

旛種種妙華及栴檀末沉水末等而以散上復將最妙種種音聲以供養之供養彼諸多他阿伽度阿羅訶三藐三佛陀已捨最後身而得作佛名爲淨月多他阿伽度阿羅訶三藐三佛陀出現於世善逝世間解無上士調御丈夫天人師佛世尊爾時世尊欲爲阿難及諸大衆重宣此義而說偈言

若滿十方界　諸寶妙珍奇　布施佛世尊
及諸菩薩衆　得聞此法相　如大聖所宣
校量財施功　此福多於彼

爾時長老舍利弗聞佛世尊說此校量功德語已即更以偈而白佛言

世尊說此經　甚深最微妙　而不說名字
我等云何持　此經典所明　諸法皆平等
無有得不得　希有佛善說　有漏及有爲
無漏無爲法　此經不分別　世尊善巧說
世間出世間　世諦第一義　二界無有異
此經如是說　佛所說諸行　方便爲衆生
眞理皆悉無　世尊金口說　諸佛及諸法
彼等一切無　能所乘並空　希有佛善說
十方諸世尊　所說諸法相　彼等無眞體
此經如是行　善哉大聖尊　善哉最勝智
此經名云何　爲我等解說　智慧此語已
今日決諸疑　八功德相圓　音聲告於彼
欲知此經者　名爲灌頂王　雖言灌頂王
灌頂亦無有　能持此經者　諸佛說彼人
於天人世間　當爲如寶塔　我說是經處
聽衆有八千　多種諸善根　發無上道意
彼等於來世　決作無上尊　得聞此妙經
難思議福德　止住安隱處　甚深善根中

彼乃如是能　受持此經典　係念專讀誦
此之灌頂王　彼等人輩於　諸法無疑惑
此不說初忍　第二忍亦無　諸法相既空
云何有說處　若人受持此　灌頂王經典
彼作如是等　諸法乘辯才　若有智女人
受持此經典　速捨女雜穢　罪業不淨身
一智一切知　一切智一知　此是持諸法
此經中具說　此經所說法　入處如虛空
我說此入道　作諸法光明　即知種種名
處處有多種　雖復說諸法　彼法不可得
所有無言體　其相畢竟無　知是諸法門
是名受持法　言無諸法者　彼處有無無
此是法體相　名爲陀羅尼　若人欲無邊
一切光明照　當持此經典　善說灌頂王
欲求法界邊　此中已說訖　彼界不可得
故名陀羅尼　一切法甚深　法者無得處
既無法得處　彼處無亦無　若成就辯才
智深遠無礙　乃能知此義　是經無所有
如阿耨達龍　於空中降雨　彼無有心想
名不可思議　若欲廣多宣　種種辯才說
依此經中學　無倚一切法　彼法無來處
善說如此經　諸法無有生　如此經所說
如日光明照　彼光無處來　此經如是明
法光常充滿　來世善男子　欲無盡辯才
當學灌頂王　善說此法本　速得無礙辯
甚深不思議　若學灌頂王　世多作利益
若不修此法　無上灌頂王　彼人不受持
如是無譬喻　彼等四部衆　遠我法行中
不解此義人　無義可能義　若有四部衆
能行此行時　無上諸法中　即爲世間眼

如忉利宮殿　顯現高巍巍　此經典亦然
世間最爲勝　如立須彌頂　覩見世間人
如是住此經　觀見一切法　如人闇夜中
秉高大火炬　彼人所行處　終無諸黑闇
此經光所照　明見一切法　能持此經者
彼無諸闇黑　譬如日光燄　一切處悉明
此經典亦然　能出多種法　又如虛空月
放光明流轉　如是此經典　徧照十方界
此印諸法印　一切印中印　故遣住此印
爲諸菩薩輩　如欲印虛空　本無亦不住
虛空及與印　此二是分別　如是佛及法
此經中所說　諸佛不可說　諸法亦復然
如王捨命時　慇懃善屬授　勑諸大臣等
財付我諸子　如是聖法財　我昔修習得
阿難汝來世　付囑諸菩薩　我已說此經
爲諸菩薩輩　能持是經者　此人福甚多
能信受此經　依灌頂王說　彼人若致疑
我當不作佛　人欲自在辯　於諸法無礙
應當學此經　我善說灌頂　世間說諸法
彼是菩提道　知已莫懈怠　此經當讀誦
彼等正信人　於世間無惑　既讀誦此經
復能爲他說　此是諸佛法　爲諸菩薩說
得聞此經已　甚深難思議　當說此經時
十方一切佛　微笑放光明　各言善說此
豎立大勝幢　法幢不思議　此經四句偈
爲大衆演說　巧行多方便　不思議法中
能持此經者　兼復爲他說　彼人共佛語
證法無上尊　能持此經者　不思議灌頂

爾時世尊說此偈報舍利弗已復更重告長老阿難作如是言阿難若有比丘或比丘尼

諸優婆塞及優婆夷於當來世有能信心聽此經典受持讀誦彼人當得最大福德其福德聚不可稱量無有邊際譬如空界無有人能量知邊際如是如是長老阿難此法本中有能受持一四句偈或自讀誦或爲他說彼人所得功德善根亦不可量亦不可說無有邊際爾時世尊欲爲阿難及諸大衆重宣此義而說偈言

若能讀誦此　無邊方便身　利益多衆生
灌頂王憐愍　假使我今說　虛空可度量
欲比校斯經　不可得窮盡　十方一切佛
世中無上尊　若受持此經　悉皆供養彼
十方一切佛　斷生死法王　能持此經人
名已供養彼　十方諸世界　除斷十惡根
聞此經典人　能供彼諸聖　或未來諸佛
及過去如來　現在十方中　兩足尊無上
能作師子吼　彼悉供養之　能受持此經
諸佛所宣說　持資財供養　此非正智人
若能持此經　供養中爲最　一切十方界
滿七寶行檀　以供諸世尊　劣持此經福
若學此經典　一如灌頂王　此敬諸如來
眞實如中顯　我所說諸法　諸佛不可得
彼聞不驚怖　即是供世尊　此供養甚深
世間無解者　不取及不捨　此供養最勝
諸佛及諸法　一切不取捨　此供養最勝
諸佛世尊歎　往昔錠光佛　我供養此法
此供最爲勝　爲諸菩薩說　於時彼佛邊
我持此供養　彼佛授我記　汝當得作佛
若當欲作佛　復爲衆生最　應成就此路
是名供養佛　我如是供養　今得成佛道

洞達一切法　堪受天人供　所有諸佛法
世間無上尊　秉此最勝供　諸供養中最
證於佛境界　智慧不思議　能作師子吼
如我今無畏　作師子吼已　得諸法自在
解脫衆生輩　入無漏涅槃
爾時世尊說此經已善思童子及毗耶離一
切大衆天龍夜叉乾闥婆阿脩羅人非人等
聞佛所說皆悉信受歡喜奉行

善思童子經卷下

音釋

誑（古況切欺也）懶惰（懶魯旱切惰徒果切）鎧（可亥切甲也）縹（匹沼切帛青白色也）錠（音定）嘯（先弔切蹙口而出聲也）

普超三昧經

西晉三藏法師竺法護譯

清刻龍藏佛說法變相圖

普超三昧經卷第一

西晉三藏法師竺法護譯

正士品第一

聞如是一時佛遊王舍城靈鷲山與大比丘衆俱比丘三萬二千菩薩八萬四千一切聖達靡所不明開士大士神通已暢已得總持辯才無礙得無所著不起法忍曉了定行見衆生心隨所應度而爲說法四天王天帝釋梵忍天王及餘無數諸天龍神揵沓和阿須倫加留羅眞陀羅摩休勒人與非人各百千衆而俱來會爾時濡首童眞菩薩在山一面異處梁上與二十五正士俱而講論法其名曰龍首菩薩龍施菩薩首俱菩薩首藏菩薩蓮首菩薩蓮首藏菩薩持人菩薩持地菩薩寶掌菩薩寶印手菩薩師子意菩薩師子步

雷音菩薩虚空藏菩薩發意轉法輪菩薩辯諸句菩薩辯積菩薩海意菩薩太山菩薩喜見菩薩喜王菩薩察無岸菩薩遊無際法行菩薩超魔見菩薩無憂施菩薩諸告議菩薩是爲二十五正士兜率天上有四天子俱造濡首童眞於後侍焉其名普華天子光華天子美香天子常進法行天子復有異天子不可計數僉然來侍如斯正士諸天子等亦悉會坐各各講論如是之儔迭相謂曰仁者欲知佛之智慧弘普無限不可思議不可稱量無能滅度盡極際者不可以小意思原大德鎧當以何方便誓被戒德鎧而能逮茲大乘佛乘諸通慧乘不可思乘斯應道乎龍首菩薩曰積累功德不以猒足建立休祚不可限量而不毀失戒德之鎧一切所作無所希望則應大乘諸通慧矣龍施菩薩曰普弘等心調和其志温潤其性柔輭其意而心仁厚堅住正願於諸通慧被戒德鎧化度生死則應大乘諸通慧矣首俱菩薩曰不可計劫趣斯大乘被戒德鎧於無數劫不念劫數則應大乘諸通慧矣首藏菩薩曰其自建立獨安已者不能逮趣大乘通慧捨已之安建立衆生欲使大安隨其所便令無僥冀而無所起勸進群黎立於道法則應大乘諸通慧矣蓮首菩薩曰族姓子憶如來所講假使有人自不柔順無有靜寂不隨律教而欲調伏靜寂於他以律勸人者未之有也其自調順靜寂奉律乃能化勵剛强憒亂抑挫犯禁則應大乘諸通慧矣蓮首藏菩薩曰其同塵勞於世法者則不度世其不同塵勞於世染者乃能度

世是故菩薩有利無利若譽若毁有名無名若苦若樂不動不揺則應大乘諸通慧矣持人菩薩曰不可從他而致大乘諸通慧也吾獨一已而無有侣以衆生故誓被德鎧設護一切則吾所應將濟救攝須臾精進而不懈怠教化黎庶無違發學斯則應大乘諸通慧矣持地菩薩曰譬如仁者地之所載一切衆果百穀藥木因地而生地無所置亦不求報群庶品類皆仰地活地不辭猒不以爲勞開士大士亦當如是發心如地心無所著不以喜怒勸諸黎庶使趣佛慧而不相報則應大乘諸通慧矣寶掌菩薩曰仁者當知被上德鎧乃至佛慧無能沮敗令失大乘若於夢中不志二乘聲聞緣覺常以寶心諸通慧心爲人講宣於珍寶心無所貪惜無所愛恪勸衆

大乘誓被德鎧彼所學乘非無有乘不增不减其心如是無所欽慕則應大乘諸通慧矣寶印手菩薩曰覩於群黎墮墜六趣而發愍哀惠施衆生授以法手其無信者爲造信手其少智者爲博聞手其慳貪者爲惠施手其犯戒者爲護禁手其瞋恚者爲忍辱手其懈怠者爲精進手其亂意者爲一心手其邪智者爲智慧手而隨衆生離清白法各各應時具設法手開士植斯德本之手印于三寶何謂三具立群生於佛智慧勸助至于寶印之手成已德本則寶印手念一切法猶如虚空則寶印手與立如斯是則爲三則應大乘諸通慧矣師子意菩薩曰仁者當知被無畏鎧是爲無懼所誓德鎧無饋礙鎧無怯弱鎧無懈怠鎧斯則佛慧是故行者不當恐怖無難

無礙無怯無怠離諸厄懅衣毛不竪在於終始無有瑕穢亦不希仰泥洹之德等住苦樂而無二行則應大乘諸通慧矣師子步雷音菩薩曰仁者當知其斯事者非下才行則爲正士之所建造其正士者歸趣平等離于邪見其正士者其心質朴而無諛諂其正士者勞謙柔順尊師敬聖其正士者勸學不倦所受根究其正士者欽悅正治建立正業其正士者若有所欲捐廢穢法其正士者若有瞋怒意無結恨其正士者若有愚癡照除幽冥其正士者寂然憺怕近於定藏其正士者具足恩惠施及貧厄一切輒濟其正士者護身口意喟而靜寞其正士者言行相副情性質直其正士者所至堅强尚眞諦法其正士者離於非法親存正典其正士者樂于法樂護以正法其正士者輕忽身命不擇衆生其正士者所立鏗然善施無羨其正士者志純淑法消化凶僞其正士者則以寶藏救濟貧匱其正士者則爲良藥療諸疹疾其正士者護諸畏懼令得自歸其正士者導諸邪見至無岸際其正士者勉濟勞穢勸以經典其正士者調忍瞋怒而順所宜是故建立正士之法則應大乘諸通慧矣虛空藏菩薩曰修以無量虛空之慈其精進行未曾釋廢大哀之行諸根悅豫悉懷踊躍於諸愛欲所可娛樂察如虛空布施持戒忍辱精進一心智慧等如虛空則應大乘諸通慧矣發意轉法輪菩薩曰發菩薩意所發意者不當發意令魔得便無令如來而不欣樂使諸天人所不悅喜不令德本而有耗減若欲興建爲道意者隨順

誘勸當令弊魔不得其便順如來意天人悅豫不失已身所造德本所修如斯一切發意則轉法輪所以者何其菩薩者諸所發意因緣所造如無所生曉了諸法永無所起無所起者諸佛如來順如正覺之轉法輪如是發心被戒德鎧則應大乘諸通慧矣辯諸句菩薩曰正士當知其道心者正士普入塵勞怒害有漏無漏有為無為亦入於罪不罪殃福亦入於善亦入不善亦入世法度世之法亦入終始無為之為亦入斷滅有常之計亦入諸陰衰入之事亦入地水火風所以者何以諸因緣悉為自然志性本淨所在之處有所言說一切所講皆悉為空而無所有譬如虛空無所不入道心如是一切普至菩薩喜樂如是慧者降棄一切文字辯才分別衆塵得建辯慧若能入斯一聖達者則應大乘諸通慧矣辯積菩薩曰一切所說皆無有言一切音聲而不可得菩薩喜樂如斯慧者好言惡言不悅不慼譬如太山風來吹之尋復還返山不動搖菩薩如是於諸異學一切語言不動不搖在諸外徑亦無所住若如來言外徑異語等法察之不以增減亦無所亂見諸辯才一切法盡於諸盡法不念自大亦無所恩菩薩能行如斯慧者則應大乘諸通慧矣海意菩薩曰菩薩所入當如入海覺了大道一切聲聞所不能及信樂專心於一法味入若干法無有若干觀深妙法未曾惑亂於緣起法不增不減於諸經典無有若干是則名曰不生不起一切衆生所起業者不植德本福無有盡所教無邊當分別了棄捐斷滅有常

之事不受諸法不斷諸法當建立志爲無量器不忘捨法習諸通慧亦不釋法以平等法爲衆生說當習一切諸德善法如是具足無數佛法以如是心被戒德鎧則應大乘諸通慧矣太山菩薩曰仁者當知其此乘者普超諸世則謂佛慧其行所入不可限量由是之故超度一切世間志性已能超度世間所行其所信者過於俗間已過俗間其所施者持戒忍辱精進一心智慧亦復如是悉能超度一切世間之所有慧其所造福過於世間所興福祚則應大乘諸通慧矣喜見菩薩曰假使菩薩目所視色而無所惡色之自然其心清淨耳所聽聞亦無所惡音聲自然其心清淨鼻香舌味身更心法於六情界如無所惡其六情界自然本寂其心清淨其於憎愛心無所著其心清淨觀于衆生順佛法者器無不應又其衆生處邪見者亦復覩之在佛法器其愛已者在於王者歡喜習俗有所施與尋復悔者等敬若玆菩薩大士所行如是則應大乘諸通慧矣喜王菩薩曰假使有人罵詈誹謗輕易毀辱撾捶打撲於菩薩者心不懷恨而加喜悅以善友想待遇對者而能忍辱現于忍力其心欣豫思惟其法何所是罵誰爲罵者信解内空不疑外空自見已身又覩他人則歡喜悅便能惠施身命肢體頭眼手足妻子男女國城丘聚財穀珍寶倍復踊躍寧聞一頌倏忽世榮轉輪王位常樂爲人講說經法不羨帝釋思開一人使發道心不僥梵天願見如來不貪三千大千世界滿溢琦珍從生明達不乏諸根信樂愛敬諸道品

法如是悅樂所造行者則應大乘諸通慧矣察無岸菩薩曰假使見一切法度於彼岸不墮貪身淨諸佛土覩諸佛國皆亦清淨亦無想行見一切佛不發色想見衆群黎想雖有肉眼覩罪福淨具足天眼得無所壞雖得慧眼離諸塵勞信樂佛眼具足成就十八不共諸佛之法已得法眼具足如來十種之力假使菩薩所被德鎧信行如斯則應大乘諸通慧矣遊無際法行菩薩曰族姓子知一切緣菩薩所爲則悉歸趣諸通敏慧所以者何觀諸所有一切因緣不住於內不處於外不在口言假使菩薩不住因緣亦不御趣塵勞之礙亦不勸導罪福之礙無報應礙無諸根礙無諸法礙無非慧礙已度罪福塵垢魔界則應大乘諸通慧矣超魔見菩薩曰惟族姓子已住吾我自見已身則便處于魔之事業已斷吾我不覩所虛已除所見則無諸陰已除諸陰則不見魔已度魔界則尋逮成無礙脫門菩薩已逮無礙脫門則應大乘諸通慧矣無憂施菩薩曰仁者當知其犯惡者後懷湯火其爲善業後無憂慼是故菩薩當修善業其所作者無能說短所與造者後無所悔無諸礙蓋假使衆生愁憂不樂則爲講說離憂之法菩薩大士如是行者則應大乘諸通慧矣諸告議菩薩曰惟族姓子其有士夫奉禁戒者所願必獲已獲所願所獲立本由無放逸立無逸已具道品法已能具立道品之法則諸通慧戒禁之正也菩薩已住無逸道法則應大乘諸通慧矣普華天子曰譬族姓子樹華盛時多所饒益於一切人菩薩以功德

本而自莊嚴猶樹華茂饒益群黎如忉利天晝度之樹紛葩茂盛忉利諸天莫不敬仰菩薩如是以諸法門而自校飾諸天龍神揵沓和世人阿須倫靡不宗戴猶如天上明月之珠無有瑕穢衆德具足開士志性清淨無瑕德義顯備則應大乘諸通慧矣光華天子曰譬族姓子日出光明滅除衆冥終始光現菩薩如是具足慧光慧法施世爲諸愚冥無明衆生顯示大光導自然法其幽闇者不能蔽暉其光明者則能消冥導示徑路已住徑路菩薩大士其在邪徑示現正路已住正路則應大乘諸通慧矣心華香天子曰譬族姓子心華之樹其香普熏周四十里其香無想菩薩如是以戒博聞定慧解度知見之香以爲芬熏三千大千世界以法之香靡不周徧一切衆病香即療愈假使菩薩被此法香則應大乘諸通慧矣常進法行天子曰仁者當知其精進者無懈怠心是故菩薩修諸德本而不猒倦常當遵崇志八法行何等八六度無極四等梵行遊步五通而以四恩救攝群萌志三脱門逮得法忍勸勉佛慧開化衆生令發道意導權方便接濟有爲所有諸法是爲八遵崇八法之行則應大乘諸通慧矣於是濡首語諸正士及天子曰仁者欲知菩薩精進若不精進至諸通慧所以者何其翫習者行在三界若遵修者謂諸往見其翫習者是謂爲内亦不翫習是謂爲外其翫習者謂聲聞地若遵修者謂緣覺地其翫習者謂在衆結所行勤勞若遵修者則謂所著凡人之法其翫習者則謂爲名若遵修者則謂爲色其

翫習者則謂報應若遵修者則謂所見其翫習者謂有所著若遵修者則謂有所得其翫習者則謂我所若遵修者則謂吾身其翫習者則謂慳貪若遵修者則謂布施而不想慢其翫習者則謂犯戒若遵修者則謂持戒而不想慢其翫習者則謂瞋怒若遵修者則謂忍辱而不想慢其翫習者則謂懈怠若遵修者則謂精進而不想慢其翫習者則謂亂意若遵修者則謂一心而不想慢其翫習者則謂愚癡若遵修者則謂智慧而不想慢其翫習者謂不善本若遵修者謂等善本而不想慢其翫習者謂無福根若遵修者謂植德本而不想慢其翫習者謂世俗法若遵修者謂度世法而不想慢其翫習者謂有為法若遵修者謂無為法而不想慢其翫習者謂為罪法若遵修者謂無罪法而不想慢其翫習者謂諸有漏若遵修者則謂無漏而不想慢是謂翫習至於遵修離諸所見不著不斷菩薩旨趣則應大乘諸通慧矣又次仁者而不得至於諸通慧何故不至以何等至諸通敏慧諸通慧者離諸所作其諸通慧亦無所至亦無有逮諸通慧者又諸通慧亦無色像亦無痛癢思想生死識之形貌也其諸通慧者亦無法則亦無非法其諸通慧亦無有施所以者何諸通慧者則為施與又諸通慧無有持戒忍辱精進一心智慧所以者何諸通慧者則自然聖諸通慧者無去來今所以者何其諸通慧超度三世諸通慧者無眼耳鼻舌身心識所以者何度諸界故諸仁欲知諸通慧者若有菩薩欲得通慧住如通慧當云何住

於一切法而無所住斯則爲住於諸通慧一切諸法皆非我所斯諸通慧於一切法無所倚著斯諸通慧等凡夫地等於佛地於一切法亦爲平等斯諸通慧又行菩薩不當於餘求諸通慧唯當從此四大甦求自然造行所以者何斯自然者此無所有斯自然者則無有形於是善法名曰我身於我身者而無有身無有善惡無我無壽無命無人假令我身則無所有亦復無有彼則無行亦無所有彼所有形則亦無實其所見者亦無所有亦無有實其慧見於所有無有有實無實等斯諸慧則諸通慧濡首童真說是語時二千天子得不起法忍萬二千人皆發無上正真道意

化佛品第二

於是辯積菩薩白濡首童真曰且當俱往覲于如來面問大聖菩薩大士當與何行濡首尋於其處化作如來其體形像如能仁佛濡首童真謂辯積曰族姓子如來在斯何不啓問菩薩大士所設之行於是辯積問化如來唯然世尊菩薩大士當設何行時佛告曰如我所設菩薩亦當修如是行又問云何世尊所造立行其佛答曰亦不行施不行禁戒不行忍辱不行精進不行一心不行智慧不行欲界不行色界不行無色界不造身行不造言行心不念行一切無行亦無因緣是菩薩行於族姓子心趣云何其化現者豈有行乎答曰天中天化者無行報曰如是族姓子菩薩大士當造斯行辯積菩薩白濡首曰今所見佛將無化乎濡首答曰仁者不聞一切諸法化自然乎幻變之相而不退轉報曰如是

諸法實化自然幻變而不退轉答曰今族姓子何故發言今現如來將無化乎一切諸佛及一切法豈不化耶又問誰爲化者答曰自然業淨而化之耳又族姓子菩薩不當住於我人壽命佛之聖道及凡夫者而計有住辯積問化如來世尊何學自致得佛答曰無所學者則菩薩學菩薩所學無有形像亦無倫比亦無所受亦非不受亦無想念亦不離想亦無所行無行不行則菩薩學無著不著無慢不慢亦不調戲亦不遵修不離遵修無想無取無所遊居亦無有想不起不滅不來不去無住無化亦無有形亦無言辭普離一切諸所想行則菩薩學其作斯學是爲等學造斯學者則無所趣則無所增亦無所損造斯學者亦無所著亦無所脱亦無所染亦不離塵亦無結恨不墮愚冥如是學者乃謂爲學學如斯者不詣諸趣是故族姓子菩薩大士欲得速成無上正真道者學我所學又問云何佛學答曰如我無戒亦無所犯不施不受不戒不犯不忍不瞋不進不怠不禪不亂不智不愚無學不學無所不行而吾無得亦無所等無佛無法亦無我想亦無人想亦無壽想亦無命想亦無法想亦無有想亦無無想所以者何一切諸法悉無所造一切諸法以無所造自然如幻亦無有想亦無有二一切諸法離諸所樂一切諸法而不可見一切諸法超度眼句諸法平等而無差特諸法愚冥亦無所徑無爲無人故無人言教故無處所無有言教則無所生其信此者不念所信亦不自大亦不念道是故族姓子若有菩薩如

是比類學佛道者不恐不懼不難不畏乃爲菩薩如族姓子虛空之畏不畏於火不畏於風不畏於雨不畏於霧不畏於塵不畏於雷不畏於雲不畏於電不畏於雪所以者何空者自然故曰空畏菩薩如是於一切法而無所畏於一切法不念苦樂假使菩薩心等如此則能成佛降伏衆魔則成無上正真之道爲最正覺亦能導利一切衆生時化如來說此語竟尋即化滅不知其處辯積菩薩問濡首曰今者如來爲所至湊答曰從所來處又問何所從來答曰如所去處又問濡首其化現者無所從來無所從去答曰族姓子譬如化者無所從來無所從去一切諸法亦復如是一切衆生等無有異不來不去又問濡首一切諸法爲何所趣答曰所趣自然又問一切衆生爲何所歸答曰隨其所作又問濡首一切諸法無作無報答曰族姓子其法界者無作無報無往等御諸法則爲法界又問云何言有作有報有往而謂無往答曰族姓子如其所作如其所報所往亦然又問濡首曰何謂爲作云何報應何因所往答曰如所作者報應亦如所往亦如又問濡首其如無本者亦無有作無有報應無有往趣答曰如族姓子如無本者亦無所作亦無報應亦無往趣所作報應往趣亦然無來無去所作報應所往至處其如無本無所歸趣說是語時如在世尊能仁佛前賢者舍利弗賢者阿難及餘大弟子悉聞斯講舍利弗白佛唯然如來怔未曾有斯諸正士爲大聖人而師子吼等同一法說若干種音聲言說與法合同而無

錯謬誰聞斯者不發無上正眞之道乎佛告舍利弗誠如所云菩薩大學無罣礙故今者所說無所罣礙如其所種必獲其果如其所出報應亦然菩薩如是學無罣礙從其聖慧如分別說如舍利弗本所學禁自故斯慧辯才亦然光淨菩薩問世尊曰何謂聲聞學何謂菩薩學佛言有限有礙是聲聞學無限無礙是菩薩學其聲聞學因其所限而致罣礙由是之故所說有限致於罣礙而諸菩薩學無有限致無罣礙由是之故所說無限無有罣礙光淨菩薩前白佛言惟天中天願現感應使諸正士來至於斯令此衆會聞所說法各得其所無令唐舉所以者何濡首童眞所行深奧所論經法亦復要妙爾時世尊即現瑞應濡首尋時與二十五正士及諸天子往詣佛所稽首足下還住一面光淨菩薩謂濡首曰仁者何故越如來會獨於屏處而論講經濡首答曰族姓子知如來甚尊而不可當諸佛大聖由是之故一切所說或懼不可故在一面又問濡首說何所法可如來乎濡首答曰如吾所說世尊知之光淨曰雖爾願說其意答曰如吾所及今當宣現惟族姓子如有所說不違法界不失本無不失本際所說如是則可如來又若所說無所訟理無所呵叱無所興爲亦無因緣無有色像亦無比類如是說者奉順如來無我同像無他人形不等法貌無非法貌無終始貌無泥洹貌如是說者爲可如來於是世尊告濡首曰善哉善哉快說此言誠如所云如是說者不違如來又次濡首假使悉離一切戲樂而無憒亂若

不本要離諸所想無有衆想有所説者所趣寂然而不動轉被大德鎧定意説法無能毀敗其經典者不見諸法有所增者有所減者如斯所説則可如來説是語時八百菩薩得不起法忍

奉鉢品第三

爾時天子千二百人在於會中乃於往古造菩薩行則忘道意志不堅固心自念曰佛慧巍巍不可限量無上正眞道意難可獲致菩薩所學而不可逮最正眞者甚難可得吾等於是不能學辦不如改求聲聞緣覺而取滅度爾時世尊知諸天子心之所念以此等倫堪成無上正眞之道爲最上正覺而欲中廢遂取小乘佛欲勸化諸天子故離於道場在衆會表化作長者手擎滿鉢百種飲食賫詣佛所白世尊曰惟願大聖加哀受食佛即取鉢濡首菩薩興詣佛所叉手啓曰今食盛饌當念故恩吾誠信聞大聖雖食而不以法惠及於彼惟宜加施以法相惠尅復往意於是賢者舍利弗心自念言濡首往故有何恩德於世尊所而言雖食顧前法恩則白佛言濡首童眞宿有何恩於大聖乎而置如來雖當食者念前法恩佛告且待斯須自當發遣如來所知非爾所及佛即尋時捨鉢於地鉢即下沒遊諸佛土諸佛正覺今現在者各各見鉢降其足下在於下方過七十二江河沙等諸佛國土至光明王如來國界界號照曜鉢住於彼處于虛空無執持者自然如立所往諸佛諸弟子衆各各前啓問其世尊鉢所從來諸佛各告説其意故上方世界界號爲忍

彼有如來名曰能仁現在說法能仁如來故降斯鉢而欲勸化諸異菩薩志退落者於時世尊告舍利弗汝行求鉢察知所在而赴致來即時受教自以智力承佛聖旨三昧正受以一萬定超萬佛土徧求索鉢不知所在還白佛言唯然世尊求之不見不知所在於時世尊告大目連言汝今且行求索鉢來察其所在爲處何方目連受教以神足力承佛聖旨三昧正受入八千定倏忽超過八千佛國求之不見不知所處還白佛言曰輒竭神力不蒙執鉢焉能致乎世尊復告須菩提曰汝行求鉢知其所歸索賫致來即亦受教三昧正受萬二千定恍惚超越萬二千佛土求不見鉢不知所止如是五百諸大聲聞在於虛空各現神足三昧之力神通聖勢天眼徹瞻各行求鉢不知所在亦不能得時須菩提即前造白慈氏菩薩曰仁者高才一生補處如來所莂當爲無上正眞道成最正覺仁慈恩廣智慧弘達衆所不及獨步三界而無有侶當知鉢處惟能致之奉賫來耳幸屈威尊而舉鉢還慈氏菩薩報須菩提曰誠如所云受如來慧當成正覺今者濡首所興定意進止坐起予所不及不能曉了於斯三昧惟須菩提雖於來世吾當成佛佛菩薩衆數如江河沙悉爲濡首之所開導欲知一步舉足所念不識所歸是故仁者當請濡首惟斯大士知鉢處所所止之土堪任致來時須菩提啓世尊曰願垂恩教大聖則遣濡首取鉢濡首奉命自思念曰吾不起座不離衆會而舉鉢來濡首三昧名曰普超是諸菩薩定意正受於

時濡首伸其右掌而内于地過踰下方所經諸佛無極大聖一一次第以手禮之其手掌中自然有音稱能仁如來至眞等正覺敬問無量興處輕利力勢如常遊居安耶其掌手臂一一毛孔尋自然出億百千姟光曜之明一一光明各各變現百千蓮華一一蓮華各化如來相好具足處蓮華上跏趺而坐一一世尊各各讃揚能仁如來名德功勳所可遊歷諸佛之土應時諸國六返震動又諸佛國自然大光靡不周徧一切佛國各各而現有斯手掌又諸佛土自然懸繒幢旛衆蓋莫不莊嚴徧散衆華處處校飾濡首手掌過七十二江河沙等諸佛國土禮諸佛竟斯須之間忽然即至照曜世界光明王佛國禮畢自然有大音出稱能仁如來敬問無量光明王如來有侍菩薩名曰光英自啓如來此何手掌殊妙巍巍威神難及而自然出億百千姟光明暉赫一一光明而各化出億百千姟嚴淨蓮華一一蓮華如來各坐咨嗟能仁聖喆之勳光明王佛告光英曰有族姓子上方去此七十二江河沙等諸佛國土有忍世界如來至眞等正覺號曰能仁現在說法彼有大士名曰濡首被戒德鎧不可思議一切神通力度無極自在於座而不移起延手掌來欲舉鉢還時光明王佛土諸菩薩衆皆共渴仰欲得覩見彼忍世界能仁如來濡首大士光明王佛悉知衆會意之所見僥放眉頂相光其光通照七十二江河沙等諸佛國土上至忍界靡不晃昱其有衆生被蒙光者一切獲安無有諸患如四域皇帝轉輪聖王諸修行者

專精學定被斯光者悉得道迹其得禪者悉過三界獲四諦德其漏盡者得八脫門禪定羅漢得無著源其諸菩薩光照身者普皆逮得日光三昧如是之比光明王如來佛土菩薩大士見斯忍界世尊能仁濡首童眞一切聲聞比丘聖衆諸菩薩等光英菩薩覩忍世界諸菩薩衆尋即淚出便說斯言白佛言曰唯然世尊如妙水精如意明珠墮不淨中誠可矜惜此諸菩薩生忍界者亦復如是甚可憐感光明王佛謂光英曰勿宣是語所以者何在此佛土精修禪行至于十劫不如忍界從明晨旦至早食頃與發慈心哀念衆生此之功德最勝無倫難可逮及所以者何斯諸菩薩大士之衆無有陰蓋塵勞已盡其於忍界護正法者德不可量爾時忍界諸菩薩衆光明照身則問能仁天中天曰唯然世尊此何光明孰演出來滅諸塵勞令無瑕穢時佛告曰有族姓子下方度此七十二江河沙等諸佛國土而有世界名曰照曜彼有如來號光明王現在說法其光明王如來至眞放眉頂光其光通照七十二江河沙等諸佛國土而大晃昱逮照斯土時諸菩薩及衆聲聞各啓佛曰唯然世尊我等欲見照曜世界光明王如來諸菩薩衆能仁如來放足心千輻相輪光其光普照下方七十二江河沙等諸佛國土至照曜界靡不周徧下方世界諸菩薩衆身蒙斯光皆悉逮得須彌光明三昧當爾之時於斯佛土及彼世界斯土見彼彼土見此轉相覩達猶如此土閻浮提人住於地上仰瞻日月下方世界觀諸菩薩能仁如來及

忍世界亦復如是此土人民見於下方猶如諸天住須彌頂頫于天下閻浮提域斯諸菩薩見光明王如來諸菩薩等被大德鎧難及難量於是濡首以右掌至照曜界彼光明王如來佛土於虛空中即握取鉢與無央數億百千姟諸菩薩衆眷屬圍繞踊出上方手掌擎鉢所歷佛國轉來上者光明蓮華稍便不現右手執鉢還忍世界於大聖前跪而奉授啓世尊曰垂恩受之佛即受鉢時諸菩薩與濡首掌而俱來者前詣佛所稽首于地各各自宣如來之名其佛大聖致敬無量聖體勝常遊歩無限慧力平康諸菩薩衆敬問占畢退坐一面如佛所教安隱之座爾時世尊告舍利弗今且聽斯善思念之今爲若說乃昔往古吾身造行爲菩薩時則是濡首本所建發今者所以宣置斯意世尊雖食當念疇昔法施之恩乃曩過去久遠世時無央數不可計會億百千劫復踰此數爾時有佛名莫能勝幢如來至真等正覺世界名無別異莫能勝幢如來諸聲聞衆八萬四千菩薩大士十二億衆其佛世尊於五濁世演三乘教有一比丘而爲法師名曰慧王明旦著衣執持應器入弘廣國而行分衞得百味飯若干種食分衞竟出行於街路有尊者子名離垢臂爲乳母所抱而行遊戲時離垢臂遥見比丘遊行趣之下乳母抱尋隨比丘從求飯食於時比丘與摸特蜜摶幼童即食知其甘美遂隨比丘蜜摶欲盡顧眄乳母意欲還抱比丘復授蜜摶幼童復進稍稍轉至莫能勝幢如來之所稽首足下則住其前於時比丘慧王所

得分衛食饌授與幼童而謂之曰童子受斯分衛之具供養如來尋即受之已滿佛鉢食不減損次與聲聞八萬四千菩薩十二億佛及聖衆皆悉充飽如是之供至于七日飯則如故亦不損減於時幼童踊躍歡喜善心生焉住世尊前則而頌曰

佛聖衆飽滿　鉢食不損耗　奉事於衆祐
福田無有疑　世吼食充足　餚饌而不減
獻進于衆祐　不疑道無盡　其饌既不損
供具轉弘多　恭敬等正覺　增長清白法

佛告舍利弗於時幼童以一鉢食供養世尊及諸聖衆承佛聖旨已心清白具足七日食不損耗慧王比丘教訓幼童歸命於佛及法聖衆令受禁戒剋心悔過勸使請問發無上正眞道意於是父母求索其子便詰莫能勝幢如來所稽首作禮退住一面幼童拜謁問訊父母以偈讚曰

我志願佛道　愍哀諸群生　閑暇難得値
親亦宜誓意　且觀正覺身　諸相好莊嚴
慧度於無極　孰不發道意　惟父母見釋
得出棄捐家　順妙智慧教　得學爲寂志

父母即答曰

我等好樂道　從爾爲明則　亦欲願捨家

佛告舍利弗於時幼童化其父母及五百人悉念學法志於無上正眞之道皆於佛世棄家爲道時佛教之行菩薩道六度無極四等四恩分別解空精進不懈自致得佛卿舍利弗欲知爾時慧王比丘爲法師者豈異人乎勿作斯觀所以者何則濡首童眞也其離垢臂尊者子者則吾是也昔往古世濡首童眞

以饌見施供養佛衆令發無上正眞道意則是本身初發意源以是之故汝當知之今者如來所成聖覺無極之慧十種力四無所畏十八不共無罣礙慧皆是濡首所勸之恩所以者何因從發意至諸通慧如佛所蒙因致大道今吾觀覩十方世界不可稱限不可計會諸佛國土今現在者諸佛世尊同號能仁悉是仁者濡首所勸或號盛聖或號明星或名所歡或名錠光或謂離漏或謂妙勝佛告舍利弗今我一劫若過一劫宣揚演說諸佛名號濡首大士所開化者於今現在轉于法輪不可稱限何況有行菩薩乘者或有處於兜率天者或有退來入母胞胎而復出生捨家爲道或坐佛樹或處道場成最正覺不可限喩其有欲説誠諦之事審實無虛濡首童眞則諸菩薩之父母也愍哀勸化興顯大道所生親者則當謂於濡首童眞向者濡首宣揚報恩今復申説雖當食者施我鉢饌所食之餘吾前世時先有所施正謂於斯爾時千二百諸天子欲墮落者各心念言當堅其志恭敬於法除諸因縁去諸根原今者現在世尊前所發願濡首勸化及開餘人使至于道而不退轉於無上正眞吾等云何而欲墮落吾等何故在如來前興卑賤意志崇小節今當捨於聲聞縁覺懃懃志求無上正眞道意濡首伸掌示現變化乃至下方光明王佛所處國土而致鉢來一切普入又復講説往古開化所説經典下方佛土此世尊界不可計數衆生之類即發道心十方世界群萌之儔悉來供養濡首童眞諸佛世尊皆遣寶蓋供

施經典彼時寶蓋則覆三千大千佛國從其寶蓋自然出音誠如能仁尊如如來所讚稱揚悉是濡首之所勸化

普超三昧經卷第一

音釋

揵沓和梵語也此云香陰揵巨言切沓達合切濡而兗切僉七廉切皆也儔直由切類也迭徒結切互也鎧苦亥切甲也祚非故切福也僥冀僥堅堯切僥倖也冀凡利切望也憒台對切心亂也饐一結切窒也怯乞業切畏懦也懅其據切懼也諛諂諛羊朱切面從也諂丑琰切佞言也憺怕憺徒覽切怕傍各切憺怕恬靜無爲貌喟丘愧切歎息聲也鏗口莖切匱求位切乏也療力嶠切治也疹丑刃切病也感倉歷切憂也擿搥擿陟瓜切搥之累切擿搥並擊也葩音巴切華也癢以兩切魅丑利切湊倉奏切趣也呵叱呵虎何切責也叱尺栗切大呵爲叱齎祖奚切恍惚恍呼晃切惚呼骨切恍惚

不分明也前并州切記前也晃昱晃乎廣切昱由菊切晃昱照耀也頫匪父切與俯同握於角切持也顧眄顧古暮切回首也眄彌兗切邪視也餚饌餚胡交切凡非穀而食曰餚饌士戀切具食也

普超三昧經卷第二

西晉三藏法師竺法護譯

幼童品第四

爾時世尊告舍利弗假使有人爲族姓子若族姓女欲疾滅度當發無上正眞道意所以者何今吾覩見懼終始難而不肯發無上正眞道志願聲聞疾欲滅度續在生死而有所慕然諸菩薩通達精進等住於法逮諸通慧爲一切智所以者何乃往久遠過去世時不可計會不可思議無央數劫時有如來號一切達與出于世如來至眞等正覺明行成爲善逝世間解無上士道法御天人師爲佛衆祐佛告舍利弗其一切達如來正覺聲聞集會有百億衆其佛壽命住百千歲佛有聲聞上首弟子智慧巍巍名曰超殊神足飄捷次名大達於時如來與五濁世明旦正服著衣持鉢與諸聖衆眷屬圍繞有大國號名聞物入於斯城而行分衞其大聲聞智慧最尊侍佛之右神足最上侍佛之左智慧博聞最殊勝者隨從佛後八千菩薩而在前導或化現身若如帝釋或如梵天如四天王或天子形嚴治道路佛告舍利弗彼時如來向欲入城見三幼童衆寶莊嚴瓔珞其身逍遥中路而共遊戲時有一幼童遥見如來晃然顯赫威神巍巍端正無倫諸根寂定志性憺怕獲上調順第一靜寞降伏諸根如仁賢龍象如大淵渟清澄無垢有三十二大人相八十種好徧布其體如日出時光曜奕奕與大衆俱如星中月時一幼童謂二童曰汝等豈見如來來乎是者則爲一切之尊無上衆祐爲世福

田光明灼灼煒曄難當吾等僉然宜供養之
其進施者利慶弘大以頌讚曰
斯者衆生尊　福田無有上　常共俱供養
施此祚無量
第二幼童曰
今我無異華　亦無雜澤香　斯聖無等倫
當何以供養
於是一童即脱頸上所著珠瓔價直百千以
頌讚曰
當以此供養　無上之福田　何所明智者
見斯有所悋
於時二童效彼童子各各解脱頸著珠瓔以
手執持而歌頌曰
具供養正覺　度汎制江波　脱無量心意
住于平等法

爾時一童謂二童曰汝等以斯德本何所志
求一童子曰
其在世尊傍　右面大聲聞　智慧尊第一
吾誓願如斯
二童子曰
猶如世尊傍　左面大聲聞　神足超最尊
吾身願如斯
於時二童謂一童曰族姓　以斯德本欲誓
何願一童報曰
如今者如來　至眞等正覺　普見一切達
猶若師子步　照曜大衆聖　吾身誓若斯
三界尊第一　度脱諸十方
時一幼童適說此已尋虛空中八千天子俱
讚歎曰善哉善哉快說此言今仁發意天上
世間悉蒙救護佛告舍利弗時一切達如來

正覺邊有侍者名曰海意博聞最尊而告之曰寧見三童各執珠瓔而遊來乎對曰已見天中之天世尊告曰比丘欲知中央幼童建其志性巍巍難量一一步中超越百劫終始之患其一舉足功德之本當更百臨轉輪聖王受帝釋位亦復如斯昇生梵天爲梵天王亦當如是一一舉足功德之本更見百佛時三幼童徃詣一切達如來所稽首足下以寳珠瓔散世尊上其發小意爲聲聞者所散珠瓔住兩肩上其一童發諸通慧心所散珠瓔在於佛上虛空之中變爲交露重閣棚帳四峙周彰莊嚴平等化於其中而有牀座如來處之於是一切達如來尋如欣笑侍者啓問唯然世尊以何故笑笑會有意如來告曰海意汝覩於斯二童發聲聞意手執珠瓔散如來乎對曰已見大聖又告比丘欲知二童懼生死難發怯弱意意求救護猶是不發無上正真道意欲得聲聞爲尊弟子然後來世皆當得證一者智慧最尊二者神足無雙佛告舍利弗卿意疑乎時中央童發諸通慧者則吾身是願右面童者舍利弗是願左面童者大目揵連是舍利弗觀卿等本時懼生死難雖植德本不能發無上正真道意心志怯弱欲疾滅度不能超速甫因吾法而得無爲今寧觀吾諸通慧耶汝等之友爲佛弟子乃得解脫以是之故當作斯觀假使有人欲疾滅度當發無上正真道意所以者何所言超速謂諸通慧莫能過者諦而無欺其乘第一普安一切羣生之類則諸通慧也爲最微妙特尊無上爲無等倫無有儔匹爲無雙比無能

出過無罣礙乘一切聲聞緣覺之乘所不能及是則名曰諸通慧乘佛時說斯大乘法典則一萬人發無上正真道意應時於彼諸大聲聞賢者舍利弗大目揵連大迦葉離越阿難律和利分耨文陀尼子尊者須菩提等自投于地稽首佛足俱白世尊唯然大聖若族姓子族姓女發大意者當供養之後微妙解脫處至真行所以者何正使百千諸佛世尊爲吾等說諸通慧行不能堪任無有勢力發通慧心一切慧者無所罣礙殊勝難及寧令吾等犯五逆罪在於無間而不中止不捨於無上正真道意而爲聲聞所以者何設犯逆罪墜于地獄受諸苦毒其痛會畢從地獄出而不違遠無所罣礙諸通慧心計如今者當何所施無所堪諧焚燒正真敗壞根原於玆佛慧無罣礙智非是佛器譬如終歿之士無益親屬吾等如是以聲聞乘而志解脫捨於一切無益衆生譬如此地多所饒潤一切羣萌二足四足若多足者如是世尊其發無上正真道意天上天下蒙恩獲度

無吾我品第五

爾時世尊說斯本末向欲竟已王阿闍世乘駟馬車將四部兵象車步騎往詣佛所稽首佛足右遶三帀退坐一面白世尊曰唯天中天衆生所住何所依因何緣而興何由得罪佛告王曰以住吾我人壽命者衆生由此而造罪疊依倚貪身與緣顛倒羣萌因斯而起災患又問其貪身者根源所在世尊答曰其貪身者無慧爲本又問其無慧者何所爲本答曰所念邪友則是其本又問所念邪友何

所是根答曰虛僞是根又問虛僞何所是根答曰無實諸想是則爲根又問無實諸想何所是根答曰謂無所有無覺是根又問何謂無有無覺答曰謂無生無有是謂無覺又問不生不有當何計之數在何所答曰其不生不有彼無有計又問狐疑之事何因緣起答曰其狐疑者從猶豫起又問猶豫爲何所是答曰賢聖所說誠諦之語聞則懷疑斯謂猶豫又問何所賢聖何言審諦世尊答曰其賢聖者謂除一切愛欲諸見其審諦者知一切法悉無所有王阿闍世白世尊曰所謂賢聖無所有者實爲虛僞世尊安住從已勞塵而造立之倚著於世間諸賢聖所講說者而心猶豫獲不可計殃釁之罪我父世尊久無愆咎無所羈綴而危其命貪國土故惑於財寶迷于榮貴荒於産業躭利宰民而圖逆害持疑怵惕不能自寧若在歡會戲樂無娛若在中宮婇女熙遊若坐若卧有所決正若在獨處聽省國事處羣僚上晝夜憂悴不能捨却沉吟之結不歆飲食雖有美饌不以爲甘其目眛眛所覩瞢瞢顏貌憔悴心恒戰灼所處不安畏壽終後墜于地獄仰惟如來其恐怖者能使無懼其盲冥者惠授眼目其沉没者而拯接之遭苦惱者使獲大安無所歸者而受其歸其無護者而爲救濟其貧窮者給施財業其有病者消息療治其墮邪徑示以正路其在正路爲與大哀其心忍勞不以爲患等恤羣黎其慈堅固究竟本末不以苦樂而有動轉如來所興救度衆生無所遺漏不捨一人私怙世尊垂恩安慰除其惶懅孤無有

救惟爲作救令飢渴者而得飽滿今已虛乏而欲躃地惟蒙扶接令無所歸願受其歸令已沉没願加拯拔我身得無墮大地獄至于無擇唯然大聖如應說法決我狐疑解散愁結令無猶豫使其重罪而得微輕於時世尊而心念曰王阿闍世所說聰達而甚微妙所入之法甚爲優與其餘人者莫能堪任爲決狐疑令無餘結其惟濡首能雪滯礙時舍利弗承佛聖旨謂王阿闍世欲辯疑惑當饌餚饍請濡首童眞則當決王虛僞塵勞狐疑之結鎭安國土及與中宮受王牀榻衆諸供饌中宮婇女及諸侍從獲無量福羅閱祇城摩竭大國無數衆生皆享利義阿闍世王即前啓白濡首童眞唯加愍哀與其營從受小飡食濡首答曰大王且止已具足供於王法律

未有是記受于衣服若食饌具希望加哀王則又白當何陳露呈現丹赤濡首答曰假使大王日聞深法殊特眞義不恐不怖不以畏懅不以震慴不難不懼乃爲加哀正使大王不想念法亦非無想無想不想如是行者乃爲加哀縱使大王不想去心亦無不想不念來心亦無不想於現在心亦無所受乃爲加哀設使大王不墮邪見亦不滅除亦無所見亦無不見乃爲加哀王阿闍世又白濡首曰今之所說悉法所載惟見愍傷當受其請濡首答曰王當知之法律所載不以恩施供養分衛食衣之饌若使大王不計有我不計有人不計有壽不計有命乃爲加哀爲受供施設使大王不自愛身不愛他身悉無所取乃爲加哀假使大王不攝斂心不計因緣不在

陰種諸入之事無有內法無有外法不受三界不度三界無善不善無得不得不處於世亦不度世無罪無福亦無有漏亦無不漏亦不有爲亦不無爲不捨生死不受滅度是爲加哀王答曰唯然濡首吾當啓受如斯法義以是之故當就余請哀垂愍傷下劣徒類濡首答曰王當了之設使諸法所有倚者所有受者有所得者有所救護則不蒙哀不得至安如使於法有所著者而爲想念有所立處而爲放逸皆爲依著想念有處放逸之護設使大王究竟望畢極至永安乃無有患如令大王復有所作則不荷哀不至安隱王阿闍世又問濡首曰受何所法而無所患至無所有濡首答曰若了空者而無所作亦無不作無相無願亦無有作亦無不作若使大王有所造立而爲行者身口意行則是所作假令不有所作亦無所行以身口意而無所造則無所作是故大王一切諸法悉無有相其無所行無所有者則是其相又問濡首何謂所行而無所不行有所造亦無不造不增不減濡首答曰假能不念過去已盡不念當來未至不念現在而無所起不想有常無常是爲無行亦無不行其能等色於諸因緣而爲衆緣不增不減又問濡首塵勞之欲爲是道乎云何與合濡首答曰王意云何其日明者與冥合耶答曰不也日明適出衆冥䀮滅王寧別知冥所去處乎在於何方積聚何所答曰不及濡首曰如是大王與道慧者塵勞則消不知塵勞之所湊處亦無有處無有方面以是之故當了知之道與塵勞而俱不合又等

塵勞則名曰道等於道者塵勞亦等塵勞與道等無差特一切諸法亦復平等假使分別如斯義者塵勞則道所以者何以塵勞故現有道耳塵勞無形亦無所有求塵勞者則爲道也王又問曰云何求於塵勞而爲道乎濡首曰設有所求不越人心亦不念言是者塵勞是爲道也以是之故塵勞爲道其塵勞者亦入於道王又問曰云何塵勞而入於道云何爲行濡首曰於一切法而無所行乃爲道行於一切法亦無不行是爲道行王又問曰行道如斯爲何歸趣濡首曰如是行者爲無所趣王又問曰道豈不至泥洹乎濡首問王寧有諸法至滅度乎答曰不也濡首曰是故大王至無所至爲賢聖道又問曰其賢聖者爲何所處濡首曰其賢聖道則無所住又問曰其賢聖道不處禁戒博聞之慧乎濡首曰賢聖戒者無有行相無放逸相爲聖定意無所著相爲聖定意無所念相爲聖智慧王意云何其無所行無有放逸有所處乎答曰不也濡首曰以是之故王當知之無所住者則賢聖道王又問曰族姓子族姓女云何向道濡首曰假使所不求不覩法有常無常亦無所得不計諸法有淨無淨有空無空若我無我若苦若樂於諸法者亦無所得不見諸法在於終始若滅度者如是行者爲向於道王阿闍世白濡首曰以是之故唯當受請因斯使余離諸顚倒令得解脱分別淨行與諸眷屬而就宮食濡首曰向者説之悉無所有無有生者無有善哉與不善哉其無所有無有解脱是解脱者則無所有亦無解脱亦無解

脱者所以者何一切諸法皆自然淨爾時世尊告濡首曰受阿闍世王請以此之緣令無數人逮得利義至安隱度濡首童真見世尊勸則言惟諸當受其請不敢違失如來教故阿闍世王歡喜踊躍已見受請善心生焉稽首佛足及濡首童真一切聖衆便退還出請舍利弗濡首眷屬爲有幾人舍利弗荅曰五百人俱而當往就王入于城還於宮中即夜興設若干食饌百種之味施五百榻無量坐具而敷其上莊嚴宫殿懸繒幡蓋燒名雜香而散衆華及四衢路普一城内皆悉掃除灑以香汁令國人民男子大小莊校嚴飾賫持香華咸俱奉迎濡首童真

總持品第六

於是濡首於初夜中從其室出而自念言吾身不宜與少少人眷屬而俱就於王請今吾且當詣異佛土請諸菩薩皆令普聞講說經法斷諸狐疑就阿闍世王宫而食濡首童真如勇猛士屈伸臂頃忽然不見斯須超越八萬佛國至於東方常名聞界其佛號離闇首如來至真等正覺今現在說法爲諸菩薩說清淨典其佛世界如來一時等轉六度無極自然通達具足廣宣不退轉法其佛國土一切諸樹若干種華果實茂盛每從其樹常自然出佛聲法聲不退轉輪菩薩衆聲是故世界號常名聞斯道寶聲常不斷絶故曰常名聞濡首童真詣離闇首佛所稽首足下白其如來唯然世尊遣諸菩薩與余俱往至于忍界詣阿闍世宫而就其請離闇首如來告諸菩薩曰諸族姓子與濡首俱詣忍世界從

意所樂於是會中二萬二千菩薩大士同時發聲應唯然世尊我等願與濡首俱詣忍界於是濡首與二萬二千菩薩從常名聞國忽然不現至於忍界自處其室濡首會諸菩薩大士而於初夜說總持法何謂總持所以總持統御諸法心未嘗忘所志無亂其心未曾有捨廢時學智慧業精覈諸法審諦之義分别正慧得果證者但文字耳度至寂然條列一切諸法章句攬賢聖要不斷佛教不違法命攝取一切賢聖之衆於諸經法部分典籍入於一切殊絶智慧不著衆會亦無怯弱遊步衆會宣揚經典無所畏憚出諸天音料簡明智於天龍神阿須倫加留羅真陀羅摩休勒究暢其音而爲說法出釋梵音覺了平正知諸根源識練邪見諸所立處總持觀察一切衆生根源所趣所住等心於世八法而不動轉具足一切真正之法隨其罪福報應果證而爲說法興發衆生之造志業立諸羣黎處于禁戒其慧普入爲諸烝庶代負重擔不以勤勞而有患猒解脫諸法本性清淨以斯本淨而爲人演以本淨慧解脫道義慧無罣礙習設法施其心堅固未曾懈惓有所說者無有疑結不貪一切供養利入而不忘捨諸通慧心力勵集累衆行慕靜布施無猒而每勸助於諸通慧禁戒無猒以斯勸化一切衆生忍辱無猒求佛色像精進無猒積衆德本一心無猒修行專精使無衆冥智慧無猒入一切行以道法業於此一切而無所生諸族姓子所謂總持攝取一切不可思議諸法要義持諸法無所行無行故曰總持又族姓子

其總持者攝持諸法何謂總持諸法攬執諸法一切皆空攬執諸法一切無相攬執諸法一切無願離諸所行寂寞無形悉無所有亦無所覺亦無所行無有處所亦無所生亦無所起亦無所趣亦不滅盡無來無往亦無所壞亦無所度亦無所敗亦無所淨亦無不淨亦無所嚴亦無不嚴亦無所著亦無所有亦無所見亦無所聞亦無所志亦無所教亦無有漏亦無想念亦不離想無應不應亦無顛倒亦無滿足無我無人無壽無命亦無放逸亦無所受亦無所取亦無殊特猶如虛空無有名聞亦無所獲無所破壞亦無有二審住本際一切法界一切諸法住於無本是謂總持又族姓子一切諸法譬若如幻而悉自然總持諸法自然如夢自然如野馬自然如影自然如響自然如化自然如沫自然如泡自然如空分別諸法而如此者是謂總持濡首曰譬如族姓子地之所載無所不統不增不減亦無所置不以爲猒假使菩薩得總持者則能利益一切衆生恩施救濟無央數劫衆德之本至諸通慧而心總持亦無所置不以爲猒譬如族姓子於斯地上一切衆生而仰得活兩足四足靡不應之菩薩大士得總持者亦復如是於羣生類多所饒益譬如族姓子藥草樹木百穀衆果皆因地生假令菩薩逮得總持亦復如是便能興闡一切德本諸佛之法譬如族姓子地之所載亦無所置亦不憂慼不動不搖不以增減菩薩如是亦無所置不以憂慼不增不減亦不動搖譬如族姓子於斯地上悉受天雨不以爲猒菩薩如

是逮總持者悉受一切諸佛典誥及諸菩薩一切緣覺聲聞之法餘正見士平等行者沙門梵志一切衆生天上世間聞其說法不以爲猒聽所說經不以爲倦譬如族姓子地之所種皆以時生不失其節亦不違錯應時滋長菩薩如是逮得總持統攝一切諸功德法不侵欺人亦不失時具足所行坐於佛樹處在道場至諸通慧譬如族姓子勇猛高士在於邦域而人戰鬬降伏怨敵無不歸依菩薩如是得總持者處於道場坐於佛樹降伏衆魔譬如族姓子檢一切法有常無常若微妙者安隱非我及計無常及諸瑕穢及苦非我所以者何惟族姓子以離二故則謂總持譬如族姓子虛空無不受持亦非總持亦無不持菩薩如是得總持者攬攝一切諸法之要譬如族姓子一切諸法及諸邪見皆悉爲空悉總持之菩薩如是得總持者無所不攬總持如是救攝一切諸法之義是爲族姓子計總持者無有盡時以無有盡則無放逸以無放逸則處中間以等處者則無有身則處空界以如虛空虛空及地則無有二濡首童眞說此言時五百菩薩得斯總持

三藏品第七

時濡首童眞於中夜爲菩薩大士講三篋藏菩薩秘典何謂菩薩篋藏秘要觀諸經法無不歸入於此篋藏若世俗法度世法有爲法無爲法若善法不善法有罪無罪法有漏無漏法悉來歸趣入菩薩藏所以者何菩薩篋藏經典要者曉了一切諸法之義譬如族姓子此三千大千世界百億四天下大地百億

日月百億須彌山王百億大海悉包含入三千大千世界爲一佛土如是族姓子若凡夫法及餘學法若聲聞法緣覺法若菩薩法及與佛法悉來入歸菩薩篋藏所以者何菩薩篋藏一切攝護聲聞緣覺將養大乘譬如族姓子其樹根株堅固盛者枝葉華實則爲滋茂又族姓子設有攝取菩薩篋藏菩薩大士則爲攝取一切諸乘將養一切衆德之法菩薩藏者名無量器所以名曰無量器者譬如大海受無量水爲包含器不可計寶諸龍鬼神揵沓和阿須倫加留羅真陀羅摩睺勒及衆生類在禽獸者含受此等爲無限器菩薩藏者經典秘要亦復如是爲無限施聞戒定慧度知見器以故名曰菩薩篋藏譬如含血之類生大海者以生於彼不飲餘水惟服海水菩薩如是行菩薩藏不於餘法有所造行惟常修行諸通慧義以故名曰菩薩篋藏又族姓子菩薩有斯三篋要藏何謂三一曰聲聞二曰緣覺三曰菩薩藏聲聞藏者承他音響而得解脱緣覺藏者曉了緣起十二所因分別報應因起所盡菩薩藏者綜理無量諸法正義自分別覺又族姓子其聲聞乘無有三藏其緣覺者亦無斯藏有所說法菩薩究練三藏秘要因菩薩法而生三藏聲聞緣覺無上正真道故曰三藏菩薩說法勸化衆生令處三乘聲聞緣覺無上正覺是故菩薩名曰三藏有此三藏無餘藏學何謂爲三聲聞學緣覺學菩薩學何謂聲聞學但能照已身行之相緣覺學者是謂中學行大悲者謂菩薩學至無量慧攝取大哀其聲聞者不學緣

覺之所學者亦不曉了其緣覺者不學菩薩所學亦不曉了又菩薩者悉學聲聞所導學者皆曉了之不願樂彼亦不勸助修其所行學於緣覺所導學者悉曉了之不願樂彼亦不勸化使修其乘又菩薩者學於菩薩當所學者悉曉了之願樂勸修其乘所行勸所行已則說聲聞所行解脫亦講緣覺所行解脫分別菩薩所導解脫如是族姓子其有曉了此所學者是則名曰菩薩篋藏如瑠璃器有所盛者應時一切亦自然性如瑠璃色如是族姓子菩薩假使入菩薩藏所可遊居於諸法者見一切法悉爲佛法菩薩假使入菩薩藏不觀諸法而有處所設有覺了諸佛乘者不見諸法之所像類其不學於菩薩學者則見諸法而有處所設學菩薩之所學者不見諸法而有處所設學菩薩之所學者不見諸法有所住處其不修行計斯一切皆爲自然如是族姓子假使菩薩入菩薩藏在在所行所遊諸法一切悉見諸佛之法假令菩薩入菩薩藏不見諸法有所像類設使曉了諸佛法者則亦不觀諸法之處學菩薩學不見諸法之所歸趣其不修觀彼則覩見一切諸法而有逆順一切衆生覩不順者菩薩皆見諸法順正觀於諸法無有一法非佛法者是故名曰菩薩篋藏又族姓子菩薩藏者說無涯底文字所演順而應時不可計量所立之處不可思議垂顯光明靡不通達無有邊際莫不照曜多所利益悉令歸趣於諸通慧而令羣萌悉樂無本假使有學於彼學者甫當學者一切悉當入此菩薩篋藏則至大乘已欲

學者方當獲者其不至者悉使得至而令普入如是濡首爲諸菩薩衆集會者在於中夜說菩薩藏經典祕要廣分別演義歸所趣

不退轉輪品第八

濡首童真復於後夜爲諸菩薩大士廣宣講演不退轉輪金剛句跡何謂不退轉輪又族姓子所以名曰不退轉輪者如令菩薩說經法時若來聽者悉獲義歸不復迴還而便講說不退轉輪令其信樂不退轉輪菩薩行者不爲衆生造若干行不爲諸法修若干行不於國土興若干行不於諸佛起若干行不於諸乘行若干行一切所至而悉普見轉於法輪不壞法界是謂乃爲轉於法輪是故名曰不退轉輪彼所轉輪而無斷絶其輪修理無有二輪其輪如是如悲哀輪其輪所趣自然之義在已所至其輪所趣法界場輪又族姓子假使菩薩信樂於斯不退轉輪則得解脱已身之患則爲信樂一切所信一切所想如來所與悉亦信之以信得脱於如來者無有二脱亦不脱二如其如來相好解脱諸法之相一切法相信如來脱則無有相已離脱相則至自然濟于已身如是之行莫能脱者亦莫能踰於斯慧者是故名曰不退轉輪又族姓子不退轉輪不退于色色自然故痛想行識亦復如是識不退轉識自然故所以者何則不退轉一切諸法猶如無本則爲法轉是故名曰不退轉輪其法輪者無有邊限無維無隅無有斷絶無常輪故其法輪者亦無有門無有二故則法輪門其法輪者無能轉者無所轉故其法輪者亦無所說法輪無言故

其法輪亦無名稱無所顯曜輪無獲故又復計此不退轉輪入於空無所遊相故憺怕門者無來相故普有所至爲空相故一切等御本淨無相故是故名曰不退轉輪又族姓子不退轉輪有所遊者而有所至是故名曰不退轉輪有所捨施徑有所至是故名曰不退轉輪如是濡首謂諸菩薩又族姓子所以名曰金剛句跡一切諸法皆悉滅寂何謂滅寂一切諸法族姓子已了空者金剛句跡也消諸邪疑六十二故其無相者金剛句跡也斷絕一切諸想念故其無願者金剛句跡也皆度一切五趣有爲令滅寂故其法界者金剛句跡也超越若干諸疆界故其無本者金剛句跡也致無我滅寂故離色欲者金剛句跡也蠲除貪欲諸所有故緣起行者金剛句跡也不壞本性故了察無爲者金剛句跡也見諸法自然故濡首童眞爲諸菩薩竟於三夜普分別法彼諸菩薩皆得親近光明華三昧菩薩設逮於此定者一一毛孔放百千光一一光明化現百千諸佛威儀容又斯佛天中之天所在佛土現作佛事開導衆生羣萌儔類迎逆接納聽受法教

普超三昧經卷第二

音釋

捷疾葉切　渟特丁切水止也　奕奕羊益切盛也　煒曄煒于鬼切曄域輒切煒曄光明盛貌　沨乎梵切浮也　棚薄庚切閣也　峙池爾切立也　[illegible]息列切一乘馬也　舋許覲切隙也　羈綴羈居宜切靡也綴陟衞切聯也　怵惕怵敕律切惕他的切怵惕懼也　悸其季切心動也　歆虛音

切蒙也 瞢瞢 蒙弄切目不明也 拯拔 拯之庱切救也拔蒲八切擢也 躃 必益切仆也 震慴 震章刃切慴質涉切震慴驚懼也 䀮 呼光切不僉 明也 覈 下革切考實也 攬 盧敢切總攬也 憚 徒案切畏也 篋藏 詰叶切藏才浪切

普超三昧經卷第三

西晉三藏法師竺法護譯

變動品第九

爾時王阿闍世明旦早起詣濡首所而稽首曰供具已辦時至可行賢者大迦葉晨朝夙興著衣持鉢與諸比丘五百人俱欲入舍衛大城分衛於中路念吾行分衛時如太早寧可造見濡首童眞適設斯念尋便往至則與濡首言談敘闊演說堅要濡首而謂之曰唯大迦葉晨何所湊答曰欲行分衛故來諮受濡首曰今當就吾食所設饌與眷屬俱吾當與仁分衛之具迦葉答曰供具已達吾以法故而來至斯不以食饌又曰迦葉惟當受請供受二事大法供養飲食之饍亦不擇法亦不失食迦葉答曰鄙等之舉以用法故絕饍不食盡其形壽志存於法所以者何不從他人乃能得致如斯法門如從仁者所說正義又問今者濡首及諸菩薩爲於何食濡首報曰吾等所食及施與者亦不長益亦不耗減不動生死不近泥洹亦不超度凡夫之地亦不證明賢聖之法不越聲聞不捨緣覺吾等當說彼之所請其布施者亦不淨除恵與所識不損而益不至解脫於諸經法亦無所興亦不得法亦無所釋迦葉答曰是爲大施無極之施已入無本之所致也爾時濡首心自念言今日入城寧可如佛感動變化應時以衆神足變動三昧而爲正受適以是定爲正受時尋即一切於是三千大千世界普悉等住平若手掌普此佛國其大光明靡不周徧其在地獄遭苦患者即時休息畜生餓鬼諸

不安者尋獲安隱衆生之類心悉開解無婬怒癡無慳嫉者亦無訞諂無有瞋恚憍慢之結無所興起亦無熱惱爾時衆生展轉相瞻如父如母覩此三千大千世界六返震動欲行天子色行天子悉來集會供養濡首鼓樂絃歌倡伎百千兩於八華嚴治塗路濡首童真適與斯定從其室宇至于城門自然莊嚴塗路平整既廣且長皆以七寶無央數珍若干校飾自然出現不可計寶化爲寶壍中生蓮華芙蓉莖華充滿煒曄壍上化造珠交露帳而起幢旛繒綵華蓋其壍周帀皆有欄楯欄楯左右皆有寶樹而甚高大以諸寶繩展轉連綿繫諸寶樹一一寶樹邊有寶架皆置香爐燒諸名香一一香爐燒諸香者聞四十里諸樹中間化寶浴池有八味水滿其池中底悉金沙以寶欄楯周帀遶池瑠璃爲岸悉生青蓮芙蓉莖華諸寶樹下以寶爲地一切寶地列寶香爐而燒名香一一寶樹五百玉女儼然羅住各各建立布施之德濡首適以斯定三昧正受應時即有爲彼異學外道之師示現變化巍巍無量靡不互然濡首童真則從坐起著衣持鉢而欲發行謂迦葉曰惟大迦葉便可在前吾今尋後所以者何尊大迦葉年既耆宿素修梵行久爲沙門未見如來而出家學計於世間所有羅漢皆從仁後有所啓受以是之故宜當在前吾今在後迦葉答曰計於法律不以年歲而爲尊長法律所載智慧爲尊神智聖達乃爲可尊博聞才辯乃曰爲尊諸根明徹乃曰爲尊法律所記以斯爲尊由是計之濡首童真智慧巍巍博

聞普達辯才無礙曉了一切衆生根本以是
之故最長弘遠仁爲大尊宜當在前余應在
後今欲假喻分別此義迦葉又曰譬若師子
之子適生未久雖爲幼小氣力未成其師子
子有所遊步其氣所流野鹿諸獸聞其猛氣
皆悉奔走若有大象而有六牙其歲六十又
身高大若以革繩繫之三重聞師子子威猛
之氣恐怖畏懅跳騰盡力斷三重繫馳走奔
突入于山谷谿澗林藪巖穴之間若入大水
而自沉沒樹禽巢翳走獸藏竄水居魚鼈潛
逃于淵又諸飛鳥翔翔虛空發意菩薩亦復
如是假使發意智慧道力未乎無復成就心
猶憍仰習師子步過諸聲聞緣覺之路一切
衆魔自在宮殿悉懷恐懼不能自安設師子
子見餘師子威力猛勢若師子吼聞其音聲
不恐不怖亦不懷懼無所畏難益以踊躍衣
毛悅懌乘其力勢亦當鳴吼如是濡首大士
聞佛師子吼時不恐不怖亦不懷懼無所畏
難歡喜踊躍安心生焉吾亦當習猶如今佛
師子之吼假使有說平等正真聲聞緣覺如
來爲尊發意菩薩則是爲本斯言至誠平等
無邪所以者何由是出生一切諸法而普顯
現以故明知濡首爲尊其年幼少則是聖長
宜當在前吾當從後濡首童眞尋在前行菩
薩次之諸聲聞衆乃繼其蹤濡首適向莊嚴
寶路則雨天華無數妓樂不鼓自鳴應時其
地六返震動其大光明靡不灼徹於時濡首
所現變化威神感動放大光明雨華香熏諸
音樂聲相和而鳴入王舍城王阿闍世籌慮
濡首與二萬三千衆菩薩俱及諸聲聞眷屬

圍繞而來進路即懷恐懼今吾整設五百人供來者猥多安能周徧當焉所坐以何飼之心又念言濡首童真果相疑誤則發此心應時濡首威神聖德之所建立息意天王即自化身金鈚神鬼現微妙體則謂王阿闍世曰大王且止勿以爲慮無用勞悒濡首童真善權方便智慧無極現大功德威靈赫奕恢闡神力光祚堂堂昇路來臻一人之食能以周徧三千大千世界衆生儔類悉令充滿何況於斯二萬三千眷屬來者以是之故不足勞慮大王且安勿復加供一切來者悉當豐足所以者何濡首大賚求得無盡衆祐難量王阿闍世應時踊躍不能自勝則以弘意念於濡首如佛世尊王阿闍世與諸羣臣中宮官屬賚持華香雜擣澤香衣服之具幢旛繒蓋妓樂琴瑟箜篌奉迎濡首稽首禮畢侍從濡首入城歸宮濡首與諸眷屬初入城時城内烝民各賚所有以來供養時於會中有一菩薩名曰普觀濡首告曰卿族姓子使其殿舍包容會者尋即受教察其左右而普周觀阿闍世殿自然寛大懸繒華蓋峙立幢旛其地平博散衆華香復有菩薩名曰法超濡首告曰卿族姓子嚴辦衆座應時受教舉手彈指於彼殿舘二萬三千牀座自然具足若干種飾微妙莊嚴無數座具而敷其上濡首童真諸菩薩衆悉來就坐聲聞次之王見濡首與諸菩薩聲聞坐畢前自啓曰且待斯須增辦供具濡首答曰大王自安自當備足勿以爲勞時四天王與其眷屬悉來供侍濡首童真又天帝釋良善夫人及餘玉女無央數千賚

持天上旃檀雜香蜜香擣香以用供散一切菩薩及諸聲聞時諸菩薩見諸華香及諸玉女無玉女想無華香想梵忍跡天化作梵志摩納之形手執拂扇住侍濡首左面以扇扇之諸梵天子各執拂扇侍諸菩薩立而翕焉無熱龍王不現其身在於虛空垂貫眞珠從其貫味出八味水清涼且美供給所當其諸菩薩一切聲聞其前各各有垂貫珠而出美水亦給所用王阿闍世心自念言是諸菩薩而不賫鉢當於何食濡首知王心念而告之曰斯諸正士有所遊至不賫鉢行所可遊行諸佛國土適坐欲食鉢自然至斯諸菩薩本所建立又彼如來昔所造願鉢從虛空來在手掌王阿闍世問濡首曰是諸菩薩從何佛國來世界名何如來正覺號曰何等濡首答曰世界名常名聞如來號離聞首今現在說法是諸菩薩從彼而來就於仁食欲得聽省王之狐疑所懷虛妄是諸菩薩志所建立如來本願鉢於空中自然飛來投於無熱八味浴池洗滌清淨諸諸族姓子二萬三千諸龍婇女各賫諸香菩薩掌中時王見茲倍用踊躍則前稽首濡首童眞濡首童眞而告王曰可設供饌宜知是時王即受教則便陳列若干種食琦妙珍饍供具悉備食不消減如是阿闍世本所供施五百人饌悉令二萬三千皆得飽足飯食如故阿闍世王白濡首曰今饌如故而不消澌濡首答曰如今仁者狐疑未盡疑不盡故猶斯食饌用不消索時諸菩薩飯食畢竟尋以其鉢抛擲空中鉢處虛空無所依據而不墮落王阿闍世問濡首曰今

斯諸鉢爲何所止濡首答曰猶如大王狐疑所存今此諸鉢亦處於彼時王答曰鉢無所立濡首答曰猶如大王所有狐疑亦無所立今此諸鉢無所依據而不墮落諸法如是悉無所有亦無所住以是諸法亦無墮落

決疑品第十

於是王阿闍世見諸菩薩及聲聞衆食訖澡畢更取卑榻於濡首前坐欲聽聞法惟願濡首解我狐疑濡首答曰大王所疑恒河沙等諸佛世尊所不能決時王自省無救無護從榻而墮如斷大樹摧折躄地大迦葉曰大王自安莫懷恐懼勿以爲懼所以者何濡首童真被大德鎧善權方便而設此言可徐而問時王即疑問濡首曰向者何說江河沙等諸佛世尊不能爲我而決狐疑濡首報曰王意云何諸佛世尊緣心行乎答曰不也濡首又問諸佛世尊發心行乎答曰不也又問諸佛世尊滅心行乎答曰不也又問諸佛世尊行有爲乎答曰不也又問諸佛世尊行無爲乎答曰不也又問諸佛世尊所教行無爲乎答曰不也濡首又曰王意云何其諸法者而無有法無有行者無所歸趣寧能有人教化於法決斷之乎答曰不也王當了之吾以是故而説斯言王之狐疑江河沙等諸佛正覺所不能決復次大王假使有人而自説言我以塵冥灰烟雲霧汙染虛空寧堪任乎答曰不能汙濡首又問設令大王吾取此空洗之使淨寧堪任乎答曰不能濡首報曰如是大王如來之身曉了諸法猶如虛空成最正覺自然淨者無所染汙以是之故何所有法而染

汙者見逆限乎豈可決了若淨除乎大王等觀於斯法義吾以是故向者說言江河沙等諸佛世尊所不能決也復次大王諸佛世尊不得內心而有所住不得外心而有所住所以者何一切諸法自然清淨無有處所自然淨者無有處所無有志願有所住者所以者何得自在哉諸法自然故無自然哉諸法無興立故無蹉跌哉諸法無所有故無所有哉諸法離形貌故無形貌哉諸法虛無故無蔽礙哉諸法無教相故無教化哉諸法自然無所有故離所有哉諸法釋歸趣故無歸趣哉諸法無別離故無別離哉諸法無所生故無所倚哉諸法自然淨故心性淨哉諸法無分如空等故無倫比哉諸法無伴黨故無伴侶哉諸法離於二故無有二哉諸法憺怕故無量哉諸法無斷絕故無邊際哉諸法無涯畔故無誠諦哉諸法顛倒從不誠諦而有所住故無顛倒哉諸法常淨得安已故有常哉諸法無歸向故清淨哉諸法本淨因明達故已自然哉諸法無我而顯曜故安隱哉諸法無想念故無猶豫哉諸法內寂然故無欺妄哉諸法究竟無誠諦故靜寞哉諸法憺怕相故無吾我哉諸法除於我故無穿漏哉諸法解脫相故趣寂滅哉諸法離所念故無恐懼哉諸法離若干故造一等哉諸法等御脫故慌惚哉諸法不想本際故無有想哉諸法無壞閑默緣故順空哉諸法離衆見故無有願哉諸法離三世故斷三世哉諸法無去來今故無爲等哉諸法究竟無生故王意云何彼法無生亦無所起亦無所有無有真諦豈能有

人汙染之乎答曰不也濡首曰彼法寧可決斷不耶答曰不也濡首又曰一切諸法等如泥洹如來解此致最正覺猶是之故王狐疑者不可決斷是故大王不可修行有所造立不從倒心當修造立眞諦之觀觀於無本設能察者則於諸法而無所受亦無所曉不與遊居若使大王不與諸法俱遊居者斯乃爲信其有信者乃爲寂寞其寂寞者乃自然淨自然淨者乃無所造無所造者一切諸法則無有主彼則造忍一切諸法無有造者王當知之無所造者則爲滅度計彼諸法亦無所造無所破壞亦無有造亦無不造謂斯滅度假使大王順此脱者則平等脱已等脱者則於其法無趣無逮不增不減所以者何於一切法無所利義亦無所求諸法無本其無本者則無所生無所生者則亦無本其本無者等無差特故曰無本設使大王解信無本一切狐疑自然爲斷又若大王眼無染汙亦無所淨眼之自然爲無本故無本自然則曰眼矣耳鼻舌身心亦復如是心者大王無有染汙亦無所淨心之自然爲無本故無本自然則曰心矣王當了之色無染汙亦無所淨色者自然爲無本故無本自然則曰色矣痛想行識亦復如是識無染汙亦無所淨識之自然爲無本故無本自然則曰識矣王當了之一切諸法無有染汙亦無所淨諸法自然爲無本故無本自然則曰諸法心無形色亦無可見無所危害無有處所無有言教譬若如幻不處於外不處於内心者本淨而自然明設心淨者則無染汙亦無所淨王當解此其

本淨心不可染汙無有淨者無有虛妄亦無所著無所危害因無諦想而有所造無諦思想設有所住凡夫愚騃倚欲塵勞彼則何謂無有誠諦則而發起無誠諦想其無有誠者則不與諦一切諸法住不真諦以存於彼無誠諦想譬如大王喻此虛空無色無見不可執持亦無可捨亦無言教假使有人而說言曰今此虛空無色無見不可執持亦無所捨無有言教吾今欲以塵烟灰雲霧汙染虛空王答曰不能濡首曰如是大王心本之淨自然顯明則不可以塵烟灰雲霧蔽礙汙之譬如塵烟灰雲霧住於虛空終不染空而爲垢汙如是大王發吾我想謂是我所因鑒緣結爲婬怒癡不汙心法自然之淨是故大王仁者於彼勿懷狐疑王欲知之其過去心及當來心則無形貌其當來心及過去心亦無形貌現在心者無所依倚亦無所有前心所念不礙後心後心所念不礙前心其現在心亦復如是明智於彼而造斯觀心無所有亦無不有過去心者已滅盡未來心未至現在心無住觀見諸法當來無住蠲除諸見無所惟者爲解脫故清淨想者諸法離垢普等于世普等於明無所生者無有言教及無言教無處不處世尊所說寂然之義其寂然者計於彼法則無有處假使有人求處言教推索諸法設使大王在於諸法而無所念則除一切狐疑之結而於諸法無所決除所以者何其狐疑者與法適等而無差特故曰法界御於平等一切諸法及與法界於此諸法當御平等所以者何一切諸法則入法界設等法界

則等諸法是故名曰法界平等一切諸法其法界者等御諸法說是語時王阿闍世得柔順法忍歡喜踊躍心獲大安尋即叉手歎曰善哉快說斯言辯除余疑濡首答曰王當知之斯爲大真狐疑之結也如王究竟釋一切法而說斯言善哉濡首快說斯言辯除疑惑王又答曰以爲滅盡吾諸陰蓋假使我身命終歿者則當至道濡首答曰是爲大王之甚疑礙乃欲究竟一切諸法至於滅度乃能希望想於泥洹究竟泥洹一切諸法而復望想於滅度乎究竟泥洹者諸法本淨而無所生爾時王阿闍世取濡妙衣價直百千即以手持奉上濡首欲報法恩而覆其身濡首童真忽然不現其身不見何所歸趣空中聲曰如今大王而不覩見濡首之身觀其狐疑亦當

如斯如見狐疑見一切諸法亦復如是如觀諸法所見如是見無所見又曰大王所見身者以衣與之次于濡首右坐菩薩名慧英幢王阿闍世以衣與之於時菩薩不肯受衣而說斯曰吾不欲脫於所有亦不瞋恨亦不滅度吾亦不近於凡夫法而受斯衣亦不從度凡夫行者不從學者亦復不從度塵法者不從不學不從無學而度法者不從緣覺亦復不從度緣覺者而受斯衣吾亦不從如來所受亦不從度如來法者而有所受假使大王不行斯法不捨此法吾乃從彼而有所受所當受者若有施者俱同一等而無差特如此施者則爲清淨衆祐所呪王阿闍世則以其衣著慧英幢身即於座上忽然不現已於空中復聞聲曰其身現者以衣施之次有菩薩

名信喜寂王阿闍世以衣施之其菩薩曰吾亦不從自見身如有所受不從見他不從見著塵而有所受不從離塵亦無從寂倚有所受不從無倚不從定意不從亂志不從智慧不從無慧而有所受王即以衣著菩薩上則亦無現而於空中如有聲曰有現身者以衣施之次有菩薩名不捨所念王阿闍世以衣施之於時菩薩而不肯受而說斯曰吾不從倚身而有所受不從倚言不從倚心不從倚慧不從倚義不從倚陰不從倚種不從倚衰入不從倚諦不從倚佛音聲而有所受所以者何一切諸法皆無所倚亦無所著究竟永安亦無震動王阿闍世以衣施之於時菩薩則亦不現空中有聲而語王曰其身現者以衣施之次坐菩薩名曰尊至王阿闍世以衣施之於時菩薩亦不肯受而說斯曰王當知之吾不從卑脫而有所受假使大王發於無上正真道心其心等者道意則等信道意等道已平等其心亦等已等道意諸法則等已能平等一切法者乃從受衣於一切法不受不捨亦無所施脫於諸法而無有意亦無不意觀一切法不見吾我不計吾我如是行者乃從受衣王阿闍世以衣施之則便不現已於空中如有聲曰其身現者以衣與之次有菩薩名定華王王阿闍世以衣施之於時菩薩亦不肯受而說斯曰假使大王行諸三昧不於定意而有所懷信解諸法本淨平等無有脫者我乃從彼而受斯衣王阿闍世以衣著其身上於時菩薩則亦不現已於空中而聞聲曰其身現者以衣與之次坐菩薩名無

逮得王阿闍世以衣施之時彼菩薩亦不肯受而說斯曰假使大王於一切陰而信得度文字音聲一切平等而不可得已見諸法無所得者則使導利無所得義不御衆好不導嚴飾作斯行者我乃從彼而有所受王阿闍世以衣擲之時彼菩薩忽然不現已於空中而有聲曰其身現者以衣施之次有菩薩名淨三垢王阿闍世以衣施之時彼菩薩亦不肯受而說斯曰假使大王不自得身亦無受者其有施者亦無希望若如是者我乃受衣王阿闍世以衣擲之則亦不現已於空中而有聲曰其身現者以衣與之次坐菩薩名化諸法王王阿闍世以衣施之於時菩薩亦不肯受假使大王示現聲聞而般泥洹亦不滅度示現緣覺而般泥洹亦無滅度示現如來而般泥洹亦不滅度無終始法無滅度法吾乃受衣王阿闍世以衣擲之則亦不現空中聲曰其有現身以衣與之王阿闍世次第以衣施諸菩薩一一不現各各說曰其有現者以衣與之牀榻机案亦空不現王阿闍世謂賢者大迦葉曰於今現者當受斯衣仁者最尊佛所咨歎宜當受之大迦葉曰吾婬怒癡無除盡也如今吾身不應受衣不捨無明不除愛欲不斷苦惱不滅於習爲不盡證亦不由路吾不見佛亦不聞法不御聖衆不釋塵勞不發思想不離思想不建立慧亦不離慧五眼不淨亦不造慧亦無所滅其施我者不獲大福亦非無福吾亦不在於生死法無滅度法其施我者不能究竟衆祐之德假使大王能行如斯等護諸義我受斯衣王阿闍世

以衣擲之忽然不現在於空中而聞聲曰其身現者以衣與之王阿闍世次第施衣則各不現如是一切諸大弟子一一慌惚没不復現盡五百人復聞聲曰王所見身以衣施之即自念言菩薩聲聞悉不復現吾當還與第一之后則入宮裏而徧觀察亦不覩見一切婇女王阿闍世便得親近如斯定意其目所瞻不見諸色亦不見男女不見童子不見童女不見大小不見牆壁不見樹木不見屋宅不見城郭續見身相復聞空中而有聲曰其身現者以衣與之王即自著不自見身尋則霍除一切色相復聞聲曰假使大王不見諸色形像所有柔輭安隱觀於狐疑亦當如見狐疑觀一切法亦復如此如無所見者斯乃爲見離於諸見設使離見有所見者則緣所見不離諸見如是見者能爲等觀設於諸法不有所見已無所見則爲等觀於時王阿闍世皆離一切想念所著從三昧起尋則還復見衆會者諸后婇女城郭殿宅亦復如故王阿闍世白濡首曰向者衆會爲何所湊又曰在吾前而不見之濡首報曰猶如大王狐疑所湊其衆會者向在於彼又問大王見衆會乎答曰已見濡首問曰云何見如見狐疑覩衆會者亦復如是又問以何等見於狐疑乎答曰如覩會者目前所見諸形色者狐疑亦然不見内外又問大王世尊說曰其犯逆者不得中止處無有閒王自知當至地獄乎王尋答曰云何濡首如來至眞成正覺時豈見有法歸圂圄乎斯趣三塗斯趣天上斯趣泥洹乎答曰不也大王濡首察見吾今覺了一

切諸法所覺了法於諸經法亦無所得趣於地獄若生天上般泥洹者一切諸法皆悉爲如若分別空之所歸趣瞻於空者無趣地獄不至天上不歸泥洹一切諸法無所破壞一切諸法悉歸法界其法界者不歸惡趣不上於天不歸泥洹其逆無間則謂法界諸逆之源則謂法界其本淨者則謂諸逆其諸逆者則謂本淨是故言曰諸法本淨是故濡首一切諸法至無所生由斯自知不歸惡趣亦不上天不昇泥洹濡首答曰云何大王亂佛法教答曰吾亦不違世尊教命不詭佛法所以者何世尊分別演無我際說眞諦源已無有我彼則無人人無所有衆生虛無無而有實如是計之則無所造亦無作者亦無受者又問大王狐疑斷乎答曰已究除矣濡首曰云何大王猶豫絶乎答曰永絶濡首又問今王云何於衆會中知王有逆而言無逆答曰不也又問云何答曰其已逆者脫於無結而造證者彼諸逆者斯會逆者其諸逆者則是菩薩柔順法忍而令衆人得入斯忍不當於彼攬持諸逆濡首所謂逆者從彼至斯無有諸逆以是之故不當彼於總攝諸逆時慧英幢菩薩舉聲歎曰以爲嚴除大王之路乃能逮得如斯法忍王則答曰一切諸法本末悉淨又一切法究竟閑默無所染汙以是之故不可染汙而爲作垢無所著道斯名曰道又彼道者不歸生死不至泥洹諸賢聖道無導御者無所起道斯名爲道道無有道王阿闍世說斯言時逮得明達柔順法忍於時中宮三十二女見濡首威神變化皆發無上正眞道

意五百庶民遠塵離垢得法眼淨時無央數百千人衆皆來集會王宮門下欲得聞法供養奉事濡首童真以脚足指而按此地時王舍城悉作瑠璃一切城裏所居民者悉見濡首菩薩聲聞譬如明鏡照其面像自見其影濡首童真爲諸來者如應說法八萬四千人聽經法者得法眼淨五百人皆發無上正真道意

普超三昧經卷第三

音釋

造見 造七到切至也
塹 七豔切壍也
欄楯 欄落干切勾欄也楯竪尹切檻也
藪 蘇戸切
竄 七亂切逃也
懌 羊益切悅也
猥 烏賄切雜也
飼 祥吏切以食食人也
鈚 班糜切
悒 於汲切憂也
恢闡 恢苦回切大也闡齒善切顯也
賫 洛代切賜也
澌 息次切盡也
蹉跌 蹉采何切跌徒結切蹉跌足失據也
慌 呼晃切與恍同
騃 五駭切愚也
机案 机舉履切案烏旰切
囹圄 囹郎丁切圄魚巨切囹圄獄也

普超三昧經卷第四 一名阿闍世王經 同卷

西晉三藏法師竺法護譯

心本淨品第十一

爾時濡首爲王阿闍世及諸眷屬并餘來者無數之衆開化說法即從座起與比丘衆王阿闍世羣臣僚屬及無數人出宮門行行於塗路見一男子自害其母住他樹下啼哭懊惱稱叫柰何其人究竟現在應度而自剋責所作無狀而造大逆自危其母當墮地獄雖爾其人當修律行時濡首於比丘衆前化作異人即時往詣害母人所去之不遠而中道住其害母者遥見父母與子共侶父母謂子是者正路其子答曰斯非正路遞互起諍於是化子現懷瞋怒殺化父母其逆罪子遥見化子害化父母啼哭酸毒不能自勝尋即往詣害母人所而謂之曰我殺父母當墮地獄哭言柰何當設何計其害母者而自念言今此來人乃害二親我但危母其人癡冥罪莫大焉我之爲逆尚差於彼如彼受罪吾猶覺輕其化人者悲哀酸酷口並宣言吾當往詣能仁佛所其無救者佛爲設救其恐懅者慰除所患如佛所教我當奉遵於時化人啼哭進路在其前行而害母者尋隨其後如彼悔過吾亦當爾吾罪微薄彼人甚重化人詣佛稽首于地而白佛言唯然世尊吾造大逆而害二親犯斯大罪佛告化人曰善哉善男子爲至誠而無所欺言行相副詣如來前說誠諦言而不兩舌亦不自侵當自惟察觀心之法以何所心危二親者用過去心當來心乎現在心耶其過去心即已滅盡其現在心即

已別去無有處所亦無方面不知安在當來心者則亦未至無集聚處未見旋返亦無往還子當知之心亦無立於身之內亦不由外亦無境界不處兩間不得中止察其心者亦無五色青赤黃白黑子當了之心者無色亦不可見亦無所住亦不退轉無有言教不可執持猶若如幻子欲察心不可分別不可解了不可名婬不可究怒不可知癡無婬怒癡子當知心之無生死行亦無所作亦無所現亦不現在心者清淨亦無垢染亦無淨者心不在此亦不在彼不在異處猶如虛空亦無等倫亦無色像亦無言教有明智者不當依倚勿得言吾謂是我所莫得造處無得爲想莫造畢竟勿有所爲無言已身勿云吾我莫念過去所以者何子當知之一切諸法悉無所住猶如虛無子且聽之解如是者佛不謂人於法有脫若汙染者不歸惡趣設心清淨而無垢染則無諸趣於是化人即而歎曰得未曾有天中之天如來所因成最正覺了知法界無有作者亦無有受無有生者無滅度者無所依倚願得出家因佛世尊得作沙門受具足戒佛言比丘善來於時化人前作沙門即白佛言唯然世尊吾獲神通今欲滅度佛之威神使彼化人去地四丈九尺於虛空中而取滅度身中出火還自燒體於是逆子見彼化人得作沙門聽受經法聞佛所說心自念言向者彼人自危二親在世尊前而作沙門便得滅度今吾何故不效彼人而作沙門亦當滅度作是念已往詣佛所稽首聖足前白佛言我亦造逆自危母命佛言善哉善

男子爲至誠而無所欺言行相副誧如來前
說誠諦之言而不兩舌亦不自侵當自惟察
觀心之法以何所心危其親者用過去心當
來心乎現在心耶其過去心即已滅盡其現
在心即已別去無有處所亦無方面不知安
在當來心者則亦未至無集聚處未見旋返
亦無往還子當知之心亦不立於身之內亦
不由外亦無境界不處兩間不得中止察其
心者亦無五色青赤黃白黑子當知之心者
無色亦不可見亦無所住亦無退轉無有言
教不可執持猶若如幻子欲察心不可分別
不可解了不可名婬不可究怒不可知癡無
婬怒癡子當知心無生死行亦無所作亦無
所現亦不現在心者清淨亦無垢染亦無淨
者心不在此亦不在彼不在異處猶如虛空
亦無等倫亦無色像亦無言教有明智者不
當依倚勿得言吾謂是我所莫得造處無得
爲相莫造畢竟勿有所爲無言已身勿云吾
我莫念過去所以者何子當知之一切諸法
悉無所住猶如虛無子且聽之解如是者佛
不謂人於法有脫若染汙者不歸惡趣設心
清淨而無垢染則無諸趣於是逆人地獄之
火從毛孔出毒痛甚劇而無救護前白佛言
我今被燒唯天中天而見救濟歸命大聖於
是世尊出金色臂著貫人頂上火時即滅無
復苦痛見如來身若干相好身痛休息而得
安隱又前白佛欲作沙門佛尋聽之即爲寂
志於時世尊爲說四諦其人聞之遠塵離垢
得法眼淨修行法教逮得往還證得羅漢又
白佛言欲般泥洹世尊告曰隨意所在於是

比丘踊在虛空去地四丈九尺身中出火還自燒體百千天人於虛空中而來供養時舍利弗見於彼人受斯律教而得滅度則驚怪之前白佛言誠難及也天中之天如來恩施所說法律乃令逆者得受法教如是行者然有殊別堪救濟者惟有如來濡首童真被大德鎧諸菩薩倫能觀一切羣萌根源隨而度之非諸聲聞緣覺境界佛言如是舍利弗誠如所云是佛大士法忍菩薩之境界也又舍利弗汝等所見想墮地獄而佛觀之至滅度法汝等視人應滅度者世尊省知而墜惡趣或以知足有德之士閑居奉戒而三昧定汝等謂之至滅度法如是見之反墮地獄所以者何汝等之類離於心行不能徧察衆生心源羣萌所行不可思議又舍利弗汝為見此殺母者乎聞說深法得至無餘而般泥洹對曰唯見天中之天佛告舍利弗欺害母者於五百佛植衆德本聞深妙法解暢心本清淨顯曜又如其人入此典誥受一切法而得解脫佛言舍利弗以是之故若族姓子族姓女我滅度後能聞是法義即便信樂又人迷惑而心平者隨惡知友而犯罪釁不失法忍乃至無餘而得解脫吾不謂斯等墮惡趣也有信樂如是像類深妙之法所得如是以斯之故若茲等倫處於正路其聞斯典即信樂者講說平等章句歎頌廣為他人分別演者德悉如是何況奉行修如所教濡首與諸菩薩大士大迦葉王阿闍世及無數人往詣佛所稽首禮足却坐一面爾時舍利弗見濡首與諸會者悉坐定已謂王阿闍世大王狐疑寧

爲斷乎答曰唯然仁者尋則斷矣又問云何斷答曰不受不捨是謂爲斷亦無所得本末永了無有垢染則爲斷矣舍利弗白世尊曰王阿闍世所畢幾如餘有幾如世尊告曰王之餘殃猶如芥子所滅之罪如須彌山入於深法所說經義至無生法舍利弗又白佛言王阿闍世當復徃歸於惡趣乎答曰如忉利天子在於七寶重閣交露下閻浮尋還本處如是舍利弗王阿闍世所入地獄名賓跎羅（此言集欲）適入尋出其身不遭苦惱之患舍利弗言難及世尊王阿闍世諸根明達乃如斯乎又能蠲除若干罪疊如斯重殃地獄之毒佛告舍利弗王阿闍世前已供養七十二億諸佛世尊植衆德本啓受經典所聞法者勸無上正真之道汝豈見濡首童真乎對曰已見

世尊告曰濡首童真勸阿闍世使發無上正真道意於難計劫離垢藏如來無數諸佛於彼劫中而有三億平等正覺悉是濡首所可誘勸使轉法輪長壽久存設百千世尊終不能爲王阿闍世說法決疑其惟濡首能爲斯王決於疑網所以者何濡首童真數從諸佛聞是深法以是故當作斯觀其有菩薩應所度者本從發意得其本師爲之說法乃能解耳王阿闍世從集欲輕地獄出生於上方去是五百佛國其世界曰莊嚴其佛號寶英如來至真等正覺今現說法當復重見濡首從聞深經在於彼土即當逮得不起法忍彌勒菩薩成正覺時當復來下還斯忍界號曰不動菩薩大士彌勒如來當爲衆會宣讚不動菩薩前所興爲又復分別於此經典敷陳至

義不動大士能仁佛世作大國王名阿闍世從惡友言自害其父從濡首聞所說經要得柔順法忍因此除罪令無有餘彌勤如來緣不動菩薩說此經法八千菩薩得不起法忍八萬四千菩薩蠲除無數不可計會罪疊積聚如是舍利弗王阿闍世從今巳往八百難計會劫修菩薩行開化衆生嚴淨佛土又舍利弗王阿闍世所化衆生爲聲聞地若緣覺地若行大乘斯等衆生當有罪蓋無塵垢蔽狐疑悉除無有猶豫過於八千不可計劫當得無上正真之道爲最正覺劫名喜見世界曰無造陰佛號淨界如來至真等正覺壽十四劫諸聲聞衆十七萬人而爲大會一切慧解志八脱門諸菩薩衆有十二億皆得智度無極善權方便滅度之後正法當住一億歲無造陰世界所有黎庶至於壽盡無狐疑者終殁之後不歸三塗淨界如來設爲羣生講說經者悉去諸垢無有塵勞皆得清淨是故舍利弗人人相見莫相平相所以不當相平相者人根難見獨有如來能平相人行如佛者可平相人也賢者舍利弗及大衆會驚喜踊躍而說斯言從今日始盡其形壽不覿他人不敢說人其趣地獄其當滅度所以者何羣生之行不可思議時佛說此喻阿闍世決三萬二千天子發無上正真道意各誓願曰淨界世尊成正覺時吾等當生於彼佛土不造欲世界佛即記之當生彼土

月首受決品第十二

王阿闍世有一太子名曰月首厥年八歲解頸瓔珞用散佛上而曰吾以此德勸助無上

正真之道以斯善本淨界如來成正覺時願於彼土爲四域主轉輪聖王盡其形壽供養如來及比丘衆佛滅度後奉持舍利而受經典然後得成無上正真之道爲最正覺適散珠瓔便於虛空則成七寶交露棚閣四方四植上下平等嚴正雅妙於其閣内安四寶牀敷天繒綵如來坐之相好莊嚴佛時即笑世尊笑法則有無數不可貲限百千光色從其口出照難思議無有邊際諸佛世界超於梵天魔之宮殿日月光明自然蔽曀焰迴繞身無央數帀從頂上入賢者阿難即從座起偏袒右肩長跪叉手以偈讚曰

度一切諸慧　超越衆罣礙　解了羣生類
心行之根源　以分別本末　應時而說法
普照世願說　何因而欣笑　衆生在十方
一切處其前　無數億姟衆　一一而難問
能仁之聖師　乃堪決其疑　善哉願解說
愍哀何故欣　其過去諸佛　最勝所住立
又當來世尊　猶如江河沙　分別知六趣
慧度於無極　所以現欣笑　離垢願解疑
光明超日月　翳魔釋梵宮　通徹諸鐵圍
越照衆山頂　安隱烝黎元　枯竭衆勤勞
善說除諸垢　何故熈欣笑

於是世尊告阿難曰寧見月首太子乎對曰唯然已見佛言今此月首而於佛前植衆德本則以勸助無上正真道稍當漸漬修菩薩行淨界如來成佛道時又此太子生彼佛土爲轉輪王供養奉事淨界如來至真等正覺盡其形壽施以所安滅度之後供養舍利執御正法法滅盡後即當遷沒生兜率天則於

其劫得爲無上正真道成最正覺號月英如來至真等正覺明行成爲善逝世間解無上士道法御天人師爲佛衆祐國土所有佛之壽命諸比丘衆亦如淨界世尊等無差特也爾時他方世界諸來會者菩薩大士與濡首俱至此忍界聞說斯言前啓白佛濡首童真所可遊至則當觀之其土處所悉爲如來無有空缺諸佛世尊不復勞慮所以者何唯然世尊濡首所攝終無惡趣不劇不閑及諸魔事罪蓋塵穢其有州域郡國縣邑丘聚城郭於斯正典而流布者則觀其處如來遊居無有虛空世尊告曰如是如是族姓子誠如所云今斯經典所宣布處則是如來之所遊止則是如來慇懃垂教又族姓子乃昔往古錠光佛時吾於彼世而受得決所敷髮地錠光如來蹈越髮上散以蓮華逮得法忍授吾莂曰後無數劫當得作佛號能仁如來如是族姓子時錠光佛告諸比丘汝等不當越蹈斯地所以者何是者則爲天上世間神寺佛塔菩薩敷髮其處所者而逮法忍誰欲於此而起塔者彼諸天子八十億人同時稱曰吾等當起爾時會中有一長者名曰賢天白世尊曰吾於斯地當起塔寺佛言可與族姓子賢天長者即於彼處起七寶塔莊嚴具足還詣錠光而問佛言予在其地興七寶塔福何所趣錠光如來尋報之曰長者欲知菩薩大士得不起忍計其地處若如車輪下盡地際一切衆生各取土塵皆如舍利而供養之乃復上至三十三天滿中七寶以布施佛若欲比之起塔寺福終不相及塔寺之福最多難計

長者於此所植德本如我今授摩納之莂當爲無上正眞之道若成佛者亦當立卿於大道決於族姓子意念云何爾時長者名賢天者豈異人乎莫作斯觀所以者何此衆會中有長者子名曰受行今吾授決當於來世而得佛道號善見如來至眞等正覺明行成爲善逝世間解無上士道法御天人師爲佛衆祐以是之故族姓子族姓女比丘比丘尼清信士清信女若住若坐書是經典持諷誦讀爲他人說則於其處下盡地際一切諸塵悉爲衆生又此土者悉如舍利所以者何得忍菩薩成就衆德亦復如是故佛告汝慇懃囑累若族姓子族姓女於是三千大千世界滿中七寶布施如來至眞等正覺晝夜各三而不懈息布施隨時至於一劫若復過劫不如受是經典王阿闍世除諸狐疑無有猶豫淨諸陰蓋分別一切諸法平等若書若讀受持諷誦聞之信樂書著竹帛疋素經卷矜莊執翫令此正法而得久住此功德福過彼甚多不可稱限佛言族姓子若於百劫奉持禁戒普知止足乃得閑居志樂不捨其聞是經而信樂者其功德福則過於彼守禁戒上若於百劫如行忍辱一切衆生罵詈撾捶加以杖痛而皆忍之若復有人聞此經要而信樂者其功德福則便超越彼忍辱上若於百劫而行精進供養一切衆生之類而不愛身及其壽命不如聞是經歡喜信者若於百劫而行禪思有觸嬈者而不惑亂不如聞是經歡喜信者若於百劫而行智慧博覽曉了無所不達設復聞此究竟本淨心暢自然經典之品

而歡喜信受持諷誦其功德福則超越彼能速勸立諸通慧矣時諸菩薩俱白佛言唯然世尊吾等已受於斯經典在在所遊諸佛國者有所住處便當宣布所以者何衆經典者則與佛事時諸菩薩舉聲歎曰便復散華徧於三千大千世界而說斯言設此經典布閻浮提而住長久世尊能仁正法顯成濡首童眞當使永存所以吾等未曾省聞如是像經假使聞者吾等不能加報佛恩及與濡首當以何等與大供養若族姓子從人聞斯經典者其恩難報假使有人欲見如來從聞是經當觀其人如見世尊設欲供養如來至眞等正覺者便當供養此族姓子若覩族姓子族姓女當瞻仰之如佛世尊諸菩薩等咨嗟已畢稽首佛足右遶三帀於此佛土忽然不現各各還還其本國土各各自住其如來前如所受法廣爲人說則於佛前一一彼土開導教化無數羣生使發無上正眞道意

囑累品第十三

爾時世尊告彌勒曰仁當受斯正法明典爲無數人而分別說多所安隱多所哀念諸天世人悉當蒙恩彌勒菩薩而白佛言唯然世尊吾則受斯經典教已亦從過去等正覺所啓受是經於今現在面值世尊得聞斯法唯然大聖如來現在吾以此經演令流普佛滅度後在兜率天當爲羣生分別說此植衆德本若族姓子族姓女然於後世耳聞斯經志大乘者當知彌勒之所建立奉持斯經若有弊魔伺求其便吾等當承世尊聖旨而將護之使無瑕短佛告帝釋當受斯經阿闍世品

斷一切結所以者何天阿須倫假使懷恨而戰鬭者當念斯經諸天則勝阿須倫降佛言拘翼今囑累汝若斯經典在於州域郡國縣邑城郭丘聚則護其土怨敵讎隟不得其便若至縣官若在賊中若逢禽獸若值鬼神若遇盜賊若遭水火恐懼之難便當思念於斯經典而說歌頌若有怨家寇賊惡逆不得其便爾時佛告賢者阿難受斯經典持諷誦讀所以者何假使有人從汝求此經典要者其族姓子若族姓女斷一切疑無有猶豫洗除衆結永已除了諸魔罪蓋不能覆蔽宿之殃舋邪害罣礙自然消滅所以者何設聞斯經則無狐疑佛告阿難吾囑累汝慇懃誡勑若犯逆者入斯典要歡喜忻悅則無有逆亦無危害而無罪蓋耆年迦葉白世尊曰唯然大聖吾見證明於斯經典向者就王阿闍世宮分別逆事王阿闍世尋時逮得不起法忍疑網即除我時念言王阿闍世本不曉了一切諸法亦不分別諸逆之事唯然世尊諸法本淨自然之性而反思想計有吾我而立諸見不能理練一切諸逆之本淨也如阿闍世習近顛倒虛僞衆相成勤苦患若究暢此則無衆難吾從今始說諸羣生亦無有罪無惡趣法其入此者則超絕去無有終始佛言善哉善哉迦葉誠如所云諸佛世尊道義之正無有塵垢賢者阿難前白佛言唯然世尊建立斯典令後末世遊閻浮提爾時世尊從左右脅放大光明普照三千大千世界樹木牆壁普自然出如玆音響如來則建斯經典已設此經典在大海中若劫燒時應聞是經不得

中斷而不聞也佛告阿難悉如樹木牆壁所出音聲誠如所云斯諸正士植衆德本最後世時受是經者終不中夭佛説是經時九萬六千天人遠塵離垢得法眼淨六萬八千天人悉發無上正眞道意二萬二千菩薩得不起法忍八千人離諸貪欲此三千大千世界六返震動應時大音普告天上世間悉來供養於斯經典諸天妓樂不鼓自鳴普告天上世間悉來散華燒香雜香擣香澤香面悉值斯所轉法輪如來於此所説經者悉爲降伏衆邪異道却諸邪見行抑制衆魔斯如來印則爲精修如來之法諸族姓子便當分別求此法印究竟正見佛説如是王阿闍世濡首童眞彌勒大士一切菩薩諸大聲聞舍利弗大迦葉須菩提阿難等諸天世人阿須倫聞佛所説莫不歡喜

普超三昧經卷第四

佛說放鉢經

安公録失譯人名開元附西晉録

清刻龍藏佛說法變相圖

佛說放鉢經 即普超經第三品別譯

安公錄失譯人名開元附西晉錄

佛在舍衛祇洹精舍時與諸菩薩無央數比丘比丘尼優婆塞優婆夷諸天王釋梵及阿須倫鬼神龍諸人非人無央數悉會坐佛說菩薩法無央劫勤苦泥犁禽獸薜荔一切憂勞十方布施金銀珍寶車馬奴婢及妻子頭目肌肉皆不愛惜用施十方人勤苦故時忉利天上二百天子前世作菩薩道未堅在佛所聞求道勤苦皆念道劇難得心便轉求羅漢辟支佛道佛知是諸天子意欲轉便化作一人端正無比令持百味飯至佛所前長跪叉手作禮白佛言願佛哀我受此飯佛便受之座中有菩薩在佛前坐字文殊師利白佛言當念故恩座中諸菩薩悉聞展轉相問文

殊師利前世有何等恩施於佛而復欲得佛飯佛即捨鉢于地便下入地中乃至賴毗羅耶佛刹刹名波陀沙鉢懸止空中現彼刹中諸菩薩見之起前長跪白佛是懸鉢從何所來亦不墮地彼佛言且待須臾當見菩薩威神變化爾時釋迦文佛告摩訶目揵連行求索鉢摩訶目揵連即入八千三昧徧入八千佛刹視不見即還白佛言求索鉢了不知處佛告舍利弗汝復行求索舍利弗入萬三昧下行過萬佛刹求鉢不得即還白佛言我下行過萬佛刹求鉢了不見佛復令摩訶迦葉行求索鉢摩訶迦葉便入萬二千三昧復下過萬二千佛刹求索鉢不得還白佛言我求索鉢了不見舍利弗白彌勒菩薩言仁者高才功德已滿智慧備足次當來佛當知鉢處彌勒菩薩語舍利弗言我雖次當來佛功德成滿其行具足不如文殊師利菩薩譬如十方恒邊沙佛刹滿中萬物草木及爾所菩薩不能知佛一步之中所念何等文殊師利菩薩知深三昧獨文殊師利菩薩能知佛鉢處舍利弗即起前至佛所長跪叉手白佛願令文殊師利菩薩行求索鉢佛語文殊師利汝行求鉢來文殊自念舍利弗當不起於座而致鉢來即入三昧譬如日出光明無所不照菩薩入三昧者十方無所不至文殊内手從袈裟裏下探過十佛刹手指諸節其一節放千萬光明出一光明端各有一蓮華蓮華上有一菩薩坐皆如文殊其下刹有佛蓮華上菩薩者皆持釋迦文佛聲謝諸佛復持文殊聲遥爲諸佛作禮如文殊手逮至賴毗羅耶

佛刹刹中諸菩薩白佛言是手何等亦不見邊亦不見際賴毗羅耶佛語諸菩薩言上無數佛刹名沙訶樓陀佛號釋迦文前有坐菩薩字文殊最尊光明智慧難可當作變化如是諸菩薩白佛言今我等欲共得見釋迦文及文殊賴毗羅耶佛即放額上千億光明出照中央無數佛刹一至釋迦刹諸菩薩問佛今有是大火光煙出須臾頃便火出是大泥犁火耶佛言莫作是語是非泥犁火釋迦刹名沙訶樓陀是中火也諸菩薩問佛言是沙訶樓陀刹者何因名沙訶樓陀有是火佛語諸菩薩沙訶樓陀刹者雜惡三毒婬泆瞋怒愚癡諸菩薩白佛言沙訶樓陀刹中諸菩薩忍辱不瞋怒者作是爲可佛語諸菩薩釋迦刹中人罵詈菩薩輕易撾捶者菩薩忍辱終不加瞋怒慈哀十方人欲令度脱皆是菩薩威神所加菩薩忍辱之恩故名沙訶樓陀諸菩薩白佛言我等聞是大歡喜得不生釋迦刹弊人之處賴毗羅耶佛告諸菩薩莫説是語不可沙訶樓陀刹中諸菩薩意佛言我爲汝曹説東方佛字頭意刹名訶波離摩坻陀惒頭意佛刹中菩薩行六度悉具足不如沙訶樓陀刹中菩薩行六度一日一夜念十方勤苦皆使度脱何以故沙訶樓陀刹中作行勤苦譬如一佛刹壞敗時火燒其刹有人著新衣從東方來入火中從火中至西方其身出不燒是難不諸菩薩言甚難天中天佛言沙訶樓陀刹中菩薩一日一夜所行罵詈輕易之菩薩忍辱終不瞋怒譬如是人行火中身不燒之難尚不及是菩薩若百倍千倍萬

倍億倍諸菩薩等二萬人前白佛願欲上至沙訶樓陀刹供養釋迦文佛及文殊師利菩薩等賴毗羅耶佛語諸菩薩若欲至沙訶樓陀刹者先治汝意譬如地得香華好物不喜得屎尿涕唾膿血惡露亦不瞋佛言我何因爲若曹説是語釋迦文佛刹中有菩薩先世多供養諸佛者人有急性者意善之事但口教急用今世惡故諸菩薩白佛言沙訶樓陀刹諸菩薩先世多供養諸佛求道大久何縁生沙訶樓陀弊惡人處佛告諸菩薩有二因縁今世生沙訶樓陀刹本前世與釋迦文佛俱行索佛故世世相隨復有菩薩宿命有惡不盡故生彼惡世諸菩薩白佛今是諸菩薩生沙訶樓陀刹何因縁得除宿命之惡佛言善男子善女人生沙訶樓陀刹索菩薩道生貧家舍用是故除宿命惡又多病者復除宿命之惡又遭遇父母兄弟妻子病瘦死亡憂愁感傷用是故復除宿命之殃又遭逢縣官恐怖棄捐父母家室財產亡逃憂愁用是故復除宿命之殃惡若有一旦失財業窮厄用是故復除宿命之殃惡若在惡國中生本爲他國所攻敗壞奔走愁憂無聊用是故復除宿命之殃惡若生弊惡人中貧賤面目醜陋形癃盲聾不屬逮人父母兄弟妻子宗親皆共憎之是人愁憂用是故復除宿命之殃惡若聞有善道歡喜欲索明師教告經道開心從受不得明師便愁憂用是故復除宿命之殃惡若復遥聞遠方有師高明智慧通達欲往從受經學身體病瘦手足拘攣不可動揺錢用乏少又無伴侶便不可行念之憂愁用

是故復除宿命之殃惡若有人行求善師欲從學受經道師大明達皆知道要弟子愚癡無慧意不開解便自愁憂用是故復除宿命之殃惡若有善師欲教弟子世間之事開語經道弟子愚癡不能忍受便棄捐師去後歸念師法戒大歡喜意悔愁憂用是故復除宿命之殃惡若有求菩薩道者卧坐夢中見怨家持刀兵追逐怖恐夢中恐懅復除宿命之殃惡若有菩薩道家善男子善女人宿命殃惡未盡死當入泥犂中勤苦一劫得善師教悔過一日一夜各三時經戒不復作惡一日一夜者頭痛身熱諸病悉除盡不復入泥犂中賴毗羅耶佛語適竟文殊師利下手探鉢賴毗羅耶佛刹及中央無央數佛刹上至釋迦文佛刹皆大震動一切人皆令驚怖舍利弗起前長跪叉手白佛言何因緣震動如是莫不驚恐者佛語舍利弗今是地震動者文殊師利探鉢是故震動舍利弗問佛有鉢在何所止佛言鉢乃在下過無數佛刹有佛字賴毗羅耶其刹名波陀沙鉢止是中舍利弗白佛言今諸菩薩阿羅漢及諸天人阿須倫鬼神龍欲見下方賴毗羅耶佛刹及中央諸佛刹欲見文殊師利變化取鉢時佛便放足下百億光明悉照十方無數諸佛刹土如是悉徧見賴毗羅耶佛刹諸菩薩見文殊師利變化取鉢時諸菩薩天人阿須倫鬼神龍皆大歡喜諸阿羅漢皆大愁毒淚出各自言菩薩尚能變化在所作爲乃爾何況佛威神光明難可當我等寧入泥犂中百劫後出聞菩薩法便奉行何憂不得我願賴毗羅耶佛刹

中諸菩薩及中央諸佛刹土菩薩無央數皆來上至釋迦文佛所諸菩薩各自念言到釋迦文佛所供養中有菩薩散華覆一佛刹有菩薩散香有菩薩散天衣有菩薩散金銀珍寶有菩薩作音樂聲一佛刹中如是諸菩薩皆前持頭面著地爲佛作禮已却坐文殊師利菩薩探鉢來出座中諸菩薩阿羅漢諸天人阿須倫鬼神龍莫不歡喜舍利弗起前長跪叉手白佛言文殊師利有何等恩施與佛今何因緣言當念故恩佛語舍利弗乃前世無數劫時有佛字羅陀那祇有六萬比丘阿羅漢七億二千萬人諸菩薩中有一菩薩字惉那羅耶朝起入城分衞得滿鉢來還從街上行有一乳母抱長者子字維摩羅波休見沙門持鉢便下乳母抱趣沙門所沙門以石蜜餅授與小兒小兒噉之大美便隨沙門去乳母逐護之小兒噉盡盡便還顧意欲還去沙門復取餅授之兒噉餅遂隨沙門出城到佛所見佛端正身有三十二相八十種好視之無猒見諸菩薩比丘大歡喜沙門便教小兒澡手漱口便持鉢餅與小兒令飯佛汝今得安隱後得其福小兒即受鉢餅持至佛前以手接餅著佛鉢中復過與諸菩薩比丘僧皆悉滿足食飽餅鉢如故如是飯佛菩薩及比丘僧七日小兒大歡喜自說我日持一餅飯佛菩薩及比丘僧七日飯滿我必得福因是一功德得佛佛語諸菩薩阿羅漢言此是本時恩也惉那羅耶菩薩今文殊是也時小兒維摩羅波休者我身是今我得佛有三十二相八十種好威神尊貴度脱十方一切衆

生者皆文殊師利之恩本是我師前過去無央數諸佛皆是文殊師利弟子當來者亦是其威神恩力所致譬如世間小兒有父母文殊者佛道中父母也佛說是經時忉利天上二百菩薩自念佛本文殊所教化令作功德成佛文殊何以故在佛前不成佛耶佛言文殊深入善權廣化衆生故未取道佛告諸菩薩及比丘四衆前二百天人菩薩欲悔取二乘者見文殊變化吾應報恩今皆更發無上心修菩薩道後世皆當作佛佛說經已諸大菩薩比丘僧諸天人阿須倫鬼神龍皆大歡喜起爲佛作禮

佛說放鉢經

音釋

懊惱　懊烏皓切惱奴皓切懊惱恨痛也

遞　大計切更迭也

酷　苦沃切慘也

劇　奇逆切甚也

跎　知華切

計會　會古外切

貲　即移切量也

蔽曀　蔽必袂切障也曀於計切陰曀也

漸漬　漸將廉切漬疾二切漸漬浸潤也

讎隟　讎市流切仇也隟豈逆切怨隟也

放鉢經

薜荔　梵語具云薜荔多此云餓鬼薜蒲計切荔郎計切

內手　內奴盍切入也

下探　探他甘切摸取也

婬泆　婬余鍼切淫蕩也泆夷質切淫放也

坻惹　坻陳尼切惹爾者切

涕唾　涕他計切唾湯卧切

拘攣　拘舉朱切攣呂員切拘攣謂手足拘執攣係也

澡　子皓切洗也

漱　蘇奏切蕩口也

佛說大淨法門品經

西晉三藏法師竺法護譯

清刻龍藏佛說法變相圖

佛說大淨法門品經

西晉三藏法師竺法護譯

聞如是一時佛遊王舍城靈鷲山與大比丘衆俱比丘五百菩薩八千一切大聖悉得總持辯才無量其所建立分別聖慧解三脫門於三世慧無所罣礙得三昧定不可轉移十方無畏一切具足爾時王舍大城有逸女人名曰上金光首端正姝妙見莫不悅色像清淨威曜如華往古所修德本之報形體自然紫磨金色所可遊居卧寐住立坐起經行其地變現亦如身像設著綵帛其服自然轉爲金色無央數人莫不敬重見此女者視之無猒言辭不麤柔和美麗顏貌光澤無有憔悴其於王舍大城之中國王太子大臣長者居士諸子與貪愛心志欲得見隨其所遊園觀

河側里巷樹間便就從之男女大小無央數人悉追其後欲觀察之爾時上金光首在於異日與畏間長者子俱市買好物而相貢上供辦美食至遊觀園駕駟馬車幢蓋珍寶明月之珠紫金校飾布好坐具賷持雜香思夷之華從諸妓人至遊觀園而相娛樂音聲唱和鼓樂前導供養之具載從其後不可計人逐而觀之文殊師利者（此言濡首童真）於時從燕室出常發大哀愍傷羣生何所人者可以勸化令發大乘以二品法興隆道慧神足變化說法變化教授變化導利入律時文殊師利見上金光首與畏間長者子俱侶共載乘行詣遊觀園知女往昔本行根源宿世有德吾應化之當爲說法必令解達文殊師利尋時變身化爲少年端正絕妙顏貌踰天見者喜悅莫不欣戴姿容威曜蔽日月光被服像類現於人間其所被服照四十里自現其身如有所好文殊師利被服嚴訖觀察逸女所遊之路尋在彼路而於前立適在前立其長者子所乘及上金光首車馬被服尋則覆蔽遏不復現光曜滅盡猶如聚墨在明珠邊上金光首遊逸之女時見文殊師利顏貌英妙猶如天子身體之明煒煒難及肌色悅澤被服有異光曜灼灼從其身出適見此已則自察已不以爲奇貪其被服心自念言今欲捨此長者之子下車棄去當與斯人共相娛樂又願吾身得是衣服形貌光像適念此已文殊師利建立威神令息意天王化作男子謂彼女曰且止且止用爲發是遊逸之心所以者何如斯人者不志色欲女曰何故息意天王報

言是者名爲文殊師利菩薩也女又問曰何因作字正謂菩薩爲是天子乎爲龍鬼神揵沓和迦留羅眞陀羅摩休勒釋梵四天王耶息意報曰女欲知之非天龍神亦非釋梵斯者名曰爲菩薩矣人能充足一切人願見衆生心有所求索不逆人意故謂菩薩也女心念言如今所聞必當施我妙好之服即下車住白言仁者願以此衣而見惠施文殊師利答曰大姊若能發無上正眞道意吾身爾乃以衣相惠女言唯然何謂爲道答曰欲知汝則爲道女言云何文殊師利設不廣演分別義者吾不解也何謂我身則爲道者爾時上金光首即説頌曰

濡首願以　衣服相施　乃知仁者　志弘佛道
如天不雨　久遠之旱　若貪惜者　非眞菩薩

爾時文殊師利以偈頌曰

假使女能　發道意者　吾乃當以　衣相惠施
若有堅心　住於道意　天上世間　悉爲作禮

上金光首以偈重問

所謂道者　爲何句義　孰爲説者　誰得道者
志趣經業　當何所習　得成佛道　開化未悟

文殊師利答曰大姊欲知有如來至眞等正覺名釋迦文今現在説法演身平等等奉行道於姊心中所念云何豈不從已而生陰種諸入事乎女聞此言蒙宿德本所積善行逮法光明尋即啓言如是如是誠如所云因吾我身致陰種諸入耳姊意云何色有所念有所知乎女答不也文殊師利報曰姊亦當知道無所念無所分別以是之故色則平等道亦平等吾故説此汝則爲道姊意云何痛想

行識爲有所念有所别乎女答不也文殊師利報曰道亦無念亦無分别痛想行識則亦平等道亦平等故説此言汝則爲道姊意云何豈可見色處内若外及中間耶豈青赤黄白黑紫紅爲在其處其方面乎女答不也文殊師利報曰道亦無見無内無外亦無中間紫紅之貌亦無其處方面之土色已平等道則平等故説此言汝則爲道姊意云何痛想行識豈可見處内外中間五色之貌其方面乎女答不也文殊師利報曰道亦如是不處内外中間五色無彼無此亦無方面也痛想行識則亦平等道亦平等故説此言汝則爲道五陰若幻虚僞顛倒因從斯生道亦如幻假音聲耳幻爲平等五陰平等幻已平等道亦平等故説此言汝則爲道五陰如夢無有本末道亦如夢本無處所夢以平等道亦平等故説此言汝則爲道計於五陰猶如野馬迷惑之業從虚僞興道如野馬自然之數亦無有造亦無報應是故野馬五陰平等野馬已等道亦平等故説此言汝則爲道五陰鏡像像無所有道如鏡像亦無所有以是鏡像五陰平等鏡像平等道亦平等故説此言汝則爲道五陰假名而爲行耳道亦假名而爲道耳五陰平等道亦平等故説此言汝則是道文殊師利謂言更聽五陰無造道亦無造陰無自然道無自然陰無所有道無所生五陰無常道曉無常五陰無安道解苦義五陰空無道曉了空五陰無我了無我義則爲道矣諸陰寂然了憺怕者則爲道也諸陰無受無所受義則爲道矣諸陰無住亦無所著無

住無著則爲道矣諸陰無來亦無有往無來無往則爲道矣有五陰者計於聖法爲假音聲言曰賢聖而於道法言爲反矣其所言辭而無言辭五陰悉無本皆清淨如來如是悉了本淨得成正覺故名曰道是故五陰本淨道亦本淨道以清淨諸法本淨如今大姊諸陰本淨諸佛世尊道亦本淨一切本淨亦復自然衆生五陰本淨亦然故說此言汝則爲道已了五陰則便解道爲諸佛道又諸佛者不離五陰乃成佛道道不離陰覺了五陰乃號爲佛是故大姊當作此觀一切衆生皆處在道道亦處在一切衆生道無緣辭故說此言汝則爲道彼從吾我而生四種何謂四種地水火風也其地種者無我無人無壽無命等於地種道則平等本無所受故謂平等水種亦等道亦究竟本末自然火種平等道爲究竟本末無瑕風種平等道之本末而無所見大姊欲知如地種者則以此種如來成道水火風種如來種者亦復如是以此得道曉了地種水火風種則成爲佛故說此義汝則爲道地水火風諸種無想於此四大能無思想故曰爲道以是之故說汝是道彼因吾我便則有眼耳鼻口身意亦復如是其眼則空了眼自然分別空者則爲道矣耳鼻口身意亦復如是意則爲空解自然空則爲道矣眼以空者不知求色色自然空則爲道矣耳鼻口身意亦復如是意以空者則不識求識法無著法自然空則爲道矣眼不受色道亦如是眼無有色六情亦爾悉無所受又計道者則無心法如是大姊其眼識界彼於色界則

無所住眼識色界道無所住耳之識界鼻之識界口之識界身之識界意之識界不住法界道亦不住心法識界道無所受由是之故道與眼識界無有二耳鼻口身意識界道與意識無有二界故說此言汝則爲道復次大姊分別了眼則爲道矣眼本空淨若能解了自然空者則爲道矣耳鼻口身意亦復如是本自然空覺了分別本淨自然空者則爲道矣眼自然空則無所染亦無結恨不見侵欺除婬怒癡則爲道矣耳鼻口身意亦復如是意則自然其自然者則無所染亦無結恨不見侵欺除婬怒癡則爲道矣眼則無主則無吾我亦無所受道亦無主則無吾我亦無所受耳鼻口身意亦復如是則無有主亦無吾我亦無所受道亦無主則無吾我亦無所受

又計眼者無男子法無女人法已解了道無男女法無男無女則爲道矣耳鼻口身意亦無男法亦無女法道亦如是無男無女如來覺了眼色無本了無本者則爲道矣耳鼻口身意亦復如是如來覺了意則無本覺了如是則爲道矣故說此言汝則爲道復次大姊其已身者則無吾我無我無人無壽無命無形無意無作無受無見無聞無取無放無得無知道亦無我無人無壽無命無男無女無身無造亦無所見亦復無有色聲香味細滑之識制一切法乃爲道耳今姊身者愚朴無智身爲現在猶如草木牆壁瓦石其內地種及外地種如來則以聖達之慧了是地種逮致正覺故說此言汝則爲道復次大姊其心意識諸思想念心使意者而有此法無去無

來身無所至教無所到亦無津液亦無筋脉亦無骨節髮毛亦不住腦亦不住髓亦不住内亦不住外亦不住内外亦無内外眼亦不住耳鼻口身意亦復不住亦無所住亦非不住亦不建立亦不離立亦無處所亦無土地亦無方面無色無見無授無受無使無教無餘無著清淨鮮潔則爲顯曜其心意識亦無欲著亦無淨者無有塵倚本際清淨以是之故亦無欲著無有淨者則爲顯曜便無有身以是之故亦無欲著無有淨者如是大姊陰種諸入自然爲道道亦自然曉了分别陰種諸入設於已身能除陰種諸入事者則爲道矣所以者何道無憂慼無所危害心了此者即便是道覺了諸法一切平等則爲道矣文殊師利於遊觀園説此語時虚空中五百天子皆發無上正眞道意男女大小隨逐上金光首者於彼衆中有二百人發大道意六十天與人遠塵離垢諸法眼淨爾時上金光首歡喜悅豫五體投地稽首文殊師利足下歸命佛法及與聖衆淨修梵行奉持五戒其心質直乃發無上正眞道意口宣斯言從仁之教文殊師利愍傷一切衆生之類不斷佛教其有人發大道意者亦當如是道所建立與設法施開化黎庶又説經法當爲洗除惡穢罪業使得清淨一切諸法乃能寂然而悉憺怕隨順思惟本悉無異自依貪身爲顚倒事不了平等而習婬色欲從身出衆生因欲便有塵勞文殊師利猶如今者諸法非法一切本淨迷惑致合從因縁會而有貪欲我則能成合集諸法立於無上正眞之道所以者何

一切塵欲從其思想因虛僞起已能曉了知虛僞者則能蠲除虛僞之事又聞文殊師利說義分別所趣塵欲之事猶如雲霧自然無實欲如覞電即尋消化欲者如風察於本末而無所倚欲如虛空度一切界欲如水泡不得久立欲如鬼變於其中間不正之念欲如熱病恍惚忘語欲而無實從緣想與欲如繫縛計吾我故欲無有形計著身故欲如客來不從本起欲衒因想隨衆念故欲如曉觀從若干種而發生故欲無所生從貪羡起欲無所知從彼我生欲之所生爲因諸陰欲界如鍜因意境興欲如諸陰用諸入故欲如若影假名色耳欲不覺了違正念故又復文殊師利計於欲者若能覺了疲懈之句則能知道所以者何道無動轉衆生塵勞欲如破壞分別道故欲者爲心心覺了故欲如琴瑟曉了之故所以者何有道之義不壞欲塵以能不壞便順道也若覩欲者則爲道矣所以者何欲入諸界靡所不至假使佛乘無所有者而無有形塵勞之欲亦復如是無有形像欲於諸有而無所有住無所住適發起已尋則便滅心則自然塵勞亦然所以者何心不可察誰言能令心結滐癡假使彼心不可觀者塵欲如是亦不可見無積聚處無有方面也菩薩大士若能曉了塵勞之法爲貪欲人開化說法不以爲猒若教愚恚及等分人誘導說法不以懈倦設使文殊師利如我身欲諸貪欲者亦復如是如我瞋恚及與愚癡一切瞋恚愚癡之事亦復如是如我塵勞衆生塵勞亦復如是譬如大火悉燒草木賢聖慧火燒

除塵勞譬如日光照明衆冥不與冥合聖慧如是蠲除塵勞不與俱合譬如風行不著一切山與樹木行智菩薩亦復如是不著一切塵勞之欲譬如劫盡燒諸有形不燒虚空行慧菩薩亦復如是燒諸愛欲不與一切塵勞俱合譬如淨水不與穢合菩薩如是不與塵俱譬如虚空受持於地智慧如是不與欲雜譬如大風壞鐵圍山菩薩如是以智慧事吹散諸欲譬如有象名究炎氣乳與水合則爲一類菩薩如是以聖智慧遊除塵勞化令明哲合爲一慧譬如須彌北方天下與諸親里不爲放逸在於樹下而自分别菩薩如是智慧之明見衆人根而爲分别文殊師利吾身如今不畏欲塵亦無所難所以者何我曉欲塵本悉淨故又被菩薩大德之鎧勇猛精進無所忌難譬如怯人求於救者如此之類不爲勇猛開士大士亦復如是離於欲者不爲菩薩譬如有人爲賊所壞不爲猛將開士如是壞愛欲者不爲菩薩譬如人以清水明珠著濁河中尋時即清不爲垢濁之所染汙菩薩如是在於愛欲塵勞之中不爲瑕穢之所染汙爾時上金光首歎説此已復問文殊師利何謂菩薩無有塵勞答曰假使菩薩見於起意若見滅意不當謂之爲菩薩也譬如有限觀總持者不當謂之獲於無量如是菩薩若觀塵勞意有起滅非是菩薩無塵之謂無塵欲者不見有塵不見結恨無見不見遠離想念乃謂無塵設使行者其心意識而得自在一切所有無泥洹想所以者何心無欲塵想念之緣便得自恣也於諸善惡亦復如是

所行無行有爲無爲有形無形一切知之生死塵勞有餘之垢目察於色耳聽音聲鼻香舌味身更心法若得定意志在憺怕於愛欲塵則無垢穢爾乃名曰無有放逸號曰無業而無所習斯之謂也無塵勞者離於有爲及無爲者乃無瑕疵復次大姊假使菩薩身無塵勞則能度脱他人欲垢如來説此爲無塵勞救濟他人塵勞之欲遵修菩薩乃爲精進女又問言何謂菩薩現在目前精進者乎文殊師利答曰觀於空無而不退轉衆生邪見則與大哀觀於無相而不退轉衆生有相則以愍濟觀於無願而不退轉衆生貪願則以愍濟觀無所行而不退轉衆生著行則以愍濟觀無所生而不退轉衆生生死則以愍濟觀無所起而不退轉衆生起滅則以愍濟觀

聲聞乘獲聲聞果使不退轉觀緣覺乘獲緣覺果使不退轉觀菩薩乘則以愍哀一切羣生是爲菩薩習平等行精進之事譬如丈夫行入巨海超進極遠乃致衆寶如是大姊正諦觀察空無相願及無所行不生不起聲聞之乘緣覺之乘令難進者至不退轉乃離因緣又如有人入大戰中使難進者將護忿諍令無所害致爲難也如是大姊其諦觀察三脱門者不失善權其難亦爾女復問言何謂菩薩爲權方便文殊師利答曰權方便者知其時節不捨恐畏生死分部泥洹伴黨權方便者示恐懼門謂生死門泥洹之門空無之門所見之門無相之門無願之門彼所想門無所行門精進本德道行之門無所出門現世之門無所立門陰種諸入無所起門無所

滅門無所行門憺怕之門開化衆生導示之門法界之門護正法門聲聞之門緣覺之門說佛道門度佛道門若使菩薩見恐懼門者於一切門而無所著是則名曰善權方便取要言之貪欲門哉離諸愛故瞋怒門哉離於結恨愚癡門哉離於不明塵勞門哉離於穢濁諸走門哉無往來故是爲菩薩善權方便至於一切愚夫行門所學無學緣覺菩薩如來之門其能曉了此諸門者是則名爲善權方便爾時世尊在靈鷲山遊泉水邊而以經行賢者阿難侍從俱焉於是世尊則以遥讚善哉善哉文殊師利是爲菩薩奉習平等現在目前善權方便精進之行如仁所云等無差特也於時以此善哉之音即得普告三千世界其聲悉周六反震動則無央數天龍鬼神乾沓和阿須倫迦留羅真陀羅摩休勒人與非人釋梵四王聞善哉音皆受告勑往詣佛所稽首足下退住一面各白佛言向者大聖爲何所讚勸乃告三千悉見蒙勑大千世界六反震動世尊答曰天子欲知歎文殊師利有所勸化也又問今者所遊佛言於王舍城東門之下在中街路爲上金光首廣說經法談論所趣天子汝等往求法義時天龍神乾沓和阿須倫迦留羅真陀羅摩休勒人與非人釋梵四王一切僉然共詣文殊師利談所自現半身而雨天華悉皆周徧王舍大城於彼世時諸天見人人見諸天各自安隱無諍訟者又王舍城無數千人各取諸天所散之華賫詣文殊師利時阿闍世王與四部兵後宫婇女大臣百官從諸小王俱共往詣文

殊師利又諸尊者及長者子太子羣臣見上金光首威儀曜赫諸根憺怕破壞塵勞離於顛倒殊妙之德而自莊嚴見巳如是不復興發貪欲之想爾時文殊師利告上金光首今者衆人普來集會以何等故無復染著前所欲塵今爲安在女白文殊師利一切衆生塵勞之欲則建立志慧脱本際住於法界無本之處無本如此而無差特無生無滅亦無所處又彼塵欲則爲本淨分別平等又問女曰何謂塵欲而爲本淨答曰無想不想無應不應以此塵欲則爲本淨塵從順行而無所起則爲本淨當知塵欲因客遊來曉了空慧與道同居無相之慧無願之慧本淨之明而俱同居察此一切悉無所有譬如蚖虵含毒害人若有人來而賫良藥能消恚毒蛇適見藥毒尋滅除男女大小知毒歇盡悉共戲弄著於膝上無所傷害亦不螫人如是人者本末曾聞法律之時念於不順所見顛倒處於塵欲爲之所燒巳身貪欲自著顏色巳能觀了色如聚沫則知身法猶如幻化分別戲樂若如於夢巳解愛欲若如水泡命如朝露萬物無常曉了諸陰皆同惱患知身不淨悉爲空無觀一切法皆無吾我正諦思惟本末悉虚不毀他人不自稱譽亦不自縛不縛他餘今我從仁聞所説法尋即信樂便得解脱是故眼視無所染著所以者何省仁之説應其所作而處塵勞如是計塵亦無欲垢誰能見者爾時上金光首白文殊師利一切大會諸天人民將無恐懼惟爲分別如應説法令諸天人曉了塵欲本悉清淨愍哀一切使發無上

正眞道意文殊師利答曰欲塵本淨信樂者希所以者何用不覺故覺塵清淨則成道矣譬如無生之火不能燒人如是當知無想之念不行吾我也如所興火還自燒已如是當知思想之念塵勞貪欲造生死身如木生火其焰遂盛如是當知邪見顚倒興起塵勞三界然熾如大滅後無復焰光如是當知倒見已止塵則不起卽於三界不興勞垢如百千歲火滅不然人不疑恐畏於冷灰如是當知雖若干劫習欲塵穢已解觀之無所積聚如火滅盡不可施用慧明憺怕塵勞不興如身中火温熱雖盛則無所燒如是計之其心本淨顯曜之明客塵欲起終不染汙心之源際也於是文殊師利復問其女又當云何觀于色身答曰猶如水中之月影也又問云何觀五陰體答曰猶如無化如來之化也又問諸種當云何觀答曰猶如水火二界也又問云何觀諸入事乎答曰猶如無施因緣罪福所行也又問云何觀此諸會答曰而悉照曜會者心性又問云何還觀爾身答曰猶如吾之父母乎等定者而無有二也又問云何以觀吾身答曰猶如生盲不見諸色又問云何曽聽此法乎答曰以聞是法如幻師化化人所聽也又問云何汝豈爲發無上正眞道乎答曰吾則是道無所志求又問云何爲奉行於施度無極乎答曰修一切寂捨諸塵勞也又問爲具足戒度無極乎答曰所具足者周滿如空也又問爲奉行於忍辱乎答曰所可遵修一切諸法無起無生又問爲慇懃精進行乎答曰修行諸法無所至湊也又問以爲建

立寂度無極乎答曰建於法界住無所住也又問爲以具足智度無極乎答曰志無憍慢心不自大也又問爲行慈乎答曰以爲曉了一切衆生悉無所有又問當於何求大哀菩薩乎答曰當於衆生塵勞中求所以者何大哀菩薩欲得制御衆生塵勞則發無上正眞道意也又問行喜菩薩當復何求答曰已心眞實志性清淨化諸憂慼是菩薩喜也又問菩薩行護云何具足乎答曰衆生所諍變鬭之事具足化之使至安和又問何謂爲諍答曰蠲除無實虛僞塵勞志建佛道者也又問與誰共諍答曰與外衆邪異學心不同者也又問衆邪異學爲何所是答曰見他所興不能忍辱而自隨者也又問菩薩忍辱何所志趣答曰開化一切衆生之故也所以者何若不開導何謂忍辱化衆生者無瞋結恨亦不憂慼則爲忍辱又問何謂危害答曰積累德本爲憂惱事是爲危害又問何謂無害乎答曰諸界不憂則爲守仁此謂無害也又問何謂菩薩選擇戰鬭答曰選擇諸法無所獲故又問云何菩薩降伏衆魔答曰無所著故不滅塵勞所以者何菩薩降伏五陰不與塵俱以此勝魔菩薩降塵不汙本淨究竟本末曉了諸法開化衆生除老死患告諸天子文殊師利菩薩者則爲已離一切之智諸通慧想也又問女言云何菩薩開化衆生答曰專秉善權修行智慧又問云何菩薩建立羣生答曰建立已心之慧聖達菩薩乃能開化一切羣生又問今女說法此之衆會悉善聽受也答曰此不爲善聽受者也所以者何有彼我

想而反勸耳立於識故也又問云何聞法爲善聽者答曰設能信已如夢其說經法如幻師化承聽假音不著其聲不造解脱有二事者是乃名爲善聽受法也又問云何聽承法理答曰文殊師利歸命法者也爾時上金光首承文殊師利童眞建立威神亦以本德所修智慧於衆會中如應說法萬二千人皆發無上正眞道意五百天子宿植德本志菩薩乘者得不起法忍三萬二千天與人遠塵離垢諸法得法眼淨女說法已心懷欣豫則自逮得柔順法忍即便投身文殊師利足下自歸唯願至聖聽我之身得爲沙門加哀濟脱不順之念衆人所行皆非賢觀也時文殊師利言菩薩不以除鬚髮者爲是出家也所以者何其能斷滅衆生欲塵使修精進乃是菩

薩之出家矣菩薩不以自被袈裟爲是出家也(袈裟者此言去穢)當去衆生婬怒癡垢令無瑕疵常行精進乃是菩薩之出家矣菩薩不以自奉禁戒爲是出家謂化衆生令守謹慎乃是菩薩之出家矣菩薩不以自處閑居爲是出家也假使五趣墮落羣類悉能建之立慧閑居乃是菩薩之出家矣菩薩不以顏貌形容威儀禮節爲是出家也化諸黎庶勸立慈哀乃是菩薩之出家矣菩薩不以興已功德爲是出家也勸顯滋茂一切衆生植德本者乃是菩薩之出家矣菩薩不以濟已志於滅度爲是出家也解脱一切衆生心性令致滅度乃是菩薩之出家矣菩薩不以除已塵勞爲是出家也滅去一切衆生塵勞乃是菩薩之出家矣菩薩不以偏護已身獨守其心爲是

出家也將護一切羣萌心志乃是菩薩之出家矣菩薩不以自脫已者爲是出家也度脫一切羣萌往返乃是菩薩之出家矣菩薩不以濟已生死之患爲是出家也度脫一切生死之患乃是菩薩之出家矣菩薩不以志樂泥洹者爲是出家也具足一切諸佛之法乃是菩薩之出家矣加以大哀愍濟衆生不見他短不說其闕讃叙彼人篤信之德開示信行以施一切此之謂也其出家者依倚他人爲菩薩者無所依倚也女問文殊師利何謂出家依倚他人則答女曰其出家者依倚禁戒不以緣戒爲出家也女欲知之志於禪定意不放逸出家依慧不隨惡友遵修脫門是爲出家心未解脫不爲出家又問何謂菩薩不依他人答曰不信異人則爲無倚亦不消息察他顔色有何智慧從其受明彼等之人有何異德當從獲致諸通大慧亦於已身無所希求此則名曰不倚他人文殊師利說此出家品時五百菩薩各脫身衣珍寶瓔珞悉共奉上文殊師利皆說此言聞尊所論出家善教吾等亦當從此正義尋如是行具足出家於是文殊師利謂上金光首若當還復上駟馬車與畏間長者子俱爲開化說此則是汝出家之行也時大衆人各心念言豈離欲者與有欲人而俱處乎女尋則知衆人心念便答大衆爲分別說離欲菩薩與有欲人衆生之類而俱出生欲以開化令清白故諸仁欲知菩薩離於瞋恚愚癡便與瞋恚愚癡羣黎而俱遊生欲以開化施慈與明設使菩薩已離塵勞便與貪欲羣萌俱生開化一切遊

逸之類喻如人者母子共處無所染汙菩薩如是常與一切衆生俱會無所染汙譬鼓琴人及神呪師雖習所欲則無有欲菩薩如是處於三界想念之中如神呪術無所染著於時上金光首逮得時節獲致法義至於光明離諸窈冥覩見塵勞開示真諦則前稽首文殊師利足下繞之三帀還復上車則說頌曰

本性爲清淨　貪欲不能汙　則無有瞋恚
常遵修慈心　亦不有愚冥　起智慧光明
至德以如是　然後乃上車　前隨畏閻子
而習爲放逸　吾本貪欲意　今者爲所湊
諸恐畏難者　財利之貪欲　上車以離此
故舉聲歌頌　譬如純厚陰　降雨潤於地
則蔽日宮殿　使人眼不見　其曜不爲冥
亦無奪明者　客雲之所爲　令光不顯現
愚者心本淨　客塵亦如是　由想不覺了
覆蔽智慧光　計彼明達者　不爲有處所
已蠲除塵勞　則號爲智慧　智慧不憍慢
心淨無損減　推之無從來　去亦無所到
從念不順正　則有塵勞欲　已應如法念
便起無所至　名無有處所　而無有受者
則亦無所生　亦無有滅者　不施無所斷
亦不依他人　快哉此正法　微妙甚清淨
譬如油然燈　照入諸窈冥　計彼闇昧者
不知所歸趣　智慧亦如是　滅除衆愚冥
不覩塵勞處　順念成所來　猶如有良醫
療治於衆病　不令身增減　亦無所亡失
病則是遊客　其病已滅除　亦無有異習
不知疹去處　濡首亦如是　上輭之音聲
覩衆生厄病　若干以療治　除垢令清淨

趣之智慧門　有所造變者　非法不爲論
今此五陰者　及與諸種大　衰入已顯現
本無有差別　是輩適前時　有毒瞋恚俱
今則無傷害　亦無若干變
於是上金光首在於車上與長者子畏間俱
如是比像詣於清淨遊觀之園文殊師利而
說經典一切衆會歡喜踊躍其心開解豆然
明達咸悉言曰當共俱往奉詣如來聽所說
法捨遊觀處至佛精舍爾時上金光首與長
者子畏間俱在遊觀園散華燒香莊嚴寶蓋
辦飲食饌作倡妓樂而相娛樂雜和擣香以
自芬熏於時彼女觀長者子及來會人意以
滿足神通之力自化其身應時終亡顏色變
惡猶如死人眼耳鼻口膿血流出身體胮爛
不可復視口中臭氣浡浡腥穢一切毛孔惡
露皆出其腹潰壞腸胃肝肺脾腎五臟屎尿
髓腦悉爲流溢青蠅飛集周帀共食時長者
子見此女人身變異如是怖懼不安欲求自
歸濟脫是患今遭艱難無極之恐當從何所
免大憂煩各懷二難凡夫之士見衆瑕穢已
之罪咎將無帝王阿闍世知危害我命一切
眷屬及諸會人悉共驚怖志懷顫慄各各議
言當於何求天龍鬼神若乾沓和沙門梵志
救脫大厄其長者子德本不純又聞文殊師
利說經當所施行而不曉了於時文殊師利
童真威神所立令園樹木自然聲出讚說頌
曰
如今年少見　諸法自然數　三界虛無實
如幻師現化　愚癡所迷惑　朽肉之塗覆
思想彼虛僞　愚者生染汙　譬之如畫瓶

中滿盛不淨　而人不分別　戴著頭上行
已知中所有　破壞則悉現　不淨自流出
無琦乃迸走　無智亦如是　志染著女色
覩見像顔貌　思想以自汙　年少今當觀
開化自然身　明者豈著此　瑕穢之臭惡
年少莫恐懼　無得畏虛僞　仁者前所集
諸法自然爾　世尊之興出　施恐使無畏
號謂釋師子　講說上妙法　愛欲非常久
猶如雷忽現　雖覩無有實　慧者無所著
譬如流河水　欲取上聚沫　彼無有作者
亦不成報應　名色亦如是　而無有造作
因有罪福緣　便生報應果　少童今自見
顔貌爲所湊　不淨何從來　令人懷恐懼
此法無處所　去亦無方面　無往亦無來
自然而化現　彼無有作者　亦復無受者
造法無所受　如幻無有形　放逸於他身
年幼因生畏　當自觀已體　亦是其比類
猶如夢中戲　歡喜而踊躍　一切諸所樂
如夢已便覺　年少便可往　詣於釋師子
世尊大聖人　挽拔恐懼根　計於父母者
親屬及知友　不能爲仁者　蠲除此患難
唯有諸佛尊　能加施無畏　當至歸命佛
及法與聖衆　諸天乾沓和　人民悉稽首
則離一切難　便獲大利安

爾時長者子聞斯頌已歡喜踊躍善意生矣則以衣裓盛女死屍棄叢樹間而捨之去於是世尊欲以開化彼長者子從身放光其明普照摩竭國界爾時年少遥見如來與比丘衆圍繞說法如日出時道路自然現若干變微妙巍巍寶爲欄楯而散衆華其天帝釋則

在前立宣歎之曰年少善利爲獲福慶乃能發心而懷歡豫欲見如來具足佛身如是比類歸誠諦路欲覩如來之光顏乎故發行也時彼年少聞此勸讚即與天帝俱詣佛所帝釋復以天意之華用與年少言取此華散如來上則便取華供散世尊稽首佛足右繞三帀前住白言今自歸佛及法聖衆以是德本勸助無上正真之道唯然大聖有放逸女上金光首國王所識郡縣州城尊者見知實與戲樂詣遊觀園則於今日顏貌變惡即時壽終捨諸一切宗室眷屬發大恐懼將無國王推理問之佛言且止爾以貪欲而懷恐懼吾當施汝至無畏難歸命佛者不當復懼所由致恐當斷其根又問恐懼何因致之世尊答曰因婬怒癡而致恐懼因是我身憍高自大而覩顛倒與恩愛會計于吾我倚於所有眩愛慳貪招致鬬諍自見其身爲縛著故無常常想苦爲樂想無身身想空見實想受於五陰以爲業故觀四種大求諸衰入悉處所故不察身瑕樂壽命故以是致恐當觸比意也汝見彼女身壞爛乎對曰已見佛言年少一切諸法皆當别離爲勤苦患無有常者愚癡貪之亦不久固如是成就便復散壞罪福報應多危少安色如幻化亦復如夢如野馬現渴者爲惑色猶如影行照忽過譬之鏡像因緣所合罪福報應便復滅没若水中月因成尋敗如響無言緣對致之行若陰影須臾便消猶如拳手屈即舒散悉以本淨自恣而與譬若如風不可擁持虚僞無實亦無所著恍惚爲空因意造名而共相成一切諸法如是

無主則當於彼莫樂貪著也於年少意所趣云何貪欲之習思想所湊白世尊曰愚人凡夫思想端正淨妙姿顏便起貪欲於賢聖律法教經義觀之瑕穢無所貪羨若不思惟正諦眞實則習貪欲追逐放逸佛言善哉如年少言貪欲之習志性若此當棄邪想心思如順導修其業莫復爲也已離我見觀彼平等又問世尊何謂菩薩心思諸法常如應順佛言年少若能思惟分別貪欲瞋怒愚癡及諸塵勞本悉清淨是則菩薩求佛道也譬如年少有形之物爲婬怒癡菩薩如是曉了一切分別諸法自在所遊其三毒者則無有本亦無所住如無主屋其屋內外憺怕虛空以離吾我人壽命便應無相所著念者便蠲除矣以去所著即爲無願志所喜樂恩愛悉除無有諸行亦無所造婬怒癡性本皆清淨菩薩如是能悉曉了一切諸法而得自在假使菩薩習如應順導修法者諸所發意則爲道矣所以者何設了已心則了如心覺了分別解一切法則無有色亦無有影則無教令自然如幻其於內外而相依倚亦爲道矣爲菩薩者無有異道當所施行自曉了心所以者何若能曉了覺已心者則能解知一切衆生心之所存已心寂寞衆生之心則爲憺怕已心本淨衆生之心亦復清淨已心鮮潔衆生之心亦復鮮潔已心離欲衆生之心則亦離欲已心無怒衆生之心則無恚恨已心無癡衆生之心則明無癡已心無塵衆生之心則無勞穢若有曉了如此事者是爲覺諸通之慧一切智矣如是應順導修行者爲菩薩也

近於本淨則知一切衆生心念假使復爲有所好樂客想塵勞依心爲垢則不當猒修行法觀設使有人曉了是者客塵勞想則無塵勞佛説是已應時長者子畏間逮得柔順法忍上金光首見長者子以蒙開化順從律教則與五百玉女眷屬鼓天琴瑟而作妓樂往詣佛所稽首足下右繞三帀退住佛前爾時文殊師利謂畏間長者子爲識此姊不答曰已知之矣又問云何知乎於是畏間長者子報文殊師利而説頌曰

色者如聚沫　痛癢泡起頃　了想如野馬
吾曉知如是　行虚猶芭蕉　識者譬如幻
名號假客來　吾曉知如是　身騃無可貪
等如草牆壁　其心不可見　吾曉知如是
彼無吾我人　無壽無有命　諸種合爲身
吾曉知如是　無有此婬怒　愚癡則無處
清淨無塵勞　吾曉知如是　愚者作迷惑
逆念爲顛倒　明達無所染　吾曉知如是
猶如叢樹間　女身之臭穢　彼色爲自然
吾曉知如是　本無當來生　終殁與現在
興起無所有　吾曉知如是　濡首當聽之
誠諦解脱者　則免濟瑕穢　乃爲叵進退
不始亦不終　而現於生死　開化立衆生
誰不發道意　如吾貪婬恚　不正諸塵勞
一切法無本　善哉經之要

於是世尊應時而笑口中則出五色之光照於無量諸佛國土還繞三帀從頂上入賢者阿難即從座起更整衣服右膝著地叉手白佛何因緣笑諸如來至眞等正覺未曾虚笑必當有意佛言阿難汝爲豈見上金光首乎

對曰已見天中天佛告阿難文殊師利乃往古世勸化此女使發道意令於其所而還聞法尋則獲致柔順法忍汝復見此長者子不對曰唯然佛告阿難吾本前世而勸化之使發道意令復從佛而還聞法尋即便致柔順法忍佛告阿難上金光首過九十二百千劫已當得作佛號寶光明如來至眞等正覺明行成爲善逝世間解無上士道法御天人師世界曰寶蓋劫名寶成爾時國中飲食衣服所居屋宅猶如第二忉利天上其佛國土無復異寶而出生者則以菩薩爲珍寶矣又彼如來壽命無量得佛道已其時畏間長者之子當爲菩薩名德光曜奉持世尊所演法教其寶光明如來未滅度時授德光曜菩薩之決乃般泥洹是德光曜菩薩開士吾去之後當得作佛號曰特焰如來至眞等正覺其佛國土等無差特尋適授此族姓子決應時三千大千世界六返震動其大光明普照世間於是具足授諸決時則八十人因發無上正眞道意賢者阿難前白佛言唯然大聖斯經典者名爲何等云何奉持世尊告曰名爲大淨法門品文殊師利勸助戲變又名上金光首本之化應當奉持之宣示一切佛說如是賢者阿難年少男子及與女人文殊師利童眞諸天龍神阿須倫聞經莫不歡喜

佛說大淨法門品經

音釋

姊 將几切女兄也
津液 津資辛切液羊益切
筋脉 筋舉欣切骨絡也脉莫白切幕也
覘電 覘失冉切瞜覘也
虺 許偉切蝮也
螫 施隻切蟲行毒也
瑕疵 瑕胡加切玷也疵疾之切黑黰也
窈窅 窈烏皎切窈窅幽闇也
胮 匹降切
渟渟 蒲沒切渟渟氣戚貌
潰 胡對切自壞也
胃 于貴切穀府也
脾腎 脾頻彌切土藏也腎時忍切水藏也
顫慄 顫之膳切棹也慄力質切懼也
戇 陟降切愚也
迸 北將切散起也
裓 古得切衣之前襟也
盛 是征切容受也
眩 黃絹切與衒同矜也
叵 普火切不可也

大莊嚴法門經

隋天竺三藏法師 那連提黎耶舍 譯

清刻龍藏佛說法變相圖

大莊嚴法門經卷上

隋天竺三藏法師　那連提黎耶舍　譯

如是我聞一時佛在王舍城耆闍崛山與大比丘衆五百人大菩薩衆八千人俱爾時王舍城中有婬女女名勝金色光明德彼女宿世善根因緣形貌端正衆相具足身眞金色光明照曜容儀媚麗世所希有神慧聰敏辯才無礙音辭清妙深邃柔輭言常含笑語無麤獷顩眄進止容豫安詳隨所在處或行或住或坐或卧地皆金色光明照曜所著衣服青黃赤白亦皆金色時王舍城一切人衆或是王子或大臣子或長者子或豪富子見者貪染繫心愛著情無捨離是金色女或在聚落或在街巷或在市肆或在河岸或在園林所遊之處若男若女童男童女皆悉隨從觀

無猒足復於異日有長者子名上威德爲欲樂故多與財寶共相要契乘駟馬車其車純以金銀瑠璃摩尼眞珠上妙衆寶嚴飾莊校建立寶幢微妙旛蓋寶座華鬘塗香末香如是種種和合勝香以用塗熏以瞻蔔華而爲瓔珞莊嚴其身同載寶車於寶車前種種妓樂歌舞作倡於其車後復持種種甘美飲食衣服卧具次第隨從往詣園林爾時大衆若男若女童男童女皆悉隨逐左右觀看爾時文殊師利童子從禪定起於一切衆生起大悲心而作是念何等衆生於大乘中堪受教化何等衆生應以神通而受教化何等衆生應以過去業縁而受教化何等衆生應聞正法而受教化作是念已見金色女與長者子同載寶車欲詣園林見已即觀根性差別差別觀已作是念言此女過去善業因縁堪受教化若聞我法即能信受爾時文殊師利以神通力身放光明映蔽日光悉不復現何況餘光時文殊師利所著衣服面各光照滿一由旬令彼多衆皆悉覩見復以種種衆寶瓔珞天冠臂印莊嚴其身欲令見者心生貪樂作是事已往詣女所當路而住光照女身及長者子駟馬寶車所有光明皆悉暗蔽猶如聚墨比於眞金無有光明彼金色女見文殊師利衆寶莊嚴衣服淨潔光明遠照謂是天童自於已身及長者子而生鄙惡不復愛樂於文殊身及以衣服起貪著心默自念言我當就彼共爲嬉戲縱心欲樂求索彼衣作是念時文殊師利威神力故毗沙門王化爲人像從空而下立於女前而語之言汝今不應

於彼人所生貪欲心何以故彼人清淨無貪欲故金色女言此是何人毗沙門言此是文殊師利童子菩薩金色女言云何名菩薩願善說之爲是天耶爲是夜叉爲乾闥婆阿脩羅迦樓羅緊那羅摩睺羅伽爲是帝釋爲是梵天爲是四天王天耶毗沙門言非天非夜叉非乾闥婆非阿脩羅非迦樓羅非緊那羅非摩睺羅伽亦非帝釋亦非梵天亦非四天王天如是等輩悉非菩薩言菩薩者一切衆生隨所願求悉能滿足不生慳悋是名菩薩

時勝金色女即作是念如所說者我今乞衣必定應得即便下車向文殊師利所到已白言文殊師利願能施我所著衣裳文殊師利言妹汝若能發阿耨多羅三藐三菩提心者當與汝衣女言文殊師利何者名爲菩提心耶文殊師利言汝身即是菩提女言云何我身即是菩提願重廣說令我得解於是女人說偈乞衣

文殊久發菩提願　今可施我身上衣
若不能施非菩薩　猶如枯河而無水

爾時文殊師利說偈答言

汝若能發菩提心　我當隨願施汝衣
若有堅固菩提者　一切天人皆供養

爾時勝金色女復以偈問

菩提有何義　菩提從誰得　菩提誰能與
菩提何行成

爾時文殊師利語金色女言於今現在有佛號釋迦牟尼多他阿伽度阿羅訶三藐三佛陀彼佛所說身及菩提皆悉平等於意云何女身有五陰十二入十八界不是女過去善

根因緣聞此語已即得法光得法光已白文殊言如是如是我今此身有五陰十二入十八界文殊師利言於汝意云何色可覺可知不女言不也不可覺不可知文殊師利言菩提亦如是不可覺不可知如是色平等故菩提亦平等是故我說汝身即是菩提文殊師利言於汝意云何受想行識可覺可知不女言不也不可覺不可知文殊師利言菩提亦如是不可覺知如是受想行識平等故菩提亦平等是故我說汝身即是菩提文殊師利言於汝意云何此色可說在此在彼在內在外在中間不可說青黃赤白玻瓈雜色不女言不也文殊師利言菩提亦如是不可得說如是色平等故菩提平等是故我說汝身即是菩提文殊師利言受想行識可說在此在彼在內在外在中間不可說青黃赤白玻瓈雜色不女言不也如色不可說乃至受想行識亦不可說文殊師利言菩提亦如是不可說如是受想行識平等故菩提平等是故我說汝身即是菩提復次五陰如幻體性不實顛倒故生菩提亦如幻體性不實以顛倒故世俗說生如是幻平等故五陰平等幻平等故菩提平等是故我說汝身即是菩提復次五陰如夢體性不生菩提亦如是體性不生如是夢平等故五陰平等夢平等故菩提平等是故我說汝身即是菩提復次五陰如陽焰以業緣故生菩提亦如陽焰無業無報如是陽焰平等故五陰平等陽焰平等故菩提平等是故我說汝身即是菩提復次五陰如鏡中像體性空無不去不來菩提亦如是無

去無來如是鏡像平等故五陰平等鏡像平等故菩提平等是故我說汝身即是菩提復次五陰但是假名菩提亦如是但是假名如是五陰平等故菩提平等是故我說汝身即是菩提復次五陰無有作者離作者義是菩提五陰無體性離體性義是菩提五陰不生離生義是菩提五陰無常離常義是菩提五陰無樂離樂義是菩提五陰無清淨離清淨義是菩提五陰無我離我義是菩提五陰本清淨離清淨義是菩提五陰無取離取義是菩提五陰無家離家義是菩提五陰無去來無去來義是菩提五陰聖人法論菩提亦聖人法論如是論非論法五陰體性如來一切覺故是名菩提如是五陰體性即是菩提體性菩提體性即是一切諸佛體性如汝身中五陰體性即是一切諸佛體性諸佛體性即是一切衆生五陰體性是故我說汝身即是菩提復次覺五陰者名覺菩提何以故非離五陰佛得菩提非離菩提佛覺五陰此方便知一切衆生悉同菩提菩提亦同一切衆生是故我說汝身即是菩提復次四大法生所謂地界水界火界風界而此地界非我非衆生非壽命非晡沙非富伽羅地界平等是菩提過去無取故水界平等是菩提體性不生故火界平等是菩提體性不可覺故風界平等是菩提體性不可見故地界體性如來覺故得菩提如是水界火界風界如來覺故得菩提覺地性者是名菩提如是能覺水火風等是名菩提是故我說汝身即是菩提復次地界不知水水界不知火火界不知風如是

諸界無名不可說者是名菩提是故我說汝身即是菩提復次汝身眼法生不如是耳鼻舌身意生不姝此中眼空眼空體性即是菩提如是耳鼻舌身意空意空體性即是菩提復次若眼體性空色不可說色空體性即是菩提如是耳鼻舌身意體性空一切法不可說法空體性即是菩提復次眼不取色菩提亦如眼不取色如是耳鼻舌身意不取聲香味觸法菩提亦如是不取一切法如是眼識界色界中不住眼識色界菩提中亦不住耳識界鼻識界舌識界身識界意識界法界中不住如是意識法界菩提中不住眼識界菩提界無二無別乃至意識界菩提界無二無別是故我說汝身即是菩提復次覺眼者是名菩提如是覺耳鼻舌身意者是名菩提眼體性空能覺如是體性空者即是菩提耳鼻舌身意體性空能覺知者即是菩提復次眼體性不貪不瞋不癡離貪瞋癡即是菩提如是耳鼻舌身意體性不貪不瞋不癡離貪瞋癡即是菩提眼無主者無取者菩提亦無主者無取者如是耳鼻舌身意亦無主者無取者菩提亦無主者無取者眼中無男法女法亦非男非女如是菩提中無男法女法亦非男非女耳鼻舌身意中無男法女法耳鼻舌身意亦非男非女如是菩提中無男法女法菩提亦非男非女復次眼色如如來覺此如故名爲菩提如是意法如如來覺此如故名爲菩提是故我說汝身即是菩提復次汝身無我無衆生無壽命無晡沙無富伽羅無人無摩那摩無作者無受者無見者無聞者無

嗅者無味者無觸者無知者彼菩提亦無我無衆生無壽命無晡沙無富伽羅無人無摩那摩無作者無受者無見者無聞者無嗅者無味者無觸者無知者是故說一切法不可知即是菩提復次此身無知無覺無作猶如草木石壁若內地界若外地界名地體性此地界性如來般若智力覺已是故我說汝身即是菩提復次妹如汝心意和合思量分別而此心意思量分別無覺無知不在皮膚不在筋血不在骨髓不在髮毛不在指爪不在內外不在眼耳鼻舌身意非住非不住不定住非不定住非此住非彼住非色不可見不可捉無障礙無分別不可執不和合非家離家清淨最清淨光明照曜彼心意思量分別不與煩惱和合亦非清淨何以故體性淨故不與煩惱和合不和合故清淨光明又彼光明無身無身故不與煩惱和合亦非清淨如是陰界入體性即是菩提菩提體性即是陰界入是故汝身陰界入性是名菩提何以故非離彼故名爲菩提離陰界入事中菩提不可得覺陰界入即是菩提是故我說一切法平等覺此名菩提爾時文殊師利童子說此法已時虛空中五百諸天發阿耨多羅三藐三菩提心復有隨從勝金色光明德女若男若女童男童女二百人發阿耨多羅三藐三菩提心六十天人於諸法中得法眼淨時勝金色女踊躍歡喜心得清淨五體投地禮文殊師利足作如是言歸依佛歸依法歸依僧歸三寶已受梵行五戒受戒法已至心發阿耨多羅三藐三菩提心既發心已白文殊言

我今得聞如是法教爲一切衆生得安隱故起慈悲心爲不斷佛種故至心發阿耨多羅三藐三菩提心如文殊師利爲我說此菩提之法我當順行亦當廣爲一切衆生說如是法文殊師利如是佛法寂滅大寂滅我不知故隨惡覺觀起顛倒心執於身見自貪著身復令他貪我今至心清淨懺悔一切罪業如文殊師利所說貪寂滅法一切和合法亦如是寂滅若有衆生不知此法起貪著者我能令彼遠離貪著安住阿耨多羅三藐三菩提何以故一切煩惱猶如死人但以顛倒妄想故生若無顛倒諸妄想者煩惱則滅我今得聞文殊師利所說法要知一切煩惱猶如雲霧體性不實煩惱如電一念不住煩惱如風體性不生煩惱如空中畫不可見故煩惱如畫水隨畫隨滅故煩惱如夜叉鬼生惡覺故煩惱如熱病狂妄語故煩惱體性無惡覺生故煩惱難捨我我所執故無物妄取客塵煩惱妄生故煩惱隨想現惡覺觀取故煩惱如眼見種種境起故煩惱體性無盡由心濁生故煩惱體性無和合緣生故煩惱如團聚陰入界合故煩惱不可識無名色故煩惱不可知無善覺故煩惱如種子能生菩提故何以故要因煩惱能滿菩提故文殊師利菩提者如金剛橛衆生煩惱不能動故又菩提者如金剛跡一切煩惱不能破故何以故法界方便不可壞故文殊師利見煩惱者名爲菩提何以故一切境界順菩提故如是菩提無有住處一切煩惱亦無住處何以故生即滅故文殊師利如心體性不可說示亦不可說在

此在彼貪瞋癡體性亦復如是菩薩如是知煩惱故於多貪衆生多瞋衆生多癡衆生善能教化然不爲彼衆生惱亂乃至教化等分衆生亦不惱亂文殊師利如我貪瞋癡一切衆生貪瞋癡亦復如是如我煩惱當知一切衆生煩惱亦復如是復次文殊師利譬如猛火於一切草木不生恐怖如是智慧行菩薩於諸煩惱不生恐怖譬如日輪不與暗住如是智慧行菩薩不與惑住譬如大風諸山樹木無能障礙如是智慧行菩薩一切世間煩惱境界無能障礙譬如虛空刼火不燒如是智慧行菩薩諸煩惱火亦不能燒譬如有寶名曰鐵愛不住不淨隨所止處一切清淨如是智慧行菩薩於一切煩惱亦復不住譬如虛空不與地合如是智慧行菩薩不與煩惱

諸結和合如鐵圍山風不能動如是智慧行菩薩一切煩惱所不能動譬如鶬鶊水乳和合惟啑於乳而不取水如是智慧行菩薩雖與一切煩惱和合而但取智不取煩惱如鬱單越國男女和合悉詣樹下若非親者樹枝垂下蔭覆其身菩薩如是於根未熟衆生智不垂化復次文殊師利我今於此一切煩惱不生驚怖何以故以知一切煩惱性故善被菩薩無畏鎧故譬如健人臨陣不怖若生恐懼則非健人菩薩亦爾於諸煩惱而生恐怖則非菩薩又如有人入陣相擊不能勝他反爲他害不名健兒若諸菩薩而爲煩惱之所害者不名菩薩文殊師利如淨水珠投之濁水水則清淨而不爲彼濁水所汙菩薩雖與煩惱和合不爲煩惱之所染汙爾時勝金色

女説是語已問文殊師利言云何菩薩能離煩惱文殊答言若有菩薩知煩惱生知煩惱滅是則不名離煩惱者譬如明燈能滅諸暗若與暗俱不名爲燈如是菩薩見煩惱生見煩惱滅則不得名離煩惱菩薩復次離煩惱菩薩不見煩惱不見清淨非見非不見離心意識者名離煩惱於彼彼處心有分别乃至念涅槃者是名不離煩惱何以故或心或心數生攀緣罪福故此攀緣者名一切作行若作行已是爲流轉若流轉法名實流轉一切流轉名爲煩惱復次和合者名爲煩惱何者和合眼與色和合耳與聲和合鼻與香和合舌與味和合身與觸和合意與法和合三昧與煩惱和合何以故現得三昧出没相者名爲煩惱離惡覺者名離煩惱離心行者名離煩惱無功用者名離煩惱離數量者名離煩惱若有菩薩自離煩惱復令他離爲解一切衆生縛故勤行精進如來説此名離煩惱精進菩薩時勝金色女問文殊師利言何者名爲最勝精進菩薩文殊師利言若有菩薩不證空法於身見衆生悲心不捨不證無相於惡見衆生悲心不捨不證無願於願行衆生悲心不捨不證無作法於作行衆生悲心不捨不證無生法於生老死衆生悲心不捨不證無出法於生滅衆生悲心不捨不證聲聞辟支佛果住菩薩位於一切衆生悲心不捨是名最勝精進菩薩譬如大海易入難出何以故無善方便故如是聲聞緣覺入空無相無作法中無方便故不能自出最勝精進菩薩有方便故能入能出譬如有人入陣鬬戰

身無傷損而能免出是最爲難如是菩薩入空無相無願三解脫門有方便故則能免出是則名爲菩薩方便勝金色女問文殊師利言云何名爲菩薩方便文殊師利言方便有二種一者不捨生死二者不住涅槃復有二種一者空門二者惡見門復有二種一者無相門二者相覺觀門復有二種一者無願門二者願生門復有二種一者無作門二者種善根行門復有二種一者無生門二者示生門復有二種一者無出門二者陰入界門復有二種一者寂滅門二者出生門復有二種一者定門二者教化門復有二種一者法界門二者護正法門復有二種一者聲聞門二者深心菩提行門復有二種一者辟支佛門二者四無礙門若有菩薩於如是等二種法門爲他示現無所執著於一切法門亦復如是是名方便復有二種門一者貪門二者離貪門復有二種一者瞋門二者離瞋門復有二門一者癡門二者離癡門復有二門一者煩惱門二者離煩惱門復有二種一者一切生門二者離生門此名菩薩方便門復有二種一者一切凡夫行門二者一切學無學聲聞辟支佛菩薩如來門若能知此二種門者是名菩薩最勝方便

大莊嚴法門經卷上

音釋

邃　雖遂切深遠也

麤獷　麤倉胡切大也獷古猛切惡也

瞻蔔　梵語也此云黃華瞻陟廉切蔔蒲比切

晡沙　梵語也此云丈夫晡音逋

嗅　許救切以鼻擥氣也

橛　其月切

鶬鴰　鶬七岡切鶬鴰也鴰胡篤切鳴鶬也

嗹　所甲切鳥聚食貌

鬱單越　梵語也此云勝處鬱於勿切

大莊嚴法門經卷下

隋天竺三藏法師那連提黎耶舍　譯

爾時世尊與侍者阿難在耆闍崛山頂大經行處遥讚文殊師利言善哉善哉文殊師利善說菩薩最勝精進方便法門如汝所說讚此語時其聲徧滿三千大千世界一切大地六種震動是時無量天龍夜叉乾闥婆阿脩羅迦樓羅緊那羅摩睺羅伽人非人等帝釋天王大梵天王四天大王皆悉尋聲同詣佛所恭敬禮足却住一面俱白佛言世尊向聞如來讚善哉聲徧大千界地皆震動未審如來讚歎誰耶爾時世尊告諸大衆我向讚歎文殊師利是時大衆復白佛言世尊文殊師利今在何處佛言在王舍城東門路上共金色女爲諸大衆敷演妙法汝等若欲樂聞法者宜可往彼是時一切天龍夜叉乾闥婆阿脩羅迦樓羅緊那羅摩睺羅伽人非人等帝釋天王大梵天王四天大王聞佛教已俱詣文殊師利所各現自身殊勝光明雨大妙華徧王舍城及諸大衆爾時一切人天大衆皆得相見無有障礙時王舍城一切人民見諸天衆及見妙華皆共相隨往文殊師利所爾時阿闍世王以大威德莊嚴四兵及後宮婇女亦皆往詣文殊師利所是時城中一切王子大臣長者居士子等見金色女心住寂滅皆捨染心五根清淨具諸慚愧無復煩惱時文殊師利見此大衆於金色女無染心已問金色女言汝今煩惱置在何處令諸王子乃至居士子等不生染心金色女言一切煩惱及衆生煩惱皆住智慧解脫之岸如如法界

平等法中彼諸煩惱非有生非有滅亦不安置我如是知如是正見煩惱體性文殊師利語金色女言何者是煩惱體性金色女言諸惡覺觀是煩惱體性不淨攀緣故煩惱則生清淨覺觀故煩惱如客是故煩惱不與空智和合不與無相無願和合如大毒蛇眼視人時人便消滅若有智人持阿伽陀藥往彼蛇所蛇聞藥氣即便失毒乃至童子種種觸惱不能爲害文殊師利我於昔時惡覺觀故顛倒心生爲煩惱火之所焚燒愛著自身不知此身如沫如焰如幻如化如於夢中受五欲樂如蜜塗刀愚者貪味不覺傷舌又如草露見日便消不知諸行無常迅速不知五陰一向常苦不知自身性不清淨不知一切法離我我所種種差別不知自無所見令他暗蔽不知自縛復令他縛我未聞法於此諸法不得解脫我今聞法得智慧已於諸煩惱而得解脫是故一切衆生於我身所不生貪心文殊師利譬如光明不與暗住如是離貪心者煩惱不住爾時金色女對文殊師利說是法已白文殊師利言一切天人大衆雲集唯願慈悲具說法力開示人天令知一切煩惱體性知體性已於諸衆生起憐愍心爲諸衆生得安隱故發阿耨多羅三藐三菩提心時文殊師利復作是言此煩惱體性難信難解何以故此煩惱性即是菩提故譬如火未出時不能燒薪如是不生煩惱於流轉中不受生死如火出已即能燒薪惡覺生者流轉生死譬如火燒大積草木火勢難滅如是惡見毒心與煩惱合於三界中熾然常燒無有休息

譬如無薪火不得然如是遠離惡見煩惱不生三界譬如火然設百千歲無有利益亦不增多煩惱熾火亦復如是至百千年無所利益亦不增多譬如火滅不至方所如是智慧滅諸煩惱亦復如是不至方所譬如猛火無能入者如是自性清淨客塵煩惱生而不能染爾時文殊師利問金色女言云何見身金色女言如見水中月又問云何見五陰女言如見佛所化人又問云何見十八界女言如見劫火燒諸世界又問云何見十二入女言如不作業行又問云何見四衆女言如見上虛空又問云何觀自身金色女言知從父母和合而生又問云何見我身女言如盲人見色又問汝今聽此法耶金色女言如幻人聽法又問汝發阿耨多羅三藐三菩提心耶金色女言我已發心不復更發又問汝行檀那波羅蜜耶女言煩惱中不行亦不捨又問汝滿尸波羅蜜耶女言滿如虛空滿又問汝修羼提波羅蜜耶女言已修如一切衆生不生不出又問汝發毗梨耶波羅蜜耶女言已發如一切法不可得又問汝住禪波羅蜜耶女言已住如法界中住又問汝滿般若波羅蜜耶女言已滿云何滿不增不減方便智故又問汝修慈耶女言已修如一切衆生不生又問菩薩大悲當於何求女言於一切衆生煩惱中求何以故若衆生無煩惱者菩薩不發阿耨多羅三藐三菩提心文殊師利言喜心當於何求女言於最勝信清淨菩提喜心中求文殊師利言菩薩捨心云何滿女言捨離一切衆生鬬諍是名爲滿遠離一切諸法諍

論是故名滿文殊師利言云何名諍論女言若菩薩自言我當捨離一切煩惱度脱一切衆生是名諍論文殊師利又言與誰諍論女言一切外道又問誰是外道女言於他邪説隨順忍受是名外道復次菩薩忍心從何而生女言從一切衆生惱亂中生何以故若不惱亂忍心不生故若菩薩受諸衆生呵罵打辱其心如地不起怨恨是名爲忍文殊師利言云何瞋恨女言瞋恨者能滅百劫所作善業是名瞋恨又問云何非瞋恨女言若於一切煩惱境中無所障礙名無瞋恨文殊師利言菩薩於諍論中云何能勝女言菩薩於一切法無所分別亦無所得是名爲勝文殊復言云何菩薩遠離魔怨女言菩薩雖現行魔業無所染著是則名爲遠離魔怨何以故菩薩雖現五陰煩惱不與五陰煩惱和合體性無染故菩薩雖示生死教化衆生知一切法無去來故雖爲衆生説天魔道於一切智中自身遠離我我所故文殊問言菩薩云何教化衆生女言當修方便般若波羅蜜能教化故文殊又言菩薩云何安住一切衆生女言如菩薩自住智中一切衆生亦如是住文殊師利言女子一切大衆聞汝説法心生愛樂恭敬於汝女言文殊師利不應如是恭敬供養如是供養者不名供養何以故若見自身他身及見有法而可説者不名供養若不見自身他身及有法者是名供養如是無聞無著是名聽法亦名供養文殊師利言云何法供養女言若觀身如夢説者如幻所聞法如響如是信已不作二種解脱是名法供養文

殊問言云何聽法女言如說修行是名聽法是金色女以文殊師利童子神通力故又以自身過去善根智慧力故於彼衆中如法說法爾時金色女說此法時衆中有億千人發阿耨多羅三藐三菩提心復有過去深種善根諸天人衆其數五百得無生法忍三萬二千天人遠塵離垢得法眼淨勝金色女淨心歡喜得順法忍得順忍已禮文殊師利足自於己身深生慙愧作如是言我於正法猶如死人唯願慈愍聽我出家文殊師利言善薩出家者非以自身剃髮名爲出家何以故若能發大精進爲除一切衆生煩惱是名菩薩出家非以自身被著染衣名爲出家勤斷衆生三毒染心是名出家非以自持戒行名爲出家能令毀禁安住淨戒是名出家非以阿蘭若處獨坐思惟名爲出家能於女色生死流轉以慧方便化令解脫是名出家非以自身守護律儀名爲出家若能廣起四無量心安置衆生是名出家非以自身修行善法名爲出家能令衆生增益善根是名出家非以自身得入涅槃名爲出家爲欲安置一切衆生入大涅槃是爲出家非以自身除煩惱故名爲出家勤斷一切衆生煩惱名爲出家非以自能將護身心名爲出家將護一切衆生名爲出家非以自解身心縛故名爲出家爲解一切衆生身口縛故名爲出家非以自身於生死怖畏得解脫故名爲出家能除一切衆生生死怖畏令得脫者名爲出家非以自樂涅槃名爲出家勤行精進爲令衆生滿足一切佛法故名爲出家文殊師利言女子夫

出家者於一切衆生起慈悲心名爲出家出家者不見一切衆生惡亦不取相名爲出家出家者不舉他罪有慙愧者教令懺悔是名出家女子出家者難名爲屬他菩薩不爾身心自在無繫屬故女言云何出家名爲屬他文殊師利言屬戒者名爲出家破戒者不名出家屬三昧者名爲出家亂心者不名出家屬智慧者名爲出家愚癡者不名出家屬解脫者名爲出家離解脫者不名出家女子言文殊師利云何菩薩名不屬他文殊師利言菩薩内自證法不從彼學名不屬他何以故菩薩於一切智即自開解故爾時文殊師利說此出家法已五百菩薩心生歡喜即脫身上衣服瓔珞奉文殊師利讚言善哉善哉快說此法我當修行爾時文殊師利語金色女言汝可上車教化威德長者子若能教化此長者子即名出家爾時文殊師利說此語時一切大衆咸生疑恠各作是念今此女人已離貪欲何故乃遣共貪者俱爾時金色女知諸大衆心生疑已語大衆言離貪菩薩雖復常與貪者共俱以教化故遠離惡名菩薩自離瞋癡雖與共俱以教化故亦無惡名菩薩自離煩惱雖與煩惱者俱以教化故遠離惡名譬如母子共俱常無貪染離貪菩薩亦復如是與貪者俱常無貪染譬如黄門與女人俱亦無貪染如是菩薩遠離三界雖行欲界而無欲心時金色女諦知生死煩惱惡法住離欲際得離欲光明除欲暗冥禮文殊師利足禮足已右繞三帀臨欲上車而說偈言

我今上車離三毒　體性清淨無貪染

遠離瞋恚有慈心　無復愚癡得智慧
我貪覺觀已清淨　今當上車詣林去
我昔有貪心迷醉　耽著財色不覺知
猶如大雲覆大地　日光不出不照曜
彼光不去亦不來　大雲覆故隱不現
如是衆生煩惱覆　清淨大智不光明
彼智不來亦不去　知煩惱已智光出
亦復非從餘處來　惡覺觀故煩惱生
淨覺觀故煩惱滅　名色不取亦不捨
亦復不生亦不滅　亦不與他他不取
如是法味甚清淨　猶如然燈滅除暗
彼暗不去亦不來　如是智慧離煩惱
煩惱不去亦不來　亦復不生亦不滅
猶如良醫療衆病　但除客病病不生
而不治彼地水風　如是文殊勝醫王
治諸衆生煩惱病　智慧因緣無煩惱
煩惱不去法不失　而我此身有五陰
亦復具有諸界入　我於前者雜煩惱
今皆遠離得清淨

時文殊師利於大衆中說法教化已大衆歡喜文殊師利讚言善哉善哉至心聽法既讚歎已於大衆中作如是言我今日西至如來所汝等大衆若欲聽法當往佛所說此語已文殊師利及諸大衆各還所止爾時勝金色女與八十從女前後圍繞共長者子同載寶車往詣園林既到林所種種莊嚴寶幢旛蓋香華瓔珞百寶香鑪徧林樹間爲欲樂故作倡妓樂歌舞戲笑又設種種甘美飲食爾時勝金色女以頭枕彼上威德長者子膝上而睡即以神力於其卧處現爲死相膖脹臭爛

難可附近須臾腹破肝腸剖裂五藏露現臭穢可惡大小便道流溢不淨眼耳鼻中及諸身分一切毛孔膿血交流口出惡氣膖穢臭處熏徧林間髑髏骨破腦出流散支節塗漫青蠅唼食蛆蟲蠢動種種穢惡不可稱說時長者子見此死屍生大恐怖身毛皆竪而作是念我今於此無救無依徧觀四方無歸依處倍增怖畏發大怖聲彼長者子二因緣故生大怖畏一者昔所未見如是怖事是故生怖二者大衆知我與彼同來在此而今忽死謂我故殺恐阿闍世王不鑒此理横見加戮是故怖畏時長者子獨於此林不見一人復作是念我今怖畏諸沙門婆羅門天龍神夜叉乾闥婆阿脩羅迦樓羅緊那羅摩睺羅伽等誰能救者彼長者子過去善根雖熟以不聞見文殊師利共金色女所說法故文殊師利即以神力令諸樹林悉說偈言

一切法體性　如長者所見　三界悉虛妄
如幻皆不實　皮覆惡不淨　凡夫無羞恥
惡覺因緣故　妄想生貪著　譬如滿瓶糞
外假畫莊嚴　愚癡不知故　取瓶頭戴行
墮地即便破　不淨皆充溢　種種臭難近
心悔求捨離　如是諸凡夫　横分別女色
見長短赤白　惡覺故愛染　若見身實性
汝身亦如是　誰有實見人　於臭屍生著
汝今不應怖　此法體性空　一切非真實
汝先所貪著　云何今怖畏　導師釋迦文
能施汝安樂　說法中最勝　說諸欲無常
譬如雲霧電　五欲誑不實　智者誰貪著
猶如風鼓水　能令起泡沫　彼中無實作

因緣合故生　如是名色法　亦無有實作
業力故不失　諸法和合生　本所見妙色
於今何處去　此惡色何來　而生大怖畏
是法不住方　亦不餘處來　不去至未來
集起故可見　彼中無作者　亦無實受者
離於作受法　如幻空無實　汝於他人身
不應生怖畏　若能自觀察　汝身亦如是
如夢中欲樂　踊躍大歡喜　寤人著欲樂
如夢等無異　汝怖無能除　亦無安慰者
汝今應速往　如來大師所　汝之大怖畏
非父母眷屬　知識能救者　唯有佛世尊
能拔其根本　能施畏無畏　及護無護者
汝宜歸依佛　亦歸勝法僧　若有天龍等
歸依於彼者　怖畏皆解脫　速得天人身

爾時長者子上威德聞此偈已心大歡喜踊躍無量深自慶幸捨棄死屍從林而出爾時佛在耆闍崛山頂知長者子善根成熟堪受教化放大光明其光徧照摩伽陀國時長者子於光明中遥見佛身猶如日出大衆圍繞而爲説法見是事已一心念佛忽然復見七寶階道周帀欄楯至於佛所又見妙華徧布街道時長者子尋路欲往始發足時釋提桓因即遮前路當道而立作如是言汝長者子欲往見佛獲大善利佛亦愍汝我當與汝俱詣佛所時長者子即共帝釋往至佛所到佛所已時天帝釋即以衣裓曼陀羅華與長者子教令散佛時長者子受天華已發歡喜心以散佛上頭面作禮右繞三帀於一面立而白佛言我今至心歸依佛歸依法歸依僧三歸依已作如是言以此善根種種功德願於

來世得成阿耨多羅三藐三菩提而白佛言世尊此金色女衆所知識我爲欲樂與彼財寶將向林所共相娛樂至彼林中枕我膝卧奄忽而死卒便爛壞臭穢可畏所將眷屬悉捨我去無有見者恐阿闍世王知此女死謂我殺害横加刑戮是故我今生大怖畏爾時佛告長者子言汝莫憂怖我當施汝一切無畏汝長者子歸依佛者於一切處無所怖畏又復告言汝當放捨怖畏因緣時長者子白佛言一切怖畏從何而生佛言貪瞋癡因緣故怖畏生身見因緣故怖畏生惡見因緣故怖畏生渴愛因緣故怖畏生我我所因緣故怖畏生執著因緣故怖畏生鬪諍因緣故怖畏生自身愛縛因緣故怖畏生於無常中生常想故怖畏生於苦法中生樂想故怖畏生於不淨中生淨想故怖畏生於無我中生我想故怖畏生執著五陰因緣故怖畏生不觀十二入故怖畏生不觀十八界故怖畏生不見未來惡故怖畏生不觀内外身因緣故怖畏生愛壽命因緣故怖畏生長者子如是等因緣故一切怖畏生如是等事汝等放捨又復告言汝見此女身種種惡事不長者子言唯然世尊我今已見佛言如是一切諸法無常敗壞苦空不實但是虚誑愚癡不知業緣生故如幻不實離色相故如夢喜樂無實樂故如熱時焰非水水想故亦如水光影發照壁水動則動無來去故如鏡中像業力生故如水中月水靜則現無來去故如響從聲生不可說實故如影不可作故如幻體性空故如風性不可捉故如是一切法虚假不實不

增不減故如是長者子當知一切法無主無作無有執著汝先欲覺令何所在長者子言此中所見長短好色惡覺因緣凡夫貪著於聖法中無如是事聖人法中但見不淨如實見故離惡覺故貪瞋癡盡故佛言善哉善哉長者子見貪性故離惡覺觀離惡覺故貪瞋癡盡是故汝當生清淨心修方便行於一切境起智慧業離自身見及他身見長者子言菩薩云何生清淨心行智慧行佛言長者子菩薩當於貪體性中求於菩提如是瞋癡體性中求於菩提亦於一切煩惱體性中求於菩提如是貪瞋癡等一切煩惱性空無物菩薩則於一切法中智慧行生是故長者子彼貪瞋癡性無有根本亦無住處亦無主者亦無作者內外清淨空無所有無我無衆生無壽命離富伽羅無相離惡覺觀故無願離渴愛取故如是貪瞋癡體性無生故菩薩於一切法中智慧行生復次長者子清淨攀緣方便行菩薩於一切衆生心法中悉有菩提何以故若彼心無色離色離分別體性如幻彼此內外不相續者是名菩提復次長者子菩薩不應覺於餘事但覺自心何以故覺自心者即覺一切衆生心故若自心清淨即是一切衆生心清淨故如自心體性即是一切衆生心體性如自心離垢即是一切衆生心離垢如自心離貪即是一切衆生心離貪如自心離瞋即是一切衆生心離瞋如自心離癡即是一切衆生心離癡如自心離煩惱即是一切衆生心離煩惱作此覺者名一切智知覺如是清淨覺緣方便行菩薩能知煩惱體

性染一切衆生心若有說言客塵煩惱相續染心者菩薩見法方便於彼衆生善能教化無所惱亂若彼衆生覺客塵煩惱客塵煩惱亦不能染佛說此法已長者子得順法忍時勝金色女知長者子受教化已莊嚴五百馬車前後圍繞種種音樂皆悉作倡來詣佛所到已下車頭面三禮右繞三帀却住一面爾時文殊師利童子問長者子言汝識此妹不長者子言我今實識文殊師利言汝云何識

時長者子即向文殊而說偈言

見色如水沫　諸受悉如泡　觀想同陽焰
如是我識彼　見行如芭蕉　知識猶如幻
女名假施設　如是我識彼　身無覺如木
亦如草瓦礫　心則不可見　如是我識彼
非我非衆生　非壽富伽羅　十八界相續
如是我識彼　彼中非貪瞋　亦復非愚癡
非染非清淨　如是我識彼　諸凡夫如醉
顛倒生惡覺　智者所不染　如是我識彼
如彼林中屍　臭爛惡不淨　身體性如是
如是我識彼　過去本不滅　未來亦不生
現在不暫住　如是我識彼　文殊當善聽
彼恩難可報　我本多貪欲　見不淨解脫
彼身實不死　爲化我現死　愍衆故示現
誰見不發心　如是貪瞋癡　及一切煩惱
如是體性法　善哉甚微妙

爾時如來即便微笑從其面門出五色光徧照三千大千世界照已還從頂入爾時阿難見斯光已即從座起偏袒右肩頂禮佛足右膝著地合掌向佛讚言善哉世尊以何因緣示現微笑諸佛如來多陀阿伽度阿羅訶三

藐三佛陀非無因緣而現微笑佛告阿難汝見是金色女不阿難白言唯然已見佛告阿難此金色女文殊師利已於過去教化令發阿耨多羅三藐三菩提心今復更於文殊師利所聞說正法得順法忍佛告阿難汝見此上威德長者子不阿難白言唯然已見佛言阿難此長者子我於過去已曾教化令發阿耨多羅三藐三菩提心今於我所聞說正法得順法忍阿難此勝金色女於當來世過九十百千劫當得作佛號曰寶光多陀阿伽度阿羅訶三藐三佛陀壽命無量其佛世界名寶德刹劫名樂生彼女當來得成佛時其國衆生衣服飲食壽命身色悉如忉利諸天王等等無有異彼佛世界無有聲聞及辟支佛純一大乘諸菩薩寶彼寶光如來成佛之時此長者子得菩薩身名曰德光持佛法藏寶光如來所說法藏皆悉受持寶光如來臨涅槃時與德光菩薩授菩提記告諸大衆我滅度後我法滅已此德光菩薩當得作佛號曰寶焰如來應供正徧知明行足善逝世間解無上士調御丈夫天人師佛世尊爾時如來授二人記已是時三千大千世界六種震動放大光明徧滿十方一切世界說此授記法時八千人等發阿耨多羅三藐三菩提心爾時長老阿難白佛言世尊當何名此經佛言此經名大莊嚴法門如是受持亦名文殊師利神通奮迅力經亦名勝金色光明德女教化經說此經已長老阿難勝金色女及長者子文殊師利天人阿脩羅等一切大衆歡喜奉行

大莊嚴法門經卷下

音釋

積資四切聚也　羼初限切　剖裂剖普后切判也裂良傑切破也　髑髏髑徒木切髏力侯切髑髏首骨也　塗漫塗同都切泥也漫莫半切汚也　唼子合切口唼也　蛆子余切蟲名　蠢尺尹切蟲動也　戮力竹切刑也　寤五故切寐覺也　礫郎擊切小石也　奮迅奮方問切迅息晉切

佛說大方等大雲請雨經

隋天竺三藏法師闍那崛多等譯

清刻龍藏佛說法變相圖

佛說大方等大雲請兩經

隋天竺三藏法師闍那崛多等譯

如是我聞一時佛在難陀優波難陀龍王宮中大威德摩尼寶藏雲輪輦上與大比丘及諸菩薩摩訶薩衆復有大龍王等其名曰難陀龍王優波難陀龍王娑伽羅龍王阿耨達多龍王摩那斯龍王婆樓那龍王德叉迦龍王提頭賴吒龍王婆修羂龍王目眞隣陀龍王伊羅跋那龍王分陀羅龍王威光龍王善威龍王電冠龍王大摩尼寶髻龍王摩尼珠髻龍王光頂龍王帝釋鋒仗龍王帝釋幢龍王帝釋杖龍王閻浮幢龍王善和龍王大輪龍王大蛇龍王火光味龍王月曜龍王慧威龍王善現龍王善見龍王善住龍王摩尼瓔龍王興雲龍王持兩龍王大忿吒聲龍王小

忿吒聲龍王奮迅龍王大項龍王深聲龍王大聲龍王大雄猛龍王優波羅龍王大步龍王螺髮龍王質多羅仙龍王持大索龍王伊羅樹葉龍王先發言龍王驢耳龍王商佉龍王達陀羅龍王優婆達陀羅龍王和靜龍王安靜龍王毒蛇龍王大毒蛇龍王大力龍王呼律龍王阿波羅羅龍王濫佛龍王金彌賒龍王烏色龍王因陀羅仙龍王那茶龍王優波那茶龍王金復羅龍王陀毗茶龍王端正龍王象耳龍王猛利龍王黃目龍王電光龍王大電光龍王天力龍王金婆羅龍王妙蓋龍王甘露龍王得道泉龍王瑠璃光龍王金髮龍王金光龍王月光相龍王日光龍王始興龍王牛頭龍王白相龍王黑相龍王耶摩龍王沙彌龍王門籌迦龍王僧伽茶龍王尼民陀羅龍王持地龍王千頭龍王摩尼頂龍王滿願龍王細雨龍王須彌那龍王瞿波羅龍王仁德龍王善行龍王宿德龍王蛟龍王蛟頭龍王持毒龍王蛇身龍王蓮華龍王大尾龍王騰轉龍王可畏龍王善光龍王五頭龍王婆利羅龍王妙車龍王優多羅龍王長尾龍王大頭龍王賓比迦龍王醜相龍王馬形龍王三頭龍王龍仙龍王大威龍王火德龍王恐人龍王炎光龍王七頭龍王現大身龍王愛現龍王大惡龍王淨威龍王妙眼龍王大毒龍王炎肩龍王大害龍王急瞋龍王寶雲龍王大雲龍王帝釋光龍王波陀波龍王月雲龍王海雲龍王大香華龍王華出龍王赤目龍王大相幢龍王大雲藏龍王降雪龍王威德藏龍王雲戟龍王持夜龍王降雨

龍王雲雨龍王大雨龍王火光龍王雲王龍王無瞋龍王鳩鳩婆龍王那伽首羅龍王闍隣提龍王雲蓋龍王應祁羅目佉龍王威德龍王雲蓋龍王無盡步龍王妙相龍王大身龍王大腹龍王安審龍王丈夫龍王歌歌那龍王鬱頭羅龍王猛毒龍王妙聲龍王甘露堅龍王大散雨龍王磩聲龍王雷相擊聲龍王鼓震聲龍王澍甘露龍王天帝鼓龍王霹靂音龍王首羅仙龍王那羅延龍王涸水龍王毗迦吒龍王如是等一切大龍王衆而爲上首復有八萬四千百千億那由他諸龍皆來會坐時彼一切諸龍王等從座而起各整衣服右膝著地向佛合掌以無量無邊阿僧祇種種微妙華香塗香末香華冠衣服寶幢旛蓋龍華寶貫眞珠瓔珞寶華繒綵眞珠羅網覆如來上作衆妓樂擊掌歌讃起大殷重奇特之心遶百千帀却住一面住一面已咸發願言願一切世界海微塵等身海一切諸佛菩薩衆海遍一切世界海已過所有一切地水火風微塵等所有一切色明微塵數海已過無量不思議無等不可說阿僧祇數諸身海一一身中化作無量阿僧祇諸手海雲遍滿十方一一微塵分中一切供養海雲遍滿十方供養一切諸佛菩薩衆海恒不斷絶如是無量不可思議無等不可說阿僧祇普賢行身海雲遍滿虛空住持不絶如菩薩身海雲一切輪相海雲一切寶冠海雲一切大明寶藏鞾海雲一切末香樹藏海雲一切香烟現諸色海雲一切音樂聲海雲一切香樹海雲如是無量不可思議無等無數不可說

阿僧祇一切供養海雲遍滿虚空住持不絶供養恭敬尊重承事一切諸佛菩薩衆海一切莊嚴境界電光藏摩尼王海雲遍滿虚空住持不絶供養恭敬尊重承事一切諸佛菩薩衆海一切普明寶雨莊嚴摩尼王海雲一切寶光燄順佛音聲摩尼王海雲一切佛法音聲遍滿摩尼寶王海雲一切普門光明寶化佛海雲一切衆光明莊嚴顯現不絶摩尼寶王海雲一切光燄順佛聖行摩尼寶王海雲一切顯現如來不可思議佛刹殿光明摩尼王海雲一切妙寶色明徹三世佛身摩尼王海雲如是一切諸寶光色遍滿虚空住持不絶供養恭敬尊重承事一切諸佛菩薩衆海一切不壞妙寶香華輦海雲一切無邊色摩尼寶王莊嚴輦海雲一切寶燈香燄輦海

雲一切眞珠妙色輦海雲一切華臺輦海雲一切寶冠莊嚴輦海雲一切十方光燄遍滿莊嚴不絶寶藏輦海雲一切無邊顯現勝寶莊嚴輦海雲一切遍滿妙莊嚴輦海雲一切門欄華鈴羅網輦海雲如是等徧滿虚空住持不絶供養恭敬尊重承事一切諸佛菩薩衆海一切妙金寶瓔珞藏師子座海雲一切華明妙色藏師子座海雲一切紺摩尼閻浮檀妙色蓮華藏師子座海雲一切摩尼燈蓮華藏師子座海雲一切摩尼寶幢火色妙華藏師子座海雲一切寶莊嚴妙色蓮華藏師子座海雲一切樂見因陀羅蓮華光藏師子座海雲一切樂見無盡燄光蓮華藏師子座海雲一切寶光普照蓮華藏師子座海雲一切佛音聲蓮華光藏師子座海雲如是等遍

滿虛空住持不絕供養恭敬尊重承事一切諸佛菩薩衆海復出一切妙香摩尼樹海雲一切葉周帀合掌出香氣樹海雲一切莊嚴現無邊明色樹海雲一切華雲出寶樹海雲一切出無邊莊嚴藏樹海雲一切寶輪燄電樹海雲一切示現菩薩半身出栴檀末樹海雲一切不可思議無邊樹神莊嚴菩薩道場樹海雲一切寶衣藏日電光明樹海雲一切遍出眞妙音聲喜見樹海雲有如是等遍滿虛空住持不絕供養恭敬尊重承事一切諸佛菩薩衆海復出一切無邊寶色蓮華藏師子座海雲一切周帀摩尼王電藏師子座海雲一切瓔珞莊嚴藏師子座海雲一切妙寶冠燈燄藏師子座海雲一切圓音出寶雨藏師子座海雲一切華冠香華寶藏師子座海

雲一切佛座現莊嚴摩尼王藏師子座海雲一切欄楯垂瓔莊嚴藏師子座海雲一切摩尼寶樹枝葉末香藏師子座海雲一切妙香寶鈴羅網普莊嚴日電藏師子座海雲有如是等遍滿虛空住持不絕供養恭敬尊重承事一切諸佛菩薩衆海復出一切如意摩尼寶王帳海雲一切因陀羅寶華臺諸華莊嚴帳海雲一切香摩尼帳海雲一切寶燈燄相帳海雲一切佛神力出聲摩尼寶王帳海雲一切顯現摩尼妙衣諸光莊嚴帳海雲一切華光燄寶帳海雲一切羅網妙鈴出聲遍滿帳海雲一切無盡妙色摩尼珠臺蓮華羅網帳海雲一切金華臺火光寶幢帳海雲一切不可思議莊嚴諸光瓔珞帳海雲如是等遍滿虛空住持不絕供養恭敬尊重承事一切

諸佛菩薩衆海復出一切雜妙摩尼寶蓋海雲一切無量光明莊嚴華蓋海雲一切無邊色眞珠藏蓋海雲一切佛菩薩慈門音摩尼王蓋海雲一切妙色寶燄華冠蓋海雲一切寶光明莊嚴垂鈴羅網蓋海雲一切摩尼樹枝瓔珞蓋海雲一切日照明徹燄摩尼王諸香烟蓋海雲一切栴檀末藏普熏蓋海雲一切極佛境界電光燄莊嚴普遍蓋海雲如是等遍滿虛空住持不絕供養恭敬尊重承事一切諸佛菩薩衆海復出一切寶明輪海雲一切寶燄相光輪海雲一切華雲燄光輪海雲一切佛化寶光明輪海雲一切佛刹現入光輪海雲一切佛境界普門音寶枝光輪海雲一切瑠璃寶性摩尼王燄光輪海雲一切衆生念時現色相光輪海雲一切佛妙願生天震聲光輪海雲一切化衆生衆會音摩尼王光輪海雲如是等遍滿虛空住持不絕供養恭敬尊重承事一切諸佛菩薩衆海復出一切摩尼藏燄海雲一切佛色聲香味觸燄海雲一切寶燄海雲一切佛法振聲遍滿燄海雲一切佛刹莊嚴電燄海雲一切華輦燄海雲一切寶光燄海雲一切劫數佛出音聲化衆生燄海雲一切無盡寶華鬘現諸衆生燄海雲一切座現莊嚴燄海雲如是等遍滿虛空住持不絕供養恭敬尊重承事一切諸佛菩薩衆海復出一切無邊色寶光海雲一切摩尼寶王普光海雲一切極佛刹土莊嚴電光海雲一切香光海雲一切莊嚴光海雲一切佛化光海雲一切雜寶樹華光海雲一切衣光海雲一切無邊菩薩行音摩尼王光

海雲一切眞珠燈光海雲如是等遍滿虛空住持不絶供養恭敬尊重承事一切諸佛菩薩衆海復出一切不思議雜香華海雲一切寶燄蓮華羅網海雲一切無量色摩尼寶光輪海雲一切眞珠寶色藏海雲一切寶栴檀末香海雲一切寶蓋海雲一切淨妙音聲摩尼王海雲一切日照摩尼貫輪海雲一切無邊寶藏海雲如是等一切普賢身海雲遍滿虛空住持不絶供養恭敬尊重承事一切諸佛菩薩衆海時彼一切龍王作如是等迴向事已遶佛三帀接足頂禮承佛威神各復本座爾時衆中有一龍王名無邊莊嚴海雲威德輪蓋於三千大千世界龍王之中最爲勝大得不退轉本願力故受此龍身爲欲供養恭敬禮拜如來聽受正法故來至此閻浮提內時彼龍王從座而起整理衣服偏袒右肩右膝著地合掌向佛而作是言世尊我今有疑欲問如來至眞等正覺若佛聽許我乃敢問作是語已爾時世尊告無邊莊嚴海雲威德輪蓋龍王言龍王若有疑者恣聽汝問吾當爲汝分別解說令汝歡喜作是語已時無邊莊嚴海雲威德輪蓋龍王即白佛言世尊云何使諸龍王滅一切苦得受安樂受安樂已於此閻浮提內時降甘雨生長一切樹木叢林藥草苗稼皆出滋味使閻浮提中一切人等悉受快樂作是語已爾時世尊告無邊莊嚴海雲威德輪蓋龍王言善哉善哉汝今爲彼諸衆生等作利益故能問如來如是等事龍王汝於今者諦聽諦聽善思念之吾當爲汝分別解說龍王有一法汝等若能具足

行者令一切龍除滅諸苦具足安樂何者一法謂行大慈龍王若有天人行大慈者火不能燒水不能溺毒不能害刀不能傷他方怨賊不能侵掠若睡若寤皆得安隱行大慈力有大威德諸天世等不能擾惱形貌端嚴衆所愛敬所行之處一切無礙諸苦滅除心得歡喜諸樂具足大慈力故命終之後得生梵天龍王若有天人行大慈者獲如是等無量利益是故龍王身口意業常應須行彼大慈行復次龍王有陀羅尼名與一切安樂汝等常須讀誦受持能滅一切諸龍苦惱與其安樂於閻浮提中雨澤以時能令一切樹木叢林藥草苗稼皆出滋味龍王何者是與一切安樂陀羅尼令爲汝説

多(上聲)經(地也切)　他陀羅尼陀羅尼優多羅尼三波羅胝師郗(攄履切)　毗闍耶跋蘭那薩底耶(余架切)　波羅胝若婆羅呵若那跋底優多波陀尼　毗那呵尼　阿毗蓰移遮尼　阿毗毗耶呵　邏　輸婆跋鞮　阿時摩多嚌唓(顚切)　利婆羅　毗婆呵　呵羅鷄棃舍頭那波波　輸陀耶　摩勒伽　尼梨呵　歌達摩多輸(書橋切)　陀盧　歌毗胝眉羅　羅闍婆獨佉賒摩那　薩婆　佛陀婆盧歌那阿地師毿聡底瓻波羅若那　鞞　莎婆呵

龍王此是與一切安樂陀羅尼諸佛所持汝等常須受持讀誦吉事成就得入法門獲安隱樂復次龍王有大雲所生威神莊嚴功德智相雲輪水藏化金色光毗盧遮那一毛孔中出於同姓諸如來名號汝等亦須憶念受持彼諸如來名號能滅一切所有諸龍種性

一切龍王眷屬徒衆并諸龍女生龍宮者所有苦惱與其安樂是故龍王應當稱彼一切如來名號

南無毗盧遮那藏大雲如來　南無性現出雲如來　南無持雨雲如來　南無威德雲如來　南無大興雲如來　南無大散風雲如來　南無大䀹電雲如來　南無大勇步雲如來　南無善雲如來　南無大密雲如來　南無大雲輪如來　南無光雲如來　南無大師子座雲如來　南無大蓋雲如來　南無大善現雲如來　南無覆雲如來　南無光輪普遍十方雷鼓震聲起雲如來　南無大寒結戰慄雷深聲雲如來　南無布雲如來　南無虚空雨雲如來　南無疾行雲如來　南無垂雲如來　南無現雲如來

南無廣雲如來　南無沫雲如來　南無雷雲如來　南無際雲如來　南無等衣雲如來　南無潤生稼雲如來　南無乗上雲如來　南無飛雲如來　南無低雲如來　南無散雲如來　南無大優波羅雲如來　南無大香體雲如來　南無大涌雲如來　南無大自在雲如來　南無大光明雲如來　南無大威德雲如來　南無得大摩尼寶雲如來　南無降伏雲如來　南無根本雲如來　南無忻喜雲如來　南無散非時雹如來　南無大空高響雲如來　南無大發聲雲如來　南無大降雨雲如來　南無施色力雲如來　南無大雨六味雲如來　南無大力雨雲如來　南無能滿海雲如來　南無旱時注雨雲如來　南無無邊色雲

如來
南無一切大雲示現閻浮飛雲威德明雲光
一切諸如來至眞等正覺龍王汝等若能稱
彼佛名一切諸龍所有苦厄皆悉解脱普獲
安樂得安樂已於此閻浮提内風雨隨時令
諸藥草樹木叢林悉皆生長爾時無邊莊嚴
海雲威德輪蓋龍王復白佛言世尊唯願如
來爲我說此陀羅尼章句使閻浮提末世之
中旱時降雨饑饉惡世多饒病死非法亂行
人民恐怖妖星變恠灾癘相續有如是等無
量苦惱以佛力故悉得滅除世尊大慈愍諸
衆生住持說此所有陀羅尼章句告諸龍知
能使諸天歡喜踊躍復能破散一切諸魔一
切衆生身中所有苦難并及惡星變恠灾障
除滅又復如來曾說五種雨障亦皆消滅彼
障除已使此閻浮提内雨澤以時唯願如來
爲我等說作是語已佛讚無邊莊嚴海雲威
德輪蓋龍王言善哉善哉龍王汝今爲諸衆
生利益安樂能請如來說此神呪龍王諦聽
諦受善思念之我爲汝說有陀羅尼名大慈
所生雲聲震吼奮迅律相一切諸佛已曾宣
說住持隨喜爲諸衆生利益安樂旱時降雨
雨時能止饑饉疾疫悉能滅除普告諸龍令
使得知復令諸天歡喜踊躍散一切魔安隱
衆生

多上聲經他　摩訶若那婆婆娑膩尸梨低殊
落叉咩音弭下同提梨荼毗迦羅摩跋闍羅僧伽
多膩　波羅摩毗羅闍遲摩羅求那鷄經歧切
兠修梨耶波羅鞞毗摩楞伽耶師致　婆羅
婆羅　三婆羅三婆羅至賻徒感切鞞　呵那

（上聲）呵那（上聲）摩（上聲）訶波羅薜（蒲閉切）毗頚多摸訶
塞陀迦隸波蘭若伽邏首第　波梨富樓那
迷夷低隸迷夷多羅啼羅　摩那娑揵啼
迷夷多羅浮馱艿利　社羅社羅社羅社羅
社邏浮馱艿利蒱挺伽俱素（上聲）咩陀賒婆賒
婆利遮（上聲）兜鞞賒何羅提　阿沙吒陀賒鞞
尼迦佛陀達咩　輸婆摩帝　分若羅抳叔
迦邏達摩　娑摩泥鞞帝　鉗毗艿利　毗
羅社肆鷄（經歧切）毗富荼毗施沙波羅鉢帝
尸羅娑羅婆達彌　薩婆盧迦匙沙吒施離
沙吒婆羅波羅婆艿利　阿耨多艿利　阿
僧祇　陀囉陀囉　提梨提利　社嚕社嚕
賒塞多摩帝　賒塞多波閉　遮（上聲）遮（上聲）邏
（上聲）遮邏（上聲）遮（上聲）邏（上聲）旨利旨利　主魯主魯
波羅遮佛陀呶摩帝　摩訶般利若波羅蜜

帝　莎婆訶
南無智海毗盧遮那藏如來南無一切諸佛
菩薩一切諸佛菩薩實力故勑一切諸龍於
此閻浮提內降注大雨除滅五種雨之障礙
多經他娑（上聲）囉（上聲）娑（上聲）囉（上聲）徙唎徙唎　素
（上聲）璐素（上聲）璐那伽南（去聲）闍婆（上聲）闍婆（上聲）時毗
時毗　樹附樹附
佛實力故大龍王等速來於此閻浮提中降
注大雨
遮（上聲）羅（上聲）遮（上聲）羅（上聲）只利只利朱（上聲）路（上聲）朱
（上聲）路
諸佛如來實力故咄諸龍王於此閻浮提中
降注大雨
婆（上聲）羅（上聲）婆（上聲）羅（上聲）毗（善弭）利毗利浮漏浮漏
一切諸佛菩薩威神之力大乘真實行力故

諸龍王等速來至此各各憶念諸佛佛法及
菩薩行起於慈心悲心喜心及以捨心
嘙囉嘙(蒲賀切)囉(轉舌言之餘同)毗(上聲)棃(上聲)毗(上聲)棃(上聲)
菩嚕菩(上聲)嚕
大音氣龍王慈心正念妙密佛法持大雲雨
速來至此
伽(上聲)茶(上聲)伽(上聲)茶(上聲)祁(上聲)墀(上聲)祁(上聲)墀(上聲)瞿
(上聲)廚(上聲)瞿(上聲)廚(上聲)
一切諸佛實力故大健瞋者大疾行者睒電
舌者治諸惡毒來起慈心於閻浮提降注大
雨莎婆訶
多(上聲)吒(上聲)多(上聲)吒(上聲)底致底致　斗晝斗晝
金剛密迹實力故頭戴大摩尼天冠蛇相身
者念三寶力於此閻浮提中降注大雨莎婆
訶

迦(上聲)邏(上聲)迦(上聲)邏(上聲)枳(驚矢切)利枳利矩魯矩
魯
如來實力故令金剛密迹勑彼住大水者乘
大雲者起慈悲心速來於此閻浮提中降注
大雨荷囉羅(上聲)荷囉羅(上聲)兮利棃(上聲)兮利棃
(上聲)侯陋婁侯陋婁
三世諸佛實力故令一切諸龍捨於睡眠
伽(上聲)摩(上聲)伽(上聲)摩(上聲)耆(上聲)弭耆弭求謀求謀
莎婆訶
我勑一切諸龍王等起大慈心爲菩提本
那羅那羅　尼梨尼梨　呶婁呶婁　莎婆
訶
咄咄龍等種種異形千頭可畏赤眼大力大
蛇身者我今勑汝憶念最上慈悲威神功德
滅煩惱者一切如來名字

伽上聲荼上聲伽上聲荼上聲者上聲遲上聲者上聲遲上聲瞿上聲廚上聲瞿上聲廚上聲莎婆訶
無礙大力奪人色力者於此閻浮提中降注大雨
舍囉舍囉上聲尸利尸利輸上聲嚧上聲輸上聲嚧上聲莎婆訶
一切諸天眞實力故咄咄諸大龍念自種性速來於此閻浮提中降注大雨莎婆訶　大梵天王實行力故令諸龍王於閻浮提降注大雨莎婆訶　天主帝釋實行力故令諸龍王於閻浮提降注大雨莎婆訶　四大天王實行力故令諸龍王於閻浮提降注大雨莎婆訶　八人實行力故令諸龍王於閻浮提降注大雨莎婆訶　須陀洹實行力故令諸龍王於閻浮提降注大雨莎婆訶　斯陀含實行力故令諸龍王於閻浮提降注大雨莎婆訶　阿那含實行力故令諸龍王於閻浮提降注大雨莎婆訶　阿羅漢實行力故令諸龍王於閻浮提降注大雨莎婆訶　辟支佛實行力故令諸龍王於閻浮提降注大雨莎婆訶　菩薩實行力故令諸龍王於閻浮提降注大雨莎婆訶　諸佛實行力故令諸龍王於閻浮提降注大雨莎婆訶　一切諸天實行力故能速滅除一切災障苦惱莎婆訶　一切諸龍實行力故能速降雨潤此大地莎婆訶　一切夜叉實行力故能速覆護一切衆生莎婆訶　一切揵闥婆實行力故能速滅除一切衆生所有憂惱莎婆訶　一切阿脩羅實行力故能速迴轉惡星變恠莎婆訶　一切迦樓羅實行力故於諸龍邊起

大慈悲令使於閻浮提内降注大雨莎婆訶
一切緊那羅實行力故速能滅除一切衆
生諸重罪業令起踊躍莎婆訶　一切摩睺
羅伽實行力故能降大雨普使充足滅除五
種雨之障礙莎婆訶　一切善男子善女人
實行力故能覆護一切衆生莎婆訶
歌何囉歌何囉　枳利枳利　句陋句陋
陀(上聲)囉(上聲)陀(上聲)囉(上聲)地(上聲)唎地唎　杜嚕杜
魯那(上聲)吒(上聲)那吒　膩致膩致　怒晝怒晝
持大雲雨疾行之者乘雲行者著雲衣者生
雲中者能作雲者雲雷響者住雲中者雲天
冠者雲華冠者雲莊嚴者乘大雲者雲中隱
者雲中藏者被雲髮者耀雲光者雲圍遶者
處大雲者雲瓔珞者能奪五穀精氣之者住
在深山叢林中者尊者龍毋名分陀羅大雲
威德喜樂尊大龍王身體清涼持大風輪諸
佛實力故放六味雨莎婆訶
伽(上聲)邏(上聲)伽邏歧(上聲)利(上聲)歧利具(上聲)魯具魯
其利尼其利尼　求魔求魔求魔求魔求魔
求魔求魔求魔求魔
九頭龍毋勑告首冠大雲睒電華冠者持一
切龍者著雲衣服者攝諸境界有毒氣者乘
雲莊嚴者電聲遠震能告龍衆者大雲圍遶
者諸佛實力故令閻浮提降雨勿停娑婆訶
野邏野邏　逸利逸利　喻屢喻屢　樹屢
樹屢　市利市利　社邏社邏　社社邏
求荼求荼　求求荼　伽荼伽荼　耆遅耆
遅　呵邏呵邏　醯利醯利　牟樓牟樓
多羅多羅　低利低利　兜陋兜陋　呵那
呵那　陀呵陀呵　波遮波遮　奇利醯那

奇利醯那　末利陀　末利陀　鉢羅末利
陀
彌勒菩薩告勑除一切雨障莎婆訶
佛提佛提　浮佛提　浮佛提
令諸衆生持佛功德除一切障業重罪陀羅
尼
馱離　輸婆摩上聲低求那伽羅波羅波泥摩
上聲訶若奴盧枳　輭歌羅達彌薩吒波羅底
若　摩訶耶那殊使低盧歌虵使知上聲婆伽
婆底佛陀彌帝隸阿不邏耶薩婆差多羅尼
輸迦離　陀畢當婆離　般荼羅婆私膩
頭頭隸頭頭陑　賒摩　賒摩　羶多摩那
賜除一切雨障莎婆訶
三世諸佛實力故慈心故正行精進心故勑
召一切諸大龍王

我勑持無邊海莊嚴威德輪蓋大龍王於閻
浮提降澍大雨莎婆訶　我勑難陀優波難
陀龍王於閻浮提降澍大雨莎婆訶　我勑
娑伽龍王於閻浮提降澍大雨莎婆訶　我
勑阿耨達多龍王於閻浮提降注大雨莎婆
訶　我勑摩那斯龍王於閻浮提降注大雨
莎婆訶　我勑婆婁那龍王於閻浮提降注
大雨莎訶　我勑德叉迦龍王於閻浮提降
注大雨莎訶　我勑提頭賴吒龍王於閻浮
提降注大雨莎訶　我勑婆修羉龍王於閻
浮提降注大雨莎訶　我勑目真隣陀龍王
於閻浮提降注大雨莎訶　我勑伊羅跋那
龍王於閻浮提降注大雨莎訶　我勑分荼
羅龍王於閻浮提降注大雨莎訶　我勑大
威光龍王於閻浮提降注大雨莎訶　我勑

威賢龍王於閻浮提降注大雨莎訶　我勑電冠龍王於閻浮提降注大雨莎訶　我勑大摩尼髻龍王於閻浮提降注大雨莎訶　我勑戴摩尼髻龍王於閻浮提降注大雨莎訶　我勑光髻龍王於閻浮提降注大雨莎訶　我勑如是等一切龍王於閻浮提降注大雨莎訶

那祇那祇　摩訶那祇　瞿羅摩那賜那伽逽喜利切梨陀移　頭摩鳩隷　優伽羅　路徙　波羅旃陀低致　毗甦祇隷　阿尸毗徙　阿逽瞿隷　頡梨師那冰伽上聲隷旃遮隷　盧羅嗜逽鞞　摩訶頗那呿隷　呿羅波施　勞陀羅波尸尼　頭冲鞞婆羅婆羅庇利庇利　富魯富魯　毗私呼匹否切婁闍尼　浮魯浮魯　摩訶蒲祇　摩尼陀隷

匹利匹利　副陋副陋　破羅破羅　婆利沙婆利沙　闍藍浮陀隷　睒浮睒浮　婆羅訶翅　那上聲吒上聲那吒株中胼忡忡忡忡脾　彌伽波羅脾　彌伽婆逽尼　荼呿荼呿荼呿　荼沉脾伽上聲那伽那　棄尼棄尼歌那歌那　伽上聲那上聲伽那　摩上聲訶那伽上聲伽上聲那尼羅多羅隷波闍羅得歌利摩訶那伽逽　梨陀耶瞿摩瞿摩瞿摩波耶阿私䩭歌　承伽利　浮承伽彌毗歌吒僧歌吒瞿隷　毗私孚盧闍泥　毗嚪婆訶泥

我召集一切諸龍等於閻浮提降注大雨一切諸佛力故三世諸佛實力故慈心故莎呵

爾時世尊説此呪已告龍王言若天旱時欲請雨者須於露地實淨土上除去沙礫無諸

棘草方十二步以爲道場場中起壇辟方十步壇高一尺用犛牛糞取新淨者周帀泥之於壇中央施一高座座上敷新青蓐張新青帳從高座東量三肘外用牛糞汁畫作龍王一身三頭龍王左右畫作種種諸龍圍遶高座南方去五肘外畫作龍王一身五頭亦畫諸龍左右圍遶高座西方去七肘外畫作龍王一身七頭亦畫諸龍左右圍遶高座北方去九肘外畫作龍王一身九頭亦畫諸龍左右圍遶其壇四角安四華瓶各容三十以金精若青黛等和水令清悉使滿瓶種種草木華藥揷置瓶内道場四門各施一大香爐燒種種香薰陸沈水蘇合栴檀及安息等四面各懸青旛七枚合二十八旛旛長一丈然蘇油燈亦隨旛數設諸雜果酥酪乳糜安置四面諸龍王前散華燒香不令斷絶其果飲食及瓶水日日須新不得用故恒以淩晨日初出時施設供具讀經之人若比丘比丘尼必須戒行清淨若在俗人日日受持八禁齋戒一日三時香湯澡浴著新青衣持齋靜思比丘亦爾唯得食酥酪乳糜粳米果菜大小便竟必須澡浴昇高座時先禮十方一切諸佛燒香散華請十方一切諸佛諸大菩薩及以一切諸天龍王爲衆生故恒起慈心不生惡念以此禮佛及諸功德迴施一切諸大龍王并及含識有形之類昇法座時高聲讀經晝夜不絶若一七日若二七日乃至三七日中必降甘雨佛告龍王海水潮來尚有盈縮此言眞實決定不虛時諸龍王蒙佛教已歡喜踊躍頂禮奉行

大方等大雲請雨經

音釋

忿吒（忿敷粉切吒陟駕切）

濫（盧甘切）

賒（式車切）

戟（紀力切）

祁（巨支切）

磤（衣謹切）

霹靂（霹普擊切靂郎擊切）

涸（曷各切）

掠（離灼切抄劫也）

跋（蒲撥切）

鞮（杜奚切）

噤（巨禁切）

雹（蒲角切）

饑饉（饑居宜切饉渠吝切穀不熟曰饑菜不熟曰饉）

癘（力制切疾疫也）

頸（昌里切）

醯（呼雞切）

羶（式連切）

氀（力朱切）

頡梨（頡胡結切梨郎奚切）

脾（頻彌切）

⿰牛秦（匠鄰切牛名也）

蓐（而欲切茵蓐也）

肘（陟柳切臂節也）

青黛（黛徒耐切青黛似空青而色深）

插（楚洽切刺入也）

粳（古行切與秔同）

盈縮（盈餘輕切縮所六切過曰盈不及曰縮）

大雲請雨經

宇文周天竺三藏闍那耶舍等譯

清刻龍藏佛說法變相圖

大雲請雨經

宇文周天竺三藏闍那耶舍等譯

如是我聞一時佛住難陀跋難陀龍王宮於摩尼德大雲輪藏寶樓閣中與大比丘及大菩薩并諸大龍一切衆等其名曰難陀龍王優鉢難陀龍王娑伽羅龍王阿那婆達多龍王摩那斯龍王婆留拏龍王德叉迦龍王提頭賴吒龍王婆蘇吉龍王目眞隣陀龍王伊羅跋槃拏龍王褱荼龍王德威龍王德賢龍王雷曼龍王大髻龍王珠髻龍王光曜尸棄龍王因陀羅劒戟鋒刃龍王因陀羅幢龍王因陀羅杖龍王閻浮金幢龍王安隱龍王大輪龍王大蟒龍王火味龍王月威龍王尸利摩多闍龍王易見龍王大易見龍王善住龍王寶頸龍王雲中生龍王持雨龍王奮迅龍

王左右奮迅龍王奮迅壞上龍王摩訶頻拏龍王大項龍王深聲龍王大聲龍王毗那利地帝龍王優鉢羅龍王大行龍王大雨龍王質多羅斯那龍王大羂索龍王伊羅鉢多羅龍王先慰問訊龍王驢耳龍王海貝龍王達馱囉龍王優波達馱囉龍王大安隱龍王匍匐龍王大匍匐龍王大力龍王休樓荼龍王阿波羅邏龍王藍浮犁龍王吉利寐世龍王黑色龍王因陀羅軍龍王那荼龍王優波那荼龍王甘浮紇利那龍王跋陀羅毗利那遮龍王最端正龍王象掖龍王利劒龍王黃色龍王電燿龍王大電光龍王天力龍王甘婆羅龍王婆羅掣龍王甘露龍王低利他翅那龍王毗瑠璃光龍王金色髮龍王金光龍王月幢光龍王日光龍王優陀延那龍王牛頭龍王白色龍王黑色龍王閻摩龍王沙蔓禰龍王蝦蟇龍王僧呵荼龍王尼民陀羅龍王持地龍王千頭龍王寶髻龍王不空見龍王雲龍王蘇屣那龍王多牛龍王人德龍王毗尼多龍王闍羅耶龍王金毗羅龍王金毗羅口龍王毗那陀羅龍王阿尸毗師那龍王蓮華龍王長尾龍王鉢羅藍毗那龍王怖畏龍王善威德龍王五頭龍王婆梨龍王闍羅陀那龍王上尾龍王大頭龍王賓畢鷄龍王毗荼龍王馬龍王三頭龍王龍軍龍王大威德龍王那羅達低龍王毗摩鷄龍王照曜光龍王七頭龍王大樹龍王善愛見龍王大惡龍王離垢威德龍王善見龍王摩訶瞿利那龍王焰聚龍王大旃陀龍王大瞋忿龍王寶雲龍王大雲施水龍王因陀羅光龍王樹龍王

雲月龍王海雲龍王大香鳩牟陀龍王鳩牟陀獱龍王寶眼龍王大鷄鬪幢龍王大雲藏龍王雪山龍王德藏龍王雲槃龍王阿羅闍鎮達梨龍王雲龍王大雲出水龍王大雲大出水龍王大火威德龍王大雲富龍王離瞋怒龍王鳩鳩婆龍王勇壯龍王水池龍王雲蓋龍王因祇羅口龍王威德龍王出雲龍王無量行龍王蘇出那龍王大身龍王大腹龍王吉龍王壯龍王烏眼龍王優突羅龍王毗踈其梨那龍王妙聲龍王甘露牢固注大雨龍王毗求休尼低龍王相擊出聲龍王妙鼓聲龍王甘露連注龍王歡喜龍王震雷音龍王勇健將龍王那羅延龍王婆荼婆目佉龍王毗迦吒龍王如是等一切大龍王而爲上首與八十四億百千那由他龍王俱在會坐

爾時彼諸龍王并其眷屬從座而起偏袒右肩右膝著地合掌向佛以無量阿僧祇種種殊勝上妙香華塗香末香燒香及諸華鬘種種衣服幢旛繒綵音樂歌詠寶華寶帳雜珮流蘇垂諸瓔珞龍華珠網廣設供具以大堅固尊重恭敬不可思議上勝清淨淳厚信心供養如來作是供養右繞佛已於一面住同時舉聲發大誓願願以一切世界微塵一一微塵廣大如海我等身海諸佛菩薩道場衆海一切世界不可數海一切四大地水火風微塵等海一切色光如微塵等一一塵中過算數海無量阿僧祇不可數不可思量不可稱說過說身海一一身中以無量手其不可數猶如海雲化出種種諸供養具普十方面一一微塵不斷不散亦如海雲又願一切諸

佛及菩薩海我等常當在在處處作諸供養
所有無量阿僧祇不可思量不可稱說不斷
不散一切十方皆如普賢菩薩行身海雲十
方虛空悉皆普覆心願力故成就菩薩之身
亦如海雲爾時一切寶色光焰不斷不散一
切日月身輪海雲一切寶帳流蘇衆華海雲
一切寶帳大光明藏樓閣海雲一切樹枝篋
藏海雲一切香色示現海雲一切言語妙聲
種種音樂海雲一切香樹海雲充滿虛空威
神建立如是等無量阿僧祇不可思量不可
稱說不散不斷海雲供養一切諸佛及菩薩
海盡未來際恭敬尊重禮拜供給如是供養
一切大莊嚴境界摩尼王藏猶如電光海雲
充滿虛空威神建立又願一切諸佛及菩薩
海盡未來際恭敬尊重禮拜供給如是供養

一切普照寶雨莊嚴摩尼王海雲一切寶焰
照明佛化音響常不休息摩尼王海雲普樂
一切佛法音響摩尼王海雲普十方面示現
寶焰諸佛化光海雲一切莊嚴不壞不散皆
悉影現摩尼王焰燈海雲一切諸佛境界隨
順摩尼王海雲不可思議諸佛刹土諸如來
處皆悉影現摩尼王海雲如是等我皆供養
一切種種寶塵三世佛身及影毗盧遮那摩
尼王海雲充滿虛空威神建立示現訖已於
一切佛菩薩海雲猶如大海盡未來際我恭
敬尊重禮拜供給如是供養不散不斷又願
一切寶香衆華樓閣海雲無量色寶一切摩
尼王莊嚴樓閣海雲寶燈香焰樓閣海雲一
切眞珠種種樓閣海雲一切華鬘海雲無量
衆寶莊嚴瓔珮流蘇樓閣海雲充滿虛空如

是建立已十方無量普焰火藏一切莊嚴和合化成樓閣海雲一切寶笛寶輪示現無量莊嚴十方樓閣海雲一切莊嚴彫飾普徧樓閣海雲普十方門飛樓欄楯鈴網帷帳海雲充滿虚空威神建立皆悉示現於一切佛及菩薩海盡未來際恭敬尊重禮拜供給如是供養又願以吐金寶雜縷瓔珞寶歡喜藏師子座海雲華光雜藏師子座海雲因陁尼羅閻浮那池蓮華雜藏師子座海雲摩尼燈蓮華藏師子座海雲焰幢摩尼蓮華雜藏師子座海雲寶飾蓮華雜藏師子座海雲因陁羅青色妙麗光焰蓮華藏師子座海雲無盡光焰照曜威勢蓮華藏師子座海雲一切蓮華藏出諸寶焰師子座海雲佛蓮華藏生諸妙聲寶焰師子座海雲不斷不散充滿虚空威神建立已盡未來際恭敬尊重禮拜供給如是供養又願以一切寶香雜樹海雲普十方門所有樹葉皆如合掌其雲芬馥海雲一切樹色無有邊際莊嚴示現海雲一切樹間華雲垂布海雲諸樹莊嚴出無邊篋海雲一切寶樹焰鬘照曜海雲所有一切栴檀樹杪皆悉示現半身菩薩海雲一切菩薩勝輪光樹不可思議莊嚴放光一切無邊寶衣篋笥日電照曜海雲一切諸樹普出妙響聞者愛樂海雲無邊色寶妙蓮華藏師子座海雲普十方面摩尼寶王電光曜藏師子座海雲諸瓔珞莊嚴彫刻師子座海雲種種寶焰燈鬘之藏師子座海雲普聲音藏能出寶雨師子座海雲一切香華瓔珞寶藏師子座海雲一切佛座莊嚴示現摩尼王藏師子座海雲一切

莊嚴流蘇帷帳欄楯妙藏師子座海雲一切
諸樹摩尼枝條寶篋笥藏師子座海雲雜香
鈴網垂帷周布日電曜藏師子座海雲不斷
不散充滿虛空作是事已於一切佛及菩薩
海恭敬尊重禮拜供給如是供養又願以諸
如意王摩尼寶帳海雲因陀羅青莊嚴校飾
寶華鬘帳海雲一切衆香摩尼寶帳海雲寶
焰色身燈光明帳海雲諸佛神通放光出響
摩尼王帳海雲雜種摩尼諸寶衣服一切莊
嚴現放光帳海雲一切衆華放光寶帳海雲
種種鈴聲普震網帳海雲無邊際色蓮華羅
網雜摩尼臺蓮華網帳海雲金色鬘焰火幢
帳海雲不可思議莊嚴光影諸瓔珞帳海雲
充滿虛空不斷不散如是建立已於一切佛
及菩薩娑伽羅海雲恭敬尊重禮拜供給如
是供養又願以一切摩尼寶蓋海雲如是建
立等充滿虛空十方焰火莊嚴華蓋海雲無
邊際色真珠篋蓋海雲一切諸佛菩薩大悲
門響摩尼王蓋海雲種種雜寶光焰鬘蓋海
雲普寶塵光莊嚴鈴網垂帶帳蓋海雲一切
摩尼寶樹垂條帳蓋海雲日焰照曜摩尼王
寶燒香散香一切香蓋海雲旃檀末香猶如
篋藏普震徧蓋海雲諸佛境界普廣莊嚴照
曜震蓋海雲不斷不散於一切佛諸菩薩海
恭敬尊重禮拜供給如是供養又願以一切
衆寶光輪海雲衆寶焰身照曜不絕光輪海
雲華雲照曜光輪海雲一切寶焰佛化光輪
海雲一切佛剎影現光輪海雲普佛境界能
出雷音寶枝光輪海雲一切毗瑠璃寶性摩
尼王焰光輪海雲無邊衆生色心剎那示現

光輪海雲音聲悅可諸佛光輪海雲一切衆會道場音聲教化衆生摩尼寶王光輪海雲於一切佛諸菩薩海恭敬尊重禮拜供給如是供養又願以一切摩尼篋焰海雲一切諸佛色聲香味觸光焰海雲一切寶焰海雲一切佛法出聲震焰海雲一切佛刹莊嚴照曜光焰海雲一切樓閣華焰海雲一切寶笛光焰海雲一切諸劫劫劫展轉諸佛出世教化衆生法音震焰海雲無盡衆生妙寶示現一切華鬘光焰海雲一切諸座莊嚴示現光焰海雲不斷不散於一切佛諸菩薩海恭敬尊重禮拜供給如是供養又願以不斷不散無邊色寶光焰海雲普光摩尼王海雲一切佛刹普廣莊嚴照曜光焰海雲一切香焰海雲一切莊嚴光焰海雲一切化佛身焰海雲諸雜寶樹華鬘光焰海雲一切衣服光焰海雲菩薩無邊諸行名稱摩尼王焰海雲一切眞珠燈焰海雲不斷不散於一切佛菩薩海雲猶如大海恭敬尊重禮拜供給如是供養又願以不可思議一切香華種種海雲一切寶焰蓮華羅網海雲無邊際色摩尼王寶光輪海雲一切寶色眞珠篋笥海雲一切寶香旃檀末香海雲一切寶蓋海雲悅可衆意清淨妙音摩尼寶王海雲日焰摩尼光輪瓔珞流蘇海雲無邊寶篋海雲一切普賢色身海雲不斷不散於一切佛菩薩海雲猶如大海恭敬尊重禮拜供給如是供養是時八十四億那由他百千諸龍作是願已遶佛三帀頭面作禮於一面立佛言汝坐爾時諸龍各各坐已是大衆中有大龍王名阿難多波利迦羅

娑伽羅迷伽訶毗踰呵低樹曼茶羅叱多羅迦邏王於三千大千世界諸龍中主住不退地以大願力到閻浮提爲欲供養如來世尊至心禮拜聽正法故爾時阿難多波利迦娑伽羅龍王從座而起偏袒右肩右膝著地合掌向佛一心而禮白佛言世尊我今欲問如來世尊應正遍知一微小事若見聽許乃敢發問爾時世尊聞此語已告阿難多波利迦娑伽羅龍王言大王恣汝所問若有欲問今正是時我當爲汝分別解說滿汝所願爾時龍王即白佛言世尊云何能令一切諸龍離於苦惱得一切樂適我願已此閻浮提以時降雨百穀果藥卉木叢林地土所生增長其味味增長故閻浮提人得受安樂作是問已佛告娑伽羅大龍王言善哉善哉龍王汝今

憐愍一切衆生問如是事諦聽諦聽善思念之我今當說善男子我有一法若一切龍能受持者即盡諸苦身心安樂何者一法所謂慈心若天若人能習行者火不能燒刀不能傷水不能漂毒藥不害内外諸賊所不能侵睡覺安隱能自謹愼以護其身大福威德生生世世受身端正見者愛樂所往無礙一切天人不能惱亂離諸苦惱心常歡喜受諸快樂得上人法設命終時生於梵世大龍王如是慈心利益天人身口意慈常應修習復次大龍王有陀羅尼句名施安樂是諸龍等應常誦持能除一切諸龍苦惱能令一切安隱快樂既得樂已彼諸龍等於閻浮提依時降雨百穀果藥卉木叢林皆得生長龍王白佛何者名爲施一切樂陀羅尼句爾時世尊即

說呪曰

怛地也他(其呪文中字口傍作者皆轉舌讀之注引字者皆須引聲讀之)陀呵(引)囉尼陀呵(引)囉尼(一)鬱多(引)囉尼(二)三波囉帝(丁利切)師尿(褚利切三)毗闍耶跋唎拏薩帝夜波羅帝闍若(引)那跋坻(四)鬱多波(引)達你(五)比那(引)漢你(六)阿比㲩(引)遮你(七)阿陸毗那(引)呵(引)羅(八)首娑呵(引)跋帝(九)阿襧(引)末多(十)黠哩(香利切十一)宮娑(引)羅(引十二)擗哩(香利切)娑(引)呵(引十三)摩(引)囉吉犁(引)舍(引)達那波(哺藍切十四)輸陀耶摩(引)鉗尼唎(引)呵迦達摩多(十五)輸陀呵(引)盧迦(十六)毗帝寐囉阿囉闍娑豆佉舍摩那(十七)薩婆佛陀呵(引)娑盧(引)迦那(引)地師聡坻(引十八)波羅闍若(引)闍若(引)那擗醯(引)莎呵

佛言大龍王此陀羅尼名施一切諸龍安樂是諸龍等應常誦持一切資生恒得自在入自在門爲諸如來威神所護與一切龍身心安樂復次大龍王有佛世尊號曰雲生建大莊嚴威勢之藏華光智幢持水鋒輪金德淨光毗盧遮那髮際生性如來應供正遍知大龍王應當受持讀誦憶念稱名禮拜聞是佛名能除龍種一切龍宮一切龍性一切和合一切龍蹫尼南一切龍王一切龍女一切龍眷屬諸有苦惱能與安樂復有無量諸佛名號其名曰

南無婆伽婆帝毗盧遮那藏入雲如來南無婆伽婆帝雲生雲照曜如來南無婆伽婆帝雲持水如來南無婆伽婆帝雲威德如來南無婆伽婆帝生大雲如來南無婆伽婆帝一切奮輪能壞雲如來南無婆伽婆帝雹焰聚

如來南無婆伽婆帝大雲羯摩勇健如來南無婆伽婆帝須彌善雲如來南無婆伽婆帝摩訶伽那雲如來南無婆伽婆帝大雲輪如來南無婆伽婆帝雲光如來南無婆伽婆帝大雲師子座如來南無婆伽婆帝大雲蓋如來南無婆伽婆帝善示現大雲如來南無婆伽婆帝雲覆如來南無婆伽婆帝雲生光輪覆十方頻申雷震大妙鼓音如來南無婆伽婆帝大雲清涼歡喜奮迅深雷如來南無婆伽婆帝廣雲如來南無婆伽婆帝虛空雲如來南無婆伽婆帝毗羯磨勇雲如來南無婆伽婆帝雲出妙聲如來南無婆伽婆帝雲示現如來南無婆伽婆帝廣出雲如來南無婆伽婆帝雲羅羅如來南無婆伽婆帝雲奮震如來南無婆伽婆帝雲央伽那如來南無婆

伽婆帝雲如衣覆如來南無婆伽婆帝雲婆盧訶迦夜如來南無婆伽婆帝雲衣如來南無婆伽婆帝彌伽婆羅呵迦耶如來南無婆伽婆帝出雲如來南無婆伽婆帝散雲如來南無婆伽婆帝雲鬱鉢羅華如來南無婆伽婆帝火雲香如來南無婆伽婆帝大上雲如來南無婆伽婆帝大雲自在如來南無婆伽婆帝大雲作光如來南無婆伽婆帝大雲德如來南無婆伽婆帝大雲作摩尼寶雲如來南無婆伽婆帝雲碎壞如來南無婆伽婆帝雲莖幹如來南無婆伽婆帝灌水雲葉如來南無婆伽婆帝壞虛空雹如來南無婆伽婆帝大雲勝聲如來南無婆伽婆帝大雲出聲如來南無婆伽婆帝大雲出雨如來南無婆伽婆帝鬱妻俱殊婆三訶羅拏雲如來南無

婆伽婆帝大六字水雲如來南無婆伽婆帝大雲饒水如來南無婆伽婆帝海滿雲如來南無婆伽婆帝潤澤遍身雲如來南無婆伽婆帝無邊雲色如來南無婆伽婆帝毗耶一切差別大雲閻浮德威月光焰雲如來等應正遍知三藐三佛陀大龍王此諸佛名一切龍等若能誦持稱名禮拜除一切苦得歡喜樂於閻浮提隨時降雨百穀果藥卉木叢林皆得生長爾時三千大千世界主大龍王白佛言我今當請諸佛所說陀羅尼章句於未來世末世閻浮提中不降雨處若誦此呪即降甘雨若惡時世凶儉艱難非法起時疫病流行星宿失度若欲滅上諸惡事者以佛力故大悲心故憐愍一切諸衆生故受持如是陀羅尼句說是呪時一切諸龍皆生歡喜一切諸天皆悉踊躍壞魔境界一切衆生四百四病皆令不起諸入安隱一切惡事皆得除滅爾時世尊聞此三千大千世界龍王如是言已讃言善哉善哉大龍王汝亦如諸佛饒益衆生憐愍與樂快說是事諦聽諦聽善思念之大龍王我今當說昔從大悲雲生如來所聞頻申勇猛幢陀羅尼過去諸佛已說威神加護我今亦當隨順而說利益一切諸衆生故憐愍與樂於未來世若亢旱時能令降雨若水潦時亦令止息疫死險難皆得滅除能集諸龍能令諸天歡喜踊躍能壞一切諸魔境界能令衆生具足安樂而說呪曰

怛經他摩訶若引那引婆婆呵引薩尼一失梨帝殊羅歆彌二地履荼毗迦囉磨鉢耶囉僧呵怛禰三波羅摩避囉闍四尼摩羅求那

雞鬪蘇栗耶波羅毗五毗摩嵐伽耶師嗷六
婆呵囉婆呵囉七三婆呵囉三婆呵囉八豆
豆毗九呵那呵那十摩呵鉢利鞞十一比豆那
摸呵陀迦嵐十二鉢囉若伽囉輸提十三鉢利富
利那彌帝利彌帝利地囉摩那娑斤提十四彌
多嵐步陀利十五闍羅闍羅十六闍羅闍羅十七闍
嵐步大離十八菩澄伽俱蘇彌十九達舍跋隸二十
遮姤裴舍呵囉提二十一阿吒達舍毗尼吒佛
陀達彌二十二輸頭魔帝分苦曷囉翅二十三叔
迦羅達摩三摩禰坻二十四鉗毗囉毗囉闍息
雞二十五毗富隸毗舍師沙波羅鉢帝二十六禰
囉蘇羅波達彌二十七薩婆盧迦誓薩吒二十八
失離薩吒波羅二十九鉢羅婆梨三十阿奴怛利
三十一阿僧祇三十二陀羅陀羅三十三地利地利
三十四豆留豆留三十五擅哆末坻三十六擅哆波
卑三十七遮羅遮羅旨利旨利三十八朱留朱留
三十九波羅摩佛陀菟末坻四十摩訶鉢羅若波
羅蜜坻四十一莎呵
南無若那一娑伽羅毗盧遮那二多他竭多
耶三南無薩婆佛陀四菩提薩坻毗呵五
爾時一切諸龍爲閻浮提降甘雨故受持此
呪若後末世惡灾行時能令不起諸佛菩薩
發眞實語重說呪曰
三耶梯淡一娑羅娑羅二斯利斯利三蘇留
蘇留四那伽男五闍婆闍婆六時毗時毗七
殊復殊復八摩呵那伽男九阿伽車咃十佛
陀薩禰呵十一闍浮提坻十二婆羅婆利沙曇十三
遮羅遮羅十四旨利旨利十五周留周留十六摩呵
那伽地般帝男十七阿伽車多蒲虛十八摩呵那
伽佛陀薩坻禰呵十九閻浮提卑二十波羅婆沙

曇二十一波羅波羅二十二毗利毗利二十三浮留
浮留二十四佛陀薩坻那二十五薩婆那伽那婆
呵耶沙禰二十六迷帝囉質坻那二十七迦樓那
質坻那二十八迦樓那質坻那二十九牟地多質
坻那三十憂單叉質坻那三十一薩婆佛陀三十二摩呵
菩提薩埵地師咃禰那那薩坻那三十三摩呵
耶那舍移那三十四阿伽車他三十五摩呵那伽
提波怛耶三十六蘇摩羅他佛陀那三十七佛陀
達摩那三十八菩提薩埵求那男三十九波羅波
羅四十毗利毗利四十一浮休留浮休留四十二摩
呵折嵐浮四十三彌伽婆利陀利那四十四摩呵
浮闍迦波利迦羅四十五彌帝利質帝那四十六
阿伽車他四十七三摩羅多婆羅舍三男舍薩
姤四十八伽荼伽荼四十九祇治祇治五十渠籌渠
籌五十一憂伽囉俱嚧陀五十二摩呵毗伽嚧羅

嗜呵婆五十三摩呵毗沙五十四阿伽吒他迷帝
羅質多五十五婆利沙馱皺伊呵闍浮提單五十
六薩婆多他竭多薩坻那五十七蘇和呵
若誦此呪閻浮提內一切諸龍皆來集聚悲
喜捨心又以慈心降澍甘雨諸佛如來威神
所加眞實不虛
怛吒怛吒一帝致帝致二鬪畫鬪畫三摩呵
摩尼四摩俱吒五毛林達羅尼比沙六于留
必那七三摩囉他帝利八曷囉怛那地師吒
南九跋折囉陀羅薩坻那十跋利沙他伊呵
閻浮地單莎呵十一
迦羅迦羅一翅利翅利二俱盧俱盧三摩于
陀迦婆斯那四摩訶跋囉俱吒耶那毗耶以
那五阿伽車他六迷怛囉質坻七尼呵閻浮
提單八跋利沙陀羅九憂七利闍他十多他

竭哆薩坻那十一怛他竭多地利師吒尼那十二
跋折囉波尼阿囉闍若波夜坻十三阿囉邏阿
囉邏十四俟利履俟利履十五于抑嚧于抑嚧十六
毗伽多蜜陀婆跋他十七薩婆佛闍迦十八帝利
也途呵婆十九怛他竭多薩坻那二十鉗摩鉗摩
二十一鉗寐鉗寐二十二鉗慕鉗慕莎呵二十三
阿婆阿夜寐一薩婆那鉗二迷帝羅質坻那
三菩提質哆弗婆鉗寐那四那羅那羅五彌
梨彌梨六奴盧奴盧七莎呵
毗迦吒一那那毗訖利哆尸利沙二婆呵娑
羅尸利沙三曷囉哆叉四摩呵婆羅五摩呵
摩睺何羅伽六那婆呵耶寐七步呼步呼八
摩呵蒲闍伽九蘇尛囉他十波羅摩伽于盧
尼迦男十一薩婆分若薩帝闍十二悉帝嗜多南
十三毗多翅梨舍南十四多他竭多南十五那摩地

師吒南十六伽荼伽荼十七者稚者稚十八求冑求
冑莎呵
唵波羅坻呵多一婆羅波羅迦邏毛殊陀羅
二跋利沙陀羅三波羅跋利沙陀四帝呵閻
浮提卑五舍羅舍羅六室利室利七舒留舒
留莎呵
蒲呼蒲呼一摩呵那伽二婆俱羅瞿多羅三
摩奴蘇摩羅他四跋利師陀羅五鬱此利闍
坻呵閻浮提卑六薩婆提婆七薩底耶地沙
吔泥哪八摩毗嵐末他莎訶九
婆囉呵尛一薩坻耶地師吔泥哪二般囉婆
利沙三帝呵閻浮地卑蘇呵
釋迦羅薩坻那一鉢羅婆羅沙他二摩呵那
伽三伊呵閻浮提卑莎呵四
遮沙摩呵何羅闍薩坻那一鉢囉跋利沙二

伊呵闍浮提毘莎呵三
阿師吒摩迦一薩坻那二鉢囉婆利沙他三
摩呵那伽四伊呵闍浮提毘莎呵五
跋利沙他一摩呵那伽二蘇盧多般男薩坻
那三伊呵闍浮提毘莎呵四
跋利沙他一摩呵那伽二薩吉多那伽彌那
三薩坻那伊呵闍浮提毘莎呵四
跋利沙他摩呵那伽一阿那含薩坻那二伊
呵闍浮提毘莎呵三
跋利沙他摩呵那伽一阿羅漢薩坻那二伊
呵闍浮提毘莎呵三
跋利沙他一摩呵那伽二鉢囉坻迦三佛陀
薩坻那四伊呵闍浮地毘五蘇和呵六
跋利沙他摩呵那伽一薩婆佛陀菩提薩埵
薩坻那二伊呵闍浮提毘莎呵三

鉢利跋利沙他摩呵那伽一薩婆多他竭多
薩坻地師吒泥那二伊呵闍浮提毘莎呵三
薩婆提婆男一薩坻男二舍摩耶他三薩蒱
波達羅婆尼莎呵四
薩婆那伽男一薩坻男二跋波利沙帝呵三
摩呵必利荊毗闍莎呵四
薩婆夜叉南一薩帝男夜叉他二薩婆薩埵
莎呵三
薩婆乾闥婆男一薩帝那波呵羅多二薩婆
耶蘇波陀羅婆尼三薩婆摩奴沙男莎呵四
薩婆阿脩羅男一薩坻那二毗尼跋多夜多
三薩婆毗沙摩那叉多羅尼莎呵四
薩婆迦樓男一薩帝那二迷帝林鳩盧多三
薩婆那伽男四柮地呵闍浮提毘五摩呵跋
利沙陀羅鬱次嗜與莎呵六

薩婆緊陀羅男一薩帝那奢摩耶他二薩婆波波補藍切波羅呵邏大耶他三薩婆薩埵莎呵四

薩婆摩睺羅伽男一薩坻那二毗富羅毗悉提利拏三跋利沙陀呵羅四欝次梨闍他五那陀羅夜他六般遮跋利沙跋羅奴莎呵七

薩婆摩奴沙喁一薩坻那二波利波羅耶他三薩婆摩男衫莎呵四

迦羅迦羅一只利只利二俱留俱留三陀羅陀羅四地利地利五豆留豆留六那吒那吒七禰致禰致八訥晝訥晝九蘇尸伽囉呵婆醯尼十摩呵彌鉗浮達利十一彌歧彌歧十二摩訶彌歧十三摩呵彌鉗佛達利十四彌瞿除地坻十五彌伽三婆鞞十六迦羅彌歧十七彌伽迦利彌伽竭利闍尼十八彌瞿虱帝十九彌伽毛利彌伽摩羅達利二十彌伽毗浮師帝二十一彌伽耶彌二十二彌伽禰婆私尼二十三彌伽竭毗二十四彌伽闍知二十五彌伽般羅鞞二十六彌伽般利婆利二十七毗富羅彌伽除師帝二十八彌伽柑孺波毗帝二十九薩蔓樹呵梨祇利于陀羅三十禰婆斯尼三十一那伽摩坻三十二婆伽婆帝三十三摩呵彌歧三十四尸末樹坻何囉斯三十五尸利多三般利施三十六摩呵婆多三十七曼荼利瞿遮利二十八摩呵那伽三十九毗訖利埤坻四十婆伽婆帝四十一裒地利四十二絲荼囉娑耶那四十三陀憐尼四十四波羅婆利沙四十五佛陀薩坻那四十六伊呵闍浮提卑莎呵四十七

伽羅伽羅一歧利歧利二瞿留瞿留三歧利尼歧利尼歧利尼四瞿摩瞿摩瞿摩瞿摩瞿摩瞿摩瞿摩瞿摩末利五那婆尸

利師六摩呵彌伽摩利尼七比住迦羅波摩
利尼八薩婆浮虛闍伽陀呵憐尼九彌伽鉢
吒跋薩怛囉十陀憐尼十一薩婆比沙伽羅瞿
遮利十二彌伽比呵婆呵禰十三揭利闍尼那檀
尼十四地尼十五那伽伽拏那珠達尼十六朱達耶
提比十七摩呵彌伽摩利尼十八怛他揭多薩坻
那十九薩婆那伽二十婆利沙他二十一摩比嵐婆
二十二伊呵闍浮提卑菻呵二十三
夜羅夜羅一溢利溢利二與慮與慮三樹慮
樹慮四視利視利五闍呵闍羅六舊茶舊茶
舊茶舊茶七伽茶伽茶八歧治歧治九呵羅
呵羅十呢利呢利十一牟漏牟漏十一多羅多羅
十三帝利帝利十四鬬漏鬬漏十五呵那呵那十六陀
呵陀呵十七鉢遮鉢遮十八姞利呵拏姞利呵拏
十九末利馱末利馱二十鉢囉末馱鉢囉末馱二十

一薩婆跋利沙比揭那呵二十二迷帝利余折
壞皺曳帝菻呵二十三
佛提醯佛提醯佛提醯一佛佛提醯二佛提
呵囉波波補藍切三薩婆薩埵男四阿地煞吒耶
奔嘐五薩婆佛陀嘐六陀憐尼達利七叔波
末帝八瞿那揭囉鉢囉鉢尼九摩呵闍若奴
刀翅十叔訖囉達迷十一薩帝也鉢帝時尼十二
摩呵耶那豆師帝十三盧迦祇帥十四婆伽婆帝
十五佛陀迷帝利十六阿否阿囉耶十七薩婆差多
囉尼十八叔迦羅十九施躭跋利二十般茶囉婆私
尼二十一豆豆隸二十二豆豆留二十三睒摩睒摩
二十四羶哆摩那私二十五薩婆跋利沙比其那
呵二十六比師鉗婆耶莎呵二十七
薩婆帝利豆婆　多他揭多薩坻那二迷多
羅質多耶三薩鉗婆囉哆四多逋禰耶摩質

哆五多耶六摩呵那伽曷羅闍七薩珠陀耶
寐莎呵八
阿難哆一波利迦羅二娑伽羅三彌伽比余
呵四坻殊曼多羅車多羅五迦囉何羅闍六
那伽地鉢帝七删珠達耶寐八鉢羅跋利師
呵闍浮提畀莎呵九
難途般難導那伽羅韶一薩珠達也彌二鉢
跋利沙他呵闍浮提畀莎呵三
娑伽羅濫那伽曷羅闍一删珠馱耶寐二鉢
跋利沙呵闍浮提畀莎呵三
阿難跋沓航一那伽羅闍二薩珠馱耶寐三
鉢跋利沙呵闍浮提畀莎呵四
摩那斯毗那伽羅闍一薩珠馱耶寐二鉢跋
利沙呵闍浮提畀莎呵三
跋留嘍那伽羅闍一薩珠馱耶寐一鉢跋利
沙呵闍浮提畀莎呵三
多叉鉗那伽羅闍一薩珠馱耶寐二鉢跋利
沙呵闍浮提畀莎呵三
提頭賴多何羅煞欽一那伽羅闍二删珠馱
耶寐鉢跋利沙呵闍浮提畀莎呵三
婆須吉那伽羅闍一薩珠馱耶寐二鉢跋利
沙呵闍浮提畀莎呵三
目真陀那伽羅闍一薩珠馱耶寐二鉢跋利
沙呵闍浮提畀莎呵三
伊蘭跋嘍那伽羅闍一薩珠馱耶寐二鉢跋
利沙呵闍浮提畀莎呵三
裒雲達濫那伽羅闍一薩珠馱耶寐二鉢跋
利沙呵闍浮提畀莎呵三
尸利帝闍那伽羅闍一薩珠馱耶寐二鉢跋
利沙呵闍浮提畀莎呵三

尸利婆呵曇那伽羅闍一薩珠馱耶寐二鉢
跛利沙呵闍浮提畢莎呵三
比住與摩利唠那伽羅闍一刪珠馱耶寐二
鉢跛利沙呵闍浮提畢莎呵三
摩呵摩尼珠曇那伽羅闍一刪珠馱耶寐二
鉢跛利沙呵闍浮提畢莎呵三
周荼末尼馱濫那伽羅闍一刪珠馱耶寐二
鉢跛利沙呵闍浮提畢莎呵三
阿婆婆娑那式欠那伽羅闍一刪珠馱耶寐
二鉢跛利沙呵闍浮提畢莎呵三
伊梵一鉢利目冗二薩婆那伽羅闍三刪珠
地耶彌四鉢利婆師伊呵闍浮地畢沙呵五
那岐那岐一摩呵那岐二瞿羅摩那斯三那
伽叩利陀耶四頭摩鳩隸五郁其囉于嚧師
六波羅旃荼坻祇七比踈姞梨八阿尸比師

九阿叩瞿梨十訖師拏賔伽隸十一瞻遮隸十二
嚧羅時鞞十三摩呵破那迦梨十四迦囉波施十五
阿嚧陀羅婆斯尼十六頭沉比十七波羅波羅十八
必利必利十九富樓富樓二十比悉剖利闍泥二十
一浮留浮留二十二摩呵浮虛祇二十三摩尼達
利二十四遲利遲利二十五籌留籌留二十六荼囉
荼囉二十七跋利沙跋利沙二十八折濫浮達利
二十九苫浮苫浮三十跋羅呵鷄三十一那吒那吒
三十二欽欽毗三十三堔堔堔堔避三十四彌伽波
羅鞞三十五彌伽波醯泥三十六荼迦荼迦荼迦
三十七荼籌鞞三十八伽拏迦拏三十九尸棄禰四十
迦拏迦拏四十一伽拏迦拏四十二摩呵那伽伽
拏四十三禰羅多嵐晝與皺四十四闍羅得迦紇
利四十五摩呵那伽紇利馱曳四十六瞿摩瞿摩
四十七瞿摩波耶四十八悉坻迦闍利浮闍鉗迷

四十九比迦吒五十僧迦吒五十一瞿嘘囉比四稃
利闍尼五十二毗折林波尼五十三阿婆呵耶寐
五十四娑婆那鉗五十五薩婆佛陀地虱吒泥娜
五十六薩婆帝利也豆婆五十七怛他揭多薩坻
那五十八迷多囉折坻娜五十九鉢婆囉波利沙
六十坻呵闍浮提邪沙呵六十一
若請大雨及止雨法汝今諦聽其請雨主於
一切衆生起慈悲心受八戒齋於空露地應
張青帳懸十青旛淨治其地牛糞塗場請誦
呪師坐青座上若在家人受八戒齋若比丘
者應持禁戒皆著清淨衣燒好名香又以末
香散法師座應食三種白淨之食所謂牛乳
酪及粳米誦此大雲輪品時面向東坐晝夜
至心令聲不斷供養一切諸佛復以淨水置
新瓶中安置四維隨其財辦作種種食供養

諸龍復以香華散道場中及與四面法座四
面各用純新淨牛糞汁畫作龍形東面去座
三肘已外畫作龍形一身三頭并龍眷屬南
面去座五肘已外畫作龍形一身五頭并龍
眷屬西面去座七肘已外畫作龍形一身七
頭并龍眷屬北面去座九肘已外畫作龍形
一身九頭并龍眷屬其誦呪師應自護身或
呪淨水或呪白灰自心憶念以結場界或畫
一步乃至多步若水若灰用為界畔或呪縷
繫頸若手若足呪水灰時散灑頂上若於額
上應作是念有惡心者不得入此界場其誦
呪者於一切衆生起慈悲心勸請一切諸佛
菩薩憐愍加護迴此功德分施諸龍若時無
雨讀誦此經一日二日乃至七日音聲不斷
亦如上法必定降雨大海水潮可留過限若

能具足依此修行不降雨者無有是處唯除不信不至心者

大雲請雨經

音釋

褒茶褒博毛切茶宅加切　蟒莫朗切　緺古洼切　匍匐匍步乎切匐步北切　紇下没切　掖羊益切　蔓䕷蔓無販切䕷乃禮切　蝦蟇蝦胡加切蟇莫霞切　屣所綺切　槊所角切　芬馥芬撫文切馥方六切芬馥香氣也　笥相吏切箱也　卉許偉切草總名　黔烏兮切　鉗巨鹽切　羯磨羯居謁切磨莫卧切　莖幹莖戶庚切幹居案切　亢旱亢苦浪切旱胡罕切亢旱愆陽不雨也　潦郎到切霪雨也　欹去宜切　嵐魯甘切　㝹奴鉤切　馱簸馱唐何切簸補過切　蘇尛尛莫可切　耆稚耆渠支切稚直利切　胄直祐切　喃女銜切　枻余制切　衫所咸切　訥內骨切　岐渠羈切　虱所櫛切　裒蒲侯切　姞渠乙切　壤如兩切　逋博孤切　冗而隴切　苫詩廉切　琛丑林切　縷力主切綫也

大雲輪請雨經

隋天竺三藏法師那連提耶舍譯

清刻龍藏佛說法變相圖

大雲輪請雨經卷上 卷下同

隋天竺三藏法師那連提耶舍譯

如是我聞一時佛在難陀優婆難陀龍王宮内住大威德摩尼之藏大雲輪殿寶樓閣中與大比丘及諸菩薩摩訶薩衆周帀圍遶復有無量諸大龍王其名曰難陀龍王優鉢難陀龍王娑伽羅龍王阿那婆達多龍王摩那斯龍王婆婁那龍王德叉迦龍王提頭刺吒龍王婆修吉龍王目眞隣陀龍王伊羅跋那龍王分陀利龍王威光龍王德賢龍王電冠龍王大摩尼寶髻龍王摩尼珠髻龍王光耀頂龍王帝釋鋒仗龍王帝釋幢龍王帝釋杖龍王閻浮金幢龍王善和龍王大輪龍王大蟒蛇龍王火光味龍王月耀龍王慧威龍王善見龍王大善見龍王善住龍王摩尼瓔龍

王興雲龍王持雨龍王大忿吒聲龍王小忿吒聲龍王奮迅龍王大頻拏龍王大項龍王深聲龍王大深聲龍王大雄猛龍王優鉢羅龍王大步龍王螺髮龍王質多羅斯那龍王持大羂索龍王伊羅樹葉龍王先慰問龍王驢耳龍王海貝龍王達陀羅龍王優波達陀羅龍王安隱龍王大安隱龍王毒蛇龍王大毒蛇龍王大力龍王呼妻荼龍王阿波羅龍王藍浮龍王吉利彌賒龍王黑色龍王因陀羅軍龍王那荼龍王優波那荼龍王甘浮紇利那龍王陀毗荼龍王端正龍王象耳龍王猛利龍王黃目龍王電光龍王大電光龍王天力龍王金婆羅龍王妙蓋龍王甘露龍王得道泉龍王瑠璃光龍王金色髮龍王金光龍王月光龍王日光龍王始興龍王牛頭龍王白相龍王黒相龍王耶摩龍王沙彌龍王蝦蟇龍王僧伽荼龍王尼民陀羅龍王持地龍王千頭龍王寶頂龍王滿願龍王細雨龍王須彌那龍王瞿波羅龍王仁德龍王善行龍王宿德龍王金毗羅龍王金毗羅頭龍王持毒龍王蛇身龍王蓮華龍王大尾龍王騰轉龍王可畏龍王善威德龍王五頭龍王婆利羅龍王妙車龍王優多羅龍王長尾龍王大頭龍王賓畢迦龍王毗荼龍王馬形龍王三頭龍王龍仙龍王大威德龍王火德龍王恐人龍王焰光龍王七頭龍王現大身龍王善愛見龍王大惡龍王淨威德龍王妙眼龍王大毒龍王焰聚龍王大害龍王大瞋忿龍王寶雲龍王大雲施水龍王帝釋光龍王波陀波龍王月雲龍王海雲龍王大香華龍王

華出龍王寶眼龍王大相幢龍王大雲藏龍王降雪龍王威德藏龍王雲戟龍王持夜龍王降雨龍王雲雨龍王大雲雨龍王火光龍王大雲主龍王無瞋恚龍王鳩鳩婆龍王那伽首羅龍王闍隣提龍王雲蓋龍王應祁羅目佉龍王威德龍王出雲龍王無盡步龍王妙相龍王大身龍王大腹龍王安審龍王丈夫龍王歌歌那龍王鬱頭羅龍王猛毒龍王妙聲龍王甘露實龍王大散雨龍王隱隱聲龍王雷相擊聲龍王鼓震聲龍王注甘露龍王天帝鼓龍王霹靂音龍王首羅仙龍王那羅延龍王涸水龍王毗迦吒龍王有如是等諸大龍王而為上首復有八十四億那由他數諸龍王俱同來彼會時彼一切諸龍王等從座而起各整衣服偏袒右臂右膝著地合掌向佛即以種種無量無邊阿僧祇數微妙香華塗香末香華冠衣服寶幢旛蓋龍華寶冠真珠瓔珞寶華繒綵真珠羅網雜珮流蘇覆如來上作衆妓樂擊掌歌讃起大殷重奇特之心遶百千帀却住一面爾時諸龍住一面已咸發願言願以一切諸世界海微塵身海一切諸佛菩薩衆海遍於一切諸世界海已過所有一切四大地水火風微塵等海所有一切諸色光明微塵數海已過無量不可思議不可宣說阿僧祇數諸身等海於一一身化作無量阿僧祇諸手海雲遍滿十方又於一一微塵分中化出無量供養海雲遍滿十方將以供養一切諸佛菩薩衆海恒不斷絕如是無量不可思議不可宣說阿僧祇數普賢菩薩行身海雲遍滿虛空住持不絕如

是菩薩諸身海雲所謂一切輪相海雲一切寶冠海雲一切大明寶藏輋海雲一切末香樹藏海雲一切香烟現諸色海雲一切諸樂音聲海雲一切香樹海雲諸如是等無量無邊不可思議不可宣説阿僧祇數如是一切供養海雲遍滿虚空住持不絶供養恭敬尊重禮拜一切諸佛菩薩衆海復出一切莊嚴境界電藏摩尼王海雲一切普明寶雨莊嚴摩尼王海雲一切寶光焰順佛音聲摩尼王海雲一切佛法音聲遍滿摩尼寶王海雲一切普門寶焰諸佛化光王海雲一切衆光明莊嚴顯現不絶摩尼寶王海雲一切光焰順佛聖行摩尼寶王海雲一切顯現如來不可思議佛刹電光明摩尼王海雲一切諸妙寶色明徹三世佛身摩尼王海雲諸如是等一

切諸寶光色遍滿虚空住持不絶供養恭敬尊重禮拜一切諸佛菩薩衆海復出一切不壞妙寶香華輋海雲一切無邊色摩尼寶王莊嚴輋海雲一切寶燈香焰光輋海雲一切真珠妙色輋海雲一切華臺輋海雲一切寶冠莊嚴輋海雲一切十方光焰遍滿莊嚴不絶寶藏輋海雲一切無邊顯現勝寶莊嚴輋海雲一切遍滿妙莊嚴輋海雲一切門欄華鈴羅網輋海雲諸如是等遍滿虚空住持不絶供養恭敬禮拜一切諸佛菩薩衆海復出一切妙金寶瓔珞藏師子座海雲一切華明妙色藏師子座海雲一切紺摩尼閻浮檀妙色蓮華藏師子座海雲一切摩尼燈蓮華藏師子座海雲一切摩尼寶幢火色妙華藏師子座海雲一切寶莊嚴妙色蓮華藏師子座

海雲一切樂見因陀羅蓮華光藏師子座海雲一切樂見無盡焰光蓮華藏師子座海雲一切寶光普照蓮華藏師子座海雲一切佛音蓮華光藏師子座海雲諸如是等遍滿虛空住持不絕供養恭敬禮拜一切諸佛菩薩衆海復出一切妙香摩尼樹海雲一切諸葉周帀合掌出香氣樹海雲一切莊嚴現無邊明色樹海雲一切華雲出寶樹海雲一切出於無邊莊嚴藏樹海雲一切寶輪焰電樹海雲一切示現菩薩半身出栴檀末樹海雲一切不思議無邊樹神莊嚴菩薩道場樹海雲一切寶衣藏日電光明樹海雲一切遍出眞妙音聲喜見樹海雲諸如是等遍滿虛空住持不絕供養恭敬尊重禮拜一切諸佛菩薩衆海復出一切無邊寶色蓮華藏師子座海

雲一切周帀摩尼王電藏師子座海雲一切瓔珞莊嚴藏師子座海雲一切諸妙寶冠燈焰藏師子座海雲一切圓音出寶雨藏師子座海雲一切華冠香華寶藏師子座海雲一切佛座現莊嚴摩尼藏師子座海雲一切欄楯垂瓔莊嚴藏師子座海雲一切摩尼寶樹枝葉末香藏師子座海雲一切妙香寶鈴羅網普莊嚴日電藏師子座海雲諸如是等遍滿虛空住持不絕供養恭敬尊重禮拜一切諸佛菩薩衆海復出一切如意摩尼寶王帳海雲一切因陀羅寶華臺諸華莊嚴帳海雲一切香摩尼帳海雲一切寶燈焰相帳海雲一切佛神力出聲摩尼寶王帳海雲一切顯現摩尼妙衣諸光莊嚴帳海雲一切華光焰寶帳海雲一切羅網妙鈴出聲遍滿帳海雲

一切無盡妙色摩尼珠臺蓮華羅網帳海雲一切金華臺火光寶幢帳海雲一切不思議莊嚴諸光瓔珞帳海雲諸如是等遍滿虛空住持不絕供養恭敬尊重禮拜一切諸佛菩薩衆海復出一切雜妙摩尼寶蓋海雲一切無量光明莊嚴華蓋海雲一切無邊色眞珠藏妙蓋海雲一切諸佛菩薩慈門音摩尼王蓋海雲一切妙色寶焰華冠妙蓋海雲一切寶光明莊嚴垂鈴羅網妙蓋海雲一切摩尼樹枝瓔珞蓋海雲一切日照明徹焰摩尼王諸香烟蓋海雲一切栴檀末藏普熏蓋海雲一切極佛境界電光焰莊嚴普遍蓋海雲諸如是等遍滿虛空住持不絕供養恭敬尊重禮拜一切諸佛菩薩衆海復出一切寶明輪海雲一切寶焰相光輪海雲一切華雲焰光輪海雲一切佛化寶光明輪海雲一切佛刹現入光明輪海雲一切諸佛境界普門音聲寶杖光輪海雲一切瑠璃寶性摩尼王焰光輪海雲一切衆生於一念時現於色相光輪海雲一切音聲悅可諸佛大震光輪海雲一切所化衆生衆會妙音摩尼王光輪海雲諸如是等遍滿虛空住持不絕供養恭敬尊重禮拜一切諸佛菩薩衆海復出一切摩尼藏焰海雲一切佛色聲香味觸光焰海雲一切寶焰海雲一切佛法震聲遍滿焰海雲一切佛刹莊嚴電光焰海雲一切華輦光焰海雲一切寶笛光焰海雲一切劫數佛出音聲教化衆生光焰海雲一切無盡寶華鬘示現衆生光焰海雲一切諸座示現莊嚴光焰海雲諸如是等遍滿虛空住持不絕供養恭敬尊

重禮拜一切諸佛菩薩衆海復出一切不斷不散無邊色寶光海雲一切摩尼寶王普光海雲一切佛刹莊嚴電光海雲一切香光海雲一切莊嚴光海雲一切佛化身光海雲一切雜寶樹華鬘光海雲一切衣服光海雲一切無邊菩薩諸行名稱寶王光海雲一切眞珠燈光海雲諸如是等遍滿虛空住持不絕供養恭敬尊重禮拜一切諸佛菩薩衆海復出一切不可思議種種諸雜香華海雲一切寶焰蓮華羅網海雲一切無量無邊際色摩尼寶王光輪海雲一切摩尼眞珠色藏篋笥海雲一切摩尼妙寶栴檀末香海雲一切摩尼寶蓋海雲一切清淨諸妙音聲悅可衆心寶王海雲一切日光寶輪瓔珞流蘇海雲一切無邊寶藏海雲一切普賢色身海雲諸如是等遍滿虛空住持不絕供養恭敬尊重禮拜一切諸佛菩薩衆海爾時此衆八十四億百千那由他諸龍王等作是願已遶佛三帀頭面作禮於一面立爾時佛告諸龍王言汝等龍王各宜復坐時諸龍王聞佛語已各各還依次第而坐爾時衆中有一龍王名曰無邊莊嚴海雲威德輪蓋於此三千大千世界龍王之中最爲勝大得不退轉本願力故受此龍身爲欲供養恭敬禮拜於如來故聽受正法來生至此閻浮提內時彼龍王從座而起整理衣服偏袒右臂右膝著地合掌向佛而作是言世尊我今有疑欲問如來至眞等正覺若佛聽許我乃敢問作是語已默然而住爾時世尊告無邊莊嚴海雲威德輪蓋龍王作如是言大龍王若有疑者恣聽汝問吾

當爲汝分別解説令汝歡喜作是語已時無邊莊嚴海雲威德輪蓋龍王即白佛言唯然世尊云何能使諸龍王等滅一切苦得受安樂受安樂已又令於此閻浮提内時降甘雨生長一切樹木叢林藥草苗稼皆生滋味使閻浮提一切人等悉受快樂爾時世尊聞是語已即告無邊莊嚴海雲威德輪蓋大龍王言善哉善哉汝今爲彼諸衆生等作利益故能問如來如是等事汝大龍王諦聽諦聽善思念之我當爲汝分別解説輪蓋龍王我有一法汝等若能具足行者令一切龍除滅諸苦具足安樂何者一法謂行大慈汝大龍王若有天人行大慈者火不能燒水不能溺毒不能害刃不能傷内外怨賊不能侵掠若睡若寤皆得安隱行大慈力有大威德諸天世人不能擾亂形貌端嚴衆所愛敬所行之處一切無礙諸苦滅除心得歡喜諸樂具足大慈力故命終之後得生梵天汝大龍王若有天人行大慈者獲如是等無量無邊利益之事是故龍王身口意業常應須行彼大慈行復次龍王有陀羅尼名施一切衆生安樂汝諸龍等常須讀誦繼念受持能滅一切諸龍苦惱與其安樂彼諸龍等既得樂已於閻浮提始能依時降注甘雨使令一切樹木叢林藥草苗稼皆出滋味爾時龍王復白佛言何者名爲施一切樂陀羅尼句爾時世尊即説呪曰

怛緻哋(其呪字口傍作者轉舌讀之注引字者引聲讀之)陀(引)囉尼陀(引)囉尼(一)優多(引)囉尼(二)三(引)波囉帝(諸呪帝皆丁利切)師郗(攄利切三)毗闍耶跋囒那(引)薩底夜

波羅帝若(女賀切)四波囉呵若那跋帝五優多波引達尼六毗那引唱膩七阿引毗屣引遮膩八阿陛毗引耶引呵邏九輸婆引跋帝十頞者(市尸切)摩哆十一黠哐(顯利切)十二宮婆羅引十三鞞哐(香梨切引)婆呵十四摩羅吉利舍引達那引波舍十五輸(輸律切下同)陀引耶摩引伽尼梨呵迦達摩多十六輸(輸律切)陀引盧迦十七毗帝寐羅阿囉闍婆獨佉賒摩那(去聲)十八薩婆佛陀婆盧歌那(去聲)十九波羅闍若引闍那引鞞醯莎引呵二十

汝大龍王此呪名為施一切樂陀羅尼句諸佛所持汝等常須受持讀誦吉事成就得入法門獲安隱樂復次龍王有大雲所生威神莊嚴功德智相雲輪水藏化金色光毗盧遮那一毛孔中出於同姓諸佛名號汝等亦須憶念受持若持彼諸如來名號能滅一切所有諸龍種姓一切龍王眷屬徒衆弁諸龍女生龍宮者所有苦惱與其安樂是故龍王應當稱彼如來名號

南無婆伽婆帝毗盧遮那藏大雲如來南無婆伽婆帝性現出雲如來南無婆伽婆帝持雲雨如來南無婆伽婆帝威德雲如來南無婆伽婆帝大興雲如來南無婆伽婆帝大散風雲如來南無婆伽婆帝大雲閃電如來南無婆伽婆帝大雲勇步如來南無婆伽婆帝須彌善雲如來南無婆伽婆帝大密雲如來南無婆伽婆帝大雲輪如來南無婆伽婆帝雲光如來南無婆伽婆帝大雲師子座如來南無婆伽婆帝大雲蓋如來南無婆伽婆帝大善現雲如來南無婆伽婆帝雲覆如來南無婆伽婆帝光輪普遍照於十方雷鼓震聲

起雲如來南無婆伽婆帝大雲清涼雷聲深隱奮迅如來南無婆伽婆帝布雲如來南無婆伽婆帝虛空雨雲如來南無婆伽婆帝疾行雲如來南無婆伽婆帝雲垂出聲如來南無婆伽婆帝雲示現如來南無婆伽婆帝廣出雲如來南無婆伽婆帝沫雲如來南無婆伽婆帝雲雷震如來南無婆伽婆帝雲際如來南無婆伽婆帝雲如衣如來南無婆伽婆帝潤生稼雲如來南無婆伽婆帝垂上雲如來南無婆伽婆帝飛雲如來南無婆伽婆帝低雲如來南無婆伽婆帝散雲如來南無婆伽婆帝大優鉢羅華雲如來南無婆伽婆帝大香體雲如來南無婆伽婆帝大涌雲如來南無婆伽婆帝大自在雲如來南無婆伽婆帝大光明雲如來南無婆伽婆帝大威德雲如來南無婆伽婆帝得大摩尼寶雲如來南無婆伽婆帝降伏雲如來南無婆伽婆帝雲根本如來南無婆伽婆帝欣喜雲如來南無婆伽婆帝散壞非時雹雲如來南無婆伽婆帝大空髙響雲如來南無婆伽婆帝大發聲雲如來南無婆伽婆帝大降雨雲如來南無婆伽婆帝施色力雲如來南無婆伽婆帝雨六味雲如來南無婆伽婆帝大力雨雲如來南無婆伽婆帝滿海雲如來南無婆伽婆帝陽焰旱時注雨雲如來南無婆伽婆帝無邊色雲如來

南無婆伽婆帝一切差別大雲示現閻浮飛雲威德月光焰雲如來等應正遍知三藐三佛陀爾時世尊說是諸佛如來名已告於無邊莊嚴海雲威德輪蓋龍王作如是言汝大

龍王此諸佛名汝等一切諸龍眷屬若能誦持稱彼佛名及禮拜者一切諸龍所有苦厄皆悉解脱普獲安樂得安樂已即能於此閻浮提中風雨隨時令諸藥草樹木叢林悉皆生長五穀熟成

大雲輪請雨經卷上

大雲輪請雨經卷下

隋天竺三藏法師那連提耶舍譯

爾時娑婆三千大千世界之主無邊莊嚴海雲威德輪蓋龍王復白佛言世尊我今啓請諸佛所說陀羅尼句令於未來末世之時閻浮提内若有亢旱不降雨處誦此神呪即當降雨饑饉惡世多饒疾疫非法亂行人民恐怖妖星變恠灾癘相續有如是等無量苦惱以佛力故悉得滅除唯願世尊大慈悲愍諸衆生故住持爲說所有神呪陀羅尼句告諸龍知能使諸天歡喜踊躍復能破散一切諸魔一切衆生身中所有苦難之事并及惡星變恠灾障悉皆除滅又復如來曾說五種雨障之灾亦皆消滅彼障除已即能使此閻浮提内雨澤以時唯願如來爲我等說爾時世尊聞此無邊莊嚴海雲威德輪蓋龍王如是語已即讚歎言善哉善哉汝大龍王汝今亦如諸佛饒益一切衆生憐愍安樂能請如來說此神呪汝大龍王諦聽諦聽善思念之我當爲汝說於往昔從彼大悲雲生如來所聞震吼奮迅勇猛幢陀羅尼過去諸佛已曾宣說威神加護我今亦當隨順而說利益一切諸衆生故憐愍與樂於未來世若炎旱時能令降雨若汎雨時亦能令止饑饉疾疫悉能除滅普告諸龍令使知聞復令諸天歡喜踊躍散一切魔安隱衆生即說呪曰

怛緻他 摩訶若那引 婆婆引 薩尼一 尼梨柢殊引 洛菽彌二去聲 提利荼引 毗迦囉摩跋闍囉引 僧伽怛膩三 波羅摩毗囉闍四 埿摩求那雞經岐切 堄引 修梨耶引 波羅鞞五 毗摩

嵐引伽耶師六婆囉引婆囉去聲七三婆囉引
三婆囉去聲八豆潭徒感切鞞去聲九呵那呵那十
摩訶波羅辥蒲諸切十一毗頭多摸　訶陀迦隸
十二波囉若伽囉輸悌十三波梨富婁那引迷帝
隸迷怛利引啼囉引摩那娑揵提去聲十四彌多
羅浮駄利十五社羅社羅十六社羅社羅十七社羅
浮駄利十八蒲澄伽俱蘇迷去聲十九達舍婆利二十
遮闍蕘賖引阿囉提二十一頞瑟吒達舍毗
尼迦佛陀引達迷去聲二十二輸頞摩帝二十三分
若羅翅二十四叔迦羅引達摩引三摩引泥比
二十五鉗毗利二十六毗羅闍悉雞經岐切二十七毗富
荼毗舍沙波羅鉢帝二十八尼囉蘇羅引娑引
達彌二十九薩婆盧迦引匙引瑟吒三十失梨沙
吒引三十一波羅波羅婆引亇唎三十二阿奴引怛
唎三十三阿僧祇三十四陀囉陀囉三十五地唎地

利三十六豆漏豆漏三十七賖塞多引摩帝三十八
賖塞多引波蔽三十九遮羅遮羅四十旨唎旨唎
四十一呪漏呪漏四十二波羅遮引佛陀喃引去聲
摩帝四十三摩訶般利若引波引羅引蜜帝莎
引呵四十四
南無智海毗盧遮那藏如來南無一切諸菩
提薩埵爾時一切諸龍王等爲降雨故受持
此呪若後末世惡災行時能令不起又復一
切諸佛菩薩眞實力故遂復勑諸一切龍等
於閻浮提所祈請處降注大雨除滅五種雨
之障礙而說呪曰
多經他一婆邏娑邏二四唎四唎三素漏素
漏四那引伽喃去聲五闍婆闍婆一句並去聲六侍毗
侍毗並去聲七樹附樹附八
佛實力故大龍王等速來在於閻浮提内所

祈請處降注大雨而說呪曰

遮羅遮羅聲並去一　至利至利二　朱漏朱漏三

佛實力故咄諸龍王於閻浮提請雨國內降注大雨而說呪曰

婆邏婆邏聲並去一　避利避利二　復漏復漏三

諸佛菩薩威神之力大乘眞實行業力故諸龍王等速來至此各各憶念諸如來法及菩薩行起於慈心悲心喜心及以捨心而說呪曰

婆邏婆邏一　毗梨毗梨二　蒲盧蒲盧三

大意氣龍王慈心正念妙密佛法持大雲雨速來至此而說呪曰

伽荼伽荼一　祁墀祁墀二　瞿廚瞿廚三

一切諸佛眞實力故大健瞋者大疾行者閃電舌者治諸惡毒來起慈心於閻浮提請雨國內降注大雨莎引呵又說呪曰

怛吒怛吒吒並去聲一　底致底致二　鬪晝鬪晝三

金剛密迹眞實力故頭上戴大摩尼天冠蛇身相者念三寶力於閻浮提此請雨國降注大雨莎引呵又說呪曰

迦羅迦羅一　繼利繼利二　句漏句漏三

佛實力故金剛密迹勑彼一切住大水者乘大雲者起慈悲心悉來於此閻浮提中請雨國內降注大雨又說呪曰

何邏邏何邏邏一　亏利履亏利履二　候漏摟婁苟切　候漏摟三

三世諸佛眞實力故能令一切諸龍眷屬捨於睡眠又說呪曰

伽磨伽磨一　姞寐姞寐二　求牟求牟三　莎呵

我勑一切諸龍王等起大慈心爲菩提本而

說呪曰
那囉那囉一尼梨尼梨二奴漏奴漏三莎呵
四
咄咄龍等種種異形千頭可畏赤眼大力大
蛇身者我今勑汝應當憶念最上慈悲威神
功德滅煩惱者一切諸佛如來名字而說呪
曰
揭其謁切茶去聲揭茶一耆穪耆穪二崛佳崛佳
三莎呵四
無礙勇健奪於世間人色力者於閻浮提請
雨國內降注大雨而說呪曰
舍囉舍囉一尸利尸利二輸入聲嚧輸嚧三莎
呵四
一切諸天眞實力故咄諸大龍念自種姓速
來於此閻浮提中請雨國內降注大雨莎可

大梵天王實行力故令諸龍王於閻浮提請
雨國內降注大雨莎呵天主帝釋實行力故
令諸龍王於閻浮提請雨國內降注大雨莎
呵四大天王實行力故令諸龍王於閻浮提
請雨國內降注大雨莎呵八人實行力故令
諸龍王於閻浮提請雨國內降注大雨莎呵
須陀洹實行力故令諸龍王於閻浮提請雨
國內降注大雨莎呵斯陀含實行力故令諸
龍王於閻浮提請雨國內降注大雨莎呵阿
那含實行力故令諸龍王於閻浮提請雨國
內降注大雨莎呵阿羅漢實行力故令諸龍
王於閻浮提請雨國內降注大雨莎呵辟支
佛實行力故令諸龍王於閻浮提請雨國內
降注大雨莎呵菩薩實行力故令諸龍王於
閻浮提請雨國內降注大雨莎呵諸佛實行

力故令諸龍王於閻浮提請雨國內降注大雨莎呵一切諸天實行力故令速除滅灾障苦惱莎呵一切諸龍實行力故能速降雨潤此大地莎呵一切夜叉實行力故能速覆護一切衆生莎呵一切揵闥婆實行力故能速除滅一切衆生所有憂惱莎呵一切阿脩羅實行力故能速迴轉惡星變恠莎呵一切迦樓羅實行力故於諸龍邊起大慈悲降注大雨莎呵一切緊那羅實行力故速能滅除一切衆生諸重罪業令起踊躍莎呵一切摩睺羅伽實行力故能降大雨普使充足滅除五種雨之障礙莎呵一切善男子善女人實行力故善能覆護一切衆生莎呵又說呪曰

迦邏迦邏一枳利枳利二句嚧句嚧三去聲陀囉陀囉一地利地利二豆漏豆漏三那吒那吒一膩女利切緻膩緻二奴晝奴晝三持大雲雨疾行之者如雲者著雲衣者生雲中者能作雲者雲雷響者住雲中者雲天冠者雲莊嚴者乘大雲者雲中隱者雲中藏者披雲髮者耀雲光者雲圍遶者處大雲者雲瓔珞者能奪五穀精氣之者住在深山叢林中者尊者龍母名分陀羅大雲威德喜樂尊大龍王身體清涼持大風輪諸佛實行力故放六味雨而說呪曰

伽邏伽邏一歧利歧利二求漏求漏三其利尼其利尼四求磨求磨求磨求磨求磨求磨求磨求磨求磨五凡九求磨

九頭龍母勑告首冠大雲閃電華冠之者持一切龍者服雲衣者攝諸境界毒氣者乘雲嚴者雷聲遠震能告諸龍者大雲圍遶者諸

佛實行力故令閻浮提請雨國內降注大雨
使令充足莎呵又說呪曰
野邏野邏一逸利逸利二喻屢喻屢三樹屢
樹屢四嗜利嗜利五社邏社邏社社邏六求
茶求茶求求茶七伽茶伽茶八耆遲耆遲九
呵邏呵邏十醯利醯利十一牟漏牟漏十二多邏
多邏十三帝利帝利十四兜漏兜漏十五呵那呵那
十六陀呵陀呵十七鉢遮鉢遮十八祁利祁利十九醯
那醯那二十末利陀二十一末利陀二十二鉢囉末
利陀二十三
彌勒菩薩告勑令除一切雨障莎呵又說呪
曰
佛提佛提一浮佛提浮佛提二
令諸衆生持佛功德除滅一切障業重罪而
說呪曰

陀羅尼一駄離二輸婆摩帝三求那伽囉鉢
囉鉢泥四摩呵若奴盧枳五去聲輸說羅引達
彌六薩底夜波羅引底若七摩訶耶那殊引
瑟畷八阿殊引瑟畷九盧歌哪引瑟畷十婆
伽婆帝佛陀彌帝隷十一阿鉢羅夜薩婆差多
羅尼十二叔訖離施十三畢當婆離十四般荼羅引
婆引私膩十五頭頭隷頭頭漏十六賒摩賒摩十七
羶多引摩那賜十八
除一切雨障莎呵三世諸佛真實力故大慈
心故正行正業精進心故勑召一切諸大龍
王莎呵我勑無邊海莊嚴威德輪蓋龍王於
閻浮提請雨國內降注大雨莎呵我勑難陀
優波難陀龍王於閻浮提請雨國內降注大
雨莎呵我勑娑伽龍王於閻浮提請雨國內
降注大雨莎呵我勑阿耨達多龍王於閻浮

提請雨國内降注大雨莎呵我勑摩那斯龍王於閻浮提請雨國内降注大雨莎呵我勑婆婁那龍王於閻浮提請雨國内降注大雨莎呵我勑德叉迦龍王於閻浮提請雨國内降注大雨莎呵我勑提頭賴吒龍王於閻浮提請雨國内降注大雨莎呵我勑婆修吉龍王於閻浮提請雨國内降注大雨莎呵我勑目真隣陀龍王於閻浮提請雨國内降注大雨莎呵我勑伊羅跋那龍王於閻浮提請雨國内降注大雨莎呵我勑分荼羅龍王於閻浮提請雨國内降注大雨莎呵我勑大威光龍王於閻浮提請雨國内降注大雨莎呵我勑威賢龍王於閻浮提請雨國内降注大雨莎呵我勑電冠龍王於閻浮提請雨國内降注大雨莎呵我勑大摩尼髻龍王於閻浮提請雨國内降注大雨莎呵我勑戴摩尼髻龍王於閻浮提請雨國内降注大雨莎呵我勑光髻龍王於閻浮提請雨國内降注大雨莎呵我勑如是等一切龍王於閻浮提請雨國内降注大雨訖又說呪曰

那祇那祇一摩訶那祇二瞿羅引摩引柰賜三那伽咥喜梨切四梨陀易頭摩鳩隸五郁伽羅盂路囇六波羅旃陀低跂七毗氀姞利八阿尸引毗師九阿咥引瞿隸十訖栗瑟那去聲崩引伽隸十一旃引遮隸十二盧羅引嗜薜十三摩訶頗那引呿隸呿羅引波施十四勞陀羅引波引尸膩十五頭沖薜十六波羅波羅十七庇利庇利十八富路富路十九毗私引呼四不切婁閣膩二十浮路浮路二十一摩訶蒱祇二十二摩尼達隸二十三疋利疋利二十四副漏副漏二十五破邏破邏二十六

跛利沙跛利沙二十七闍藍浮引陀隷二十八睒浮睒浮二十九婆羅引訶翅三十那吒引磋薛三十一那吒引磋薛三十二忡忡忡忡薛三十三彌伽波羅引薛三十四彌伽婆引咥膩三十五荼迦荼迦荼迦三十六荼沉薛三十七伽那去聲伽那三十八尸棄膩三十九迦那迦那四十伽那伽那四十一摩訶那伽引伽那去聲四十二尼囉引怛藍四十三糅引波闍羅四十四得迦紇唎四十五摩訶那伽引紇利陀引曳四十六瞿摩瞿摩瞿摩波引耶四十七頞悉低迦引承伽唎四十八浮承引伽彌四十九毗迦吒僧迦吒瞿隷五十毗私孚盧闍泥五十一毗折時列切林引婆泥五十二

我今召集此會一切諸龍王等於閻浮提請雨國內降注大雨一切諸佛如來力故三世諸佛眞實力故慈悲心故莎呵爾時世尊說此呪已告龍王言若天旱時欲請雨者其請雨主必於一切諸衆生等起慈悲心若有比丘及比丘尼必須戒行本來清淨若曾違犯尼薩耆罪乃至衆學皆須已前七日七夜殷重懺悔若在俗人亦須於前七日七夜日別須受八關齋戒乃至請雨行道之日悉須清淨無得懈慢當於露地實淨土上除去沙礫無諸棘草方十二步以爲道場場中起壇辟方十步壇高一尺用犢牛糞取新淨者周帀塗壇於壇處內施一高座座上敷設新清淨褥張新青帳從高座東量三肘外用牛糞汁畫作龍王一身三頭亦畫彼龍左右眷屬圍遶龍王從高座南量五肘外畫作龍王一身五頭亦畫諸龍左右圍遶從高座西量七肘外畫作龍王一身七頭亦畫諸龍左右圍遶

從高座北量九肘外畫作龍王一身九頭亦畫諸龍左右圍遶其壇四角安四華瓶各容三斗又以金精或復石黛和水令青悉使瓶滿種種草木諸雜華蘂揷著瓶内道場四門各各置一大妙香爐燒種種香熏陸沉水蘇合栴檀及安息等四角各懸青旛七枚合二十八旛各長一丈然酥油燈亦隨旛數設諸雜果酥酪乳糜安置四面諸龍王前散華燒香勿令斷絶其果飲食及以瓶水日別使新不得隔宿恒以晨朝日初出時施設供具讀經之者一日三時香湯澡浴著新青衣持齋靜思唯食酥酪及乳糜等粳米果菜若大小便又須澡浴昇高座時先禮十方一切諸佛燒香散華奉請十方一切諸佛諸大菩薩及以一切諸天龍王其誦呪人爲護身故或呪淨水或呪白灰自心繫念以結場界或於一步乃至多步若水若灰用爲界畔又呪縷綖爲結繫項及以手足當呪水時散灑頂上及灑額上應作是念有惡心者不得入此壇場界内其誦呪者於諸衆生恒起慈心勿生惡念又願以此禮佛念誦及諸功德迴施一切諸天龍王并及含識有形之類昇法座時高聲讀誦此經及呪晝夜不絶若一七日若二七日遠至三七日必降甘雨除不專念無慈心人及穢濁者佛告龍王海水潮來尚可盈縮此言眞實決定不虛時諸龍王蒙佛教已歡喜踊躍頂禮奉行

大雲輪請雨經卷下

音釋

頞烏葛切 寐彌二切 薨呼肱切 匙市之切 墀直離切 穉直利切 崛渠勿切 枳諸氏切 曬所戒切 氀力朱切 碪知林切 糅女救切 棘紀力切 綖私箭切與線同

勝思惟梵天所問經

元魏天竺沙門統大乘論師菩提留支譯

清刻龍藏佛說法變相圖

勝思惟梵天所問經卷第一

元魏天竺沙門統大乘論師菩提留支譯

如是我聞一時婆伽婆住王舍城迦蘭陀竹林與大比丘僧六萬四千人俱菩薩摩訶薩七萬二千人皆是智者之所識知得具足陀羅尼得無障礙樂說辯才得諸三昧得大神通奮迅無礙畢竟得無所畏如實善知諸法體相得無生法忍其名曰文殊師利法王子寶手法王子寶印手法王子寶德法王子虛空藏法王子發心轉法輪法王子網明法王子奮迅法王子功德藏法王子能捨一切法法王子鉢頭摩莊嚴法王子師子法王子月光法王子月明法王子最勝意法王子一切莊嚴法王子跋陀婆羅等上首十六大賢士其名曰跋陀婆羅菩薩寶積菩薩善將導菩

薩人德菩薩善護德菩薩大海德菩薩帝釋王德菩薩上意菩薩勝意菩薩增上意菩薩不空見菩薩善住菩薩善奮迅菩薩無量意菩薩不休息菩薩日藏菩薩持地菩薩如是等菩薩摩訶薩七萬二千人及四天王天帝釋王上首三十三天夜摩天兜率陀天化樂天他化自在天及梵王等諸餘梵天并餘無量天龍鬼神夜叉乾闥婆阿修羅迦樓羅緊那羅摩睺羅伽人與非人普皆來集爾時世尊有百千萬大衆集會恭敬圍繞而爲說法爾時網明童子菩薩即從座起整服右肩右膝著地頂禮佛足合掌向佛動此三千大千世界觀察三千大千世界一切衆生而白佛言世尊我欲少問若佛聽者乃敢諮請佛言網明恣汝所問我當解說悅可爾心於是網明童子菩薩既蒙聽許心大歡喜即白佛言世尊如來身相超百千萬日月光明我自惟念若有衆生能見佛身及思惟者甚爲希有我復惟念若有衆生能見佛身及思惟者皆是如來威神之力佛言網明如是如是如汝所言若佛如來不加威神衆生無有能見佛身及思惟者亦無有能問如來者何以故網明如來有光名寂莊嚴若以此光觸諸衆生遇斯光者能見佛身思惟佛身不壞眼根網明如來有光名無畏辯若以此光觸諸衆生遇斯光者能問如來其辯無盡網明如來有光名集一切諸善根本若以此光觸諸衆生遇斯光者能問如來轉輪聖王行業因緣如來有光名淨莊嚴若以此光觸諸衆生遇斯光者能問如來天帝釋王行業因緣如來有

光名曰自在若以此光觸諸衆生遇斯光者能問如來大梵天王行業因緣如來有光名離煩惱若以此光觸諸衆生遇斯光者能問如來聲聞乘人所行之道如來有光名善遠離若以此光觸諸衆生遇斯光者能問如來緣覺乘人所行之道如來有光名益一切智若以此光觸諸衆生遇斯光者能問如來最上佛乘大乘之道如來有光名曰往益佛來去時足下光明若以此光觸諸衆生遇斯光者隨所壽終生於天上如來有光名一切莊嚴若佛入城放斯光明衆生遇者得樂歡喜諸莊嚴具莊嚴其城如來有光名曰分散若以此光觸諸世界無量無邊世界震動如來有光名曰生樂若以此光觸諸衆生能滅地獄衆生苦惱如來有光名曰上慈若以此光觸諸衆生能令畜生不相殺害如來有光名曰涼樂若以此光觸諸衆生能滅餓鬼饑渴熱惱如來有光名曰明淨若以此光觸諸衆生能令盲者得眼能視如來有光名曰聽聰若以此光觸諸衆生能令聾者得耳聞聲如來有光名曰止息若以此光觸諸衆生住十不善惡業道者能令安住十善業道如來有光名曰慚愧若以此光觸諸衆生能令狂者皆得正念如來有光名曰離惡若以此光觸諸衆生令邪見者皆得正見如來有光名曰能捨若以此光觸諸衆生能令慳者破慳貪心修行布施如來有光名無悔熱若以此光觸諸衆生令毀禁者皆得持戒如來有光名曰安利若以此光觸諸衆生能令瞋者皆行忍辱如來有光名曰勤修若以此光觸諸

衆生令懈怠者皆行精進如來有光名曰一心若以此光觸諸衆生令妄念者皆得禪定如來有光名曰能解若以此光觸諸衆生令愚癡者皆得智慧如來有光名無始淨若以此光觸諸衆生令不信者皆得正信如來有光名曰能持若以此光觸諸衆生令少聞者皆得多聞如來有光名曰威儀若以此光觸諸衆生無慚愧者皆得慚愧如來有光名曰安隱若以此光觸諸衆生令多欲者斷除婬欲如來有光名曰歡喜若以此光觸諸衆生令多怒者斷除瞋恚如來有光名曰照明若以此光觸諸衆生令多癡者觀十二緣斷除愚癡如來有光名曰徧行若以此光觸諸衆生令等分者斷除等分網明如來有光名曰示現一切種色若以此光觸諸衆生能令遇者皆見佛身種種異色無量種色過百千萬色網明當知如來若以一劫若餘殘劫依於如來光明說法不可窮盡是故如來應正徧知光明功德無量無邊不可窮盡爾時網明童子菩薩白佛言希有世尊如來示現無量無邊身光莊嚴不可思議方便善巧相應說法世尊我未聞此諸光明名世尊如我解佛所說法義世尊若有衆生得聞如此諸光明名能生淨信恭敬心者彼諸衆生畢竟定得如來如是光明之身世尊唯願今放請菩薩光覺諸菩薩令他方菩薩善問難者皆悉覺知既覺知已發心來此娑婆世界既來此已問於如來供養如來問答如來爾時世尊既受網明菩薩請已即放光明照於他方無量無邊諸佛世界於是諸方無量菩薩依佛光

明觸其身故皆來至此娑婆世界爾時東方過七十二恒河沙等諸佛國土有佛國土名曰清潔彼中有佛號月光明如來應正徧知現在現命現住唯爲諸菩薩摩訶薩說清淨法彼佛國土有菩薩梵天名勝思惟住不退轉蒙佛光明觸其身已到彼佛所頂禮佛足白言世尊何因何緣於此世界大光明現月光明佛告言梵天西方去此過七十二恒河沙等諸佛世界有佛世界名曰娑婆彼中有佛號釋迦牟尼如來應正徧知現在現命現住爲衆說法是彼佛身所放光明爲集十方諸大菩薩摩訶薩故梵天言世尊我今欲詣娑婆世界奉見彼佛供養彼佛禮拜親近諮問問答深細意問彼佛世尊亦欲見我其佛告言便往梵天今正是時彼國今有若千千億諸大菩薩現前集會梵天汝今應以十種清淨堅固心遊彼世界所謂於毀於譽心無增減故聞善聞惡等以慈心故於諸愚智等以悲心故於上中下衆生之類意常平等故於輕毀供養心無有二故不見他人功德過失故見種種乘皆是一味故聞三惡道心不驚怖故於諸菩薩生世尊想故佛出五濁生希有想故梵天汝當依此十種清淨堅固心遊彼世界爾時勝思惟梵天白其佛言世尊然我不敢於如來前作師子吼我所能行佛自知之時月光明如來國土餘諸菩薩白其佛言世尊我得大利不生如是國土不生如是惡衆生中其佛告言諸善男子勿作是語何以故若菩薩於此國中滿百千劫淨修梵行不如於彼娑婆世界從旦至中無瞋礙心

其福爲勝何以故以彼世界多有垢染多有諸難彼諸衆生多有垢染多有鬬諍故即時彼國有萬二千諸菩薩等欲與勝思惟梵天俱共發來而作是言如來知我行菩薩行我等亦欲以此十心一心遊行娑婆世界見釋迦牟尼佛禮拜供養一心定意遊行彼國爾時勝思惟梵天與萬二千諸菩薩等頭面禮拜月光明佛於其國土忽然不現譬如壯士屈伸臂頃一刹那頃一羅婆頃一無猴多頃到娑婆世界釋迦牟尼佛所頭面禮足右繞三帀却住一面爾時佛告網明菩薩言網明汝見勝思惟梵天來不網明菩薩白佛言如是世尊唯然已見佛言網明此勝思惟梵天於一切正問諸菩薩中爲最第一於一切善巧隨意所宜說法諸菩薩中爲最第一於一切美妙音聲諸菩薩中爲最第一於一切美妙言語諸菩薩中爲最第一於一切先意問訊諸菩薩中爲最第一於一切應以言語供養諸菩薩中爲最第一於一切無障礙言語諸菩薩中爲最第一於一切密意言語諸菩薩中爲最第一於一切無瞋恨心諸菩薩中爲最第一於一切慈心行諸菩薩中爲最第一於一切悲心行諸菩薩中爲最第一於一切喜心行諸菩薩中爲最第一於一切捨心行諸菩薩中爲最第一於一切善問疑心諸菩薩中爲最第一爾時勝思惟梵天與萬二千諸菩薩等頂禮佛足右繞三帀合掌向佛偈讚請曰

世尊大名勝　普聞於十方　所在諸如來
無不稱歎者　有諸餘淨國　無三惡道名

捨如是妙土　慈悲故生此　佛名智無減
與諸如來等　以大悲本願　處斯穢惡土
若人於淨國　梵行滿一劫　此土須臾間
行慈爲最勝　若人於此土　有身口意罪
應墮三惡道　現世受得除　生此土菩薩
不應懷憂惱　設有惡道罪　頭痛則得除
此土諸菩薩　若能守護法　世世所生處
不失於正念　若人欲斷縛　滅煩惱業罪
於此土護法　增益一切智　淨土多億劫
受持清淨戒　於此娑婆國　從旦至中勝
我見安樂國　無量壽佛國　無苦及苦名
彼作福非奇　於此煩惱處　能忍不可忍
亦敎他此法　其福爲最勝　我禮無上尊
大悲救苦者　能忍惡衆生　說法甚爲難
佛集十方界　名聞諸菩薩　聽法無猒者
廣爲說佛道　釋梵四天王　諸天龍神等
皆悉欲求法　願隨信樂說　比丘比丘尼
及清信士女　是四衆普集　願時爲演說
有樂佛乘者　及聲聞緣覺　佛知其深心
願悉爲斷疑　不斷佛種者　能出生三寶
爲是諸菩薩　我今請法王　名稱普流布
十方菩薩聞　皆悉共來集　願說無上道
法非二乘境　我等信力入　不可思議慧
唯是佛境界　我今有所請　悔過於世尊
如來無疲倦　願說菩提道

爾時勝思惟梵天偈讚歎已白佛言世尊云何菩薩其心堅固而不疲倦云何菩薩所言決定而不中悔云何菩薩增長諸善根云何菩薩無所恐畏威儀不轉云何菩薩增長諸白法云何菩薩善知從一地至一地云何菩

薩善知方便教化衆生云何菩薩隨順諸衆生云何菩薩不失菩提心云何菩薩能一其心而不散亂云何菩薩善求於法云何菩薩善出毁禁之罪云何菩薩善斷諸煩惱云何菩薩善住諸大衆云何菩薩善開法施云何菩薩得先因力不失善根云何菩薩不由他教而能自行六波羅蜜云何菩薩能轉捨禪定還生欲界云何菩薩於諸佛法得不退轉云何菩薩不斷佛種如實修行爾時世尊讃勝思惟大梵天言善哉善哉梵天善哉梵天汝今善能問於如來如是之義梵天汝今至心諦聽我爲汝説大梵天言如是世尊願樂欲聞佛言梵天諸菩薩摩訶薩畢竟成就四法其心堅固而不疲倦何等爲四一者於諸衆生起大悲心故二者精進常不懈故三者信解生死如夢故四者正思惟無等等佛之智慧故梵天諸菩薩摩訶薩畢竟成就如是四法其心堅固而不疲倦梵天諸菩薩摩訶薩畢竟成就四法所言決定而不中悔何等爲四一者決定説諸法無我故二者決定説諸生處無有樂著故三者決定常讃大乘故四者決定説罪福業不失故梵天諸菩薩摩訶薩畢竟成就如是四法所言決定而不中悔梵天諸菩薩摩訶薩畢竟成就四法增長諸善根何等爲四一者持戒故二者多聞故三者布施故四者出家故是爲四法梵天諸菩薩摩訶薩畢竟成就四法無所恐畏威儀不轉何等爲四一者不畏不得財利故二者不畏毁辱故三者不畏惡名故四者不畏苦惱故是爲四法梵天諸菩薩摩訶薩畢竟成

就四法增長諸白法何等為四一者教諸衆生修行大菩提故二者布施不求果報故三者守護正法故四者以智慧教諸菩薩故是為四法梵天諸菩薩摩訶薩畢竟成就四法善知從一地至一地何等為四一者集諸善根故二者遠離一切諸過咎故三者善知方便迴向故四者常勤精進故是為四法梵天諸菩薩摩訶薩畢竟成就四法善知方便教化衆生何等為四一者隨順衆生意故二者於他功德起隨喜心故三者悔過除罪故四者勸請諸佛故是為四法梵天諸菩薩摩訶薩畢竟成就四法隨順諸衆生何等為四一者常求利安一切衆生故二者自捨已樂故三者心和忍辱故四者除捨憍慢故是為四法梵天諸菩薩摩訶薩畢竟成就四法不失菩提心何等為四一者常憶念佛故二者所作善根不離菩提心故三者親近善知識故四者讃歎大乘故是為四法梵天諸菩薩摩訶薩畢竟成就四法能一其心而不散亂何等為四一者遠離聲聞心念故二者捨辟支佛心念故三者求法無猒足故四者知所聞法廣為人說故是為四法梵天諸菩薩摩訶薩畢竟成就四法善求於法何等為四一者於法生珍寶想以難得故二者於法生妙藥想療衆病故三者於法生財利想以不失故四者於法生滅苦想至涅槃故是為四法梵天諸菩薩摩訶薩畢竟成就四法善出毀禁之罪何等為四一者得無生忍以諸法內觀故二者得無滅忍以諸法無去故三者得因緣忍觀諸法因緣故四者得無住忍無新無

舊故是爲四法梵天諸菩薩摩訶薩畢竟成就四法善斷諸煩惱何等爲四一者正觀察故二者遠離未來諸障增長諸白法故三者得善法力故四者獨處遠離故是爲四法梵天諸菩薩摩訶薩畢竟成就四法善住諸大衆何等爲四一者求法不求勝故二者恭敬心無憍慢故三者唯求於法不自顯現故四者敎人善法不求名利故是爲四法梵天諸菩薩摩訶薩畢竟成就四法善開法施何等爲四一者守護法故二者自益智慧亦益他人故三者行善人法故四者示人垢淨故是爲四法梵天諸菩薩摩訶薩畢竟成就四法得先因力不失善根何等爲四一者於他闕失不見其過故二者於瞋恐人常修慈心故三者常說諸法因緣故四者常念菩提故是

爲四法梵天諸菩薩摩訶薩畢竟成就四法不由他敎而能自行六波羅蜜何等爲四一者以施導人故二者不說他人毀禁之罪故三者善知攝法敎化衆生故四者達解深法故是爲四法梵天諸菩薩摩訶薩畢竟成就四法能轉捨禪定還生欲界何等爲四一者其心柔輭故二者得諸善根力故三者善修智慧方便力故四者不捨一切諸衆生故是爲四法梵天諸菩薩摩訶薩畢竟成就四法於諸佛法得不退轉何等爲四一者堪受無量生死故二者供養無量諸佛故三者修行無量大慈故四者修行無量大悲故是爲四法梵天諸菩薩摩訶薩畢竟成就四法不斷佛種如實修行何等爲四一者不退本願故二者如說修行故三者於諸善法大欲精進

故四者深心行於佛道故梵天諸菩薩摩訶薩畢竟成就如是四法不斷佛種如實修行說如是等諸四法時二萬二千諸天及人皆發阿耨多羅三藐三菩提心五千菩薩得無生法忍十方世界諸來菩薩供養於佛所散天華周徧三千大千世界積至于膝爾時網明童子菩薩問勝思惟大梵天言梵天佛說汝於一切正問諸菩薩中爲最第一云何菩薩所問爲正問耶梵天言網明若菩薩見我故問名爲邪問非爲正問見他故問名爲邪問非爲正問分別法問名爲邪問非爲正問網明若菩薩無我見問無他見問無法見問名爲正問非爲邪問復次網明若菩薩以生故問名爲邪問以滅故問名爲邪問以是處非處故問名爲邪問網明若菩薩不以生故問不以滅故問不以是處非處故問名爲正問復次網明若菩薩爲染故問名爲邪問爲淨故問名爲邪問爲生死故問名爲邪問爲出生死故問名爲邪問爲涅槃故問名爲邪問網明若菩薩不爲染淨故問不爲生死出生死故問不爲涅槃故問名爲正問何以故於法位中無染無淨無生死無涅槃故復次網明若菩薩爲得故問非爲正問爲取故問非爲正問爲證故問非爲正問爲分別故問非爲正問爲知故問非爲正問爲依止故問非爲正問爲修故問非爲正問爲修見故問非爲正問是故網明以何處無得無取無證無分別無知無依止無修無修見故問是爲正問復次網明若菩薩是善法是不善法是有漏法是無漏法是有罪法是無罪法是有

爲法是無爲法是世間法是出世間法網明如是等二法隨所依而問者名爲邪問網明若菩薩不見二不見不二無相無相平等行問名爲正問復次網明若菩薩分別佛問名爲邪問分別法問名爲邪問分別僧問名爲邪問分別佛國土問名爲邪問分別衆生問名爲邪問分別乘問名爲邪問網明若菩薩於法不作一異問者名爲正問復次網明一切法正一切法邪網明菩薩言梵天云何一切法正云何一切法邪梵天言網明諸法不可思議故一切法名爲正若不可思議而思議者一切法名爲邪一切法寂靜名爲正思惟若不信解是寂靜者是即分別諸法若分別諸法則入增上慢若入增上慢隨所分別皆名邪問網明菩薩言梵天云何名爲諸法

正性梵天言網明諸法離自性離欲際是名正性網明菩薩言梵天少有衆生能解如是諸法正性梵天言是法正性不一不多網明若有善男子善女人能如是知諸法正性若已知若今知若當知是人無有法已得無有法今得無有法當得何以故佛說無得無分別名爲所作已辦相網明若有善男子善女人得聞如是諸法正性勤行精進是名如實修行彼人不戲諸法若不戲諸法彼人無有法得若無有法得彼人不住世間不住涅槃何以故諸佛不得生死不得涅槃故網明菩薩言梵天如來可不爲度生死故說法耶梵天言佛所示法有度生死耶答言無也如來不令衆生離於世間亦不令衆生得於涅槃梵天言善男子以是因緣當知如來不令衆

生出於生死入於涅槃但爲化度妄想分别生死涅槃二相者耳此中實無出於生死至涅槃者何以故諸法平等實無有人往來生死亦無有人入於涅槃無染無淨故爾時世尊讃勝思惟大梵天言善哉善哉梵天善哉梵天若有欲說諸法正性應當如汝之所說也說是法時二千比丘不受諸法漏盡心得解脱如來復告大梵天言梵天我不得生死不得涅槃何以故如來雖說生死實無有人往來生死雖說涅槃實無有人得涅槃者若有得入如此法門當知是人非生死相非涅槃相爾時會中五百比丘即從座起而作是言若無世間無涅槃者我等便爲空修梵行爲何義故修行正道諸禪三昧三摩跋提爾時網明菩薩法王子白佛言世尊若有於法而起生見起滅見者世尊彼人不過生死則於其人佛不出世世尊若有決定見涅槃者彼人亦不度生死亦不得涅槃何以故世尊言涅槃者名爲除滅諸相遠離一切動一切我想一切發一切戲故世尊是諸比丘已於如來正法出家而今墮在外道邪見於涅槃樂中求決定相譬如從麻出油從酪出酥世尊若人於諸法寂滅相中求涅槃者我說是輩爲增上慢邪見外道世尊正行道者於寂滅法不作生相不作滅相無得無果爾時網明菩薩法王子謂勝思惟大梵天言是五百比丘從此衆座而起去者云何而爲作諸方便引導其心入此法門令得信解離惡邪見梵天言善男子縱令使去至恒河沙諸佛國土不能得出如此法門譬如癡人畏於虚空

捨空而走在所至處不離虛空此諸比丘亦復如是雖復遠去不出空相不出無相相不出無願相又譬如人求索虛空東西馳走言我欲得空我欲得空於空中行而不見空此諸比丘亦復如是欲求涅槃行涅槃中而不得涅槃何以故言涅槃者但有名字猶如虛空但有名字不可得取涅槃亦爾但有名字而不可得爾時五百比丘聞說是已不受諸法漏盡心得解脫得神通已而作是言世尊若人乃於諸法畢竟寂滅相中求涅槃者則於其人佛不出世世尊我等今者非凡夫非學非無學非阿羅漢不在世間不在涅槃何以故以離一切動一切我想一切發一切戲故名爲諸佛出世爾時長老舍利弗問諸比丘言汝等今者眞是沙門所作自利皆悉已辨耶諸比丘言長老舍利弗我等今者得諸煩惱染不可作而作舍利弗言汝諸長老以何意故如是說耶諸比丘言舍利弗我等以知諸煩惱相是故說言得諸煩惱染不可作而作舍利弗我意在此故如是說我已得諸煩惱染不可作而作舍利弗言善哉善哉汝等今者住於福田能消供養諸比丘言舍利弗大師世尊猶尚不能消諸供養何況我等能消供養舍利弗言汝以何故作如是說諸比丘言舍利弗大師世尊知見法性性常淨故爾時勝思惟梵天白佛言世尊誰是世間應受供養佛言梵天不爲世法之所牽者勝思惟大梵天言世尊誰能消諸供養佛言梵天謂於諸法無所取著者梵天言世尊何者清淨堪爲福田能受供養佛言梵天謂不壞

菩提心者梵天言世尊誰爲衆生善知識耶佛言梵天謂於一切衆生不捨慈心者梵天言世尊誰知報佛恩佛言梵天謂不斷佛種者梵天言世尊云何供養於佛佛言梵天以通達無生際者梵天言世尊誰能親近於佛佛言梵天乃至失命因緣不毁禁戒者世尊誰能恭敬於佛佛言善護六根者世尊於世間中誰名財富佛言成就七財者世尊誰名知足佛言得出世間勝般若者世尊誰爲遠離佛言於三界中無所願者世尊誰爲世間無諸惡行佛言能斷一切諸結使者世尊誰名樂人佛言無貪著者世尊誰能到彼岸佛言能捨六入者世尊誰能住彼岸佛言梵天到平等道者世尊云何諸菩薩能增長施佛言菩薩能爲衆生說一切智心故世尊云何諸菩薩能奉持戒佛言常能不捨菩提心故世尊云何諸菩薩能行忍辱佛言以見一切智心無盡故世尊云何諸菩薩能行精進佛言觀察一切智心不得故世尊云何諸菩薩能行禪定佛言能覺一切智心自性清淨故世尊云何諸菩薩能行般若佛言於一切法無諸戲論故世尊云何諸菩薩能行慈心佛言不生衆生想故世尊云何諸菩薩能行悲心佛言不生法想故世尊云何諸菩薩能行喜心佛言不生我想故世尊云何諸菩薩能行捨心佛言不生彼我想故世尊云何諸菩薩安住於信佛言信一切法無言語故世尊云何諸菩薩住於聞慧佛言不著一切名字法故世尊云何諸菩薩住於有慚佛言知見內法故世尊云何諸菩薩住於有愧佛言捨

於外入故世尊云何名爲菩薩徧行一切功德處佛言能淨身口意業爾時世尊而說偈言

身淨無諸惡　口淨無妄語　心淨離諸垢
是菩薩徧行　觀不淨無貪　行慈無瞋恚
行智故無癡　是菩薩徧行　若在聚空野
及與處大衆　威儀終不轉　是菩薩徧行
信知法爲佛　信離名爲法　信無爲名僧
是菩薩徧行　知多欲所行　多瞋癡所行
善知轉此行　是菩薩徧行　不依止欲界
不住色無色　行如是禪定　是菩薩徧行
知解諸法空　及無相無願　而不盡諸漏
是菩薩徧行　善知聲聞乘　及辟支佛乘
通達於佛乘　是菩薩徧行　明解於諸法
不疑道非道　憎愛心平等　是菩薩徧行
於過去未來　及與現在世　一切無分別
是菩薩徧行

勝思惟梵天所問經卷第一

音釋

諮（即移切訪問於善也）疲倦（疲蒲糜切勞也倦渠眷切懈也）

勝思惟梵天所問經卷第二

元魏天竺沙門統大乘論師菩提留支譯

爾時勝思惟梵天白佛言世尊云何菩薩過世間法現住世間法而不爲彼世法所染如實善知世間諸法隨世間法而不爲世間法之所染教化衆生令離世間得世間法平等行於世間而不壞世間法爾時世尊即以偈頌答梵天曰

我說陰是世　世間所依止　不依止五陰
得脫世間法　菩薩有智慧　知世間實性
雖五陰相應　而不爲陰染　得失及稱譏
毀譽苦樂等　如此之八法　常牽於世間
大智慧菩薩　如實知世法　見世敗壞相
處之而不動　得利心不高　失利心不下
其心堅不動　不隨世間法　得失及毀譽
稱譏苦樂等　於此世八法　其心常平等
知世間虛妄　依二顛倒起　菩薩黠慧人
不行世間道　世間所有道　菩薩皆識知
故能於世間　度衆生苦惱　雖行於世間
如蓮華不染　亦不壞世間　通達法性故
世間行世間　不知是世間　菩薩行世間
明了世間相　世間虛空相　虛空亦無相
菩薩如是知　不染於世間　如所知世間
隨知而演說　知世間性故　而不壞世間
五陰無自性　是即世間性　若人不知是
常住於世間　若見知五陰　無生亦無滅
是人行世間　而不依世間　凡夫不知法
於世起諍訟　是實是不實　住是二相中
我常不與世　起於諍訟事　世間之實相
悉已了知故　諸佛所說法　皆悉無諍訟

知世平等故　非實非妄語　若佛法決定
有實有妄語　是即爲貪著　與外道無異
而今實法中　無實無妄語　是故我常說
出世法無二　若人知世間　如是之實性
於實於虛妄　不取此惡見　如是知世間
清淨如虛空　是大名稱人　照世間如日
若人見世間　如我之所見　如斯之人等
能見十方佛　諸法從緣生　自無有定性
若知此因緣　則達法實相　若知法實相
是則知空相　若能知空相　則爲見導師
若有人得聞　如是世間相　雖行於世間
而不住世間　依止諸見人　不能及此事
云何行世間　而不依世間　若佛滅度後
宥樂是忍者　佛則於其人　常現於世間
若人解達此　則守護我法　亦爲供養我
亦是世導師　若人須臾聞　世間性如此
是人終不爲　惡魔所得便　若能達此義
則爲大智慧　是人爲大富　法財之施主
若知世如此　亦是具禁戒　彼忍力勇健
進取大精進　具足諸禪定　獲得大神通
智慧如實知　一切世間道　若能如是行
彼成就三昧　樂於寂靜處　則起於般若
隨聞是法處　則有佛不空　如是諸菩薩
不久坐道場　若有深智見　如是世間性
則能降衆魔　疾得無上道

如來復告勝思惟大梵天言梵天如來出過世間而說世間世間集世間滅世間道梵天言世間者我說五陰名爲世間貪著五陰名爲世間集五陰盡名爲世間滅觀察五陰不見二法名爲世間滅道復次梵天所言五陰

五陰者但有言說於中取言語邪見名爲世間不捨是見名世間集是見自相名世間滅隨以何道不取是見名世間滅道梵天我意在此是故我今即此一尋身中說世間世間集世間滅世間滅道爾時勝思惟梵天白佛言世尊如佛所說四聖諦者未知何等是實聖諦佛言梵天所言苦諦非實聖諦梵天所言苦集諦非實聖諦梵天所言苦滅諦非實聖諦梵天所言滅苦道諦非實聖諦梵天若彼苦是實聖諦者一切牛猪諸畜生等應有實諦何以故以彼皆受種種苦故以是義故苦非實諦梵天若彼集是實聖諦者六道衆生應有實諦何以故以彼因集生諸趣故以是義故集非實諦梵天若彼滅是實聖諦者一切世間墮邪斷見說滅法者應有實諦何以故彼說滅法爲涅槃故以是義故滅非實諦梵天若彼道是實聖諦者緣於一切有爲道者應有實諦何以故以彼依有爲法求離有爲法故以是義故道非實諦梵天是故當知苦諦集諦滅諦道諦非實聖諦梵天實聖諦者知苦無生是名苦實聖諦知集無和合是名集實聖諦於畢竟滅法中知無生無滅是名滅實聖諦於一切法平等以不二法得道是名道實聖諦梵天實聖諦者非妄語非實語梵天何者是妄語所謂著我著衆生著命著丈夫著人著常見著斷見著有見著離有見著生見著滅見著生死見著涅槃見梵天是名妄語梵天若不著如是見不觸如是見不取如是見是名爲實語梵天若行者言我知苦是名妄語若行者言我斷集是名妄

語若行者言我證滅是名妄語若行者言我修道是名妄語何以故以不隨順佛所許念故名妄語梵天云何隨順佛所許念謂不憶念一切諸法若不憶念一切諸法是名隨順佛所許念若行者住是念中則不住一切相若不住一切相則住實際若住實際是名不住心若不住心是人名爲非實語非妄語者梵天是故當知若非實語非妄語者是名聖人實聖諦也梵天言實實者古今實故若佛出世若不出世法性常如是法界恒如是世間涅槃亦如是常如是故名爲實聖諦何以故非離生死名爲聖諦亦非令取涅槃名爲聖諦梵天若人證如是四諦是名實語者梵天於當來世有諸比丘不修身不修戒不修心不修慧是人説生相是苦諦衆緣和合是集諦滅法是滅諦以二法求相是道諦梵天我説彼愚癡人是外道徒黨墮於惡道我非其師彼人非我聲聞弟子如是之人墮外邪道破失法故説言有諦梵天且觀我坐道場時不得一法是實是妄語若佛不得法是法寧可於衆中有言説有論議有教化耶梵天言不也世尊佛言梵天以諸法無所得故諸法離自性故我菩提是無貪愛相爾時勝思惟梵天白佛言世尊若如來於法無所得者以何義故説如來坐道場名爲佛證何法故説如來名爲應正徧知佛言梵天於汝意云何我所説法若有爲若無爲是法爲實爲虚妄耶梵天言世尊是法虚妄非實修伽陁是法虚妄非實佛言梵天於汝意云何若法虚妄非實是法爲有爲無梵天言世尊若法虚

妄是法不應說有不應說無佛言梵天於汝意云何若法非有非無是法有得者不梵天言世尊若法無者彼法不得言有不得言無佛言梵天若法非有非無彼法云何證梵天言世尊彼法不證佛言梵天如來坐道場時唯知虛妄顛倒所起諸煩惱染畢竟不生以無所得故得以無所知故知何以故梵天我所得法不可見不可聞不可覺不可識不可憶不可取不可著不可說不可難出過一切境界無語無說無行無求無有文字無言語道非識境界無字非言語所說梵天彼法如是猶如虛空汝乃欲於如是法中而得證耶梵天言不也世尊諸佛如來甚爲希有成就不可思議未曾有法深入大慈大悲得如是寂滅相法而以文字語言敎人令得世尊若有衆生得聞是法能信解者當知是人不從小功德來何以故世尊是法一切世間之所難信何以故世間不能信如是法故佛言梵天云何是法一切世間之所難信梵天言世尊世間貪著諦而是法無如是此法非實非妄語世間貪著法而是法無法無非法世間貪著涅槃而是法無生死無涅槃世間貪著善法而是法無善無非善世間貪著樂而是法無苦無樂世間貪著佛出世而是法無佛出世亦無涅槃雖有說法而是法非可說相雖讃歎僧而僧即是無爲是故此法一切世間之所難信世尊譬如水中出火火中出水難可得信如是煩惱中有菩提菩提中有煩惱是亦難信何以故如來得是虛妄煩惱之性無法可證有所說法而不可見雖有所知

而無分別雖證涅槃而無所知雖修諸行而不作二相雖有證法而無所得雖滅諸障而無所滅世尊若善男子善女人有能信解如是法義當知是人得脱諸見當知是人供養諸佛以曾親近無量諸佛故當知是人得善人護以爲一切諸善知識所護念故當知是人信大妙法以妙善根得增上故當知是人善得法財大妙寶藏以能守護佛法藏故當知是人隨順作業以能善作所作法故當知是人種姓尊貴以得生於如來家故當知是人能行大捨以捨一切諸煩惱故當知是人得持戒力以無起心破戒法故當知是人得忍辱力以是人能捨身命故當知是人得精進力以是人心不疲倦故當知是人得禪定力以燒一切不善法故當知是人得智慧力

以離一切惡行見故當知是人不爲他欺以過一切惡魔境故當知是人怨不能伏以離一切諸對敵故當知是人不誑世間以其不誑諸如來故當知是人是眞語者諸法自性善能説故當知是人是實語者説第一義實法相故當知是人得善護念以諸如來所護念故當知是人柔和軟善以同止住善安樂故當知是人名爲大富以是人有聖法財故當知是人常能知足以其具足行聖種故當知是人易滿易養以如是人離食貪故當知是人得安忍力以如是人到彼岸故當知是人爲能度者以是人能度未度故當知是人爲能解者以是人能解未解故當知是人爲能安者以是人能安未安故當知是人爲能滅者以令未脱得解脱故當知是人爲能示

者以能爲人示正道故當知是人知正道者以是人能脫未脫故當知是人爲大醫王以能善知諸法藥故當知是人爲如良藥以療衆生煩惱病故當知是人爲有大力以是人有智慧力故當知是人有不退力以有堅固畢竟法故當知是人有精進力以常修行不依他故當知是人爲如師子以離怖畏毛竪等故當知是人猶如大龍以是人心善調柔故當知是人爲如大象以其善能調伏心故當知是人爲如牛王以其善能導大衆故當知是人爲大勇健以能破壞諸魔怨故當知是人爲不畏者以得遠離大衆畏故當知是人無所畏懼以是人得無畏法故當知是人無所忌難以是人能說諦法故當知是人爲如明月以得滿足諸白法故當知是人照明如日以智慧光能照明故當知是人爲如燈炷以離一切諸闇冥故當知是人心堅如地以得遠離憎愛心故當知是人平等如地以能容受諸衆生故當知是人不住如風以其不著一切法故當知是人能淨如水以蕩一切煩惱垢故當知是人爲如猛火以燒一切諸動念故當知是人如須彌山以其堅固不可動故當知是人金剛堅固如鐵圍山不可壞故心堅固故當知是人不可降伏以一切怨不能伏故當知是人不可度量以非二乘所度量故當知是人豐寶如海以其多饒正法寳故當知是人爲如大海以盡一切諸煩惱故當知是人爲不猒足以常求法不猒足故當知是人爲滿足者以有智慧知足法故當知是人如轉輪王以是人能轉法輪故當

知是人如帝釋王以如是人住持色故當知是人如梵天王以如是人得自在故當知是人爲降大雨以是人能雨法雨故當知是人爲降甘露以甘露法雨衆生故當知是人能自增長以得諸根力覺分故當知是人爲到彼岸以能出過世間溺故當知是人爲入彼岸以其能入佛智慧故當知是人則爲近到以其得近佛菩提故當知是人則爲無等以足智慧增上滿故當知是人爲無等等以有聞慧無等等故當知是人不可測量以過諸量非可測故當知是人無有障礙以樂說辯無滯著故當知是人憶念堅固以得具足聞持力故當知是人則爲能去以是人得義隨順故當知是人爲得善意以能觀察人正法故當知是人善知衆生以是人得衆生心故

當知是人勤行精進以爲利安諸世間故當知是人爲已出世以是人心過世間故當知是人爲不可汙以心無染如蓮華故當知是人不爲所覆以世八法所不覆故當知是人爲得快愛以諸黠慧之所愛故當知是人爲可貴重有多聞慧可貴重故當知是人爲他供養以智慧人之所知故當知是人所應供養以諸天人所供養故當知是人是可歸命以諸衆生所歸命故當知是人善人所貴以諸聖人所貴敬故當知是人則爲可求以二乘人所供養故當知是人遠離所求以離一切二乘行故當知是人爲不諂曲以無黠汙諂曲法故當知是人則爲端正以具威儀備成就故當知是人最爲可愛以過世間一切色故當知是人是爲可依以有威德德具足

故當知是人莊嚴具足以有諸相莊嚴身故當知是人間錯其身以有八十隨形好故當知是人則爲能護以是人能護佛種故當知是人則爲能收以得不斷佛法種故當知是人能遮諸惡以其常能護聖僧故是人諸佛見是人得法眼是人諸佛記是人滿足三忍是人滿足道場是人能降伏衆魔是人已得一切智是人能轉法輪是人能作佛所作事世尊若有善男子善女人得聞如是甚深法義聞已不驚不增上驚不上上驚是人則得如是功德世尊我以一劫若餘殘劫說彼善男子善女人所得功德猶不可盡若諸佛菩提如是難知難見難覺能信能取能受能持能讀能誦爲他廣說如是等法既能自住復令他人住是法中爾時如來告勝思惟大梵天言梵天汝少分知彼諸菩薩摩訶薩色及功德而讚歎之如佛所知以我具足有無障礙佛之智故梵天彼善男子善女人有如是等無量功德復有無量過於是者若有能知如來所說甚深之法解義解句及解字者則能證知彼甚深意隨順不違隨順相應非不相應能解其義不隨名字如是菩薩知所說法以依何等言語如來說法以依何等意如來說法以依何等方便如來說法以依何等入如來說法以依何等大悲如來說法梵天若有菩薩知此如來五力行智是菩薩於諸衆生作住持事梵天言世尊何者如來五力行智佛言梵天一者言語說法二者意說法三者方便說法四者入說法五者入大悲說法梵天如是名爲如來所用五力行智此深

法中非諸聲聞辟支佛等所知境界梵天言世尊云何菩薩知如來言語說法佛言梵天如來說過去法說未來法說現在法說染法淨法說善法不善法說世間法出世間法說有漏法無漏法說有罪法無罪法說有爲法無爲法說我衆生人丈夫法說得證法說生死法涅槃法梵天當知是諸言說如說幻事應知以無決定故說如夢事虛妄見故如響聲說從空聲出故言說如影因緣合故言說如印不轉入故所說如焰顛倒見故如說虛空不生不滅故無說可說應知以無言語故梵天若菩薩能知如是諸說法者是菩薩雖有一切言語說法而於諸法無所言說以不貪著法故得無障礙樂說辯才以是辯才乃至若於恒河沙等劫種種說法無盡無礙諸有所說不離法界故不執著差別之相故梵天是名如來言語說法梵天云何菩薩知如來甚深意方便說法梵天如來或染法說淨或淨法說染菩薩於此如來深意應如是知梵天云何如來染法說淨梵天以不見染法體故如是如來染法說淨梵天云何如來淨法說染梵天以見淨法體故如是如來淨法說染復次梵天我依布施即示涅槃凡夫無智不能善解隨意所說唯諸菩薩善知我意應如是信深善法意作是思惟行布施者於未來世得大富貴而此法中無有一法可從一念至於一念轉至後世以彼涅槃非轉法故若無一法可從一念至於一念轉至後世即是一切諸法實相諸法實相即是涅槃持戒是涅槃不作不起故忍辱是涅槃以念念

滅故精進是涅槃無所取捨故禪定是涅槃以不貪味故般若是涅槃以不得相故貪欲是實際法性無欲相故瞋恚是實際法性無瞋相故愚癡是實際法性無癡相故世間是涅槃無退無生故涅槃是世間以其執著故實語是虛妄以生諸見故虛妄是實語爲增上慢人故復次梵天如來以隨意故或自說言我是說常邊者或自說言我是說染者或自說言我是說斷邊者或自說言我是說無業者或自說言我是說無業作者或自說言我是邪見者或自說言我是不信者或自說言我是不知恩者或自說言我是劫盗者或自說言我是吐者或自說言我是不受者而如來無有如此諸事梵天當知是爲如來隨意以依何意憍慢衆生能捨我慢梵天如來依如是深意說法梵天若菩薩知如來隨行方便說者若聞佛出世則能信受示衆生善業色身果報故若聞佛不出世亦能信受以是諸佛法性身故若聞佛說法亦信受以爲喜樂文字衆生故若聞佛不說法亦信受諸佛法性不可說故若聞有涅槃亦信受以滅顛倒所起煩惱故若聞無涅槃亦信受諸法不生不滅相故若聞有衆生亦信受入世諦門故若聞無衆生亦信受入第一義故梵天菩薩摩訶薩如是善知如來隨行方便說法於諸言說音聲無畏應知亦能利益無量衆生梵天云何菩薩知如來方便說法梵天如來爲衆生說布施得大富故持戒得生天故忍辱得端正故精進得具智故禪定得寂靜故智慧捨諸煩惱故多聞得智慧故行十善

業道得人天富樂成就故慈悲喜捨得生梵世故奢摩他得毗婆舍那故學地得無學地故辟支佛地清淨消諸供養故佛地示無量智故涅槃滅一切苦惱故梵天我以如是善巧方便爲諸衆生讃說是法如來實不得我衆生壽命及丈夫等應知而如來亦不見布施不見布施果亦不見慳不見慳果亦不見持戒不見持戒果亦不見毁戒不見毁戒果亦不見忍辱不見忍辱果亦不見瞋恚不見瞋恚果亦不見精進不見精進果亦不見懈怠不見懈怠果亦不見禪定不見禪定果亦不見亂心不見亂心果亦不見般若不見般若果亦不見愚癡不見愚癡果亦不見樂亦不見苦亦不見須陁洹不見須陁洹果乃至不見菩提不見涅槃果梵天如來常爲衆生

說法而諸衆生依如來教如所說法如實修行勤修諸行爲何義修行勤行彼行而諸衆生修行彼法而不能得而不能證所謂須陁洹行乃至阿羅漢果乃至不得緣覺之地不得阿耨多羅三藐三菩提乃至不得涅槃以是義故彼諸衆生不得涅槃不見涅槃梵天是名如來方便說法梵天諸菩薩摩訶薩應勤修行爲令衆生攝取妙法梵天云何菩薩知如來入說法梵天眼是入解脫門如是耳鼻舌身意是入解脫門何以故眼空無我無我所自性爾故耳鼻舌身意空無我無我所自性爾故梵天當知諸入皆是入解脫門應知正行則不誑故如是色聲香味觸法皆是入解脫門所謂空門無相門無願門不行門不生不滅門無所從來無所至去門不退不

生門自性清淨寂靜門復次梵天如來於一切名字示是解脫門何以故以諸名字無合無用故以自性頑故梵天當知如來即於一切諸文字中說於聖諦應知即於一切所說法中說解脫門梵天無有名字言語說法諸佛如來不說實諦梵天如來說法無有法染一切所說法中示解脫門令入證智令入涅槃梵天是名如來入說法門梵天菩薩摩訶薩應學此法梵天云何如來以大悲心普為一切眾生說法梵天如來具有三十二種相應大悲普為一切眾生說法何等名為三十二種相應大悲梵天所謂一切法無我而諸眾生不信不解計言有我如來於此諸眾生等而起大悲一切法無眾生而諸眾生計有眾生如來於此諸眾生等而起大悲一切法無壽者而諸眾生計有壽者如來於此諸眾生等而起大悲一切法無丈夫而諸眾生計有丈夫如來於此諸眾生等而起大悲一切法無所有而諸眾生住於有見如來於此諸眾生等而起大悲一切法無住而諸眾生住於諸法如來於此諸眾生等而起大悲一切法無歸處而諸眾生樂於歸處如來於此諸眾生等而起大悲一切法非我所而諸眾生著於我所如來於此諸眾生等而起大悲一切法無所屬而諸眾生計有所屬如來於此諸眾生等而起大悲一切法無取相而諸眾生皆有取相如來於此諸眾生等而起大悲一切法無生而諸眾生住於有生如來於此諸眾生等而起大悲一切法無退生而諸眾生住於退生如來於此諸眾生等而起大悲

一切法無染而諸衆生染著諸法如來於此諸衆生等而起大悲一切法離貪而諸衆生悉皆有貪如來於此諸衆生等而起大悲一切法離瞋而諸衆生悉皆有瞋如來於此諸衆生等而起大悲一切法離癡而諸衆生悉皆有癡如來於此諸衆生等而起大悲一切法無所從來而諸衆生著所從來如來於此諸衆生等而起大悲一切法無所至去而諸衆生著於後生如來於此諸衆生等而起大悲一切法無作而諸衆生皆有所作如來於此諸衆生等而起大悲一切法無戲論而諸衆生有諸戲論如來於此諸衆生等而起大悲一切法空而諸衆生墮於有見如來於此諸衆生等而起大悲一切法無相而諸衆生取著於相如來於此諸衆生等而起大悲一切法無願而諸衆生悉皆有願如來於此諸衆生等而起大悲一切世間衆生常共瞋嫌鬬諍如來於此諸衆生等而起大悲一切世間邪見顛倒行於邪道爲欲令其住正道故如來於此諸衆生等而起大悲一切世間墮於顛倒墮於險難住於非道爲欲令其入實道故如來於此諸衆生等而起大悲一切世間衆生常爲慳貪所縛不知猒足奪他財物以爲教化令住聖財信戒聞捨慧慚愧故如來於此諸衆生等而起大悲一切世間衆生常爲財物屋宅妻子恩愛而作僮僕於此危脆無堅之物生堅固想爲欲令彼畢竟定知悉無常故如來於此諸衆生等而起大悲一切世間凡夫衆生身爲怨賊而常貪著供養恭敬名稱讚歎以爲親友衆生雖謂是善知

識而是衆生惡知識也爲作親友眞善知識令其畢竟斷於衆苦畢竟獲得涅槃樂故如來於此諸衆生等而起大悲一切世間衆生皆樂行欺誑若田宅等中邪命自活以爲說法令行正命出三界故如來於此諸衆生等而起大悲一切諸法皆從因緣勤修諸行乃得成就而諸衆生墮於懈怠是故不能得聖解脫爲令勤進獲得解脫堅固法故如來於此諸衆生等而起大悲梵天衆生棄捨無上大乘無礙勝法勝涅槃法而求下劣小乘之法所謂聲聞辟支佛乘爲彼衆生令知愛樂大乘之法所謂令知觀察佛乘故如來於此諸衆生等而起大悲梵天如來如是於諸衆生行三十二大悲之心以是義故如來名爲行大悲者若菩薩於衆生中常能修集此三十二大悲心者是菩薩摩訶薩則得名爲大福田也具大威德得爲不退爲諸衆生利益應知說是大悲法門品時三萬二千人皆發阿耨多羅三藐三菩提心八千菩薩得無生法忍七萬二千天子得離垢法眼爾時網明童子菩薩白佛言世尊此勝思惟梵天云何聞是大悲法門相應說法而不喜悅梵天言善男子若識在二法則有喜悅若識在無二實際法中則無喜悅善男子譬如如來所作幻人聞於如來所說法事不喜不悅如是善男子知一切法皆如幻相故於如來不生勝想於餘衆生不生劣想網明菩薩問梵天言善男子知一切法云何名爲如幻相耶答言善男子若人分別一切諸法行二處者汝當問之問言梵天汝於何處行耶答言善男子

隨諸凡夫以何處行吾於彼行網明菩薩言梵天凡夫之人行於貪瞋愚癡身見戒取疑網我我所等所求邪道善男子汝豈可於是處行耶梵天問言善男子汝欲得凡夫法決定相耶答言梵天我尚不見有諸凡夫何況其法梵天問言善男子若是諸法無決定者汝心云何有彼貪欲瞋恚愚癡諸染法耶答言無也梵天言善男子一切諸法離於貪欲瞋恚癡相行相亦如是善男子所有凡夫行即是賢聖行無二無差別善男子一切行非行一切說非說一切道非道曰何謂一切行非行善男子若人行道千萬億劫然於法性不增不減故一切行非行曰何謂一切說非說善男子如來以不可說相說一切法故一切說非說曰何謂一切道非道善男子以無所至故一切道非道爾時世尊讚勝思惟大梵天言善哉善哉梵天善哉梵天若欲說法當如是說

勝思惟梵天所問經卷第二

音釋

黠 胡八切慧也　輭 而兗切柔也　療 力嶠切治病也　豎 臣庾切立也

間錯 間古晏切廁也錯倉各切雜也　誑 居況切欺也

勝思惟梵天所問經卷第三

元魏天竺沙門統大乘論師菩提留支譯

爾時網明童子菩薩謂勝思惟大梵天言善男子汝說一切凡夫行處吾於彼行者見有行相梵天言善男子若我有所生處應有行相問言梵天汝若不生云何教化諸衆生耶梵天答言佛所化生吾如彼生網明菩薩言佛化所生無有生處梵天問言寧可見不答言梵天以佛力故見梵天言善男子我生亦如是以業力故網明菩薩問言梵天汝於起業中行耶梵天答言我實不於起業中行問言梵天云何無業而言以業力故梵天答言善男子如業力亦如是是二不出於如爾時長老舍利弗白佛言世尊若能入是大龍密意所說法中當知彼人得大功德何以故世尊聞是上人名字至難何況復有聞其所說世尊譬如有樹不依地住在虛空中而現根莖枝葉華果如是世尊此大人行相亦復如是不住一切法而於十方示現有行有生退死諸佛國土處處現見而亦復有如是智慧辯才樂說世尊若有智慧善男子善女人聞是智慧自在力者其誰不發阿耨多羅三藐三菩提心爾時會中有一菩薩摩訶薩名曰普華問長老舍利弗言大德舍利弗汝爲證法性爲不證耶而不能如是以大智慧奮迅說法佛說大德於智慧人中最爲第一大德何以不現如是智慧辯才自在力耶答言善男子隨智慧力佛說我於聲聞弟子智慧人中最爲第一能有所說大德舍利弗法性境界有多少耶答言無也大德舍利弗若法性

境界無多少者汝云何言隨智慧力佛説我於聲聞弟子智慧人中最爲第一能有所説答言善男子於聲聞中隨所得法而有所説大德舍利弗汝證法性境界有量相耶答言無也大德舍利弗若如是者汝云何言隨所得法而有所説大德舍利弗如法性無量相證亦如是如證説亦如是何以故法性無量相故舍利弗言善男子法性非證相大德舍利弗若彼法性非證相者汝出法性得解脱耶答言不也大德舍利弗何故爾耶答言善男子若出法性得解脱者則壞法性普華菩薩言是故舍利弗如汝證法法性亦如是舍利弗言善男子我爲聽來非爲説也大德舍利弗一切諸法皆入法性此法性中寧有説者有聽者不答言無也大德舍利弗若如是者汝云何言我爲聽來非爲説耶答言善男子佛説二人得福無量一者專精説法二者一心聽受以是義故普華應説我應聽受大德舍利弗汝入滅盡定能聽法耶答言善男子入滅盡定無有二行而聽法也大德舍利弗汝信諸法皆是自性滅盡相不答言善男子如是諸法皆是自性滅盡之相我信是説普華菩薩言若如是者則舍利弗常一切時不能聽法何以故以一切法常是自性滅盡相故舍利弗言善男子仁能不起于定而説法耶曰頗有一法非是定耶答言無也大德舍利弗以是義故當知一切愚癡凡夫應常在定舍利弗言以何定故一切凡夫常在定耶曰以不壞法性三昧故舍利弗言善男子若如是者凡夫聖人無有差別大德舍利弗

如是如是我不欲令凡夫聖人有差別也何以故聖人無所得一法凡夫無所生一法是二不過法性平等之相舍利弗言善男子仁以何等是諸法性平等之相曰如舍利弗所得知見大德舍利弗汝生賢聖法耶答言不也汝滅凡夫法耶答言不也汝得賢聖法耶答言不也汝見凡夫法耶答言不也大德舍利弗若如是者汝何知見說言得法耶答言善男子可不聞如凡夫無智慧如即是漏盡解脫如漏盡解脫如即是無餘涅槃如普華菩薩言大德舍利弗如不異如不攺如不變如不壞如應以是如知一切法爾時長老舍利弗白佛言世尊譬如大火一切炷燄悉皆能燒如是此諸善男子所說法性悉皆能燒一切煩惱佛言舍利弗如汝所言是諸善男子所說法性悉皆能燒一切煩惱爾時網明童子菩薩問長老舍利弗言大德舍利弗佛說大德於智慧人中最爲第一何等是智慧而舍利弗於智慧人中最第一耶答言善男子所謂聲聞因聲得解自照身相少分智慧以是智慧佛說我於聲聞弟子智慧人中最爲第一非菩薩中智慧第一曰智慧是戲論相耶答言非也曰智慧非平等相耶答言是也曰今大德證平等智慧云何而說智慧有量答言善男子以法性相故智慧無量隨入法性多少故智慧有量曰頗有無量相法作有量說耶答言無也網明菩薩言若如是者云何舍利弗依量說法爾時舍利弗默然不答爾時長老大迦葉承佛威神而白佛言世尊是網明童子菩薩以何因緣號曰網明爾

時佛告網明童子菩薩言善男子現汝自身善根所成功德光明令諸天人一切世間心得歡喜其有福德善根熟者當發阿耨多羅三藐三菩提心爾時網明童子菩薩聞佛勑已而白佛言善哉世尊唯然受教作是語已整服右肩右膝胡跪即於右手赤白莊嚴羅網指間放大光明普照十方無量無邊阿僧祇世界皆悉周徧其中地獄畜生餓鬼盲聾背傴無手無足種種諸病貪惡衆生愚癡裸形諸饑渴者若縛若禁貧窮惡色老邁垂死及嫉妬等種種苦惱諸有慳貪破戒瞋恚懈怠妄念無慧不信少聞少見無慚無愧墮邪疑網是等衆生遇斯光者皆得快樂一切歡喜無一衆生有貪欲瞋恚愚癡憍慢憂愁患等不得快樂不歡喜者其在佛前大會之衆菩薩摩訶薩及諸聲聞天龍夜叉乾闥婆阿修羅迦樓羅緊那羅摩睺羅伽人與非人比丘比丘尼優婆塞優婆夷等是諸大衆皆同一色金色無異謂如如來色時會大衆皆悉如是身中快樂心得歡喜譬如菩薩入喜樂食發起莊嚴三昧無異時諸大衆悉得希有各各相見如佛無異不見佛身爲高已身爲下又以網明童子菩薩光明力故尋時下方有四菩薩從地涌出名願力起菩薩名勝賢菩薩名智月光菩薩名不可降伏菩薩是四菩薩合掌而立作是念言何者是佛我欲禮敬即聞空中聲曰是網明童子菩薩光明力故一切大衆同一金色與佛無異時四菩薩發希有心作如是言我今實語如此衆會其色無異一切諸法亦復如是即發誓言若我此

語誠實不虛今世尊釋迦牟尼當現異相令我得見供養禮事爾時佛告網明童子菩薩言善男子止此神力汝今已得佛所作事汝今已令無量衆生住於佛道爾時網明童子菩薩受佛教勅即止神力攝光明事攝光明已一切大衆威儀色相還復如本身口無異即時如來身相顯現在師子座如本無異時四菩薩即見如來頭面禮足而作是言如來世尊智慧境界不可思議及網明童子菩薩福德善根願力境界不可思議依彼功德能與衆生如是快樂令得歡喜爾時長老大迦葉白佛言世尊此四菩薩從何所來四菩薩曰我等下方佛世界來大迦葉言其國何名佛號何等四菩薩曰國名現諸寶莊嚴佛號一寶蓋今現說法大迦葉言其佛國土去此幾何四菩薩曰佛自知之大迦葉言仁等今者何故來此四菩薩曰是網明童子菩薩光明照彼我等遇之即聞釋迦牟尼佛名及聞網明童子菩薩是故我等今來至此見釋迦牟尼佛并網明上人時大迦葉等即白佛言世尊一寶蓋佛現諸寶莊嚴世界去此幾何佛言迦葉彼國去此過七十二恒河沙等諸佛國土大迦葉言世尊是四菩薩發彼國來幾時至此佛言迦葉如一念頃於彼國沒忽然而至大迦葉言希有世尊然諸菩薩光明速照神通速疾甚爲希有今是網明童子菩薩光明遠照是四菩薩發來速疾乃能如是佛言迦葉如汝所說菩薩摩訶薩神通之力所行速疾不可思議一切聲聞辟支佛等所不能及爾時長老大迦葉問網明童子菩薩

言善男子仁現光明照此大會皆作金色以何因緣答言大迦葉可問世尊當爲汝說時大迦葉以此白佛佛言迦葉是網明童子菩薩成佛之時其會大衆同一金色咸共信樂一切智慧其佛國土乃至無有聲聞辟支佛名唯有清淨諸大菩薩摩訶薩衆長老大迦葉白佛言世尊生彼菩薩當知如佛佛言迦葉如汝所説生彼菩薩悉皆如佛是時會中四萬四千人聞已皆發阿耨多羅三藐三菩提心既發心已願生彼國而白佛言世尊若網明童子菩薩得成佛時我等皆當往生其國爾時長老大迦葉白佛言世尊是網明童子菩薩幾時當得阿耨多羅三藐三菩提佛言迦葉汝自問之於是大迦葉自問網明童子菩薩言善男子仁者幾時當得阿耨多羅三藐三菩提耶網明菩薩言大迦葉若有人問幻化人言仁者幾時當得阿耨多羅三藐三菩提是幻化人當云何答曰幻所化人無決定相當何所答曰一切諸法皆亦如是無決定相云何問言幾時當得阿耨多羅三藐三菩提耶曰幻所化人離於自相無異無別無所志願仁亦如是耶仁若如是何能利益無量衆生大迦葉阿耨多羅三藐三菩提即是一切衆生性一切衆生性即是幻性幻性即是一切法性於是法中我不見有利不見無利大迦葉言善男子仁今豈可不令衆生住菩提耶曰諸佛菩提有住相耶答言無也大迦葉以是故我不令衆生住於菩提我亦不令住於聲聞辟支佛道大迦葉言善男子仁於今者爲趣何所曰我所趣者乃趣於如

曰如無所趣亦無有轉曰如無趣亦無轉一切諸法皆住如相以是故我無趣無轉大迦葉言若一切法皆住如相無趣無轉仁復云何教化衆生網明菩薩言若人發願是則不能教化衆生若人於法有轉是亦不能教化衆生大迦葉言善男子仁可不轉衆生生死世間耶大迦葉我尚不得世間何況於世間中而轉衆生大迦葉言善男子仁可不令衆生得涅槃耶大迦葉我尚不見涅槃何況教化衆生令得涅槃大迦葉言善男子如其仁者不得世間不得涅槃何故諸菩薩行菩薩行爲救無量諸衆生故行於菩提此豈不爲滅度衆生耶大迦葉若菩薩見於世間分別涅槃取衆生相行菩提者此則不應說爲菩薩大迦葉言善男子仁者今於何處行耶大迦葉我非世間中行非涅槃中行亦復不以衆生相行大迦葉如汝所問仁者今於何處行者如佛所化人行處吾於彼行大迦葉言佛所化人無有行處大迦葉當知一切衆生行處亦如是相大迦葉言善男子佛所化人無貪恚癡若使一切衆生所行如是相者一切衆生貪欲恚癡爲何所趣大迦葉我今問汝隨意答我大迦葉汝今寧有貪恚癡不答言無也曰是貪恚癡爲盡滅不答言不也曰若大迦葉今無貪欲瞋恚愚癡亦不盡滅者汝置貪恚癡於何所耶答言善男子凡夫之人從顛倒起妄想分別生貪恚癡賢聖法中善知顛倒之實性故是以不起妄想分別故無貪欲瞋恚愚癡大迦葉於汝意云何若法從顛倒起是法爲實爲虛妄耶答言善男子

是法虛妄非是實也曰若法非實可令實耶答言不也曰若法非實汝大迦葉於中欲得貪恚癡耶答言不也曰若如是者爲於何所是貪恚癡能染衆生者答言善男子若如是者一切諸法從本已來自性離於貪恚癡相網明菩薩言大迦葉是故我說一切法相如佛所化說是法時四萬四千菩薩得柔順法忍爾時長老大迦葉白佛言世尊若有得聞網明童子菩薩名者彼人不復墮三惡道若有得見網明童子菩薩身者當知彼人一切魔業不能障難若有衆生得聞網明童子菩薩所說法者彼諸衆生不墮聲聞辟支佛地若當網明童子菩薩所教化者彼諸衆生於大菩提畢竟不退世尊願說網明童子菩薩善根功德莊嚴佛土佛言迦葉是網明童子菩薩隨其所在諸佛國土遊行之處皆能利益無量衆生迦葉如是網明童子菩薩所放光明汝見不耶答言已見佛言迦葉三千大千世界滿中芥子尚可算數今是網明童子菩薩光明所照令住阿耨多羅三藐三菩提者彼諸衆生不可數也迦葉汝知網明童子菩薩所放光明利益尚爾何況說法所利益者汝今諦聽我當少分說其功德善根莊嚴淨佛國土迦葉是網明童子菩薩過七百六十萬阿僧祇劫當得作佛號曰普光自在王如來應正徧知世界名曰集妙功德迦葉其佛往趣菩提樹時國中諸魔及魔眷屬諸天人民皆悉畢定於阿耨多羅三藐三菩提迦葉其佛國土地平如掌柔軟細滑如迦陵伽安樂處地一切諸寶以爲莊嚴世界無有三

惡道名亦無八難其佛國土無有高下瓦礫棘刺上石等穢妙寶蓮華以爲莊嚴彼諸蓮華皆是眞寶出美妙香世界長廣迦葉彼佛世界有如是等勝功德集普光自在王如來多有無量諸菩薩僧一切善修無量法門悉得無量自在神通皆以光明莊嚴其身得陁羅尼諸勝三昧無礙辯才善能說法彼諸菩薩光明神力無不通達悉得諸通無畏辯才善能降伏諸魔怨敵彼諸菩薩修行念慧具慚愧等上妙智慧諸勝功德以修其心迦葉彼佛國土無女人名其諸菩薩皆悉化生於寶蓮華中結跏趺坐禪喜樂食諸所須物經行之處房舍牀榻園林浴池應念即得迦葉彼普光自在王如來不以文字說法但放光明照諸菩薩即得無生法忍復照十方通達無礙令諸衆生得離煩惱又其光明常出三十二種淨妙法音何等三十二謂一切法空以離諸見清淨故一切法無相以離一切分別所分別故一切法無願以出三界故一切法離欲以自性寂滅故一切法離瞋以無有礙相故一切法離癡以無闇冥故一切法無所從來以本不生故一切法無去以無所至故一切法無住以無所依住故一切法過三世以去來現在無所有故一切法無異以其性一故一切法不生以離於業報故一切法無業報以不見因故一切法非作以非可作故一切法無名以不可得立名故一切法無起以不生不滅故一切法不實以本不起故一切法實以一道門平等故一切法無衆生以不見衆生故一切法無我以第一義攝故

一切法鈍以無所知故一切法捨以離憎愛故一切法離煩惱以無有取故一切法無煩惱以自性不染故一切法一相以實際平等故一切法離相以常寂定故一切法住實際以性不壞故一切法如相住以本不壞故一切法入法性以徧入故一切法無緣以諸緣不合故一切法諸緣生以滿足平等故一切法是菩提以如實見故一切法是涅槃以不成就故迦葉彼普光自在王如來光明常出如是三十二種淨妙法音迦葉若有衆生生彼國者當知是人能作佛事迦葉彼佛世尊壽命無量迦葉彼佛國土無有魔事能與諸菩薩而作留難長老大迦葉白佛言世尊若其有人欲得清淨佛國土者應取如彼網明菩薩所修善根功德莊嚴清淨佛土佛言迦葉是網明童子菩薩乃於無量百千萬億那由他諸如來所發清淨願修行功德莊嚴具足故得如是清淨佛土是故迦葉若善男子若善女人欲取如是淨佛國土應學網明童子菩薩所修願行爾時勝思惟梵天謂網明童子菩薩言仁者已得從佛受記網明童子菩薩言梵天一切衆生皆如來授記曰於何事中而得授記曰隨業受報而得授記曰汝作何業而得受記問言梵天若業非身作非口作非意作是業可得示不梵天答言不可示也問言梵天仁以何故而作是說梵天頗有菩薩行可作相耶答言不也以菩提非諸行相故問言梵天菩提是起作相耶答言非也以菩提是無爲非起作相問言梵天可以起作相得無爲菩提不答言不也網明菩薩

言梵天是故當知依此義意何等處無業無業果不作不行是菩提如菩提說亦如是如說授記亦如是不可以起作法而得授記梵天問言善男子汝不行六波羅蜜然後得授記耶答言梵天如汝所說菩薩行六波羅蜜而得授記梵天若菩薩捨一切煩惱名爲檀波羅蜜於諸法無所起名爲尸波羅蜜於諸法無所傷名爲羼提波羅蜜於諸法離相名爲毗棃耶波羅蜜於諸法無所住名爲禪波羅蜜於諸法無戲論名爲般若波羅蜜梵天菩薩如是行六波羅蜜於何處行梵天言善男子無處行也何以故凡有所行皆是不行若行即是不行若不行即是行網明菩薩言梵天以是義故當知無所行是菩提如汝所問汝得受菩提記者如眞如法性得授記我亦如是授記梵天依此法應知無行是菩薩行梵天如汝所言汝得授記如眞如及法界授記如是我授記梵天言善男子無有眞如法界授記網明菩薩言梵天如是相記如眞如法界爾時勝思惟梵天白佛言世尊菩薩以何行故得爲諸佛授阿耨多羅三藐三菩提記佛言梵天若菩薩不行生法不行滅法不行善法不行不善法不行世間法不行出世間法不行有漏法不行無漏法不行有罪法不行無罪法不行有爲法不行無爲法不行修道不行斷除不行世間不行涅槃不行見法不行聞法不行覺法不行知法不行施不行捨不行戒不行覆不行忍不行善不行發不行精進不行禪不行三昧不行慧不行行不行知不行得梵天若菩薩如是行者諸

佛則授阿耨多羅三藐三菩提記何以故梵天諸有所行皆有所是無所是是菩提諸有所行皆是分別無分別是菩提諸有所行皆是起作無起作是菩提諸有所行皆是戲論無戲論是菩提梵天依此義故是以當知若菩薩過諸所行則得授記爾時勝思惟梵天白佛言世尊世尊言授記授記者以何等法名爲授記佛言梵天離諸法二相名爲授記不分別生滅名爲授記離身口意業相名爲授記梵天我念過去爾時有劫名曰善見我於彼劫供養七十二那由他佛是諸如來不授我記又過是劫劫名善化我於彼劫供養七十二億佛是諸如來亦不授我記又過是劫劫名梵歎我於彼劫供養八萬八千佛是諸如來亦不授我記又過是劫劫名無咎我於彼劫供養三萬二千佛是諸如來亦不授我記又過是劫劫名莊嚴我於彼劫供養四千八萬佛皆以一切供養之具而供養之是諸如來亦不授我記梵天我於往昔已曾一劫及餘殘劫供養諸佛盡心恭敬尊重讚歎淨修梵行一切布施一切持戒及行頭陁離於瞋恚忍辱慈心如所說行勤修精進一切所聞皆能受持獨處遠離入諸禪定隨所聞慧讀誦思問是諸如來亦不授我記何以故以依止文字問於諸佛是以諸佛不授我記何以故以依止所行故是以當知若諸菩薩出過諸行乃得授記梵天我於是後見然燈佛即得無生法忍時然燈佛授我記言善男子汝於來世當得作佛號釋迦牟尼如來應正徧知我於爾時出過諸行滿足六波羅蜜

何以故若菩薩能捨諸相名爲檀波羅蜜能滅諸所受持名爲尸波羅蜜不爲境界所傷名爲羼提波羅蜜離諸所行名爲毗梨耶波羅蜜不憶念一切法名爲禪波羅蜜能忍諸法無生性故名爲般若波羅蜜梵天我於然燈佛所滿足如是六波羅蜜梵天我從初發菩提心已來所作布施於此捨相布施百分不及一百千分百千萬億分乃至算數譬喻所不能及梵天我從初發心已來持戒行頭陁於此常滅戒百分不及一乃至算數譬喻所不能及梵天我從初發心已來柔和忍辱於此畢竟忍法百分不及一乃至算數譬喻所不能及梵天我從初發心已來發勤精進於此不取不捨精進百分不及一乃至算數譬喻所不能及梵天我從初發心已來禪定獨處於此無住禪定百分不及一乃至算數譬喻所不能及梵天我從初發心已來思惟籌量智慧於此無戲論智慧百分不及一百千分百千萬億分乃至算數譬喻所不能及梵天是故當知我於爾時已得滿足六波羅蜜梵天言世尊世尊云何名爲滿足六波羅蜜佛言梵天若不念施不依止戒不分別忍不取精進不住禪定不二於慧梵天是名滿足六波羅蜜梵天言世尊滿足六波羅蜜已能滿足何法佛言梵天滿足六波羅蜜已能滿足薩婆若梵天言世尊云何滿足六波羅蜜已能滿足薩婆若佛言梵天布施平等即是薩婆若平等持戒平等即是薩婆若平等忍辱平等即是薩婆若平等精進平等即是薩婆若平等禪定平等即是薩婆若平等智

慧平等即是薩婆若平等以是平等等一切法名爲薩婆若復次梵天滿足布施相持戒相忍辱相精進相禪定相智慧相是名薩婆若梵天如是滿足六波羅蜜能滿足薩婆若梵天言世尊何者是薩婆若滿足佛言梵天若眼不見色乃至意不知法梵天若如是觀察内外六入是名薩婆若滿足梵天如是薩婆若滿足所謂不著眼乃至不著意以是義故名爲如來無障無礙薩婆若智梵天薩婆若於法無所受何以故以薩婆若非受法器故梵天言非器者此名無物能受盛故言無物者則名爲空空同虚空是名薩婆若以是義故不能受法梵天譬如一切所作皆依虚空而彼虚空無所依也如是薩婆若智皆從薩婆若出而薩婆若無所依也勝思惟梵天白佛言世尊所說薩婆若薩婆若者爲何謂耶以何義故名薩婆若佛言梵天一切諸行彼薩婆若智知所謂聲聞辟支佛及一切世間以是義故名薩婆若諸有所行平等智知諸心知諸行知諸慈悲知諸學知諸發起修行故名薩婆若能離一切諸相能破一切諸覺故名薩婆若如實知說不說如實知一切衆生心行故名薩婆若如實知一切證智故名薩婆若如實知無學智聲聞辟支佛智如實知一切種智皆是薩婆若中出以是義故名薩婆若如實知正行皆從薩婆若出故名薩婆若如實知一切樂故名薩婆若能令一切病滅故名薩婆若能離一切縛故名薩婆若能除一切煩惱習氣故名薩婆若常在一切定故名薩婆若一切法中無疑故名薩婆

若從彼薩婆若出一切世間出世間智慧故名薩婆若知一切智慧方便相故名薩婆若梵天一切諸法方便從此法出故名薩婆若

爾時勝思惟梵天白佛言希有世尊諸佛如來智慧甚深心無所緣而知一切衆生心心所行世尊彼薩婆若有如是等無量功德其誰智慧善男子善女人聞薩婆若不發阿耨多羅三藐三菩提心

勝思惟梵天所問經卷第三

音釋

傴於武切僂也　裸即果切赤體也　礫即擊切小石也　棘刺棘紀力切小棗也刺七自切芒也　牀榻牀士莊切榻吐盍切牀狹而長者　鈍徒困切不利也

勝思惟梵天所問經卷第四

元魏天竺沙門統大乘論師菩提留支譯

爾時網明童子菩薩白佛言世尊若有菩薩希望功德利而發菩提心者不得名爲發大乘也何以故一切諸法無功德利以無對治處故世尊菩薩摩訶薩不應爲功德利故發菩提心但爲大悲故爲滅衆生諸苦惱故生諸善法故解脫諸邪見故滅除諸病故捨我所貪著故不觀憎愛故不沒世法故猒患有爲故安住涅槃故發菩提心世尊菩薩不應於諸衆生求其恩報亦不應觀作與不作又於苦樂心不傾動世尊何謂菩薩摩訶薩諸善根清淨佛言善男子菩薩善根若生轉輪聖王位處不得名爲善根清淨若生帝釋王中若生梵天王中亦不得名善根清淨在所生處乃至畜生自不失善根亦令衆生生諸善根是名菩薩善根清淨復次網明云何菩薩善根清淨善男子布施善根清淨以捨一切資生故持戒善根清淨以除熱惱得清涼故忍辱善根清淨以心不分別故精進善根清淨以離懈怠故禪定善根清淨以不念餘乘故智慧善根清淨以離諸見故慈善根清淨以平等見故悲善根清淨以直心清淨故喜善根清淨以樂諸法不生愛故捨善根清淨以離諸過故不捨菩提心善根清淨以不貪聲聞辟支佛地故爾時文殊師利法王子在於大會默然而住無所論說爾時勝思惟梵天白佛言世尊此文殊師利法王子在大會坐云何於此所說法中默然而住無所論說爾時世尊告文殊師利法王子言文殊師

利汝今於此所說法中可少說之文殊師利白佛言世尊佛所證法爲何等相佛言文殊師利彼所證法無有相貌文殊師利言世尊彼法可說可演可論不佛言文殊師利彼法不可說不可演不可論也文殊師利言世尊若彼法不可說不可演不可論者則不可示爾時勝思惟梵天謂文殊師利法王子言文殊師利汝不爲衆生演說法耶文殊師利問言梵天於法性中頗有二相耶答言無也問言梵天一切諸法不入法性中耶答言如是文殊師利言若彼法性是不二相一切諸法入法性中云何當爲衆生說法梵天問言頗有說法亦無二耶答言梵天若決定得說者聽者可有說法而無有二梵天問言如來豈可不說法耶答言梵天佛雖說法不以二相何以故如來說法無二說故雖有所說而無二也梵天問言若一切法無二云何諸凡夫無二作二答言梵天凡夫之人貪著我故分別爲二若不二者終不爲二雖復種種分別爲二然其實際無有二相梵天問言云何而識無二法耶答言梵天若無二可識則非無二何以故梵天無二相者不可識也梵天而如來不說二法彼法如說無如是也何以故以彼法無名字章句故梵天問言如來說法取何法耶答言梵天如來說法無所取也梵天問言佛所說法可不取涅槃耶問言梵天於涅槃中涅槃有取捨耶答言涅槃不去不來文殊師利言如是梵天佛所說法不去不來梵天問言是法云何聽答言如所說梵天問言云何如所說答言梵天如不識不聞如

不識不聞如是説梵天問言誰能聽如來如是法答言梵天不著不漏諸境界者梵天問言誰能知是法答言梵天以何等人不諍訟無識不隨喜者梵天問言云何比丘名多諍訟答言梵天若比丘是好是惡是相應是不相應此名諍訟是理是非理此名諍訟是垢是淨此名諍訟是善是不善此名諍訟是法可呵是法不可呵是法有漏是法無漏是法世間是法出世間是法有爲是法無爲是持戒是破戒是可作是不可作是可得是不可得梵天此名諍訟梵天若於法中有高下心貪著取受皆是諍訟佛所説法無有諍訟梵天樂戲論者無不諍訟樂諍訟者無沙門法樂沙門法者無有妄想梵天問言云何比丘隨佛語隨佛教答言梵天若比丘稱讚毀辱

其心不動是名隨佛教不隨文字語言是名隨佛語又若比丘滅一切法相是名隨佛教不違於義是名隨佛語又若比丘守護於法是名隨佛教不違佛語是名隨佛語梵天問言云何比丘能守護法答言梵天若比丘不違平等不壞法性是則名爲能守護法梵天問言云何比丘親近於佛答言梵天若比丘於諸法中不見有法若近若遠是則名爲親近於佛梵天問言云何比丘給侍於佛答言梵天若比丘身口意無所作是名比丘給侍於佛梵天問言誰能供養佛答言梵天不起罪業不起福業不起無動業者梵天問言誰能見佛答言梵天若不著肉眼不著天眼不著慧眼不著法眼不著佛眼者梵天問言誰能見法答言梵天不逆諸因緣法者梵天問

言誰能順見諸因緣答言梵天不起平等不見平等不生不滅者梵天問言誰得眞智答言梵天不生不滅諸漏法者梵天問言誰能隨學如來戒答言梵天不起不受不取不捨者梵天問言誰名正行答言梵天不隨三界者梵天問言誰爲善人答言梵天不受後身者梵天問言誰爲樂人答言梵天無我無我所者梵天問言誰爲得脫答言梵天不壞縛者梵天問言誰爲得度答言梵天不住世間不住涅槃者梵天問言漏盡比丘盡何事耶答言梵天若有所盡不名漏盡知諸漏空相隨如是知名爲漏盡梵天問言誰爲實語答言梵天離諸言論道者梵天問言誰爲入道答言梵天凡夫者有入道聖行者知一切有爲法無所從來無所至去則無入道梵天問言誰能見聖諦答言梵天若於諸法無所見者何以故隨所有見皆爲虛妄無所見者乃名爲實梵天問言不見何法名爲實諦答言梵天不見一切法名爲實諦梵天問言如是實法當於何求答言梵天當於四顚倒中求梵天問言汝以何意作如是說答言梵天求四顚倒不得常不得樂不得我不得淨若不得常以常無故是即無常以何處無樂是即爲苦以何處無我是即無我以何處無淨是即不淨梵天諸法無我是爲聖諦若人求實諦是人不識苦若人斷集是人不識集若人見滅是人不識滅若人求道是人不識道梵天問言云何修道文殊師利答言梵天若不分別是法是非法離於二相名爲修道以如是道求一切法不可得故是名爲道如是道

者不住世間不住涅槃何以故不離不至乃名聖道爾時平等行梵天婆羅門大婆羅子白文殊師利法王子言文殊師利云何優婆塞歸依佛歸依法歸依僧答言善男子若優婆塞不起二見云何名爲不起二見謂不起我見不起他見不起我見不起佛見不起我見不起法見不起我見不起僧見是名優婆塞歸依佛法僧復次善男子若優婆塞不以色見佛不以受想行識見佛是名優婆塞歸依佛善男子若優婆塞不分別諸法不戲論諸法是名優婆塞歸依法善男子若優婆塞信無爲法僧而不離有爲法信無爲法是名優婆塞歸依僧復次善男子若優婆塞不見佛不見法不見僧是名優婆塞歸依佛歸依法歸依僧爾時平等行梵天婆羅門大婆羅子白文殊師利法王子言文殊師利是諸菩薩發菩提心者爲趣何所答言善男子趣於虛空何以故阿耨多羅三藐三菩提同虛空故平等行菩薩言文殊師利云何菩薩名發阿耨多羅三藐三菩提心答言善男子若菩薩知一切發非發一切法非法一切衆生非衆生是名菩薩發阿耨多羅三藐三菩提心爾時平等行梵天婆羅門大婆羅子白佛言世尊所言菩薩菩薩者爲何謂耶以何義故名爲菩薩佛言善男子若菩薩於邪定衆生起大悲心於正定衆生不見殊異故名菩薩何以故善男子菩薩不爲正定衆生不爲不定衆生故發心但爲度脫邪定衆生故而起大悲發阿耨多羅三藐三菩提心故名菩薩何以故善男子菩薩於邪定衆生起大悲心

願大菩提故名菩薩爾時菩提菩薩白佛言世尊我亦樂說以何義故名爲菩薩佛言便說菩提菩薩言譬如若男子女人受一日八戒無毁無鈌若菩薩如是從初發心乃至成佛於其中間常修淨心故名菩薩世尊若菩薩從初發心乃至道場不動心故名爲菩薩堅意菩薩言若菩薩成就深固慈心常念衆生故名菩薩度衆生菩薩言譬如橋船度人不倦無有分別若菩薩有如是心度一切衆生故名菩薩斷惡道菩薩言若菩薩於諸佛國土足投地處即時一切惡道皆滅故名菩薩觀世自在菩薩言若菩薩衆生見者即得必定於阿耨多羅三藐三菩提又稱其名得免驚怖故名菩薩得大勢菩薩言若菩薩足投地處震動三千大千世界及魔宫殿故名菩薩無疲倦菩薩言若菩薩劫數猶如恒河沙等爲一日夜以如是日三十爲月數如是月十二月爲歲以是歲數若過百千萬億數劫得值一佛如是乃於恒河沙等諸如來所行諸梵行修集功德然後乃受阿耨多羅三藐三菩提記心不休息無有疲倦故名菩薩導師菩薩言若菩薩於墮邪道諸衆生等生大悲心令入正道不求恩報故名菩薩大彌樓山菩薩言若菩薩於一切法無所分別如彌樓山一於衆色故名菩薩那羅延菩薩言若菩薩不爲一切煩惱所壞故名菩薩心力菩薩言若菩薩以心思惟一切諸法而自身心不壞不損故名菩薩師子遊步自在菩薩言若菩薩於諸論中不怖不畏得深法忍能使諸魔一切外道悉皆驚怖故名菩薩不可

思議菩薩言若菩薩知心及法不可思議無所思惟無所分別故名菩薩善寂天子言若菩薩能於一切天宮中生而無所染亦不得是無染之法故名菩薩實語菩薩言若菩薩有所發言常以眞實乃至夢中亦無妄語故名菩薩喜見菩薩言若菩薩能見一切色皆是佛色故名菩薩常悲菩薩言若菩薩見墮生死苦惱衆生不著自身一切諸樂唯除法樂教化衆生故名菩薩心無礙菩薩言若菩薩能於一切煩惱衆魔而不瞋礙故名菩薩常喜根菩薩言若菩薩常以喜根自滿其願亦滿他願所作皆辦故名菩薩散疑悔菩薩言若菩薩於一切法中不生疑悔故名菩薩師子童子菩薩言若菩薩亦無男法亦無女法而現一切種種色身以爲成就諸衆生故

故名菩薩寶女菩薩言若菩薩於諸寶中不生愛樂但樂三寶故名菩薩毗舍佉達多優婆夷言若菩薩有所得者則無菩提若不得一切法不生一切法不滅一切法故名菩薩跋陁婆羅大賢士言若菩薩有諸衆生聞其名者即得必定於阿耨多羅三藐三菩提故名菩薩寶月童子言若菩薩常能修行童子梵行乃至不以心念五欲何況身受故名菩薩忉利天子曼陁羅華香菩薩言若菩薩持戒熏心常流功德諸善法香不流餘香故名菩薩作喜菩薩言若菩薩喜樂三法謂供養佛守護正法教化衆生故名菩薩勝思惟梵天言若菩薩見一切法皆是佛法故名菩薩彌勒菩薩言若菩薩衆生見者即得入於大慈三昧故名菩薩文殊師利法王子言若菩

薩雖說諸法而不起法想不起我想不起他想故名菩薩網明菩薩言若菩薩光明能滅一切衆生諸煩惱闇故名菩薩普華菩薩言若菩薩見滿十方諸佛世界衆華敷榮故名菩薩如是諸菩薩隨其樂說辯才各各說已爾時佛告平等行梵天婆羅門大婆羅子言善男子若菩薩能代一切衆生受諸苦惱亦復能捨一切福事與諸衆生故名菩薩爾時勝思惟梵天問平等行梵天婆羅門大婆羅子言善男子仁者今以何行爲行答言梵天以何等行一切有爲法諸衆生行我如是行梵天問言一切有爲法諸衆生以何爲行答言梵天諸佛所行是一切有爲法諸衆生行梵天問言諸佛以何爲行答言梵天諸佛以第一義空爲行梵天問言善男子若一切凡夫所行諸佛亦以是行佛與衆生有何差別平等行梵天婆羅門大婆羅子言梵天仁者欲令空中有差別耶答言不也文殊師利問勝思惟大梵天言梵天如來可不說一切法空耶答言如是文殊師利言是故梵天一切諸法無有差別是諸行相亦復如是無差別相是故如來不說諸法有種種相平等行梵天婆羅門大婆羅子問文殊師利法王子言文殊師利如諸言語所說行者何等名行答言善男子以何等處有四正行是人名爲行處梵行善男子以何等人行四梵行彼人所行非是梵行以何等行行四梵行彼人名爲成就梵行善男子雖於空閑曠野中行離於梵行彼人不名成就梵行非是善巧知於梵行善男子復有雖於樓殿堂閣金銀牀榻妙

好被褥於此中行成就梵行彼人真實成就梵行真是善巧知於梵行曰若見我見非智見耶答言善男子如是如是善男子若見我見彼非智見善男子如人如實善知金性則知柔輭不柔輭者如是見我能清淨智曰為說何者是我見耶答言善男子所謂無我法體常也善男子我常無體本來不成以彼如是畢竟決定故說名我曰如我解文殊師利所說法義若見我者即是見佛何以故我體佛體無分別故文殊師利何等人能見如來耶答言善男子若能不攺我見相者何以故我見法見佛見平等曰頗有無所行名為正行耶答言有善男子若不行一切有為法者是名正行曰云何而行名為正行答言善男子若不為知故行不為斷故行不為證故行不為修故行是名正行曰頗有人不見佛而彼人慧眼清淨答言有善男子諸佛如來不見一相彼人則有慧眼清淨曰慧眼見何等法答言善男子若見一法不名慧眼善男子慧眼不見有為諸法亦復不見無為法也何以故以彼般若無分別故以是義故般若不見有為諸法彼無為法亦過慧眼是故不見曰頗有正行比丘不得道果答言有善男子於正行中無果無得亦無正行彼處亦無修行一法善男子亦於彼處無果可得以無分別故善男子若不得一法乃名為得善男子若分別言我有所得彼人我慢以正行中無增上慢以無增上慢則無證無得曰為得何法說名得道答言善男子以何等法不生本來不生後亦不生為得彼法故說實法曰若

法不生何等法證答言善男子若知不生即說彼知名爲證法見有爲法一切不生是即名爲得證正定曰以何名爲證正定耶答言善男子我及涅槃平等無二無有差別故說名爲證正定也以隨正定是故說名證正定也以畢竟得平等法故說名正定又以能令得了義故說名正定以不戲論諸三昧故說名正定爾時世尊讚文殊師利法王子言善哉善哉文殊師利快說此言誠如汝說如是文殊師利汝說此法時七千比丘不受諸法漏盡心得解脫三萬二千諸天遠塵離垢於諸法中得法眼淨有十千人離欲得定有二百人發阿耨多羅三藐三菩提心五百菩薩得無生法忍爾時勝思惟梵天白佛言世尊是文殊師利法王子能作佛事大饒益衆生令無量衆生入於涅槃佛言善男子汝亦饒益無量衆生令入涅槃文殊師利問言梵天汝謂衆生有數量耶答言不也問言梵天頗有衆生如來說不又頗有衆生有衆生體不答言無也問言梵天於汝意云何汝謂如來有生有滅耶答言不也問言梵天若如是者何等衆生如來令入於涅槃耶梵天答言以何等法性文殊師利法王子如是說法如是無世間無涅槃文殊師利言梵天如是如是如來不見世間不見涅槃梵天如來所化聲聞弟子彼人亦不見世間不見涅槃梵天所言涅槃唯是言說然無有人行於世間亦無有人行於涅槃梵天問言諸有所說諍訟言語如此言語說何等法答言梵天是戲論耳不說衆生梵天若有戲論然則常無我慢以

是義故於無物中而戲論也以知無實有戲論故不見戲論若不見戲論彼人不行世間若不行世間則不異見以不異見故說涅槃梵天問言文殊師利所言入涅槃者以何等對治而說涅槃答言梵天入涅槃者彼此因緣不相和合不起無明不起世間行若不起行是則不生若不生者即名涅槃若不起諸行名爲寂靜彼法名爲得證聖道以常不生如是名爲說四聖諦爾時平等行梵天婆羅門大婆羅子謂文殊師利法王子言文殊師利如仁所說皆是眞實文殊師利言善男子一切言說皆是眞實曰虛妄言說亦眞實耶答言如是何以故善男子是諸言說皆爲虛妄無處無方若法虛妄無處無方即是眞實以是義故一切言說皆是眞實善男子提婆達多所有語言與如來語無異無別何以故諸有言說一切皆是如語無異無別何以故諸有言說一切皆是如來言說不出如故諸有言語所說之事一切皆以無所說故得有所說是以一切言說皆等文字同故文字空故曰如來可不說凡夫語賢聖語耶文殊師利言如是善男子不可如彼文字言語聖人說法凡夫亦以文字章句有所說耶答言如是曰頗有文字分別言語此是凡夫文字言語此是聖人文字言語耶答言無也文殊師利言善男子如彼言語名字章句不分別無分別如是一切聖人離諸分別是故聖人無名字說聖人所行非言語想亦非法想非衆生想如鼓螺等衆緣和合而有音聲是諸音聲無所分別如是善男子諸賢聖人善知一

切衆因縁故於諸言說悉皆平等無所分別平等行菩薩言文殊師利如佛所說大衆集會當行二事若如實說法若聖默然文殊師利何者如實說法何者是聖默然答言善男子若說法不違佛不違法不違僧是名如實說法若知法即是佛離相即是法無爲即是僧是名聖默然又善男子若依四念處有所說是名如實說法若於一切法無所憶念是名聖默然若依四正勤有所說是名如實說法若於平等不作平等非不作平等是名聖默然若依四如意足有所說是名如實說法若不捨身口意是名聖默然若依五根五力有所說是名如實說法若不隨他語而有所信爲不取不捨故分別諸法一心安住無念念中若信諸法自性清淨離一切戲論諸因縁行是名聖默然若依七菩提分有所說是名如實說法若常行捨心無所分別無增無減是名聖默然若依八聖道有所說是名如實說法若知諸法相如彼栰喻不依法行不依非法行是名聖默然善男子於三十七菩提分法若能以言語建立開示分別演說是名如實說法如實說故是名如實說法若身證是法而不離身見法亦不離法見身於是觀中不見二相不見不二相如是現前見而不見是名聖默然復次善男子若不妄想著我亦不妄想著他不妄想著法非法非非法妄想而有所說是名如實說法若得不可說法想能離一切名字言語音聲得不動處入離行心是名聖默然復次善男子若於一切衆生知諸根力如是說法是名如實說法若

常在於定心不散亂是名聖默然爾時平等行梵天婆羅門大婆羅子白文殊師利法王子言文殊師利如我解文殊師利所說法義諸聲聞人辟支佛等一切無有如實說法無聖默然何以故不能了知一切衆生諸根利鈍亦復不能常在定故文殊師利世間若有以真實語而問言曰誰是世間如實說法何者世間聖默然住當爲說言諸佛是也文殊師利當爲正說諸佛是也何以故諸佛如來具諸根力善知衆生諸根利鈍常在定故佛告文殊師利法王子言如是如是如平等行善男子所說唯諸如來有此二法爾時長老須菩提白佛言世尊我親從佛聞從佛親受汝等集會當行二事若如實說法若聖默然世尊若聲聞人不能行者云何如來勑諸比丘行如實說法行聖默然佛言須菩提於汝意云何若聲聞人不從他聞能如實說法聖默然不須菩提言不也世尊佛言須菩提是故當知一切聲聞辟支佛人皆悉無有如實說法無聖默然爾時文殊師利法王子問長老須菩提言長老須菩提如來如實了知衆生八萬四千心行汝知不乎汝於此中能有智慧隨其所應爲說法不答言不能文殊師利言今須菩提能入觀一切衆生心三昧通達一切衆生心心所行自心他心無所礙不答言不能文殊師利言如來如實了知衆生八萬四千心行隨其所應爲說法藥又常在定平等相中心不動搖而常通達一切衆生心心所行而不思惟無障無礙今須菩提能如是不答言不能文殊師利言如來如實了

知衆生八萬四千心行如實說法藥而常在定平等相中心不動搖亦常通達一切衆生心心所行而不思惟無障無礙須菩提是故當知一切聲聞辟支佛人非其境界須菩提或有衆生多婬欲者以觀淨故而得解脫不以不淨唯佛能知或有衆生多瞋恚者以觀過故而得解脫不以慈心唯佛能知或有衆生多愚癡者以不共語而得解脫不以說法唯佛能知或有衆生等分行者不以淨觀不以不淨觀不以觀過不以慈心不以不共語不以說法而得解脫者隨其根性以諸法平等而爲說法令得解脫唯佛能知是故須菩提佛於如實說法人中最爲第一於聖默然中最爲第一爾時長老須菩提白文殊師利法王子言文殊師利若諸聲聞辟支佛人不能如是如實說法不能如是聖默然者諸菩薩摩訶薩有能成就如是功德如實說法聖默然不答言唯佛當知於是佛告長老須菩提言須菩提有三昧名入一切語言心不散亂諸菩薩等若能成就此三昧者一切皆得如是功德爾時文殊師利謂平等行菩薩言善男子爲諸衆生八萬四千行故說八萬四千法藏名爲如實說法常在一切滅受想行定中名聖默然善男子我若一劫若餘殘劫說是二義如實說法聖默然相不可窮盡然說法辯才亦不盡也於是佛告平等行菩薩言善男子乃往過去無量無邊於不可數阿僧祇劫時世有佛號曰普光如來應正徧知乃至佛婆伽婆劫名名稱國名喜見彼普光如來喜見世界七寶莊嚴豐樂安隱無諸怖

畏天人熾盛其地皆以衆寶莊嚴善男子彼喜見國土有四百億諸四天下一一天下縱廣八萬四千由旬其中諸城縱廣正等各一由旬皆以衆寶而爲校飾彼一一城皆有二萬五千聚落而圍繞之一一聚落無量百千萬數人衆充滿其中安居止住人見色像心皆喜悅無可憎惡亦皆悉得念佛三昧是以國土名曰喜見若他方世界諸來菩薩皆得快樂餘國不爾善男子其普光佛以三乘法爲弟子說亦多廣說如是法言若如實說法若聖默然善男子爾時上方藥王佛國有二菩薩一名無盡意二名益意諸喜見國普光佛所頭面禮足右繞三帀恭敬合掌却住一面時普光佛爲二菩薩廣分別說淨明三昧言善男子何故名曰淨明三昧善男子若有

菩薩入是三昧即時得離一切煩惱於諸佛法得淨光明是故名曰淨明三昧又前際一切法淨後際一切法淨現在一切法淨是三世法畢竟清淨以彼清淨常清淨故是以說言一切諸法自性清淨常清淨也何謂諸法自性清淨謂一切法自性是空離一切法有所得故一切諸法自性無相離一切法諸分別故一切諸法自性無願以一切法不取不捨無求無欲諸法畢竟自性離故是名諸法性常清淨以何等世間性涅槃亦爾同彼法性以何等涅槃性一切諸法亦同彼性以是故說一切諸法自心性清淨善男子譬如虛空若受垢染無有是處心性亦爾若有垢染無有是處善男子譬如虛空雖爲煙塵雲霧覆翳不明不淨而不能染虛空之性善男子

虛空之性若染汙者終不得名爲清淨也以彼虛空實不可染是故說爲虛空虛空如是善男子雖有爲行一切衆生有不正念起諸煩惱然其彼心自性清淨不可染汙若染汙者彼常垢汙不可清淨以不染汙是故彼心自性清淨心得解脫善男子如是名入淨明三昧門善男子彼普光佛爲二菩薩說如是法彼二菩薩聞是三昧於諸法中得不可思議法之光明

勝思惟梵天所問經卷第四

勝思惟梵天所問經卷第五

元魏天竺沙門統大乘論師菩提留支譯

爾時無盡意菩薩白普光如來言世尊我等已聞入淨明三昧門當以何行行此法門時普光佛告無盡意菩薩言善男子有二法行汝等當行若如實說法若聖默然時二菩薩從佛受教頭面禮足繞佛三帀繞已而出趣一園林有妙池水自以神力化作寶樓於中修行時有梵天名曰妙光與諸梵俱七萬二千來至其所頭面禮足問二菩薩言善男子普光如來說如是言汝等善男子大衆集會當行二事若如實說法若聖默然善男子何謂如實說法何謂聖默然二菩薩言梵天汝今至心善聽我當少分爲汝說之如汝所問唯有如來乃通達耳於是二菩薩以二句義爲諸梵衆廣分別說時諸梵衆七萬二千皆得無生法忍妙光梵天得普光三昧時二菩薩於是七萬六千歲中以樂說力無礙辯才答其所問如實說法若聖默然不懈不息分別二句互相問答而不窮盡於是普光如來在虛空中作如是言善男子汝等勿於文字言說而起諍訟凡諸言說皆空如響如所問答亦復如是汝等二人皆悉獲得無礙辯才及無盡陁羅尼若於一劫若於百劫說此二句辯不可盡善男子諸佛之法是寂滅相第一之義此中寂靜畢竟寂靜無字無義不可言說所有言說皆是無義是故汝等諸善男子當依於義莫依名字時二菩薩聞佛教已默然而止善男子以是義故當知菩薩若以辯才有所說法於百千萬劫若復過於百千

萬劫不可窮盡善男子於意云何彼二菩薩豈異人乎勿作斯觀無盡意者今文殊師利是益意菩薩汝身是也妙光梵天勝思惟是爾時平等行菩薩白佛言希有世尊諸佛菩提爲大饒益精進衆生如說行者得出菩提世尊衆生懈怠其有不能如說行者雖復值遇百千萬佛無能爲也是故當知從勤精進得出菩提爾時文殊師利問平等行梵天婆羅門大婆羅子言善男子汝知菩薩云何修行名勤精進答言文殊師利若菩薩能得聖道名勤精進曰云何修行能得聖道曰若於諸法無所分別如是行者能得聖道曰云何名爲得聖道已曰若行者於平等中見諸法等是則名爲得聖道已問言善男子所言平等可得見耶答言不也何以故文殊師利若平等法可得見者則非平等文殊師利若能不見諸法平等是則名爲見於平等爾時勝思惟梵天問文殊師利法王子言善男子諸法平等可得見不答言梵天不可見也若見平等非平等見梵天言文殊師利若行者於一切法平等相中不見諸法是則名爲得聖道已問言梵天何故不見梵天答言離於二相是故不見文殊師利如是不見即是正見問言梵天於世間中誰能平等見梵天答言諸佛如來問言梵天云何能見梵天答言文殊師利如色眞如不異作受想行識眞如亦不異作文殊師利如五陰平等名爲見平等問言梵天何者是世間梵天答言滅盡是世間問言梵天若彼滅盡是世間者世間之相盡以不耶梵天答言世間之相不可盡也問

言梵天以何義故說言世間是滅盡相梵天答言世間畢竟是滅盡相以是義故相不可盡何以故以是盡故不復更盡問言梵天佛可不說諸有爲法是盡相耶梵天答言盡法相者彼常不盡是故佛說一切有爲相不盡也問言梵天何故數名有爲法耶梵天答言以其盡故名有爲法問言梵天有爲諸法爲住何所梵天答言有爲法住無爲性中問言梵天若如是者有爲之法與無爲法有何差别梵天答言有爲之法與無爲法文字言說有差别耳何以故文字言說即是有爲是無爲故若求有爲無爲法相則無差别以彼法相無分别故問言梵天何等法上有此言語梵天答言得無爲法則不分别法上言語問言梵天何等言語名爲義耶梵天答言所謂爲他令心取相說彼言語何以故一切文字名爲戲論而佛如來不住戲論不依不說文殊師利一切言語本非言語是故佛說一切諸法不可說也何以故諸佛如來非彼言語而得名故問言梵天諸佛如來云何得名梵天答言諸佛如來非色非相非法得名問言梵天諸佛如來可離色法而得名耶答言不也文殊師利何以故以色身如及法體如彼二如法非一非異諸佛如來如是得名如來如實眞如得名若佛如來如實得名彼則不失問言梵天諸佛如來得何法故號名爲佛梵天答言文殊師利諸佛如來皆以通達一切法性清淨眞如如彼眞如如是而證諸佛如來如是得名是故號爲正徧知者爾時平等行梵天婆羅門大婆羅子白佛言世尊云

何菩薩摩訶薩住大乘中而說言住爾時世
尊以偈答言
菩薩不壞色 住於菩提心 知色如菩提
是黠慧菩薩 如色菩提然 平等入如相
不壞諸法性 是黠慧菩薩 不壞菩提義
則爲菩提義 是菩提義中 亦無有菩提
正行第一義 是名住菩提 菩薩黠慧人
如是解菩提 愚於陰界入 而欲求菩提
陰等是菩提 不別有菩提 黠慧諸菩薩
於上中下法 不取亦不捨 是名住菩提
黠慧不分別 法非法爲二 亦不得不二
是名行菩提 若二則有爲 非二則無爲
離是二邊者 是名行菩提 是人過凡夫
亦不入法位 未得果名聖 是世間福田
觀察世間法 處中若蓮華 遵行最上道
是名住菩提 世間行何處 菩薩彼處行
一切諸世間 悉没何等法 黠慧如實知
於中得解脫 黠慧則不畏 没於世間淵
不怯心劣心 行於菩薩行 菩薩黠慧人
善知法性相 是故不分別 是法是非法
黠慧菩薩行 無法可捨離 亦無法可起
是名菩提相 一切法無相 猶如虛空相
黠慧者不念 是相是可相 菩薩常護法
以住於平等 平等即是法 以不分別法
世有佛無佛 一切諸法空 黠慧諸菩薩
不捨彼法體 現見佛諸法 所有法體相
爲於衆生說 以住眞如故 諸魔不能測
於諸行甚深 黠慧不取法 徧知諸法故
求知佛智慧 而不住於彼 智不有住處
非不住異處 諸佛慧無礙 不著法非法

若能不著此　究竟得菩提　其諸樂善人
布施轉高尊　捨一切所有　而心不傾動
諸法不可捨　亦復不可取　一切世間法
我本不可得　如實知諸法　非縛非解脫
佛說是施主　無所見法故　是等諸菩薩
不計我我所　是故行施時　不生貪惜心
諸所有布施　皆迴向佛道　布施及菩提
不住是二相　無作無起戒　常住戒法中
亦不作念言　我住是持戒　黠慧知戒相
不生亦不作　是故菩薩戒　清淨如虛空
觀身如鏡像　言說如響聲　心則如幻化
不以戒自高　其心常柔輭　安住寂滅性
悉滅一切惡　通達於善法　持戒及毀戒
不得此二相　如是見法性　則持無漏戒
已到忍辱岸　能忍一切惡　於一切諸法
其心常平等　諸法念念滅　其性常不住
於中無罵辱　亦無有恭敬　若節節解身
其心終不動　知心不在內　亦不在外故
身怨及刀杖　皆從四大起　黠慧悉現見
名爲忍辱人　於地水火風　未曾有傷損
通達於此事　常行忍辱法　菩薩行如是
衆生不能動　勇猛勤精進　堅住於大乘
是人於身心　而無所依止　雖知生死本
其際不可得　爲一衆生故　莊嚴大誓願
法本不生滅　何處有滅相　本際不可得
顛倒見起滅　法性常爾住　故不可思議
若能知如是　不生亦不滅　菩薩念衆生
不解是法相　爲之勤精進　令得離顛倒
諸佛常不見　衆生決定相　而不捨發心
是名精進人　思惟一切法　皆知如幻化

智慧不得堅　觀法如虛空　從虛妄分別
貪著生垢染　爲斯開法門　令得入涅槃
爲彼行精進　而不壞於法　離法非法故
常行眞精進　是等行遠離　以得無諍定
獨閑俱不住　而常畏世間　樂住於閑居
猶如犀一角　遊戲諸禪定　明達諸神通
心常住平等　等空閑聚落　平等無分別
常爾名寂靜　常解知寂靜　無漏無分別
信法得解脫　故說名寂靜　來去皆平等
彼常住平等　不滅於平等　故說住平等
自住平等法　以此導衆生　不違平等行
故說常定住　志念常堅固　不忘菩提心
而能化衆生　故說常定者　常念於諸佛
眞實法性身　遠離色身相　故說常定者
常修行諸法　如諸法法體　而無有憶念
故說常定者　常不捨念僧　知僧是無爲
離於數寂靜　善思惟黠慧　十方佛國土
悉見於諸佛　而於眼色中　終不生二相
諸佛所說法　一切能聽受　而於耳聲中
亦不生二相　能於一心中　知諸衆生心
自心及彼心　此二不分別　憶念過去際
如恒河沙劫　是先及是後　亦復不分別
能徧至無量　不思議佛所　而於身心中
無有疲倦相　分別知諸法　樂說辯無盡
於無央數劫　開示法性相　智慧到彼岸
以解陰界入　常爲衆生說　無取無戲論
善知因緣法　遠離二邊相　知是煩惱因
知亦是淨因　信解因緣法　則無諸邪見
法皆屬因緣　無有定根本　黠慧無我見
佛見與空見　世間涅槃見　皆無如是見

以智慧光明　知一切法性　無闇無障礙
是智者行道　是業名大乘　不思議佛乘
悉容受衆生　是大乘菩提　一切諸乘中
是乘爲第一　如此大乘者　能出生餘乘
餘乘有限量　不能受一切　唯此無上乘
能悉受衆生　若行此無量　虚空之大乘
於一切衆生　無有慳悋心　有智者住此
無垢之大乘　此乘如虚空　無色不可示
若有諸衆生　乘此大乘者　當觀是乘相
寛博多所容　無量無數劫　說大乘功德
及乘此乘者　功德不可盡　若住此大乘
彼人離諸難　得值諸無難　此是智慧人
聞是妙經典　乃至四句偈　不墮於惡道
得到安隱處　愛敬此經者　是天亦是人
以捨是身已　常生人天故　於後惡世時

若得聞是經　我皆與授記　究竟成佛道
若後惡世時　手執此妙典　即是住眞法
能轉此法輪　若人持是經　能轉無量劫
生死趣往來　得近於佛道　若能持是經
智慧大精進　是人極勇猛　能降伏諸魔
然燈授我記　令得無生忍　愛樂此經者
我授記亦然　若佛不出世　無度衆生時
愛樂此經者　作佛所作事
說此偈時五千天子皆發阿耨多羅三藐三菩提心二千菩薩得無生法忍五千比丘不受諸法漏盡心得解脫三萬二千人遠塵離垢於諸法中得法眼淨爾時文殊師利法王子白佛言世尊如我解佛所說法義若有人發菩提願者是爲邪願何以故一切諸法若有所得悉皆是邪若有人計有得菩提而發

願者如是之人諸所作行皆爲邪行何以故以彼菩提不住欲界不住色界亦復不住無色界故若彼菩提無有住處不應發願世尊譬如有人願得虛空彼人寧有得虛空不佛言不也如是世尊菩薩亦爾發虛空相菩提之願當知即是發虛空願是菩提無願出過三世非是受相若菩薩起於二相發菩提心作如是念異彼生死而有菩提異彼菩提而有涅槃然彼菩薩非菩提行爾時勝思惟梵天問文殊師利法王子言文殊師利云何菩薩摩訶薩行菩提行答言梵天若菩薩行一切法而於諸法無所行者是爲菩薩行菩提行何以故梵天過諸所行是名菩薩行菩提行又復問言文殊師利云何菩薩行過諸所行是行菩提行答言梵天遠離一切諸攀緣相離於眼耳鼻舌身意諸緣之相是名菩薩出過一切諸境界行又復問言文殊師利言出過者以何意故如是說耶答言梵天不過平等何以故梵天諸法平等即是菩提又復問言云何菩薩起菩提願答言梵天當如彼菩提又復問言云何菩提答言梵天菩提者非過去非未來非現在是故菩薩三世清淨觀起菩提願梵天如過去未來現在諸法本來不生若本不生則無修行如是起願彼人無有處所發願何以故如是發願行菩提行得一切種一切智智又復問言何義名爲一切智智答言梵天一切悉知是故說爲一切智智又復問言以何等法是一切智答言梵天無別異相以何等處無衆生相如彼衆生如是而知是故名爲無別異相又復問言云

何名爲無衆生耶答言梵天言衆生者但有名字離名字性則無衆生離彼衆生則無名字是故名字不異衆生衆生之性不異名字若有菩提異衆生者應有二相以如菩提衆生亦爾以是義故不異衆生有菩提也以不異故菩提平等菩提平等則我平等如是平等而得菩提彼法無異以是義故彼無異也我常平等如彼無我是故無我無異於我如彼虚空無有異相如是平等一切諸法無有異相爾時勝思惟梵天謂文殊師利法王子言文殊師利當知如來是實語者以如實解如是法故文殊師利法王子言梵天佛於諸法無所修行何以故如來猶尚不得諸法何況修行梵天問言文殊師利如來豈可不知諸法是有爲法是無爲法是世間法是出世間法耶文殊師利問言梵天於意云何頗有人能修行虚空知虚空不答言不也問言梵天所說虚空虚空頗有生滅不耶答言不也文殊師利言梵天如是諸法猶如虚空如彼虚空無有生滅一切諸法亦復如是不以說故便謂諸法有生有滅梵天如此說法無有所說一切諸法而可說也以一切法不生不滅故無可說若所說法不生不滅無可說者說亦如是無法說也何以故如彼法說以何等識說彼諸法彼識亦爾以是義故言說諸法眞如法住無眞如住而眞如不住爾時四天王釋提桓因大梵天王娑婆世界主集在會中即以天華散於佛上而作是言世尊若善男子善女人聞文殊師利法王子說如是法有信解者當知是人能破魔軍及諸怨敵

何以故以法王子文殊師利善說諸法離一切相若有善男子善女人得聞如是甚深法門不驚不怖能信解者當知是人必定不從小功德來若是經典所在之處當知其處佛所住持若有得聞如是甚深法門之處當知其處佛轉法輪隨是經典在所住處若聚落城邑山林曠野塔寺僧房經行之處諸魔外道貪著之人所不能行若多供養過去諸佛乃能得聞如是經典於是經中我等獲得智慧光明而不能得仰報如來文殊師利勝思惟梵天之大恩也我等常於所從聞經說法法師生世尊想能以血肉而供養之猶不報恩我等諸人於是法師生世尊想我等諸人常當隨侍說是法者此善男子常爲諸天之所衞護世尊若人書寫如是經典若讀若誦若解說時無量諸天爲聽法故往至其所爾時世尊告四天王釋提桓因梵天王等諸大衆言善哉善哉諸善男子如汝所說如是如是若有三千大千世界滿中七寶布施福德以爲一分聞是法門所得功德其福勝彼諸善男子置是三千大千世界有人若如恒河沙等十方世界滿中七寶布施福德以爲一分聞是法門所得功德復過於彼諸善男子若有欲得諸功德者當聽是經若有欲得身色端正欲得財富欲得眷屬欲得自在欲得具足天樂人樂欲得名稱欲得多聞憶念堅固正行威儀戒定智慧解達經書欲得善知識欲得樂說辯才欲得三明六通欲得一切善法欲得與諸衆生一切樂具欲得涅槃者當聽是經敬信是經受持讀誦如說修行廣

爲人說諸善男子若有人能行是經者我不見其有不攝受如此一切諸勢力者諸善男子我今語汝若人所從聞是經者若是和尚若阿闍梨我未曾見世間所有供養之具能報其恩以是法門出於世間世間供養所不能報何以故以是法門過於世間世間財物所不能報是法無染染汙之物所不能報不可得以世間資生飲食卧具所能報恩諸善男子說是法者餘不能報唯有一事謂如說行若有人能於此法門如說行者是人名爲能報佛恩是人亦名恭敬於師淨畢報恩是人不空食人信施是人名爲順如來教是人名爲越度衆流是人名爲過諸險道是人名爲建立勝幢是人名爲能破敵陣是人名爲師子之王無所畏故是名象王能降魔故是名牛王外道論師無能壞故是名醫王療衆病故是人名爲無所怖畏能說如是甚深法故是人名爲能具足捨能捨一切諸煩惱故是人名爲持清淨戒究竟一切諸善法故是人名爲得大忍辱以得遠離我我所故是人名爲大精進力於無量劫心無倦故是人名爲具足禪定心常繫念住一處故是人名爲有大智慧善解言說諸章句故是人名爲有大功德以無量福嚴身相故是人名爲有大威德能蔽日月諸光明故是人名大力持佛十力故是人名大雲能震法雷故是人名大雨滅煩惱塵故是人名歸依以至涅槃故是人名大救救生死畏故是人名燈明離無明闇故是人名歸趣魔所驚怖者之所歸依故是人名究竟大道之衆生是人名得位以坐

道場故是人名得法眼是人名見眞如是人名知空是人名爲安住大悲是人名爲安立大慈是人不捨一切衆生是人名爲背於小乘是人名爲向於大乘是人名爲除捨顛倒是人名爲至于平等是人名爲入於法位是人名爲安住道場是人名爲破壞諸魔是人名爲住一切智是人則能轉于法輪是人能作佛所作事諸善男子我若一劫若餘殘劫稱揚彼人讚歎彼人說其如說修行功德不可窮盡如來之辯亦不可盡所有功德亦不可盡爾時會中有一天子名不退轉在大會坐時不退轉天子白佛言世尊世尊所說隨法修行隨法修行者云何說名隨法修行佛言天子如我所說隨法行者謂不修行一切諸法是名修行一切諸法何以故若人修行一切諸法彼法不作亦非不作若法不作亦非不作是則名爲隨法修行如是行者則不行善不行不善不行有漏不行無漏不行世間不行出世間不行有爲不行無爲不行生死不行涅槃是則名爲隨法修行若不修行一切法者名爲修行以世間人有法相者不如實行若有法相彼人則無如實修行若人不能住於法中不如實行一切諸法以一切法無有對故如是說名如實修行爾時不退轉天子白佛言世尊若能如是如實行者是人畢竟如實修行何以故實法行者名爲畢竟如實修行非是住於邪行道者住正道者有隨法行世尊行正行者無有邪法何以故諸法平等無差別故爾時勝思惟梵天問不退轉天子言善男子汝住如實修行中耶答

言梵天若使世尊所說法中有二相者我則住於如實修行令以說法無有二相是乃名爲如實修行梵天而我如實住彼行中以常不作亦不戲論如眞如法如是修行如實之法我住彼法如彼法行是故我說住於修行梵天言天子我常於此佛國土中不曾見汝天子言梵天我亦於此佛國土中不曾見我梵天言天子此佛國土非是分別無所分別我見不見天子言梵天我亦如是亦不分別無所分別曾於佛土見與不見問言天子何人能見未曾見耶答言梵天謂諸凡夫一切未曾見聖法位若能入者是則名爲先所未見而能見也是法位如非眼識見亦復非是耳鼻舌身意識所知但諸聖人如彼眞如如是而見如眼耳如乃至意如及法位如亦復如是若有能作如是見者是名正見爾時釋提桓因白佛言世尊譬如商主入於寶洲眼所見者皆是寶物如是成就不可思議諸功德者有所樂說皆是法寶皆示實際以是諸善男子不著我見不著衆生見故是諸善男子有所樂說皆不顚倒是諸善男子有所樂說能清淨本際不見後際不見現在際是諸善男子有所樂說若無信者能令生信若已信者令得解脫是諸善男子有所樂說若憍慢者能令降伏無憍慢者令如實知是諸善男子有所樂說一切諸魔不能得便其有聞者過諸魔業是諸善男子有所樂說若有未生諸善法者則能令生若有已生諸善法者能令不滅是諸善男子有所樂說現在煩惱已生能斷未生煩惱能令不生是諸善男子

有所樂說若有未發菩提心者則能令發已發心者能令不退是諸善男子有所樂說能令一切諸法不斷攝取一切諸法不滅是諸善男子有所樂說能令滿足一切佛法世尊以是樂說能善降伏一切外道何以故世尊一切野干師子王前不能勝身何況出聲世尊一切外道諸論議師亦復如是不能堪忍堪作無上師子王吼爾時不退轉天子問釋提桓因言憍尸迦所言師子吼師子吼者為何謂耶以何義故名師子吼答言天子若行者說法無所貪著而有所說是則名為師子吼也若行者貪著所見而有所說是野干鳴不得名為師子吼也以起一切諸邪見故天子汝當復說云何名為師子吼者天子答言憍尸迦若行者有所說法乃至如來尚不貪著何況餘法是則名為師子吼也又憍尸迦若行者如說修行如是說法名師子吼決定說法名師子吼說法無畏名師子吼又憍尸迦若行者為得諸法不生不滅不為法生不為法滅如是說法名師子吼又憍尸迦若行者為無垢無淨無合無散是故說法名師子吼又憍尸迦師子吼者名決定說一切諸法悉無有我無衆生等名師子吼以決定說諸法皆空無相無願名師子吼守護法故而有所說名師子吼為諸衆生令得解脫發菩提心說如是言我當作佛如是說法名師子吼若能清淨資生知足如是說法名師子吼常能不捨阿蘭若處如是說法名師子吼若自行施化他令施如是說法名師子吼若能不捨成就威儀如是說法名師子吼等心怨親

如是說法名師子吼常修精進不捨本願如是說法名師子吼能除煩惱如是說法名師子吼能以智慧善知所行如是說法名師子吼當說如是師子吼時於此三千大千世界六種震動百千妓樂自然出聲放大光明普照天地百千諸天踊躍歡喜而作是言此不退轉天子所說師子吼法我等得聞於閻浮提則爲再見轉于法輪時佛微笑諸佛常法若微笑時則有若干百千萬種青黄赤白紅紫等光從口中出普照無量無邊世界上過梵世蔽日月光照已還攝繞身三帀從頂相入於是勝思惟梵天向佛合掌偈讚請曰

度一切慧最勝尊　悉知三世衆生行
智慧功德及解脱　願爲演說笑因緣
佛慧無量不思議　知衆生心無障礙
隨應說法稱根性　聲聞緣覺所不及
唯願最勝無上尊　爲我演說笑因緣
善淨無垢月光明　如帝釋王梵天王
普照天人須彌山　及鐵圍等一切山
唯願最勝無比尊　爲我演說笑因緣
大聖寂然離瞋恨　天人瞻仰無猒足
一切皆蒙得快樂　願爲分別笑因緣
通達諸法如虛空　水沫電雲幻夢影
水中月等虛空相　願以妙音說笑緣
離分别相諸邪見　了空無相及無作
常樂禪定寂然法　願說放此淨光緣
不著文字言語聲　爲諸衆生常說法
不著我法無垢慧　一一法句如來說
智通根力皆具足　華光智慧爲我說
如來世尊能永滅　生老病死一切苦

那羅延力勇猛力　降伏一切諸魔力
能與衆生無歸者　而作歸依法燈明
唯願勇猛天人師　爲我分別說笑緣

爾時世尊告勝思惟大梵天言梵天是不退轉天子汝爲見不大梵天言如是世尊唯然已見佛言梵天此不退轉天子從今已後過三百二十萬阿僧祇劫當得作佛號須彌燈王如來應正徧知乃至佛婆伽婆世界名善化劫名梵歎其佛國土閻浮檀金瑠璃爲地純菩薩僧勇猛降伏諸魔怨敵所須之物應念即至如兜率天佛壽無量不可計數說法無過於是勝思惟梵天謂不退轉天子言天子如來今已授仁者記天子言梵天我之受記如與眞如法界授記與我授記亦復如是梵天言法性法界不可授記天子言如法性法界不可授記當知一切菩薩授記亦復如是梵天言天子若佛如來不與汝記汝於過去諸如來所是則便爲空修梵行天子言梵天若無所住是住梵行問言天子云何無住而住梵行答言梵天若不住欲界不住色界不住無色界是住梵行復次梵天若不住我不住衆生不住壽命不住人者是住梵行以要言之若不住法不住非法是住梵行問言天子所說梵行爲有何義答言梵天住不二道是梵行義問言天子住不二道爲住何所答言梵天住不二道是即不住一切諸法何以故以衆賢聖皆無所住不取於法不度諸流問言天子云何修道答言梵天不墮有無故不分別是有是無如是修者名爲修道問言天子爲以何法而修道耶答言梵天不以

見聞覺知等法亦不以得亦不以證於一切法無相無示名爲修道

勝思惟梵天所問經卷第五

音釋

叏 音閘

勝思惟梵天所問經卷第六

元魏天竺沙門統大乘論師菩提留支譯

爾時勝思惟梵天問不退轉天子言天子何謂菩薩堅固精進答言梵天若菩薩於諸法不見一相不見異相是名菩薩堅固精進若菩薩於諸法不壞法性故於諸法無著無斷無增無減不見垢淨出過法性是名第一堅固精進所謂菩薩身無所起心無所起於是世尊讚不退轉天子言善哉善哉讚天子已語勝思惟大梵天言如不退轉天子所說身無所起心無所起是爲第一堅固精進梵天我念往昔一切所行堅固精進持戒頭陁供養諸佛恭敬尊重而彼諸佛皆不授我阿耨多羅三藐三菩提記於諸佛所如是供養恭敬尊重於空閑處思惟坐禪習多聞慧愍念衆生給其所須一切所行難行苦行勤行精進而彼諸佛不授我記何以故我於爾時住身口心起精進故梵天我乃於後得如天子上來所說堅固精進然後方爲然燈如來授我記言汝於來世當得作佛號釋迦牟尼是故梵天若有菩薩欲得如來速疾授記應當修行如天子說堅固精進謂於諸法不起精進梵天言世尊云何三世平等精進佛言梵天過去心已滅未來心未至現在心無住若法已滅不復更起若法未至即無生相若法無住即住實相若如是者則非過去非是未來非是現在若非過去非是未來非是現在是名自性如是自性即是不生梵天是名三世平等精進能令菩薩疾得授記梵天菩薩成就如是法忍信一切法無所捨故是名菩

薩布施精進信一切法無諸漏故是名菩薩持戒精進信一切法無所傷故是名菩薩忍辱精進信一切法無所起故是名菩薩勤行精進信一切法悉平等故是名菩薩禪定精進信一切法不分別故是名菩薩般若精進梵天菩薩如是信於諸法不增不減不邪不正而常布施不求果報常持禁戒無所貪著修行忍辱知內外空修行精進知無所起修行禪定無所依止修行般若無所取相梵天菩薩成就如是法忍雖復示現於一切法有所修行而無染汚是人名得諸法平等不爲世法得失毀譽稱譏苦樂之所傾動出過一切世間法故亦不自高亦不自下不喜不憂不動不逸無有二心離於諸見得無二法於諸衆生墮二見者起大悲心以爲教化諸衆生故而現受身梵天是名第一堅固精進所謂得無我忍忍於衆生起大悲心攝受衆生當說如是大精進時八千菩薩得無生法忍佛爲授記皆當得成阿耨多羅三藐三菩提各於異土得成佛道皆同一號號堅精進爾時慧命大迦葉在大會坐而白佛言世尊譬如大龍若欲雨時雨於大海不雨餘處此諸菩薩亦復如是以大法雨爲大海心諸菩薩說不爲餘者佛言如是如是大迦葉如汝所說諸大龍王所以不雨閻浮提者非有悋妬但以其處不堪受故何以故大龍所雨澍如車軸閻浮提中不能容受若其雨者是閻浮提城邑聚落山林陂池皆悉漂流如漂棗葉是故大龍不以大雨雨閻浮提如是迦葉此諸菩薩不雨法雨於餘衆生亦無悋妬但以

其器不能堪受如是等法以是義故此諸菩薩但於甚深無量無邊智慧大海菩薩心中雨如是等不可思議無上法雨迦葉譬如大海堪受大雨澍如車軸不增不減此諸菩薩亦復如是若於一劫若復百劫若聽若說其法湛然不增不減迦葉譬如大海四天下中百川衆流入其中者同一鹹味此諸菩薩亦復如是聞種種法種種論議皆能信解皆爲一味所謂空味迦葉譬如大海清淨無垢濁水流入即皆澄淨此諸菩薩亦復如是能淨一切瞋恨害垢迦葉譬如大海甚深無底不可度量此諸菩薩亦復如是悉皆能入甚深法相一切聲聞辟支佛等不能度量迦葉譬如大海集無量水集無量寶此諸菩薩亦復如是集無量法無量智慧無量法寶以是義故說諸菩薩心大如海迦葉譬如大海積聚種種無量珍寶此諸菩薩亦復如是一切皆入種種法門集諸法寶種種行道出生無量法寶之聚迦葉譬如大海生三種寶一者少價二者大價三者無價此諸菩薩所可說法亦復如是隨諸衆生根之利鈍令得解脫有以小乘令得解脫有以中乘令得解脫有以大乘令得解脫迦葉譬如大海終不偏爲一衆生有此諸菩薩亦復如是不唯獨爲一衆生故發菩提心迦葉譬如大海漸漸轉深漸漸稱意此諸菩薩亦復如是向薩婆若漸漸轉深漸漸隨意迦葉譬如大海不宿死屍此諸菩薩亦復如是不宿聲聞辟支佛心亦復不宿慳貪毀禁瞋恚懈怠亂念愚癡如是等心亦復不宿我人衆生如是等見迦葉譬如

劫盡燒世界時諸小陂池江河泉源在前枯竭然後大海乃當消盡正法滅時亦復如是諸行小道正法先盡然後菩薩大海之心正法乃滅迦葉此諸菩薩寧失身命不捨正法迦葉大海之水則有滅盡而諸菩薩摩訶薩等甚深正法不盡不滅迦葉汝謂菩薩失正法耶勿作斯觀迦葉如彼大海有金剛珠名集衆寶於千世界大海之中轉作金剛摩尼寶珠乃至第七日出之時大火猛焰上至梵世而此寶珠不燒不失轉至他方大海之中若是寶珠在此世界世界燒者無有是處此諸菩薩亦復如是正法滅時七邪法出爾乃至於他方世界何等爲七一者外道論二者惡知識三者邪用道法四者互相惱亂五者入邪見棘林六者不能壞不善根七者無有證會法者是等七惡出於世時此諸菩薩知諸衆生不可得度爾乃至於他方佛國亦常不離見佛聞法教化衆生增長善根迦葉譬如大海無量衆生之所依止得安樂處此諸菩薩亦復如是衆生依止得三種樂人樂天樂涅槃之樂迦葉譬如大海其水極鹹餘處衆生鹹不能飲此諸菩薩亦復如是諸魔外道不能吞滅迦葉譬如大海水中衆生不於餘處求覓水飲而即飲此大海鹹水此諸菩薩亦復如是不於餘處推求法味以飲服之唯自飲服諸佛法味爾時大德迦葉白佛言世尊大海雖深尚可測量此諸菩薩一切聲聞辟支佛等不能測量是故說此諸菩薩心猶如虚空佛言迦葉恒河沙等諸世界中大海之水猶可測量此諸菩薩智慧大海不可

測量爾時世尊重說偈言

譬如大海能悉受　一切衆水無滿時
此諸菩薩亦如是　常求法利無猒足
譬如大海納衆流　一切悉歸不盈少
此諸菩薩亦如是　聽受深法無增減
譬如大海性不濁　濁水流入悉澄清
此諸菩薩亦如是　能淨一切煩惱垢
譬如大海深無底　此諸菩薩亦如是
功德智慧無有量　一切外道不能測
譬如大海等一味　百川流入味不殊
此諸菩薩亦如是　所聽受法一空味
譬如大海在世界　非但爲一衆生有
此諸菩薩亦如是　普爲一切發道心
如海寶珠名集寶　因是寶故有衆寶
菩薩寶聚亦如是　從菩薩寶出三寶
譬如大海有三寶　而彼大海無分别
菩薩說法亦如是　三乘度人無彼我
譬如大海漸漸深　此諸菩薩亦如是
爲衆生故修功德　漸入甚深薩婆若
譬如大海不宿屍　此諸菩薩亦如是
發清淨心菩提願　不宿聲聞緣覺心
譬如大海有寶珠　劫盡燒時寶不燒
菩薩於法欲滅時　大智護持令不滅
而彼寶珠不燒失　轉至他方大海中
知諸衆生非法器　黠慧菩薩至餘國
三千世界欲燒時　劫火將起燒天地
百川衆流在前涸　爾乃水王於後竭
行小道者亦如是　法欲盡時在前滅
菩薩勇猛不惜身　護持正法乃不盡
若佛在世若滅後　是心中寶實不滅

深心清淨住是法　以此善法修行道
百千衆生依止海　海有非爲一衆生
菩薩發心亦如是　爲度一切衆生故
十方世界諸大海　猶尚可得測其量
是諸菩薩所行道　聲聞緣覺不能測
十方世界虛空界　空界猶尚可測量
諸菩薩行虛空界　不可測量此行界
迦葉當知諸菩薩　勇猛精進堅固心
願欲作佛度衆生　尚無與等何況勝
斯德寶聚如大海　是可供養良福田
是爲最上大醫王　能療一切衆生病
是世歸依作救護　洲渚燈明究竟道
能與無明世間眼　得眼則能服甘露
是爲世間諸法王　是爲帝釋決斷智
是爲大梵行四禪　是爲能轉梵法輪

是爲大智導世師　示著邪徑正眞道
勇猛能住大菩提　是爲清淨除穢惱
是修白法如滿月　光明高顯猶如日
菩薩智慧生增長　如大雷聲雨法雨
是無所畏如師子　是心調柔如象王
菩薩堅固如須彌　一切諸魔不能伏
離濁清淨爲如水　是有威猛爲如火
是無障礙爲如風　無能動轉爲如地
以是菩薩離恨心　拔我慢根貪嫉等
如藥樹王無分別　世間八法不染汚
菩薩爲如優曇華　千萬億劫不可見
是爲知報佛之恩　是爲不斷諸佛種
是爲堅固行大悲　是用喜捨而超出
是能捨離五欲心　是常求佛法寶財
是行布施爲最勝　善住持戒無等侶

善住忍力健無匹　是勤精進無疲倦
是行禪定具神通　能至無量諸佛土
常見諸佛聽受法　如其所聞爲人說
善知衆生所行行　隨其性欲根利鈍
是名善知方便力　是然慧燈得濟處
是能善知一切法　是知衆生得解脫
修行堅固如實知　如是因生如實知
是於諸法正觀察　爲從何來至何所
善知諸法無去來　常住法性而不動
是見有爲法皆空　增益大悲濟衆生
妄想煩惱故受苦　爲度之故修行道
凡夫分別我我所　行於種種諸邪見
是能曉了法實相　爲斷諸見講說法
無常爲常不淨淨　無我謂我苦爲樂
凡夫顛倒貪著故　生死前際不可知
能知如是顛倒法　無我無人無衆生
菩薩如是修正道　無常無樂無我淨
迦葉當知此菩薩　我所讚歎諸功德
於其所行不可盡　猶如大地舉一塵
發菩提心若不退　三千大千供養具
若復有供過於此　是人應受此供養
若人發心願作佛　是則恭敬供養我
於諸去來現在佛　亦皆恭敬供養已

爾時勝思惟梵天語文殊師利法王子言文殊師利當請如來應正徧知護此法門後世末世依於如來住持之力令此法門廣行流布文殊師利法王子言梵天於意云何汝謂如來於此法門有法有說可示可護不耶答言不也文殊師利言梵天是故當知一切諸法無說無示無滅無護若有擁護此法門者

爲護虛空梵天若有菩薩作如是言我護法者彼諸菩薩非是正說何以故以此法門出過一切諸言語故是名菩薩樂無諍訟梵天若有菩薩於此衆中作是念言今說是法當知是人即非聽法何以故不聽法者乃爲聽法梵天問言文殊師利以依何意作如是言不聽法者乃爲聽法文殊師利答言梵天不漏眼耳鼻舌身意是爲聽法何以故若於眼等內六入中不漏色聲香味觸法乃爲聽法爾時會中三萬二千天子五百比丘三百比丘尼八百優婆塞八百優婆夷聞法王子文殊師利如是所說一切皆得無生法忍得是忍已作如是言如是如是文殊師利如仁所說不聽法者乃爲聽法爾時勝思惟梵天問於得忍諸菩薩言汝等豈不聽是法門耶諸菩薩言如我等聽以不聽爲聽梵天問言汝等云何知是法門答言梵天以不知爲知梵天問言汝等以得何等法故名得法忍答言梵天以一切法皆不可得是故我等名得法忍梵天問言汝等云何隨是法行答言梵天以不隨行是隨法行梵天問言汝等可不明了通達此法門耶答言梵天一切諸法我等悉皆明了通達無彼我故爾時會中有一天子名曰無垢集在會坐謂勝思惟大梵天言梵天若有但聞此經法門不爲如來與授記者我當授其阿耨多羅三藐三菩提記何以故以此法門不失因果而能出生一切善法能壞魔怨離諸憎愛能令衆生心得清淨能令信者皆得歡喜以此法門除諸瞋恨以此法門一切善人之所修行以此法門一切諸

佛之所護念以此法門一切世間天人阿修羅所共守護以此法門決定必得至不退轉以此法門真實不誑至道場故以此法門真實不倒能令衆生得諸佛法以此法門能轉法輪以此法門能除疑悔以此法門能開聖道以此法門求解脱者所應善聽以此法門若有欲得陀羅尼者所應善持以此法門求福之人所應善說以此法門樂法之人所應善護以此法門能與快樂至於涅槃以此法門若魔外道有所得人所不能斷以此法門應受供人能隨其義以此法門能令利根行者欣悦以此法門令真智者皆悉歡喜以此法門能與人慧離諸見故以此法門能與人智破愚癡故以此法門文辭次第善說法故以此法門究竟善巧隨義說故以此法門多所利益說第一義以此法門愛樂法人之所貪惜以此法門有智之人所不能離以此法門是行施者之大寶藏以此法門是熱惱者之清涼池以此法門能令瞋者慈心平等以此法門令懈怠者皆行精進以此法門令忘念者皆得禪定以此法門與愚癡者般若之明梵天此法門者一切諸佛之所貴重無垢天子說是法時於此三千大千世界六種震動佛即讚言善哉善哉無垢天子如汝所說

爾時勝思惟梵天白佛言世尊是無垢天子曾於過去諸如來所聞是法門耶佛言梵天是無垢天子已於過去六十四億諸如來所聞是法門復過四萬二千劫已當得作佛號無垢莊嚴國名寶莊嚴於其中間諸佛出世一切供養亦於彼佛聞是法門梵天是諸比

丘比丘尼優婆塞優婆夷天龍夜叉乾闥婆阿修羅迦樓羅緊那羅摩睺羅伽人非人等在此會中得法忍者皆當得生寶莊嚴國爾時無垢天子白佛言世尊我不求菩提不願菩提不貪著菩提不喜樂菩提不思念菩提不分別菩提云何如來授我記耶佛言天子如以草木莖節枝葉投於火中而語之言莫然莫然若以是語而不然者無有是處如是天子菩薩亦爾雖不求菩提不願菩提不貪著菩提不喜樂菩提不思念菩提不分別菩提當知是人已爲一切諸佛所記何以故若諸菩薩不求菩提不願菩提不貪著菩提不喜樂菩提不思念菩提不分別菩提則於諸佛必得授於阿耨多羅三藐三菩提記爾時會中五百菩薩白佛言世尊我等今者不求菩提不願菩提不貪著菩提不喜樂菩提不思念菩提不分別菩提作是語已以佛神力即見上方八萬四千諸佛授其阿耨多羅三藐三菩提記爾時五百菩薩白佛言希有世尊如來善說若諸菩薩不求菩提不願菩提不貪著菩提不喜樂菩提不思念菩提於菩提不分別無分別如是菩薩當知已爲諸佛授記世尊我等今見上方八萬四千諸佛皆與我等授阿耨多羅三藐三菩提記爾時文殊師利法王之子白佛言唯願世尊護是法門於當來世閻浮提中令得久住又令大莊嚴善男子善女人咸得聞之設有種種諸魔事起而能不隨亦令諸魔若諸魔民不得其便以其受持是法門故則得發於阿耨多羅三藐三菩提心爾時佛告文殊師利法王子

言如是如是汝今善聽爲此法門久住世故當爲汝説名諸天龍夜叉乾闥婆鳩槃荼等呪術章句常隨擁護如是法門若諸法師善男子善女人誦持此呪則能致彼天龍夜叉乾闥婆鳩槃荼阿修羅迦樓羅緊那羅摩睺羅伽等常隨擁護是善男子善女人若行道路若失道時若在聚落若在空閑若在僧房若在宴室若經行處若在衆會是諸神等常當隨侍衛護是人益其樂説辯才之力又復爲作堅固憶念慧力因緣無有怨賊得其便者令是法師行立坐卧一心安詳文殊師利何等名爲呪術章句

多軼他台邏切長音也自下不言長者悉是短音第一句憂頭重音自下皆同不言重者悉是輕音隷里漬切自下皆同第二句頭頭隷三摩䶒腊厠切自下皆同重音遮正何切齹齒衰切四摩衢長音遮隷五

失離重音自下皆同彌絺六樗長音離彌離七侯樓侯樓侯樓八亜長音婆醯九鞞多長音地除買切十佉佉隷十一佉隷佉隷佉泥覓閑切自下皆同十二阿長音僧泥十三伽提摩子麗零制切自下皆同十四摩長音那泥大切娑長音婆泥十五跋大重音揵渠言切大重音十六薩婆留帝十七婆囉劣我切自下皆同婆長音伽帝十八辛頭麗十九南無佛提重音避邪延加切自下皆同二十遮長音離帝麗二十一南無達摩耶二十二尼覓界切伽長音而重娑尼長音二十三南無僧伽重音耶二十四娑婆系二十五多波長音闍二十六避喻此二字聲相著波羶長音多長音尼二十七薩婆波波二波長音尼二十八枚蒙大切堤離長音迷咪帝切二十九薩婆浮此音重而長堤避耶二字聲相著三十薩勺知闍切尼離池怒三十一婆藍柳紺切吽合口鼻中出聲摩婆兔三十二摩伺長音離師避此音重而長三十三鉢囉賒世何切悉蘇弗切哆得磨切三十四多多囉劣餓切堤虱天

癡班切帝（三十五）薩婆伽囉（劣餓切）賀（重音三十六）南無薩婆佛提避耶（避耶二字音重聲相著三十七）（而）悉纒姤（三十八）曼哆囉（劣餓切）鉢大（長音三十九）潸婆賀（婆賀二字音長四十）

文殊師利是呪章句若諸菩薩摩訶薩等欲修行此勝法門者當誦持之應一心行不調戲不散亂舉動進止悉令淨潔不畜餘食少欲知足獨處遠離不樂憒閙身心遠離常行慈悲以法喜樂常住實語不欺誑人貴於坐禪樂欲說法行於正念常離邪念恒欲頭陀於得不得無有憂喜趣向涅槃畏猒生死等心憎愛和合離別不惜身命及一切物無有貪惜威儀成就常樂持戒忍辱調柔惡言能忍顏色和悅常行精進助成一切衆生善事先意問訊除去憍慢同心歡樂文殊師利如

是善男子行如是呪持讀誦者文殊師利如是法師即現身中得十種力何等爲十一得念力不忘諸法故二得意力方便善巧擇諸法故三得法力以能隨順修多羅意善覺了故四得堅固力以常不捨如實修行故五得慚愧力護彼我故六得多聞力具足慧故七得陁羅尼力一切所聞皆能持故八得樂說辯力諸佛護念故九得深法力具足五通故十得無生法忍力一切智智速得滿足故文殊師利若諸法師有能誦此陁羅尼呪住如是行彼善男子即於現世得是十力如來說是呪術力時四大神王驚怖毛竪與無量鬼神眷屬圍遶前詣佛所頂禮佛足白佛言世尊我是四神王得須陁洹道若有法師順佛教者我等常當率諸親屬營從神民護是法

師若善男子若善女人護念法者有能受持是等法門讀誦解說我等四王常往其所衛護是人隨在何處若城邑聚落若空閑靜處若在房中若在家若出家我等四王及諸眷屬常當隨侍供給所須令心安隱無有猒倦亦使一切無能嬈者世尊我等四王隨是法門所在之處常令其方面百由旬若天天子若龍龍子若夜叉夜叉子若鳩槃茶鳩槃茶子等不能得便爾時毗留博叉天王而說偈言

我所有眷屬　親戚及諸民　皆當共衛護
供養是法師

爾時毗留勒叉天王而說偈言

我是法王子　從法而化生　佛子發心人
我皆當供給

爾時提頭賴吒天王而說偈言

若有諸法師　持佛修多羅　我常當衛護
周帀於十方

爾時毗沙門天王而說偈言

是人發道心　所應受供養　一切諸衆生
無能知之者

爾時毗沙門天王子名曰善實持七寶蓋奉上如來而說偈言

世尊我今當　受持是法門　亦爲他人說
我有如是心　世尊知我心　及先世所行
初始發道心　至誠求佛道　世尊無見頂
今奉此妙蓋　願我得如是　無見頂之相
我以愛敬心　瞻仰於世尊　願二足之尊
慈悲觀察我　我求佛淨眼　願見阿逸多
度智慧世尊　即時以偈答　汝於此命終

即生兜率天　從兜率下生　得見彌勒佛
二萬歲供養　爾乃行出家　既得出家已
淨修於梵行　賢劫中諸佛　一切悉得見
亦皆供養之　於彼修梵行　過六十億劫
汝當得成佛　號名爲寳蓋　國土甚嚴淨
唯有菩薩僧　爲講說妙法　壽命盡一劫
佛滅度已後　正法住一劫　像法住半劫
清淨勝妙法　安隱諸衆生

爾時釋提桓因與無數百千諸天圍遶而白佛言世尊若有能持是等法門彼諸法師我常衛護供養供給隨是法門所在之處若讀若誦若解說者我及眷屬以爲聽受是法門故往詣其所增益法師勢力無畏法次第意令不漏失

爾時釋提桓因子名曰善護持妙寳蓋諸寳間錯奉上如來而說偈言

我常如實知　世尊前世行　我亦如是行
求佛一切智　世尊於往昔　無物不施與
我當隨此行　亦捨諸所有　我今法王子
受持是法門　當數爲人說　以報如來恩
愛是法門者　是即與我同　我給侍彼人
爲得菩提故　世尊聲聞人　不能守護法
於後恐怖世　我護是法門　世尊安慰我
又斷諸天疑　我今當久如　得佛如世尊
佛通達智慧　授一切智記　汝後當作佛
如我今無異　過於千億劫　復過百億劫
爾乃得成佛　號名爲智成

爾時娑婆世界主大梵天王白佛言世尊若善男子善女人等其有能說是法門者我爲供養彼法師故捨禪定樂往詣其所何以故

是等法門出生帝釋大梵天王諸豪尊等我今常當供養如是諸善男子如是說法諸善男子應受世間大梵天王一切人天阿修羅等之所供養爾時妙梵天王而說偈言

比丘比丘尼　諸清信士女　受持此法門
是世供養處　乃至有一人　能行是法門
我妙梵天王　要當爲之說　敷衆妙華座
高至於梵天　於此座上坐　演說是法門
若於惡世中　從聞是法者　應發希有心
踊躍稱善哉　若無量世界　大火悉充滿
要當從此過　往聽是法門　若有欲得聞
開佛道法門　應如須彌寶　供養從聞者

爾時世尊現神通力令魔波旬及其軍衆來詣佛所作如是言世尊我與眷屬今於佛前立此誓願隨是法門所流布處若說法者及聽法者幷彼國土不起魔事亦當擁護如是法門爾時世尊放金色光照此世界告文殊師利法王子言文殊師利我今住持如是法門以爲利益諸法師故隨是法門在閻浮提歲數久近佛法不滅爾時會中諸衆生等以一切華以一切香一切末香而散佛上作如是言世尊願是法門行閻浮提久住於世廣宣流布於是世尊告阿難言汝今受持如是法門阿難白言唯然受持佛言阿難我今當以如是法門囑累於汝受持讀誦廣爲人說爾時阿難即白佛言世尊若人受持如是法門讀誦書寫爲人解說彼人爲得幾許功德佛言阿難隨是法門所有文字章句之數若人盡壽以一切種勝妙樂具供養爾許諸佛及僧若復有人乃至供養是法門經卷恭敬

尊重而讚歎之其福爲勝是人現得十一德之藏何等爲十一一見佛藏得天眼故二聽法藏得天耳故三見僧藏得不退轉菩薩僧故四無盡財藏以得寶手故五色身藏以得具足三十二相故六眷屬藏得不可壞諸眷屬故七聞所未聞諸法之藏以得諸持陀羅尼故八憶念藏以得樂說無礙辯故九無畏藏破壞一切外道論故十福德藏利益一切諸衆生故十一智慧藏以得一切諸佛法故佛說如是修多羅時七十二那由他菩薩得無生法忍無量衆生發阿耨多羅三藐三菩提心無數衆生不受諸法漏盡心得解脫爾時慧命阿難即從座起整服右肩頂禮佛足白言世尊當以何名名此法門云何奉持佛言阿難此法門者名爲平等攝一切法如是受持名爲莊嚴一切佛法如是受持名勝思惟梵天所問如是受持名爲文殊師利論義如是受持佛說是法門已文殊師利法王之子勝思惟梵天平等行善男子網明菩薩長老摩訶迦葉慧命阿難及十方世界諸來菩薩天龍夜叉乾闥婆王阿修羅等受持佛語皆大歡喜

勝思惟梵天所問經卷第六

思益梵天所問經

姚秦三藏法師鳩摩羅什譯

清刻龍藏佛說法變相圖

思益梵天所問經卷第一

姚秦三藏法師鳩摩羅什譯

如來光明品第一

如是我聞一時佛在王舍城迦蘭陀竹林與大比丘僧六萬四千人俱菩薩摩訶薩七萬二千人皆衆所知識得陀羅尼無礙辯才及諸三昧於諸神通無所罣礙善能曉了諸法實性悉皆逮得無生法忍其名曰文殊師利法王子寶手法王子寶積法王子寶印手法王子寶德法王子虛空藏法王子發心轉法輪法王子網明法王子障諸煩惱法王子能捨一切法王子德藏法王子華嚴法王子師子法王子月光法王子尊意法王子善莊嚴法王子及跋陀羅婆等十六賢士跋陀婆羅菩薩寶積菩薩星德菩薩帝天菩薩水天菩

薩善力菩薩大意菩薩殊勝意菩薩增意菩薩善發意菩薩不虛見菩薩不休息菩薩不少意菩薩導師菩薩日藏菩薩持地菩薩如是等菩薩摩訶薩七萬二千人及四天王釋提桓因等忉利諸天夜摩天兜率陁天化樂天他化自在天及梵王等諸梵天并餘無量諸天龍鬼神夜叉乹闥婆阿修羅迦樓羅緊那羅摩睺羅伽人與非人普皆來集爾時世尊大衆恭敬圍繞而爲說法於是網明菩薩即從座起偏袒右肩右膝著地頭面禮佛足合掌向佛動此三千大千世界引導起發一切大衆而白佛言世尊我欲從佛少有所問若佛聽者乃敢諮請佛告網明恣汝所問當爲解說悅可爾心於是網明既蒙聽許心大歡喜即白佛言世尊如來身相超百千萬日月光明我自惟念若有衆生能見佛身甚爲希有我復惟念若有衆生能見佛身皆是如來威神之力佛告網明如是如是如汝所言若佛不加威神衆生無有能見佛身亦無能問網明當知如來有光名寂莊嚴若有衆生遇斯光者能見佛身不壞眼根又如來光名無畏辯若有衆生遇斯光者能問如來其辯無盡又如來光名集諸善根若有衆生遇斯光者能問如來轉輪聖王行業因緣又如來光名淨莊嚴若有衆生遇斯光者能問如來天帝釋行業因緣又如來光名得自在若有衆生遇斯光者能問如來梵天王行業因緣又如來光名離煩惱若有衆生遇斯光者能問如來聲聞乘所行之道又如來光名善遠離若有衆生遇斯光者能問如來辟支佛所

行之道又如來光名益一切智若有衆生遇斯光者能問如來大乘佛事又如來光名曰往益佛來去時足下光明衆生遇者命終生天又如來光名一切莊嚴若佛入城放斯光明衆生遇者得歡喜樂一切莊飾之具莊嚴其城城中寶藏從地涌出又如來光名曰震動佛以此光能動無量無邊世界又如來光名曰生樂佛以此光能滅地獄衆生苦惱又如來光名曰上慈佛以此光能令畜生不相惱害又如來光名曰涼樂佛以此光能滅餓鬼饑渴熱惱又如來光名曰明淨佛以此光使盲者得視又如來光名曰聰聽佛以此光能令衆生聾者得聽又如來光名曰慚愧佛以此光能令衆生狂者得正又如來光名曰止息佛以此光能令衆生捨十不善道安住十善道又如來光名曰離惡佛以此光能令邪見衆生皆得正見又如來光名曰能捨佛以此光能破衆生慳貪之心令行布施又如來光名無惱熱佛以此光能令毀禁衆生皆得持戒又如來光名曰安利佛以此光能令瞋恨衆生皆行忍辱又如來光名曰勤修佛以此光能令懈怠衆生皆行精進又如來光名曰一心佛以此光能令妄念衆生皆得禪定又如來光名曰能解佛以此光能令愚癡衆生皆得智慧又如來光名曰清淨佛以此光能令不信衆生皆得淨信又如來光名曰能持佛以此光能令少聞衆生皆得多聞又如來光名曰威儀佛以此光能令無慚衆生皆得慚愧又如來光名曰安隱佛以此光能令多欲衆生斷除婬欲又如來光名曰歡喜

佛以此光能令多怒衆生斷除瞋恚又如來光名曰照明佛以此光能令多癡衆生斷除愚癡又如來光名曰徧行佛以此光能令等分衆生斷除等分又如來光名示一切色佛以此光能令衆生皆見佛身無量種色網明當知如來若以一劫若減一劫說此光明力用名號不可窮盡爾時網明菩薩白佛言未曾有也世尊如來身者即是無量光明之藏說法方便亦不可思議世尊我自昔來未嘗聞此光明名號如我解佛所說義若有菩薩聞斯光明名號信心清淨皆得如是光明之身世尊唯願今日放請菩薩光令他方菩薩善能問難者見斯光已發心來此娑婆世界爾時世尊受網明菩薩請已即放光明照此三千大千世界普及十方無量佛土於是諸方無量百千萬億菩薩見斯光已皆來至此娑婆世界時東方過七十二恒河沙佛土有國名清潔佛號日月光如來應正徧知今現在其佛土有菩薩梵天名曰思益住不退轉見此光已到日月光佛所頭面作禮白佛言世尊我欲詣娑婆世界釋迦牟尼佛所奉覲供養親近諮受彼佛亦復欲見我等其佛告言便往梵天今正是時彼娑婆國有若干千億諸菩薩集汝應以十法遊於彼土何等爲十於毀於譽心無增減聞善聞惡心無分別於諸愚智等以悲心於上中下衆生之類意常平等於輕毀供養心無有二於他闕失莫見其過見種種乘皆是一乘聞三惡道亦勿驚畏於諸菩薩生如來想佛出五濁世生希有想梵天汝當以此十法遊彼世界思益梵

天白佛言世尊我不敢於如來前作師子吼我所能行佛自知之今當以此十法遊彼世界一心修行爾時日月光佛國有諸菩薩白佛言世尊我得大利不生如是惡衆生中其佛告言善男子勿作是語所以者何若菩薩於此國中百千萬劫淨修梵行不如彼土從旦至食無瞋礙心其福爲勝時有萬二千菩薩與思益梵天俱共發來而作是言我等亦欲以此十法遊彼世界見釋迦牟尼佛於是思益梵天與萬二千菩薩俱於彼佛土忽然不現譬如壯士屈伸臂頃到娑婆世界釋迦牟尼佛所却住一面爾時佛告網明菩薩汝見是思益梵天不唯然已見網明當知思益梵天於諸正問菩薩中爲最第一於諸善分別諸法菩薩中爲最第一於諸說隨宜經意菩薩中爲最第一於諸慈心菩薩中爲最第一於諸悲心菩薩中爲最第一於諸喜心菩薩中爲最第一於諸捨心菩薩中爲最第一於諸輭語菩薩中爲最第一於諸不瞋癡菩薩中爲最第一於諸先意問訊菩薩中爲最第一於諸決疑菩薩中爲最第一爾時思益梵天與萬二千菩薩俱頭面禮佛足右繞三帀合掌向佛以偈讚曰

世尊大名稱　普聞於十方　所在諸如來
無不稱歎者　有諸餘淨國　無三惡道名
捨如是妙土　慈悲故生此　佛智無減少
與諸如來等　以大悲本願　處斯穢惡土
若人於淨國　持戒滿一劫　此土須臾間
行慈爲最勝　若人於此土　起身口意罪
應墮三惡道　現世受得除　生此土菩薩

不應懷憂怖　設有惡道罪　頭痛即得除
此土諸菩薩　若能守護法　世世所生處
不失於正念　若人欲斷縛　滅煩惱業罪
於此土護法　增益一切智　淨土多億劫
受持法解說　於此娑婆界　從旦至食勝
我見喜樂國　及見安樂土　此中無苦惱
亦無苦惱名　於彼作功德　未足以爲奇
於此煩惱處　能忍不可事　亦教他此法
其福爲最勝　我禮無上尊　大悲救苦者
能爲惡衆生　說法甚爲難　佛集無量衆
十方世界中　名聞諸菩薩　聽法無猒足
佛集十方界　名聞諸菩薩　聽法無猒足
如海吞衆流　爲如是人等　廣說於佛道
釋梵四天王　諸天龍神等　皆集欲求法
隨所信樂說　比丘比丘尼　及清信士女
是四衆普集　願時爲演說　有樂佛乘者
及緣覺聲聞　佛知其深心　悉皆爲斷疑
不斷佛種者　能出生三寶　爲是諸菩薩
我今請法王　名稱普流布　十方菩薩聞
皆悉共來集　爲說無上道　此無上大法
二乘所不及　我等信力故　得入如是法
不可思議慧　非我等所及　佛雖無疲倦
我今有所請　悔過於世尊　願說菩薩道

四法品第二

爾時思益梵天說此偈已白佛言世尊何謂菩薩其心堅固而無疲倦何謂菩薩所言決定而不中悔何謂菩薩增長善根何謂菩薩無所恐畏威儀不轉何謂菩薩成就白法何謂菩薩善知從一地至一地何謂菩薩於衆生中善知方便何謂菩薩善化衆生何謂菩

薩世世不失菩提之心何謂菩薩能一其心而無雜行何謂菩薩善求法寶何謂菩薩善出毀禁之罪何謂菩薩善障煩惱何謂菩薩善入諸大衆何謂菩薩善開法施何謂菩薩得先因力不失善根何謂菩薩不由他教而能自行六波羅蜜何謂菩薩能轉捨禪定還生欲界何謂菩薩於諸佛法得不退轉何謂菩薩不斷佛種爾時世尊讃思益梵天善哉善哉能問如來如此之事汝今諦聽善思念之唯然世尊願樂欲聞佛告思益梵天菩薩有四法堅固其心而不疲倦何等爲四一者於諸衆生起大悲心二者精進不懈三者信解生死如夢四者正思惟佛之智慧菩薩有此四法堅固其心而不疲倦梵天菩薩有四法所言決定而不中悔何等爲四一者決定說諸法無我二者決定說諸生處無可樂者三者決定常讃大乘四者決定說罪福業不失是爲四梵天菩薩有四法增長善根何等爲四一者持戒二者多聞三者布施四者出家是爲四梵天菩薩有四法無所恐畏威儀不轉何等爲四一者失利二者惡名三者毀辱四者苦惱是爲四梵天菩薩有四法成就白法何等爲四一者教人令信罪福二者布施不求果報三者守護正法四者以智慧教諸菩薩是爲四梵天菩薩有四法善知從一地至一地何等爲四一者久植善根二者離諸過咎三者善知方便迴向四者勤行精進是爲四梵天菩薩有四法於衆生中善知方便何等爲四一者順衆生意二者於他功德起隨喜心三者悔過除罪四者勸請諸佛是

爲四梵天菩薩有四法善化衆生何等爲四一者常求利益衆生二者自捨已樂三者心和忍辱四者除捨憍慢是爲四梵天菩薩有四法世世不失菩提之心何等爲四一者常憶念佛二者所作功德常爲菩提三者親近善知識四者稱揚大乘是爲四梵天菩薩有四法能一其心而無雜行何等爲四一者離聲聞心二者離辟支佛心三者求法無猒四者如所聞法廣爲人說是爲四梵天菩薩有四法善求法寶何等爲四一者於法中生寶想以難得故二者於法中生藥想療衆病故三者於法中生財利想以不失故四者於法中生滅苦想至涅槃故是爲四梵天菩薩有四法善出毀禁之罪何等爲四一者得無生法忍以諸法無來故二者得無滅法忍以諸法無去故三者得因緣忍知諸法因緣生故四者得無住忍無異心相續故是爲四梵天菩薩有四法善障煩惱何等爲四一者正憶念二者障諸根三者得善法力四者獨處遠離是爲四梵天菩薩有四法善入諸大衆何等爲四一者求法不求勝二者恭敬心無憍慢三者唯求法利不自顯現四者教人善法不求名利是爲四梵天菩薩有四法善開法施何等爲四一者守護於法二者自益智慧亦益他人三者行善人法四者示人垢淨是爲四梵天菩薩有四法得先因力不失善根何等爲四一者見他人闕不以爲過二者於瞋怒人常修慈心三者常說諸法因緣四者常念菩提是爲四梵天菩薩有四法不由他教而能自行六波羅蜜何等爲四一者以施

導人二者不說他人毀禁之罪三者善知攝法教化衆生四者解達深法是爲四梵天菩薩有四法能轉捨禪定還生欲界何等爲四一者其心柔輭二者得諸善根力三者不捨一切衆生四者善修智慧方便之力是爲四梵天菩薩有四法於諸佛法得不退轉何等爲四一者受無量生死二者供養無量諸佛三者修行無量慈心四者信解無量佛慧是爲四梵天菩薩有四法不斷佛種何等爲四一者不退本願二者言必施行三者大欲精進四者深心行於佛道是爲菩薩有此四法不斷佛種說是諸四法時二萬二千天子及人皆發阿耨多羅三藐三菩提心五千人得無生法忍十方諸來菩薩供養於佛所散天華周徧三千大千世界積至于膝

菩薩正問品第三

爾時網明菩薩問思益梵天言佛說汝於正問菩薩中爲最第一何謂菩薩所問爲正問耶梵天言網明若菩薩以彼我問名爲邪問分別法問名爲邪問若無彼我問名爲正問不分別法問名爲正問又網明以生故問名爲邪問以滅故問名爲邪問以住故問名爲邪問若不以生故問不以滅故問不以住故問名爲正問又網明若菩薩爲垢故問名爲邪問爲淨故問名爲邪問爲生死故問名爲邪問爲出生死故問名爲邪問爲涅槃故問名爲邪問若不爲垢淨故問不爲生死出生死故問不爲涅槃故問名爲正問所以者何法位中無垢無淨無生死無涅槃又網明若菩薩爲見故問爲斷故問爲證故問爲修故

問爲得故問爲果故問名爲邪問若無見無斷無證無修無得無果故問名爲正問又網明是善是不善故問名爲邪問是世間法是出世間法是罪法是無罪法是有漏法是無漏法是有爲法是無爲法如是等二法隨有所依而問者名爲邪問若不見二不見不二問名爲正問又網明若菩薩分別佛問名爲邪問分別法分別僧分別衆生分別佛國分別諸乘問名爲邪問若於法不作一異問者名爲正問又網明一切法正一切法邪網明言梵天何謂一切法正一切法邪梵天言於諸法性無心故一切法名爲正若於無心法中以心分別觀者一切法名爲邪一切法離相名爲正若不信解是離相是即分別諸法若分別諸法則入增上慢隨所分別皆名爲邪網明言何謂爲諸法正性梵天言諸法離自性離欲際是名正性網明言少有能解如是正性者梵天言是正性不一不多網明若善男子善女人能如是知諸法正性若已知若今知若當知是人無有法已得無有法今得無有法當得所以者何佛說無得無分別名爲所作已辦相若人聞是諸法正性勤行精進是名如說修行不從一地至一地若不從一地至一地是人不在生死不在涅槃所以者何諸佛不得生死不得涅槃網明言佛不爲度生死故說法耶梵天言佛所示法有度生死耶網明言無也梵天言以是因緣當知佛不令衆生出生死入涅槃但爲度妄想分別生死涅槃二相者耳此中實無度生死至涅槃者所以者何諸法平等無有往來無

出生死無入涅槃爾時世尊讚思益梵天言善哉善哉說諸法正性應如汝所說說是法時二千比丘不受諸法漏盡心得解脫佛告梵天我不得生死不得涅槃如來雖說生死實無有人往來生死雖說涅槃實無有人得滅度者若有入此法門是人非生死相非滅度相爾時會中五百比丘從座而起作是言我等空修梵行今實見有滅度者而言無有滅度我等何用修道求智慧爲爾時網明菩薩白佛言世尊若有於法生見則於其人佛不出世世尊若有決定見涅槃者是人不度生死所以者何涅槃名爲除滅諸相遠離一切動念戲論世尊是諸比丘於佛正法出家而今隨於外道邪見見涅槃決定相譬如從麻出油從酪出酥世尊若人於諸法滅相中求涅槃者我說是輩皆爲增上慢人世尊正行道者於法不作生不作滅無得無果網明謂梵天言是五百比丘從座起者汝當爲作方便引導其心入此法門令得信解離諸邪見梵天言善男子縱使令去至恒河沙劫不能得出如此法門譬如癡人畏於虛空捨空而走在所至處不離虛空此諸比丘亦復如是雖復遠去不出空相不出無相相不出無作相又如一人求索虛空東西馳走言我欲得空我欲得空是人但說虛空名字而不得空於空中行而不見空此諸比丘亦復如是欲求涅槃行涅槃中而不得涅槃所以者何涅槃者但有名字猶如虛空但有名字不可得取涅槃亦復如是但有名字而不可得爾時五百比丘聞說是法不受諸法漏盡心得

解脱得阿羅漢道作是言世尊若人於諸法畢竟滅相中求涅槃者則於其人佛不出世世尊我等今者非凡夫非學非無學不在生死不在涅槃所以者何佛出世故名爲遠離一切動念戲論

爾時長老舍利弗謂諸比丘汝今得正智爲已利耶五百比丘言長老舍利弗我等今者得諸煩惱不可作而作舍利弗言何故説此諸比丘言知諸煩惱實相故言得諸煩惱涅槃是無作性我等已證故説不可作而作舍利弗言善哉善哉汝等今者住於福田能消供養諸比丘言大師世尊尚不能消諸供養何況我等舍利弗言何故説此諸比丘言世尊知見法性性常淨故於是思益梵天白佛言世尊誰應受供養佛告梵天不爲世法之所牽者世尊誰能消供養佛言於法無所取者世尊誰爲世間福田佛言不壞菩提性者世尊誰爲衆生善知識佛言於一切衆生不捨慈心者世尊誰知報佛恩佛言不斷佛種者世尊誰能供養佛佛言能通達無生際者世尊誰能親近於佛佛言乃至失命因緣不毁禁者世尊誰能恭敬於佛佛言善覆六根者世尊誰名財富佛言成就七財者世尊誰名知足佛言得出世間智慧者世尊誰爲遠離佛言於三界中無所願者世尊誰爲具足佛言能斷一切諸結使者世尊誰爲樂人佛言無貪著者世尊誰無貪著佛言知見五陰者世尊誰度欲河佛言能捨六入者世尊誰住彼岸佛言能知諸道平等者世尊何謂菩薩能爲施主佛言菩薩能教衆生一切智心

世尊何謂菩薩能奉禁戒佛言常能不捨菩提之心世尊何謂菩薩能行忍辱佛言見心相念念滅世尊何謂菩薩能行精進佛言求心不得世尊何謂菩薩能行禪定佛言除身心麤相世尊何謂菩薩能行智慧佛言於一切法無有戲論世尊何謂菩薩能行慈心佛言不生衆生想世尊何謂菩薩能行悲心佛言不生法想世尊何謂菩薩能行喜心佛言不生我想世尊何謂菩薩能行捨心佛言不生彼我想世尊何謂菩薩安住於信佛言信解心淨無濁法世尊何謂菩薩安住於空佛言不著一切語言世尊何謂菩薩名爲有慚佛言知見内法世尊何謂菩薩名爲有愧佛言捨於外法世尊何謂名爲菩薩徧行佛言能淨身口意業爾時世尊而說偈言

若身淨無惡　口淨常實語　心淨常行慈　是菩薩徧行
行慈無貪著　觀不淨無恚　行捨而不癡　是菩薩徧行
若在空聚野　及與處大衆　威儀終不轉　是菩薩徧行
知法名爲佛　知離名爲法　知無名爲僧　是菩薩徧行
知多欲所行　知恚癡所行　善知轉此行　是菩薩徧行
不依止欲界　不住色無色　行如是禪定　是菩薩徧行
信解諸法空　及無相無作　而不盡諸漏　是菩薩徧行
善知聲聞乘　及辟支佛乘　通達於佛乘　是菩薩徧行
明解於諸法　不疑道非道　憎愛心無異　是菩薩徧行
於過去未來　及與現在世　一切無分別　是菩薩徧行

爾時思益梵天白佛言世尊何謂菩薩過世

間法通達世間法通達世間法已度衆生於世間法行於世間不壞世間爾時世尊以偈答言

說五陰是世　世間所依止　依止於五陰
不脫世間法　菩薩有智慧　知世間實相
所謂五陰如　世間法不染　利衰及毀譽
稱譏與苦樂　如此之八法　常牽於世間
大智慧菩薩　散滅世間法　見世壞敗相
處之而不動　得利心不高　失利心不下
其心堅不動　譬如須彌山　利衰及毀譽
稱譏與苦樂　於此世八法　其心常平等
知世間虛妄　皆從顛倒起　如是之人等
不行世間道　世間所有道　菩薩皆識知
故能於世間　度衆生苦惱　雖行於世間
如蓮華不染　亦不壞世間　通達法性故
世間行世間　不知是世間　菩薩行世間
明了世間相　世間虛空相　虛空亦無相
菩薩知如是　不染於世間　如所知世間
隨知而演說　知世間性故　亦不壞世間
五陰無自性　是即世間性　若人不知是
常住於世間　若見知五陰　無生亦無滅
是人行世間　而不依世間　凡夫不知法
於世起諍訟　是實是不實　住是二相中
我常不與世　起於諍訟事　世間之實相
悉以了知故　諸佛所說法　皆悉無諍訟
知世平等故　非實非虛妄　若佛法決定
有實有虛妄　是即爲貪著　與外道無異
而令實義中　無實無虛妄　是故我常說
出世法無二　若人知世間　如是之實性
於實於虛妄　不取此惡見　如是知世間

清淨如虛空　是大名稱人　照世間如日
若人見世間　如我之所見　如斯之人等
能見十方佛　諸法從緣生　自無有定性
若知此因緣　則達法實相　若知法實相
是則知空相　若能知空相　則爲見導師
若有人得聞　如是世間相　雖行於世間
而不住世間　依止諸見人　不能及此事
云何行世間　而不住世間　若佛滅度後
有樂是法者　佛則於其人　常現於法身
若人解達此　則守護我法　亦爲供養我
亦是世導師　若人須臾聞　世間性如此
是人終不爲　惡魔所得便　若能達此義
則爲大智慧　法財之施主　亦是具禁戒
若知世如此　忍辱力勇健　具足諸禪定
通達於智慧　所在聞是法　其方則有佛
如是諸菩薩　不久坐道場　若有深愛樂
如是世間性　則能降衆魔　疾得無上道

四諦品第四

佛復告思益梵天如來出過世間亦說世間苦世間集世間滅世間滅道五陰名爲世間貪著五陰名爲世間集五陰盡名爲世間滅以無二法求五陰名爲世間滅道又梵天所言五陰但有言說於中取相分別生見而說是名世間不捨是見是名世間集是見自相是名世間滅隨以何道不取是見是名世間滅道梵天以是因緣故我爲外道仙人說言仙人於汝身中即說世間苦世間集世間滅世間滅道爾時思益梵天白佛言世尊所說四聖諦何等是眞聖諦梵天苦不名爲聖諦苦集不名爲聖諦苦滅不名爲聖諦苦滅道

不名爲聖諦所以者何若苦是聖諦者一切牛驢畜生等皆應有苦聖諦若集是聖諦者一切在所生處衆生皆應有集聖諦所以者何以集故生諸趣中若苦滅是聖諦者觀滅者說斷滅者皆應有滅聖諦若道是聖諦者緣一切有爲道者皆應有道聖諦梵天以是因緣故當知聖諦非苦非集非滅非道聖諦者知苦無生是名苦聖諦知集無和合是名集聖諦於畢竟滅法中知無生無滅是名滅聖諦於一切法平等以不二法得道是名道聖諦梵天眞聖諦者無有虚妄虚妄者所謂著我著衆生著人著壽命者著養育者著有著無著生著滅著生死著涅槃梵天若行者言我知見苦是虚妄我斷集是虚妄我滅證是虚妄我修道是虚妄所以者何是人遺失

佛所護念是故說爲虚妄何等是佛所護念謂不憶念一切諸法是名佛所護念若行者住是念中則不住一切相若不住一切相則住實際若住實際是名不住心若不住心是人名爲非實語非妄語者梵天是故當知若非實非虚妄者是名聖諦梵天實者終不作不實若有佛若無佛法性常住所謂生死性涅槃性是性常實所以者何非離生死得涅槃名爲聖諦若人證如是四諦是名世間實語者梵天當來有比丘不修身不修戒不修心不修慧是人說生相是苦諦衆緣和合是集諦滅法是滅諦以二法求相是道諦佛言我說此愚人是外道徒黨我非彼人師彼非我弟子是人墮於邪道破失法故說言有諦梵天且觀我坐道場時不得一法是實是虚

妄若我不得法是法寧可於衆中有言説有論議有教化耶梵天言不也世尊梵天以諸法無所得故諸法離自性故我菩提是無貪愛相

歎功德品第五

爾時思益梵天白佛言世尊若如來於法無所得者有何利益説如來得菩提名爲佛佛言梵天於汝意云何我所説法若有爲若無爲是法爲實爲虚妄耶梵天言是法虚妄非實於汝意云何若法虚妄非實是法爲有爲無梵天言世尊若法虚妄是法不應説有不應説無於汝意云何若法非有非無是法有得者不梵天言無有得者梵天如來坐道場時唯得虚妄顛倒所起煩惱畢竟空性以無所得故得以無所知故知所以者何我所得法不可見不可聞不可覺不可識不可取不可著不可説不可難出過一切法相無語無説無有文字無言説道梵天此法如是猶如虚空汝欲於如是法中得利益耶梵天言不也世尊諸佛如來甚爲希有成就未曾有法深入大慈大悲得如是寂滅相法而以文字言説教人令得世尊其有聞是能信解者當知是人不從小功德來世尊是法一切世間之所難信所以者何世間貪著實而是法無實無虚妄世間貪著法而是法無法無非法世間貪著涅槃而是法無生死無涅槃世間貪著善法而是法無善無非善世間貪著樂而是法無苦無樂世間貪著佛出世而是法無佛出世亦無涅槃雖有説法而是法非可説相雖讚説僧而僧即是無爲是故此法一

切世間之所難信譬如水中出火火中出水難可得信如是煩惱中有菩提菩提中有煩惱是亦難信所以者何如來得是虛妄煩惱之性亦無法不得有所說法亦無有形雖有所知亦無分別證涅槃亦無滅者世尊若有善男子善女人能信解如是法義者當知是人得脫諸見當知是人已親近無量諸佛當知是人已供養無量諸佛當知是人爲善知識所護當知是人志意曠大當知是人善根深厚當知是人守護諸佛法藏當知是人能善思量起於善業當知是人種姓尊貴生如來家當知是人能行大捨捨諸煩惱當知是人得持戒力非煩惱力當知是人得忍辱力非瞋恚力當知是人得精進力無有疲懈當知是人得禪定力滅諸惡心當知是人得智慧力離惡邪見當知是人一切惡魔不能得便當知是人一切怨賊所不能破當知是人不誑世間當知是人是眞語者善說法相故當知是人是實語者說第一義故當知是人善爲諸佛之所護念當知是人柔和輭善同止安樂當知是人名爲大富有聖財故當知是人常能知足行聖種故當知是人易滿易養離貪著故當知是人得安隱心到彼岸故當知是人度未度者當知是人解未解者當知是人安未安者當知是人滅未滅者當知是人能示正道當知是人能說解脫當知是人爲大醫王善知諸藥當知是人猶如良藥善療衆病當知是人智慧勇健當知是人爲有大力堅固究竟當知是人有精進力不隨他語當知是人爲如師子無所怖畏當知是

人爲如象王其心調柔當知是人爲如老象其心隨順當知是人爲如牛王能導大衆當知是人爲大勇健能破魔怨當知是人爲大丈夫處衆無畏當知是人無所忌難得無畏法故當知是人無所畏難說眞諦法故當知是人具清白法如月盛滿當知是人智慧光照猶如日月當知是人除諸闇冥猶如執炬當知是人樂行捨心離諸憎愛當知是人載育衆生猶如地當知是人洗諸塵垢猶如水當知是人燒諸動念猶如火當知是人於法無障猶如風當知是人其心不動如須彌當知是人其心堅固如金剛山當知是人一切外道競勝論者所不能動當知是人一切聲聞辟支佛所不能測當知是人多饒法寶猶如大海當知是人煩惱不現如波陁羅當知是人求法無猒當知是人以智慧知足當知是人能轉法輪如轉輪王當知是人身色殊妙如天帝釋當知是人心得自在如梵天王當知是人說法音聲猶如雷震當知是人降法甘露猶如時雨當知是人能增長無漏根力覺分當知是人能轉法輪如轉輪王當知是人已度生死汙泥當知是人入佛智慧當知是人近佛菩提當知是人能多學問無與等者當知是人無有量已過量當知是人智慧辯才無有障礙當知是人憶念堅固得陁羅尼當知是人知諸衆生深心所行當知是人得智慧力正觀諸法解達義趣當知是人勤行精進利安世間當知是人超出於世當知是人不可汙染猶如蓮華當知是人不爲世法所覆當知是人利根者所愛當知是人

多聞者所敬當知是人智者所念當知是人天人供養當知是人爲坐禪者所禮當知是人善人所貴當知是人聲聞辟支佛之所貪慕當知是人不貪小行當知是人不覆藏罪不顯功德當知是人威儀備具生他淨心當知是人身色端正見者悅樂當知是人有大威德衆所宗仰當知是人以三十二相莊嚴其身當知是人能繼佛種當知是人能護法寶當知是人能供養僧當知是人諸佛所見當知是人爲得法眼當知是人以佛智慧而得受記當知是人具足三忍當知是人安住道場當知是人破壞魔軍當知是人得一切種智當知是人轉於法輪當知是人作無量佛事若人信解如是法義不驚疑怖畏者得如是功德是人於諸佛阿耨多羅三藐三菩提甚深難解難知難信難入而能信受讀誦通利奉持爲人廣說如說修行亦教他人如說修行如是之人我以一劫若減一劫說其功德猶不能盡

思益梵天所問經卷第一

思益梵天所問經卷第二

姚秦三藏法師鳩摩羅什譯

如來五力說品第六

佛告梵天汝何能稱說是人功德如如來以無閡智慧之所知乎是人所有功德復過於此若人能於如來所說文字語言章句通達隨順不違不逆和合爲一隨其義理不隨章句言辭而善知言辭所應之相知如來以何言說法以何隨宜說法以何方便說法以何法門說法以何大悲說法梵天若菩薩能知如來以是五力說法是菩薩能作佛事梵天言何謂如來所用五力佛言一者言說二者隨宜三者方便四者法門五者大悲是名如來所用五力一切聲聞辟支佛所不能及世尊云何名爲說佛言梵天如來說過去法說未來現在法說垢淨法說世間出世間法說有罪無罪法說有漏無漏法說有爲無爲法說我人衆生壽命者法說得證法說生死涅槃法梵天當知是言說如幻人說無決定故如夢中說虛妄見故如響聲說從空出故說如影衆緣和合故說如鏡中像因不入鏡故說如野馬顛倒見故說如虛空無生滅故當知是說爲無所說諸法相不可說故梵天若菩薩能知此諸言說者雖有一切言說而於諸法無所貪著以無貪著故得無礙辯才以是辯才若恒河沙劫說法無盡無礙諸有言說不壞法性亦復不著不壞法性梵天是名如來言說梵天言何謂如來隨宜佛言如來或垢法說淨淨法說垢菩薩於此應知如來隨宜所說梵天何謂如來垢法說淨不得垢

法性故何謂淨法說垢貪著淨法故又梵天我說布施即是涅槃凡夫無智不能善知隨宜所說菩薩應如是思量布施後得大富此中無法可從一念至一念若不從一念至一念即是諸法實相諸法實相即是涅槃持戒是涅槃不作不起故忍辱是涅槃念念滅故精進是涅槃無所取故禪定是涅槃不貪味故智慧是涅槃不得相故婬欲是實際法性無欲故瞋恚是實際法性無瞋故愚癡是實際法性無癡故生死是涅槃無退無生故涅槃是生死以貪著故實語是虛妄生語見故虛妄是實語為增上慢人故又梵天如來以隨宜故或自說我是常邊者或自說我是斷邊者或自說我是無作者或自說我是邪見者或自說我是不信者或自說我是不知報恩者或自說我是食吐者或自說我是不受者如來無有如是諸事而有此說當知是為隨宜所說欲令眾生捨增上慢故若菩薩善通達如來隨宜所說者若聞佛出則便信受示眾生善業色身果報故若聞佛不出亦信受諸佛法性身故若聞佛說法亦信受為喜樂文字眾生故若聞佛不說法亦信受諸法位性以不可說故若聞有涅槃亦信受滅顛倒所起煩惱故若聞無涅槃亦信受諸法無生相無滅相故若聞有眾生亦信受入世諦門故若聞無眾生亦信受入第一義故梵天菩薩如是善知如來隨宜所說於諸音聲無疑無畏亦能利益無量眾生世尊何謂方便佛言如來為眾生說布施得大富持戒得生天忍辱得端正精進得具諸功德禪定得法

喜智慧得捨諸煩惱多聞得智慧故行十善道得人天福樂故慈悲喜捨得生梵世故禪定得如實智慧故智慧得道果故學地得無學地故辟支佛地得消諸供養故佛地得無量智慧故涅槃滅一切煩惱故梵天我如是方便爲衆生讃說是法如來實不得我人衆生壽命者亦不得施亦不得慳亦不得戒亦不得毁戒亦不得忍辱亦不得瞋恚亦不得精進亦不得懈怠亦不得禪定亦不得亂心亦不得智慧亦不得智慧果亦不得菩提亦不得涅槃亦不得苦亦不得樂梵天若衆生聞是法者勤行精進是人爲何利故勤行精進不得是法若須陁洹果斯陁含果阿那含果阿羅漢果辟支佛道阿耨多羅三藐三菩提乃至無餘涅槃亦復不得梵天是名如來方便說也菩薩於此方便應勤精進令諸衆生得於法利世尊何謂如來法門佛言眼是解脫門耳鼻舌身意是解脫門所以者何眼空無我無我所性自爾耳鼻舌身意空無我無我所性自爾梵天當知六入皆是解脫門正行則不虛誑故色聲香味觸法亦復一切諸法皆入是門所謂空門無相門無作門無生門無滅門無所從來門無所從去門無退門無起門性常清淨門離自體門又梵天如來於一切文字示是解脫門所以者何諸文字無合無用梵天當知如來於一切文字中說聖諦說解脫門如來所說法無有垢一切諸法皆入解脫令住涅槃是名如來說法入於法門菩薩於此法門應當修學

如來大悲品第七

世尊何謂大悲佛言如來以三十二種大悲救護衆生何等三十二一切諸法無我而衆生不信不解如來於此而起大悲一切諸法無衆生而衆生説有衆生如來於此而起大悲一切法無壽命者而衆生説有壽命者如來於此而起大悲一切法無人而衆生説有人如來於此而起大悲一切法無所有而衆生住於有見如來於此而起大悲一切法無住而衆生有住如來於此而起大悲一切法無歸處而衆生樂於歸處如來於此而起大悲一切法非我所而衆生著於我所如來於此而起大悲一切法無所屬而衆生計有所屬如來於此而起大悲一切法無取相而衆生有取相如來於此而起大悲一切法無生而衆生住於有生如來於此而起大悲一切法無退生而衆生住於退生如來於此而起大悲一切法無垢而衆生著垢如來於此而起大悲一切法離染而衆生有染如來於此而起大悲一切法離瞋而衆生有瞋如來於此而起大悲一切法離癡而衆生有癡如來於此而起大悲一切法無所從來而衆生著有所來如來於此而起大悲一切法無所去而衆生著於後生如來於此而起大悲一切法無起而衆生計有所起如來於此而起大悲一切法無戲論而衆生著於戲論如來於此而起大悲一切法空而衆生墮於有見如來於此而起大悲一切法無相而衆生著於有相如來於此而起大悲一切法無作而衆生著於有作如來於此而起大悲世間常共瞋恚諍競如來於此而起大悲世間邪見顛

倒行於邪道欲令住於正道如來於此而起大悲世間饕餮無有猒足互相陵奪欲令衆生住於聖財信戒聞施慧等如來於此而起大悲衆生是產業妻子恩愛之僕於此危脆之物生堅固想欲令衆生悉知無常如來於此而起大悲衆生身爲怨賊貪著養育以爲親友欲爲衆生作眞知識令畢衆苦究竟涅槃如來於此而起大悲衆生好行欺誑邪命自活欲令衆生行於正命如來於此而起大悲衆生樂著衆苦不淨居家欲令衆生出於三界如來於此而起大悲一切諸法從因緣有而衆生於聖解脫而生懈怠我當爲說精進令樂解脫如來於此而起大悲衆生棄捨最上無礙智慧求於聲聞辟支佛道我當引導令發大心緣於佛法如來於此而起大悲梵天如來如是於諸衆生行此三十二種大悲是故如來名爲行大悲者若菩薩於衆生中常能修集此大悲心則爲阿鞞跋致爲大福田威德具足常能利益一切衆生說是大悲法門品時三萬二千人皆發阿耨多羅三藐三菩提心八千菩薩得無生法忍

幻化品第八

爾時網明菩薩摩訶薩白佛言世尊是思益梵天云何聞大悲法而不喜悅思益言善男子若識在二法則有喜悅若識在無二實際法中則無喜悅譬如幻人見幻戲事無所喜悅菩薩知諸法相如是則於如來若說法若神通亦無喜悅又善男子如佛所化人聞佛說法不喜不悅菩薩知諸法相與化無異於如來所不加喜說於餘衆生無下劣想網明

言梵天汝今見諸法如幻相耶梵天言若人分別諸法者汝當問之網明言汝今於何處行梵天言一切凡夫行處吾於彼行網明言凡夫人行貪欲瞋恚愚癡身見疑網行我我所等邪道汝於是處行耶梵天言善男子汝欲得凡夫法決定相耶網明言我尚不欲決定得凡夫何況凡夫法善男子若是法無決定者寧有貪欲瞋恚愚癡法耶網明言無也善男子一切法離貪瞋癡相行相亦如是善男子凡夫行賢聖行皆無二無差別善男子一切行非行一切說非說一切道非道網明言何謂一切行非行梵天言善男子若人千萬億劫行道於法性不增不減是故言一切行非行何謂一切說非說梵天言善男子如來以不可說相說一切法是故言一切說非說何謂一切道非道梵天言以無所至故一切道非道爾時世尊讚思益梵天言善哉善哉說諸法相應當如是網明菩薩謂梵天言汝說一切凡夫行處吾於彼行者則有行相梵天言若我有所生處應有行相網明言汝若不生云何教化衆生梵天言佛所化生吾如彼生網明言佛化所生則無生處梵天言寧可見不網明言以佛力故見梵天言我生亦如是以業力故網明言汝於起業中行耶梵天言我不於起業中行網明言云何言以業力故梵天言如業性力亦如是是二不出於如爾時舍利弗白佛言世尊若有能入是菩薩隨宜所說法中者得大功德所以者何世尊乃至聞是上人名字尚得大利何況聞其所說譬如有樹不依於地在虛空中而現

根莖枝葉華果甚爲希有此人行相亦復如
是不住一切法而於十方現有行有生死亦
有如是智慧辯才世尊若有善男子善女人
聞是智慧自在力者其誰不發阿耨多羅三
藐三菩提心爾時有一菩薩名曰普華在會
中坐謂長老舍利弗仁若已得法性佛亦稱
汝於智慧人中爲最第一何以不能現如是
智慧辯才自在力耶舍利弗言普華佛諸弟
子隨其智力能有所說普華言舍利弗法性
有多少耶舍利弗言無也普華言汝何以言
佛諸弟子隨其智力能有所說舍利弗言隨
所得法而有所說普華言汝證法性無量相
耶舍利弗言然普華言汝云何言隨所得法
而有所說如法性無量相得亦如是如得說
亦如是何以故法性無量故舍利弗言法性
非得相普華言若法性非得相者汝出法性
得解脫耶舍利弗言不也普華言何故爾耶
舍利弗言若出法性得解脫者則壞法性普
華言是故舍利弗如仁得道法性亦爾舍利
弗言我爲聽來非爲說也普華言一切法皆
入法性此中寧有說有聽者不舍利弗言不
也普華言若然者汝何故言我爲聽來非爲
說也舍利弗言佛說二人得福無量一者專
精說法二者一心聽受是故汝今應說我當
聽受普華言汝入滅盡定能聽法耶舍利弗
言入滅盡定無有二行而聽法也普華言汝
信佛說一切法是滅盡相不舍利弗言然一
切法皆滅盡相我信是說普華言若然者舍
利弗常不能聽法所以者何一切法常滅盡
相故舍利弗言汝能不起於定而說法耶普

華言頗有一法非是定耶舍利弗言無也普華言是故當知一切凡夫常在於定舍利弗言以何定故一切凡夫常在定耶普華言以不壞法性三昧故舍利弗言若然者凡夫聖人無有差別普華言如是如是我不欲令凡夫聖人有差別也所以者何聖人無所斷凡夫無所生是二不出法性平等之相舍利弗言何等是諸法平等相普華言如舍利弗所得知見舍利弗汝生賢聖法耶答言不也汝滅凡夫法耶答言不也汝得賢聖法耶答言不也汝見凡夫法耶答言不也舍利弗汝何知見說言得道答言汝不聞凡夫如即是漏盡解脫如漏盡解脫如即是無餘涅槃如舍利弗是如名不異如不壞如應以是如知一切法爾時舍利弗白佛言世尊譬如大火一切諸餤皆是燒相如是諸善男子所說法皆入法性佛告舍利弗如汝所言是諸善男子所說法皆入法性爾時網明謂舍利弗佛說仁者於智慧人中爲最第一以何智慧得第一乎舍利弗言所謂聲聞因聲得解以是智慧說我於中爲第一耳非謂菩薩網明言智慧是戲論相耶答言不也網明言智慧非平等相耶答言是網明言今仁者得平等智慧云何說智慧有量答言善男子以法性相故智慧無量隨入法性多少故智慧有量網明言無量法終不作有量仁者何故說智慧有量即時舍利弗黙然不答

菩薩光明品第九

爾時長老大迦葉承佛聖旨白佛言世尊是網明菩薩以何因緣號網明乎佛告網明善

男子現汝福報光明因緣令諸天人一切世間皆得歡喜其有福德因緣者當發菩提心於是網明即受佛教偏袒右肩從右手赤白莊嚴爪指間放大光明普照十方無量無邊阿僧祇佛國皆悉通達其中地獄畜生餓鬼盲聾瘖瘂手足拘躄老病苦痛貪欲瞋恚愚癡裸形醜陋貧窮饑渴囹圄繫閉困厄垂死慳貪破戒瞋恚懈怠妄念無慧少於聞見無慚無愧墮邪疑網如是等衆生遇斯光者皆得快樂無有衆生爲貪欲瞋恚愚癡憍慢憂愁懷恨等之所惱也其在佛前大會之衆菩薩摩訶薩天龍夜叉乾闥婆等及比丘比丘尼優婆塞優婆夷衆是諸衆生同一金色與佛無異有三十二相八十隨形好無見頂者皆坐寶蓮華座寶交絡蓋羅覆其上等無差別諸會衆生皆得快樂譬如菩薩入發喜莊嚴三昧時諸大衆得未曾有各各相見如佛無異不見佛身爲大已身爲小又以光明力故尋時下方有四菩薩從地涌出合掌而立欲共禮佛作是念言何者眞佛我欲禮敬即聞空中聲曰是網明菩薩光明之力一切大衆同一金色與佛不異時四菩薩發希有心作如是言今此會中其色無異一切諸法亦復如是若我此言誠實無虛世尊釋迦牟尼當現異相令我今得供養禮事即時佛以蓮華寶師子座上昇虛空高一多羅樹於是四菩薩頭面禮佛足作如是言如來智慧不可思議網明菩薩福德本願亦不可思議能放如是無量光明爾時佛告網明菩薩言善男子汝今已作佛事令無量衆生住於佛道可

攝光明於是網明菩薩即受佛教還攝光明攝光明已此諸大衆威儀色相還復如故見佛坐本師子座上爾時長老大迦葉白佛言世尊此四菩薩從何所來四菩薩言我等從下方世界來大迦葉言其國何名佛號何等四菩薩言國名現諸寶莊嚴佛號一寶蓋今現在說法大迦葉言其佛國土去此幾何四菩薩言佛自知之大迦葉言汝等何故來此四菩薩言是網明菩薩光明照彼我等遇之即聞釋迦牟尼佛名及網明菩薩是故我等今來見佛并網明上人迦葉白佛言世尊一寶蓋佛現諸寶莊嚴世界去此幾何佛言去此七十二恒河沙佛土大迦葉言世尊是四菩薩從彼發來幾時至此佛言如一念頃於彼不現忽然而至大迦葉言世尊此諸菩薩光明遠照神通速疾甚爲希有今網明菩薩光明遠照是四菩薩發來速疾佛言迦葉如汝所說菩薩摩訶薩所行不可思議一切聲聞辟支佛所不能及爾時長老大迦葉謂網明菩薩言善男子汝現光明照此大會皆作金色以何因緣網明言長老大迦葉可問世尊當爲汝說即時大迦葉以此白佛佛言迦葉是網明菩薩成佛時其會大衆同一金色咸共信樂一切智慧其佛國土乃至無聲聞辟支佛名唯有清淨諸菩薩摩訶薩會大迦葉白佛言世尊生彼菩薩當知如佛等無有異佛言如汝所說生彼菩薩當知如佛於是會中四萬四千人皆發阿耨多羅三藐三菩提心已願生彼國白佛言世尊若網明菩薩得成佛時我等當生其國爾時長老大迦葉

白佛言世尊網明菩薩幾時當得阿耨多羅三藐三菩提佛言迦葉汝自問網明於是迦葉問網明菩薩言善男子仁者幾時當得阿耨多羅三藐三菩提網明言大迦葉若有問幻所化人汝幾時當得阿耨多羅三藐三菩提是幻人當云何答大迦葉言善男子幻所化人無決定相當何所答網明言大迦葉一切諸法亦如幻所化人無決定相誰可問言汝幾時當成阿耨多羅三藐三菩提大迦葉言善男子幻所化人離於自相無異無別無所志願汝亦如是耶若如是者汝云何能利益無量衆生網明言阿耨多羅三藐三菩提即是一切衆生性一切衆生性即是幻性幻性即是一切法性於是法中我不見有利不見無利大迦葉言善男子汝今不令衆生住菩提耶網明言諸佛菩提有住相耶大迦葉言無也網明言是故我不令衆生住於菩提亦不令住聲聞辟支佛道大迦葉言善男子汝今欲趣何所網明言我所趣如如趣大迦葉言如無所趣亦無有轉網明言如如無趣無轉一切法住如相故我無趣無轉大迦葉言若無趣無轉汝云何教化衆生網明言若人發願則是不能教化衆生若人於法有轉是亦不能教化衆生大迦葉言善男子汝不轉衆生生死耶網明言我尚不得生死何況於生死中而轉衆生大迦葉言汝不令衆生得涅槃耶網明言我尚不見涅槃何況教化衆生令住涅槃大迦葉言善男子若汝不得生死不見涅槃何故今爲無量衆生行於菩提此豈不爲滅度衆生耶網明言若菩薩得

生死分别涅槃因衆生行菩提此則不應說爲菩薩大迦葉言善男子汝今於何處行網明言我非生死中行非涅槃中行亦不以衆生相行大迦葉如汝所問汝何處行者如佛所化人行處吾於彼行大迦葉言佛所化人無有行處網明言當知一切衆生所行亦如是相大迦葉言佛所化人無貪無恚無癡若一切衆生所行如是相者衆生貪恚癡從何所起網明言我今問汝隨意答我大迦葉汝令寧有貪恚癡不答言無也網明言是貪恚癡盡滅耶答言不也網明言若大迦葉今無貪恚癡亦不盡滅者汝置貪瞋癡於何所耶答言善男子凡夫從顛倒起妄想分别生貪恚癡耳賢聖法中善知顛倒實性故無妄想分别是以無貪恚癡大迦葉於汝意云何若法從顛倒起是法爲實爲虚妄耶答言是法虚妄非是實也網明言若法非實可令實耶答言不也網明言若法非實仁者欲於是中得貪恚癡耶答言不也網明言若然何者是貪恚癡能惱衆生者答言善男子若爾者一切從本已來離貪恚癡相網明言以是故我說一切法相如佛所化說是法時四萬四千菩薩得柔順法忍

菩薩受記品第十

爾時長老大迦葉白佛言世尊若網明菩薩所見衆生不應復畏墮三惡道若聞網明所說法者魔不得便若爲網明所教化者不畏墮聲聞辟支佛道世尊願說網明功德莊嚴國土佛言迦葉是網明菩薩在在國土遊行之處利益無量衆生迦葉汝見網明所放光

明不答言已見佛言若三千大千世界滿中芥子尚可算數令網明光明令諸衆生住菩提者不可數也迦葉是網明菩薩所放光明饒益尚爾何況說法汝今諦聽我當粗畧說其功德迦葉是網明菩薩過七百六十萬阿僧祇劫當得作佛號普光自在王如來應供正徧知世界曰集妙功德其佛趣菩提樹時國中諸魔魔民悉皆正定於阿耨多羅三藐三菩提其佛國土以眞栴檀寳爲地地平如掌柔輭細滑如加陵伽衣處處皆以衆寳莊嚴無三惡道亦無八難其國廣長皆以妙寳蓮華色香且好以爲校飾普光自在王如來有無量菩薩僧善修無量法門得無量自在神通皆以光明莊嚴其身得諸陁羅尼藏無量辯才善能說法光明神力皆悉通達能破魔怨慚愧念慧諸妙功德以修其心彼佛國土無有女人其諸菩薩皆於寳蓮華中結跏趺坐自然化生以禪樂爲食諸所須物經行之處房舍牀榻園林浴池應念即至迦葉是普光自在王如來不以文字說法但放光明照諸菩薩即得無生法忍其佛光明復照十方通達無礙令諸衆生得離煩惱又其光明常出三十二種清淨法音何等三十二所謂諸法空無衆生見故諸法無相離分別故諸法無作出三界故諸法離欲性寂滅故諸法離瞋無有礙故諸法離癡無闇冥故諸法無所從來本無生故諸法無所去無所至故諸法不住無所依故諸法過三世去來現在無所有故諸法無異其性一故諸法不生離於報故諸法無業業報作者不可得故諸法不

作無所起故諸法無起無爲性故諸法無爲離生滅故諸法眞不從和合生故諸法實一道門故諸法無衆生衆生不可得故諸法無我第一義故諸法鈍無所知故諸法捨離憎愛故諸法離煩惱無有熱故諸法無垢性不汙故諸法一相離欲際故諸法離相常定故諸法住實際性不壞故諸法如相不分別故諸法入法性徧入故諸法無緣諸緣不合故諸法是菩提如實見故諸法是涅槃無因緣故迦葉普光自在王如來光明常出如是清淨法音亦能令諸菩薩施作佛事其佛國土無有魔事佛壽無量阿僧祇劫大迦葉白佛言若人欲得清淨佛土者應取如網明菩薩所修功德具足清淨國土如是迦葉網明菩薩於諸無量阿僧祇佛所隨所願修功德具足故爾時思益梵天謂網明菩薩仁者已得從佛受記網明言一切衆生皆從佛受記梵天言於何事中而得受記網明言隨業受報而得受記梵天言汝作何業而得受記網明言若業非身作非口作非意作是業可得示不梵天言不可示也網明言菩提是起作相耶梵天言不也何以故菩提是無爲非起作相網明言可以起作相得無爲菩提不梵天言不也梵天是故當知若無業無業報無諸行無起諸行是名菩提如菩提性得亦如是如得性受記亦如是不可以起作法而得受記梵天言善男子汝不行六波羅蜜然後得受記耶網明言如汝所說菩薩行六波羅蜜而得受記梵天若菩薩捨一切煩惱名爲檀波羅蜜於諸法無所起名爲尸羅波羅蜜於

諸法無所傷名爲羼提波羅蜜於諸法離相名爲毗梨耶波羅蜜於諸法無所住名爲禪波羅蜜於諸法無戲論名爲般若波羅蜜梵天菩薩如是行六波羅蜜於何處行梵天言無處行也所以者何凡有所行皆是不行若行即是不行若不行即是行梵天以是故當知無所行是菩提如汝所問汝得受菩提記者如如法性得受記我所受記亦如是梵天言善男子如如法性無受記網明言諸菩薩受記相皆亦如是如如法性爾時思益梵天白佛言世尊菩薩以何行諸佛授阿耨多羅三藐三菩提記佛言若菩薩不行生法不行滅法不行善不行不善不行世間不行出世間不行有罪法不行無罪法不行有漏法不行無漏法不行有爲法不行無爲法不行修道不行除斷不行生死不行涅槃不行見法不行聞法不行覺法不行知法不行施不行捨不行戒不行覆不行忍不行善不行發不行精進不行禪不行三昧不行慧不行行不行知不行得梵天若菩薩如是行者諸佛則授阿耨多羅三藐三菩提記所以者何諸所有行皆有所是無所是是菩提諸所有行皆是分別無分別是菩提諸所有行皆是起作無起作是菩提諸所有行皆是戲論無戲論是菩提是故當知若菩薩過諸所行則得授記唯然世尊受記者有何義佛言離諸法二相故是授記義不分別生滅是授記義離身口意業相是授記義梵天我念過去有劫名善見我於此劫供養七十二那由他佛是諸如來不見授記又過是劫劫名善化我於此

劫供養二十二億諸佛是諸如來亦不見授記又過是劫劫名梵歎我於此劫供養萬八千佛是諸如來亦不見授記又過是劫劫名無咎我於此劫供養三萬二千佛是諸如來亦不見授記又過是劫劫名莊嚴我於此劫供養四百四十萬佛我皆以一切供養之具而供養之是諸如來亦不見授記梵天我於往昔供養諸佛恭敬尊重讚歎淨修梵行一切布施一切持戒及行頭陁離於瞋恚忍辱慈心如所說行勤修精進一切所聞皆能受持獨處遠離入諸禪定隨所聞慧讀誦思問是諸如來亦不見授記何以故依止所行故以是當知若諸菩薩出過一切諸行則得受記我若以一劫若減一劫說是諸佛名號不可得盡梵天我於是後見然燈佛即得無生法忍佛時授我記言汝於來世當得作佛號釋迦牟尼如來應供正徧知我爾時出過一切諸行具足六波羅蜜所以者何若菩薩能捨諸相名爲檀波羅蜜能滅諸受持名爲尸羅波羅蜜不爲六塵所傷名爲羼提波羅蜜離諸所行名爲毗棃耶波羅蜜不憶念一切法名爲禪波羅蜜能忍諸法無生性名爲般若波羅蜜我於然燈佛所具足如是六波羅蜜

薩婆若品第十一

梵天我從初發菩提心已來所作布施於此五華布施百分不及一百千分百千萬億分乃至算數譬喻所不能及我從初發心已來受戒持戒行頭陁於此常滅戒百分不及一乃至算數譬喻所不能及我從初發心已來

柔和忍辱於畢竟忍法百分不及一乃至算數譬喻所不能及我從初發心已來發勤精進於不取不捨精進百分不及一乃至算數譬喻所不能及我從初發心已來禪定獨處於此無住禪定百分不及一乃至算數譬喻所不能及我從初發心已來思惟籌量智慧於此無戲論智慧百分不及一百千分百千萬億分乃至算數譬喻所不能及梵天是故當知我爾時得具足六波羅蜜世尊云何名具足六波羅蜜梵天若不念施不依止戒不分別忍不取精進不住禪定不二於慧是名具足六波羅蜜又問具足六波羅蜜已能滿足何法佛言具足六波羅蜜已能滿足薩婆若世尊云何具足六波羅蜜已能滿足薩婆若梵天布施平等即是薩婆若平等持戒平等即是薩婆若平等忍辱平等即是薩婆若平等精進平等即是薩婆若平等禪定平等即是薩婆若平等智慧平等即是薩婆若平等以是平等等一切法名爲薩婆若又梵天滿足布施相持戒相忍辱相精進相禪定相智慧相是名薩婆若梵天如是滿足六波羅蜜能滿足薩婆若世尊云何當知滿足薩婆若梵天若不受眼不受色不受耳不受聲不受鼻不受香不受舌不受味不受身不受觸不受意不受法若不受是內外入名爲滿足薩婆若我得如是滿足薩婆若於眼無所著於色耳聲鼻香舌味身觸意法無所著是故如來名爲無礙知見薩婆若梵天薩婆若於法無所受何以故以無用故無用即是無所有義無所有即是空如虛空義同虛空相是

薩婆若是故於法無所受梵天譬如一切所作皆因虛空而虛空無所依如是諸智慧皆從薩婆若出而薩婆若無所依梵天白佛言世尊所說薩婆若薩婆若者爲何謂也梵天一切所行是智爲眞智非諸聲聞辟支佛所及故名薩婆若諸有所行皆能成就故名薩婆若能破一切所念戲論故名薩婆若諸所教勑諸所防制如此衆生所行之法皆從中出故名爲薩婆若得諸聖智若學智若無學智若辟支佛智皆從中出故名爲薩婆若正行故名爲薩婆若能分別一切藥故名薩婆若能滅一切衆生病故名薩婆若能除一切煩惱習氣故名薩婆若常在定故名薩婆若一切法中無疑故名薩婆若一切世間出世間智慧皆從中出故名薩婆若善知一切智慧方便相故名薩婆若爾時思益梵天白佛言未曾有也世尊諸佛如來智慧甚深心無所緣而知一切衆生心心所行世尊薩婆若得如是無量功德其誰善男子善女人不發阿耨多羅三藐三菩提心於是網明菩薩白佛言世尊若有菩薩希望功德利益而發菩提心者不名發大乘也所以者何一切法無功德利以無對處故世尊菩薩摩訶薩不應爲功德利故發菩提心但爲大悲心故滅衆生諸苦惱故不自憂苦故生諸善法故解脫諸邪見故滅除諸病故捨我所貪著故不觀憎愛故不沒世法故猒患有爲故安住涅槃故發菩提心世尊菩薩不應於衆生求其恩報亦不應觀作與不作又於苦樂心不傾動世尊何謂菩薩家清淨佛言善男子菩薩若

生轉輪聖王家不名家清淨若生帝釋中若生梵王中亦不名家清淨在所生處乃至畜生自不退失善根亦令衆生生諸善根是名菩薩家清淨又網明慈是菩薩家心平等故悲是菩薩家深心念故喜是菩薩家生法喜故捨是菩薩家離貪著故不捨菩提是菩薩家不貪聲聞辟支佛地故

思益梵天所問經卷第二

音釋

饕餮 饕吐刀切貪財曰饕餮他結切貪食曰餮　危脆 危魚爲切不安也脆此芮切物易斷也　阿鞞跋致 梵語也亦云阿惟越致此云不退轉鞞駢迷切跋蒲末切　瘖瘂 瘖於今切瘂烏下切並不能言也　躄 必益切足不能行也　囹圄 囹郎丁切圄魚巨切獄名也　粗 坐五切略也疏也

思益梵天所問經卷第三

姚秦三藏法師鳩摩羅什譯

菩薩無二品第十二

爾時思益梵天白佛言世尊是文殊師利法王子在此大會而無所說佛即告文殊師利汝於此所說法中可少說之文殊師利白佛言世尊佛所得法寧可識不佛言不可識也世尊是法可說可演可論不佛言不可說不可演不可論世尊若是法不可說不可演不可論者則不可示也爾時思益梵天謂文殊師利汝不爲衆生演說法乎文殊師利言梵天法性中有二相耶梵天言無也文殊師利言一切法不入法性耶梵天言然文殊師利言若法性是不二相一切法入法性中云何當爲衆生說法梵天言頗有說法亦無二相耶文殊師利言若決定得說者聽者可有說法亦無有二文殊師利如來不說法耶文殊師利言佛雖說法不以二相何以故如來性無二故雖有所說而無二也梵天言若一切法無二其誰爲二文殊師利言凡夫貪著我故分別二耳不二者終不爲二雖種種分別爲二然其實際無有二相梵天言云何識無二法文殊師利言若無二可識則非無二所以者何無二相者不可識也梵天二即是識業不可識法佛所說也是法不爾如所說何以故是法無文字故文殊師利佛所說法終何所至文殊師利言如來說法至無所至梵天言佛所說法不至涅槃耶文殊師利言涅槃可得至耶梵天言涅槃無來處無至處文殊師利言如是佛所說法至無所至梵天言

是法誰聽答言如所說梵天言云何如所說答言如不識不聞梵天言誰能聽如來如是法答言不漏六塵者梵天言誰能知是法答言無識無分別無諍訟者梵天言云何比丘名多諍訟答言是好是惡此名諍訟是理是非理此名諍訟是垢是淨此名諍訟是善是不善此名諍訟是戒是毀戒此名諍訟是應作是不應作此名諍訟以是法得道以是法得果此名諍訟梵天若於法中有高下心貪著所受皆是諍訟佛所說法無有諍訟梵天樂戲論者無不諍訟樂諍訟者無沙門法樂沙門法者無有妄想貪著梵天言云何比丘隨佛語隨佛教答言若比丘稱讚毀辱其心不動是名隨佛教若比丘不隨文字語言是名隨佛語又比丘滅一切諸相是名隨佛教不違於義是名隨佛語若比丘守護於法是名隨佛教若不違佛語是名隨佛語梵天言云何比丘能守護法答言若比丘不逆平等不壞法性是名能守護法梵天言云何比丘親近於佛答言若比丘於諸法中不見有法若近若遠是名親近於佛梵天言云何比丘給侍於佛答言若比丘身口意無所作是名給侍於佛梵天言誰能供養佛答言不起福業不起不動業者梵天言誰能見佛答言若不著肉眼不著天眼不著慧眼是名能見佛梵天言誰能見法答言不逆諸因緣法者梵天言誰能順見諸因緣法答言不起平等不見平等所生相者梵天言誰得真智答言不生不滅諸漏者梵天言誰能隨學如來答言不起不受不取不捨諸法者梵天言誰名正

行答言不墮三界者梵天言誰爲善人答言不受後身者梵天言誰爲樂人答言無我無我所者梵天言誰爲得解脱者答言不壞縛者梵天言誰爲得度答言不住生死不住涅槃者梵天言漏盡比丘盡何事耶答言若有所盡不名漏盡知諸漏空相隨如是知名爲漏盡梵天言誰爲實語答言離諸言論道者梵天言誰爲入道答言凡夫有入道聖行者知一切有爲法無所從來無所從去則無入道梵天言誰能見聖諦答言無有見聖諦者所以者何隨所有見皆爲虚妄無所見者乃名見諦梵天言不見何法名爲見諦答言不見一切諸見名爲見諦梵天言是諦當於何求答言當於四顛倒中求梵天言何故作如是説答言求四顛倒不得淨不得常不得樂不得我若不得淨是即不淨若不得常是即無常若不得樂是即爲苦若不得我是即無我梵天一切法空無我是爲聖諦若能如是求諦是人不見苦不斷集不證滅不修道梵天言云何名修道答言若不分別是法是非法離於二相名爲修道以是道求一切法不得是名爲道是道不令人離生死至涅槃所以者何不離不至乃名聖道爾時有摩訶羅梵天子名曰等行問文殊師利何謂優婆塞歸依佛歸依法歸依僧答言若優婆塞不起二見不起我見不起彼見不起我見不起佛見不起我見不起法見不起我見不起僧見是名歸依佛歸依法歸依僧又優婆塞不以色見佛不以受想行識見佛是名歸依佛若優婆塞於法無所分別亦不行非法是名歸

依法若優婆塞不離有爲法見無爲法不離無爲法見有爲法是名歸依僧又優婆塞不得佛不得法不得僧是名歸依佛歸依法歸依僧爾時等行菩薩問文殊師利言是諸菩薩發菩提心者爲何所趣答言趣於虛空所以者何阿耨多羅三藐三菩提同虛空故等行言云何菩薩名發阿耨多羅三藐三菩提心答言若菩薩知一切發非發一切法非法一切衆生非衆生是名菩薩發阿耨多羅三藐三菩提心

名字義品第十三

爾時等行菩薩白佛言世尊所言菩薩菩薩者爲何謂耶佛言善男子若菩薩於邪定衆生發大悲心於正定衆生不見殊異故言菩薩所以者何菩薩不爲正定衆生不爲不定衆生故發心但爲度邪定衆生故而起大悲發阿耨多羅三藐三菩提心故名菩薩爾時菩提菩薩白佛言世尊我亦樂說所以爲菩薩佛言若樂說者便說菩提菩薩言譬如男子女人受一日戒無毀無缺若菩薩如是從初發心乃至成佛於其中間常修淨行是名菩薩堅意菩薩言若菩薩成就深固慈心是名菩薩度衆生菩薩言譬如橋船度人不倦無有分別若心如是是名菩薩斷惡道菩薩言若菩薩於諸佛國投足之處即時一切惡道皆滅是名菩薩觀世音菩薩言若菩薩衆生見者即時必定於阿耨多羅三藐三菩提又稱其名得免衆苦是名菩薩得大勢菩薩言若菩薩所投足處震動三千大千世界及魔宮殿是名菩薩無疲倦菩薩言若恒河沙

等劫爲一日一夜以是三十日爲一月十二月爲一歲以是歲數若過百千萬億劫得值一佛如是於恒河沙等佛所行諸梵行修集功德然後受阿耨多羅三藐三菩提記心不休息無有疲倦是名菩薩導師菩薩言若菩薩於墮邪道衆生生大悲心令入正道不求恩報是名菩薩須彌山菩薩言若菩薩於一切法無所分別如須彌山一切衆色是名菩薩那羅延菩薩言若菩薩不爲一切煩惱所壞是名菩薩心力菩薩言若菩薩以心思惟一切諸法無有錯謬是名菩薩師子遊歩自在菩薩言若菩薩於諸論中不怖不畏得深法忍能使一切外道怖畏是名菩薩不可思議菩薩言若菩薩知心相不可思議無所思惟分別是名菩薩善寂天子言若菩薩能於一切天宫中生而無所染亦不得是無染之法是名菩薩實語菩薩言若菩薩有所發言常以真實乃至夢中亦無妄語是名菩薩喜見菩薩言若菩薩能見一切色皆是佛色是名菩薩常慘菩薩言若菩薩見墮生死衆生其心不樂世閒諸樂欲自度己身亦度衆生是名菩薩心無礙菩薩言若菩薩於一切煩惱衆魔而不瞋礙是名菩薩常喜根菩薩言若菩薩常以喜根自滿其願亦滿他願所作皆辦是名菩薩散疑女菩薩言若菩薩於一切法中不生疑悔是名菩薩師子童女菩薩言若菩薩無男法無女法而現種種色身爲成就衆生故是名菩薩寶女菩薩言若菩薩於諸寶中不生愛樂但樂三寶是名菩薩毗舍佉達多優婆夷言若菩薩有所得者則無

菩提若不得一切法不生一切法不滅一切法是名菩薩跋陀婆羅賢士言若菩薩衆生聞其名者畢定於阿耨多羅三藐三菩提是名菩薩寶月童子言若菩薩常修童子梵行乃至不以心念五欲何况身受是名菩薩忉利天子曼陀羅華香菩薩言若菩薩持戒熏心常流諸善法香不流餘香是名菩薩作喜菩薩言若菩薩喜樂三法謂供養佛演說於法教化衆生是名菩薩思益梵天言若菩薩所見之法皆是佛法是名菩薩彌勒菩薩言若菩薩衆生見者即得慈心三昧是名菩薩文殊師利法王子言若菩薩雖說諸法而不起法想不起非法想是名菩薩網明菩薩言若菩薩光明能滅一切衆生煩惱是名菩薩普華菩薩言若菩薩見諸如來滿十方世界如林華敷是名菩薩如是諸菩薩各各隨所樂說已爾時佛告等行菩薩言若菩薩能代一切衆生受諸苦惱亦復能捨一切福事與諸衆生是名菩薩

論寂品第十四

爾時思益梵天問等行菩薩言善男子汝今以何行爲行答言我已隨一切有爲法衆生行爲行又問隨一切有爲法衆生以何爲行答言諸佛所行是隨一切有爲法衆生行也又問諸佛以何爲行答言諸佛以第一義空爲行又問凡夫所行諸佛亦以是行有何差別等行言汝欲令空中有差別耶答言不也等行言如來不說一切法空耶答言然是故梵天一切法無有差別是諸行相亦復如是所以者何如來不說諸法有差別也爾時思

益梵天問文殊師利言所言行處行爲何謂也答言於諸行中有四梵行是名行處行若人離四梵行不名行處行能行四梵行是名行處行梵天若人成就四梵行雖於空閑曠野中行是名行處行若不成就四梵行雖於樓殿堂閣金銀牀榻妙好被褥於此中行不名行處行亦復不能善知行處相又問菩薩以何行知見清淨答言於諸行中能淨我見又問若得我實性即得實知見耶答言然若見我實性即是實知見譬如國王典金藏人因已出用知餘在者如是因知我實性故得實知見又問云何得我實性答言若得無我法所以者何我畢竟無根本無決定故若能如是知者是名得我實性又問如我解文殊師利所說義以見我故即是見佛所以者何我性即是佛性文殊師利誰能見佛答言不壞我見者所以者何我見即是法見以法見能見佛又問頗有無所行名爲正行耶答言有若不行一切有爲法是名正行又問云何行名爲正行答言若不爲見故行不爲斷不爲證不爲修故行是名正行又問慧眼爲見何法答言若有所見不名慧眼慧眼不見有爲法不見無爲法所以者何有爲法皆虛妄分別無虛妄分別是名慧眼無爲法空無所有過諸眼道是故慧眼亦不見無爲法又問頗有因緣正行比丘不得道果答言有正行中無道無果無行無得無有得果差別梵天無所得故乃名爲得若有所得當知是爲增上慢人正行者無增上慢無增上慢則無行無得又問得何法故名爲得道答言若法不

自生不他生亦不衆緣生從本已來常無有生得是法故說名得道又問若法不生爲何所得答言若知法不生即名爲得是故佛說若見諸有爲法不生相即入正位又問云何名正位答言我及涅槃等不作二是名正位又行平等故名爲正位以平等出諸苦惱故名正位入了義中故名正位除一切憶念故名正位爾時世尊讃文殊師利言善哉善哉快說此言誠如所說說是法時七千比丘不受諸法漏盡心得解脫三萬二千諸天遠塵離垢得法眼淨十千人離欲得定二百人發阿耨多羅三藐三菩提心五百菩薩得無生法忍爾時思益梵天白佛言世尊是文殊師利法王子能作佛事大饒益衆生文殊師利言佛出於世不爲益法故出不爲損法故出

梵天言佛豈不滅度無量衆生仁者亦不利益無量衆生耶文殊師利言汝欲於無衆生中得衆生耶答言不也梵天汝欲得衆生決定相耶答言不也梵天汝欲得諸佛有出生相於世間耶答言不也梵天何等是衆生爲佛所滅度者梵天言如仁者所說義無生死無涅槃文殊師利言如是諸佛世尊不得生死不得涅槃佛諸弟子得解脫者亦不得生死不得涅槃所以者何是涅槃是生死但假名字有言說耳實無生死往來滅度涅槃又問誰能信是法耶答言於諸法中無貪著者又問若貪著者於何貪著答言貪著者貪著虛妄梵天若貪著是實者終無增上慢以貪著虛妄故行者知之而不貪著若不貪著則無有流若無有流則無往來生死若無往來

生死是則滅度又問何故說言滅度答言滅度者名爲衆緣不和合若無明不和合諸行因緣則不起諸行若不起諸行是名爲滅不起相是畢竟滅得是道故則無生處如是名爲四聖諦

如來二事品第十五

爾時等行菩薩謂文殊師利如汝所說皆爲眞實答言一切言說皆爲眞實又問虛妄言說亦眞實耶答言如是所以者何是諸言說皆爲虛妄無處無方若法皆虛妄無處無方是故一切言說皆是眞實善男子提婆達語如來語無異無別所以者何一切言說皆是如來言說不出如故一切言說有所說事皆以無所說故得有所說是以一切言說皆平等文字同故文字無念故文字空故等行言如來不說凡夫語言賢聖語言耶文殊師利言然以文字說凡夫語言亦以文字說賢聖語言如是善男子諸文字有分別是凡夫語言是賢聖語言耶等行言不也文殊師利言如諸文字無分別一切賢聖亦無分別是故賢聖無有言說所以者何賢聖不以文字相不以衆生相不以法相有所說也譬諸鐘鼓衆緣和合而有音聲是諸鐘鼓亦無分別如是諸賢聖善知衆因緣故於諸言說無貪無礙等行言如佛所說汝等集會當行二事若說法若聖默然何謂說法何謂聖默然答言若說法不違佛不違法不違僧是名說法若知法即是佛離相即是法無爲即是僧是名聖默然又善男子因四念處有所說名爲說法於一切法無所憶念名聖默然因四正勤

有所說名爲說法以諸法等不作等不作不等名聖默然因四如意足有所說名爲說法若不起身心名聖默然因五根五力有所說名爲說法若不隨他語有所信爲不取不捨故分別諸法一心安住無念念中解一切法常定性斷一切戲論慧名聖默然因七菩提分有所說名爲說法若常行捨心無所分別無增無減名聖默然因八聖道分有所說名爲說法若知說法相如栰喻不依法不依非法名聖默然善男子於是三十七助道法若能開解演說名爲說法若身證是法亦不離身見法亦不離法見身於是觀中不見二相不見不二相如是現前知見而亦不見名聖默然又善男子若不妄想著我不妄想著彼不妄想著法有所說名爲說法若至不可說相能離一切言說音聲得不動處入離相心名聖默然又善男子若知一切衆生諸根利鈍而教誨之名爲說法常入於定心不散亂名聖默然等行言如我解文殊師利所說義一切聲聞辟支佛無有說法亦無聖默然所以者何是人不能了知一切衆生諸根利鈍亦復不能常在於定文殊師利若有真實問何等是世間說法者何等是世間聖默然者則當爲說諸佛是也所以者何諸佛善能分別一切衆生諸根利鈍亦常在定佛告文殊師利如是如是如等行所說唯諸如來有此二法爾時須菩提白佛言世尊我親從佛聞汝等集會當行二事若說法若聖默然世尊若聲聞不能行者云何如來勑諸比丘行此二事佛告須菩提於汝意云何若聲聞不從

他聞能說法能聖默然不須菩提言不也須菩提是故當知一切聲聞辟支佛無有說法無聖默然爾時文殊師利謂須菩提如來了知衆生八萬四千行汝於此中有智慧能隨其所應爲說法不答言不也今須菩提能入觀一切衆生心三昧住是三昧通達一切衆生心心所行自心他心無所妨礙不答言不也文殊師利言須菩提如來於衆生八萬四千行隨其所應爲說法藥又常住定平等相中心不動揺而通達一切衆生心心所行須菩提是故當知一切聲聞辟支佛不及此事須菩提或有衆生多婬欲者以觀淨得解脫不以不淨唯佛能知或有衆生多瞋恚者以觀過得解脫不以慈心唯佛能知或有衆生多愚癡者以不共語得解脫不以說法唯佛能知或有衆生等分行者不以觀淨不以不淨不以觀過不以慈心不以不共語不以說法得解脫者隨其根性以諸法平等而爲說法使得解脫唯佛能知是故如來於諸說法人中爲最第一禪定人中亦最第一爾時須菩提問文殊師利若聲聞辟支佛不能如是說法不能如是聖默然者諸菩薩有成就如是功德能說法能聖默然不答言唯佛當知於是佛告須菩提有三昧名入一切語言心不散亂若菩薩成就是三昧皆得是功德爾時文殊師利謂等行菩薩善男子爲衆生八萬四千行故說八萬四千法藏名爲說法常在一切滅受想定中名聖默然善男子我若一劫若減一劫演說是義是名說法相是聖默然相猶不能盡於是佛告等行菩薩善男

子乃往過去無量無邊不可思議阿僧祇劫時世有佛號曰普光劫曰名聞國名喜見彼國嚴淨豐樂安隱天人熾盛其地皆以衆寶莊嚴柔輭細滑生寶蓮華一切香樹充滿其中常出妙香善男子喜見國土有四百億四天下一一天下縱廣八萬四千由旬其中諸城縱廣一由旬皆以衆寶校飾一一城者有二萬五千聚落村邑而圍繞之一一聚落村邑無量百千人衆充滿其中彼時人民所見色像心皆欣悅無可憎惡亦悉皆得念佛三昧是以國土名曰喜見若他方世界諸來菩薩皆得快樂餘國不爾善男子其普光佛以三乘法爲弟子說亦多樂說如是法言汝等比丘當行二事若說法若聖默然善男子爾時上方醫王佛土有二菩薩一名無盡意二名益意來詣普光佛所頭面禮佛足右繞三帀恭敬合掌却住一面時普光佛爲二菩薩廣說淨明三昧所以名曰淨明三昧者若菩薩入是三昧即得解脫一切諸相及煩惱著亦於一切佛法得淨光明是故名爲淨明三昧又前際一切法淨後際一切法淨現在一切法淨是三世畢竟淨無能令不淨性常淨故是以說一切諸法性常清淨何謂諸法性淨謂一切法空相離有所得故一切法無相相離憶想分別故一切法無作相不取不捨無求無願畢竟離自性故是名性常清淨以是常淨相知生死性即是涅槃性涅槃性即是一切法性是故說心性常清淨善男子譬如虛空若受垢汙無有是處心性亦如是若有垢汙無有是處又如虛空雖爲煙塵雲霧

覆蘙不明不淨而不能染汙虛空之性設染汙者不可復淨以虛空實不染汙故還見清淨凡夫心亦如是雖邪憶念起諸煩惱然其心性不可垢汙設垢汙者不可復淨以心相實不可垢汙性常明淨是故心得解脫善男子是名入淨明三昧門彼二菩薩聞是三昧於諸法中得不可思議法光明爾時無盡意菩薩白普光如來言世尊我等已聞入淨明三昧當以何行行此法門佛告無盡意善男子汝等當行二行若說法若聖默然時二菩薩從佛受教頭面禮佛足繞三帀而出趣一園林自以神力化作寶樓於中修行時有梵天名曰妙光與七萬二千梵俱來至其所頭面禮足問二菩薩善男子普光如來說言汝等比丘集會當行二事若說法若聖默然善男子何謂說法何謂聖默然二菩薩言汝今善聽我當少說唯有如來乃通達耳於是二菩薩以二句義為諸梵衆廣分別說時七萬二千梵皆得無生法忍妙光梵天得普光明三昧是二菩薩於七萬六千歲以無礙辯才答其所問不懈不息分別二句互相問答而不窮盡於是普光如來在虛空中作如是言善男子勿於文字言說而起諍訟凡諸言說皆空如響如所問答亦復如是汝等二人皆得無礙辯才及無盡陀羅尼若於一劫若百劫說此二句辯不可盡善男子佛法是寂滅相第一之義此中無有文字不可得說諸所言說皆無義利是故汝等當隨此義勿隨文字是二菩薩聞佛教已默然而止佛告等行以是當知菩薩若以辯才說法於百千萬劫

若過百千萬劫不可窮盡又告等行於意云何彼二菩薩豈異人乎勿造斯觀無盡意者今文殊師利是益意菩薩者今汝身是妙光梵天者今思益梵天是也爾時等行菩薩白佛言未曾有也世尊諸佛菩薩爲大饒益如所說行精進衆生世尊其懈怠不能如所說行者雖值百千萬佛無能爲也當知從勤精進得出菩提

得聖道品第十六

爾時文殊師利謂等行菩薩善男子汝知菩薩云何行名勤精進答言若菩薩能得聖道名勤精進又問云何行能得聖道答言若於諸法無所分別如是行者能得聖道又問云何名爲得聖道已答言若行者於平等中見諸法平等是名得聖道已又問平等可得見耶答言不也所以者何若平等可見則非平等思益梵天謂文殊師利若行者於平等中不見諸法是名得聖道已文殊師利言何故不見思益言離二相故不見不見即是正見又問誰能正見世間答言不壞世間相者又問云何爲不壞世間相答言色如無別無異受想行識如無別無異若行者見五陰平等如相是名正見世間又問何等是世間相答言滅盡是世間相又問滅盡相復可盡耶答言滅盡相者不可盡也又問何故說言世間是滅盡相答言世間畢竟盡相是相不可盡所以者何已盡者不復盡也又問佛不說一切有爲法是盡相耶答言世間是盡相終不可盡是故佛說一切有爲法是盡相又問何等數名有爲法答言以盡相故名有爲法又

問有爲法者爲住何所答言無爲性中住又問有爲法無爲法有何差別答言有爲法無爲法文字言說有差別耳所以者何以文字言說言是有爲是無爲若求有爲無爲實相則無差別以實相無差別故又問何等是諸法實相義答言一切法平等無有差別是諸法實相義又問何等爲義答言以文字說令人得解故名爲義所以者何實相義者不如文字所說諸佛雖以文字有所言說而於實相無所增減文殊師利一切言說皆非言說是故佛語名不可說諸佛不可以言相說故又問云何得說佛相答言諸佛如來不可以色身說相不可以三十二相說相不可以諸功德法說相又問諸佛可離色身三十二相諸功德法而說相耶答言不也所以者何色身如三十二相如諸功德法如諸佛不即是如亦非離如如是可說佛相不失如故又問諸佛世尊得何等故號名爲佛答言諸佛世尊通達諸法性相如故說名爲佛正徧知者

志大乘品第十七

於是等行菩薩白佛言世尊何謂菩薩發行大乘爾時世尊以偈答言

菩薩不壞色　發行菩提心　知色即菩提
是名行菩提　如色菩提然　等入於如相
不壞諸法性　是名行菩提　不壞諸法性
則爲菩提義　是菩提義中　亦無有菩提
正行第一義　是名行菩提　愚於陰界入
而欲求菩提　陰界入即是　離是無菩提
若有諸菩薩　於上中下法　不取亦不捨
是名行菩提　若法及非法　不分別爲二

亦不得不二　是名行菩提　若二則有爲
非二則無爲　離是二邊者　是名行菩提
是人過凡夫　亦不入法位　未得果而聖
是世間福田　行於世間法　處中若蓮華
導修最上道　是名行菩提　世間所行處
悉於是中行　世間所貪著　於中得解脫
菩薩無所畏　不沒生死淵　無憂無疲倦
而行菩提道　斯人能善知　法性眞實相
是故不分別　是法是非法　行於佛道時
無法可捨離　亦無法可受　是名菩提相
一切法無相　猶若如虛空　終不作是念
是相是可相　善知世所行　徧知方便力
能充滿一切　衆生之所願　常住於平等
護持佛正法　一切無所念　則是如來法
若有佛無佛　是法常住世　能通達是相

是名護持法　諸法之實相　了達知其義
安住於此中　而爲人演說　行於甚深法
魔所不能測　是人於諸法　無所貪著故
願求諸佛慧　亦不著願求　是慧於十方
求之不可得　諸佛慧無礙　不著法非法
若能不著此　究竟得佛道　其諸樂善人
布施轉高尊　捨一切所有　而心不傾動
諸法不可捨　亦復不可取　一切世間法
根本不可得　能知一切法　非施非捨相
是名大施主　於法無所見　是等諸菩薩
不計我我所　是故行施時　不生貪惜心
諸所有布施　皆迴向佛道　布施及菩提
不住是二相　無作無起戒　常住於此中
亦不作念言　我住是持戒　智者知戒相
不生亦不作　是故戒淸淨　猶若如虛空

觀身如鏡像　言說如響聲　心則如幻化
不以戒自高　其心常柔軟　安住寂滅性
悉滅一切惡　通達於善法　持戒及毀戒
不得此二相　如是見法性　則持無漏戒
已度忍辱岸　能忍一切惡　於諸衆生類
其心常平等　諸法念念滅　其性常不住
於中無罵辱　亦無有恭敬　若節節解身
其心終不動　知心不在内　亦復不在外
身怨及刀杖　皆從四大起　於地水火風
未曾有傷損　通達於此事　常行忍辱法
菩薩行如是　衆生不能動　勇猛勤精進
堅住於大乘　是人於身心　而無所依止
雖知生死本　其際不可得　爲諸衆生故
莊嚴大誓願　法無決定性　何許有滅相
本際不可得　爲顛倒故說　法性不可議
常住於世間　若能知如是　不生亦不滅
菩薩念衆生　不解是法相　爲之勤精進
令得離顛倒　諸佛常不得　衆生決定相
而彼弘本願　當觀精進力　思惟一切法
知皆如幻化　不得堅牢相　觀之如虛空
從虛妄分別　貪著生苦惱　爲斯開法門
令得入涅槃　爲彼行精進　而不壞於法
離法非法故　常行眞精進　是等行遠離
了達無諍定　獨處無憒閙　常畏於生死
樂住於閑居　猶如犀一角　遊戲諸禪定
明達諸神通　心常住平等　處空閑聚落
威儀無變異　恒樂於禪定　信解常定法
及寂滅無漏　其心得解脫　故說常定者
自住平等法　以此導衆生　不違平等行
故說常定者　志念常堅固　不忘菩提心

亦能化衆生　故說常定者　常念於諸佛
眞實法性身　遠離色身相　故說常定者
常修念於法　如諸法實相　亦無有憶念
故說常定者　常修念於僧　僧即是無爲
離數及非數　常入如是定　悉見十方國
一切群生類　而於眼色中　終不生二相
諸佛所說法　一切能聽受　而於耳聲中
亦不生二相　能於一心中　知諸衆生心
自心及彼心　此二不分別　憶念過去世
如恒河沙劫　是先及是後　亦復不分別
能至無量土　現諸神通力　而於身心中
無有疲惓想　分別知諸法　樂說辯無盡
於無央數劫　開示法性相　智慧度彼岸
善解陰入界　常爲衆生說　無取無戲論
善知因緣法　遠離二邊相　知是煩惱因
亦知是淨因　信解因緣法　則無諸邪見
法皆屬因緣　無有定根本　我見與佛見
空見生死見　涅槃之見等　皆無是諸見
無量智慧光　知諸法實相　無闇無障礙
是行菩提道　是乘名大乘　不可思議乘
悉容諸衆生　猶不盡其量　一切諸乘中
是乘爲第一　如此大乘者　能出生餘乘
餘乘有限量　不能受一切　唯此無上乘
能悉受衆生　若行此無量　虛空之大乘
於一切衆生　無有慳悋心　虛空無有量
亦無有形色　大乘亦如是　無量無障礙
若一切衆生　乘於此大乘　當觀是乘相
寬博多所容　無量無數劫　說大乘功德
及乘此乘者　不可得窮盡　若人聞此經
乃至持一偈　永脫於諸難　得到安隱處

敬念此經者　捨是身已後　終不墮惡道
常生人天中　於後惡世時　若得聞是經
我皆與授記　究竟成佛道　若持此經者
佛法在是人　是人在佛法　亦能轉法輪
若人持是經　能轉無量劫　生死諸往來
得近於佛道　若能持是經　精進大智慧
是名極勇猛　能破魔軍衆　我於然燈佛
住忍得授記　若有樂是經　我授記亦然
若人於佛後　能解說是經　佛雖不在世
爲能作佛事
佛說是偈時五千天子皆發阿耨多羅三藐
三菩提心二千菩薩得無生法忍十千比丘
不受諸法漏盡心得解脫三萬二千人遠塵
離垢於諸法中得法眼淨
發菩提心品第十八

爾時文殊師利法王子白佛言世尊如我解
佛所說義若有人發菩提願是爲邪願所以
者何諸有所得悉皆是邪若計得菩提而發
願者是人諸所作行皆爲是邪所以者何菩
提不在欲界不在色界不在無色界菩提無
有住處不應發願世尊譬如有人願得虛空
寧得空不佛言不也世尊菩薩亦復如是發
同虛空相菩提之願即是發虛空願菩提出
過三世非是受相不可願也若菩薩起二相
發菩提心作是念生死與菩提異邪見與菩
提異涅槃與菩提異是則不行菩提道也爾
時思益梵天謂文殊師利菩薩云何行名菩
提行答言若菩薩行一切法而於法無所行
是名菩提行所以者何出過一切所行是行
菩提又問云何出過一切所行是行菩提答

言離眼耳鼻舌身意諸緣相是名出過一切所行又問出過有何義答言不出過平等所以者何一切法平等即是菩提又問云何是發菩提願答言當如菩提又問云何爲菩提答言菩提非過去非未來非現在是故菩薩應以三世清淨心發菩提願梵天如過去未來現在法從本已來常不生不生故不可說如是發願無所發願是發一切願所以者何以是行道能得薩婆若又問何故說言薩婆若答言悉知一切眞智慧故名爲薩婆若又問何等是眞智慧答言無變異相如衆生無變異相眞智慧亦無變異相又問云何是衆生相答言假名字畢竟離是衆生相如是相則無變異若衆生與菩提異是爲變異如菩提相衆生亦爾是故無變異菩提不可以餘道得但以我平等故菩提平等衆生性無我故如是可得菩提是故菩提無有變異所以者何如虛空無變異相一切諸法亦無變異相爾時思益梵天謂文殊師利如來是實語者能說如是法文殊師利言如來於法無所說何以故如來尚不得諸法何況說法思益言如來豈不分別諸法是世間是出世間是有爲是無爲耶文殊師利言於汝意云何是虛空可說可分別不思益言不也文殊師利言今說虛空名字以所說故有生有滅耶思益言不也文殊師利言如來說法亦復如是不以說故諸法有生有滅如此說法是不可說相亦以此法有所教誨是無所教誨所以者何如說法性不說法性亦如是是故說一切法住於如中如亦無所住爾時釋梵四天

王俱在會中即以天華散於佛上而作是言世尊若善男子善女人聞文殊師利說法有信解者當知是人能破魔軍及餘怨敵所以者何文殊師利今所說法能破一切邪見妄想世尊若善男子善女人聞於是法不驚不怖當知是人不從小功德來若是經所在之處當知此處則爲諸佛擁護受用若聞是經處當知此處轉於法輪是經在所住處聚落村邑山林曠野塔寺僧房經行之處諸魔外道貪著之人不能侵嬈世尊若人多供養過去諸佛乃能得聞如是經典世尊我等於此經中得智慧光明而不能得報佛及文殊師利思益梵天之恩世尊我等所從聞經於是法師生世尊想我等常當隨侍說是經者此善男子常爲諸天之所擁護若人書寫是經讀誦解說時無量諸天爲聽法故來至其所

爾時世尊語釋梵四天王等大衆言善哉善哉如汝所說若三千大千世界滿中珍寶以爲一分聞是經者所得功德以爲一分其福勝彼置是三千大千世界若恒河沙等十方世界滿中珍寶聞是經者所得功德復勝於彼諸善男子若欲得功德者當聽是經欲得身色端正欲得財富欲得眷屬欲得自在欲得具足天樂人樂欲得名稱欲得多聞憶念堅固正行威儀戒定智慧解達經書欲得善知識欲得三明六通欲得一切善法欲得阿耨多羅三藐三菩提欲得與一切衆生樂具欲得涅槃者當聽是經受持讀誦如法修行廣爲人說諸善男子若行是經者我不見其人不得如是具足快樂善男子我今語汝若

人所從聞是經處若和尚若阿闍黎我不見世間供養之具能報其恩是法出於世間世間供養所不能報是法度於世間世間財物所不能報是法無染染汙之物所不能報諸善男子是法餘無能報唯有一事如說修行若人於此法中能如說修行者是名能報師恩亦爲恭敬於師淨畢報恩是名不空食人信施是則名爲順如來語順如來教是名越度衆流是名過諸險道是名建立勝幢是名能破敵陣是名師子之王無所畏故是名象王心柔輭故是名牛王外道論師無能壞故是名醫王能療一切病故是名無所驚怖能說甚深法故是名能具足捨捨諸煩惱故是名持清淨戒究盡善法故是名得大忍辱離我我所故是名大精進力於無量劫心無倦故是名具足禪定常念繫心住一處故是名有大智慧善解言說諸章句故是名有大功德以無量福莊嚴身相故是名有大威德能蔽日月諸光明故是名大力持佛十力故是名大雲能震法雷故是名大雨滅煩惱塵故是名爲舍至涅槃故是名大救救生死畏故是名燈明離無明闇故是名歸趣魔所怖者之所依故是名衆生究竟之道是名得位坐道場故是名已得法眼是名見諸法如是名知空法相故是名安住大悲是名安立大慈是名不捨一切衆生是名背於小乘是名向於大乘是名除捨顛倒是名至於平等是名入於法位是名安住道場是名破壞諸魔是名轉於法輪諸善男子我若一劫若減一劫稱揚讚歎說是如說修行功德不能窮盡如

來之辯亦不可盡爾時會中有天子名不退轉白佛言世尊所說隨法行隨法行者爲何謂耶佛告天子隨法行者不行一切法是名隨法行所以者何若不行諸法則不分別是正是邪如是行者不行善不行不善不行有漏不行無漏不行世間不行出世間不行有爲不行無爲不行生死不行涅槃是名隨法行若起法相者是則不名隨法行也若念言我行是法是則戲論不隨法行若不受一切法則隨法行於一切法無憶念無分別無所行是名隨法行爾時不退轉天子白佛言世尊若能如是隨法行者是人畢竟不復邪行所以者何正行者名爲畢竟住邪道者無隨法行住正道者有隨法行世尊行正行者無有邪法所以者何諸法平等無差别故爾時思益梵天謂不退轉天子汝於此中隨法行不答言若世尊所說法中有二相者我當行隨法行今以無二相是隨法行於中行者及所行法俱不可得梵天我以不二法行隨法行離諸分别故如諸法如行是名隨法行思益言汝未曾見此佛國土耶天子言此佛土亦未曾見我思益言此佛土不能思惟分别見與不見天子言我亦不思惟分别曾於佛土見與不見思益言何人未見能見天子言一切凡夫未見聖法位若能入者是爲先所未見而見是法位相非眼所見非耳鼻舌身意識所知但應隨如相見如眼如乃至意如法位如亦如是若能如是見者是名正見

思益梵天所問經卷第三

音釋

被褥 被，部靡切，寢衣也。褥，而蜀切，裀也。

栰 房越切，簰也。

覆曀 覆，敷救切，遮也。曀，於計切，天陰塵也。

怨敵 怨，於袁切，讎也。敵，徒歷切，拒抵也。

嬈 而沼切，亂也。

思益梵天所問經卷第四

姚秦三藏法師鳩摩羅什譯

師子吼品第十九

爾時釋提桓因白佛言：世尊，譬如賈客主入於寶洲，其人所見皆是寶物，如是成就不可思議功德者有所樂說，皆是法寶。所樂說者皆示實際。所樂說者於諸法中無所貪著，不著彼我。所樂說者皆是眞實，無有顛倒。所樂說者過去際空，未來際不可得，現在際不起。見所樂說者，不信解者得信解，信解者得解脫。所樂說者破增上慢，無增上慢者自說所作已辦。所樂說者魔不得便，所聽法者超度魔事。所樂說者未生善法令生，已生善法令得增長。所樂說者已生諸煩惱令斷，未生諸煩惱令不生。所樂說者未大莊嚴令大莊嚴，已大莊嚴者令不退轉。所樂說者不斷滅諸法而護佛法。世尊，以是樂說能降伏一切外道。所以者何？一切野干不能於師子王前自現其身，何況聞其吼。世尊，一切外道諸論議師不能堪忍無上師子之吼，亦復如是。爾時不退轉天子謂釋提桓因憍尸迦：所言師子吼，師子吼者爲何謂也？答言：若行者說法無所貪著，是名師子吼。若行者貪著所見而有所說，是野干鳴，不名師子吼，起諸邪見故。天子，汝當復說，所以爲師子吼者。天子言：憍尸迦，有所說法乃至如來尚不貪著，何況餘法，是名師子吼。又憍尸迦，如說修行名師子吼。決定說法名師子吼。說法無畏名師子吼。又憍尸迦，若行者爲不生不滅不出故說法，名師子吼。若爲無垢無淨無合無散故說法，名

師子吼又憍尸迦師子吼名決定說一切法無我無衆生師子吼名決定說諸法空師子吼名守護法故而有所說師子吼名作是願言我當作佛滅一切衆生苦惱師子吼名於清淨所須物中少欲知足師子吼名常能不捨阿蘭若住處師子吼名行施唱導師子吼名不捨持戒師子吼名等心怨親師子吼名常行精進不捨本願師子吼名能除煩惱師子吼名以慧善知所行說是師子吼法時三千大千世界六種震動百千妓樂不鼓自鳴其大光明普照天地百千諸天踊躍歡喜言我等聞不退轉天子說師子吼法於閻浮提再見轉法輪時佛微笑諸佛常法若微笑時若干百千種青黃赤白紅紫等光從口中出普照無量無邊世界上過梵世蔽日月光還繞身三帀從頂相入於是思益梵天向佛合掌以偈讚曰

度一切慧最勝尊　悉知三世衆生行
智慧功德及解脫　唯願演說笑因緣
佛慧無量無障礙　聲聞緣覺所不及
知衆生心隨應說　願最上尊說笑緣
佛光可樂淨無穢　普照天人蔽日月
須彌鐵圍及衆山　願無比尊說笑緣
大聖寂然離瞋恨　天人瞻仰無猒足
一切皆蒙得快樂　願爲分別說笑緣
通達諸法空無我　水沫雲露夢所見
水中月影虛空相　願以妙音說笑緣
離分別想諸邪見　了空無相及無作
常樂禪定寂然法　願說放此淨光緣
不著文字言音聲　說不依法及衆生

彼各自謂爲我說　願神通智說笑緣
佛爲醫王滅衆病　那羅延力救世者
趣捨光明究竟道　天人供養說笑緣

梵行牢强精進品第二十

爾時佛告思益梵天汝見是不退轉天子不唯然已見梵天此不退轉天子從今已後過三百二十萬阿僧祇劫當得作佛號須彌燈王如來應供正徧知明行足善逝世間解無上士調御丈夫天人師佛世尊世界名妙華劫名梵歎其佛國土以閻浮檀金瑠璃爲地純以菩薩爲僧無諸魔怨所須之物應念即至佛壽無量不可計歲於是思益梵天謂不退轉天子如來今已授仁者記天子言梵天如與如法性授記與我授記亦復如是思益言如法性不可授記天子言如法性不可授記者當知一切菩薩授記亦復如是思益言若如來不與汝記汝於過去諸佛所則爲空住梵行天子言若無所住是住梵行思益言云何無住而住梵行答言若不住欲界不住色界不住無色界是住梵行又梵天若住者不住我不住衆生不住壽命不住人是住梵行以要言之若不住法不住非法是住梵行又問梵行有何義答言住不二道是梵行義又問住不二道爲住何所答言住不二道是即不住一切諸法所以者何衆賢聖無所住不取於法能度諸流又問云何爲修道答言不隨有不隨無亦不分別是有是無習如是者名爲修道又問以何法修道答言不以見聞覺知法不以得不以證於一切法無相無示名爲修道又問何謂菩薩牢强精進答言

若菩薩於諸法不見一相不見異相是名菩薩牢强精進大莊嚴也於諸法不壞法性故於諸法無著無斷無增無減不見垢不見淨出過法性是名菩薩第一牢强精進所謂身無所起心無所起於是世尊讃不退轉天子善哉善哉讃已語思益梵天言如天子所說身無所起心無所起是爲第一牢强精進梵天我念宿世一切所行牢强精進持戒頭陁於諸師長供養恭敬在空閑處專精行道讀誦多聞愍念衆生給其所須一切難行苦行殷勤精進而過去諸佛不見授阿耨多羅三藐三菩提記所以者何我住身口心起精進相故梵天我後得如天子所說牢强精進故然燈佛授我記言汝於來世當得作佛號釋迦牟尼是故梵天若菩薩疾欲授記應當修習如是牢强精進謂於諸法不起精進相世尊何等是不起相精進佛言三世等空精進是名不起相精進世尊云何爲三世等空精進佛言過去心已滅未來心未至現在心無住若法滅不復更起若未至即無生相若無住即住實相又實相亦無有生若法無生則無去來今若無去來今者則從本已來性常不生是名三世等空精進能令菩薩疾得授記梵天菩薩成就如是法忍者能了達一切法無所捨是名檀波羅蜜了達一切法無漏是名尸羅波羅蜜了達一切法無傷是名羼提波羅蜜了達一切法無所起是名毗梨耶波羅蜜了達一切法平等是名禪波羅蜜了達一切法無分別是名般若波羅蜜若菩薩如是了達則於諸法無增無減無正無邪是

菩薩雖布施不求果報雖持戒無所貪著雖忍辱知內外空雖精進知無起相雖禪定無所依止雖行慧無所取相梵天菩薩成就如是法忍雖示現一切所行而無所染汙是人得世間平等相不爲利衰毁譽稱譏苦樂之所傾動出過一切世間法故不自高不自下不喜不慼不動不逸無二心離諸緣得無二法爲墮二見法衆生起大悲心爲其受身而教化之梵天是名第一牢强精進所謂得無我空法忍而於衆生起大悲心爲之受身說是牢强精進相時八千菩薩得無生法忍佛爲授記皆當得阿耨多羅三藐三菩提各於異土得成佛道皆同一號號堅精進

海喻品第二十一

爾時大迦葉白佛言世尊譬如大龍若欲雨時雨於大海此諸菩薩亦復如是以大法雨雨菩薩心佛言迦葉如汝所說諸大龍王所以不雨閻浮提者非有吝也但以其地不堪受故所以者何大龍所雨澍如車軸若其雨者是閻浮提及城邑聚落山林陂池悉皆漂流如漂棗葉是故大龍不雨大雨於閻浮提如是迦葉此諸菩薩所以不雨法雨於餘衆生者亦無悋心以其器不堪受如是等法是故此諸菩薩但於甚深智慧無量大海菩薩心中雨如是等不可思議無上法雨迦葉又如大海堪受大雨澍如車軸不增不減此諸菩薩亦復如是若於一劫若復百劫若聽若說其法湛然不增不減迦葉又如大海百川衆流入其中者同一鹹味此諸菩薩亦復如是聞種種法種種議論者皆能信解爲一空

味迦葉又如大海澄淨無垢濁水流入即皆清潔此諸菩薩亦復如是淨諸結根塵勞之垢迦葉又如大海甚深無底此諸菩薩亦復如是能思惟無量法故名爲甚深一切聲聞辟支佛不能測故名爲無底迦葉又如大海集無量水此諸菩薩亦復如是集無量法無量智慧是故說諸菩薩心如大海迦葉又如大海積聚種種無量珍寶此諸菩薩亦復如是入種種法門集諸法寶種種行道出生無量法寶之聚迦葉又如大海有三種寶一者少價二者有價三者無價此諸菩薩所可說法亦復如是隨諸衆生根之利鈍令得解脫有以小乘而得解脫有以中乘而得解脫有以大乘而得解脫迦葉又如大海漸漸轉深此諸菩薩亦復如是向薩婆若漸漸轉深迦

葉又如大海不宿死屍此諸菩薩亦復如是不宿聲聞辟支佛心亦不宿慳貪毀戒瞋恚懈怠亂念愚癡之心亦不宿我人衆生之見迦葉又如劫盡燒時諸小陂池江河泉源在前枯竭然後大海乃當消盡正法滅時亦復如是諸行小道正法先盡然後菩薩大海之心正法乃滅迦葉此諸菩薩寧失身命不捨正法汝謂菩薩失正法耶勿造斯觀迦葉如彼大海有金剛珠名集諸寶乃至七日出時火至梵世而此寶珠不燒不失轉至他方大海之中若是寶珠在此世界世界燒者無有是處此諸菩薩亦復如是正法滅時七邪法出爾乃至於他方世界何等七一者外道論二者惡知識三者邪用道法四者互相惱亂五者入邪見棘林六者不修福德七者無有

得道此七惡出時是諸菩薩知諸衆生不可得度爾乃至於他方佛國不離見佛聞法教化衆生增長善根迦葉又如大海爲無量衆生之所依止此諸菩薩亦復如是衆生依止得三種樂人樂天樂涅槃之樂迦葉又如大海鹹不可飲此諸菩薩亦復如是諸魔外道不能吞滅於是大迦葉白佛言世尊大海雖深尚可測量此諸菩薩不可測也佛告迦葉三千大千世界微塵猶可知數此諸菩薩功德無量不可數也爾時世尊欲重宣此事而說偈言

譬如大海能悉受　一切衆水無滿時
此諸菩薩亦如是　常求法利無猒足
又如大海納衆流　一切悉歸無損益
此諸菩薩亦如是　聽受深法無增減
又如大海不受濁　濁水流入悉清淨
此諸菩薩亦如是　不受一切煩惱垢
又如大海無涯底　此諸菩薩亦如是
功德智慧無有量　一切衆生不能測
又如大海無別異　百川流入皆一味
此諸菩薩亦如是　所聽受法同一相
又如大海所以成　非但爲一衆生故
此諸菩薩亦如是　普爲一切發道心
如海寶名集諸寶　因是寶故有衆寶
菩薩寶聚亦如是　從菩薩寶出三寶
如大海出三種寶　而此大海無分別
菩薩說法亦如是　三乘度人無彼此
又如大海漸漸深　此諸菩薩亦如是
爲衆生故修功德　迴向甚深薩婆若
又如大海不宿屍　此諸菩薩亦如是

發清淨心菩提願　不宿聲聞煩惱心
如大海有堅牢寶　其寶名曰集諸寶
劫燒盡時終不燒　轉至他方諸佛國
正法滅時亦如是　堅精進者能持法
知諸衆生不可度　轉至他方諸佛國
三千世界欲壞時　火劫將起燒天地
百川衆流在前涸　爾乃水王於後竭
行小道者亦如是　法欲盡時在前滅
菩薩勇猛不惜身　護持正法後乃盡
若佛在世滅度後　是心中法寶不滅
深心清淨住是法　以此善法修行道
百千衆生依止海　海成非爲一衆生
菩薩發心亦如是　爲度一切衆生故
十方世界諸大海　猶尚可得測其量
是諸菩薩所行道　聲聞緣覺不能測
迦葉當知諸菩薩　勇猛精進迴向心
願欲作佛度衆生　尚無與等何況勝
是德寶聚如大海　是可供養良福田
是爲最上大醫王　能療一切衆生病
是世歸依作救護　洲渚燈明究竟道
能與世間無明眼　得眼則能服甘露
是爲世間諸法王　是爲帝釋決斷智
是爲梵王行四禪　是爲能轉梵法輪
是爲大智導世師　示諸邪徑正眞道
是爲勇猛能破魔　是爲清淨除惱穢
是修白法如滿月　光明高顯猶如日
智慧超出如須彌　猶如密雲雨甘露
是無所畏如師子　是心調柔如象王
是則譬如金剛山　一切外道不能壞
是則清淨猶如水　是有威猛如大火

是則如風無障礙　是則如地無能動
是拔憍慢我根等　是如藥樹無分別
是持淨戒如蓮華　是於世法無所染
是如優曇鉢羅華　千萬億劫時一出
是爲知報佛之恩　是爲不斷諸佛種
是爲精進行大悲　是用慈喜而超出
是能捨離五欲心　是常求佛法寶財
是行布施爲最勝　是持淨戒無等侶
是忍辱健無儔匹　是勤精進無猒倦
是行禪定具神通　能至無量諸佛土
常見諸佛聽受法　如其所聞爲人說
是知衆生所行道　隨其性欲根利鈍
是名善知方便力　是然慧燈得濟處
是能善知一切法　皆從和合因緣生
是能決了因緣相　離於我見樂平等
是能正觀於諸法　爲從何來至何所
善知諸法無去來　常住法性而不動
是見有爲法皆空　增益大悲濟衆生
衆生妄想起衆苦　爲欲度故修行道
凡夫分別我我所　行於種種諸邪徑
是能曉了法實相　爲斷諸見講說法
無常爲常不淨淨　無我謂我苦爲樂
凡夫顛倒貪著故　生死前際不可知
是能知此從顛倒　無我無人無衆生
我當如是修正道　無常樂我及不淨
迦葉當知此菩薩　我所稱讚諸功德
於其所行不可盡　猶如大地舉一塵
若發菩提心不退　三千大千供養具
若復有供過於是　悉應供養如是人
若人發心願作佛　是則恭敬供養我

於去來今十方佛　亦皆恭敬供養巳

建立法品第二十二

爾時思益梵天謂文殊師利法王子當請如來護念斯經於後末世五百歲時令廣流布文殊師利言於意云何佛於是經有說有示可護念耶思益言不也梵天是故當知一切法無說無示無有護念是法終不可滅不可護念若欲護此法者爲欲護念虛空梵天菩薩若欲有所受法即非法言所以者何出過一切言論是名菩薩樂無諍訟梵天若有菩薩於此衆中作是念今說是法當知是人即非聽法所以者何不聽法者乃爲聽法梵天言何故說不聽法者乃爲聽法文殊師利言不漏眼耳鼻舌身意是聽法也所以者何若於内六入不漏色聲香味觸法中乃爲聽法爾時會中三萬二千天子五百比丘三百比丘尼八百優婆塞聞文殊師利所說皆得無生法忍得是忍巳作是言如是如是文殊師利如仁者所說不聽法者乃爲聽法爾時思益梵天問得忍諸菩薩言汝等豈不聽是經耶諸菩薩言如我等聽以不聽爲聽又問汝等云何知是法耶答言以不知爲知又問汝等得何等故名爲得忍答言以一切法不可得故我等名爲得忍思益言云何隨是法行答言以不隨行故隨行又問汝等於此法中明了通達耶答言一切諸法皆明了通達無彼我故爾時會中有天子名淨相謂思益梵天若有但聞此經佛不與授記者我當授其阿耨多羅三藐三菩提記所以者何此經不破因果能生一切善法能壞魔怨離諸憎愛

能令衆生心得清淨能令信者皆得歡喜除諸瞋恨斯經一切善人之所修行斯經一切諸佛之所護念斯經一切世間天人阿修羅所共守護斯經決定至不退轉故斯經不誑至道場故斯經眞實能令衆生得諸佛法斯經能轉法輪斯經能除疑悔斯經能開聖道斯經求解脫者所應善聽斯經欲得陁羅尼者所應善持斯經求福之人所應善說斯經樂法之人所應善念斯經能與快樂至於涅槃斯經若魔外道有所得人所不能斷斯經應受供養人能隨其義斯經能令利根者欣悅斯經能令智慧者歡喜斯經能與人慧離諸見故斯經能與人智破愚癡故斯經文辭次第善說斯經究竟善隨義說斯經多所利益說第一義斯經愛樂法人之所貪惜斯經有智之人所不能離斯經施者之大藏斯經熱惱之涼池斯經能令慈者心等斯經能令懈怠者精進斯經能令妄念者得定斯經能與愚者慧明梵天斯經一切諸佛之所貴重淨相天子說是法時三千大千世界皆大震動佛即讚言善哉善哉天子如汝所說爾時思益梵天白佛言世尊是天子曾於過去諸佛所聞是經耶佛言是天子已於六十四億佛所得聞是經過四萬二千劫當得作佛號寶莊嚴國名多寶於其中間有諸佛出皆得供養亦聞是經梵天是諸比丘比丘尼優婆塞優婆夷諸天龍鬼神在此會中得法忍者皆當得生多寶國土爾時淨相天子白佛言世尊我不求菩提不願菩提不貪菩提不樂菩提不念不分別菩提云何如來見授記耶

佛告天子如以草木莖節枝葉投於火中而語之言汝等莫然汝等莫然若以是語而不然者無有是處天子菩薩亦如是雖不喜樂貪著菩提當知是人已為一切諸佛所記所以者何若菩薩不喜不樂不貪不著不得菩提則於諸佛必得受阿耨多羅三藐三菩提記爾時會中有五百菩薩白佛言世尊我等今不求菩提不願菩提不喜不樂菩提不貪著菩提不思念菩提不分別菩提作是語已以佛神力即見上方八萬四千諸佛授其阿耨多羅三藐三菩提記爾時五百菩薩白佛言未曾有也世尊如來所說甚善快哉所謂菩薩不求不願不貪不喜不得菩提而諸佛授記世尊我等今見上方八萬四千諸佛諸佛皆與我等授阿耨多羅三藐三菩提記

如來神呪品第二十三

爾時文殊師利白佛言唯願世尊護念是經於當來世後五百歲廣宣流布此閻浮提令得久住又令大莊嚴善男子善女人咸得聞之設魔事種種起而能不隨魔若魔民不得其便以受持是經故終不退失阿耨多羅三藐三菩提爾時佛告文殊師利如是如是汝今善聽欲令此經久住故當為汝說召諸天龍夜叉乾闥婆鳩槃荼等呪術若法師誦持此呪則能致諸天龍夜叉乾闥婆阿修羅迦樓羅緊那羅摩睺羅伽等常隨護之是法師若行道路若失道時若在聚落若在空閑若在僧坊若在宴室若經行處若在衆會是諸神等常當隨侍衛護益其樂說辯才又復為作堅固憶念慧力因緣無有怨賊得其便者

使是法師行立坐卧一心安詳文殊師利何
等爲呪術章句
鬱頭隸　頭頭隸　摩隸　遮隸　毚隸
梯隸緹隸彌隸睺樓　睺樓睺樓埵婆隸
韋多隸　麴丘隸　阿那禰　伽帝　摩醯
履摩那徙摩禰　婆睺乾地薩波樓帝羅婆
波　伽帝　辛頭隸　南無佛馱遮梨帝隸
南無達摩涅伽陁禰　南無僧伽和醯陁毗
波扇陁禰　薩婆波禰毚帝隸　彌浮提底
薩遮涅提舍　梵嵐摩波舍　多兮利師鞞
波舍多　阿哆羅提詑提薩婆浮多伽娑呵
呼柰切　南無佛馱悉纏闘曼哆邏
文殊師利是爲呪術章句若菩薩摩訶薩欲
行此經者當誦持是呪術章句應一心行不
調戲不散亂舉動進止悉令淨潔不畜餘食

少欲知足獨處遠離不樂憒閙身心遠離常
樂慈悲以法喜樂安住實語不欺誑人貴於
坐禪樂欲說法行於正念常離邪念常樂頭
陁細行之法於得不得無有憂喜趣向涅槃
畏猒生死等心憎愛離別異相不恡身命及
一切物無有貪惜威儀成就常樂持戒忍辱
調柔惡言能忍顏色和悅無惡姿容先意問
訊除去憍慢同止歡樂文殊師利此法師住
如是法誦是呪術即於現世得十種力何等
爲十得念力不忘失故得慧力善擇法故得
行力隨經意故得堅固力行生死故得慚愧
力護彼我故得多聞力具足慧故得陁羅尼
力一切聞能持故得樂說辯力諸佛護念故
得深法力具五通故得無生忍力速得具足
薩婆若故文殊師利若法師能住是行誦持

呪術現世得是十力佛說是呪術力時四天王驚怖毛竪與無量鬼神眷屬圍繞前詣佛所頭面禮足白佛言世尊我是四天王得須陁洹道順佛教者我等各當率諸親屬營從人民衛護法師若善男子善女人護念法者能持如是等經讀誦解說我等四天王常往衛護是人所在之處若城邑聚落若空閑靜處若在家若出家我等及眷屬常當隨侍供給令心安隱無有猒倦亦使一切無能嬈者世尊又是經所在之處面五十里若天天子若龍龍子若夜叉夜叉子若鳩槃茶鳩槃茶子等不能得便爾時毗留勒迦護世天王即說偈言

我所有眷屬　親戚及人民　皆當共衛護
供養是法師

爾時毗留婆叉天王即說偈言

我是法王子　從法而化生　求菩提佛子
我皆當供給

爾時揵馱羅吒天王即說偈言

若有諸法師　能持如是經　我常當衛護
周徧於十方

爾時毗睒婆那天王即說偈言

是人發道心　所應受供養　一切諸衆生
無能辨之者

爾時毗睒婆那天王子名曰善寶持七寶蓋奉上如來即說偈言

世尊我今當　受持如是經　亦為他人說
我有如是心　世尊知我心　及先世所行
從初所發意　至誠求佛道　世尊無見頂
今奉此妙蓋　願我得如是　無見之頂相

我以愛敬心　瞻仰於世尊　願成清淨眼
得見彌勒佛　度智慧世尊　即時以偈答
汝於此命終　即生兜率天　從兜率下生
得見彌勒佛　二萬歲供養　爾乃行出家
既得出家已　淨修於梵行　賢劫中諸佛
一切悉得見　亦皆供養之　於彼修梵行
過六十億劫　汝當得成佛　號名爲寶蓋
國土甚嚴淨　唯有菩薩僧　爲講說妙法
壽命盡一劫　若滅度已後　正法住半劫
利益諸衆生

爾時釋提桓因與無數百千諸天圍繞白佛言世尊我今亦當衛護能持如是之經諸法師等供養供給是經所在之處若讀誦解說我爲聽受法故往詣其所又當增益法師氣力法句次第令不漏失爾時釋提桓因子名曰劬婆伽持眞珠蓋七寶莊嚴奉上如來即說偈言

我常現了知　世尊之所行　亦當如是行
求佛一切智　世尊於前世　無物不施與
我當隨此行　亦捨諸所有　我今法王前
受持如是經　當數爲人說　以報如來恩
若受念是經　是即與我同　我當供養之
爲得菩提故　世尊聲聞人　不能守護法
於後恐怖世　我當護是經　世尊安慰我
又斷諸天疑　我今當久如　得佛如世尊
佛通達智慧　即時與授記　汝後當作佛
如我今無異　過去千萬劫　又復過百劫
爾乃得成佛　號曰爲智王

爾時娑婆世界主梵天王白佛言世尊我捨禪定樂往詣法師若善男子善女人能說是

法者所以者何從如是等經出帝釋梵王諸豪尊等世尊我當供養是諸善男子是諸善女人應受一切世間天人阿修羅之所供養

爾時妙梵天子即説偈言

比丘比丘尼　諸清信士女　其能受此經
是世供養處　乃至有一人　能行是經者
我要當爲人　演説如是經　敷衆妙華座
高至于梵天　於此座上坐　演説如是經
若於惡世中　所從聞此經　應發希有心
踊躍稱善哉　若無量世界　大火悉充滿
要當從中過　往聽如是經　能開佛道經
若欲得聞者　積寶如須彌　應盡供是人

囑累品第二十四

爾時世尊現神通力令魔波旬及其軍衆來詣佛所作是言世尊我與眷屬今於佛前立此誓願是經所流布處若説法者及聽法者并彼國土不起魔事亦當擁護是經爾時世尊放金色光照此世界告文殊師利言如來今護念是經利益諸法師故是經在閻浮提隨其歲數佛法不滅爾時會中衆生以一切華一切香一切末香而散佛上作是言世尊願使是經久住閻浮提廣宣流布於是佛告阿難汝受持是經不阿難言唯然受持阿難我今以是經囑累於汝受持讀誦爲人廣説阿難白佛言世尊若人受持是經讀誦解説得幾所功德佛告阿難隨是經所有文字章句之數盡壽以一切樂具供養爾所諸佛及僧若人乃至供養是經恭敬尊重讚歎其福爲勝是人現世得十德之藏何等爲十見佛藏得天眼故聽法藏得天耳故見僧藏得不

退轉菩薩僧故無盡財藏得寶手故色身藏具三十二相故眷屬藏得不可壞眷屬故所未聞法藏得陀羅尼故憶念藏得樂說辯故無所畏藏破壞一切外道論故福德藏利益衆生故智慧藏得一切佛法故佛說是經時七十二那由他衆生得無生法忍無量衆生發阿耨多羅三藐三菩提心無數衆生不受諸法漏盡心得解脫爾時阿難即從座起偏袒右肩頭面禮足白佛言世尊當何名此經云何奉持佛告阿難此經名爲攝一切法亦名莊嚴諸佛法又名思益梵天所問又名文殊師利論議當奉持之佛說是經已文殊師利法王子及思益梵天等行菩薩長老摩訶迦葉慧命阿難及諸天衆一切世人受持佛語皆大歡喜

思益梵天所問經卷第四

音釋

刦燒 刦訖業切燒失照切謂刦火也 麑隸 麑莫兮切隸郎計切 緹 他禮切 堙 於真切 麴 苦剃切 嵐 魯甘切 詫 丑嫁切

月燈三昧經

高齊天竺三藏法師那連提黎耶舍譯

清刻龍藏佛說法變相圖

月燈三昧經卷第一 一名大方等大集月燈經

高齊天竺三藏法師那連提黎耶舍譯

如是我聞一時婆伽婆住王舍城耆闍崛山與大比丘衆百千人俱菩薩八十那由他皆一生補處阿逸多菩薩摩訶薩而爲上首四天王釋天王娑婆世界主大梵天王及餘增上福德諸天增上威勢阿脩羅王龍王夜叉乾闥婆緊陀羅摩睺羅伽人非人等前後圍遶瞻仰如來時此衆中有菩薩名月光童子已於過去供養諸佛植衆善根自識宿命信樂大乘安住大乘大悲相應從座而起偏袒右肩右膝著地而白佛言世尊我今於佛欲有所問惟願聽許除斷我疑佛言童子隨汝所樂於彼彼問當爲汝說令得歡喜我一切智一切知見於一切法有力無畏而得自在

與無障礙解脱知見相應童子如來無所不知無所不見無所不證無不選擇覺知無量無邊世界童子諸佛世尊於彼彼問悉能隨答皆令心喜爾時童子以偈問言

諸佛行於何等行　能爲世親作光明
能得不可思議智　惟願救護解説之
何行得斯説法上　人中牛王天敬奉
不可稱量最上智　惟願爲我善分別
我以深信故諮問　眞實無有諂曲心
餘更無能證知我　惟是人尊所照見
我有廣大勝樂心　釋種師子知我行
我心不爲語言故　惟願爲我説助道
何法能將諸佛來　而得增長無邊智
於一切法到彼者　惟願爲我善宣説
願説長養我行法　令得修成明利智
深心持戒不毀犯　遠離一切諸怖畏
云何於戒而不棄　云何於慧而不減
云何安住阿蘭若　云何而得增智慧
云何能入勝妙法　樂護禁戒無悔恨
云何於戒而不缺　云何能知有爲性
云何得斯三業淨　無染穢心趣佛道
云何能得身業淨　云何能除口意惡
云何得離雜染心　惟願世尊隨問説

爾時佛告月光童子菩薩摩訶薩若與一法相應速得阿耨多羅三藐三菩提如是諸法悉皆剋獲云何一法若菩薩摩訶薩於衆生所起平等心救護心無礙心無毒心是爲一法相應速成阿耨多羅三藐三菩提能獲如是功德之利爾時世尊而説偈言

若有受持是一法　能順菩薩正修行

因此一法功德故　速得成於無上道
於一切處心無礙　勇猛菩薩所能行
初不起於憎愛想　如是則獲妙功德
若能如是修等心　則得證於平等果
如是法行俱平等　則得足下安平相
修於平等離瞋心　能除一切煩惱覆
以是因緣足下平　故獲足下蓮華色
彼能獨顯於十方　福德光明遍佛土
旣得登於寂滅地　調伏無量諸衆生

童子菩薩摩訶薩於一切衆生起平等心救護心無礙心無毒心爲世間眼證得三昧名爲諸法體性平等無戲論三昧從彼三昧成就十法何者爲十一身戒二口戒三意戒四業清淨五度諸因緣六悟解諸陰七得界平等八除諸入相九斷滅諸愛十證於無生復有十法一入諸法性二顯示諸因三不壞於果四現見諸法五修習於道六與佛俱生七智慧明利八入諸衆生樂欲之智九得於法智十入無礙辯智復有十法一善知文字智二已度諸事三得音聲智四於界平等五得界平等心生踊悅六得於喜分七得不曲心八威儀調伏九得質直心十色無瞋變復有十法一面常怡悅二言辭和雅三恒先慰問四常不懈怠五恭敬尊長六供養尊長七生處知足八修善無猒九邪命清淨十安住阿蘭若復有十法一地地安住智二正念不忘三得陰方便智四界方便智五入方便智六證諸神通七滅諸煩惱八斷除習氣九心常勇猛十住不淨觀復有十法一知犯方便二滅諸有流三斷諸結使四已度諸有五善識

宿命六於業果無疑七於法思惟八求於多聞九得於利智十得調伏地復有十法一不恃持戒二不妄想分別三無有輕躁四住不退相五出生善法六猒離惡法七不行煩惱八不捨於學九分別諸禪十得一切衆生樂欲之智復有十法一善分別生處二得於盡智三善知語言智四棄捨俗緣五猒離三界六不起下心七不著諸法八攝受正法九守護正法十知律方便復有十法一滅諸諍二不相違三不鬪訟四忍平等五得忍地六自攝於忍七善擇諸法八心樂具戒九決定方便善於問答十善分別句義智復有十法一於法出生方便智二善知義非義出生智三前際智四後際智五現在智六三世平等智七善解三輪智八心安住九身安住十善護

威儀復有十法一不壞威儀二分別威儀三威儀端雅四善解說義五得世智六好施不慳七恒舒施手八常施不絕九無物不施十有慚復有十法一有愧二棄捨惡心三不捨頭陀四於信無爽五常行喜行六捨所坐處施諸尊長七捨於憍慢八善攝於心九善知心相應十善知心起復有十法一善知義智二善知法智三遠離無知四善入微細心五識心自性六善知法去來方便七善知一切語言智八善得辭無礙差別九得義決定方便智十棄捨非義復有十法一親近善人二與之同事三聽受其教四遠離惡人五修禪起通六不著禪味七遊戲神通八得於世智九遠離施設假名十不猒有爲復有十法一得利不欣二逢衰不慼三稱而不悅四譏而

不憂五譽之不增六毀之不減七不苦八不樂九不親在家十不在僧衆復有十法一捨不恭敬二行於恭敬三禮儀具足四捨無禮儀五不汙俗家六守護佛法七宴默少言八言行不麤九與彼言談善能方便十降伏諸怨復有十法一善知時節二於諸凡夫不可知想三於諸貧賤不起輕心四有乞即施五於諸貧者任乞不障六於諸破戒不起嫌心七念欲救彼八善知所作九攝受正法十捨於財食復有十法一不營積聚二讚歎持戒三訶責犯戒四敬奉持戒無有諂心五一切所有悉皆能施六誠心勸請七如說而行八承事智人九於諸法決定深樂修行十得譬喻智復有十法一於前際方便二修善爲首三有諸方便四斷除諸相五棄捨諸想六善知事相七能演諸經八於諸違順善得方便九於諦決定十證於解脫復有十法一所言真直二顯自性智三言說無疑四繫想於空五修於無相六知無願性七得四無畏八於戒堅固九入正具足十得於智慧復有十法一繫想一緣二少結親知三不起濁心四棄捨諸見五得陁羅尼六得智七得明八安住九住持十正勤童子是名菩薩摩訶薩從彼諸法體性平等無戲論三昧成就如是諸功德利童子如是三昧名爲因名爲相應名爲教名爲門名爲作名爲道行名爲無礙名爲師導名爲行順忍名爲忍地名爲除去不忍名爲智地名爲遠離無知名爲建立於智名爲方便地名爲菩薩遊行名爲親近勝丈夫名爲遠離惡丈夫名爲如來所說佛地名爲

智者隨喜名爲愚者所棄名爲聲聞難知名爲非外道地名爲如來所攝名爲十力所知名爲諸天供養名爲梵王禮拜名爲帝釋隨後行名爲龍神曲躬名爲夜叉隨喜名爲緊陀羅所讚名爲摩睺羅伽歎美名爲菩薩所修名爲智者所求名爲得無上道物名爲非財食施名爲除諸衆生煩惱病藥名爲智藏名爲無盡辯才名爲出生諸教名爲除諸痛苦名爲知三界名爲渡栰名爲渡四流船名爲出生名譽名爲讚顯如來名爲如來利益名爲光讚十力名爲出生菩薩道德名爲慈滅恚怒名爲悲除惱害名爲歡喜寂靜於心名爲捨所悲人名爲穌息大乘人名爲能師子吼名爲佛道名爲一切法印名爲引導一切智名爲菩薩遊戲園苑名爲散壞魔軍名爲善逝衢術名爲成諸吉義名爲防捍讎敵名爲以法降怨名爲眞實無畏名爲如實不妄求力名爲十八不共法根本名爲莊嚴法身名爲諸行威勢名爲莊嚴佛慧名爲棄諸愛著名爲悅佛長子名爲滿足佛智名爲非辟支佛地名爲清淨心名爲清淨身名爲成就解脫名爲無諸雜欲名爲無諸雜恚名爲非愚癡地名爲阿含智名爲能起諸術名爲除諸無明名爲滿足解脫名爲踊悅禪人名爲須見者眼名爲遊戲神通名爲能現神足名爲聞持陀羅尼名爲念持不忘名爲諸佛所加名爲導師方便名爲微細難知無相應者名爲捨於文字名爲深知義智名爲知見智名爲分別智名爲不可言說智名爲能調非智名爲質直者智名爲少欲者智名爲攝

持精進名爲能持不忘名爲能消諸苦名爲諸法無生名爲一言演說能知所有生滅諸趣是名一切法體性平等無戲論三昧說是法門時會中有八十那由他人天得無生法忍九十二那由他人天得隨音聲忍七十六那由他人天得於順忍六萬人天遠塵離垢得法眼淨一千比丘盡諸有漏心得解脫二百五十比丘尼盡諸有漏心得解脫五百優婆塞得阿那含果八百優婆夷得斯陀含果是時三千大千世界六種震動所謂動遍動等遍動涌遍涌等遍涌起遍起等遍起吼遍吼等遍吼震遍震等遍震覺遍覺等遍覺東涌西沒西涌東沒南涌北沒北涌南沒中涌邊沒邊涌中沒以法力故欻然而起未曾有光悉能暉照幽冥邊遠乃至阿鼻地獄無不大明是時世界鐵圍之間黑闇衆生更相瞻覩咸各驚言何忽在此有斯人輩爾時世尊而說偈言

我念往劫六億佛　本生皆在耆闍山
我於過去求道時　從彼諸尊聞斯定
時彼六億最後佛　爲世間親作光明
號曰娑羅樹王佛　我從彼尊問是定
我時生在剎利種　於諸王中最尊勝
有子滿於五百數　具足一切諸技能
我時爲彼無上尊　建立伽藍滿一億
純用勝妙大栴檀　糅以金銀及衆寶
我時爲王人愛樂　號曰毘沙謨嗟王
爲佛廣設諸供養　滿足萬八百億歲
彼時最勝兩足尊　號曰娑羅樹王者
於其七億六千年　住壽世間弘道化

有八十億諸聲聞　三明六通常在定
住於漏盡最後身　如是聖衆無譏毀
我備種種勝供具　供養度諸惡趣者
爲欲利益諸人天　是以求於此三昧
我與妻子俱出家　持彼佛教無與比
於千四萬億歲中　我常諮問是三昧
八萬那由偈稱讚　異異偈頌八億兆
彼佛以此爲他説　惟論此定之一品
頭目手足幷妻子　種種珍寶及飲食
一切財貨無不捨　爲求如是三昧故
念昔百億諸如來　復有恒河沙數佛
是等皆住耆闍山　宣説如是勝寂定
皆同釋迦一名號　佛子同字羅睺羅
給侍同名爲歡喜　王城同號迦毘羅
最第一雙世智者　同名目連舍利弗
世界同名爲娑婆　彼佛俱出濁惡世
我以諸供奉人尊　爲欲行於菩提行
諸供養具皆奉上　爲欲誦持此定故
發修勝行得此定　得斯定行無量種
安住一切德行者　得是三昧則不難
不著諸味離躁擾　不涉世俗無嫉妬
安住大悲離瞋恚　得是三昧則不難
遠俗不悕於世利　邪命清淨無煩惱
於戒皎然無所畏　得是三昧則不難
勇猛精進常不息　愛樂閑寂行頭陀
安住無我妙法忍　得是三昧則不難
善調伏心無戲論　安住威儀諸行等
樂行捨施無慳悋　得是三昧則不難
如來所有諸相好　及以十八不共法
力無畏等得不難　以能受持此定故

佛眼所見諸衆生　假使一時俱成佛
彼佛一一各壽命　千萬億數難思劫
彼佛各有無量頭　猶如大海諸沙數
一頭各有無量舌　其數亦如大海沙
彼一一舌各稱揚　持定一偈之功德
說其少分不能盡　何況書寫及受持
若有順定頭陀德　天修羅鬼所愛護
爲諸王等常順從　受持難見寂定故
彼有無邊無礙辯　宣說無量百千經
於一切時常不斷　以持此經聞持藏
若欲得見彌陀佛　及彼安樂世界等
後大怖畏惡世時　應當聞持是三昧
我今於汝有付囑　我人中尊自勸汝
我涅槃後末世時　應當聞持是三昧
十方所有一切佛　過去世中及現在
彼佛皆學是三昧　得到無爲佛菩提

童子以是義故若有菩薩摩訶薩欲於如來眞實功德開示辯說義味名號無有窮盡一切所說爲佛所說汝今應當讀誦受持爲他廣說如是三昧童子何者如來實德名號若菩薩摩訶薩住阿蘭若樹下空閑靜默獨坐當如是學謂如來應供正遍知明行足善逝世間解無上士調御丈夫天人師佛世尊積集如來勝妙功德修諸善根而不壞失以大忍力得諸相華及隨形好而自莊嚴可愛色中最爲增上覩者無猒敬信愛樂於諸智慧無能奪者不可壞力化諸衆生爲菩薩之父爲賢聖之王爲向涅槃導師無邊智慧無量辯才梵音清雅言聲辯暢相好希奇有目瞻仰隨所觀處欲捨不能得無比身不爲欲染

不爲色染過無色界遠離諸苦棄捨諸法解脱諸界非入相應斷除諸結盡諸渴愛度於四流滿足智慧安處涅槃住於實際童子此顯如來眞實功德是名菩薩摩訶薩住彼三昧能獲如來眞實功德開説名義無有窮盡一切所說諸佛所記爾時世尊而説偈言

於無量數千劫中　不能說盡如來德
久集一切妙善根　爲求如是勝定故
莊嚴美女姝妙身　最上希奇可樂色
我本決施無悔心　爲求如是勝定故
捨所重財及僮僕　摩尼大寶與金銀
以勝上心而施彼　爲求如是三昧故
以摩尼寶珠瓔珞　天冠臂印及金繩
昔曾奉施諸導師　爲求如是勝定故
諸妙香華無量裹　皆是揵陀婆師香
我以此華散佛塔　增上淳至勝妙心
我以無量諸法施　歡喜開導諸衆生
於諸名聞及利養　我初不起如是心
我本習於頭陀德　獨在樹下默無言
無量慈悲愍衆生　爲求無上菩提果
共住同戒無違諍　愛語常流潤澤音
言辭柔輭人樂聞　一切見之無猒捨
住於他舍離家慳　無量億生不嫉妬
歡喜常自行乞食　於諸請召皆棄捨
若有多聞能受持　於此三昧四句偈
如是便爲供養我　以勝上心而尊敬
我昔行於種種施　長夜於戒而不犯
以無量種供養佛　爲求如是寂定故
我於無量世界中　滿中摩尼而廣施
聞是三昧持一偈　此福過彼不可量

一切所有種種華　及諸妙香甚希有
供養一切諸如來　樂修善根無量劫
世間所有諸妓樂　勝妙飲食及寶衣
無量劫中增上心　常以供養諸十力
若人興於菩提願　當獲無上大法王
若人於此三昧經　聞說一偈福過彼
於恒河中所有沙　爾所劫數說其利
敷演彼德不能盡　以持無量福定故

童子以是義故菩薩摩訶薩於是三昧應當至心受持讀誦爲他演說分別顯示廣化衆生修是三昧爾時世尊即說偈言

於彼佛所聞如是　無上勝妙之利益
是故我今爲汝說　諸佛所說勝三昧
七億三千萬佛所　我於過去曾供養
彼諸一切如來等　亦說如是修多羅
由此能入大悲心　是故顯說此三昧
若有習學多聞者　得如來智則不難
若能於彼末世時　世間導師滅度後
有諸毀法惡比丘　於彼多聞不悕樂
雖說戒法而得活　自於戒法不樂行
雖說禪定而得活　自於禪定不樂行
雖說智慧而得活　自於智慧不樂行
雖說解脫而得活　自於解脫不樂行
雖說知見而得活　自於知見不樂行
如人口說栴檀香　於諸香中最爲上
有人問彼說香者　汝所說香自有不
答云我實不聞香　但由說香而得活
於佛滅後末惡世　有不應戒諸比丘
雖說戒法而得活　不能自行於戒法
於佛滅後末惡世　有不應戒諸比丘

雖說定法而得活　不能自行於定法
於佛滅後末惡世　有不應戒諸比丘
雖說慧法而得活　不能自行於慧法
於佛滅後末惡世　有不應戒諸比丘
雖說解脫而得活　不能自行解脫法
於佛滅後末惡世　有不應戒諸比丘
雖說知見而得活　不能自行知見法
譬如貧賤爲他欺　後時富貴人所敬
人天龍鬼鳩槃茶　終不供養無定者
若得三昧微妙地　智者便得廣智藏
爲彼人天之所敬　能以上施施衆生
我聞如是之利益　最爲勝上佛所演
親屬資財皆悉捨　爲欲聞說是三昧
月光童子心歡喜　合掌向佛說是言
我於佛仙滅度後　當護持此佛勝法
於自身命能棄捨　及諸世間種種樂
於後惡世怖畏時　當護持是勝妙定
我見世間無量苦　與大悲心而欲拔
於彼復起大慈心　而爲說此勝三昧
衆中五百人咸起　亦願護持是三昧
童子於彼爲上首　亦共持此勝三昧

爾時月光童子白佛言世尊所言三昧何者是也佛言童子諦聽諦聽當爲汝說謂一能寂滅於心二無所起三無和合智四棄捨重擔五得如來智六成佛威力七治其欲著八滅除瞋恚九斷離愚癡十住心相應十一捨不住心十二樂欲善法十三欲奪有爲十四安住正信十五夜常覺寤十六不捨禪定十七增已生善十八於生不樂十九不造諸業二十不計內入二十一不計外入二十二不

讚自身二十三不毀他人二十四不在俗家二十五戒行淳淑二十六無能輕欺二十七有大福德二十八自知二十九不輕躁三十安住威儀三十一捨麤惡言三十二無忿恚心三十三救護於彼三十四護善知識三十五護持密語三十六於諸衆生不起害心三十七不惱持戒三十八恒柔輭語三十九不依三界四十於一切智而得順忍爾時世尊而說偈言

我已開於甘露門　我已說諸法自性
我已示於生死過　我已開顯涅槃利
我已教離惡知識　常當親近善知識
離諸憒衆住寂靜　常修慈心而不絶
於清淨戒常護持　歡喜樂於頭陀行
若能常習於捨慧　得是三昧則不難
此能得於寂滅地　終不墮在聲聞地
必當證於佛智慧　剋獲諸佛無量德
見諸衆生有智慧　爲說佛慧以示之
若能發求無上智　得是三昧則不難
若爲食起嫉妬心　當觀食已無有淨
用功無量乃得成　若深觀此能得定
無物能將此定來　必由淨戒之所起
諸法體性常寂然　凡夫無智不能會
若能心住於寂定　是人一切常有佛
人尊恒見諸衆生　常修如是寂滅定
念佛相好及德行　能使諸根不亂動
心無迷惑與法合　得聞得智如大海
智者住於此三昧　攝念行於經行所
能見千億諸如來　亦值無量恒沙佛
若人心有迷惑者　於佛法中取限量

於無量中無有量　如來諸德不思議
一切世間無與比　何況而能有過者
諸智諸德皆相應　於此不疑定成佛
得如來身紫金色　一切端妙爲世親
緣於如是心安住　乃名得定之菩薩
此緣佛相是有作　能除一切有相想
然後安住於無相　乃能達於諸法空
能得安住於法身　知一切有而無有
無有之相修習已　然後觀佛非色身
我今爲汝善說之　彼彼趣於如是處
所謂覺知諸緣事　無量思量常不斷
若有能生如是心　念佛相好及智慧
彼人能修如是念　一心趣向無退轉
若住若坐若經行　於諸佛智無疑惑
得無疑已作是願　令我得佛三界尊
必當得見諸如來　入佛法中能選擇
於此三昧而起已　稽首禮於十方佛
身口及意皆清淨　讚歎諸佛常不斷
常修如是念佛相　日夜恒見諸如來
若遇垂死最重疾　痛惱逼迫極無聊
念佛三昧常不捨　不令苦切奪此心
彼人自解是法故　則知一切諸法空
以住如是諸教門　於菩薩行不猒惡
得聞如是利益已　求於如來無等智
於後不生追悔心　最上菩提難得故
我今爲汝無量說　汝於此法若不行
如人雖持良妙藥　於自身病不能治
是故應當知選擇　所謂求於勝三昧
戒聞布施常修習　得是三昧則不難

月燈三昧經卷第一

音釋

躁（則到切輕疾也）柭（房滑切箄也）穌（孫徂切舒悅也）欻（許勿切暴起也）噠（音抽居切）姝（達美好也）

月燈三昧經卷第二

高齊天竺三藏法師那連提黎耶舍譯

爾時世尊告月光童子言過去久遠無量無邊不可思議過阿僧祇劫爾時有佛號曰聲德如來應供正遍知明行足善逝世間解無上士調御丈夫天人師佛世尊出現於世童子爾時聲德如來應正遍知於初會衆集有八億聲聞皆阿羅漢諸漏已盡逮得已利盡諸有結依於正教心善解脱能到一切心自在岸第二會集有七億衆第三會集有六億衆一切亦是大阿羅漢諸漏已盡逮得已利盡諸有結依於正教心善解脱能到一切心自在岸童子爾時彼佛壽四萬歲時閻浮提安隱豐樂人民熾盛普遍充滿童子時閻浮提有二大王一名堅固力二名大力此二大王一一統領半閻浮提二王境土安隱豐樂人民熾盛普遍充滿時聲德如來在大力王國出現於世童子是時大力王請聲德如來及比丘僧滿足千年以一切隨順清淨無過衣服飲食卧具湯藥而爲供養童子彼聲德如來及聲聞僧多饒利養恭敬讚歎時有淨信長者諸婆羅門於聲德如來及聲聞僧所發勇猛意學大力王而設供養謂以世財爲勝供養彼人不知行供養也云何行供養所謂受持五戒八戒出家詣佛親覲請問見深法忍童子時聲德如來作如是念是諸衆生志意下劣不能受持五戒八戒出家詣佛親覲請問見深法忍修於梵行寂靜遠離受具足戒得比丘分及以受行究竟善根如是寂滅樂具無上妙樂悉皆遠離但以世財而供

養我是諸衆生但希小樂謂爲至樂是諸衆生但重現法及後世法不能愛重究竟善根云何名重現法謂樂五欲云何名重後世善根謂樂生天云何名爲究竟善根謂究竟清淨究竟吉祥究竟梵行究竟窮盡究竟最後究竟涅槃我今說如是法令此衆生於其檀行不爲究竟最勝供養但以無上行而供養我童子爾時聲德如來欲覺悟彼大力王及諸長者婆羅門等而說偈言

若人行於財食施　彼此不名相尊敬
如是所行不可歎　諸佛智者已遠離
若說無我智慧者　如是勝人應奉事
彼於聖諦信不動　奉敬是者佛所歎
若人財食而奉施　但獲現近少利益
若能遠離如是施　是人成就出家行
若有能起無財心　又能顯示無財法
亦能淨信無財者　是人速成無上道
無有處於五欲中　於妻子等生愛著
凡愚恒在居家者　是人而能得漏盡
猒離五欲如火坑　能於妻子離愛染
怖畏居家求出離　獲勝菩提則不難
無有過去諸如來　及其現在未來者
常在居家住欲地　而能獲得勝妙道
棄捨王位如涕唾　住於遠離空閑處
斷除煩惱降諸魔　悟解離垢無爲道
若有恒沙世雄猛　千萬億歲而供養
有能猒患在家者　如是功德最爲上
非是飲食及衣服　諸妙華香及塗香
如是等事供養佛　能如出家奉行法
若有樂求菩提者　能利衆生猒世間

趣向空閑行七步　如是福報最爲上
童子時大力王聞聲德如來應正遍知說如是等出家修行義利名已復作是念如我解佛所說義者如來非說檀波羅蜜以爲究竟清淨究竟吉祥究竟梵行究竟窮盡究竟最後究竟涅槃彼大力王復作是念非在家住能得無上修得無上修行義利而我今者遠離是行我今要當剃除鬚髮被服袈裟以家非家出家爲道童子時大力王與其眷屬八萬人俱前後圍遶往聲德佛所頂禮佛足右遶三帀退坐一面童子爾時聲德如來知大力王及其眷屬心所欲樂即爲宣說一切諸法體性平等無戲論三昧分別顯示童子時大力王聞是三昧歡喜踊躍深心愛樂即於聲德佛所棄捨王位正信出家剃除鬚髮服三法衣既出家已於此三昧廣能聽受讀誦憶持分別其義修行相應以此善根於二億劫不墮惡道次第復值二億諸佛彼佛法中常得出家一一佛所於此三昧聽受讀誦分別其義修行相應以此善根次第滿百億劫得成佛道號曰智勇如來應正遍知明行足善逝世間解無上士調御丈夫天人師佛世尊利益無量無邊衆生然後乃當入般涅槃童子汝當觀此三昧有是神力能令菩薩招感佛智童子彼大力王所將眷屬八萬人等聞是三昧歡喜踊躍心甚愛樂亦皆隨王正信出家剃除鬚髮被服法衣是出家輩聞此三昧讀誦受持分別解說修行相應以此善根於二億劫不墮惡道一一劫中值千萬佛於彼佛所常得出家既出家已聞此三昧讀

誦受持應修行住以此善根於後滿百千劫各異世界得成佛道同號堅固勇健堪能如來應正遍知明行足善逝世間解無上士調御丈夫天人師佛世尊利益無量諸衆生已然後乃入無餘涅槃童子如是三昧有大威力能令菩薩招致阿耨多羅三藐三菩提爾時世尊欲重宣此義而說偈言

我念過去久遠世　不思議劫有佛出
能爲衆生作利益　號曰聲德大仙尊
初會衆集滿八億　悉是聲聞諸弟子
第二會集七億數　第三六億阿羅漢
一切漏盡無煩惱　諸神通力到彼岸
其佛壽命四萬歲　國土世界甚嚴淨
時閻浮提有二王　號曰大力堅固力
是等二王所居土　一一各領半閻浮
佛出大力王國中　諸勝人天奉供養
其王於佛得淨信　恭敬供養滿千年
國人無量學是王　種種供養於如來
但以世財非法供　佛及聲聞悉豐足
爾時世尊作是念　我說是法令捨欲
必令彼王生猒離　於我法中而出家
彼時人尊說偈言　棄捨惡法是佛教
在家多過具諸苦　如法修行眞供佛
時王聞說如是偈　獨趣空閑作是念
我今不能處家纏　而爲最勝法供養
即捨王位如涕唾　并及八萬諸眷屬
一時俱往到佛所　頭面作禮住尊前
佛知此等之樂欲　爲說難見寂滅定
彼聞愛敬而悅樂　一切歡喜即出家
既出家已於此定　讀誦受持廣分別

次第二億劫數中　未曾墜墮三惡道
是人以此諸善業　得見百億諸如來
於彼佛法恒出家　宣說如是勝三昧
是等於後得成佛　同號堅固大精進
利益無量億衆生　後入涅槃猶火滅
時彼往昔大力王　久成佛道號智勇
利益無量百億衆　置菩提已入涅槃
既聞如是勝利益　末世持經佛所讚
若能奉持佛法藏　是等速成人中上

童子是故菩薩摩訶薩愛樂是定者應當修習最初所行童子云何菩薩於此三昧最初所行童子若菩薩摩訶薩以大悲心爲首若佛在世若佛滅後常勤供養所謂華鬘粖香塗香寶幢旛蓋音聲歌舞作倡妓樂衣服飲食病瘦醫藥以此善根悉以迴向如是三昧更不志求其餘諸法而供養佛不求妙色不求資財不爲生天不求眷屬唯念是法是菩薩尚於法中不見有佛況於法外而見佛也是故童子是爲真供養佛而亦不見有佛可得不取我想不求果報是菩薩三輪清淨以華鬘粖香塗香寶幢旛蓋音聲歌舞作倡妓樂飲食衣服病瘦醫藥供養如來迴向阿耨多羅三藐三菩提以此善根得不思議功德不思議果報得是三昧速成阿耨多羅三藐三菩提爾時世尊即說偈言

若人香奉無邊智　能得無量香果報
於千萬劫離惡趣　永無一切諸臭穢
千萬劫中行勝行　供養百萬億如來
成佛獲得勝戒香　若後了知無衆生
施香受香二俱無　若能起心如是施

則得柔輭勝順忍　若人增上修此忍
爲他割身猶如錢　於千萬億恒沙劫
其心堅固不退轉　云何而得名爲忍
云何復名爲隨順　云何得名不退轉
云何復名爲菩薩　欣樂自性無我法
以無我想無煩惱　能知諸法悉盡滅
是因緣故名爲忍　諸佛所學隨順學
智者如法常修行　知諸佛法無疑惑
是故得名爲隨順　若修行時有世魔
現作佛身說是言　佛道難得作聲聞
不肯信受名不退　覺悟惡見諸衆生
非此能證甘露道　勸捨惡道住善趣
是故得名爲菩薩　忍者住於隨順道
以無我法令開悟　乃至夢中不起念
存有衆生壽命想　若魔無量如恒沙

化作佛身到其所　咸說身内有神我
即語無我汝非佛　以智了達諸法空
知已不與煩惱俱　以戲論故言說有
見已寂滅行世間　譬如世人所生子
隨即爲其立名字　諸方推名不可得
當知此字無所來　爲立菩薩如是名
菩薩諸方不可求　乃至實際求不得
如是知者名菩薩　假使海中熾火然
菩薩終不起身見　菩薩得住初發心
悉斷惡見煩惱盡　不見有其生滅法
所謂衆生及壽命　諸法體空猶如幻
非彼外道所能知　若於飲食生貪著
於衣鉢中起愛恪　及其掉戲輕躁者
是則不知佛菩提　多喜睡眠及懈怠
姦僞兇暴不攝歛　於諸佛所無淨信

是則不知佛菩提　毁破禁戒無慚愧
於佛法中無歸信　不敬同修梵行者
是則不知佛菩提　不毁淨戒具慚愧
於佛法中深愛樂　同梵行者能恭敬
是則能知勝菩提　念處以爲聖境界
喜悅而作牀卧具　以禪爲食定爲漿
是則能知佛菩提　無我忍爲經行處
以空林中行正念　七覺香華甚可樂
覲已得成無上道　菩薩體道所修行
非是餘人所行地　所謂聲聞及緣覺
唯有智者不貪樂　設我壽命極長遠
如恒河沙無量劫　說佛一毛德不盡
如來智慧無邊故　若聞如是大利益
無畏世尊之所說　速自教人持是定
無上菩提得不難

童子是故菩薩摩訶薩應善巧知入三法忍謂知彼第一忍第二忍第三忍於是忍中應善巧知復於其智亦善巧知何以故若菩薩摩訶薩於忍智中善巧知者彼菩薩摩訶薩速得阿耨多羅三藐三菩提是故童子菩薩摩訶薩若欲速求阿耨多羅三藐三菩提者於此三忍法門應當受持持已爲他廣分別說利益安樂無量衆生救濟世間利益安樂諸天及人爾時世尊爲彼月光童子即以偈句頌此入三忍法門

於諸衆生無違諍　口不宣說非益言
常能安住饒益法　是初說名爲初忍
知一切法猶如幻　即於此相不取著
能於智中無增減　是故名爲初勝忍
諸修多羅已修學　智與善說恒相應

於佛無量智不疑 是則名爲初勝忍
若聞一切善說法 猶如佛說無有疑
能信一切諸佛法 是則名爲初勝忍
於了義經常宣暢 如佛所說而演說
若說我人及衆生 即知方便爲引接
種種外道諸異說 菩薩於彼心無擾
轉於彼人深悲愍 是名第二勝忍相
諸陀羅尼來現前 於總持門無疑惑
所說語言皆真實 是名第二勝忍相
假使四大相轉變 所謂地水火風等
於佛菩提永不退 是名第二勝忍相
世間所有諸工巧 菩薩悉能善修學
不見更有勝已者 是名第三勝忍相
奢摩他力得調伏 毘婆舍那山不動
一切衆生莫能欺 是名第三勝忍相

所有言說常在定 行住坐卧恒三昧
三摩堅固到彼岸 是名第三勝忍相
住於正定獲神通 於多佛刹往說法
智者神足勢無滅 是名第三勝忍相
若修如是寂定時 諸餘一切羣生類
不能知彼心分齊 是名第三勝忍相
假使世界諸衆生 一時作佛演說法
是人悉能具領受 是名第三勝忍相
東西南北及四維 上下二方亦如是
於諸方中悉見佛 是名第三勝忍相
悉能變現無量身 一切皆作真金色
於無量刹往說法 是名第三勝忍相
此佛世界諸閻浮 一切皆覩菩薩形
諸天及人咸識知 是名第三勝忍相
於諸佛法佛行處 導師所有諸威儀

智者悉能善修學　是名第三勝忍相
世界所有諸衆生　悉來讚歎是菩薩
菩薩於彼欣悅者　則於佛智未修學
世界所有諸衆生　駡詈毀謗是菩薩
於此若起瞋恨心　當知佛智未修學
若得利養心不喜　於違失時無憂感
其心安住猶如山　是名第三勝忍相
一名隨順音聲忍　二名思惟隨順忍
三名修習無生忍　學此三忍得菩提
若於如是三勝忍　菩薩其有能得者
善逝見彼菩薩時　即授無上菩提記
若有聞此授記莂　不思議數億衆生
咸發無上菩提心　我要當作人中尊
聞說如是授記音　即時大地六種動
光明普照十方界　雨無量種勝妙華

若於如是三勝忍　其有菩薩能得者
悉不復見有生死　於彼起滅亦復然
若於如是三種忍　菩薩其有能得者
已老今老悉不見　安住法中得如是
菩薩了知種種法　體性空寂猶如幻
是空亦復非生滅　以諸法體空寂故
若有衆生來恭敬　禮拜尊重與供養
菩薩於彼無偏愛　深達世間體性故
若有衆生來打駡　菩薩於彼無嫌慢
轉於其人起悲心　爲欲令其解脫故
若加刀杖及瓦石　其心於彼無忿怒
安住無我忍法中　菩薩不畏起瞋覆
菩薩了知種種法　體性空寂猶如幻
若能安住是法中　爲諸人天所供養
有人手執利剛刀　割截一一身肢節

心能忍受無恚恨　悲愍增廣初不壞
以刀屠膾肢節時　菩薩即便生是念
汝若未得菩提處　願我莫證於涅槃
如是忍力最無上　於無我忍安住故
是諸菩薩大名稱　無量那由劫修習
復過是數如恒沙　猶未能得證菩提
於爾所時修佛行　況復覺智何可說
不可思議億劫說　彼諸德號無窮盡
於無我忍善安住　是大名稱諸菩薩
若欲能知菩提者　要當住於妙智聚
若修諸佛所說忍　得勝菩提則不難

爾時佛告月光童子言於過去廣大久遠無量無數不可思議過阿僧祇劫爾時有佛名無所有起如來應正遍知明行足善逝世間解無上士調御丈夫天人師佛世尊出現於世云何名爲無所有起如來應正遍知童子是佛生時上昇虛空高七多羅樹行於七步而作是言一切諸法悉無所有一切諸法悉無所有其音遍滿三千大千世界是時地神展轉相告至于梵天而作是言是世界中有佛出世號曰無所有起如來應正遍知其初生時於虛空中行於七步而作是言一切諸法悉無所有童子以是因緣其佛號曰無所有起彼佛成正覺時所有樹木叢林藥草皆出聲言一切諸法悉無所有童子時彼世界所出諸聲皆亦說言一切諸法悉無所有童子爾時無所有起如來所說法時有一王子名思惟大悲形貌端正人所愛樂心行調柔童子爾時王子詣無所有起如來所頂禮佛足右遶三帀退坐一面爾時無所有起如來

知彼思惟大悲王子深心所樂即爲説是一切諸法體性平等無戲論三昧。王子聞已得淨信心以家非家出家爲道剃除鬚髮被服袈裟既出家已於此三昧讀誦受持廣爲他人分別顯示以此善根於二十劫不墮惡道一一劫中值二億佛過二十劫已得成佛道號曰善思義如來應正遍知明行足善逝世間解無上士調御丈夫天人師佛世尊出現於世童子汝當觀此三昧有是威力能令菩薩招致阿耨多羅三藐三菩提童子菩薩摩訶薩當安住深忍法中云何菩薩摩訶薩能安住深忍童子菩薩摩訶薩應當如實觀一切法猶如幻化如夢如野馬如響如光影如水中月如虛空性應如是知童子菩薩摩訶薩若如實觀一切法如幻化如夢如野馬如響如光影如水中月如虛空性者是名菩薩摩訶薩安住深忍若成就深忍菩薩於染法不染瞋法不瞋癡法不癡何以故是菩薩不見於法亦無所得不見染者不見染事不見染業不見瞋者不見瞋事不見瞋業不見癡者不見癡事不見癡業菩薩摩訶薩於如是法悉無所見亦無所得謂若染若瞋若癡是菩薩以無所見故即無所染無瞋無癡是菩薩如實無染無瞋無癡無顛倒心故得名爲定名無戲論名到彼岸名爲陸地名到安隱名到無畏名爲清涼名爲持戒名爲智者名爲慧者名爲福德名爲神足名爲憶念名爲持者名黠慧者名爲去者名慚愧者名信義者名頭陀功德者名不著女色者名無染著者名應供者名漏盡者名無煩惱自在者名

心解脫者名慧解脫者名調伏者名曰大龍名所作已辦名更無所作名捨重擔名逮得已利名盡諸有結名依正教心善解脫名到一切心自在岸名爲沙門名婆羅門名沐浴者名已渡者名明了者名爲聞者名爲佛子名爲釋子名除棘刺者名渡坑塹者名拔毒箭者名無熱者名無塵埃者名爲比丘無覆纏者名爲丈夫名善丈夫名勝丈夫名大丈夫名師子丈夫名大龍丈夫名牛王丈夫名善調丈夫名勇健丈夫名荷負丈夫名精進丈夫名兇丈夫名如華丈夫名蓮華丈夫名分陀利丈夫名調御丈夫名月丈夫名日丈夫名作業丈夫名兩足中上名盡智邊名多聞中勝名已修梵行名所作究竟名一切惡不染爾時世尊說偈頌曰

劫盡災壞時　世界蕩然空　如前後亦爾
喻諸法亦然　觀世間起作　悉住於水上
如下上亦爾　諸法亦復然　如虛空無雲
忽然起陰曀　知從何所出　諸法亦復然
如來涅槃後　思想覩佛形　如初後亦爾
諸法亦復然　猶如水聚沫　暴流之所漂
觀之無堅實　諸法亦復然　如天雨水上
各各有泡起　隨生尋散滅　諸法亦復然
譬如春日中　暉光所焚炙　陽焰狀如水
諸法亦復然　如濕芭蕉樹　人折求其堅
內外不得實　諸法亦復然　如幻作多身
謂男女象馬　是相非眞實　諸法亦復然
譬如有童女　夜臥夢産子　生欣死憂慼
諸法亦復然　如人夢行婬　寤已無所見
愚愛終無得　諸法亦復然　如淨虛空月

影現於清池　非月形入水　諸法亦復然
如人自好喜　執鏡照其面　鏡像不可得
諸法亦復然　見野馬如水　愚者欲趣飲
無實可救渴　諸法亦復然　如人在山谷
歌哭言笑響　聞聲不可得　諸法亦復然
如榜教諸國　善惡由之行　非言教至彼
諸法亦復然　如人飲酒醉　見地悉迴轉
其實未曾動　諸法亦復然　緣起法無有
無有更不有　分別有無者　是則苦不滅
於有無分別　淨不淨諍論　遠離是二邊
智者住中道　觀彼先際身　於身無身想
若能如是知　即是無爲性　眼耳鼻無限
舌身意亦然　於根分局者　聖道則無用
於諸根無限　體碩空無記　欲希涅槃樂
應修聖道業　演説四念處　愚謂身證慢
身證則無慢　能離諸慢故　演説於四禪
愚謂得禪行　滅惑人無慢　慧觀斷慢故
演説四眞諦　愚者謂見諦　見實則無慢
世尊如是説　雖廣讀衆經　恃多聞毀禁
多聞非能救　破戒地獄苦　自恃持戒慢
而不學多聞　持戒報盡已　還復受諸苦
多聞與持戒　二俱不自恃　恃慢薄福人
由是起衆苦　慢爲衆苦本　諸導師所説
有慢苦增長　離之則苦滅　雖修世三昧
而不離我想　其過還復起　猶如優埵迦
若修彼無我　於中生欣樂　是涅槃樂因
非惑世間法　如被衆賊圍　爲命欲逃避
無足不能走　便爲賊所殺　如是癡毀禁
欲出離世間　無戒不堪去　爲老病死殺
如壯執刀賊　劫掠害諸方　煩惱亦如是

害衆生善根　多人說陰空　不知陰無我
若問陰有無　犟戲瞋對言　若知陰無我
聞罵心不瞋　有惑繫屬魔　悟空無忿怒
如人患身痛　多年苦逼惱　是病經時久
求醫欲苦療　是人數推訪　便遇得良師
醫愍授好藥　汝服則令差　是人得妙藥
不服病不愈　非是醫藥咎　當知病者過
於此法出家　讀誦道品教　行修不相應
何能得解脫　諸法體性空　佛子觀是事
一切有悉空　外道空少分　智不與愚競
勇猛應捨離　若罵不念報　愚法汝勿嫌
智不愚往返　善知其性習　雖復共相親
後必成怨嫉　智不與愚密　知其志不堅
體性自破壞　凡愚則無友　若聞如法語
毀戒者不欣　無因起瞋覆　當知是愚人
愚者與愚合　如糞與糞和　智智同一處
猶二醍醐合　不觀世間過　因果不信入
於佛語無信　在世被離壞　貧窮無財物
不活求出家　我法出家已　衣鉢極慳著
彼近惡知識　毀破我禁戒　不自觀已行
其心無安住　晝夜住非宜　作惡無有猒
身心恒放逸　口常說麤鄙　恒伺他愆過
覓便向人說　自覆已瑕疵　深是愚癡相
愚者貪嗜食　不能知節量　因佛得飲食
都無反報心　得上妙甘膳　不應於其法
反爲食所害　如象食泥藕　種種上味饌
智者雖食之　根寂靜無貪　如法揀擇餐
雖有聰智人　慰愚問從來　於彼無親戀
但起悲愍心　智者恒利愚　愚反爲衰損
我見是過已　獨處空如鹿　智者見是過

不與愚共俱　若與往來者　失天況菩提
智者恒住悲　住慈與喜合　常捨一切有
修定證菩提　悟道除憂怖　見人老死逼
於彼起悲愍　發言合眞義　若人知佛法
離言說聖諦　若聞是法者　得離食聖愛
童子以是義故欲得成就堅固行菩薩應如是學何以故童子堅固行菩薩得阿耨多羅三藐三菩提則爲不難何況此三昧也爾時月光童子白佛言希有世尊如來應正遍知善能說此堅固之行爲入此三昧法善說善建立一切菩薩所學乃是一切如來行處尚非聲聞辟支佛地何況外道世尊我今當住是堅固行何以故我欲如佛所學我今欲學我欲知彼阿耨多羅三藐三菩提故我欲破壞於魔波旬及其眷屬我欲脫一切衆生苦唯願如來及比丘僧并諸眷屬明受我請爲悲愍我故如來爾時及比丘僧默然許受月光童子明日請食爲護彼故爾時月光童子旣蒙如來許受供已歡喜踊躍深自慶幸即從座起偏袒右肩頂禮佛足右遶三帀辭退而去爾時月光童子向王舍城還至家中到已即於其夜嚴辦種種無量無數勝味飲食於王舍大城一切諸處悉懸繒綵散種種華豎幢旛蓋燒衆名香施諸帳幕掃治街巷除却瓦礫於四衢道灑令清淨散栴檀末雜寶遍布復散種種華種種寶華間錯其地猶如彩畫又以無量種種莊嚴雕飾城巷其城一切周遍已有優鉢羅華拘物陀華鉢頭摩華芬陀利華於其家内純以牛頭栴檀用塗其宅以種種莊嚴張諸寶帳爲佛世尊設上味

食是時童子作如是等莊嚴城郭街巷舍宅辦諸供具一夜之中悉備足已至明清旦與八十那由他菩薩阿逸多菩薩以爲上首其名曰觀世音菩薩大勢至菩薩香象菩薩寶幢菩薩難勝菩薩文殊師利童子菩薩勇健軍菩薩妙臂菩薩寶華菩薩不虛現菩薩如是等菩薩摩訶薩於餘菩薩而爲上首與如是等大菩薩衆前後圍遶出王舍大城往如來所更整衣服頭面作禮右遶三帀白佛言世尊食時既至所設已辦願垂臨顧入王舍城至我室內哀受我供爾時世尊於中前時著衣持鉢與大比丘滿百千萬億那由他衆俱無量百千億那由他天龍夜叉乾闥婆阿脩羅迦樓羅緊那羅摩睺羅伽等無量百千而設供養恭敬讚歎佛大威力佛大神足佛大變現佛大威儀故百千萬億那由他光作百千種妓樂雨種種天華爲受月光童子供故入王舍城佛以久集無量善根以右千輻輪足躡城門閫時現種種神變未曾有事諸佛如來若入城時法皆如是現其神變汝今善聽當爲汝說佛入城時所有神德說偈頌曰

大仙入王城　輪足躡門閫　威力動大地
衆生咸歡喜　諸乏飲食者　遠離飢渴患
其身皆飽滿　由佛履閫故　聾盲瘖瘂輩
貧窮薄福等　諸根悉令具　由佛履閫故
閻羅界餓鬼　食膿唾屎尿　悉得天味食
由佛履閫故　諸山及寶山　種種林華果
曲躬悉迴向　由佛履閫故　大海城邑聚
地皆六種動　不逼惱衆生　由佛履閫故

人天鳩槃等　歡喜住空中　爲佛持寶蓋
發大菩提心　諸音樂不擊　自然出妙聲
衆人皆歡喜　由佛履閫故　百千萬億樹
向佛具華果　無量天住空　所設非人供
百千諸牛王　獸王師子吼　象馬悉歸禮
由佛履閫故　國中諸大王　見十力世尊
導師勝妙色　歡喜而頂禮　餘人心喜讚
或散諸妙華　合十指爪掌　稱佛爲大悲
或散諸瓔珞　金鎖環臂印　或散師子絛
發大菩提心　女人奉金鬘　又女散面華
或解金瓔珞　乳面手嚴具　或有散金華
及諸嚴身具　雖捨無一心　悕求諸佛道
城人布妙衣　或復散頂珠　及散衆寶網
佛至城門故　若人病苦逼　種種憂箭射
一切咸具樂　導師威德故　拘翅羅鸜鵒
孔雀頻伽等　諸鳥住空中　出和雅妙音
衆鳥心歡喜　出是妙音時　能滅修行者
貪瞋癡煩惱　無量億衆生　聞聲得順忍
爲聖授彼記　未來咸作佛　見佛十力身
衆生樂佛智　我云何得此　佛知欲授記
佛一一毛孔　放百千種光　遍照諸佛剎
普眼入城故　障蔽於日月　摩尼寶天火
餘光悉不現　佛入城門故　百千蓮華敷
出地千葉淨　十力尊蹈上　與衆遊城巷
道路無穢汙　純以香泥塗　遍城燒妙香
馨流甚可樂　巷陌甚嚴麗　除去諸瓦礫
十力功德故　具種種華香　百千惡夜叉
見佛金色身　起大悲愍意　淨心歸牟尼
諸天宮悉空　皆共來觀佛　在空雨衆華
佛入勝城故　若人以散華　於人天師所

佛上成華蓋　莊嚴身端好　人天修羅等
覩佛十力尊　心歡喜踊躍　未曾有猒足
右有百千梵　左帝釋亦然　無數天在空
恭敬三界尊　時佛現變已　開示勝妙法
百千衆聞者　發大菩提心　相好華爲身
猶滿虚空星　佛處王御路　如淨空圓月
如淨摩尼寶　離垢無瑕穢　十方放光明
佛照刹亦然　諸天衆圍遶　人尊入王城
足履地如畫　來入月光宅　城郭悉莊嚴
百千億幢旛　栴檀塗其地　散華而莊嚴
佛在道行時　發廣悲愍心　口出無量光
吐香而說法　覩佛身生樂　得喜不思議
我等何時得　法王勝供養　無量人發心
我明亦請佛　憐愍救濟者　久遠難值遇
或巷城却敵　勝妙自莊嚴　辦具諸華瓔
散佛爲菩提　或勝瞻波鬘　婆師目多伽
或復散繒綵　發勝純至心　或在家心淨
勝衣自莊嚴　以繒綵諸華　散大比丘衆
優鉢羅華等　復散妙金華　種種摩尼寶
或散栴檀末　現諸希有事　不可稱計數
佛入城門時　多人發道心　無煩熱見諦
善現善見天　阿迦尼離欲　一切來觀佛
容身及廣果　百那由他衆　如摩尼光曜
悉來瞻仰尊　淨天子無數　及諸少淨天
無量淨天子　悉來觀大仙　其少光天子
及無量光天　光音天子等　咸共來觀佛
其梵輔天子　并及梵衆天　定藏大梵等
皆來觀世尊　他化天歡喜　化樂天善心
兜率焰摩衆　三十三天王　四方四天王
財主毘樓勒　惡眼提賴吒　故來禮敬佛

大力夜叉王　及眷屬淨心　并親族在空
雨諸天妙華　恒醉持鬘天　執種種華鬘
并眷屬心喜　供養勝丈夫　百器足夜叉
并妻及眷屬　自擊美音樂　供養於如來
喜悅耽美歌　謂緊那羅王　居在香山頂
踊躍悉來集　婆稚睒婆利　羅睺毘摩質
并餘大威德　而雨諸寶物　過無量羅刹
多衆而圍遶　各持諸妙華　恭敬而散佛
阿耨大龍王　女善學音樂　擊百種妙聲
誠心供養佛　耨龍五百子　求廣菩提智
與親屬圍遶　咸供無上尊　阿波羅龍王
向佛而合掌　持龍勝真珠　在空供養佛
目真陀龍王　踊躍悉歡喜　散諸妙寶衣
淨心而供養　彼起勝敬心　念佛種種德
諸親屬圍遶　皆來讚歎佛　難陀跋難陀
德叉黑瞿曇　與眷屬詣佛　屈膝禮善逝
伊羅鉢龍王　百眷屬號泣　憶念迦葉佛
猒惡此受生　我昔懷疑惑　壞小伊蘭葉
是故生難處　不能知佛法　深猒此虵身
願速捨龍趣　能知清涼法　道場所得者
餘多千龍王　海龍摩那斯　持上妙龍衣
來奉人中尊　調達擲佛石　夜叉住空接
其名金毘羅　恭敬在佛前　阿吒夜叉城
空天大夜叉　誠約悉令集　供養大仙尊
灰毛針夜叉　阿吒婆可畏　雪山婆多山
驢夜叉歸佛　種種異類身　被服甚可畏
多那由他鬼　持吉物奉佛　食海金翅鳥
變形婆羅門　寶冠自莊嚴　住空而禮佛
閻浮所有城　一切大林天　與城神俱來
供養世間解　無量林天至　并諸樹神等

及一切河神　集諸法王所　山峯巖嶺神
堆阜天亦至　泉池沼神等　共海神喜到
天人修羅鬼　迦樓鳩槃等　餓鬼富單那
悉來供養佛　諸天修羅衆　離慢咸供養
見佛入王城　觀之無猒足　過修菩薩行
供養佛世尊　彼作是淨業　衆生觀無猒
須彌輪山等　及閻浮諸山　不能爲障蔽
諸佛照剎光　此娑婆諸海　土地悉平正
佛剎普皆遍　散衆華悉滿　百千種光明
法王足下放　地獄盡清涼　除苦獲安樂
十力爲說法　天人得眼淨　無量百千衆
於佛道決定　無等等入城　現作是神變
無量百千劫　佛說尚難盡　如是勝德聚
牛王渡彼岸　一切德究竟　頂禮佛福田

爾時世尊與諸比丘前後圍遶往詣月光童子住處坐所敷座諸比丘僧次第而坐爾時月光童子知佛菩薩比丘坐已自手齎持多種美食所謂佉禪尼蒲禪尼黎呵那諸沙尼等又持漿飲以百味食充足如來及以大衆既充足已歡喜踊躍深自慶遇佛及大衆飯食訖已却鉢澡手以萬億價寶衣奉上如來比丘衆隨上中下次第各以上中下三衣次第施之爾時月光童子於佛及僧施衣物已偏袒右肩右膝著地合掌作禮住於佛前默念說偈而問世尊

菩薩智者行何行　常能解知諸法性
云何能入所作業　唯願導師爲我說
云何能得於宿命　云何不復處胞胎
云何能得不壞衆　何故而得無量辯
無上定慧兩足尊　知我所問願記說

知諸衆生心所行　於一切法無有疑
佛知一切法體性　離言語法以言説
如師子吼摧野干　佛降異道亦如是
知諸衆生之所行　通達諸法到彼岸
無礙智慧淨境界　唯願法王爲我説
知於過去未來世　及今現在亦悉了
三世無礙智堪能　是故我問釋師子
一切三世諸佛法　法王世尊悉能知
於法體性善覺悟　是故我問大智海
能離一切諸法過　已能斷於心穢故
翦除一切癡穢結　願佛爲説菩提行
而佛所得諸法相　如所得相爲我説
我聞如是法相已　依所聞相行菩提
衆生行相多差別　我作何行能解入
願爲我説入行法　我得聞已則能知
一切諸法各差別　其體空寂性遠離
菩薩云何能現證　願爲我説是法母
於一切法到彼岸　言説法句已修學
已自無疑除他疑　爲我顯示佛菩提

月燈三昧經卷第二

音釋

洟唾洟他計切唾吐卧切　齅許救切鼻擥氣也　膾古外切切肉也　塹七豔切遶城水也　曀於計切暗也　炙之石切　垤徒結切　療力弔切治也　閫苦本切門限也　璩強魚切　絛他刀切編絲繩也　睒失冉切　齎牋西切持也　佉丘加切

月燈三昧經卷第三

高齊天竺三藏法師那連提黎耶舍譯

爾時世尊知月光童子心所默念而作偈問告月光童子言若菩薩與一法相應皆悉能獲最勝功德速成阿耨多羅三藐三菩提何謂一法童子若菩薩於一切法體性如實了知童子云何於一切法體性如實了知所謂一切法遠離於名離於音聲離於語言離於文字離於生滅因相緣相攀緣相所謂無相遠離於相非心遠離於心而知諸法爾時世尊即說偈言

諸法但說一　所謂法無相　是智者所說
如實而了知　若說如是法　菩薩了知者
彼得無礙辯　說億修多羅　導師所加護
顯示於實際　不分別假名　曾無有所說
以一知一切　以一切知一　雖有種種說
而不起於慢　其心能了知　一切法無名
隨順學諸名　而演說眞實　諸所聞音聲
了知其聲本　了知聲本已　不爲聲所染
知音聲本際　諸法相亦然　若能解一法
不復處胞胎　一切法無生　能了此無生
知生說生者　則能知宿命　若得於宿命
能知所作業　若常知作業　得堅固眷屬
若於是空法　菩薩能解了　無有不知者
此非煩惱際　於非煩惱際　凡愚妄分別
是故於億劫　數流轉生死　不能知妄想
猶如大導師　彼不作惡業　又不墮惡道
是諸凡夫等　不能知此義　便起誹謗心
如是滅苦法　諸法不可得　非無諸法想
若能如是知　彼想亦不見　我知如是想

凡夫妄分別　於離分別法　智者不迷惑
此爲智者地　非是愚境界　是菩薩所行
謂空無分別　此是菩薩地　佛子之所行
佛法妙莊嚴　謂說寂滅空　是諸菩薩等
斷除諸有習　不爲色所壞　安住於佛性
一切法無住　以無住處故　若能如是知
得菩提不難　修施戒聞忍　習近善知識
若能知是業　速證菩提道
是人常爲諸天敬　乾闥夜叉摩睺等
龍鬼羅刹緊那羅　是等常來供菩薩
恒爲諸佛所稱歎　與諸世間與利益
智慧相續樂寂滅　勝妙菩薩悲愍身
若有菩薩能知空　利益無量億衆生
柔和處衆演說法　聞者欣樂而愛敬
廣大智慧轉增明　以是智慧能見佛
亦覩莊嚴淨妙刹　聽受諸佛所說法
知一切法如幻化　猶如虛空自性空
能知體性是空無　能如是行無所染
具有修行菩提行　於諸事中不生著
知一切法如變化　而於諸刹示變化
能爲諸佛所作事　幻法體性無去來
隨前所求得利益　謂能安住菩提者
恒念一切如來恩　願紹佛種不斷絕
能得光耀精妙身　成就三十二種相
其餘無量種利益　行勝菩提當能得
成就大力不可動　威德諸王無堪抗
具足福德甚端嚴　福與功德威光耀
諸天覩威不面對　謂行佛法智慧者
住於堅固菩提心　與諸衆生爲善友
是人無復諸闇冥　顯示勝妙菩提道

離語言道無所欲　諸法寂滅如虛空
其有能知如是業　成就無量勝辯才
演說百千修多羅　能示彼法微細義
智者恒成無礙慧　能知微細法體性
常善知彼衆生信　學習一切語言音
爲人顯示因果理　能獲如上勝妙事
具持力能無減少　入衆無畏梵行者
恒憶念持不忘失　善能悟解法性故
耳初不聞非愛語　恒常聽覽可樂音
口常宣說悅意言　是人善知法性故
念慧法智悉成就　其心清淨無穢濁
說百千經無滯著　若有所演不虛設
字句差別已修學　善解千億諸語言
名味義趣皆善解　由悟法性有斯德
夜叉羅剎天脩羅　迦樓緊那摩睺荼

爲彼八部常愛敬　斯由悟解法性故
惡心神衆毗舍闍　飲血食肉極毒害
其有持是寂定者　是等常能作衛護
聞於智者廣大言　心喜勇悅身毛竪
於彼菩提深愛樂　能獲廣大難思福
如是福報難可知　於百千劫說不盡
護持善逝法寶藏　無量無邊無限數
便爲已供一切佛　過去未來諸世尊
及住現在十方者　以能宣說寂定故
若人爲樂福德故　供養十力大悲者
無量無數億諸佛　時經大海諸沙數
更有餘人樂福者　於此勝義持一偈
於彼劫盡惡世時　如是福德最爲勝
若有能聽一偈者　是人便供一切佛
於此末代惡世時　斯爲最勝上供養

是人便得最大利　堪受世間所奉敬
諸十力生最上子　於其長夜已供養
彼見我在耆闍山　我即爲授菩提記
我已付囑彌勒尊　彼佛亦爲授記莂
是人復爲彌陀佛　爲說無量勝利益
或復往詣安樂國　又欲樂見阿閦佛
無量無邊百千劫　是人不墮諸惡道
於此菩提行勝行　成就無量諸快樂
無量功德勝利益　如是我今已宣說
若欲如我功德者　應末世中正持經

童子以是義故菩薩摩訶薩能如是知不可思議諸法體性者得如是功德之利讚說如來真實功德不謗如來言非真實何以故如來已得諸法爲世所知是人如實知於彼法亦知無量如來功德能知如實不可思議佛法何以故童子佛有無量無邊功德不可思議遠離於心以是義故餘不能思不能稱量何以故童子其心無性又無形色不可覩見童子如是心體性即是佛功德體性如是佛功德體性即是一切諸法體性以是義故童子若菩薩說一切法體性一義如實知者名爲菩薩寂滅於心善解三界出離善根如實了知如實知見如實說無有異說隨說而行無所執著出過一切諸煩惱地過於欲界色界解脫無色界過於名地過於聲地善解離文字法善解分別字智善解離語言法知於文字善於文字善於字差別智廣知字智善解一切法差別智善於一切法廣差別智善分別一切處法智與不可思議佛法相應魔王波旬及諸魔民所不能壞說是法門時有

八億那由他諸天人等得修無障法忍一切皆為諸佛授阿耨多羅三藐三菩提記過四百八十萬阿僧祇劫得阿耨多羅三藐三菩提種種名號國土差別壽命齊等爾時世尊而說偈言

若有智慧諸菩薩　趣向勝妙菩提道
善於法義諸言說　能行一切法體性
口常宣說真實語　稱佛實德而演說
能知一切諸佛法　於三界尊無有疑
一切諸法同一義　以修空故如實知
彼無種種別異相　於此一義已修學
無分別想分別想　衆生壽命我人想
盡與無盡如是想　斷此諸想悉無餘
不見如來有其色　以知諸法自性無
亦非諸相隨形好　以斷一切顛倒故
一切諸佛不思議　遠離於心體寂滅
若人能得如是知　真見無上兩足尊
若有能知神我想　於中發起勝智慧
如是知於諸法已　彼便得名清淨眼
是人無有諸障礙　大智悟解出離道
充滿具足二種因　無有一切諸願樂
於真實處如實見　無有一切非實語
是人所有諸言論　隨順一切儀式法
智者出過於欲界　超色無色煩惱地
能於三界離染著　行在世間利衆生
超過一切名字地　及過音聲體性空
雖經久時演說法　於彼言說無所依
遠離諸想及戲論　斷除顛倒諸惡見
於其智慧善決定　是人勇健行如空
若魔多億那由他　為亂彼意作是言

悉能映蔽是魔衆　不從魔力自在攝
棄捨一切諸魔業　戒行清淨無熱惱
若能深樂禪樂者　彼則能知世間空
若說五陰是世間　已知彼法體空寂
既無其滅亦無生　一切諸法如虛空
寧當棄捨自身命　終不毀犯如來教
於戒護持到彼岸　隨其所願悉往生
遊行無量諸佛剎　見多那由他億佛
終不悕欲生天上　遠離一切諸願樂
是人不捨勤精進　於少時間行法行
於其十方諸佛所　善能讃詠而稱歎
爾時月光童子身　得聞如是寂滅定
棄捨一切利養事　修行諸佛所歎法
若有欲得自然智　我爲一切世間上
應當學是勝三昧　若如是學人天最

爾時世尊告月光童子言童子是菩薩摩訶薩於是顯說三昧智應善修習爲人顯示童子云何顯示所謂於一切法起平等心無有彼此無有分別無無分別無造無起無生無滅一切妄想分別憶想起想皆悉斷除心所攀緣意所思作及諸假名皆亦斷除亦斷一切諸惡覺觀於陰界入無有自性斷貪瞋癡謂念慧解脫慚愧堅固修行儀式所應行處謂空閑地智慧地絶於去來一切菩薩所學一切如來行處一切功德成就童子是謂顯說如是三昧若能顯說如是三昧便不離諸定其心不失一切三昧無有迷惑起大悲心利益無量無邊衆生爾時世尊即於是時而說偈言

平等非險地　微寂難可見　斷除一切想

故名爲三昧　非妄想分別　離見不可取
其心不可得　是名爲三昧　止住如實定
不取一切法　如實不取故　故説寂滅定
法無少塵許　亦無少可得　無少可得故
故名爲三昧　有得無得者　此名爲妄想
於法離分別　故名爲三昧　以聲故説義
是聲事非有　猶如響呼聲　又亦如虛空
衆生無所住　住處不可得　得與不得音
自性不可得　若去若墮落　去道不可得
去與不去音　於道如是知　存有定是取
存無定亦然　無著行菩提　證聖道亦爾
離險平等地　是定慧無相　佛子修習此
善修定相應　非文字所能　入是深義趣
捨諸語言事　得定無所取　得此定菩薩
如説相應住　設火焚世界　於中不被燒
無量劫火起　如空本不然　若知法如空
是人火不燒　若燒佛刹時　在定作是願
滅彼火無餘　人及地不毀　彼神足無邊
遊空無罣礙　隨學定而住　菩薩獲是德
若生若退沒　無起亦無滅　若能如是知
得此定不難　世間有生滅　如來之所説
若能知此定　當知是世親　於世間不染
世法不能礙　身若無礙者　能往諸佛刹
常見於淨土　及見世導師　彼得聞正法
在諸刹演説　彼不起無知　而説法性時
能通達諸法　如隨於法性　於億劫演説
辯才而不斷　能變作多身　其餘諸菩薩
變化諸菩薩　往遊諸佛刹　千葉蓮華上
跏趺而安坐　顯示佛菩提　總持修多羅
并餘億諸經　修習寂定故　唯除不退轉

餘不思議人　莫能盡其辯　顯示佛菩提
乘重閣而去　種種寶嚴飾　布散諸妙華
氛馥甚可樂　散布諸末香　幷燒勝妙香
或散無量寶　爲於菩提故　菩薩救濟者
如是無量德　斷除諸煩惱　獲得勝神足
不起於煩惱　清淨甚光耀　無爲不可壞
是菩薩境界　寂靜深寂靜　離惱無煩惱
超過於戲論　樂無戲論法　文字無能入
諸法無相故　智知唯音聲　是故名定者
無盡勝寂滅　無功用不見　一切佛境界
實際無家宅　從諸佛修學　一切法自性
學是佛功德　到功德彼岸　非此亦非彼
本際無分別　是故一切佛　到功德彼岸
於未來不去　已知法性故　無功用戲論
到功德彼岸

爾時月光童子白佛言希有世尊如來應供正遍知快能善說一切諸法體性平等此說一切諸法體性平等菩薩所學若菩薩於所說三昧能修學者速得阿耨多羅三藐三菩提世尊我復樂說如來我復樂說善逝我欲少有所說佛言童子樂說便說爾時月光童子在於佛前合十指爪掌向佛住立稱佛實德說偈讚曰

見生爲老病死逼　貪瞋癡等常迷惑
佛本爲發菩提心　願成正覺解衆縛
善哉無量劫修行　住檀調柔護諸過
持戒忍辱勤精進　善修禪定及智慧
以無悕望棄王位　妻子寶貨悉能捨
頭目手足及壽命　其心初無有疲猒
禁戒皎然淨無垢　捐棄身命常護持

善能禁制身口意　歸命善逝調心者
安住智鑛忍力中　設使剜身無忿怒
以慈血變流出乳　歸命如來甚奇特
成就於力住十力　以無量智擇諸法
佛以悲愍於世間　救濟利益諸異趣
已知一切法體空　見諸世間悉虛妄
悟道契會性無我　知彼解脫無所脫
遠離煩惱及放逸　降伏魔力及軍衆
知道無垢無礙智　說寂無礙清淨法
假使虛空星宿落　地海城邑悉壞滅
虛空無爲性變異　如來終無不實語
見於苦惱諸衆生　安住取著分別中
爲彼顯示離取著　所謂甚深寂滅空
不可思議無數劫　大雄勇猛久已學
修學一切無著已　是故佛無諸過失
佛所修學一切法　如所得法爲他說
此非愚癡凡夫地　又非一切諸外道
心常安住於我想　是名過失諸凡夫
若能善知無我法　無有一切諸過失
大雄所出眞實語　恒常安住於實法
安住如是實法已　復能演說於實語
過去曾修眞實行　乃能稱述於本願
獲得眞實妙果報　是以能說眞實語
具足所行眞實行　善能學於眞實際
如是所修眞實行　歸命人尊大智慧
其智最勝無倫匹　智慧具足甚光明
究竟到於勝智慧　歸命智慧言說者
能與衆生作親友　久遠修習慈悲心
善能安住而不動　不動猶如須彌山
天人所師備廣德　教誡大衆羣生類

善逝甚深勝智慧　處衆無畏而震吼
如是無畏師子吼　如師子王威雄猛
降伏一切諸外道　猶如師子摧野干
大雄善能降不調　所調復能善調御
能令成就爲善友　安住堅固而不壞
見彼苦惱諸衆生　最極依止於我見
爲其演暢無我法　無有貪愛及不愛
不學愚癡凡夫人　依止險難不善徑
爲彼顯示眞實道　所謂趣向涅槃路
若有取著我想者　彼即住於極苦惱
以其不解無我法　謂能滅除苦惱處
不可思議刧數中　大智久已曾修學
修學遠離取著已　是故無有諸過惡
演說離過諸法句　世尊遠離於諸過
善說眞實微妙語　口能解脫百種畏

無量那由百千億　天龍夜叉住虛空
愛樂無上最聖法　聞者靡不合眞義
如來善美歡喜語　温潤合時稱悅意
和合無量微妙音　憐愍解脫無數人
妓樂音聲百千種　一時奏擊相和合
悉是天中悅樂聲　如來一音能映蔽
迦陵頻伽諸鳥衆　同時共發微妙聲
能令他人生欣樂　於佛音聲非少分
擊發歡喜之音樂　善合一切諸管絃
吹貝鼓笛琴箜篌　於佛音聲悉不現
緊那羅王歌舞音　已曾善學百千樂
若得聞者咸歡喜　於佛音聲悉不現
拘翅鸚鵡舍利聲　孔雀哀鸞鴛鴦等
所有一切美音鳥　於佛音聲悉不現
可愛悅樂美妙音　世間所有善歌詠

悉來集聚同時發　佛聲最勝殊過彼
諸天夜叉脩羅王　三界所有羣生類
其中最勝上妙身　佛放一光悉映蔽
如來色身如華敷　一切相好以嚴飾
出生福果甚清淨　光明顯照於十方
鼙鼓螺鼓箜篌音　銅鈸笙簫美妙聲
如是諸音相和合　百分不及佛一音
乾闥脩羅摩睺等　夜叉所有美妙聲
并及三界諸妙音　於佛百分不及一
梵天所有諸光明　及諸有頂天身光
世尊若放一光明　餘光百分不及一
身口意業皆清淨　布施淨故世不染
功德寶聚人中王　自然功德無等等
讚歎十力實語已　童子歡喜作是言
以我供養佛法王　願此福成釋迦文
佛知彼勝最淨行　善逝于時起微笑
彌勒覩笑而請問　唯願人尊說笑緣
其時大地六種動　天龍歡喜住虛空
欣悅瞻仰兩足尊　請爲我說笑因緣
諸佛智慧所了知　非佛弟子聲聞地
今欲安誰最勝道　唯願憐愍爲我說
唯除慈悲牟尼尊　一切世間無堪者
堪能授於法王位　願爲授於菩提記
我今善問世導師　釋迦牛王大威德
已度智慧光明岸　除斷貪瞋癡穢過
不可思議恒沙億　導師爾所劫修行
爲求勝妙菩提行　爲何因緣而現笑
能捨自身手足等　妻子眷屬餘親愛
常能修行是勝行　是故我問牟尼尊
象馬車乘及牛羊　奴婢摩尼真珠金

不見所有諸珍物　行菩提時而不捨
其智最勝悉顯現　知諸衆生之所行
心信性欲已善知　願說何緣而現笑
誰曾供養人中尊　誰復今成廣大利
誰能受行佛所行　爲誰而能現此笑
其地于時六種動　億妙蓮華從地出
其華光耀具億葉　金色熾盛甚可愛
佛子處彼蓮華上　菩薩第一大神足
無量法師而雲集　是以我作如是問
擊鼓鳴鐃吹貝音　妓樂億數如恒沙
如是等輩諸音樂　佛聲於中最殊妙
拘翅頻伽鵝鸖等　衆鳥一時而雲集
俱時各出美妙音　於佛音聲非其比
誰往行檀持禁戒　無量億劫而修習
誰復供養人中尊　牟尼爲誰而現笑

誰昔起大恭敬心　已曾請問兩足尊
何因緣故得菩提　而今便現是笑耶
所有過去十力尊　及今現在未來世
天人導師悉了知　是故我問人中塔
能知衆生心次第　於其神足而不滅
又知衆生心所樂　是故我問牟尼師
修行無上最勝行　因相應法已善學
佛菩提道云何得　是故我問兩足尊
諸法微細難可見　空寂難稱不思議
修行十力之所行　是以我問世大師
若能善修慈悲心　於不思議衆生所
常不起諸衆生想　是故我問兩足尊
所行境界難思議　於其邊底不可得
已能度於心境界　是故我問兩足尊
布施持戒已究竟　智者明淨了三世

遠離一切諸過惡　爲何義故現是笑
舍利目連居律多　及諸如來餘弟子
非是彼等所行地　唯佛境界最無上
於一切法到彼岸　諸有所學已究竟
導師起發大悲愍　宣暢微妙第一音
過去無量僧祇劫　亦曾問於如是義
得爲救世之親尊　今既證果爲我說
夜叉羅刹龍槃茶　瞻仰兩足最勝尊
一切恭敬合掌住　咸疑世尊何緣笑
多菩薩衆悉雲集　具足神通多億刹
如來心生最長子　一切恭敬而合掌
世尊導師非無緣　最勝丈夫而現笑
微妙語言鼓音聲　以何因緣而現笑
香象菩薩東方來　從彼阿閦佛世界
那由菩薩衆圍遶　爲問釋迦故來此
又復安樂妙世界　觀音菩薩大勢至
那由菩薩衆圍遶　來問兩足釋師子
過去無量億佛所　供養無邊諸如來
猶如大海中沙數　爲行無上勝菩提
一切諸佛所嗟歎　於菩薩德已究竟
十方世界悉聞知　文殊師利住合掌
遊行那由他佛刹　如是勝徒難可見
佛子功德已善學　一切合掌恭敬住
根器最勝餘更無　如是調伏柔輭者
能持一切佛法藏　願爲宣說和潤語
世尊導師非無緣　最勝丈夫而現笑
微妙鼓音願演說　以何因緣而現笑
拘翅鴝鵒鵝孔雀　雷霆牛王聲震吼
願出天樂美妙音　唯願演說增樂語
善集慈悲離諸過　智慧現前斷愚癡

顯眞實義離文字　於百千劫已修持
決定空寂知諸有　顯示苦滅諸句義
能壞一切外道智　空無衆生及壽命
諸佛修行百千行　百千種福而莊嚴
百千諸天咸讃歎　百千諸梵亦復然
夜叉羅刹等淨心　摩睺金翅龍欣喜
口常宣說無滯礙　淨妙業果之所起
所有諸佛滅度者　及今現在未來世
一切了知無障礙　從諸功德之所生
大海大地及諸山　一切咸皆六種動
諸天脩羅龍摩睺　散諸上妙勝香華
斷除貪瞋及惛慢　尸羅心意悉清淨
寂靜音聲稱無想　大聖如是師子吼
具足辯才廣名稱　於眼於法善平等
世間無等亦無過　唯願大悲說笑義
拘翅頻伽及孔雀　命命等鳥妙音聲
一時共發甚可愛　於佛少音非爲譬
大鼓金鉦及諸鞞　螺貝簫筑琴箜篌
千種音樂俱時作　於佛少音非爲譬
諸天千種美音樂　及諸天女妙歌聲
衆集相和生人愛　於佛少音非爲譬
救世導師以一音　隨信種種發異解
一切皆謂佛爲己　願大沙門說笑緣
諸天及龍妙音聲　迦樓乾闥毘舍闍
是等不能滅煩惱　唯佛音聲能斷除
雖復起愛心無染　行慈便能離瞋過
能生智慧離愚癡　能如是者離諸垢
佛音不出於衆外　能斷百種諸所疑
於其音聲無高下　牟尼妙聲寂平等
假使三千界散壞　大海一念盡枯涸

日月可令墜落地　世雄終無不實語
語言清淨六十種　吼音深美無所畏
如來梵言願爲說　寂靜何緣而現笑
一切三有羣生類　悉能了知彼所行
過去現在及未來　人尊願爲說笑緣
所有如來大悲者　於諸力中得究竟
如來淨月圓滿面　終非無緣而現笑

爾時世尊即於是時以其偈頌答彌勒菩薩摩訶薩曰

如是月光童子者　讚歎如來愛無比
如是讚歎如來已　後還爲世所稱美
昔日於此王舍城　已曾覲見多億佛
於彼佛所常請問　如是勝妙寂滅定
修行菩提道行時　於一切世爲我子
常能具足無礙辯　恒常安住於梵行
彼人末代可怖時　唯是彌勒所證知
一切時中住梵行　能廣分別是三昧
若欲求是勝三昧　稱道所行則能得
無量億佛所攝受　供養最勝大導師
我住智中故記說　於此月光勝妙行
末代世時無障礙　於其梵行及壽命
知於千億諸如來　如觀掌中菴羅果
又復過彼恒沙數　能於未來修供養
諸天及龍有八億　夜叉衆有七千億
未來供養兩足尊　是等悉能相佐助
得聞如是授記已　歡喜愛樂而充滿
月光踊身七多樹　住空發於希有言
嗚呼佛說最無上　安住解脫智神通
安住決定勝智故　一切異論莫能壞
遠離二邊論解脫　觀察於事不著事

於三界中智無礙　悉無一切諸戲論
一切戲論而不染　諸見覺觀悉斷除
善修於道無所依　不爲他壞不違他
又於三界無所依　斷除諸結所行淨
愛縛枝蔓悉捨離　諸有相續皆盡滅
悟解非有自體性　離言說法悉了知
於其顛倒無智者　如師子吼摧野干
佛今爲現妙法藏　我今獲得妙寶聚
斷除一切諸惡趣　我今得佛定無疑
百福金色莊嚴手　願此寶掌摩我頂
對於天人大衆前　唯願人尊灌我頂
我念過去修行時　於師子幢佛法中
時有比丘甚聰叡　名曰賢施爲法師
我作王子名黠慧　身遇病苦甚困篤
時彼賢施爲我師　柔輭淳直備儒德
五百良醫無減少　咸皆盡來爲我治
彼悉不能除我病　親戚眷屬懷憂惱
是時大師聞我患　便至我所而慰問
賢施即生悲愍心　而爲我說是三昧
我得聞此三昧已　不顧財寶心愛樂
了知諸法體性故　其時病苦即除愈
比丘行於菩提行　得成佛道號然燈
我昔黠慧王子時　以此三昧除苦惱
以是因緣故童子　我憶是事今付汝
能忍罵詈毀辱等　受持讀誦如是定
末世比丘有無量　放逸毀禁多慳悋
堅著衣鉢樂爲惡　於是三昧起誹謗
嫉妬輕躁縱諸根　止住俗家爲貪利
常依出入息利活　是等當謗此三昧
舒手展足奢縱誕　趨步言笑自顧影

伴黨掉臂隨路行　若入聚落現異相
如是不應儀式人　晝夜繫心在童女
於彼色聲常愛著　遊行村邑現是儀
心常貪嗜於美食　戲笑歌舞及音樂
販賣貿易恒窺利　喜樂飲醼及乘騎
廣貯積聚飲食已　命終墜墮三惡道
專事墾植及耕田　保翫自己所住處
受他教命傳書信　棄捨禁戒及威儀
親近白衣違佛教　毀破禁戒住惡道
常作佛不讚歎業　所謂斗秤諸欺誑
造作如是諸惡行　以此惡行墮惡道
多饒財寶珠金貝　棄捨親愛而出家
不能安住淨戒聚　還爲販肆作鄙業
牛馬雄雌相孚乳　唯恃財穀爲勝想
何爲出家除鬚髮　而不護戒及儀式

我於過去行菩提　於千劫中修苦行
爲求如是寂滅定　愚人聞之生嗤笑
行非梵行喜妄語　常貪利養趣惡道
披梵行服爲標幟　毀戒謗定言非法
彼此遞互相破壞　不能應法求利養
各欲共相求短失　命終墮於三惡趣
百千人中難得一　謂能住於忍辱者
朋黨鬪諍無量人　棄捨忍辱恒忿競
咸自稱歎是菩薩　欲望聲流遍諸國
若得虛名自欣慶　尚無善行何況道
我曾不聞亦不見　無有淨行欲樂者
誹謗此法無欣慕　而能獲得菩提道
爲不活故多出家　不求一切佛菩提
愚人安住我見中　聞說無我便驚怖
彼此更互恒諍論　我慢自舉相歎懱

自稱己是說他非　常行不善妄歡喜
成就淨戒諸功德　安住慈心行忍辱
調伏柔輭淳善者　是等善人為彼欺
若有當來起惡心　極甚抵突為不善
喜樂鬪諍行非法　是等爾時得供養
我今善相勸告汝　汝當於我生淨信
於此如來所說教　彼惡人輩勿親近
於極貪愛及重瞋　多愚癡人惛慢者
無慙無愧心不調　汝於彼速起忍力
我今所說無量德　比丘於此不安住
非但口言得菩提　要須堅固行者得

月燈三昧經卷第三

音釋

抗（口浪切敵也）記莂（莂必列切記莂謂受將來成佛之記劫國名號之號也）鑛（古猛切鐵樸也）剜（烏丸切削也）鼛鼖（鼛居勞切鼖苻分切鼛鼖並大鼓也）鐃（尼交切鉦也）鴝鵒（鴝權俱切鵒俞玉切鴝鵒鳥名也鳥）鉦（諸盈切鐃也）鞞（駢迷切騎鼓也）筑（之六切似箏者）叡（俞芮切深明也）黠（下八切慧也）窺（缺規切小視也）醼（伊甸切合飲也）貯（展呂切積也）墾（口很切耕也）嗤（抽知切笑也）幟（昌志切旗也）𢾫懱（𢾫音陵侮也懱莫結切輕易也）

月燈三昧經卷第四 第五同卷

高齊天竺三藏法師那連提黎耶舍譯

爾時婆伽婆在大衆中示教利喜已即從座起出王舍城詣耆闍崛山敷座而坐諸比丘衆及諸天龍夜叉乾闥婆阿脩羅迦樓羅緊那羅摩睺羅伽前後圍遶爾時月光童子八百億人若天龍八部諸鬼神等及餘世界十那由他諸菩薩衆持諸寶鬘塗香末香衣服旛華種種音樂建立幢蓋懸諸繒旛出王舍城向耆闍崛山詣如來所頭面禮足遶無量帀以已所持華香衣服寶蓋幢旛擊諸音樂設大供養設供養已曲躬恭敬爲問法故却坐一面爾時月光童子作如是言我於如來應供正遍知欲有所問惟願聽許爾時世尊告童子言如來應正遍知隨汝所欲恣汝問之汝所問者則能利益無量衆生吾當爲汝分別解說令汝心喜爾時月光童子既蒙聽許即白佛言菩薩摩訶薩成就幾法能得如是一切諸法體性平等無戲論三昧爾時佛告月光童子言菩薩摩訶薩成就四法能得如是一切諸法體性平等無戲論三昧何等爲四一者善學柔軟同住安隱到調伏地能忍毀辱見法除慢是爲初法菩薩若能成就如是便能得是一切諸法體性平等無戲論三昧復次童子菩薩摩訶薩成就善戒清淨戒第一善清淨戒不濁戒不缺戒不穿戒不雜戒無定色戒自在戒不可訶戒不退落戒無所依戒無所取戒無所得戒聖所讚戒智所讚戒童子是爲第二菩薩具足是法能得一切諸法體性平等無戲論三昧復次童子

菩薩摩訶薩深怖三界起驚畏心猒離三界起不染心不著三界起逼惱心爲脱三界苦衆生故起大悲心趣向阿耨多羅三藐三菩提發大精進心童子是爲第三菩薩成就如是能得一切諸法體性平等無戲論三昧復次童子菩薩摩訶薩求於多聞無有猒足爲重於法不求財利爲重於智不求名聞隨聞受持爲他廣説顯示其義以悲愍故不爲親屬菩薩復作是念云何能令前聽法衆生於無上菩提速得不退轉是爲第四菩薩成就如是能得一切諸法平等無戲論三昧童子當知此三昧法門無量諸佛之所演説無量諸佛之所讚歎無量諸佛之所咨嗟無量諸佛之所顯示無量諸佛之所修習爾時世尊而説偈言

我念不思那由劫　有佛號曰音聲身
彼音聲身如來尊　在世壽命六千歲
彼佛次前復有佛　號智自在世所愛
彼智自在正遍知　壽命一萬二千歲
彼佛次前有佛號　威德自在大勢力
彼威德佛人中尊　壽命七萬六千歲
彼佛次前復有佛　號大自在自然智
彼大自在天人師　壽命滿足千萬歲
彼佛次前復有佛　其佛號曰梵聲師
彼梵聲佛兩足尊　壽命滿足一億歲
彼佛次前復有佛　號衆自在最勝離
彼佛自在無比尊　壽命滿足六億歲
彼佛次前復有佛　其佛號曰聲自在
彼聲自在婆伽婆　壽命滿足千萬歲
彼佛次前復有佛　號曰聲上爲世燈

彼聲上佛世導師　壽命一萬四千歲
彼佛次前復有佛　號滿月面普名稱
彼滿月面普名稱　住世壽命一日夜
彼佛次前復有佛　其佛號曰日面滿
彼日面佛無比尊　壽命一萬八千歲
彼佛次前復有佛　其佛號曰梵面親
彼梵面親兩足尊　壽命二萬三千歲
彼佛次前復有佛　其佛號曰梵婆藪
彼梵婆藪天人師　壽命一萬八千歲
如是等佛同一劫　其數二百世導師
汝聽我今說佛名　皆是三界世間親
無毀身佛普音佛　遍威德佛遍聲佛
聲供養佛名聲佛　聲身勇佛聲身佛
智起智知善聽佛　智光映蔽智等起
智炎聚佛智勇佛　梵上梵命梵善佛
善梵天佛勝梵聲　梵音梵天梵施佛
威力威主善威佛　威德自在起威佛
威德眼佛善勝佛　怖上怖慧善可怖
可怖面佛怖起佛　可怖怖上見實佛
善眼月上勝導師　深遠音佛無邊音
淨音自在淨音佛　無量音佛善現聲
魔力音壞善眼佛　善眼淨面淨眼佛
無量眼佛普眼佛　善普眼佛勝眼佛
眼映蔽佛不毀佛　調伏上佛調伏佛
善調心佛善調佛　寂根寂意寂上佛
寂德極寂到定岸　寂心無上如來尊
住邊寂佛善調心　善調寂根定意佛
寂上寂德熾盛佛　度寂彼岸定勇佛
衆因陀羅王衆佛　衆自在佛映蔽衆
衆勝淨智大衆主　衆主勇健大衆佛

勝衆解脱正遍知　見法法幢法起佛
法體性起法力佛　法佛妙法勇健佛
自性法起決定佛　如此自性法起佛
合有八億皆同號　是佛出於第二劫
斯等如來我曾供　自性法起決定佛
若有得聞其名者　聞已受持淨業人
速能獲得是三昧　我今所説牟尼王
彼佛次後有餘佛　不可思議無數劫
佛號善勝音王佛　彼善勝王如來尊
壽命七萬六千歲　是如來尊初會時
有羅漢衆三十億　六通三明根調伏
具大威德四神足　住最後身諸漏盡
不爲八法之所染　爾時復有菩薩衆
其數合有萬萬億　得六神通具辯才
於諸法空學究竟　以神通力遊億刹

展轉教化過恒沙　問諸如來所行道
還復住於本世界　博通一切修多羅
遊於世間作燈明　是謂佛子大神力
爲利衆生遊諸國　遠離醜穢行梵行
不爲欲故造諸惡　常爲諸天所喜樂
於諸有中無所依　於空閑處常乞食
住於空寂行頭陀　多聞巧言大福德
能於三界無所著　樂於禪定無所畏
於義決定獲辯才　於詞句義已善學
佛子一問悉究竟　攝護一切諸善業
於無量劫修行滿　常爲諸佛之所讚
演説解脱道句義　持戒清淨無穢汙
如華處水無所著　於三界中常起猒
不爲世法之所染　其心清淨業善淨
少欲知足具威德　安住當來聖德中

亦住三明殊勝道　要在修行非口言
自安於法爲他說　爲諸如來善攝受
委付一切佛法藏　於三界中起怖畏
以寂靜心常修定　常爲諸佛所加護
說千億種修多羅　若說億種修多羅
遠離一切世間教　信於空寂說深義
無量名稱德如海　童子我於無量劫
常讚歎彼無餘間　我今但說其少分
猶如大海水一滴　彼時善勝音王佛
說此寂滅最勝定　是時三千大千界
諸天及人悉充滿　彼佛說此寂定時
爾時大地六種動　天人衆數如恒沙
安住不退菩提道　有王最上人中尊
號功德力大威神　具足有於五百子
顏貌端正甚瓌麗　有妙夫人數八億
悉是王宮內眷屬　彼功德王所生女
今有一千四百億　是王八月十五日
方欲善受八戒齋　共於八億那由人
俱時往詣如來所　稽首無上兩足尊
即於佛前坐一面　如來知彼心所樂
即便爲說勝三昧　是王聞斯三昧已
棄捨王位如洟唾　并捨一切所親愛
於彼佛所而出家　夫人後宮調順子
及諸女等皆出家　後宮眷屬及親衆
七十六萬那由他　彼王妻子出家者
安住勇猛常精進　經行不住滿八年
於經行時便命終　此大龍王命終已
還生本處王宮中　忽然化生無胎染
是時如來猶在世　其父號曰堅固力
其母號曰大智慧　其王生已白父母

勝音王佛住世不　時彼勝音王如來
曾爲我說勝三昧　非是因緣非無緣
於諸有中惟說一　一切諸法體性印
出千萬億修多羅　是諸菩薩無上財
今佛猶說三昧不　說法不壞於因果
能修最勝八聖道　如來智慧見世間
了知諸法入眞諦　身業口業皆清淨
意業清淨知見淨　出過一切諸攀緣
是佛猶說三昧耶　能知諸陰界平等
遠離一切諸入相　證於無生寂滅忍
是佛猶說三昧耶　無礙辯才入寂智
遠解文字差別智　能過一切取著事
是佛猶說三昧耶　知諸音聲得欣喜
見諸佛已起深樂　得於聖趣柔輭直
佛猶說是三昧耶　不起瞋怒恒調善
發言美好常含笑　見諸衆生先語慰
佛猶說是三昧不　恭敬尊長無懈倦
禮拜供養恒瞻視　其身清淨具白法
法王猶說三昧不　於諸白法常無猒
住於空閑離邪念　憶念諸地不忘失
法王猶說三昧不　於陰善巧智神通
遠離煩惱調伏地　能斷凡夫語言道
法王猶說三昧耶　常能修進諸勝行
遠離犯戒知持犯　及離一切諸親愛
法王猶說三昧耶　出過一切諸有生
自識宿命離諸疑　其心敬法聞總持
佛今猶說三昧耶　出生深利勝智慧
信樂不動如山王　得總持門不退轉
世親猶說三昧不　常求一切白淨法
於惡法中恒遠離　心不遊入煩惱朋

如來猶說是法不　諸學究竟得自在
於諸禪定已窮盡　智慧能令信欣喜
說法牟尼猶在不　勝智增長知生智
無量智慧平等智　知於諸趣隨生智
牟尼王說是勝法　信心出家捨俗地
不著三界無所依　制伏其心令欣喜
是佛說是勝菩提　於諸法中無執著
常能攝受一切法　於諸業果信不動
最勝世尊說是法　戒律持犯果報智
滅於一切諸諍論　能說非違非諍地
兩足牟尼說是法　受於忍辱無瞋怒
於諸問答能善巧　知諸法句差別智
大悲世尊說是法　知於過去未來際
能知三世佛法性　知於三世分段智
自然世尊說是法　常能係心於一處
常能安身於聖地　於諸威儀常不改
人中牛王說是法　有慚有愧自莊嚴
知於世間應時語　一切常舒布施手
無上世親說是法　常能攝心有慚愧
亦常猒離惡不善　隨順頭陀常分衛
牟尼王尊說勝法　常懷慚愧恒欣喜
於尊供養恒恭敬　遠離憍慢修禮拜
如來說是勝妙法　策下劣心令其安
自能測量智分齊　遠離無知諸障礙
如是勝人說是法　能入心智語言智
決定能知諸言辭　遠離一切無利事
法王如來說是法　常得親近善知識
遠離一切不善者　常得信佛不放逸
牟尼說是無上法　知世假名但言說
常猒一切世間苦　於利得失無憂喜

牟尼說是最勝法　若得恭敬心不高
不得恭敬心放捨　得稱實歎心不喜
是世間師說是法　常捨一切諸惡道
不與俗流相交通　於出家衆亦不參
自然智者說是法　勇者遠離非行處
於佛所行常安住　威儀具足心善調
如是法毋佛所說　常遠一切凡愚法
亦遠一切汙家法　常護一切諸佛法
是法大智之所說　少言美妙善相應
於他人處能輭語　如法降伏諸怨敵
大智慧日之教法　知時節量諸飲食
慎勿委信凡夫法　若遇苦緣心不慼
是爲如來善勝教　若見貧人令得財
若見破戒起悲救　以悲愍心爲開曉
如是勝法如來教　常以法攝諸衆生
及捨一切諸財物　於諸八法無貯畜
如來大聖所說教　讚歎持戒訶破戒
堅持淨戒不詐僞　不積資財能棄捨
此是如來最勝教　深心啓請諸師長
隨所言說悉能行　常能親近諸法師
如是如來最勝教　心常愛樂恒恭敬
亦恒安住於正見　於諸善業能決定
如是如來最勝教　造諸善行爲上首
善巧方便棄捨相　遠離於想及事相
是爲如來無上教　於修多羅能解知
實諦句義善修學　證解脫智常善巧
是爲如來最勝教　發言出於楷正語
心境相稱辭決定　有所宣說無有疑
是爲如來最勝教　常應修習諸法空
安住戒力無所畏　遊行一切寂定處

是爲如來最勝教　不求親愛及利養
其心無有諸諂曲　遠離一切諸惡見
是爲如來最勝教　於陀羅尼得勝辯
智慧照明廣無邊　說法不斷辯才淨
是爲如來最勝教　於四法門久修習
能入於行最賢善　於此佛教奉修行
是爲如來最勝教　於佛所說隨順忍
安住彼忍離諸過　遠離非智住於智
是爲如來最勝教　以智住於方便地
修習菩薩善巧行　爲善丈夫所修行
是爲諸佛最勝教　常離不應方便者
如來說此爲佛地　若與智知佛隨喜
是名如來最勝教　佛地廣大非二乘
凡愚無智生毀謗　智者諸佛所攝受
是名如來最勝教　如來善知此法門

諸天恭敬所供養　千億梵衆恒隨喜
如來猶說三昧不　無量千龍恒禮拜
緊那金翅常讚歎　菩提樹下所得者
如來猶說三昧不　常爲智人所求者
是善勝法之資財　非爲財施無上樂
如來猶說三昧不　智慧府藏辯無盡
能出億妙修多羅　善知三界如實智
如來猶說三昧不　說於船栰度彼岸
不爲四暴之所漂　令名聞鬘得增長
是以說此三昧定　讚歎十種最勝力
及讚人中大牛王　菩薩功德勝無盡
正由得是三昧故　說於慈心除瞋恚
行大悲人大喜捨　於大乘者得穌息
正由說此勝三昧　爲師子吼說勝行
此是佛智勝阿含　一切諸法體性印

如是三昧佛所說　能招一切種智智
求菩提者之園苑　此能破壞魔軍衆
謂是佛說勝寂定　能生正覺之功德
是一切法自性印　無生寂滅妙法印
導師所說勝三昧　於住法者作明術
在怨讎中而不見　如法降伏諸魔官
導師說是勝三昧　顯示無礙辯才地
諸力解脫及諸根　最勝十八不共法
由斯三昧得是法　求十力者之實法
諸佛勝智之本因　佛大丈夫所說法
憐愍救護世間故　最勝佛子所攝受
求解脫者所欲樂　聞是寂靜難見定
爲諸佛子之所愛　諸佛滿足智慧處
智慧菩薩起求心　其心清淨無煩惱
應修如是寂滅定　身業清淨口亦淨

如來爲示解脫門　無有雜穢愛欲縛
應當勤修是三昧　不生貪愛瞋恚地
速能獲得大智慧　能起於明滅無明
是故應修寂滅定　求解脫者令得滿
求三昧者必剋獲　離譏毀譽如來眼
應當修習是三昧　遊行通力多佛刹
神足能見諸佛德　陀羅尼門得不難
應修如是勝寂定　加持念根得菩提
亦能加持見多佛　以微細智說無生
修是三昧得不難　不應法者難覺悟
遠離一切文字故　不以音聲能了解
曾不聞定故不知　智慧菩薩已解了
如法王說而能知　寂滅無毀能測量
但爲救度世間故　勇猛精進能善持
堅固護念恒不失　盡苦智慧及滅智

佛猶說是三昧不　演說一切法無生
亦說一切諸有生　諸佛妙如來智最
佛猶說是三昧不　是法童子所顯示
八十億千那由他　得勝隨順音聲忍
不退轉於勝菩提　堅固力王報子言
是佛世尊今猶在　王問童子如是言
汝於何處聞是法　子言聽我剎利王
我曾見於十億佛　於一劫中悉供養
具足諮問此寂定　已於九十四劫中
常得了知宿命智　從此不生胞胎中
正由修此三昧力　於彼佛所恒聽法
聞已深信而修習　我常堅固起此信
必證菩提無有疑　受持讀誦三昧時
若有人來問於我　乃至夢中無疑網
要必成於無上道　我從得於無貪愛

自知決定必成佛　亦常如是起欲樂
不知何時得菩提　爲學受持勝三昧
若有比丘教我者　我於彼人生恭敬
亦如恭敬於諸佛　我於彼人教一偈
修行菩薩順忍時　好心瞻仰如善師
卑形恭敬而供養　老少中年比丘所
慚愧謙下生恭敬　恭敬於彼得現稱
福德後世名增長　於相違諍不欣樂
我時安住於少事　能知惡業趣惡道
能知善業趣善道　不應法說放逸者
於彼聞於不愛語　亦日思念已惡業
凡作業者無失壞　我時不瞋亦不慢
佛說忍力勤修行　諸佛恒常讚說忍
修忍易得菩提道　我本持戒恒清淨
亦令衆生住淨戒　恒常讚歎戒最上

由住淨戒人信受　恒常讚歎蘭若處
亦自安住淨持戒　勸人修行八戒齋
亦復教彼學菩提　勸人修習淨梵行
亦復教彼住法義　爲他顯示善提道
於命終後見多佛　我念過去世劫時
有佛號曰妙聲身　於彼佛前發弘誓
恒安忍力不傾動　本作如是要誓時
歲經八億四千萬　時魔譏毀來罵辱
我心初無有變動　爾時降伏魔官已
知我慈忍堅固力　以清淨心接足禮
五百衆發菩提心　我於往昔無慳悋
恒常讚歎行布施　大富豐財有譽聲
於饑饉時爲施主　若有比丘持是定
或能修習爲他說　即自恒常供養彼
作是心者令得佛　我時有彼無上業

見佛世尊人中上　生生恒受具足戒
得爲比丘聰法師　我常樂於頭陀行
亦住空寂蘭若林　不爲飲食故諂曲
少分所得皆知足　我一切時無嫉妬
亦常不著於居家　既不著家不憎妬
欣樂蘭若無違失　我時恒住於慈行
設有毀罵不瞋恚　以慈悲心善調柔
名聞華鬘滿十方　常習少欲而知足
樂於苦行修蘭若　亦恒分衛不猒倦
要誓堅固而不動　習行信心常清淨
於如來所信增上　良由信佛有勝利
諸根不缺恒端正　如佛所說即能行
成就如是堅固行　是堅固行有何利
諸天供養喜勸請　我所演說之功德
世間上德及餘德　其有智人應修學

爲求菩提道行者　我今憶念難行行
本於往昔常修行　若今演說時節久
共汝相隨向佛所　彼大利智勝菩薩
獲得具足五神通　以神足力亦詣佛
與梵天王多千萬　堅固力王心欣喜
與諸眷屬億萬衆　俱共往詣如來尊
頂禮接足住佛前　佛時知王心樂欲
即爲王說此三昧　是王聞此三昧已
棄捨王位而出家　其出家已於此定
受持讀誦爲他說　後時過於六千劫
得佛號曰蓮華上　王有眷屬六百億
俱時從王詣佛者　彼聞如是勝三昧
欣喜踊躍亦出家　其出家者於此定
受持讀誦爲他說　劫過六十那由他
同一劫中悉成佛　號善調伏智上佛

無量人天興供養　一一諸佛大名稱
度脫恒河沙數衆　堅固力王我身是
修行勝妙菩提行　昔時我子五百人
是彼最後護法者　我於如是千億劫
勇猛精進離懈怠　專心求此勝三昧
正爲無上菩提故　童子若有諸菩薩
欲得如此勝定者　精進勇猛不顧命
應當學我勤精進

月燈三昧經卷第四

月燈三昧經卷第五

高齊天竺三藏法師那連提黎耶舍譯

佛復告月光童子言若菩薩摩訶薩於此三昧經典受持讀誦爲他解說如說修行得四功德何者爲四一者成就滿足福德二者不爲怨家所壞三者成就無邊智慧四者成就無量辯才童子若有菩薩摩訶薩有能於此三昧經典受持讀誦繫念思惟廣爲人說獲得如是四種功德爾時世尊而說偈言

福德成就恒滿足　於一切時常不斷
受持如是三昧故　得諸如來之境界
勇健功德所守護　於一切時常成就
修行如是勝寂定　必獲無上勝菩提
彼無一切諸怨敵　常不爲怨之所害
智慧成就悉滿足　於一切時恒不斷
彼人成就無量智　亦復具足無邊慧
無量無邊勝辯才　以持如是勝定故
成就滿足福德聚　亦成最妙菩薩行
彼無一切諸怨敵　以持寂滅勝定故
彼智廣大無有邊　亦成無邊勝辯才
其音美妙甚可樂　以說如是勝定故
善友智者所愛樂　謂能宣說自義故
諸人皆知是福藏　宣說如是勝定故
得勝利養妙衣服　亦獲勝妙上甘饍
顏貌端正甚可愛　以持如是寂定故
多見諸佛世間親　以無等供供養佛
無有一切諸障難　以持如是勝定故
住於佛前而讚歎　喜心說妙多百偈
於其智慧而不損　以說如是寂定故
十力世尊在前坐　相好莊嚴可愛身

無垢鮮淨如金山　以修如是勝定故
彼智曾無有損減　多聞智慧亦豐足
成就最勝大法藏　以說如是三昧故
智慧廣大無有量　多百劫說而不盡
聞於如是深寂定　如佛所說安住故
不生一切諸難處　如是佛子恒爲王
如法治國常安隱　以持如是勝定故
無量無邊億劫數　十力說彼功德利
說其少分不能盡　猶如大海一滴水
是時童子甚欣悅　忽然從座整服起
合十爪掌面向佛　生大欣喜而讚言
世尊大雄甚奇特　能爲世親作光明
大牟尼尊說功德　顯示如是勝利益
大聖世雄爲我說　願垂憐愍救護故
何人能於末代時　聽聞如是修多羅
迦陵頻伽妙音聲　深遠雷震悅樂聲
具足無量勝智慧　告月光童作是言
汝今諦聽我當說　無上最勝微妙行
若欲護持於法者　聽受如是三昧經
處心供養一切佛　以清淨心求佛智
復應修習慈愍心　聽受如是修多羅
成就頭陀離過行　修行寂靜功德林
安住大勝上妙智　聽受如是三昧經
行於惡行諸衆生　及以毀破禁戒者
如是諸惡比丘輩　不能聞是三昧經
勇猛修行諸梵行　其心無有諸穢濁
常爲諸佛所加護　此經當入彼人手
若人於諸無量佛　給侍恭敬修供養
是人當生末世中　此經墮在彼人手
若人在於過去世　於外道中行惡行

彼人聞是修多羅　其心不喜起嫌惡
於佛法中得出家　不爲涅槃求活命
以慳嫉妬而自纏　彼必誹謗佛經典
貪著他家起慳悋　爲魔波旬所加護
專求利養破禁戒　於佛法中必不信
往昔不植於善根　未得智慧起憍慢
依止我見愚凡夫　亦於末世心無信
於其世間禪定中　便謂已得果證想
自謂羅漢食他供　彼必謗佛勝菩提
所有一切閻浮處　毀壞一切佛塔廟
若有毀謗佛菩提　其罪廣大多於彼
若有殺害阿羅漢　其罪無量無邊際
若有誹謗修多羅　其罪獲報多於彼
誰能於此起勇猛　在於末代惡世中
正戒正法毀壞時　顯說如是修多羅
童子悲號而起立　叉手合掌發是言
我於今朝師子吼　在於最勝法王前
我於如來滅度後　在於末世惡世時
棄捨身命不悋惜　廣引如是修多羅
能忍愚夫語言道　不實誹謗極損辱
罵詈輕毀及恐怖　勇猛精進而忍受
除去一切諸惡業　於過去世所造者
內懷不生於瞋怒　必當安住佛法中
淨妙閻浮金色手　摩彼月光童子頂
如來發於和雅音　月光童子大威德
我今正當加護汝　在於末代後世時
不令汝有諸障難　命難梵行諸障礙
更有餘者一時起　持法比丘八百人
自言我於末世中　必當護持是經典
爾時多億夜叉龍　即時從座而起立

更有餘八那由他　啓請世尊如是言
我等於此比丘所　謂向從座而起者
在於惡世末代時　我必擁護彼比丘
當說如是經典時　以佛神力加護故
所有恒河沙數界　無量佛刹悉震動
隨其所動諸世界　隨界應化作多佛
悉是釋迦所變化　演說如是修多羅
一切所有諸佛刹　不可思議億衆生
悉得聽聞是勝法　安住諸佛如來智
於此世界佛刹中　數有九億諸天衆
一切悉發菩提心　即於佛所散妙華
所有比丘比丘尼　優婆索及優婆夷
其數七億六千萬　悉得聞是修多羅
牟尼王尊授彼記　必當見彼兩足尊
其數猶如恒河沙　皆得修習菩提行
供養恭敬彼諸佛　爲求如來智慧故
悉能於彼諸佛所　得聞如是妙經典
過於八億劫數中　皆當得成如來尊
彼福德者於一劫　度脫衆生令安樂
於其彌勒如來所　施設無上勝供養
善持彼佛眞妙法　悉得往生安養國
彼離垢穢如來尊　其佛號曰阿彌陀
於彼廣設勝供養　爲求無上菩提故
於其七十阿僧祇　滿足如是劫數中
不墮一切諸惡趣　得聞如是勝經典
若有於後未來世　聽聞如是修多羅
聞已悲泣而淚落　我已供養於彼人
我今勸語汝一切　我前所有現在者
由此故得菩提道　是以付囑此經典
是以童子菩薩摩訶薩若欲樂求如是三昧

不可思議諸佛所說之法應善巧知於不思議佛法應當諮請應當深信不思議佛法應當善巧求於不思議佛法聞不思議佛法勿懷驚怖勿增怖畏勿恒怖畏爾時月光童子白佛言世尊云何菩薩於不思議佛法應善巧知云何於不思議佛法應求請問云何於不思議佛法深信清淨云何聞不思議佛法不生驚怖不增怖畏不恒怖畏爾時有乾闥婆子名曰般遮尸棄共餘乾闥婆子五百同類俱持音樂種種樂器隨從佛後欲爲供養佛爾時般遮尸棄作如是念如我於帝釋憍尸迦及三十三天前所設供養今以此歌詠樂音供養如來天中之天應供正遍知爾時般遮尸棄乾闥婆子共餘五百乾闥婆子皆各同時擊瑠璃琴出妙歌音爾時世尊作如是念我以無作遊戲神力令彼月光童子於不思議佛法中得一心住復令般遮尸棄乾闥婆子等樂器歌音令現殊妙爾時以佛神力故令彼五百音樂善稱和雅發無欲音發順法音發應法音所謂應不思議佛法偈言

於一毛道現多佛　其數猶如恒河沙
佛刹國土亦復然　彼佛刹體空無相
於一毛端現五趣　所謂地獄諸畜生
及諸餓鬼天人等　皆悉清涼無逼窄
彼毛道處現海池　并諸河流及井泉
皆悉不逼復不窄　是謂佛法不思議
彼一毛頭現諸山　斫迦婆羅及須彌
目真隣陀大目真　是曰佛法不思議
彼一毛頭現地獄　燋熱寒冰糞屎等
有諸衆生生彼者　受於無量極苦惱

彼一毛頭現天宮　妙宮廣大十六旬
毛處諸天無量數　具受諸天極快樂
彼毛頭處佛出世　其中佛法極熾盛
彼無智者莫能覩　如是宿業行不淨
毛頭處聞佛涅槃　或時復聞法滅盡
彼毛頭處或復聞　佛今現在演說法
或復有人於毛端　謂已壽命無窮極
或復毛處聞短命　生已即滅不久停
或復毛道作是想　我得見佛設供養
佛亦不出不供養　直自想心而欣喜
譬如有人於夢中　耽著五欲受快樂
覺已不見其欲事　但以夢故妄見此
所見所聞憶念法　猶如夢想無眞實
若有得此三昧者　悉能了知如是法
於其世間恒受樂　謂愛無愛不貪著
常能愛樂於山林　恒受如此妙門樂
若人無有諸取著　遠離一切諸我所
遊行世間猶犀牛　如風行空無障礙
修習於道起實智　一切諸法空無我
若有能修如是法　彼人辯才無有邊
此人恒受於快樂　其心不著於世間
其心猶如空中風　於愛不愛無所取
於不愛者難共住　於親愛者難遠離
棄捨如此二種朋　專求正法是人樂
若有聞聲貪愛起　是人必起於瞋恚
愚癡惛慢所纏縛　以慢力故得苦惱
若有能住於平等　善能謙下無憍慢
愛與不愛善得脫　彼能常住欣喜行
安住於戒善清淨　以無垢心樂禪定
恒常樂住山林中　是人永離諸疑網

若人懷惑有顛倒　愚癡恒樂於諸欲
猶如鷲鳥貪死肉　是人必自隨魔力

說此偈時月光童子於不思議甚深佛法中得一心安住堪能演說修多羅爾時般遮尸棄乾闥婆等得隨順音聲忍無量無邊衆生發阿耨多羅三藐三菩提心無量衆生於人天中得安樂利益爾時佛告月光童子言菩薩摩訶薩於諸善根功德法利應善決定應不多事應離惡知識應依善知識善知識所應常諮問樂聞於法無有猒足應當欣喜常應求法常攝於法應說正法應善巧諮問菩薩於菩薩所起於師想於法師所應當尊重如已師想童子若有菩薩能受行此法是人得不思議具足辯才得信深入不可思議佛法之海於不思議甚深佛法心得決定於人天中能作照明爾時世尊而說偈言

於過去世多億劫　不可稱量不思議
爾時有佛兩足尊　號因陀羅旛幢王
彼時佛說此三昧　謂無衆生無壽命
猶如泡沫及燄電　諸法亦如水中月
衆生壽命不可得　於此界没他世生
所作之業無失壞　黑白業報亦不亡
因果相應勝法門　微細難見佛境界
文字句義不可得　是妙菩提佛所說
積聚總持大智慧　億那由經從定出
那由他佛所行道　如此三昧佛所說
善能滅壞諸病患　集衆菩薩功德財
一切諸佛咸稱讚　億那由天所供養
於諸凡夫說實語　常遠一切外道法
諸佛所讚勝戒財　如空中電難可執

過去無量億佛所　智者修行於戒施
久遠遠離惡知識　得於無上父資財
彼有比丘是法師　修行梵行慧日子
聞於此法而隨順　發於最上菩提心
彼因陀羅播幢佛　告彼法師比丘言
比丘比丘第一難　於彼菩提發心難
護戒猶如摩尼珠　習近善友順菩提
於惡知識恒遠離　速得無上菩提果
往昔於此閻浮提　二不放逸長者子
於佛法中而出家　猶如犀牛依山林
得於四禪有神通　善諸偈論無所畏
地及虛空相悉知　於空中行如鳥飛
於寒林中安住時　林華繁茂甚奇特
一切異鳥悉來歸　二長者子共語言
爾時有王出遊獵　聞其語音至其所
時王恭敬而聽法　於彼法師深愛敬
時王共相慰問言　發是語已在前坐
其王具有多眷屬　從王行者滿六億
二中有一是法師　見王告言善諦聽
諸佛出世甚難值　唯願大王勿放逸
壽命迅速不久停　如山暴水激川流
爲老病死所纏逼　無有能救如已業
唯願大王護正法　建立諸佛十力法
於後惡世末代時　應當住於如法朋
如是無量聰慧者　以慈心故向王說
王及六億諸眷屬　咸發無上菩提心
時王聞是淨法句　調柔寂滅妙語言
善心踊躍而愛樂　頭面禮敬而辭去
時有無量餘比丘　爲利養故入王宮
王知彼衆行不端　并於有德不恭敬

過去導師法已盡　未來惡世增長時
德器之人甚尠少　多有無量放逸者
剛强慳慢諸比丘　爲求利養著諸見
於佛法中不正解　以諸非法向王說
應當殺害彼法師　本爲王說空斷者
勸王及我修空斷　都不示王真涅槃
於其業報悉散壞　諂者說於陰空無
若能殺害彼法師　必令大法得久住
爾時常有護王神　是王過去善知識
長夜護王令離惡　彼天告王如是言
願王愼勿起是心　惡知識言甚可畏
莫於聰慧法師所　用惡人言與殺害
大王可不憶念耶　林間比丘所說者
於後末代惡世時　王應安住如法朋
天爲彼王說實語　於諸佛法莫捨離

時王更有餘惡弟　在於邊方鎭國境
時惡比丘往教化　令殺法師說空斷
勸我昔來久修行　不欲令我求涅槃
大王汝兄甚愚惡　都自不欲令汝活
有二比丘爲惡師　以神通力遊空行
以我知故來至此　令悉具向大王說
汝可速殺二呪師　必使及時勿後悔
王弟尋時被鉀仗　順惡人言故往彼
并及一切諸軍衆　詣彼林中比丘所
依林所有龍夜叉　知彼王弟惡心來
雨沙礫石大可畏　王及軍衆悉摧滅
今當觀惡知識言　摧滅如是大王衆
於法師所起恚心　於六十生墮阿鼻
時彼取著惡比丘　勸化如是刹利王
於後滿足十億生　受於無量地獄苦

彼天勸導彼王者　及餘擁護於法師
見於恒河沙數佛　覲佛供養及修行
是王眷屬滿六億　皆共王去聽法者
其所發於道心者　各別世界得成佛
彼佛壽命多億歲　智慧無等不思議
彼人悉修是三昧　說已皆當般涅槃
得聞如是勝妙智　能集尸羅功德法
勇猛精進不放逸　常遠一切惡知識

童子菩薩摩訶薩應不著於身能棄於命何以故童子若著身者作不善法是以菩薩應知色身及以法身何以故諸佛法身所攝非色身也佛以法身顯現非色身也童子是故菩薩摩訶薩欲行佛所行欲求如來身欲求如來智欲知如來身欲知如來智於此三昧經典應當受持讀誦爲他廣說修習相應童子彼如來身無量福德之所出生如來說於一義所謂諸法從因生故是離諸相以甚深故法無限量無分齊故法無有相無相性故法無有相離諸相故法無動搖善安住故法無有二唯一相故法不可見過眼境故法不可思過心地故法無動轉離戲論故法不可說過音聲故法無居處離窟宅故法無窟宅離言音故法無所依過諸見故法無諸漏過諸報故以心堅固離諸欲故以不壞心離諸瞋故以堅正智過諸癡故有所說說諸法空故無有生斷諸生故以無常但言說故出離聲地寂滅於聲故有音聲以思想故同思想以和會故以世俗第一義諦故以清涼離熱惱故第一義諦以如實語故無熱惱以涅槃故無有壞無能勝故無取著滅戲論義故無

戲論離攀緣故無有邊際以說福故無有微塵說微細故次第大神通本業出生故得自由自在力故無破壞以堅實故無有邊際以名號無盡故廣大說大悲本業故是爲如來身爾時世尊而說偈言

若有欲見世間親　及知佛身云何耶
於此三昧修習已　即能知於如來身
佛從神德所出生　其身清淨甚光曜
其相平等如虛空　種種差別不可得
諸佛菩提既如是　其相狀貌亦復然
其相狀貌不可得　如來身相亦如是
菩提相貌及以身　諸佛世界亦復爾
諸力諸禪諸解脫　如是悉同其一相
諸佛體性正如此　如來世親亦復然
無有能得見佛者　肉眼何能見止覺
無量多人作是說　我曾得見於諸佛
金色微妙無比身　一切世間皆顯照
諸佛如來之所加　以其力能有神通
便能得見於彼身　種種妙相自莊嚴
隨廣長相而能現　世間無能見其相
若有能知身相者　佛與世間無有別
若有能知其身量　所謂一切諸如來
佛身無身無差異　人與脩羅亦復然
一切諸心悉空寂　受諸果報相亦爾
名色相貌既如是　清淨具足有光明
無有能知者　修此寂滅定　唯有世間親
不思億劫修　無量白淨法　從此三昧出
以定報力故　他不見我身　若有如是心
名色亦復然　心類各不同　名色相亦爾
若以麤大想　名色亦隨彼　名色若麤細

悉從憶想起　若人想微細　名色亦如此
名色若不著　其心身光照　我念過去生
七十阿僧祇　此三種惡想　從本未曾起
以其無漏心　不思議億劫　利益衆生故
他不見我身　若有以此物　心意得棄捨
是人於彼物　更不和共合　我心得解脱
一切種物中　能體知其性　而起於智慧
於千億佛刹　我於中現化　爲衆生説法
是故不可見　無相無狀貌　猶如於虚空
我身不可説　語言道斷故　法身大雄猛
其身從法生　曾無有色身　説之以爲佛
若説於此身　聞已生欣樂　彼諸魔波旬
不能得其便　聞是深妙法　而不生驚怖
不以活命故　誹謗佛菩提　千億修多羅
如實智演説　爲衆生照明　彼彼所至處

童子是如來應正遍知若欲知如來色身相業者終不能知若青若青色若青相似若青相貌若黄若黄色若黄相似若黄相貌若赤若赤色若赤相似若赤相貌若白若白色若白相似若白相貌若紅紫若紅紫色若紅紫相似若紅紫相貌若玻瓈若玻瓈色若玻瓈相似若玻瓈相貌若火若火色若火相似若火相貌若金若金色若金相似若金相貌若電若電色若電相似若電相貌若酥若酥色若酥相似若酥相貌若毘瑠璃若毘瑠璃色若毘瑠璃相似若毘瑠璃相貌若天若天色若天相似若天相貌若梵若梵色若梵相似若梵相貌童子是爲如來身如來一切身相不可量不可思議故亦不可説所成就色身諸天世人莫能測量如是長短廣狹一切種

無有限齊不可思議如是等不可數爾時世尊而說頌曰

一切世界中　所有諸微塵　并及泉池源
大海所有水　設有巧筭術　無有知其邊
亦不知塵數　及與水滴者　如來之導師
引斯譬喻已　其水滴無限　微塵亦復然
我觀一衆生　多於彼塵數　發心及起信
於一時悉知　若於我自身　顯現外皮色
諸衆生信欲　無有譬知者　若相及與業
其色像如是　莫能知佛者　我相正如是
佛遠離於相　顯示於法身　甚深無限量
是佛不思議　正覺不思議　如來身亦然
是不思法身　以顯法身故　心業不能知
無能思此身　及與其身相　都無測量者
彼法無限量　億劫所修習　得此難思身
發淨大光明　衆生無能取　取之不可得
是故如來身　難量不可思　於諸無量法
而取於限量　無分別法中　佛無有分別
於分別限量　說於無分別　離念無分別
是佛不思議　無限如虛空　莫能度量者
佛身亦復爾　猶如太虛空　若有諸佛子
如實知我身　彼得成於佛　世親不思議

月燈三昧經卷第五

音釋

藪（蘇后切）瓌（姑回切偉也）分齊（並去聲限量也）揩（口駭切摸也此也）覢（失冉切矆睒也）尠（蘇典切少也）鉀（古狎切鎧也）

月燈三昧經卷第六

高齊天竺三藏法師那連提黎耶舍譯

童子菩薩摩訶薩有四種言論不可思議及其演說亦不可思議難可盡邊何等爲四一者諸行言論不可思議二者訶責有爲言論不可思議三者煩惱資助言論不可思議四者清淨言論不可思議童子是爲菩薩四種言論不可思議及其演說亦不可思議難可盡邊童子菩薩摩訶薩復有四種法何等爲四一者諸行法不可思議二者訶責有爲法不可思議三者煩惱法不可思議四者清淨法不可思議是爲四種童子菩薩摩訶薩復有四種相應何等爲四一者諸行相應不可思議二者訶責有爲相應不可思議三者煩惱相應不可思議四者清淨相應不可思議是爲四種童子菩薩摩訶薩復有四種門何等爲四一者諸行門不可思議二者訶責有爲門不可思議三者煩惱門不可思議四者清淨門不可思議是爲四種童子菩薩摩訶薩復有四種行說何等爲四一者諸行行說不可思議二者訶責有爲行說不可思議三者煩惱行說不可思議四者清淨行說不可思議是爲四種童子菩薩摩訶薩復有四種音聲何等爲四一者諸行音聲不可思議二者訶責有爲音聲不可思議三者煩惱音聲不可思議四者清淨音聲不可思議是爲四種童子菩薩摩訶薩復有四種語何等爲四一者諸行語不可思議二者訶責有爲語不可思議三者煩惱語不可思議四者清淨語不可思議是爲四種童子菩薩摩訶薩復有

四種語言道何等爲四一者諸行語言道不可思議二者訶責有爲語言道不可思議三者煩惱語言道不可思議四者清淨語言道不可思議是爲四種童子菩薩摩訶薩復有四種權密說何等爲四一者諸行權密說不可思議二者訶責有爲權密說不可思議三者煩惱權密說不可思議四者清淨權密說不可思議是爲四種童子菩薩摩訶薩復有四種知於諸天何等爲四一者諸行知於諸天不可思議二者訶責有爲知於諸天不可思議三者煩惱知於諸天不可思議四者清淨知於諸天不可思議是爲四種童子菩薩摩訶薩復有四種見知於人何等爲四一者諸行知人不可思議二者訶責有爲知人不可思議三者煩惱知人不可思議四者清淨知人不可思議是爲四種童子菩薩摩訶薩復有四種知名字何等爲四一者諸行知名字不可思議二者訶責有爲知名字不可思議三者煩惱知名字不可思議四者清淨知名字不可思議是爲四種童子菩薩摩訶薩復有四種辯才何等爲四一者諸行辯才不可思議二者訶責有爲辯才不可思議三者煩惱辯才不可思議四者清淨辯才不可思議是爲四種童子菩薩摩訶薩復有四種決定何等爲四一者諸行決定不可思議二者訶責有爲決定不可思議三者煩惱決定不可思議四者清淨決定不可思議是爲四種童子菩薩摩訶薩復有四種入何等爲四一者諸行入不可思議二者訶責有爲入不可思議三者煩惱入不可思議四者清淨入不

可思議是爲四種童子菩薩摩訶薩復有四種度何等爲四一者諸行度不可思議二者訶責有爲度不可思議三者煩惱度不可思議四者清淨度不可思議是爲四種童子菩薩摩訶薩復有四種金剛句何等爲四一者諸行金剛句不可思議二者訶責有爲金剛句不可思議三者煩惱金剛句不可思議四者清淨金剛句不可思議是爲四種童子菩薩摩訶薩復有四種呪術句何等爲四一者諸行呪術句不可思議二者訶責有爲呪術句不可思議三者煩惱呪術句不可思議四者清淨呪術句不可思議是爲四種童子菩薩摩訶薩復有四種出何等爲四一者諸行出不可思議二者訶責有爲出不可思議三者煩惱出不可思議四者清淨出不可思議

是爲四種童子菩薩摩訶薩復有四種修多羅句何等爲四一者諸行修多羅句不可思議二者訶責有爲修多羅句不可思議三者煩惱修多羅句不可思議四者清淨修多羅句不可思議是爲四種童子菩薩摩訶薩復有四種詞句何等爲四一者諸行詞句不可思議二者訶責有爲詞句不可思議三者煩惱詞句不可思議四者清淨詞句不可思議是爲四種童子菩薩摩訶薩復有四種施設句何等爲四一者諸行施設句不可思議二者訶責有爲施設句不可思議三者煩惱施設句不可思議四者清淨施設句不可思議是爲四種童子菩薩摩訶薩復有四種明句何等爲四一者諸行明句不可思議二者訶責有爲明句不可思議三者煩惱明句不可

思議四者清淨明句不可思議是爲四種童子菩薩摩訶薩復有四種信義句何等爲四一者諸行信義句不可思議二者訶責有爲信義句不可思議三者煩惱信義句不可思議四者清淨信義句不可思議是爲四種童子菩薩摩訶薩復有四種行句何等爲四一者諸行行句不可思議二者訶責有爲行句不可思議三者煩惱行句不可思議四者清淨行句不可思議是爲四種童子菩薩摩訶薩復有四種不思議句何等爲四一者諸行不思議句不可思議二者訶責有爲不思議句不可思議三者煩惱不思議句不可思議四者清淨不思議句不可思議是爲四種童子菩薩摩訶薩復有四種無邊句何等爲四一者諸行無邊句不可思議二者訶責有爲無邊句不可思議三者煩惱無邊句不可思議四者清淨無邊句不可思議是爲四種童子菩薩摩訶薩復有四種無限量句何等爲四一者諸行無限量句不可思議二者訶責有爲無限量句不可思議三者煩惱無限量句不可思議四者清淨無限量句不可思議是爲四種童子菩薩摩訶薩復有四種無窮句何等爲四一者諸行無窮句不可思議二者訶責有爲無窮句不可思議三者煩惱無窮句不可思議四者清淨無窮句不可思議是爲四種童子菩薩摩訶薩復有四種不可稱句何等爲四一者諸行不可稱句不可思議二者訶責有爲不可稱句不可思議三者煩惱不可稱句不可思議四者清淨不可稱句不可思議是爲四種童子菩薩摩訶薩復

有四種阿僧祇句何等爲四一者諸行阿僧祇句不可思議二者訶責有爲阿僧祇句不可思議三者煩惱阿僧祇句不可思議四者清淨阿僧祇句不可思議是爲四種童子菩薩摩訶薩復有四種無量句何等爲四一者諸行無量句不可思議二者訶責有爲無量句不可思議三者煩惱無量句不可思議四者清淨無量句不可思議是爲四種童子菩薩摩訶薩復有四種不可測量句何等爲四一者諸行不可測量句不可思議二者訶責有爲不可測量句不可思議三者煩惱不可測量句不可思議四者清淨不可測量句不可思議是爲四種童子菩薩摩訶薩復有四種不行句何等爲四一者諸行不行句不可思議二者訶責有爲不行句不可思議三者煩惱不行句不可思議四者清淨不行句不可思議是爲四種童子菩薩摩訶薩復有四種智句何等爲四一者諸行智句不可思議二者訶責有爲智句不可思議三者煩惱智句不可思議四者清淨智句不可思議是爲四種童子菩薩摩訶薩復有四種智聚何等爲四一者諸行智聚不可思議二者訶責有爲智聚不可思議三者煩惱智聚不可思議四者清淨智聚不可思議是爲四種童子菩薩摩訶薩復有四種智性何等爲四一者諸行智性不可思議二者訶責有爲智性不可思議三者煩惱智性不可思議四者清淨智性不可思議是爲四種童子菩薩摩訶薩復有四種辯聚何等爲四一者諸行辯聚不可思議二者訶責有爲辯聚不可思議三者煩

惱辯聚不可思議四者清淨辯聚不可思議是爲四種童子菩薩摩訶薩復有四種辯性何等爲四一者諸行辯性不可思議二者訶責有爲辯性不可思議三者煩惱辯性不可思議四者清淨辯性不可思議是爲四種童子菩薩摩訶薩復有四種修多羅何等爲四一者諸行修多羅不可思議二者訶責有爲修多羅不可思議三者煩惱修多羅不可思議四者清淨修多羅不可思議是爲四種童子菩薩摩訶薩復有四種修多羅聚何等爲四一者諸行修多羅聚不可思議二者訶責有爲修多羅聚不可思議三者煩惱修多羅聚不可思議四者清淨修多羅聚不可思議是爲四種童子菩薩摩訶薩復有四種多聞何等爲四一者諸行多聞不可思議二者訶責有爲多聞不可思議三者煩惱多聞不可思議四者清淨多聞不可思議是爲四種童子菩薩摩訶薩復有四種財何等爲四一者諸行財不可思議二者訶責有爲財不可思議三者煩惱財不可思議四者清淨財不可思議是爲四種童子菩薩摩訶薩復有四種學何等爲四一者諸行學不可思議二者訶責有爲學不可思議三者煩惱學不可思議四者清淨學不可思議是爲四種童子菩薩摩訶薩復有四種境界何等爲四一者諸行境界不可思議二者訶責有爲境界不可思議三者煩惱境界不可思議四者清淨境界不可思議是爲四種童子菩薩摩訶薩復有四種業何等爲四一者諸行業不可思議二者訶責有爲業不可思議三者煩惱業不可

思議四者清淨業不可思議是爲四種童子菩薩摩訶薩復有四種安住何等爲四一者諸行安住不可思議二者訶責有爲安住不可思議三者煩惱安住不可思議四者清淨安住不可思議是爲四種童子菩薩摩訶薩復有四種修道何等爲四一者諸行修道不可思議二者訶責有爲修道不可思議三者煩惱修道不可思議四者清淨修道不可思議是爲四種童子菩薩摩訶薩復有四種斷煩惱智何等爲四一者諸行斷煩惱智不可思議二者訶責有爲斷煩惱智不可思議三者煩惱斷煩惱智不可思議四者清淨斷煩惱智不可思議是爲四種童子菩薩摩訶薩復有四種煩惱智何等爲四一者諸行煩惱智不可思議二者訶責有爲煩惱智不可思議三者煩惱煩惱智不可思議四者清淨煩惱智不可思議是爲四種童子菩薩摩訶薩復有四種惡道智何等爲四一者諸行惡道智不可思議二者訶責有爲惡道智不可思議三者煩惱惡道智不可思議四者清淨惡道智不可思議是爲四種童子菩薩摩訶薩復有四種非智智何等爲四一者諸行非智智不可思議二者訶責有爲非智智不可思議三者煩惱非智智不可思議四者清淨非智智不可思議是爲四種童子菩薩摩訶薩復有四種畢定智何等爲四一者諸行畢定智不可思議二者訶責有爲畢定智不可思議三者煩惱畢定智不可思議四者清淨畢定智不可思議是爲四種童子菩薩摩訶薩復有四種無差失智何等爲四一者諸行無

差失智不可思議二者訶責有爲無差失智不可思議三者煩惱無差失智不可思議四者清淨無差失智不可思議是爲四種童子菩薩摩訶薩復有四種無明智何等爲四一者諸行無明智不可思議二者訶責有爲無明智不可思議三者煩惱無明智不可思議四者清淨無明智不可思議是爲四種童子菩薩摩訶薩復有四種苦智何等爲四一者諸行苦智不可思議二者訶責有爲苦智不可思議三者煩惱苦智不可思議四者清淨苦智不可思議是爲四種童子菩薩摩訶薩復有四種憂智何等爲四一者諸行憂智不可思議二者訶責有爲憂智不可思議三者煩惱憂智不可思議四者清淨憂智不可思議是爲四種童子菩薩摩訶薩復有四種貧智何等爲四一者諸行貧智不可思議二者訶責有爲貧智不可思議三者煩惱貧智不可思議四者清淨貧智不可思議是爲四種童子菩薩摩訶薩復有四種生智不可思議何等爲四一者諸行生智不可思議二者訶責有爲生智不可思議三者煩惱生智不可思議四者清淨生智不可思議是爲四種童子菩薩摩訶薩復有四種内智何等爲四一者諸行内智不可思議二者訶責有爲内智不可思議三者煩惱内智不可思議四者清淨内智不可思議是爲四種童子菩薩摩訶薩復有四種外智何等爲四一者諸行外智不可思議二者訶責有爲外智不可思議三者煩惱外智不可思議四者清淨外智不可思議是爲四種童子菩薩摩訶薩復有四種

慙智何等爲四一者諸行慙智不可思議二者訶責有爲慙智不可思議三者煩惱慙智不可思議四者清淨慙智不可思議是爲四種童子菩薩摩訶薩復有四種愧智何等爲四一者諸行愧智不可思議二者訶責有爲愧智不可思議三者煩惱愧智不可思議四者清淨愧智不可思議是爲四種童子菩薩摩訶薩復有四種實智不可思議何等爲四一者諸行實智不可思議二者訶責有爲實智不可思議三者煩惱實智不可思議四者清淨實智不可思議是爲四種童子菩薩摩訶薩復有四種修習智何等爲四一者諸行修習智不可思議二者訶責有爲修習智不可思議三者煩惱修習智不可思議四者清淨修習智不可思議是爲四種童子菩薩摩訶薩復有四種事智何等爲四一者諸行事智不可思議二者訶責有爲事智不可思議三者煩惱事智不可思議四者清淨事智不可思議是爲四種童子菩薩摩訶薩復有四種富伽羅智何等爲四一者諸行富伽羅智不可思議二者訶責有爲富伽羅智不可思議三者煩惱富伽羅智不可思議四者清淨富伽羅智不可思議是爲四種童子菩薩摩訶薩復有四種取著智何等爲四一者諸行取著智不可思議二者訶責有爲取著智不可思議三者煩惱取著智不可思議四者清淨取著智不可思議是爲四種童子如是菩薩四種取著智不可思議及其演說亦不可思議說不能盡童子菩薩摩訶薩復有四種離惡道智何等爲四一者諸行離惡道智不

可思議二者訶責有爲離惡道智不可思議三者煩惱離惡道智不可思議四者清淨離惡道智不可思議是爲四種童子菩薩摩訶薩復有四種斷無明智何等爲四一者諸行斷無明智不可思議二者訶責有爲斷無明智不可思議三者煩惱斷無明智不可思議四者清淨斷無明智不可思議是爲四種童子菩薩摩訶薩復有四種陀羅尼不可思議及其演說亦不可思議說不能盡何等爲四謂不可思議諸行言說於彼中智是名初陀羅尼不可思議訶責有爲言說於彼中智是名第二陀羅尼不可思議煩惱資助言說於彼中智是名第三陀羅尼不可思議清淨資助言說於彼中智是名第四陀羅尼如是四種不可思議及其演說亦不可思議說不能盡童子菩薩摩訶薩復有四種法陀羅尼何等爲四謂不可思議諸行法於彼中智是名初陀羅尼不可思議訶責有爲法於彼中智是名第二陀羅尼不可思議煩惱法於彼中智是名第三陀羅尼不可思議清淨法於彼中智是名第四陀羅尼童子是名菩薩四種陀羅尼不可思議及其演說亦不可思議說不能盡童子菩薩摩訶薩復有四種相應陀羅尼何等爲四謂不可思議諸行相應於彼中智是名初陀羅尼不可思議訶責有爲相應於彼中智是名第二陀羅尼不可思議煩惱相應於彼中智是名第三陀羅尼不可思議清淨相應於彼中智是名第四陀羅尼童子是名四種陀羅尼不可思議及其演說亦不可思議說不能盡童子菩薩摩訶薩復有

四種陀羅尼門何等爲四謂不可思議諸行門於彼中智是名初陀羅尼不可思議訶責有爲門於彼中智是名第二陀羅尼不可思議煩惱門於彼中智是名第三陀羅尼不可思議清淨門於彼中智是名第四陀羅尼童子是爲四種陀羅尼門不可思議及其演說亦不可思議說不能盡乃至斷除無明智皆有四種陀羅尼不可思議及其演說亦不可思議說不能盡皆如上說童子是陀羅尼即是智慧如是智慧則能了知一切諸法但有名字是則名爲法無礙智如是法智能達於義是名義無礙如是法智能知諸法言辭差別是名辭無礙若說彼文字若顯示若施設若次第不斷若開曉若廣演分別若開示令淺若平等普示言不吃澀不瘖瘂不怯訥說不滯著言辭任放任放中勝是名樂說無礙

爾時世尊即說偈言

言音所施設　出聲亦復爾　如所出音聲
佛智亦復然　所有諸佛智　聲施設亦爾
如是施設事　聲光明亦然　如是聲光明
戒名亦如是　如是戒名字　佛名亦復然
如是佛名號　佛功德亦爾　我知一衆生
悉知爾許名　佛無量語言　我先已宣說
戒名與佛名　衆生名亦等　有爲多過患
涅槃德亦然　佛利益如是　譬喩以顯示
所有諸衆生　發心已顯示　導師一毛孔
出光亦如是　一切諸衆生　名號及信欲
如來過於彼　以聲身說法　一切衆生名
顯示一衆生　如是一人名　顯示諸衆生
一切平等入　此是正覺說　說於無量名

爲諸菩薩故　我今云何能　說億不思經
受持是經典　顯示不怯弱　處衆無礙辯
演說億經典　如虛空無邊　辯才亦如是
是菩薩功德　清淨導衆生　受持是經典
成於無盡智　數數顯示說　於法能信受
彼增長智慧　猶如雪山樹

童子是菩薩行法無礙於法見法而得安住童子云何菩薩摩訶薩行法無礙於法見法而得安住童子是菩薩摩訶薩知非色不異色而說於法知非色不異色而能修行知非色不異色而求菩提知非色不異色而教化衆生知非色不異色而見如來但不壞於色而見如來非異色非異色性而見如來色及色性及以如來等無有二若能如是見諸法者是名行法無礙識想受行亦復如是爾時世尊即說偈言

以色顯菩提　以菩提顯色　是不相似者
最勝以顯說　所說色相麤　色性甚深奥
色與菩提等　差別不可得　如涅槃甚深
以聲故宣說　涅槃不可得　聲說亦復然
音聲及所說　彼二不可得　如是空法中
涅槃不可得　說涅槃寂滅　寂滅不可得
一切法無生　如前後亦爾　一切法體性
涅槃等相似　知者真出家　與佛法相應
若覩佛色身　說已見如來　我身非色像
無有能見者　知於色自性　是色相如是
能知色性者　爲顯示大身　如是諸五陰
我已知相貌　達法自體性　安住於法身
安住法身已　爲衆生說法　如來微妙法
不可以言宣　理深不可知　聞於正覺說

但音聲語言　我已得初果　若除一切想
遠離戲論事　無有存想者　而見世大師
若人能知空　即便知色相　無有異空說
別有色自性　若能知色者　是則能知空
若能悟空者　是則知寂滅　若人能知色
是色相如是　不爲億魔嬈　退動彼菩提
不能知此道　取著則成失　非物取物想
物取於非物　爲親財利誑　於法中有失
非果取果想　亡失沙門財　懈怠少精進
而不住戒聚　不應行法人　云此非佛說
或復有人言　我行於菩提　無慧難調者
更互不相敬　悕求美名譽　不善住禁戒
恒念何時得　名聞普周徧　爲求利養故
廣集衆多人　憍慢縱放逸　專求覓利心
樂在白衣舍　爲恭敬利養　造寺及塔廟
斯皆爲名利　依止取著心　常求渴愛欲
專營世俗業　止住魔境界　向彼白衣說
愛欲如火焱　若入俗人家　常汙他女婦
白衣於是人　恒作大師想　伺候男夫行
婦女相染合　彼家以美饍　供給是比丘
反於彼妻所　如自己婦想　白衣於婦所
尚不起嫉妬　而出家比丘　他妻生嫉忌
俗人處居家　善護持五戒　況得出家已
棄捨一切禁　鼓貝諸音樂　而以供養我
行供養最勝　末世莫能成　自毀諸禁戒
見他持律者　向於世間說　彼與我無異
聞讚持戒者　毀戒行惡境　聞說眞佛法
云非佛所說　心無有慙愧　喪失沙門財
若勸眞實語　誹謗我所說　戒不完具者
棄捨我道教　毀謗於正法　阿鼻獄爲家

我未曾見聞　修習如是行　愚癡住惡者
能獲於佛智　彼諸諛諂者　及以多曲僞
我悉知是人　智矚恒不絶　我若一劫中
說彼諸過失　自謂菩薩者　但能說少分
童子汝當知　彼無惡不造　於彼末世時
愼勿與親友　以不亂濁心　接引共語言
承事而供給　爲求佛道故　當問其夏臘
若是耆宿者　應供養恭敬　頭面接足禮
勿觀他過失　彼必至道場　莫生瞋怒意
當起慈悲心　若見彼過咎　不對說其愆
常念所作業　必獲如是果　若於老少所
語言常含笑　發言先慰問　滅除已慠慢
衣服及餘食　常以奉供養　作如是心施
是等悉成佛　若長宿請問　爲求法施故
應先作是言　我學習不廣　又復作是言

汝等甚黠慧　於汝大人前　豈敢輒宣說
說時勿倉卒　當揀器非器　觀其機器已
不請亦爲說　若於大衆中　見他毀禁者
勿歎持戒德　當歎施等行　若見少欲者
與持戒相應　起於大慈心　讚少欲持戒
若毀禁戒少　持淨戒者多　得彼勝伴黨
便可歎持戒　初觀察大衆　悉樂諸善法
所有善法者　一切悉讚歎　施戒多聞忍
精進及少欲　知足遠離行　顯示如是法
讚歎如是法　盡說他世道　諸無悲愍事
慈心勿忿怒　在空住禪樂　遠離憒閙衆
汝當歎彼德　此名總持門　當樂空閑處
勿專行施業　一心修宴坐　莫謂戒最勝
住淨戒聚已　能集多聞持　求是三昧故
常供佛舍利　能以蓋幢旛　華鬘塗抹香

爲求是寂定　而供養諸佛　以勝上妓樂
妙歌相和雅　爲供佛舍利　勇健不劣心
所有諸華鬘　一切香衣服　悉持供養佛
爲求佛智故　衆生諸福分　平等施無偏
爲求無礙智　謂諸佛無上　我曾先佛所
施設不思供　以無偏依心　求此寂定故
佛出甚難遇　人身得亦難　信佛法亦難
出家具戒難　汝今得值佛　發於菩提心
勿捨堅誓願　安住其善行　若受持此經
於後末世時　速得無礙辯　受持不忘失
若能持一偈　福聚難思議　況復悉能領
如義具足受　衆生盡得佛　勇猛悉供養
恭敬而尊重　盡衆生數劫　若於此三昧
能受持一偈　於彼前功德　十六不及一
我知佛智慧　不思議利益　受持此三昧
一切佛所行

月燈三昧經卷第六

音釋

吃居乙切言蹇難也　怯訥怯乞業切畏懦也訥奴骨切蹇訥也　燄上贍

月燈三昧經卷第七

高齊天竺三藏法師那連提黎耶舍譯

爾時世尊復告月光童子言菩薩摩訶薩應當成就善巧方便童子云何菩薩摩訶薩成就善巧方便童子是菩薩摩訶薩於一切衆生所而起親想是諸衆生所有善聚而生隨喜晝夜六時於彼福德而生隨喜緣一切智以緣一切智心於一切衆生所而生福德是菩薩以此善根速得此三昧成阿耨多羅三藐三菩提爾時世尊即於是時而說偈言

於諸衆生爲已親　所有一切福德聚
晝夜六時於此善　常能起彼隨喜欲
我隨喜彼淨持戒　乃至盡命不爲惡
菩薩具足清淨信　所有福德悉隨喜
隨喜信樂諸佛者　於其法僧信亦然
隨喜能奉敬如來　爲求無上菩提故
隨喜無彼我見者　無衆生等及壽命
隨喜能無諸惡見　聞勝空法深愛樂
於佛法中起隨喜　得出家已受具戒
少欲知足住林間　懷慈愍心猶如劒
隨喜獨一無侶者　處林猶如刀入匣
淨命常能少求欲　無有諂僞託親友
隨喜樂靜離憒鬧　於家親屬無愛戀
於三界中常怖畏　遊行世間無染著
隨喜離彼戲論者　猒惡一切受生死
無有違諍行寂靜　得此三昧則不難
隨喜能識善惡者　常離一切諍論事
趣詣空閑林樹下　求聖解脱眞佛子
隨喜常在空閑者　不自稱譽輕毀他
隨喜愛樂功德者　住於佛法不放逸

所有助道諸功德　是不放逸爲根本
若有菩薩離放逸　得此三昧則不難
得值佛法爲一藏　又得出家第二藏
淨信不濁第三藏　得此三昧第四藏
聞於大空佛境界　聞而不謗爲勝藏
若得辯才爲得藏　得此三昧亦勝藏
我已說彼諸善法　謂戒聞捨及忍辱
是不放逸爲根本　佛說名爲最勝藏
若有菩薩不放逸　即便具足諸辯才
於佛智慧無疑惑　得此三昧則不難

童子以是義故汝應住於不放逸行是諸菩薩所應修學何以故不放逸者能得阿耨多羅三藐三菩提何況此三昧也童子云何菩薩住於不放逸童子是菩薩成就善淨戒聚童子云何成就善淨戒聚童子是菩薩不捨一切智心學六波羅蜜童子若菩薩不捨一切智心行六波羅蜜所有利益汝當諦聽當爲汝說童子菩薩信樂檀波羅蜜者有十種利益何等爲十一者降伏慳悋煩惱二者修習捨心相續三者共諸衆生同其資產攝受堅固而至滅度四者生豪富家五者在所生處施心現前六者常爲四衆之所愛樂七者處於四衆不怯不畏八者勝名流布徧於諸方九者手足柔軟足掌安平十者乃至道樹不離善知識諸佛菩薩聲聞弟子童子是爲菩薩信樂布施十種利益爾時世尊即說偈言

降伏於慳悋　增長布施心　攝受施堅固
生在豪富家　於其所生處　而能起捨心
爲在家出家　諸衆生愛樂　若入大衆中

無畏不怯弱　勝名聲遠布　徧城邑聚落
手足恒柔輭　成就具足相　值遇善知識
聲聞佛菩薩　常懷惠施人　未曾有悋惜
爲億衆生愛　是爲捨慳利　生生豪富族
心常樂布施　攝受捨堅固　是爲樂施利
處在大衆數　勝名徧諸方　手足柔輭好
是樂施之利　遭遇善知識　謂佛菩薩等
見已競來供　是樂施之利

童子菩薩淨戒有十種利益何等爲十一者爲滿足一切智二者如佛所學而學三者智者不毀四者不退誓願五者安住於行六者棄捨生死七者慕樂涅槃八者得無纏心九者得勝三昧十者不乏信財童子是爲十種淨戒利益爾時世尊即說偈言

滿足一切智　如佛而修學　智慧者不毀
常無有怖畏　誓願不退轉　能安住勝行
逃避生死處　欣慕趣涅槃　安住無纏障
速得勝三昧　住於淨戒聚　遠離諸貧窮
其智恒清淨　修習佛所學　不爲聖者毀
以戒清淨故　智者誓不退　勇健善住行
見世種種過　避之趣滅道　彼心無障礙
以住淨戒力　速得離惱定　是爲淨戒利

童子菩薩摩訶薩住於慈忍有十種利益何等爲十一者火不能燒二者刀不能割三者毒不能中四者水不能漂五者爲非人護六者得身相莊嚴七者閉諸惡道八者隨其所樂生於梵天九者晝夜常安十者其身不離喜樂童子是爲菩薩成就十種慈忍利益爾時世尊即說偈言

是人火不燒　刀杖莫能傷　毒藥所不中

暴水無能漂　常爲非人護　具三十二相
關閉諸惡道　皆是慈忍利　帝釋及梵天
欲得則不難　恒住安樂處　喜悦不思議
刀杖火不害　水毒亦不傷　天龍夜叉護
住忍獲此益　身相三十二　不畏墮惡道
死則生梵天　是住慈忍利　晝夜常安隱
喜悦充徧身　於衆清淨心　無有諸過障

童子菩薩精進有十種利益何等爲十一者他不折伏二者得佛所攝三者爲非人所護四者聞法不忘五者未聞能聞六者增長辯才七者得三昧性八者少病少惱九者隨所得食食已能消十者如優鉢羅華不同於杵童子是爲十種精進利益爾時世尊即説偈言

成就難折伏　其心無悔熱　爲非人所護
常覩見諸佛　增長勝辯才　到於無盡智
獲得三昧性　無復諸病惱　所食諸飲食
入腹能消化　如優鉢在水　漸漸而增長
如是所聞法　聞已能增長　晝夜恒思念
終無有空過　如來勇猛勤　積劫被進鎧
降魔及軍衆　證道除憂怖　菩薩救諸趣
不顧戀身命　精進起法藏　我已顯彼德
精進難可伏　諸佛所攝受　若能獲是利
不久速證道　所聞不忘失　未聞者得聞
增長辯才力　是名精進利　速逮此三昧
無有諸病惱　隨其所噉食　消化得安樂
晝夜增白法　常勤不懈退　不久得菩提
堅心精進故

童子菩薩摩訶薩與禪相應有十種利益何等爲十一者安住儀式二者行慈境界三者

無諸惱熱四者守護諸根五者得無食喜樂六者遠離愛欲七者修禪不空八者解脱魔羂九者安住佛境十者解脱成熟童子是爲菩薩禪定相應十種利益爾時世尊即說偈言

彼不住非法　安住於儀式　遊行方便境
遠離非境界　其心無惱熱　善調伏諸根
受勝禪定樂　宴坐離諸緣　遠離渴愛欲
餐食禪定味　解脱魔境界　安止佛行處
樂獨林樹間　是爲勝方便　修眞實解脱
滅除諸苦惱　安心清淨法　遠離非儀式
住境遠非境　合禪獲是利　心不生熱惱
證無食聖樂　身心恒清涼　是禪相應利
處空根寂靜　其心離雜亂　獲得過人善
方便離欲故　心不雜欲染　常遠魔境界
安止佛行處　彼解脱成熟

童子菩薩摩訶薩行般若波羅蜜有十種利益何等爲十一者一切悉捨不取施想二者持戒不缺而不依戒三者住於忍力而不住衆生想四者行於精進而離身心五者修禪而無所住六者魔王波旬不能擾亂七者於他言論其心不動八者能達生死海底九者於諸衆生起增上悲十者不樂聲聞辟支佛道童子是爲菩薩行般若波羅蜜成就如是十種利益爾時世尊即說偈言

勇健一切捨　而不取施想　護持戒不缺
亦無有所依　智者修忍辱　而不見衆生
勇猛勤精進　遠離於身心　修習勝禪定
不依於三界　諸魔靡能制　信慧之功德
於彼諸外道　其心不傾動　到於生死底

信慧之功能　於諸衆生所　而得大悲心
聲聞緣覺地　曾不生愛樂　於捨不存取
持戒亦無依　忍辱離生想　是信慧功能
精進而遠離　修禪無所依　不爲魔所制
是信慧功德　他言論不動　達到生死底
於生起上悲　是信慧功德　聲聞緣覺道
不起愛樂心　爲學佛功德　是信慧功德

童子菩薩多聞有十種利益何等爲十一者知煩惱資助二者知清淨助三者遠離疑惑四者作正直見五者遠離非道六者安住正路七者開甘露門八者近佛菩提九者與一切衆生而作光明十者不畏惡道童子是爲十種多聞利益爾時世尊即說偈言

童子是十利　顯示於多聞　是諸佛世尊
如實而了知　煩惱及清淨　二助皆實知
能棄捨煩惱　安住清淨中　智慧除疑惑
正直他見心　常遠離惡道　止住正眞路
開闢甘露門　近於佛菩提　爲衆作光明
而不畏惡道　知諸煩惱資　了達清淨助
勇健離煩惱　棲泊清淨法　除衆種種疑
能正他人見　棄捨險惡道　多聞住善徑
能開甘露門　堅固近菩提　於衆如光明
終不畏惡道

童子菩薩摩訶薩行於法施有十種利益何等爲十一者棄捨惡事二者能作善事三者住善人法四者淨佛國土五者趣詣道場六者捨所愛事七者降伏煩惱八者於諸衆生施福德分九者於諸衆生修習慈心十者見法得於喜樂童子是爲菩薩行於法施十種利益爾時世尊即說偈言

行於最勝施　於法無悋惜　彼有十種利
導師已顯說　棄捨世惡事　常能行善業
安住善人法　修行布施心　能淨諸佛土
如佛之所說　趣詣道場所　是爲法施果
捨離一切事　修學於法王　降伏諸煩惱
彼得道不難　慈心施衆生　一切福德分
不起嫉妬結　獲勝過人樂　智者離惡作
勇猛爲善事　住善丈夫法　法施者所得
彼淨佛國土　起助道善法　趣近於道場
是爲法施利　於事無慳嫉　能了事自相
解脫諸取著　愛事無障礙　智者發是心
令衆有福分　得慈無嫉妬　善法中得樂

童子菩薩摩訶薩安住於空得十種利益何等爲十一者住佛所住二者修禪無依三者不樂一切受生四者於戒不取五者不謗賢聖六者於一切衆生住不違諍七者不得衆生事八者住於遠離一切惡事九者不謗諸佛十者攝取一切白淨之法童子是爲菩薩摩訶薩安住於空十種利益爾時世尊即說偈言

天人尊所住　謂世親導師　勇猛能安住
謂無壽命等　得彼禪定樂　世間無所依
心不悕受生　以知法性故　於戒若不取
成就無漏戒　不生惡道中　常安住聖種
住於無鬬諍　世間最柔軟　了知一切事
稱如實體性　乃至捨身命　不誹謗如來
於空法決定　身證無所畏　一切世間親
佛道不思議　能持於佛道　空法無有疑
人尊之所住　非諸外道地　不依禪定樂
無衆生壽命　彼曾無所止　不依於禪樂

知無壽命法　恒有無願心　善知法自性
不依諸煩惱　信樂佛勝人　曾無取著心
彼常無鬭諍　觀事修離行　安住正覺道
能持如來法

童子菩薩摩訶薩住於宴坐有十種利益何等爲十一者其心不濁二者住不放逸三者諸佛愛念四者信正覺行五者於佛智不疑六者知恩七者不謗正法八者善能防禁九者到調伏地十者證四無礙童子是爲菩薩摩訶薩住於宴坐十種利益爾時世尊即說偈言

其心無濁亂　遠離諸放逸　任不放逸行
宴坐之境界　爲世燈明念　增長彼信樂
佛智不思議　方便無疑惑　能知諸佛恩
不誹謗正法　安住善律儀　到於調伏地
得無礙辯才　樂獨處林中　捨恭敬利養
宴坐之境界　彼心不濁亂　曾無有放逸
智者常謹慎　是爲寂靜利　無畏常愛念
信於佛所行　於佛智不疑　是爲寂靜利
恒念如來恩　不誹謗正法　住律儀方便
是爲寂靜利　彼到調伏地　速證無礙辯
演說百千經　恒常不滯住　速攝佛菩提
護持諸佛法　降伏諸異論　廣作佛菩提
菩薩於此終　往生安樂國　彌陀爲說法
逮得無生忍

童子菩薩摩訶薩愛樂空閑有十種利何等爲十一者省世事務二者遠離衆鬧三者無有違諍四者住無惱處五者不增有漏六者不起鬬訟七者安住靜默八者隨順相續解脫九者速證解脫十者施功而得三昧童子

是爲菩薩愛樂空閑十種利益爾時世尊即
說偈言
成就少事務　遠離衆憒閙　彼成無違諍
獨靜空閑利　其心無瞋惱　不增長有漏
常和無諍訟　是住空閑利　安心住寂滅
常樂遠離行　隨順無累者　速證解脫道
處林習禪定　棄捨衆閙過　不復起違諍
樂林獲是利　常猒離有爲　世間無欣慕
諸漏不增長　住林有是利　不起鬭諍過
心常樂寂靜　善禁身口意　住空有是利
隨順於解脫　速到無障累　常住樂恬靜
是住空閑利
童子菩薩摩訶薩樂於頭陀常行乞食有十
種利何等爲十一者摧我慢幢二者不求親
愛三者不爲名聞四者住在聖種五者不諂
不誑不現異相又不傲慢六者不自高舉七
者不毀他人八者斷除愛恚九者若入人家
不爲飲食而行法施十者住頭陀行有所說
法爲人信受童子是名菩薩摩訶薩樂於頭
陀行於乞食十種利益爾時世尊即說偈言
彼人無我慢　不求託親友　利衰心平等
以住頭陀故　不壞於聖種　無諂亦無誑
自身不高舉　亦不輕毀他　棄捨愛恚心
說法無所悕　若說人信受　是爲乞食利
不求親名利　安住聖種中　柔直不諂慢
是樂頭陀利　不自譽毀他　得譽不欣喜
聞毀無恚惱　是樂頭陀利　法施不爲食
不求恭敬故　所言人信受　是樂頭陀利
童子菩薩摩訶薩住如是等功德利益在於
空閑得見佛藏得於法藏得彼智藏得過去

未來現在智慧之藏童子云何得於佛藏童子菩薩摩訶薩樂遠離行住於空閑獲五神通何者爲五一者天眼二者天耳三者能知他心四者善知宿命五者神通境界是菩薩以天眼界清淨過人見於東方無量無數諸佛世尊如是南西北方亦復如是四維上下亦見無量無數諸佛常得覩矚未曾捨離童子是爲菩薩得見佛藏童子云何菩薩摩訶薩得於法藏童子是佛如來有所說法彼菩薩以天耳界清淨過人悉皆得聞是菩薩常得聞法而不遠離童子是爲菩薩得於法藏童子云何菩薩得於智藏童子以是智慧能持諸法於一切衆生大悲爲首以不癡心而爲說法知彼法藏童子是爲菩薩摩訶薩得於智藏童子云何菩薩摩訶薩得過去未來現在智藏童子是菩薩如實知一切衆生心行准自心行次第所起觀自心法以無亂想修習方便如自心行類他亦爾隨所見色聞聲有愛無愛心皆如實知童子是名菩薩得過去未來現在智藏童子我今略說住如是德菩薩摩訶薩得一切佛法非諸聲聞辟支佛地何況一切外道異論爾時世尊而說偈言

我念過去無量劫　有佛如來大名稱
號曰威德衆王佛　爲諸人天所供養
比丘十億具神通　達到辯才自在岸
住頭陀行心調伏　彼佛具足爾所衆
有城七億六千萬　其城廣長二千里
彼時世界閻浮提　最勝七寶之所成
其城殊妙甚奇麗　百園勝家而莊嚴

其園苑林如密雲　常有種種諸華果
所生異種諸林樹　菴羅閻浮芭蕉等
迦尼瞻波畢落叉　尼拘畢鉢衆鳥集
頻伽拘翅孔雀等　鵝王舍利甚歡喜
種種異類衆鳥音　臻湊遊戲百園裏
如提頭賴勝鵝王　那羅拘蜂鶴鳥聲
其身種種毛羽色　處在蓮華出妙音
所有卵生諸異類　出和雅音生人樂
遊行園苑自娛樂　歡樂遞相命呼聲
目多婆師輸迦華　波利耶多拘羅婆
娑訶迦樓如雲布　鉢頭芬陀拘牟頭
水中種種異華彩　莊嚴其池甚端妙
諸雜香華共嚴飾　時彼園林殊可樂
時閻浮提有一王　號堅固德爲人主
彼王具足五百子　調柔端正學技能
其國豐熟甚安隱　無有諸過常勝樂
地皆布散諸香華　與彼天宮無差別
牟尼法王於彼時　宣暢如是寂滅定
說諸有道猶如夢　無有初生及終歿
衆生壽人不可得　一切諸法悉虛妄
譬如虛空電幻化　又如野馬水中月
無有此世生滅法　亦無趣向他世者
曾所作業不失壞　三界黑白報不亡
無有斷常諸行等　不集於業不住有
非自作業還自受　亦非自作他人受
無有去者亦無來　衆生非有亦非無
無見取等惡見聚　亦無衆生及淨行
無生寂滅無相句　如來功德佛境界
是陀羅尼十力才　是佛如來勝行處
純白淨法功德聚　智德總持力最勝

神足變現勢無邊　亦通辯才由斯起
於其自性曾無滅　無行之行非法行
是法界中無所去　是行非行真法行
非音聲性入自性　於趣自性無所住
無住無依自性行　遠塵寂滅佛境界
定行勝定最勝定　非行自性有所住
常有自性常隨順　微細難見不動句
彼常安住而不動　住無所住住法性
不可得說住自性　是行不動住於法
以音聲說非聲道　音聲體道是法道
無別聲聚有所在　如是性行是法行
所說行音非生行　其法體性真義行
以音聲說衆生行　音聲衆生行俱無
於中文字無所入　智慧廣大義亦然
是道佛讚而修行　光明法理微細行
廣離塵垢智慧藏　若有能住無等等
常澍勝妙法施雨　謂第一空真義道
遠塵清淨第一句　寂滅勝寂離垢染
無分別取及戲論　是佛所說寂滅句
非初非中非後住　非有非無非方所
已知如是自性行　是無等法佛所說
堅固德王爾時聞　兩足世尊說是定
與八十億那由衆　歡喜信敬詣佛所
時正頂禮人中雄　以大信心恭敬佛
受教退住在一面　瞻仰敬心合指掌
佛知彼王淳淨行　根識自在到彼岸
世尊應其心樂欲　爲說如是勝三昧
是王聞說第一義　覆發歡喜聖信樂
棄捨一切四天下　離五欲樂而出家
彼王因是出家已　於佛決定深愛樂

時閻浮提一切人　咸皆捨欲而出家
比丘及尼樂習定　如來徒衆廣無量
秔糧自然從地出　諸天悉來而給侍
袈裟法服從樹生　無垢清淨甚可愛
割截縫治依量法　彼佛功德威力故
童子汝當觀彼王　捨家出家棄天下
觀彼三界如機關　爲求廣大菩提樂
當於來世法末時　不能捨彼貧賤家
杻械枷鎖困苦者　於此勝法不生信
雖被枷繫杖策罰　罵詈毀辱百千種
王力多迫悉能忍　困苦貧極不捨家
資財乏少壽短促　徒勞辛苦無福報
愚癡不學諸技能　是人常居凡俗地
迫愶無義頑暴惡　貪惜自富奪人財
調戲笑弄毀善人　自稱已發菩提心
愛他人妻奪資財　慳嫉狡猾多縱逸
離悲愍心趣惡道　亦自稱言我作佛
見他苦惱生欣悅　破戒暴虐懷惡心
不念恩報破壞他　大德爲我說法行
聞他說彼菩提行　反於其人生瞋恚
若見法師少過失　增長加說百千種
童子汝今聞我說　於此人輩勿親近
若欲求證菩提道　乃至夢中莫往返
頭陀行中無量德　於無邊劫而演說
於如是德不安住　終不能得勝菩提
其心清淨恒善語　戒淨心柔信美妙
諸尊長所常淨心　不久便得是三昧
不從我慢生穢惡　其心清淨恒成就
棄捨憍恣及瞋怒　能得如是勝三昧
常念諸佛功德聚　皮膚金色無量德

佛身諸相自莊嚴　如秋夜靜衆星列
勝蓋幢旛及帳幕　塗香粖香幷華鬘
衆勝供養無等像　不久能得此三昧
栴檀沉水及粖香　勝酥油燈無量種
持供恒沙佛塔廟　不久便得是三昧
琵琶箜篌鼓妙音　簫笛鐃吹及讚歎
種種美音百千萬　供養離惡最勝尊
造作無量佛形像　衆寶善巧而雕飾
殊妙端正最勝上　不久便得是三昧
常處林藪樂寂靜　棄捨聚落離著心
樂獨無二猶如劒　不久便得是三昧
我作法王汝爲子　隨順學我三昧行
我昔得彼大名稱　其名號曰堅固王
我本供養無量佛　恒願護持清淨戒
於十力所起恭敬　爲求如是勝定故

我於本昔棄妻子　捨頭手足及眼耳
未曾起彼下劣心　爲求勝寂三昧故
象馬車步無量種　珍寶宅舍一切施
其心初無有悔恨　爲求如是勝定故
奴婢財穀過百數　種種衣服及飲食
充滿一切來求者　爲求如是勝定故
摩尼眞珠勝金銀　瑠璃金剛錢貝玉
所有一切悉能捨　爲求如是勝定故
我捨珍寶嚴身具　瓔珞臂印師子絛
天冠寶網多百種　爲求如是勝定故
微妙上服多百億　我時歡喜而施與
劫貝鉢咄獨拘羅　爲求如是勝三昧
昔見貧窮及繫閉　多役力求不獲苦
我於彼所能廣施　爲求如是勝藏定
象馬牛羊幷屋宇　園苑車乘寶莊嚴

我施百千貧乞者　爲求如是勝三昧
億那由他林園苑　衆寶莊嚴而施與
施時歡喜起悲心　爲求如是勝定故
王都城邑及聚落　種種土地悉皆捨
施已能生增上喜　爲求如是勝藏故
一一寶聚如須彌　嚴身上服亦如是
我悉施與貧乞者　爲求如是勝定故
富足無量諸貧窮　歸趣我者爲救護
苦惱衆生令得樂　爲求如是勝定故
昔於大地我最富　見諸世間極苦惱
棄捨王位諸所有　悲心盡願與彼樂
童子我昔爲希事　無量劫中所爲難
言說所陳無能盡　億劫我說尚難窮
我若所說衆迷惑　於佛所行無能信
備經無量諸苦事　爲求如是三昧故

我今勸進汝童子　汝於我言生重信
善逝終無不實說　大悲實語佛最勝
其餘苦事百千種　我昔具受乾竭身
云何能得是三昧　若得脫人百千苦
於剎那中證此定　便獲眞實智慧道
我時見佛那由他　過於十方恒沙數
獲致如意勝神足　能往百千諸佛剎
詣彼請問最勝尊　論難莊嚴百千種
時佛爲我所宣說　酬答如向所問難
我悉能具領納受　乃至不忘一字句
既得聞是眞實法　廣設無量百種難
敷演遠塵寂靜句　安無量衆智慧道
我住如是勝三昧　於無量劫學此法
昔日無量諸衆生　亦置無上最勝道
若人本來不見佛　於此勝法未曾聞

彼終不能生信樂　第一義空真實定
其有智人能解了　得於甚深真實德
聞第一義不驚怖　聞已生上歡喜心
彼彼能持我菩提　即是如來真佛子
希有猶如優曇華　我爲多劫修苦行
彼人不畏墮惡道　常得遠離於八難
當見無量那由佛　亦能信是勝三昧
如彼彌勒獨無侶　於衆生所得淨智
是三昧經在彼手　我爲授記如彌勒
是人成就念智慧　聞持究竟道增上
辯才樂寂無憂惱　是定在彼人手故
是人常得天供養　又爲衆人所禮敬
恒爲鬼神所護衛　以持如是三昧故
不爲火毒之所傷　一切刀杖莫能害
入大水中不漂溺　斯由持是三昧故
是人恒住山林中　爲諸天等所給侍
夜叉無量來供養　受持如是三昧故
智慧廣大如巨海　說佛功德無障礙
演暢諸佛真實德　以持如是勝定故
是人所聞無窮盡　猶如虛空無有邊
執智慧炬除闇冥　是人持是三昧故
柔輭美妙應義語　處衆演說智者愛
說如泉河注無竭　以持如是三昧故
猶如醫王施良藥　又與衆生作歸舍
能爲世間作光明　以持如是三昧故
是人不爲愛欲心　樂持寂滅得禪樂
說於寂靜美妙言　以持如是三昧故
是人離相意不染　於一切相悉揀擇
心常寂靜而經行　以持如是三昧故
彼得無垢離垢眼　能見無量諸如來

得丈夫眼廣無邊　由持如是三昧故
孔雀美音應寂靜　迦陵頻伽悅意聲
合和諸樂出妙響　由持如是三昧故
成就雷霆聲遠震　衆鵝鐘鼓美妙音
善合百種勝妓樂　以持如是三昧故
無量無數僧祇劫　成就如是和雅音
所說語言如甘露　斯由持是勝三昧
餚饍飲食不貪嗜　於衣鉢中不生著
少欲知足善調柔　由持如是三昧故
能於自身不高舉　於他人所不輕毀
心常柔輭樂禪定　由持如是三昧故
常自觀察已所行　不見他人之闕失
與衆和顏無違諍　由持如是三昧故
悲心恩潤清淨慧　離邪正直無諂曲
意恒柔輭樂解脫　由持如是三昧故

心常樂行布施行　慳悋之結不能染
不爲境界所攝錄　以持如是三昧故
端正殊特人喜樂　其身皮膚真金色
三十二相以莊嚴　以持如是三昧故
色相功德悉端妙　多人愛敬恒守護
男女大小觀無猒　以持如是三昧故
諸天龍神夜叉衆　於是人所悉歡喜
往詣家家皆讚歎　以持如是三昧故
梵王帝釋自在天　并餘一切來供養
其心都無起我慢　以持如是三昧故
彼離一切諸險徑　無有障難惡道畏
解脫一切恐怖事　由持如是三昧故
能聞佛說微妙法　無復一切諸疑惑
隨順趣入甚深法　以持如是三昧故
若聞賢聖微細法　悉能解了得究竟

由於過去因緣力　以持如是三昧故
如來説於如是言　善得利養心不舉
以是因緣得總持　斯由得是三昧故
是人臨欲命終時　悲慧雄猛彌陀佛
是佛爲現住其前　以持如是三昧故
得見十力稱所求　及諸聲聞住其前
決定生彼安樂國　以持如是三昧故
假令一切衆生類　一時成佛盡有邊
其中一人咸供養　復過恒河沙數劫
若於後世末代時　得聞是定無諂人
能於是定起隨喜　過前功德非分數
童子當知寂滅道　是第一義空三昧
若書讀誦受持者　是人名爲持法藏

童子以是義故菩薩摩訶薩若欲知一切衆生言音及知一切衆生諸根差別前後不同而應説法童子彼人於此三昧應當受持讀誦廣爲人説又爲攝一切衆生故應當修習方便相應爾時世尊即説偈言

若人曾見無量佛　亦曾諮問是三昧
是勝智人持此定　住善不動無戲論
得於人天上妙樂　常得他人勝供養
又得禪定涅槃樂　是不放逸持定故
聞他讚已不生欣　若被罵辱亦無恚
入法不動猶如山　樂求解脱持定故
口初不説無義語　離瞋慠慢及諍論
忍辱調伏心歡喜　由不放逸持定故
其言柔輭諦審實　舒顏和悦先慰問
見諸衆生常含笑　以持勝淨三昧故
心常調伏不惱他　善攝五根持戒淨
住實少言利可愛　以持淨勝三昧故

常捨廣施無悋心　饑渴衆生令飽滿
自食不欣施他喜　善業人持寂定故
爲多百千諸天愛　夜叉脩羅龍恭敬
獨處林中恒守護　勇猛持是勝定故
樂在寂靜離音聲　龍阿脩羅恒親覲
一切無能怖畏者　以不放逸持定故
其聲猶如梵天音　又如衆鵝可樂聲
亦如五百美妙音　名聞徧彰諸世間
大地所有諸微塵　功德過於彼塵數
利益衆生功德藏　以修如是寂定故

童子菩薩摩訶薩心生樂欲我於一切法自性云何得知童子菩薩摩訶薩於此三昧應當受持讀誦爲他廣說修習方便相應爲攝一切衆生故爾時世尊即說偈言

智者無恚愛　又不起愚癡　煩惱悉微薄
知勝寂法故　佛戒不缺犯　女色無縱逸
堅心求是定　知法離塵垢　智慧及神足
覲佛詣多剎　總持到彼岸　以知寂定故
速成兩足尊　爲寂治煩惱　善拔惡毒箭
說無垢寂句　若人爲良醫　善知病起由
學此智決定　解脫衆生害　學理得自在
無著堪供養　安衆無悕望　能知淨法故
人師子忍辱　打罵無瞋恚　屠割亦不惱
能知陰空故　忍力如須彌　都無計忍想
乃至佛不存　知有常空故　三界無量想
三世悉了知　能顯理無量　無畏學法故
於事不取想　愛憎悉不取　知法常空寂
得勝寂滅故　若說此勝法　不久見菩提
聖境善了達　施是獲多報　說億修多羅
所演無滯礙　辯才不斷絕　知法廣大故

若人不思劫　定慧猶如雲　說法無窮盡
知此寂定故　辯才不思議　求道必能得
說無邊億經　知法相名徧　佛說無上法
聞持令充滿　於中無疑惑　知法悉非有
愛語常行施　善捨拯貧樂　資生悉充足
悲愍世間故　當作閻浮王　愍衆無瞋怒
衆人起慈敬　以知空法故　端正妻男女
王位身皆捨　決定無悋悔　以知空寂故
若人割肢節　夢寤都無瞋　曾供無量佛
以持空法故　供養牟尼日　三世無疲倦
大信心不動　是知空法故　善持佛法藏
住勝陀羅尼　不久得成佛　以持勝經故
世世不聾盲　曠劫具諸根　八難常遠離
係心說此經　爲福離惡道　端正相莊嚴
心淨住神通　以斯佛現前　種種應化身
諸剎度衆生　若得見彼者　菩提意決定
智念無憂者　精進勢力起　勝法中究竟
末世持經故　身出千億光　其光蔽日月
若修習空定　不久人中勝　我求寂境界
千億僧祇劫　不捨勤精進　爲然燈授記
智應行是經　說勝諸佛法　外道愚癡失
命終地獄煑　受苦最尤劇　那由劫乃盡
多劫畢罪已　得爲甘露因　末代可怖時
近於無上道　護持我法藏　記彼持是經

月燈三昧經卷第七

音釋

恬 徒兼切安也　秔 居行切不黏者稻　杻械 杻敕九切械下戒切　迫愶 迫博陌切逼也愶迄業切以威力相恐也　狡猾 狡古巧切猾戶八切狡猾黠惡也　拯 之慶切救也　劇 竭戟切尤甚也

月燈三昧經卷第八

高齊天竺三藏法師那連提黎耶舍譯

童子若菩薩摩訶薩應常樂修神通本業云何菩薩摩訶薩大神通本業謂攝一切善法不取戒聚不著定聚於智慧聚亦不戲論於解脫解脫知見之聚亦不取著童子是爲菩薩摩訶薩大神通本業若成就神通本業得大神通者菩薩摩訶薩於一切變現自在便能爲一切衆生說法爲攝大乘故是菩薩於此大神通本業應常修學爾時世尊而說偈言

神通本勝業　顯示無果報　希果修諸行
取我想不除　所言神通者　佛智不思議
若住取著者　彼人無智慧　不思議諸法
音聲而顯示　若執於音聲　不達方便說
不曉方便教　靡知方便說　非法說爲法
於法寧覺了　三千世界中　我時說諸經
義一種種味　彼悉不可說　諦思一句義
便即一切解　所有十方佛　顯說無量法
一切法無我　若人能善學　彼時習一句
悟佛法不難　所有十方佛　顯說無量法
諦思一句義　便謂一切解　一切法無我
若人學此義　彼時習一句　悟佛法不難
諸法是佛法　若人學此法　如法而解了
便順於空法　諸語是佛語　一切聲事無
徧於十方求　佛語不可得　佛語最第一
佛語無過上　微細事悉無　是爲語最上
彼法最無上　顯現不斷絕　無得微塵許
諸佛之所說　諸法不可得　無有法可證
如是知於法　能解佛菩提　彼若悟此法

便轉於法輪　轉於法輪時　則暢勝甘露
菩薩能解了　無上佛菩提　得爲無等尊
令他悟佛智　無修及無願　無相謂與空
如斯四種門　佛說爲解脫　眼耳及鼻舌
身意諸根等　此皆體性空　憍陳最初見
若能於此法　如實知體性　諍論彼便無
了達法相故　謂勇猛境界　菩薩救護者
悉無有疑惑　了法體空故　能達諸法性
故得名爲佛　以難量法界　覺悟應度者
得諸佛之業　皆由戒身造　佛言及戒聲
皆同平等相　已說諸音聲　謂下中上音
平等悉一相　佛能示法教　佛法無所住
亦不在諸方　不生亦不滅　是故名無漏
非新亦非故　非散亦非合　非青亦非黃
非白亦非黑　難說不可取　藉言乃照暢
此非音聲地　諸佛巧智通　彼是無漏法
是說無所依　不在十方所　是法佛所說
於佛滅度後　思念佛身相　即便覩佛身
以佛神力故　竟無有衆生　證於寂滅者
說於此法時　無量衆滅度　譬如彼日月
影現於百川　皆覩其像貌　諸法相如是
若知諸法性　猶若諸影像　終不以色身
得覩於真佛　諸法無形相　求狀不可得
如是無形法　即是佛法身　若人見法身
是名見導師　法身即正覺　如是名見佛
不得而示得　不得而說得　若欲求沙門
應當知此道　我已說真行　知衆生樂欲
若入祕密教　彼便無執著　若謂所證得
彼便無所克　此不得道果　故名非沙門
斯法甚深奥　未達作此說　彼教甚淵玄

難可以宣示　五衆事皆無　悉從虛妄起
無有能起者　及與五衆法　五衆之法相
即一切法相　佛說如是相　其相不可得
如虛空無物　諸法亦如是　前後及現在
三際如實觀　言說如虛空　空中無取故
如是法體性　無取如虛空　演說如是法
曾無有所說　於法無所見　是乃不思議
此法無自性　法體不可得　會佛菩提者
定滅之境界　若能如是知　於法便無著
若能不著法　彼人了法相　菩薩一切時
棄捨一切想　若人棄想者　佛法則無著
其際無可取　是名爲實際　於際了達者
億劫能不著　本際妄分別　愚癡輪生死
十方徧推求　本際不可得　一切法空故
菩薩無所著　興行爲菩提　其行不可得

如鳥飛虛空　足跡不可得　正覺性如是
菩薩能解了　如人善學幻　幻作種種物
亦現諸色像　而實不可得　若取於得失
彼便無所得　其智猶如幻　非即同其幻
於是空法處　愚者妄分別　行於分別中
彼人趣惡道　衆生生老遷　流轉無窮已
沉没生死中　苦惱無有量　世間生苦惱
由愚妄分別　未斷彼分別　漂流久生死
初樂及相應　習著欲果報　執取未能捨
住業煩惱故　衆生業不盡　暴流欲所漂
數數而受生　數數還死滅　無智爲魔嬈
造作諸惡業　處處而受生　便感諸死報
凡夫愚闇冥　而獲於生死　貧窮加楚切
復向不善趣　以刀鞭杖等　遞互相加害
造作此惡事　增長諸苦惱　我子及我財

凡夫妄分別 如是妄分別 復增諸有漏
彼增諸生死 是則爲凡夫 流轉諸異趣
故名爲凡夫 彼棄於佛法 增長諸惡法
則不得解脫 繫屬魔網故 愚因愛欲故
隨事穢女色 還趣於穢處 墮於諸惡道
欲染佛不歎 及近於女色 此大怖畏罥
女罥最可畏 菩薩恒遠離 猶如惡毒蛇
常不親女色 知非是佛道 修學菩提道
如佛本所習 修學佛道已 速成無上道
彼得最無上 爲世諸廟塔 智慧無過者
成於天中天 令他住八戒 成身無垢染
無量諸億衆 勸教修菩提 與衆作利益
一切悉起悲 彼健智慧者 而擊於法鼓
震動魔王宮 及與魔眷屬 無量諸億魔
勸令修菩提 降伏諸異論 勝出諸外道
震動於大地 大海及衆山 變現爲多身
種種諸雜類 大智能顯示 百千諸神變
震動無量刹 猶如恒河沙 降伏彼魔軍
便悟無上道 復化作妙樹 種種寶嚴飾
華果奇茂盛 芳芬甚可愛 或化爲臺榭
樓觀及宮閣 勇健爲變化 華池甚精明
滿八功德水 清冷無穢濁 若有衆生飲
滅除三種渴 若有飲此水 悉得於不退
能得無上智 堪爲世導師 無上寂滅道
行者應當知 不達此道者 所謂是外道
若人親近彼 受行於言教 墮於大惡處
阿鼻難救拔 受大極苦惱 不可具論說
唯我能知之 及大勝菩薩 甚深難可覩
非愚凡夫地 謂住取著者 於此法生疑
變作勝莊嚴 無量種可愛 一切悉得往

無上諸佛刹　一切諸佛土　皆現諸異色
菩薩大神力　一切悉能現　大力大勇猛
被於堅勝鎧　執大金剛杵　摧滅於空法
自身所放出　無數大光明　其數如恒沙
滅彼世間闇　彼不染女色　亦不隨順彼
當離於此想　女想甚可惡　佛土常不空
勇猛之所住　惡魔波旬等　不能爲嬈亂
住於惡見者　不得遇諸佛　忿怒之所制
安住於慳貪　彼爲魔波旬　生天及解脫
與其作障礙　是故墮惡道　觀察一切想
而住遠離想　彼人能得知　諸佛無上智
能見前後際　及與於現在　演說如是義
於中無所說　假名和合言　菩薩知如是
利益於含識　無量難思議　想者測知義
顯示能取故　其相無可取　便示寂滅義
不寂者是想　寂滅者是智　若知想自性
便離於諸想　若有想可遣　是則還有想
彼行想戲論　是人不離想　若人作是心
是想誰所起　是想誰能證　誰能滅是想
起想之法者　諸佛莫能得　即於此處有
無我離取著　若其心不生　何由得起想
若心得解脫　彼則無由起　若證於解脫
心則不思議　心不思議故　成就不思議
我本作是念　安住心地已　棄捨一切心
願成不思議　白淨法果報　覩見於無爲
一念能了知　一切衆生念　衆生即是心
心即是如來　諸佛不思議　顯了於此心
若人作是念　云何得捨心　思惟於無心
能離一切心　若於死滅時　心隨於想轉
是人起思心　令心不解脫　愚存於女想

則便起愛欲　若能滅除想　便能無愛欲
若思無上法　是思最大思　以思諸法故
獲得真實心　憶念無窮已　長夜恒攀緣
諸邪異憶想　思心不可極　名心盡法者
盡中本無智　智慧非盡地　以法無盡故
假名語言道　亡言而演說　此法無差異
智慧無有盡　不生亦不滅　無相無狀貌
常於億劫中　顯現無相法　觀察一切有
安住非有中　未曾見有異　亦不見無異
假名有言說　顯示非有無　然彼一切佛
有無無所見　一切有爲法　顯示於非有
若能知此法　便能見非有　常無有所證
畢竟無有故　若有可證者　便名爲世間
若作如是心　我於世成佛　作此存有想
終不悟菩提　菩薩無畏者　於法無所求
自然無煩惱　是名爲菩提　衆人作是言
我趣於菩提　以不知此道　彼遠佛菩提
以音聲說法　一切諸行空　音聲體自性
精微不可見　示大神通者　說此修多羅
利益諸菩薩　諸佛之所明　斷彼諸對治
謂諸煩惱等　彼住大神通　善修四神足
獲得於尸羅　於空則究竟　安住於神通
神足不思議　安住無願智　修智善清潔
求智無猒足　無量不思議　神通三昧中
任運無功用　是報恒空無　一切常寂滅
是報神足力　往遊億世界　見佛世燈明
猶如恒河沙　彼人於生滅　隨心而自在
以心自在已　其身得清淨　佛諸弟子中
若修神通力　於此報通者　十六不及一
一切諸天衆　不能見彼身　唯除佛世尊

及其同得者　彼身無諸疾　亦無髮白皺
及與羸虛老　臨終無苦切　彼無有疑滯
及與諸迷惑　晝夜恒演說　百億修多羅
一切諸煩惱　悉斷於習氣　一切衆生所
常起平等心　於百千三昧　無垢得自在
修習大智慧　爲他而演說　男女二根等
一切遠離想　安住非有想　能說眞決定
以清淨智慧　演說如實法　稱於隨順法
定慧之境界　彼修諸定者　不爲有所滯
常以眞實言　說法無不益　彼善得人身
遠離一切難　能報諸佛恩　常樂此經故
彼於無量劫　棄捨於世間　若於此妙典
乃至持一偈　已曾見諸佛　數數致供養
以受此經故　速悟佛菩提　彼即見諸佛
恒在耆闍山　悉授彼人記　當見彌勒佛
彼見彌勒佛　若於末代時　住持此經者
得上愛樂心　安住實際中　成就不思議
於不思議際　無有諸疑惑　彼人無有疑
亦無微少惑　於佛語決定　菩提不難得
末代怖畏時　難可得修行　若得聞此經
便得無盡辯　愛樂此經者　無上佛法藏
佛及諸聲聞　彼便已供養　轉讀此經人
即是持法藏　一切供養中　法供最爲上
若能持此經　難思佛菩提　謂佛無上智
彼智得不難　若於先佛世　曾持此經典
及後末代時　身還遇此經　詣於諸佛剎
彼便能震吼　作大師子吼　佛吼不思議
於彼億佛所　釋師子所作　能以無量辯
演說無所畏　甘蔗功德種　而授彼人記
及於後末代　能護佛菩提　妙色皆具足

相好自莊嚴　神力速能往　悉見無量佛
神力化作華　端妙甚芬馥　常以銀水精
及諸瑠璃等　一切諸寶貨　彼悉掌中出
爲求菩提故　供養一切佛　無量諸供養
音樂及歌讚　自身毛孔出　猶如恒河沙
億類衆生等　若得聞是音　便得不退轉
無上佛智慧　爲佛所讚歎　普聞其名號
諸方傳其名　自亦得聞見　若聞其名者
得滅一切想　旣滅其想已　得見無量佛
如是之智慧　行於菩提行　爲利諸衆生
故求菩提德　彼行智慧者　得於如是利
復得餘利益　能持此經故　若有諸婦女
聞持此經故　即轉於女身　能說甘露法
彼更不復受　如是女人身　具足諸妙色
成就相莊嚴　若於此勝經　顯示其功德
悉獲是妙果　速證於菩提　常於一切生
成就無所畏　若人於此經　菩薩之境界
無盡勝三昧　一切菩薩母　速證菩提者
應當持此經　彼得親近佛　亦近佛菩提
不久於此經　獲勝妙寂滅　此地勇健者
菩薩所安住　見世燈明照　猶如恒河沙
能作大力轉輪王　見佛十力寂定心
無量百偈而讚歎　得離垢地勝三昧
彼設無等供養佛　有大名號人中上
棄捨王位如洟唾　而修最上勝梵行
於勝佛法而出家　得此寂滅離垢定
得於勝善美妙語　演說不斷多億經
空無相願微細法　寂勝離垢無諸漏
自性空寂語言斷　出定能爲多人說
甚深智慧常無量　廣大智慧無邊義

得此甚深三昧已　能爲世間作照明
常修梵行恒皎潔　無諸腥臊及鄙穢
無量衆生令安住　使得寂定離諸垢
常得聰利捷速辯　多聞如海無量慧
語言善妙達諸法　持此寂定勝經故
了知諸業及工巧　曉於因論及醫方
到彼一切勇健岸　持此離垢寂定故
於諸偈論及戲笑　善於歌舞皆究竟
常爲世間作法師　持此離垢寂定故
常有上妙諸眷屬　恒得一切上供養
能修勝妙菩提行　持此離垢寂定故
憂惱毒箭徧切心　彼智慧者無此患
恒無病疾常安隱　持此離垢寂定故
世間所有諸病患　一切身患及心患
彼人常無如此患　持此離垢寂定故
所有身痛及心痛　若有牙痛及頭痛
智者常無是痛惱　持此離垢寂定故
心有無量餘痛惱　從其意起燒其身
彼無一切起煩惱　持此離垢寂定故
猶如虛空無所染　自性無垢常清淨
彼人心淨亦如是　持此離垢寂定故
亦如日月之光明　其光頗執常清淨
彼心清虛亦如是　持此離垢寂定故
如人執持諸彩色　欲畫虛空不可得
彼人心淨亦如空　持此離垢寂定故
譬如風行於十方　徧遊諸方無所著
其心流注猶如風　不染世間得解脫
風行速疾不可見　不可罥網而繫縛
彼人志意深難知　持此離垢寂定故
壁上光影不可取　指水中像難可執

得於三昧在身時　無有能知彼人心
十方世界諸衆生　所有言語猶可筭
得此三昧在身時　無能得知彼人心
得於如是寂滅定　其心無垢無染著
三界衆生無與等　唯除諸佛三界尊
離貪愛欲不染色　不以愚心著女人
得於如是勝定時　獲勝寂滅無所染
於彼男女無戀情　不染妻妾及眷屬
得於寂滅勝定時　善寂之行無所染
於其貨賄無所寶　不希天果不著財
其心清淨無妄想　由得此定獲勝益
不爲生天修梵行　智者行檀不求報
爲菩提因修梵行　得於離垢寂定故
不求王位修戒行　多人爲此修梵行
爲利衆生求菩提　專欲成就此定故

諸欲已棄身不惱　永不悕求婬欲事
斷除婬欲及慢高　由得如是寂定故
彼常不爲瞋恚惱　瞋惱穢心永不生
常以慈心除瞋怒　由獲如是勝寂定
彼常不爲愚癡心　斯由智慧斷無明
獲得無量無礙智　由得斯定獲此利
以不淨觀除愛欲　慈心除瞋無有餘
智慧除斷無明網　獲此定妙照世間
無有睡眠及懈怠　離起煩惱及與地
永得解脫無雜穢　得斯三昧獲此利
不爲慳貪之所逼　心常樂於惠施人
一切皆捨悉與樂　彼人能持三昧故
具足威勢無與等　一切常有大身力
一切世間無倫匹　菩薩由持勝定故
亦復能爲轉輪王　具足七寶乘空行

彼時一切悉歸奉　是智慧者獲此報
最勝賢善豪貴家　資生眷屬悉豐備
象馬車乘及輦輿　豐饒金銀具衆寶
恒生貴族豪富家　如是展轉生勝處
於佛法僧深信樂　生於彼處衆人敬
閻浮提内不信家　悉皆能令生正信
能令建立菩提心　亦復令彼得道果
彼得無上菩提已　轉於無上妙法輪
若人知彼所說法　悉皆獲得無生忍
菩薩常樂慈愛育　悉能長養於衆生
恒爲無量勝利益　開衆生眼除闇冥
若佛教導一菩薩　無量百千億衆生
彼悉於中植善本　聞已即發菩提心
彼時刹土不空虚　智者奉持佛法故
佛子菩薩隨所住　廣利無量諸衆生

護戒無等持梵行　於無量劫淨三昧
於禪解脱常決定　如是菩薩名佛子
彼常修習勝神足　能往無量諸佛刹
於如來所聞正法　隨所聞已悉憶念
若住總持菩薩者　能說無量修多羅
又知過去諸衆生　未來現在亦復爾
曉悟含識諸生死　亦復了達於未來
無有從此向彼者　推其少分不可得
業既不至彼　求之亦難得　菩薩大名稱
乃能解了之　最勝淨心者　安住於空寂
以無上大乘　運載於羣品　彼不思惟念
存有衆生想　彼大名譽者　能悟無生法
彼雖有所說　不取衆生想　悟彼境界空
住於堅固智　顯說此三昧　佛法之所住
不起於思想　謂諸男女等　觀察於諸女

而坐於道場　坐於道場已　摧壞諸魔軍
於魔無所見　降伏諸魔衆　不見魔女來
而至於我所　坐於道場時　遣除一切想
以斷諸想故　一切大地動　須彌及大海
十方亦復然　於彼十方界　悉知彼衆生
菩提神通力　震動於大地　六種震動時
以證菩提道　一切有爲法　及以無爲法
是法悉了達　但有說法音　無有能知者
此是諸佛道　若知此道者　名爲世間解
因緣故法生　因緣故法滅　因緣之體性
如實悉了達　若學一切法　空法能究竟
便知諸法道　窮盡一切法　彼所行法道
菩薩求不得　其有知此道　正覺不思議
若知一切道　便能獲究竟　遠離於惡道
能知諸法相　坐於道場已　作大師子吼
無邊億世界　言音悉充滿　復能動彼剎
世雄大名稱　善度衆生者　謂聖調御士
已證上菩提　起於菩提樹　無量諸億衆
應度者已度　然後能變化　化作無邊佛
往遊諸世界　利益於衆生　諸佛能安立
無量諸億衆　應化諸如來　爲說最勝法
此爲真大乘　名爲如來智　能起衆生信
而作得佛因　此是真大乘　如來最妙乘
恭敬於如來　加敬於菩薩　於佛深加敬
法僧亦復然　欲證勝菩提　其心不下劣
敬奉於菩薩　尊重勇猛者　速皆登正覺
不久成如來　於千世界中　菩薩悉往詣
見於牟尼尊　菩薩無所畏　以諸勝寶物
徧散於大雄　糅以曼陀羅　樂求菩提故
莊嚴於此界　爲求佛功德　寶網以羅覆

徧至於十方　懸諸勝妙旛　建億寶幢蓋
無量種莊嚴　光飾於世界　變作勝臺閣
及以妙宮殿　廊廡盡端嚴　衆寶相間錯
樓窻及宮室　皆作半月形　并雜香瓶等
皆用妙寶飾　種種諸馨物　悉出妙雲臺
於千世界中　香熏甚可樂　於彼普香雲
雨以香華雨　若有齅之者　成佛大導師
便去於愛刺　亦復除瞋惱　碎壞於癡網
遠離諸闇冥　獲得勝神通　及於根力覺
諸禪與解脫　應受於信施　敷置億牀座
布以衆妙衣　寶網羅覆上　華鬘而莊嚴
無畏諸菩薩　勇猛大士坐　具相莊嚴身
備諸隨形好　以諸妙寶林　莊嚴於此界
變作諸華池　滿八功德水　若飲彼水者
遠離一切患　速能離渴愛　得爲世支提

復有餘世界　大士悉來集　讚歎佛功德
導師釋師子　若有得聞音　能成世導師
彼得不思議　此經能顯示　妙色金蓮華
億葉而稠密　最尊妙覺寶　處此蓮華臺
瑠璃爲莖葉　真金爲華鬚　德藏摩尼間
變作衆億華　所出諸妙香　聞者皆欣樂
滅除一切病　六根悉充悅　貪愛及瞋癡
悉皆一時盡　除諸煩惱已　決定得成佛
此華出妙音　讚歎佛功德　法僧亦復然
聲滿十方界　空門與無相　及以無願法
那由衆聞已　皆得於不退　所出諸音聲
徃徧億世界　無量衆聞已　發於菩提心
鴻鵠及孔雀　鸚鵡鴛鴦等　所出諸妙音
佛音最爲上　以勝妙寶樹　變現於此土
端嚴最第一　珠鬘以垂布　所有莊嚴具

一切諸佛刹　於中最爲勝　而現於此刹
妙衣瓔珞具　樹懸諸樂音　妙華怡悅心
一切恒垂布　是諸妙莊嚴　衆生得安樂
釋迦所住持　由聖神力故　如是要略說
釋師子功德　菩薩大名稱　於此智無疑
若能於此信　其行不思議　增長於智慧
如川赴於海　若欲量大海　無有能知數
我說菩薩法　是皆不思議　難思諸菩薩
安住如此際　演說美妙語　猶如恒河沙
無量諸劫中　菩薩常無取　若斷於取相
得近於菩提　假使法滅盡　終不毀淨戒
於行無殘缺　菩薩衆之首　良由愛欲故
今戒有漏缺　斷除於欲想　得於不逸定
常行寂滅定　不著於定味　無著無放逸
不爲世所染　出過於世間　能往諸佛國
所謂安樂土　得見彌陀佛　復見諸菩薩
具足相莊嚴　到彼神通岸　究竟總持門
往遊億世界　頭面禮佛足　復能作照明
無量諸佛刹　遣除一切患　及壞諸煩惱
斷除諸結縛　一生補佛處　安樂諸衆生
永不墮惡趣　彼國諸衆生　斷除諸惡道
彌陀救護者　修治佛世界　本習不放逸
不可思議劫　汝等勿懷疑　彼佛自在力
能生增上信　速得生彼刹　女人聞歎國
能生增上信　得爲男子身　能往億佛刹
那由他億刹　所有諸供具　悉供一切佛
不及慈一分　常修於戒定　無量禪解脫
修三解脫門　速成人中上　末法惡世中
菩薩若持戒　供佛常悲身　此供爲最勝
是人供諸佛　過去及現在　未來最勝尊

惡世持戒者　十方佛悉見　菩薩末法中
護持佛禁戒　善子能護法
女人聞讃彼寶國　若生增上信樂意
便獲男子聰慧身　能往遊於億佛剎
那由他億佛剎中　所有種種供佛具
悉以供養於諸佛　不及慈心一少分
修持禁戒及三昧　并習諸禪四無量
勤修三種解脫門　速得成於世無上
供養諸佛常悲身　如此供佛世無比
若有菩薩不捨戒　於彼末代惡世時
是人能供一切佛　過去諸佛及現在
及以未來最勝尊　若有惡世持禁戒
十方諸佛見是人　菩薩若於後惡世
持於清禁佛所歎　是爲我子能護法
爾時佛告月光童子乃往過去無量無數不

可思議曠大阿僧祇劫于時有佛號曰聲德如來應供正徧知明行足善逝世間解無上士調御丈夫天人師佛世尊童子彼聲德如來安置無量不可思議數衆生於阿耨多羅三藐三菩提令諸人天而修佛業已然後入於無餘涅槃童子是時有王名曰德音彼王於佛如來應正徧知涅槃之後爲供養聲德如來故起八十四千萬億塔一一塔前然百千萬那由他燈明以一切妓樂香華寶鬘塗香粖香復以一切衣服寶蓋幢旛皆爲供養諸佛如來羅於塔所于時德音王於如來舍利塔所獻供養已會滿八十百千萬億那由他大菩薩衆集已供給一切樂具是諸菩薩皆爲大法師善能說法得無量辯才善能顯示無量諸法眞實功德童子爾時衆中有比

丘名安隱德在彼會坐年在弱冠顏豔髮黑住於童真賢妙之行曾不受於色欲之樂始受具戒初夏之時童子爾時德音王請大菩薩衆爲欲滿足六波羅蜜菩薩藏大陀羅尼善巧方便自在無礙是故於其夜中請大菩薩衆在於佛前而爲法會時百千萬那由他燈皆悉熾明掃灑堂宇散種種華敷種種妙衣時德音王與其後宮妃后婇女及於輔相城邑人民與諸眷屬以衆妓樂執持塗香秣香華鬘衣服寶蓋幢旛悉皆出巳供養佛塔供養巳訖共八萬宮人爲聽法故皆昇高殿爾時無量天人爲聞法故悉來集會爾時安隱德比丘見百千億那由他燈熾然徧照觀大衆會即作是念我亦行於大乘樂求一切諸法體性平等無戲論三昧若我今欲獲是三昧者應當供養此佛廟塔我今當作如斯供養令諸天人阿脩羅等生奇特想歡喜踊躍得法光明令我供具映蔽彼王所有供具令德音王及宫人眷屬見我供養皆悉歡喜爾時安隱德菩薩見於大衆在於塔前爲聽法故即於其夜在佛塔前衣纏右臂以油塗之爲供養佛故而熾然之時安隱德菩薩住增上信求阿耨多羅三藐三菩提然右臂巳其心無異顏色不變童子爾時安隱德比丘然臂之時大地震動其明映蔽無量百千行燈悉無光照以此臂光徧照十方爾時安隱德菩薩歡喜充滿於一切諸法體性平等無戲論三昧以和雅美妙辯正言音辭句而作歌頌令諸大衆悉皆普聞爾時衆中萬二千忉利天子心生歡喜設種種供養皆爲法故

而來會此爾時德音王在高樓上并後宮眷屬妃后婇女見安隱德比丘然其右臂烱然紅焰徧照諸方見已心作是念此比丘必獲神足乃作如斯希有變現於其身命無有悋惜爾時德音王見安隱德比丘希有神變心生愛樂以淨信心及自善根力之所熏資與諸后妃八萬婇女從千肘高殿放身投下爲欲見此菩薩比丘恭敬善根之力得現果報即爲天龍夜叉乾闥婆阿脩羅迦樓羅摩睺羅伽之所護持不令墮落以天龍夜叉乾闥婆阿脩羅迦樓羅摩睺羅伽護持力故是德音王及后妃婇女雖墮高殿而於身心無所傷損不疲不怖爾時德音王兩手抱臂而大號泣一切大衆皆亦如是以見安隱德比丘然其臂髆如瞻波華鬘臂復纖長如象王鼻一切衆人見者奇歎莫不呼嗟悲泣隕淚爾時安隱德比丘見此大王及諸人衆皆悉悲泣懊惱而問王言大王何故悲號墮淚及諸大衆悲啼乃爾于時德音王以偈答曰

大智安隱德　聰慧勝法師　見汝然身分
以是故哀泣　汝顏甚端妙　猶如熾火聚
見汝毀身分　故增我憂惱　汝然右臂時
光曜十方界　映蔽於諸燈　星月復不現
大地悉震動　汝心無傾搖　我心起於敬
知汝非凡人　於其千肘殿　共八萬宮人
我身自投下　身竟無諸患　善哉汝淨智
善哉意無上　善哉精進士　善哉成大信
汝然身臂時　其心無動異　發於歡喜心
兼復說妙法　猶若圓滿月　復如淨空日
如須彌山王　端妙亦如是　我作如是願

滿足大精進　故捐所愛身　利益於衆生
愛法故悲號　喜樂廣無垢　汝已毀身分
故我極憂惱　天人所供者　無邊勝辯才
安隱德報王　便說是偈言　不以無身手
故名闕身分　若不持戒者　是名身分缺
以此臭穢身　我已供如來　難思議福田
一切世間塔　若人三千界　滿中七寶沙
於佛世尊所　爲菩提故施　雖有此施供
餘供復勝此　若能知法空　便能捨身命
我今說實語　大王願諦聽　并及此衆會
一切聽我言　若我審決定　得成無上者
如此實不虛　令地六種動　說於此語時
大地便震動　見於希有事　諸天大歡喜
人天歡喜已　發於菩提心　無量難思衆
皆趣無上智　安隱德比丘　利益一切衆
安處億衆生　置於無上智　以此實法言
推體皆無實　此語審不虛　令臂還如故
若此法審實　安隱名亦無　十方悉推求
空故不可得　諸法猶如響　聲出於其中
求聲不可得　如是知諸法　畢竟了達者
於空無所畏　彼人語真實　相火不能燒
所有世衆生　天人夜叉龍　一切智威力
悉令悟寂定　若人及與天　所有世苦難
不退轉威德　一切速能壞　說於此語時
身臂還如本　安隱德比丘　身相具莊嚴
諸天千億數　住淨虛空中　信心以曼陀
散彼比丘身　此皆過人華　徧滿閻浮界
天人億那由　妓樂諸歌詠　安隱德比丘
作大師子吼　牟尼如來尊　令餘億佛土
各各於已剎　彼清淨大士　安隱德比丘

傳說其名號　比丘比丘尼　清信士男女
天龍及夜叉　乾闥緊羅等　彼聞決定業
安隱得離垢　信心求道者　其數如恒沙
安隱德比丘　聰慧得自在　爲於佛智故
然臂不爲憂　彼人於千刹　變身如恒沙
臂光徧照曜　猶如劫盡火　雨以衆香末
徧滿一切土　下至於地天　上天悉來集
一切供養具　莊嚴於此刹　其地滿眞珠
供養安隱德　一切衆寶華　莊嚴於此刹
龍雨妙眞珠　供養安隱德　復以一切寶
嚴飾於此刹　龍雨寶莊嚴　爲供安隱德
最勝釋師子　住於耆闍山　於諸比丘前
而作師子吼　安隱德我是　德音是彌勒
於彼千億劫　共修菩提行　時見持戒者
安隱德智慧　無量諸女人　悉變爲男子
諸佛悉授記　終無有疑惑　彼速得成就
證世自然智　聞於此經已　說決定功德
於巳不生著　應學如是法

月燈三昧經卷第八

音釋

罥規懸切網也　鎧可亥切甲也　腥臊腥桑經切臊蘇曹切腥臊豕膏臭也　賄呼罪切財也　糅女救切雜也　豔以贍切美好也　烱古迥切光也　髆伯各切肩甲也　隕羽敏切落也　懊烏皓切恨也

月燈三昧經卷第九

高齊天竺三藏法師那連提黎耶舍譯

童子是以菩薩摩訶薩爲欲樂求是三昧故應修善根行於法施或行財施以此檀度以四種迴向而迴向之何等爲四一者過去諸佛善巧方便得阿耨多羅三藐三菩提願我亦得是善巧方便以此善根迴向菩提是名第一迴向二者於善知識所聞說如是善巧方便受持讀誦而修學之以此方便令我得成無上菩提願我長夜恒得值遇以斯善根而迴向之是名第二迴向三者願我所得資財共一切衆生受用以此善根而迴向之是名第三迴向四者願我已身一切生處得財得法攝護利益一切衆生願我常得如是之身以此善根而迴向之是名第四迴向童子以此四種迴向應以一切善根而迴向之復次童子菩薩摩訶薩求是三昧故若在家若出家以不諂曲心奉事持戒人若有能持是三昧者若出家若在家是人若遇病苦垂困若能以已身分肉血除彼患者若有成就增上信心菩薩以不動心及清淨心應當給施童子乃往過去過阿僧祇阿僧祇無量無邊不可稱不可量廣大不可思議劫爾時有佛號曰不可思議願勝起王佛如來應供正徧知明行足善逝世間解無上士調御丈夫天人師佛世尊彼佛如來應正徧知即於是日得成阿耨多羅三藐三菩提變作無量無邊應化諸佛而爲說法善能調伏無量衆生安置無漏阿羅漢道亦復建立無量衆生阿耨多羅三藐三菩提得不退轉是不思議願勝

起如來即於此日壽盡入無餘涅槃正法住世八萬四千億那由他百千歲童子是不可思議願勝起王佛正法滅後於末世時及有無量執見比丘彼諸比丘於如是等修多羅中不愛不樂不生信心誹謗毀訾若有能持此等經者爲彼惡侶逼惱其身口言訶毀乃至奪命彼惡比丘爲貪利養及恭敬故殺於二萬受持此經諸比丘等童子彼時於斯閻浮提中有一國王名曰智力受持正法護持正法本願成就曾於先佛植衆善根童子昔時於此閻浮提內有一法師名曰實意受持如是三昧經典入於王宫爲善知識有大悲故能爲救濟利益憐愍彼王喜樂見此比丘無有猒足聽法語論往詣奉事親近供養諮請問難聞說能持善能酬答時彼比丘善解廣略相攸之義威儀諸行悉皆具足善能通達陰界諸入善知一切衆生和合分離離已復合亦知衆生威儀諸行樂欲性習善知衆生根力精進善知差别智慧性習善知諦相應及不相應酬答語言於義決定辯才深妙亦能善知調伏衆生含笑先語見者愛樂遠離顰蹙其心廣大安住如是四無量心大悲相應一切異論所不能壞童子爾時智力王有女名曰智意年始十六顔貌端正形色姝妙姿容充滿無不備具彼實意比丘以爲師導時彼比丘四大不調於右脇上生惡黒瘡難可療治一切醫師捨之而去時彼智力王見是比丘病篤困苦恐其死殁號泣墮淚及諸妃后八萬婇女并及國土城邑人民太子諸官軍衆將帥守門防邏及以奴婢親從左

右弃餘大衆見此比丘悉皆啼泣童子時智力王先有親屬命終生天於王夢中現面勸化而作是言此比丘病要須未交童女新血洗之亦用塗瘡復取其肉煮之爲羹以種種味而調和之與飯共食乃可除瘥若不得此藥定難可起爾時智力王見如是夢覺已至明即從卧起入於後宮集諸宮人具說斯夢我見是事誰能施此病比丘藥令我善知識說善道者而得除愈童子爾時一切內外宮人婇女都無堪者童子爾時智意於父王所聞是語已知病比丘須如是藥聞已歡喜身心踊悅作是思惟如父所言我今此身未曾交合施其尊者新血肉等我於宮內最爲幼年於此法師阿闍黎所深生敬重身口意淨求無染智以身肉血施無著法師持已身肉以種種味而調和之我應爲此病比丘藥令我大師病苦消除得起平復爾時智意即持利刀深心住法割身股肉其瘡血流持此新肉調種種味而作羹臛以金椀承取身上流血即奉王勑喚病比丘來入宮內於父王前置席令坐血洗瘡已又用塗之復持此肉調以種種其餘勝味而作羹食爲獲福故奉施法師時彼比丘不知不覺不疑有過即便食之是病比丘食此食時患苦即除爾時法師病苦除已身安快樂而爲智力王說勝妙法爲求是三昧故令此宮內一萬三千諸婇女等發於阿耨多羅三藐三菩提心爾時智力王即便說偈問其女曰

汝於何處而獲此　新好人肉及以血
能爲病者作羹饍　令是比丘得安樂

遣誰何處殺何人　及獲得斯勝好肉
以諸異味共和合　復得淨血而洗塗
法師食於此食時　并用新血洗塗瘡
能除如是大惡患　令彼尊者獲喜樂
於本親屬天神所　我從夢中聞是言
若能得於如是藥　乃可除彼比丘病
要以人身新出血　塗洗法師毒惡瘡
調和人肉令香已　而爲彼食故奉獻
比丘但用此方者　即時病患必消除
唯有斯藥堪救療　不假餘法王速辦
我覺寤已從卧起　即入後宫說是言
一切宫人聞此語　悉皆默住無堪者
吾時復告宫人言　頗有能爲如此事
捨已身分新血肉　和以種種餘美味
用斯藥食奉施彼　復以淨血而洗塗
法師比丘黑惡瘡　此方乃可得痊愈
若不以於如是藥　療治比丘惡瘡者
法師必當便死歿　正以闕於此方故
是時宫人聞斯語　咸皆默然不復言
無有能爲此惠施　如是血肉之方藥
乃至一切三界人　都無能捨自身肉
宫中一一普徧告　寂然無有一言堪
我心敬重是比丘　衆人咸各愛自身
以其戀著已身故　不能割捨自肉血
善哉語我何處得　我時聞已心歡喜
聞父尊重勝妙言　其心勇猛不怯弱
智意童女報父曰　願父淨心賜垂聽
於已自身不愛戀　亦不計著於我想
能以勇猛捨自身　爲求無上菩提故
唯願父王更賜聽　求人肉了不能得

是故便割自脞肉　調以衆味奉法師
不殺他人非死肉　割身爲作廣利益
比丘既得免患苦　我亦當獲無量福
王即問汝割身時　不甚爲於苦逼惱
汝速備藥自塗瘡　勿令身將受大苦
聞其父毋慇念言　唯願大王復賜聽
聞已深思正法行　業果如是不思議
我從父聞天所言　於已身命不顧戀
以信敬心而奉施　是故自於新肉血
以已身分作利益　得除比丘毒惡病
我今既爲無量福　以不堅身易堅身
其女復作如是言　唯願父王更少聽
聞於實法願受持　觀彼業果不思議
往昔造於不善業　衆生由癡墮惡道
身肉銷盡還復合　是故業報難思議
初時唯有形骨鎖　念頃身肉還更合
況復造作善業者　隨心所欲寧不得
雖割身肉初不痛　其瘡流血亦無苦
若割一切身分時　思念法故無痛處
我於正法深愛樂　是故割肉而奉施
一切有爲猶如幻　身瘡還合亦如本
譬如優曇鉢羅華　經無量劫或能現
比丘法師亦如是　閻浮提中時一見
猶如閻浮金聚光　若有觀者無猒足
法師實意亦如是　天人瞻仰無有猒
喻若飲於清冷水　熱時能去燋渴患
比丘法師亦如是　能除衆生諸渴愛
我捨股肉奉法師　并施已身新淨血
除彼法師四大苦　佛所歎者我已捨
聖者成就相應德　及持如此勝寶定

我已供養彼比丘　願斯福善得成佛
如香芬馥甚可樂　隨順時香勝栴檀
妙香普熏無不徧　持戒定者亦如是
猶如須彌最端嚴　徧照十方殊可愛
光曜地上及虛空　持戒法師亦如是
若人清淨深信樂　建立最勝妙寶塔
復有餘人來敬養　轉增造者最勝福
法師說者亦如是　我以淨心令安隱
割捨自身新肉血　我今已造正法塔
若有塔廟垂欲倒　智者扶令不傾動
復有人來供養塔　能令扶者獲勝福
比丘知法塔亦然　我以良藥除彼患
此能演說勝妙法　安置衆生無上道
法師比丘若殞歿　斯法云何而得聞
父王當知比丘喪　即便失是三摩提
法師亦如淨妙燈　療治衆生煩惱暗
安住廣大三摩提　救濟惡道諸羣生
比丘所行不可測　恒常安住於大心
決定句義已善學　諸惡異論不能壞
於其無量億劫中　永不復受女人身
如佛所說上敬法　我於法師已恭敬
其佛世界如恒沙　滿中寶物奉如來
餘有淨心施足指　此福於彼最爲勝
如是女人死滅後　得得見於千億佛
悉於彼佛得出家　受持如是勝三昧
於諸兩足尊佛所　及般涅槃最後時
如是一切常出家　佛子清淨無穢染
亦於燈明如來所　彼佛法中修梵行
我時得轉於女身　爲大法師說勝法
智力王者彌勒是　恒常勇猛護持法

法師即是然燈佛　昔王女者我身是
能捨身肉無顧悋　供養功德自在者
恒常遠離諂曲心　爲求如是三昧故
見彼比丘病苦逼　爾時所有啼泣者
一切皆獲不退地　畢竟永離諸惡趣
彼人無復衆惱逼　亦離謗法及病苦
五根具足不殘缺　心亦無有諸憂刺
一切端嚴皆殊妙　功德威神常熾盛
百福莊嚴三十二　皆由供養病者故
彼於我法悉出家　於其後代末世時
若能持我正法藏　彼當得見千億佛
受持恭敬我法者　是爲攝持菩提種
廣能利益諸衆生　當得見於阿閦佛
聞我行勝菩提行　便得獲於聖所愛
一切本生莊嚴事　奉勝供養諸如來

比丘多聞持禁戒　見已淨心而奉事
復能遠離諸恚慢　恒爲最勝大福故
速離一切瞋慢已　供養我子護法者
無量億劫離闇冥　終不墜於惡道苦
諍心畢定墮惡趣　雖持禁戒及多聞
供養諸佛廣行施　蘭若禪等莫能救

爾時長老阿難從座而起偏袒右肩右膝著地合掌向佛而作是言世尊我於如來應正徧知所少有諮問願佛聽許隨問爲說爾時佛告阿難汝歸本座如來應正徧知恣汝所問我爲汝說令汝心喜爾時長老阿難白佛言世尊唯然受教修伽多唯然受教婆伽婆已蒙聽許於是阿難即便謦欬而作是言世尊何因緣故餘一一菩薩行菩薩行遇截手足及以耳鼻或挑兩目割其身分於種種苦

悉皆忍受而不退轉於阿耨多羅三藐三菩提作是問已佛言阿難汝若知我爲阿耨多羅三藐三菩提故備受苦者汝尚不堪興意欲言況能發問阿難假使有人從足至頂炯然熾炎復有餘人往詣其所而作是言丈夫可來於此熾然不滅之身與五欲合隨意所受歌舞戲樂佛言阿難於汝意云何是人不滅熾然身火隨意所受歌舞戲笑五欲樂不阿難白佛言不也世尊佛言阿難是人未滅身火或可能受五欲之樂歌舞嬉戲如來不爾往昔行於菩薩行時見三惡道受苦衆生及諸貧苦終無悅樂阿難若過去菩薩修菩薩行時成就不缺戒不穿戒不尤戒不雜戒不取戒不動戒不濁戒不壞戒不浅戒不現相戒不相違戒正直戒如要誓戒攝衆生戒

阿難如是成就諸戒菩薩摩訶薩修行菩薩行終不逢遇截手刖足割耳劓鼻斬首挑目及餘身分亦不受於種種諸苦速得阿耨多羅三藐三菩提阿難乃往過去阿僧祇阿僧祇劫廣大無量不可思議不可稱不可量無有分齊彼時有佛號曰寶蓮華月淨起王佛如來應供正徧知明行足善逝世間解無上士調御丈夫天人師佛世尊阿難彼時寶蓮華月淨起王佛壽命九十九億那由他百千劫彼於一切日月時中令九十億百千衆生安住佛法而不退轉阿難彼時寶蓮華月淨起王如來應正徧知般涅槃已正法滅後末法之中於此修多羅無量衆生而猒惡之無量衆生而遠離之無量衆生而違背之無量衆生而棄捨之大可怖畏時大厄難時不雨

時若多雨時非時雨時饑饉時邪見時求外道語言時惡獸夜叉時雷電霹靂時壞佛菩提時有七千菩薩於城邑王都聚落人民從此而出至普賢林中依彼而住與善華月法師俱時彼比丘爲彼衆說陀羅尼法門阿難是善華月法師於一時中獨處靜坐以天眼界清淨過人見多億菩薩植諸善根於餘佛世界沒而來生此彼若得聞是陀羅尼法門便得不退轉於阿耨多羅三藐三菩提若不得聞此陀羅尼法門者即便退失阿耨多羅三藐三菩提於是善華月法師作是念已即從三昧起往詣彼大菩薩衆所到彼衆已而作是言善男子我今欲詣城邑聚落而爲衆生演說法要爾時大菩薩衆白善華月法師言我等一切諸菩薩衆不樂仁者從此林出向彼王都城邑聚落何以故有無量我慢比丘比丘尼優婆塞優婆夷於像法時善喜奪人命爾時善華月法師白菩薩衆言若我護惜其身命者則不能護去來現在諸佛法也爾時法師即說偈言

恒常不住於我想　乃能護持如來法
諸佛廣大勝菩提　於惡世中能顯示
若離一切取我想　亦離衆生及壽命
於諸色聲香味觸　能速離者護佛法
若供百億那由佛　清淨信心施餚饍
亦施燈鬘及旛蓋　至於恒沙多億劫
若於正法衰末世　如是佛法欲滅時
於一日夜能護法　如是功德勝於彼
我爲人中聖師子　正法滅時置不護
不得名爲供養佛　又亦不名敬導師

汝等安樂自利益　善自將護於已身
於正法律莫放逸　應常安住修慈行
護持正戒而不雜　清淨皎然無垢穢
便爲供養一切佛　所有過現諸如來
施勝法寶恒修忍　靜處習定善調柔
離諸鬬諍行妙因　往詣城邑救衆生
大智勝仙將欲下　或有悲泣或頂禮
願觀林樹香可愛　智者莫去救我等
往昔導師具十力　諸根寂靜善調柔
詣彼山林閑寂處　趣於無上勝菩提
又能善行菩提因　修集福德及智慧
住林隨順而學彼　大聖威德願勿下
汝身相好特微妙　頭髮紺青甚可愛
皮膚光麗如金色　輝赫照曜於大地
眉間毫相殊可愛　猶如珂貝鮮白光
勿令餘人起妬嫉　國主大臣或奪命

阿難爾時善華月法師即於彼菩薩衆而說偈言

所有過去諸如來　一切種智漏盡者
悉皆利益於三有　證於無上勝菩提
爲求菩提修勝因　積集福德及智慧
習學彼故常修行　爲欲救濟衆生故
一切右遶智神仙　頭頂接足而敬禮
戀仰歎息皆呼嗟　高聲悲叫悉號切
或有從高而墜墮　悶絶猶如大樹倒
不以彼言便退轉　福仙爲利諸衆生
仙持衣鉢欲辭去　猶如雄猛師子王
都不顧眄於得失　以其安住法性故
勿令我止山林中　損減衆生諸善根
彼便往詣勝城邑　爲欲利益衆生故

阿難爾時善華月法師即便往詣城邑村落為諸衆生而應説法是比丘於清旦時令九億衆生於阿耨多羅三藐三菩提住不退轉然後次第遊行至彼珍寶王城於畢鉢羅樹下坐時彼比丘夜坐到明入其城內令三十六億衆生於佛法中得住不退轉爾時比丘一日不食不食已遂出王城詣佛爪塔所一日一夜竚立恭敬時彼比丘復至明旦到第二日猶故未食還復入於珍寶王城令二十三億衆生安住佛法得不退轉於第二日不食已復出王城詣佛爪塔所日夜竚立夜分盡已暨于清旦到第三日仍故未食還入王城安置九億百千衆生於佛法中住不退轉第三日不食已復出王城至佛爪塔所日夜竚立夜盡到明至第四日猶故未食還復入彼珍寶王城安置九十百千衆生住於佛法而不退轉於第四日斷食出城詣佛爪塔所日夜竚立夜盡至曉到第五日猶故未食還入王城安置一切大王宫內及彼城邑聚落人民於佛法中令不退轉第五日不食已復出王城詣佛爪塔所日夜竚立夜盡至明到第六日仍故未食令王千子於阿耨多羅三藐三菩提住不退轉第六日不食已還復出彼珍寶王城詣佛爪塔所於其日夜竚立恭敬夜盡到明至第七日猶故不食詣王城門爾時有王名勇健得時王從後宫出昇於金車白銀欄楯勝妙栴檀以之為轅毗瑠璃為輪上張幡蓋寶幢莊飾寶樹嚴列諸繒羅網張覆車上垂衆綃氎有八百童女執寶繩而牽寶車其女端正具衆妙色愚者愛樂非智

人也有八萬四千刹利豪族侍衛於後復有八萬四千婆羅門豪族及八萬四千長者豪族悉皆侍從亦有五百王女昇於種種寶莊嚴輿在王前行彼女俱時見是比丘於阿耨多羅三藐三菩提獲不退轉六百八十萬宫人悉見是比丘皆於阿耨多羅三藐三菩提得不退轉爾時衆人皆脫瓔珞及寶革屣偏露右肩右膝著地咸皆合掌向彼比丘作禮恭敬在前而立爾時女人宿植善根之所熏資即下寶輿偏袒右肩整理衣服右膝著地合掌敬禮彼比丘已而說偈言

今日威光徧照曜　於斯珍寶王都城
由是比丘入城故　衆人咸各住瞻仰
斷除一切愛欲過　亦離瞋恚及愚癡
嫉妬妄想衆結縛　一切悉皆能盡滅
是時勇健得大王　當爾出遊無人觀
兒等及餘諸眷屬　咸皆無人從王者
比丘處彼大王衆　端嚴殊特無有比
猶如十五圓滿月　一切衆星所圍遶
身如莊嚴真金像　復加工匠所瑩飾
猶若樹王妙華敷　比丘端嚴亦如是
又如帝釋大威德　千眼天主遊昇空
須彌山頂忉利王　比丘入城妙亦然
譬如梵王處梵衆　又似化樂天王主
欲界夜摩甚端嚴　比丘入城妙若斯
如日照曜於虛空　千種燄光除幽冥
徧照一切諸十方　比丘入城妙亦然
無量劫來廣行施　恒常護戒無穢雜
修於忍辱世無倫　以相嚴身妙如是
能起精進聖所讚　勇猛勝心修四禪

起智斷於煩惱網　是故比丘照世間
佛雄無比人中上　過去已澍勝法雨
未來現在亦復然　是彼法王之眞子
願此比丘常無變　其色光照一切世
見汝威德及聞聲　映蔽王威都不現
汝自己身證於法　受行佛教遊世間
我等願捨此女身　亦當得如彼比丘
彼女一切皆合掌　說偈以散嚴身具
勝妙金鬘珠瓔珞　耳璫及以頸金鎖
勢若輪王觀大地　遊四天下起子想
國王剎利四姓等　於彼均心無憎愛
比丘已學陀羅尼　分別根力覺正道
猶彼滿月處衆星　亦如日輪光照曜
歸命十力調伏者　若人百劫讚不盡
無量千億多劫說　不能盡其一毛德
若轉法輪智慧句　微細無垢難見法
沙門魔梵婆羅門　敬禮醫王無比子
女說偈已皆歡喜　地散珠金布妙衣
髻珠瓔珞直百億　施彼比丘爲菩提

爾時勇健得王作是念此諸宮人心皆變異違叛於我云何知也悉脫臂印及珠瓔珞偏袒右肩右膝著地於此比丘合掌作禮時勇健王見善華月顏容端正自顧形貌不如比丘尋即驚怖恐奪王位極大瞋怒時彼比丘住於王道吹塵入目視瞬動瞼時勇健王作如是念比丘染心著我宮人瞬眼期會誰有能殺是比丘者爾時勇健得王具足千子侍從其後便語兒言汝今可斷是比丘命其王千子爲比丘故不受王教王作是念兒等尚不受我教勑我今獨一而無伴侶誰復能殺

是比丘也時勇健王有旃陀羅名曰難提常令殺戮毒害兇暴無所顧惜王見難提歡喜踊躍必能爲我殺是比丘尋時勑喚時彼難提即詣王所王語之言汝今能殺是比丘不若能殺者當重封賞唯然大王我當奉勑隨王所遣我能殺之即於是日便斷其命王告難提汝應當知今正是時宜執利刀截彼比丘手足耳鼻以其染心看我宮人當以鐵鉤挑出其目爾時難提即受王勑手執利刀割截比丘手足耳鼻并挑兩目王殺比丘已尋詣園林是時衆生悲號懊惱還復入於珍寶王城爾時勇健王七日之中在於園苑心無悅樂都不嬉戲亦不娛樂過七日已從園而出還來入城於其王路見此比丘死經七日棄之於道七日之中形色無變爾時勇健王便作是念比丘死來經於七日身色不異於阿耨多羅三藐三菩提定得不退轉無有疑也我造惡業必墮地獄受苦不久作是念時有八萬四千諸天在於空中一時同聲如是大王如汝所念如汝所言此比丘者眞是不退轉於阿耨多羅三藐三菩提王聞是語驚怖顫悚身毛皆竪心生悔恨爾時勇健得王憂愁苦惱心悔恨已而說偈言

吾捨王位及城邑　金銀眞珠摩尼寶
愚癡無智惡業者　我持利刀當自殺
昔時善華月法師　三十二相而莊嚴
入於王城光普照　猶如滿月星中王
我爲愛欲所惑亂　婇女圍遶出城遊
昇於寶車剎利從　端正妙眼而來至
女見比丘皆欣悅　咸以喜心散金鬘

一切女人皆合掌　說偈歎彼比丘
我時娛樂出遊觀　刹利圍遶乘寶車
遇值端正妙眼人　是大威德如來子
吾時見彼起惡意　嫉妬瞋恚生害心
以見比丘入王城　衆女覩之欣喜故
光明徧照於四方　如月得出脩羅口
衆人皆發於大聲　婇女見之悉歡喜
我昔出於麤惡言　普皆告勑其千子
速殺比丘爲異段　斯是我之大怨家
一切童子悉持戒　憐愍愛念是法師
咸皆不受我教勑　吾時心懷極憂惱
見是比丘持淨戒　智慧相應如慈父
我時瞋心遣令殺　不慮阿鼻及後悔
時見難提住王路　毒害與人作苦惱
我爲惡教勑彼人　截此比丘如華鬘

普賢林處甚端妙　衆仙臻萃香芬馥
彼諸大衆失法師　猶如一子失其母
比丘可起詣賢林　以廣利益諸人衆
汝今既入此王城　彼衆將至大悲泣
妙華幢旛列在右　左廂端嚴亦復然
以諸妙衣布道路　比丘速起說妙法
汝入王城已經久　彼衆必當大悲哀
於彼佛法未盡時　不令斷於汝命根
假使有人大威神　廣名流布徧諸方
具足勢力過大地　悉皆映蔽三千界
解脫苦箭離憂患　得聖歡喜相應法
彼若見聞尚生惱　況當世間不荒迷
華月法師如山王　三十二相以莊嚴
喻若衆女爭華鬘　俄爾分析作異段
我造尤重不善業　墮彼阿鼻無能救

於諸佛所極遠離　以其割截比丘故
非子諸親能救我　輔相諸貴及僮僕
我既造於重惡業　是等衆人莫能救
過去未來一切佛　及今現在十方者
十力導師離煩惱　心如金剛我歸依
見彼比丘作異分　諸天悲泣悉號叫
往告彼諸菩薩衆　華月比丘爲王殺
聰明利智法師者　具大威德名徧聞
安住陀羅尼菩薩　今在王城而被殺
經無量劫廣行施　護戒不動無穢雜
能修忍辱無比者　今在王城而被殺
無量劫來常精進　增上勝心修四禪
起智能斷煩惱者　今在王城而被殺
棄捨一切於身愛　亦不顧戀其壽命
彼從普賢林中出　今在王城而被殺

彼林大衆入王城　高聲悲叫悉號泣
見此比丘身數段　一切悶絶而躃地
是諸比丘啓王言　大王法師有何過
持戒無缺大名稱　能知宿世無邊事
於彼總持得究竟　善解世間悉空寂
爲諸衆生顯無相　棄捨一切諸願想
演說微妙音可愛　諸根寂靜善調柔
了達過去宿世事　超出一切諸世間
當得爲佛自然智　於彼世間最希有
淨眼明見無暗障　是謂慈心所照矚
貪愛婬欲甚鄙穢　能生苦惱喪天趣
習欲之人離多聞　名爲損減智慧者
耽著愛欲爲盲人　便能傷害於父母
亦復能害持戒者　是故應當棄捨欲
大王若習於愛欲　便失威德勝自在

趣向尤惡地獄中　生於大怖極苦處
殺害聰慧勝法師　造作如是重惡業
若欲志求菩提者　應當遠離如是惡
勝妙色聲香味觸　其心勇猛能棄捨
身意皆空猶如幻　眼耳鼻舌亦復然
修習施戒無倫匹　忍辱精進亦如是
已到禪定智彼岸　堪能利益於衆生
一切世間諸天人　能以慈心觀如來
彼眼能除大闇冥　悟解最勝上菩提
歡喜信心捨樓閣　象馬車乘及牀敷
一切輦輿牛羊等　國界城邑諸村落
棄捨王位并金銀　真珠玻瓈及珊瑚
頭目妻子悉能施　爲求無上菩提故
歡喜供養無有比　妙華塗香及粖香
種種諸旛勝幢蓋　美妙歌音衆妓樂

於諸有中離願想　了知三界悉空故
是以十力相莊嚴　光明徧照於十方
色欲二界而不著　及以無色亦復然
若住菩薩總持者　脫捨三界如蛇皮
無有我想衆生想　亦無男想及女想
彼修梵行無穢雜　菩薩安住總持故
有事無事想悉無　安不安想亦復然
非非數想非數想　以住菩薩總持故
非有有想悉皆無　非有命想衆生想
非有村想及城想　菩薩安住總持故
非非貪想非貪想　非非瞋想非瞋想
非非癡想非癡想　以住菩薩總持故
於其諸根及以力　禪定道品皆不著
悉能棄捨於三有　菩薩安住總持故
不爲貪瞋之所染　亦無癡亂諂曲心

見佛十力設供養　智者不悕生天處
從他聞於深妙法　不起一切諸疑惑
譬如器盛清淨油　晝無晝相理亦然
正以貪戀故生愛　此則名爲大煩惱
亦以瞋嫌故起憎　斯則名爲惡恐怖
智者遠離此二邊　是謂能趣勝菩提
得爲十力人牛王　出過一切諸世間
悉捨一切内外事　安住實際法性中
護持禁戒善清淨　無穿無缺無穢濁
彼於淨戒無間雜　亦復無其羯磨法
智人棄捨於二邊　能得無上大菩提

月燈三昧經卷第九

音釋

邏 郎佐切游偵也　瘥 楚懈切病瘳也　股 公土切髀幹也　臛 黒各切肉羹也
胜 部禮切股也　謦欬 謦棄挺切欬丘蓋切逆氣聲也　刖 魚厥切斷足也
劓 疑器切刑鼻也　挑 他凋切撥取也　眄 彌遠切邪視也　竚 丈呂切久立也
屣 所綺切屨屬　叛 薄半切離叛也　瞬 輸閏切目動也　瞼 居奄切目上下瞼也
戮 力竹切刑戮也　顫悚 顫之膳切掉也悚荀勇切懼也　析 先的切分也
躃 眦亦切倒也　矚 之欲切視也

月燈三昧經卷第十 元無初品

高齊天竺三藏法師那連提黎耶舍譯

懺悔品第二

爾時世尊即說偈言

我於往昔修行時　為王號曰勇健得
爾時有城名珍寶　彼王出城詣園林
乘駕寶車遇比丘　端正殊特甚微妙
三十二相以莊嚴　光明普照於十方
善華月名徧諸域　安住慈悲能利益
為救眾生故入城　功德威勢極端嚴
我時顏貌不如彼　遂起增上妬嫉心
愛欲耽荒所纏結　恐彼比丘奪王位
昔具千子為眷屬　乘駕寶車從我後
種種寶冠自莊嚴　行如忉利諸天子
於彼子中五百子　悉著妙寶摩尼履
寶冠瓔珞自嚴飾　金網彌覆於車上
婇女眷屬有八萬　一切端妙悉嚴麗
昇於寶輿見比丘　端正猶如須彌山
彼見悉皆如父想　各發無上菩提心
從彼受於淨梵行　脫勝瓔珞散比丘
我尋起上嫉妬意　便生瞋怒穢濁心
豪富惑亂勑子言　可殺我前立比丘
諸子聞父教勑已　深懷憂惱白父曰
願王勿作如是語　我終不能殺此人
若有割截我身分　經於恒沙多億劫
終不能殺是法師　以從彼發道心故
於彼尊所發是心　願我得佛人中勝
趣菩提者不為惡　我等悉是佛日子
王聞諸子如是語　即勑奴言喚旃陀
速呼魁膾殺比丘　在我宮人前立者

尋時將於殺者來　號曰難提極暴惡
手執利刀而瑩治　截此比丘爲八分
比丘被斬身無血　割處流出千種光
亦有功德吉祥輪　是文肉裏炳然現
作斯尤重惡業已　我時爲戲詣園林
一切歌舞都不樂　思念華月法師故
于時忽速出彼園　還來歸入珍寶城
於是乘車詣其所　到彼割截比丘處
即時空中聞惡聲　無量那由天號叫
咸言惡王造重業　死墮阿鼻受極苦
王時聞彼諸天音　心懷憂惱大怖畏
我爲無量重罪過　以殺善華比丘故
如來具足無量智　是彼最勝眞佛子
護根調柔心寂滅　我爲愛欲故殺彼
若有能持如來法　於正法藏滅壞時
能於世間然智燈　我爲欲故殺是人
於諸世間爲大醫　療治衆生煩惱病
復以甘露令轉下　爲愛欲故而殺彼
受持導師勝法藏　黑闇衆生爲燈明
持陀羅尼法王者　我爲欲故而殺彼
爲世演說勝妙法　甚深微細難可見
顯說趣於道場路　我爲愛故殺彼人
其智清淨無穢雜　凝靜寂滅恒在定
爲愛所盲遂便殺　欲是苦因應棄捨
過去未來所有佛　及今現在人中尊
功德無量如大海　一切合掌歸命彼
此死趣惡阿鼻獄　於彼無有能救者
不愛果業既自造　正由殺害勝法師
咄哉惡心造苦業　咄哉王位自憍慢
此處究竟無堅實　當捨一切而獨去

初無欲染修淨業　悲心愛語真佛子
獨爲世親離諸過　我善華月何處去
嗚呼聖者具忍財　嗚呼妙色德相應
無諂戲論功德聚　汝今捨我何處去
我今始知大仙言　世間爲欲之所壞
身心熱惱惡道因　如是知已捨欲行
此死趣惡地獄中　無有能得救濟者
造於極重之惡業　正由害彼比丘故
捨怖疲勞王位處　奉持禁戒修梵行
我今爲彼自在者　歡喜淨心造大塔
爲供無惱智慧人　智慧之藏慚愧者
勿令我墮三惡趣　亦離惡名及譏毀
妃后宮人諸親戚　最勝輔相及僮僕
剎利長者并諸官　王時哀泣向彼言
汝等爲我速具辦　種種勝妙諸香水
名衣上服及酥油　俟用燒此比丘身
汝今於斯速積集　一切勝妙衆香薪
隨時栴檀沉香汁　蘇畀力迦及龍腦
百千衣服酥油塗　悉皆纏彼尊者身
我以增上信重心　種種供具而供養
聞彼大王教勑已　第一輔相城中民
以諸香油塗香末　種種勝妙衆香粖
諸粖香水而洗之　復用衆香塗其身
以酥油衣纏彼體　置於此身香積上
古昔牟尼尊妙軀　舍利三斛有六斗
彼王造作勝妙塔　種種供養恒禮拜
塗末香鬘百種讚　懸諸妙鈴及旛蓋
妃后宮人并子孫　從此出城而往彼
王於一日三供養　然後乃從塔所還
勝妙華鬘以供養　寶幢旛蓋而莊嚴

王以癡故造衆罪　於彼塔所悉懺悔
乃經九十五億歲　恒常懺悔不疲倦
智慧所攝勝清淨　堅持禁戒無缺漏
日夜長受八戒齋　清淨護持不毀犯
王爲愛欲所纏蔽　自身造作不善業
身壞命終墮地獄　在於極苦阿鼻中
從昔以來不值遇　九十五億諸如來
於其九十五億劫　爾所世中常生盲
六十二億那由劫　雖得眼根還復壞
又於一億那由劫　設令得眼還復失
亦復恒被截手足　及以耳鼻脣舌等
人中經億那由劫　諸餘生處亦如是
其王造作無量惡　於諸世間恒受苦
若有欲得安樂者　念已莫作少惡業
其王雖復懺先罪　而不得免昔所作

造斯如是惡業已　死後當墮阿鼻獄
斬截身首及四肢　亦復割耳而劓鼻
挑其兩目不可算　無量億劫爲欲故
廣造惡業酬盡已　後自剜身施他人
所謂斬頭并手足　捨王及子爲菩提
所愛之妻多財產　宮人婇女象馬等
車乘船舫衆妙寶　無量億生爲道施
勇健得王我身是　彼昔千子賢劫佛
蓮華上佛華月是　魁膾即是寂王佛
宮人妃后及城民　親戚知友并僕使
勝妙刹利與城主　爾許衆人我眷屬
若有於彼持禁戒　以信敬心供養者
一切悉皆般涅槃　以好心故證菩提
童子我昔無量劫　得見離垢無惱佛
修於勝上菩提行　往昔尚受如是苦

若有菩薩住總持　善修慈行安不動
彼終不墮諸惡處　供養離垢無惱佛
若欲得佛爲法王　三十二相而莊嚴
應當護戒無穢動　說法不斷住總持

校量功德品第三

是故童子若菩薩作是念我今云何安樂而得阿耨多羅三藐三菩提耶彼諸菩薩應當安住淨戒之聚於一切菩薩所起於師想爾時世尊而說偈言

若有菩薩住戒聚　以利益心行菩提
彼人速往可樂刹　能獲上忍爲法王
是以心和安不動　恒常造作可愛業
然後得見多佛日　速得菩提離疑網
聞我如是最勝教　見諸比丘持淨戒
無諂曲心而奉事　然後不久得是定
若以恒沙諸伏藏　悉以七寶滿其中
彼藏如是極廣大　猶如無量恒沙刹
若有菩薩樂惠施　於其日夜常無間
勇猛布施不暫停　經於無量恒沙劫
若有聞此三昧者　便持一切牟尼藏
此爲無量福德聚　過於前施難思議
如此福德廣無邊　能令滅於世間苦
是爲最上功德聚　比於施福廣難思
隨順菩提第一藏　智慧菩薩能受持
若有持是三昧者　名具大財勝菩薩
是爲佛法多聞海　彼人福德難盡邊
於此勝妙難思法　便名菩薩眞護持
若有能說寂滅定　彼人菩提便增長
唯除世師調御士　具足大悲自然智
能獲無量諸功德　福德成就轉增上

於其三千大千界　無有能與其比者
餘人福德無與等　智所讚智亦復然
若人聞是三昧者　有能受持而讀誦
爲求諸佛勝菩提　如是輩人乃與等
出生多聞猶如海　彼人福德不可量
受持讀誦此三昧　如是之人所攝福
童子若福是色者　一切世界莫能容
是故童子若菩薩　若欲供養一切佛
過現未來清淨者　應當受持是三昧
此是諸佛勝菩提　童子汝當信我言
如來所説無有異　我等諸佛言不虛
昔於難思百劫中　我爲是故消竭身
當修最妙菩提行　爲求如是勝定故
是故汝應受法藏　那由他經從斯出
此福聚廣不思議　以能獲得諸佛智

一切衆經此爲首　出生無量諸善業
恒常無畏説是經　彼法邊際不可得
碎壞三千以爲末　或可能知諸塵數
常説難思百千經　無有能得測量者
此佛刹中諸衆生　出入氣息猶可知
菩薩常所演説經　無有能知其畔際
若佛刹土如恒沙　其中六趣諸羣生
有能測量其心數　無有知彼所説經
無量諸億世界刹　彼界大海河池沙
此諸沙數可筭知　無能知彼所説法
析一毛端爲百分　可以滴數多億刹
所有一切諸水聚　彼諸言音不可知
過去無量億劫中　所有一切諸衆生
其身塵數猶可筭　不能知彼所説經
十方一切諸衆生　彼之音聲可筭知

其所演說不斷絕　不能知彼修多羅
言辭句義已善學　復能演說一切法
廣大捷利之智慧　了知實法并問答
智慧通達深廣義　應常知心不思議
悉知音聲自體性　是故言說無罣礙
名爲無礙大法師　爲世說法無所著
問答解釋已善習　了達第一義諦故
於一句中億論釋　不思議說無滯著
學於無礙之句義　處衆演說無壅滯
若有常住此三昧　成就無畏不動轉
已得法力行勝行　能利無量億衆生
猶如須彌安不動　諸有猛風莫能壞
法師比丘亦如是　一切諸論無能異
三千大千世界剎　其中所有諸山等
一切風吹或動搖　比丘住空莫能動

若能與空恒相應　是佛決定所住處
若人定知諸法空　一切異論無能勝
諸餘邪說不傾動　一切外論靡能壞
無有侵淩毀懱者　由說如是寂定故
彼人窮盡於空法　恒常安住無量智
於一切法無有疑　持是最勝三昧故
諸力道品得不難　神足無礙辯才等
及獲聖通亦復然　受持讀誦是經故
死此生彼不爲難　能見最勝無量智
不思議億那由他　持是經者悉得見
於斯一切諸佛所　得聞如是離垢定
成就最勝相應智　能到四種辯才岸
於諸三千大千界　從其下際至有頂
諸天可愛光摩尼　及以七寶悉充滿
十方無量諸佛剎　下從大地至有頂

閻浮檀金皆充滿　悉以此寶奉牟尼
一切世間所有寶　經無量刼用布施
奉施如來恒不絶　深信爲求菩提故
若有比丘愛樂空　一念合掌而禮佛
比前廣施福德聚　施福不及迦羅分
若人得彼廣多物　信心爲福故行施
爲求無等佛菩提　我知世間已校量
若人於此三昧所　聞已受持四句偈
是人所集之功德　前福百分不及一
最勝菩薩行布施　未能速得無上道
若有聞是勝寶定　彼速得於上菩提
假使得於珍寶藏　徧滿無量恒沙刹
種種寶物悉充滿　菩薩不以爲富足
若斷渴愛修功德　又能得是三昧者
便具一切諸資生　庫藏盈滿備大財
設令獲于四天下　智者於此不爲喜
若得如斯離垢定　歡喜踊躍利衆生

讚歎品第四

爾時彌勒菩薩摩訶薩被於甲冑便讚歎此三昧利益亦爲當來菩薩受持讀誦得歡喜故助其勢力而說偈言

彼彼能持智人法　功德威勢救護者
亦於諸佛能受持　廣大勝妙之法眼
末世惡時多貪瞋　捨不放逸常放逸
實義滿足勝經典　誰有能得受持者
彼彼戒定忍聞財　善學威儀而莊嚴
受樂法智解脱樹　能被慚愧勝上服
持大智慧樂出離　是爲大地法山王
觀於世間無導師　爲彼趣詣佛菩提
彼彼調伏心寂滅　是人趣向一切智

不調衆生令調伏　是一切智最勝子
自證解脫令他到　於愛枝條而得脫
於常放逸睡衆生　便能令彼得覺悟
彼彼恒樂善調伏　亦常喜樂於法施
不與一切妬嫉俱　好行惠施無愛悋
見彼逼切貧衆生　常令充足資生具
是滿功德第一道　智者一切恒修習
彼彼勝妙大法鼓　以歡喜心而擊之
斷除疑網解妙法　智慧堅固如金剛
住勝聖法處衆中　能知衆生心樂欲
演說最勝甘露法　所謂勝要修多羅
彼彼自住勝神通　能施世間最勝眼
遣除癡闇猶如日　能生智慧亦如礦
顯示眞實除怖畏　增上智慧修禪定
彼說最妙微細法　是名寂滅勝出離
彼彼聞持智人敬　建立信義增上福
能知世間勝法藏　恒常宣說美妙言
善巧語言達儀式　是法燈明之所依
常以善心利衆生　修行最上微妙法
彼住法道離塵染　及以潤益寂靜信
以法教化諸世間　得爲最勝大法王
能爲無上之法尊　住於第一上恭敬
恒常護持妙正覺　隨順轉於勝法輪
彼彼愚癡自縱者　覩見如是惡衆生
見心惑亂趣險道　臨惡趣門難越度
與大慈悲清淨心　起已能除世間苦
演說最勝微妙道　謂彼八正之勝路
是爲彼法廣堅固　造作無上勝法船
能於生死煩惱海　濟渡怖畏諸世間
觀道品空爲鎧甲　得爲勇健大船師

彼岸離怖常安樂　安置衆生彼勝處
彼彼持呪威儀行　解脫一切苦逼迫
到於明術智彼岸　智者能知衆生欲
覩煩惱病無所歸　諸惡過患惱世間
以其法藥令轉瀉　如法爲彼而療治
彼彼勝說摧異論　言辭上妙而自在
知諸言音達法義　勇健住於勝智地
忍辱之力智戰具　而被慈愍堅鎧甲
聖者以慧悅智人　安住法中無諂曲
彼彼三有最勝尊　於諸衆生得自在
見諸羣生依魔道　遊行迷於正真路
彼道最上聖無垢　而能顯示無所畏
無量百千那由衆　往詣此道無憂處
彼彼爲世作燈明　爲救爲歸爲洲宅
怖畏衆生施無畏　安慰一切諸羣生

見斯百苦之所惱　猶如生盲無目者
然於最勝大法炬　演說顯示真實義
彼學工巧利衆生　能獲名聞功德樂
住於如法之技藝　令諸衆生得安樂
一切皆得到彼岸　能爲最勝大導師
爲愍世間趣菩提　令其安住無畏處
牟尼恒常無猒足　所謂智慧及福德
已到戒忍禪定岸　安住甚深微妙法
於其他所無有猒　演說最勝寂滅法
猶如天雨徧大地　法雨充滿亦復然
若有衆生往其所　求解深法及名義
於其彼所聞法寶　能除無量無邊苦
彼之廣大諸疑惑　速以法刃而斷截
到於戒忍三昧岸　能知衆生諸信樂
大士至彼究竟智　已善了知羣生欲

觀察衆生心所行　如心所行決定知
其有聞彼智慧言　令那由衆得淨眼
度於禪定解脫岸　能入安住眞實道
億那由他諸魔衆　莫能測知其心行
猶如虛空中鳥跡　衆人悉不能測知
調伏寂滅智慧力　安住最上聖法中
自在摧壞諸魔力　悟解最上勝菩提
常得達彼神通岸　能速往詣百千界
見彼那由多億佛　其數亦如恒河沙
淨眼無有諸障礙　悉覩十方衆導師
守護諸根無所染　自在往於無量剎
設令十方諸衆生　一時悉成爲導師
彼於那由他劫數　恒常讚說不斷絕
無礙辯才而不盡　所歎之德亦無窮
於此無等離垢定　持在心者能如是

本因品第五

爾時世尊復欲顯示此三昧功德利益說其菩薩本昔所行亦爲顯現增長月光童子力故說已本緣以偈頌曰

童子汝今當善聽　我於百千劫所行
供養百千諸如來　爲求如是勝寂定
過去不可思議劫　所有百剎塵沙數
汝當知是所說事　有佛號曰衆自在
彼佛如來有眷屬　滿足六十億千數
一切漏盡無煩惱　於八解脫善決定
是時一切諸大地　安隱豐樂無濁亂
一切衆人悉安樂　遊行往來適悅滿
成就一切福德力　形色端嚴甚可愛
大富饒財悉充滿　備受一切諸天樂
持戒調伏少煩惱　色貌端正樂忍力

猶如天宮諸天子　智者戒行功德具
於彼時世有一王　名聞廣大號善華
是時彼王有諸子　滿足五百具念慧
爾時勝王於佛所　捨彼六百萬園林
妙華果樹而莊嚴　奉佛具足大悲者
造寺備滿六百萬　經行牀座亦復然
袈裟衣服億百萬　敷置經行止息處
如是無量百千種　沙門一切所須具
彼時勝王信敬心　悉皆奉施於善逝
彼王常以十善道　自己及他悉安住
衆人百千那由他　隨從於王詣佛所
手執妙華及塗香　勝蓋幢旛并音樂
供養最勝佛世尊　合掌在頂而住立
千比丘衆默然住　人天脩羅龍夜叉
一切恭敬而觀佛　善哉自然說何法
牟尼世尊知彼欲　亦知勝王最上心
佛能了達彼信樂　而爲宣說此三昧
善逝演說是語時　大地諸山皆震動
念頃虛空雨衆華　百千蓮華從地出
已善了知妙義句　佛知彼欲爲記說
爲王說是寂滅定　汝聽往昔所分別
一切有無妄想起　空如野馬亦如沫
如雲電動皆空無　一切無我無衆生
過去未來法亦空　無去無住離處所
常無堅實如幻性　一切勝淨如虛空
非青非黃非赤白　名字空無但聲性
其心離心無心性　離諸音聲而空無
演說句味而不住　雖不說時字不空
文字亦不往諸方　亦復不從餘處來
其字無盡斯盡滅　若說不說恒無盡

常說句味而不盡　如是知者得無盡
若知此法無盡者　彼常能說無盡法
雖說千種修多羅　恒知諸法離文字
諸佛百千已過去　亦曾說於百千法
於一切法而無盡　法無所得故無盡
若人爲他演說法　而不執著於文字
法本無我無衆生　彼能演說而無盡
智者演說一切言　不以語言易彼心
知諸言音如谷響　是故於言無取著
以諸言音說是法　是言念頃即壞滅
斯諸言音如是相　一切諸法相亦然
諸法無相亦離相　恒常無相相空寂
空寂無欲無取捨　是以寂定不可得
有爲無爲悉遠離　如是大仙無分別
遠離一切惡見道　了達諸趣悉無爲
恒常無染無瞋癡　是以心體恒寂滅
以此三昧力最上　是故能知斯法空
如空山河及谿谷　聞於勝妙響音聲
有爲流轉因緣起　一切世空猶如幻
智力愛樂功德法　安住智慧神通仙
發於語言能善巧　能說如是寂滅定
所言覺觀但妄想　世間不可得其邊
本際從來無有相　而爲未來因緣道
造業不爲有所起　隨上中下有所生
此法自性無知覺　法空無我應當知
黑白之業不壞滅　自所作者還自受
業不能到於果所　而業能爲彼作因
諸佛演說世諦法　有爲無爲如是觀
無有真實及我人　一切世間相如是
一切諸有皆虛妄　猶如幻化水中月

空無亦如水聚沫　以聲顯說恒寂滅
一切悉捨無所取　持戒威儀亦無依
不著忍力諸衆生　如是行者得寂定
隨其王意所樂欲　如來稱機而演說
王聞世尊所說法　王及眷屬悉受戒
勝王聞斯三昧已　歡喜踊躍作是言
善哉能說此三昧　是故歸依佛世尊
彼時人衆具八萬　聞是最勝法體性
演說真實第一義　悉皆獲得無生忍
衆生無有其生滅　諸法無生恒空寂
王及眷屬如是知　咸名獲於無生忍
爾時善華棄王位　投彼佛法而出家
其王所有五百子　悉皆從王而出家
王及諸子出家時　餘人乃有無量數
一切爲求佛法故　亦於彼法皆出家

自在如來爲說法　具足滿於二千歲
王及其子并眷屬　二千年中修法行
過於如是年數已　彼佛世尊入涅槃
時諸聲聞悉滅度　正法於後甚衰微
彼王善華有勝子　號曰福慧具正信
王有法師爲師導　受持如是勝寂定
聰明黠慧有念力　無量百千人供養
諸天百億恒侍從　往詣處處而讚歎
言語柔輭不麤獷　調伏學戒善防護
其音和雅語可愛　智力總持悉具足
得勝袈裟百億數　比丘號曰名稱光
彼人福力無敵對　無量比丘起妬嫉
具足福德及色力　亦具智慧與神通
護持淨戒禪定力　比丘法力之所起
在家出家四衆等　衆人戀仰而愛樂

若於佛法得信者　愛重敬心而供養
其昔善華王勝子　號曰福慧淨信者
知彼比丘起惡心　於己師所而守護
時有五十萬軍衆　悉被鎧甲手持刀
常令擁護是法師　演說菩提寂滅行
於大衆中說是法　謂空無我無壽命
其有計我執著者　彼不喜樂法師說
不信空法比丘衆　尋時即起手持刀
言此妄說於非法　殺之便獲大福德
法師見刀不怖畏　以其思念空法故
無有衆生而可殺　空無我人如石壁
法師比丘即合掌　發言稱於南無佛
若其空法審不虛　令刀願爲曼陀華
護持戒者願欲故　發言空中便雨華
大地諸山皆震動　刀即變爲妙香華
爾時取見持刀者　彼衆比丘咸恥悔
令手執刀不能動　驚懼恐怕大怖畏
其有於佛得信者　所有愛樂空法衆
發大音聲而號泣　一切衣服悉奉散
法師比丘起慈心　於大衆前作是言
若人於我起瞋者　我爲彼故行菩提
其法朋黨甚微少　法師恒爲彼侵陵
聞於一切不喜言　忍辱之力轉增上
時彼法師八十年　演說如來空法藏
無量百千惡比丘　彼王力故令退散
是彼法師於餘時　利益無量百千衆
思量戒行無缺漏　即便往詣福慧所
王見法師甚恭敬　便即問彼比丘言
不令於我大師所　惱亂其心不喜悅
彼便答王願賜聽　諸佛忍力之所起

若於我所興惡言　便起增上勝慈心
已於無量百千劫　過去世中修忍辱
稱光比丘我身是　釋迦如來作是說
彼昔福慧之王子　擁護稱光法師者
於其千生爲我友　我已記彼爲慈尊
其昔供養自在佛　爲造勝妙塔寺者
彼時出家善華王　得佛名爲蓮華上
我亦無量百千劫　受持如來最勝法
我已積集於忍力　童子汝應隨順學
吾般涅槃去世已　於後正法滅盡時
比丘樂於外典籍　彼便毀謗我勝法
輕躁調戲無慚恥　貪嗜飲食不護罪
乃於衣鉢而戀著　彼人謗我最勝法
常樂鬬諍無反復　於其貧窮下劣姓
在我法中而出家　彼不樂於空寂滅

順其魔意癡衆生　隨魔自在而執著
貪欲自縱凡愚者　彼不樂於空寂滅
在家出家四衆等　讒佞愚癡起惡心
隨順如是惡黨者　彼人末世謗空法
童子汝聞我教已　應常奉給蘭若僧
所謂樂於空寂者　如是輩人持佛法
我佛法中容彼人　出家受戒及布薩
離諸過深消信施　如是人能持菩提
乃至棄捨於身命　修習空法樂寂滅
於其空法心相應　樂住蘭若如野鹿
以幢旛蓋及華香　於諸佛所設供養
供養無等勝支提　速能獲得是三昧
建立無比勝塔廟　以諸金銀而塗飾
造諸形像無量種　爲菩提因起慈心
所有一切供養具　天上人中淨妙者

汝應悉求供養佛　爲求無上佛智故
應當如法觀諸佛　謂住十方諸如來
現前無量住法者　一切佛子能證知
心常利益喜布施　持戒清淨住忍力
樂行忍辱及遠離　能知一切諸法空
精進勇猛無懈退　務修禪定戒多聞
智慧了達常清淨　不久成於大悲者
以不淨觀除貪染　慈力能治於瞋恚
因緣之法破愚癡　便得最勝無上道
觀身猶如水聚沫　一切皆空無堅實
觀察五陰悉空無　速得成於最勝智
離取一切諸惡見　不依壽命及我人
了知一切諸法空　速得成彼牟尼王
於諸利養不貪著　不得利養勿生憂
聞他讚毀心莫異　猶如須彌山不動
爲求法故起恭敬　勿得聞已而執著
安住一切佛行處　速能遊於百世界
於諸世間起平等　莫起憎愛差別心
愼勿求利及名聞　速得成於天人師
恒常讚說佛功德　以言辭句如實歎
衆生聞是讚歎者　於佛功德生愛樂
父母師長及衆生　如是一切悉恭敬
而不隨順於魔力　便獲三十二種相
常離一切諸憒閙　住於寂靜空閑林
旣能自利亦利他　爲求解脫速施作
常樂修習慈悲心　及以喜捨亦復然
調伏寂滅應讚歎　速得成於利世間
若有欲得寂滅定　趣向無上菩提者
愼勿習近惡知識　恒常親近於善人
又莫願欲聲聞地　亦勿愛彼所修行

勇猛志樂佛功德　速得成佛當如我
恒説真實清淨語　慎勿妄言及惡口
常説可愛美妙言　能得最勝佛菩提
於其身命莫顧戀　慎勿自譽輕毀他
但自思念己功德　莫觀他人之所行
常樂觀空及解脱　於諸趣中勿願樂
捨一切相悉無餘　心恒安住於無相
常能遠離於二邊　於有於無莫分別
觀諸衆生但因縁　若能知此爲大師
棄捨一切愛欲行　悉皆斷離穢濁心
翦除一切愚癡闇　得爲寂滅人師子
恒樂觀察於無常　離諸有中苦樂等
穢汙不淨及無我　如是修者爲人尊
佛於世間作燈明　而能説此勝正法
彼亦降伏於魔力　已到無上勝菩提
我向所説諸功德　及示無量百千過
應當離過修功德　童子如是必得佛

月燈三昧經卷第十

音釋

積 資四切聚也　胄 直又切兜鍪也　礪 力霽切砥石也　讒佞 讒鉏咸切譖也佞乃定切巧諂也

月燈三昧經卷第十一

高齊天竺三藏法師那連提黎耶舍譯

童子是故菩薩應當具足修學身戒云何菩薩具足身戒若菩薩具足身戒於一切法得無礙智謂身善修行若身善修行者於一切法得無礙智是名菩薩具足身戒復次童子若具足身戒菩薩能獲三十二大人之相得如來十力四無所畏四無礙智十八不共法童子是名菩薩具足身戒復次童子具足身戒菩薩能獲三解脱門何者爲三謂空解脱門無相解脱門無願解脱門是名具足身戒復次童子若具足身戒菩薩能得具足四梵住何等爲四謂慈念一切衆生悲喜捨心亦復如是童子是名菩薩具足身戒復次童子云何菩薩修身善行謂四念處四正勤四如意足五根五力七覺分八聖道分是名菩薩身戒具足復次童子具足身戒菩薩能得四禪及四正受能住大悲得善覺觀得寂滅覺觀是名菩薩具足身戒復次童子若菩薩具足身戒遠離殺生偷盗邪婬妄語兩舌惡口綺語貪瞋邪見十不善業斗秤欺誑語言欺誑衣服欺誑因官形勢割截破壞淩壓繫縛邪曲虛妄與貪共行一切惡業悉皆遠離自禁防制無貪無取悉皆斷除猶如斷截多羅樹頭於未來世不復更起無有生法童子應知此法是爲菩薩具足身戒童子乃於往昔過阿僧祇阿僧祇廣大無量無邊不可思議劫爾時有佛號曰智光如來應供正徧知明行足善逝世間解無上士調御丈夫天人師佛世尊於時住世六十億歲爾時有王號曰

勝思惟與其眷屬八萬億人俱往智光如來
所頂禮佛足右遶三帀退坐一面爾時智光
如來即以偈頌說身律儀
猶如虛空無垢穢　自性光潔畢竟淨
如斯身戒亦如是　不可音聲而演說
音聲與空不可知　如是二種同一相
說於虛空無相貌　彼相便同於身戒
若知其戒唯一相　彼便具足戒律儀
智性無生境亦寂　真無漏中妄想盡
亦無貪著及愛欲　不於財色起渴愛
若不見於諸有過　終不能知是身戒
若有能知無漏戒　彼便無復一切生
當知羅漢法如是　非諸外道之所知
於諸三界心怖畏　於欲資產無貪愛
不悕王位及資財　彼能具足此身戒
我今說此身戒義　此義聲教不能說
若能知是法母者　是人常能住身戒
智者愛樂是義母　信樂是義故我說
遠離非義應真義　斯則常名住身戒
諸佛法中說何義　云何善能知是義
若能知於相應義　是即名為住身戒
若有觀察於無相　一切無我悉空無
彼人不名無戒者　是人修學實際故
觀一切有知非有　是人恒住非有際
於一切有無所著　是人能證無相定
若人知於無我法　自體空無性非有
是人不名無戒者　已學決定真實故
若人能知五陰空　諸法寂滅無神我
彼便名為持戒者　其身不復行惡業
無有律儀取相者　存於我想心執著

若取色相執著人　起於愛欲無律儀
若常修學於實際　是人究竟眞妙法
彼不更起於愛欲　不爲無戒墮惡道
蟻子堪能動虛空　須彌安固復令動
若有善學實法者　諸天妙色不能動
彩色可以畫虛空　亦可手執於太虛
一切諸魔愛欲等　無有能得動搖者
呼響音聲猶可捉　大石沉水亦可浮
如是學於身戒者　無有能知彼心念
所有一切諸音聲　悉皆盛內於篋中
若住如是身戒者　無有能知彼住所
所有雲雷及電光　日月明等悉可執
若有住於身戒者　無能知彼身自性
四方所有諸風輪　羅網鉤罥可繫縛
若有住於身戒者　無有能知彼身量
其有住於制心者　非諸衆生之境界
能善修習身戒者　猶如虛空無能染
於其四方風行道　虛空鳥跡猶可見
彼之身量不可測　及心所行難可思
若住如是身戒者　彼無一切諸過惡
遠離一切煩惱聚　由學如是身戒故
住於清淨寂滅定　不爲刀火之所害
彼身無能執捉者　由常修學身戒故
如是住者無怖畏　心無紛動無嫉妬
遠離一切諸厄難　修學如是身戒故
不畏刀杖及毒藥　亦不怖畏水火災
遠離一切諸厄難　修學如是身戒故
不畏雨雹及盜賊　所有一切毒害等
彼離一切我想故　以離想故無怖畏
遠離怖畏及恐懼　以無怖畏心不動

心不動轉無怖畏　億諸魔衆不能怖
若於菩薩身戒所　演說開曉及顯示
若有學是身戒者　諸億魔衆不能擾
若有欲知諸佛法　當知無有其限齊
若有修學身戒者　是人能爲三界溚
若有欲知是佛法　不可思議寂滅衆
若學如是身戒者　其行堅固速成佛
若有欲得大仙法　不可思議佛十力
若學如是身戒者　修習佛力得不難
十八最勝不共法　諸佛如來所安住
若有修學是身戒　彼得此法不爲難
若於七覺支寶所　及與神足辯才等
若有修學身戒者　獲彼妙果不爲難
於其梵住及四禪　及以三種解脫門
安隱覺觀及寂滅　住身戒者得不難
四念處等及正勤　大仙五根及五力
亦於聖寶八正道　住身戒者得不難
於餘諸佛所有法　不可思議無限量
彼得此法悉不難　以學如是身戒故
得聞如是身戒已　是王獲得最勝利
歡喜踊躍而愛樂　於彼佛法便出家
出家已經十億歲　修行最勝淨梵行
恒常修行四梵住　利益世間諸天人
善修清淨梵住已　便得如是勝身戒
復見十方億千佛　修行如是菩提行
於彼勝法出家已　修行最勝淨梵行
具足多聞妙辯才　是名聰慧大法師
堅持禁戒無缺漏　戒身清淨無瑕穢
所謂聖戒無漏戒　當知聖戒是常住
童子我昔修菩提　爾時化作勝思王

汝勿致疑爲異人　當知即是我身也
童子汝應隨順學　安住如是勝身戒
當爲億衆廣宣説　不久亦當得如我

童子是故菩薩當修行清淨身業何以故修行淨業菩薩摩訶薩不畏墮於地獄畜生餓鬼閻摩羅等亦不畏八難五趣苦戹又不畏水火刀兵毒藥王賊獅子虎豹豺狼犀象熊羆一切惡獸毒蟲食肉之屬亦復不畏人非人難童子修行清淨身行菩薩摩訶薩欲以手掌舉此三千大千世界若高一多羅乃至十多羅隨其所欲悉能舉之童子淨身行菩薩摩訶薩能達究竟神通彼岸彼以報得神足福德力故攝取遠離隨順無染寂滅之定悉皆能入依是定故無漏成就得一切世間無礙之眼云何神足謂隨念能爲威力自在解了無滯隨欲能成故名神足復次童子住神足菩薩摩訶薩能爲種種神變之事所謂一能爲多多能爲一隱顯自在石壁諸山徹過無礙如風行空在於空中跏趺而坐猶如飛鳥履水如地出沒地中如水無異身出煙焰如大火聚日月有大威德而能捫摸欲爲大身自在無礙乃至梵天爾時世尊即説偈言

神通自在遊十方　於諸石壁及諸山
隨意徹過無有礙　猶如飛鳥順風行
履於大地猶如水　出沒自在無所礙
遊行於水不沉沒　猶如履於堅鞕地
一身能現於千身　無量多身能爲一
隨意能現種種色　智者爲度衆生故
遊行空中如飛鳥　身出煙焰如火聚

復能已身悉流出　清淨涼冷香美水
智者端坐於此地　而能以手摩日月
一念能往梵天所　而為梵衆演勝法
千億梵衆聞法已　樂求無上獲勝利
復能往餘勝天處　而為演說最勝法
若其意欲說法時　便能震動大千界
又令無量億佛刹　微妙音聲悉充滿

童子是故菩薩應當修學清淨身行何以故修行清淨身行菩薩摩訶薩天耳界清淨過人聞於音聲若地獄畜生閻摩羅處天上人中若近若遠是名天耳通童子菩薩復應修學清淨身行何以故修行清淨身行菩薩摩訶薩常能知他心有欲心如實知有欲心無欲心如實知無欲心有瞋心如實知有瞋心無瞋心如實知無瞋心有癡心如實知有癡心無癡心如實知無癡心有取心如實知有取心無取心如實知無取心有顛倒心如實知有顛倒心無顛倒心如實知無顛倒心有小心如實知有小心無小心如實知無小心有大心如實知有大心無大心如實知無大心有光潔心如實知有光潔心無光潔心如實知無光潔心無量心如實知無量心有量心如實知有量心總心如實知總心無總心如實知無總心亂心如實知亂心無亂心如實知無亂心定心如實知定心非定心如實知非定心上心如實知上心無上心如實知無上心解脫心如實知解脫心非解脫心如實知非解脫心無學心如實知無學心學心如實知學心童子是名菩薩於他衆生心如實了知復次童子菩薩應當修學清淨身行

何者菩薩清淨身行所謂念知種種宿命之事若一生二生三生乃至十生二十生三十生百生千生萬生十萬生百萬生千萬生萬萬生復念知一劫百劫乃至千萬劫事知劫成知劫壞及知劫成壞乃至知於無量劫成壞事及知劫中彼曾有衆生如是名如是姓如是生處如是飲食如是長壽如是短壽如是久住如是壽盡知如是受苦如是受樂若於此處死彼處生彼處死此處生如是狀貌如是國土如是徃事悉皆憶知是名菩薩宿命智通復次童子菩薩應當修習清淨身行何者菩薩清淨身行所謂天眼界清淨過於人眼見諸衆生徃來生死若好色若惡色若趣善道若趣惡道若住善道若住惡道若苦若樂若勝若劣如自作業皆悉了知是諸衆生成就身惡行成就口惡行成就意惡行毀謗賢聖邪見業因緣故身壞命終墮於地獄是諸衆生若成就身善行成就口善行成就意善行不謗賢聖正見因緣故身壞命終趣於善處生於天上童子是名菩薩天眼界清淨過於人眼見諸衆生徃來生死若好色若惡色若趣善道若趣惡道若住善道若住惡道若苦若樂若勝若劣如自巳業皆悉了知是名天眼通復次童子若修行清淨身行菩薩摩訶薩以一念三世相應智慧所有若知若見若得若證應當了知彼一切悉知悉見悉得悉證悉皆了達彼法云何所謂無明緣行行緣識識緣名色名色緣六入六入緣觸觸緣受受緣愛愛緣取取緣有有緣生生緣老死憂悲苦惱如是十二因緣應知應見應

得應證應當覺了如是無明滅故行滅行滅故識滅識滅故名色滅名色滅故六入滅六入滅故觸滅觸滅故受滅受滅故愛滅愛滅故取滅取滅故有滅有滅故生滅生滅故老死滅憂悲苦惱一切皆滅如實知見如實得證如實覺了於四聖諦亦如實了知是名漏盡通爾時世尊而說偈言

菩薩巳顯示　神通之次第　安住三昧中
悉能隨意到　善修其耳根　得難思天耳
其耳能得聞　導師所說法　能知衆生心
有欲及離欲　有瞋及無瞋　有癡及無癡
了知宿世事　本昔所居處　於其千億劫
智慧能照達　善修於眼根　得難思天眼
以眼見衆生　死此生於彼　一念能悉知
一切衆生念　如是悉了知　彼智不思議

童子云何口戒菩薩摩訶薩若成就口戒則得佛六十種無礙清淨美妙音聲不可思議是名口戒復次童子若具足口戒菩薩摩訶薩有所言說人皆信受是名口戒復次童子具足口戒菩薩摩訶薩得三十二大人相得如來十力所謂是處非處智力知諸衆生過去未來現在業處因果智力知諸禪定解脫三昧正受有煩惱無煩惱智力知他壽命知他衆生根差別智力知衆生種種無量欲智力知諸衆生種種無量性智力知一切至處道智力知宿命智力知一切衆生生死智力知漏盡智力復次童子若具足口戒菩薩摩訶薩能得四無畏十八不共法是名口戒具足復次童子若具足口戒菩薩摩訶薩得三解脫門得四梵住是名具足口戒復次童子

具足口戒菩薩摩訶薩略而言之得四念處四正勤四如意足五根五力七覺分八聖道分是名菩薩具足口戒復次童子若具足口戒菩薩摩訶薩得大悲梵住得大捨梵住得安隱覺得寂滅覺是名菩薩具足口戒復次童子若菩薩摩訶薩具足口戒者得遠離妄語兩舌惡口綺語於父母師長所不出麤言一切過惡之言菩薩悉皆遠離於彼言説如實了知如響如夢如幻如化如陽焰如光影於此響聲乃至光影悉無所得無分別無取無緣無執著是名菩薩具足口戒童子清淨口戒菩薩摩訶薩得一切佛語得一切佛神足得一切佛神通爾時世尊而説頌曰

若與口戒相應者　是諸菩薩必獲得
一切諸法無礙智　是名具足於口戒
若與口戒相應者　獲三十二大人相
得佛十力不共法　是名具足於口戒
若與口戒相應者　能得一切諸佛法
謂我已説諸佛法　是名具足於口戒
若與口戒相應者　能獲梵住及辯才
逮不思議希有法　是名具足於口戒
若與口戒相應者　得四念處及正勤
具四神足根力等　是名具足於口戒
若與口戒相應者　得於大捨無所畏
得大悲慜清淨住　是名具足於口戒
若與口戒相應者　能得清淨安隱覺
及得寂靜覺觀等　是名具足於口戒
若與口戒相應者　遠離妄語及兩舌
復離惡口及綺語　是名具足於口戒
若與口戒相應者　終不誹謗於正法

亦不毀訾於如來　是名具足於口戒
若與口戒相應者　於其父母師長所
不作非法麤惡言　是名具足於口戒
若與口戒相應者　終不起口一切過
彼能悉離無有餘　是名具足於口戒
若與口戒相應者　能知語言猶如響
覺了音聲猶如夢　是名具足於口戒
了知無我及壽命　緣起虛妄猶如夢
能知語言如是者　是名具足於口戒
滅諦不實猶如夢　涅槃之體如夢性
菩薩知言如是者　是名具足於口戒
諸餘語言不可得　無有分別無滯著
無有攀緣無取執　是名具足於口戒

童子云何名意戒若具足意戒菩薩摩訶薩得一切佛法得一切神通心得不動解脫若具足意戒菩薩摩訶薩得金剛三昧定是名意戒成就復次童子若具足意戒菩薩摩訶薩得熾然光明是名具足意戒若具足意戒菩薩摩訶薩得六十種美妙音聲相應是名具足意戒復次童子若住意戒菩薩摩訶薩得三十二大人相十力四無畏四無礙智十八不共法是名具足意戒復次童子具足意戒菩薩摩訶薩得三解脫門謂空無相無願是名具足意戒復次童子具足意戒菩薩摩訶薩得四梵住謂大慈大悲大喜大捨是名具足意戒復次童子具足意戒菩薩摩訶薩得四念處四正勤四如意足五根五力七覺分八聖道分是名具足意戒復次童子若具足意戒菩薩摩訶薩得住大悲得住大捨得安隱覺得寂滅覺得利益得威儀得勝行是

名具足意戒復次童子若菩薩摩訶薩棄捨邪見不與邪見俱斷除瞋恚不與瞋恚俱斷除慳貪不與慳貪俱棄捨懈怠不與懈怠俱於父母師長所不起諂曲心貪瞋癡心亦不與俱不捨菩提心不捨信樂心諸餘過惡覺觀心悉皆捨離亦不與俱是名具足意戒善知諸法如幻如夢如化如焰如響如光影無去無來亦復知苦如夢知無我如夢知無常如夢知無衆生如夢知空如夢意無所得無分別無滯著無攀緣無取執童子是名菩薩具足意戒若菩薩具足清淨意戒法者便遠離一切諸難得不可思議一切諸佛法得一切諸佛神通得心解脫不動童子是名具足意戒爾時世尊而說頌曰

一心諦聽勿亂想　所說意戒淨無垢
得聞法已起諸行　便能速悟於菩提
智者若持於意戒　第一寂靜廣不動
佛法難思未曾有　是則名爲意戒淨
智者若持於意戒　心得解脫常不動
得如金剛最勝定　是則名爲意戒淨
智者若能發起此　稱歎敷演廣利益
獲得六十微妙聲　是則名爲意戒淨
智者意戒最爲上　得三十二大人相
得佛十力諸功德　是則名說勝意戒
智者若持於意戒　獲得辯才及無畏
得勝希有難思法　是則名爲勝意戒
智者若持於意戒　得四念處及神足
復獲正勤及根力　是名已說勝意戒
智者若持於意戒　能得清淨七覺支
亦能獲得八聖道　是則已說勝意戒

智者若持於意戒　獲得最勝大捨住
及大悲住淨無垢　是名已說勝意戒
智者若持於意戒　得安隱覺淨無垢
得遠離覺諸功德　是則名說勝意戒
智者若持於意戒　不與一切邪見居
恒常不起無明恚　是則名爲意戒淨
若能具足意戒者　乃至少時不諂曲
父母師所無諂僞　是則已說意戒淨
智者若具於意戒　貪瞋等事悉永離
愚癡之法亦皆斷　是則已說勝意戒
智者若具於意戒　恒常不捨菩提心
信心決定終不壞　是則已說勝意戒
智者若具於意戒　所有一切諸過惡
皆悉遠離不與居　是則已說勝意戒
心能入於如幻法　猶如睡夢陽焰等
亦如光影呼聲響　是則已說勝意戒
知苦惱事猶如夢　及與無常空無我
心意能知如是者　是則已說勝意戒
知無衆生無壽命　悟諸因緣如輪轉
無所從來無去處　是則已說勝意戒
推求彼意無可得　亦無分別無滯著
無有攀緣無取執　是則已說勝意戒
第一義諦猶如夢　觀知涅槃亦復然
智者若了意如是　是則已說勝意戒
童子彼云何名業清淨見於三有猶如夢想
於彼猒離不起貪愛是名業清淨云何名過
於攀緣謂知陰界入如幻而遠離故云何名
了知諸陰謂悟知諸陰猶如陽焰故云何得
諸界平等謂知界等如化而棄捨故云何遣
除諸入謂入如光影而棄捐故云何名斷除

渴愛謂於一切法無諸攀緣故云何名證於無生忍於一切法無所得故云何名知於諸業謂發起精進斷除諸苦故云何名顯示諸因謂陰如響無有生故云何名不壞於果謂業果如夢而無所壞故云何名現見諸法謂諸法中得無生忍故云何名修習於道謂於一切法無所修故云何名值遇諸佛謂具一切諸佛戒行故云何名智慧明利謂於一切法獲無生忍故云何名入諸衆生樂欲謂知諸衆生前後根差別故云何名得於法智謂於一切法無所得故云何名無礙辯智謂能達如實法式故云何名善知文字差別智謂知三種語言差別故云何名過於諸事謂悟解無事故云何名知於音聲謂入音聲如響知故云何名得歡喜謂於一切法無所得遠離苦惱棄捨重擔而出離故云何名得於愛喜謂於乞求者令得歡喜知施時見利益故云何名心調正直謂能了知四真諦故云何名正直威儀謂調均身故云何名遠離怒色謂斷諸瞋過故云何名面常怡悅謂善戒共住安隱故云何名美妙言謂與他人說利益事故云何名先言慰喻謂先言善來速起迎接故云何名不懈怠謂不捨策勤故云何名恭敬尊長謂敬懼尊長如善知識想故云何名供養尊長謂隨所侍養從教故云何名生便知足謂於一切資生而不樂著故云何名求白法無猒謂集諸善法故云何名命清淨謂隨宜所得便生知足若不知足便生諂曲誇談誣謗擊發他人以利求利是事悉捨故云何名不捨住阿蘭若處所謂不棄策勤樂

於邊閑及以叢林巖穴澗谷愛樂於法不與在家出家交遊不著利養斷除渴愛受禪定喜故云何名地地住處智謂聲聞果處智辟支佛果處智菩薩地住處智故云何名憶念不忘謂念無常苦空無我故云何名得陰巧便智謂知陰界入差別而無所得故云何名證於神通謂獲四神足能爲變現故云何名滅諸煩惱謂斷除貪瞋癡故云何名斷除習氣謂猒昔愚行不樂聲聞辟支佛地故云何名爲轉勝行謂能起如來力無畏四無礙辯故云何名修習因謂斷除憎愛故云何名知犯方便謂知波羅提木叉知毗尼知戒故云何名斷諸悔惱於諸罪過至誠懺悔更不重造修諸善法故云何名斷除愛戀拔於三界渴愛枝條發生未起之善已生之善令不壞失故云何名越過諸有謂於諸三界而無所得又不顧念是名過於諸有云何名明達宿命謂憶知過去世事故云何名於業果無疑謂離諸斷常故云何名思惟於法謂思念如實之法故云何名習於多聞謂修習受持聲聞藏辟支佛藏菩薩藏故云何名得捷利智謂觀無生智猶如夢故云何名樂欲於智所謂常習智慧故云何名通達智慧所謂起於阿耨多羅三藐三菩提故云何名得調伏地謂菩薩所修學處故云何名譬如於山所謂不捨菩提心故云何不動所謂無分別不爲煩惱所奪故云何名不躁動所謂於一切相無緣念故云何名不退相謂於六波羅蜜無所缺減恒常得見他刹諸佛故云何名出生善法謂親近阿耨多羅三藐三菩提故云何

名猒離惡業所謂堅持禁戒更不起惡故云何名不行煩惱所謂不起無明有愛及瞋故云何名不捨於戒所謂信因果恭敬如來故云何名分別諸禪所謂知心及數善巧方便而得一心故云何名知一切衆生樂欲所謂知根差別故云何名善分別生處智所謂知五趣差別故云何名無邊智所謂自然知於世間出世間法故云何名言語次第智所謂能知如來權密言說故云何名棄捨俗緣所謂身心遠離而出家故云何名不樂三界所謂於三界如實見過故云何名不下劣心所謂不捨於心若入正受亦復不捨故云何名於諸法無執著所謂於一切法棄捨愛故云何名攝受正法所謂護佛如是修多羅故是名攝受正法云何名守護正法所謂一切謗法衆生以法降伏是名護法云何名信於業報所謂於諸惡業羞恥猒離修習善法故云何名知律方便所謂知自性犯不犯知性罪犯不犯故云何名滅諸違諍所謂棄捨衆閙故云何名不相違反所謂不喜一切世間語言故云何名忍地所謂忍於身心逼惱故云何名攝受於忍所謂於他所說麤惡語言悉能棄捨忍辱無減故云何名選擇於法所謂知陰界入差別知有漏助道清淨助道於彼法而無所得故云何名決定巧便所謂於一切法無所言說故云何名善知句義差別智所謂通達一切諸法故云何名法句出生善巧智所謂說於如實法故云何名知義非義差別智所謂知法性無增無減故云何名前際智所謂因智故云何名後際智所謂緣智

故云何名三世平等智所謂於一切事法了知無有差別安住無事法故云何名知三世差別智所謂於三世法無所得亦無思念故云何名心住所謂不得於心故云何名身住所謂身念處是名身住云何名護威儀所謂威儀無有錯亂故云何名不壞威儀所謂覆藏善事故云何名不分別威儀所謂離樂欲惡心故云何名諸根端嚴所謂思量法趣所說相應能知時節於如實法如實演說故云何名世諦智善知去來法故是名世智云何名解脫捨所謂隨所有財不隱藏不慳嫉故云何名常舒施手所謂善共同戒故云何名無有悋心所謂信心盡施故云何名慚所謂恥諸暴惡故云何名愧所謂羞諸愚害故云何名憎棄惡心所謂知愚癡法棄之不與共俱故云何名不捨頭陀所謂要期堅固而無退轉故云何名受於信義所謂如言所作故云何名起於喜行所謂思念善法利益故云何名近尊長住所謂棄捨憍慢離懈怠事故云何名降伏憍慢所謂我不可得無攀緣故云何名攝伏於心所謂思念一切白法不失利益智故云何名策舉心智所謂知精進果不失智故云何名知義辯智所謂通達如實智故云何名了知於智所謂知世間法出世法故云何名遠離非智智所謂於如實法遠離取執故云何名入心智所謂不生滅智故云何名部分別巧便智所謂明利差別智故云何名知諸言音智所謂示如實法智故云何名知處所智所謂入於如實智故云何名義決定方便智所謂奉覲一切諸佛菩薩聲

聞故云何名棄捨非義所謂善入過彼諸有故云何名親近善人與共同事所謂親覲諸佛菩薩聲聞故云何名遠離惡人所謂遠離取我懈怠故云何名修禪發通所謂離於欲刺不捨禪喜故云何名不著禪味所謂欲出三界故云何名神通自在謂住五通佛法難知而能爲他顯示故云何名解假名所謂了知名不究竟故云何名了言說施設所謂知世俗名數文字故云何名出過假名謂了知無言說智故云何名離世間所謂先觀世間過惡故云何不欣名利所謂自性少欲故云何不著利養所謂無諸貪求離惡欲故云何聞人譏罵不生瞋嫌所謂體知諸陰界故云何聞歎實德不生欣悅所謂隱覆善法功德知利養過故云何不希恭敬體知因果故云何不得恭敬心不嫌恨所謂不捨禪定心故云何毀辱不恚所謂觀察世法悟因果故云何聞讚譽不高爲求善法出家故云何名無諸利養心不憂慼所謂觀察昔所作業故云何不與俗人交通所謂不希資生故云何名不樂非法出家人同止所謂親近如法人不近非法人故云何遠離非境界處所謂棄捨五蓋故云何名住所行境界謂修四念處故云何成就法式所謂將護彼故云何遠離非法爲自護善法故云何不汚他家所謂離於親知過故云何名護法所謂具足求法如法作故云何名宴默少言所謂得寂滅智故云何名善巧問答所謂隨問能答智故云何名降伏怨讎所謂分别顯示如實法遠離取著故云何知時所謂能知歲月時故云何不親

凡愚所謂見愚法過故云何不輕淩貧賤者所謂於一切衆生起平等心故云何以財速施貧苦所謂有乞求者即令施財施法故云何於貧窮所能無礙施所謂於彼衆生起於悲愍住乞求意捨內外物故云何救濟破戒所謂除犯戒業安置淨戒中故云何名爲利益之事謂能長養衆生故云何名悲智謂能見衆生未來苦惱故云何名攝受於法謂能令衆生入於如實法故云何棄捨資財所謂捨離諸陰以財惠彼故云何不營積聚所謂猒離資生見守護過故云何讚述持戒所謂善知持戒果報故云何訶責毀戒所謂善解犯戒過故云何以無諂心奉事持戒所謂於持戒者生難遭想故云何名一切棄捨所謂善信樂故云何名增上信誠心勸請所謂爲他求樂利衆生故云何如說能行所謂具足善信聞即受行故云何奉事比丘智人所謂請問善事故云何共他言論能生愛樂所謂有證智教智故云何名譬喻智所謂以喻曉知法相本末故云何名前際善巧所謂自識宿命多聞故云何名以善根爲首所謂於菩提起增上信復觀他故云何名善巧方便所謂懺悔隨喜勸請所作善根悉迴向故云何名斷除有相所謂觀察諸事見諸法如夢故云何名斷除於想所謂遠離顛倒想故云何名善觀事相所謂得無相智故云何名善說諸經所謂能顯示譬喻本事善非善法故云何名分別於諦滅無明已名色不起故云何名證於解脫所謂得金剛三昧不動無分別故云何名但說一言所謂猒惡外道證於無

生智故云何名得於無畏所謂知佛法力故云何名安住於戒所謂禁防身口波羅提木叉戒故云何名入於三昧所謂不染三界故云何名得於智慧所謂善得無礙巧用智故云何名樂於獨靜所謂遠離憒鬧之過常不捨空閑故云何名喜少親知所謂少欲知足故云何名不濁心所謂入禪定除諸蓋故云何名棄捨諸見所謂遠離取著見故云何名得陀羅尼所謂隨所見法如實不忘顯示故云何名得智照明所謂知自性入故云何名處所謂心處所故云何名安住所謂信心所住故云何名行所謂住信行法故云何名辯智所謂知辯道故云何名因所謂無明因生諸行故云何名相應所謂應解脫法故云何名法所謂斷除渴愛故云何名門所謂斷除諸過故云何名道所謂無常苦空無我智故云何名地所謂十種無願地故云何遠離於生所謂斷除生法故云何名智地所謂不忘智故云何捨離無知所謂斷除愚故云何安住於智所謂智無所住故云何名方便地所謂修三十七助菩提法故云何名菩薩境界所謂行六波羅蜜故云何親近善人所謂近諸佛故云何遠離惡人所謂離於外道見取故云何名如來所說謂住如來力智自性解脫故云何名佛地謂得一切善法故云何名智者隨喜所謂過去未來現在諸佛聲聞辟支佛隨喜故云何名愚者所謗所謂一切愚者不能知故云何名聲聞不能知謂佛法不可思議故云何名外道地謂外道見慢方便故云何名爲如來所攝所謂爲大醫王難可

得故云何名速得十力所謂勤修方便故云何名為一切諸天供養所謂善能出生一切樂故云何名梵王禮拜所謂從彼出生解脫故云何名龍禮拜所謂能斷一切惡道及諸見故云何名夜叉隨喜所謂蔽諸惡道故云何名甄陀羅讃歎所謂能致歡喜解脫故云何名羅睺羅歎美所謂斷除生死故云何名菩薩所修所謂能獲一切智故云何名智者所求謂為得不退轉地故云何名得無上財所謂能得人天果報及解脫故云何名非財施所謂能除一切煩惱病故云何名病患良藥所謂滅貪瞋癡患故云何名智藏所謂常樂修習智故云何名無盡辯所謂見如實智故云何名遠離憂愁所謂知虛妄苦而棄捐之悟無我故云何名知於三界所謂了知三界如夢幻故云何名舟栰度於彼岸所謂住樂入般涅槃修無常苦空無我智故云何名度四流船所謂速得涅槃故云何名求稱譽者所謂能獲廣大法故云何名讃顯如來功德稱言施無量功德法藥故云何名美歎如來名稱謂言施一切功德解脫樂施主故云何讃歎十力謂稱言能施難得之法是大法寶主故云何名菩薩功德所謂能學此經三昧法故云何名慈滅瞋恚所謂對治瞋恚故云何名為悲謂滅除一切衆生苦惱故云何名為喜謂於一切衆生所生歡喜故云何名為捨謂無緣之悲能作佛所作故云何名為安慰大乘人隨所樂求一切佛法悉皆能與充足故云何名為發行師子吼所謂能致最上法故云何名為佛智慧道所謂於一切善

法無所取著而得善法故云何名爲解脱一切衆生所謂能知從此岸到彼岸故云何名爲獲得一切智智所謂斷除一切不善法故集一切善法及一切解脱故云何名菩薩園苑能得喜悦自身安樂亦令一切衆生安樂故云何名降伏魔軍所謂能獲一切力能滅一切煩惱故云何名安隱行呪術所謂能盡一切苦難故云何成就吉祥事所謂能獲一切果報故云何名爲防捍怨敵所謂斷除一切邪見及取著見故云何名爲降伏怨家所謂以正法降伏諸外道故云何得無所畏謂於一切法能善觀察温習故云何求如實力所謂求不顛倒法力故云何名爲十八不共法初相所謂作一切善法故云何莊嚴法身所謂得三十二相莊嚴故云何樂於解脱所謂得初中後善故云何名爲所愛長子謂能獲諸佛父之餘財故云何名爲滿足佛智所謂唯長養一切白法故云何名爲非辟支佛地所謂能獲最上無邊佛法故云何名爲清淨心謂能斷除一切垢穢故云何名爲身清淨所謂滅一切病患故云何成就解脱門觀察無常苦空無我寂滅故云何名爲離諸雜欲所謂能得甘露法句故云何離於瞋恚所謂獲得大慈大悲故云何名爲非愚癡地所謂得如實明故云何名爲阿含智所謂知一切世間出世間所作業智故云何名爲能發起於明所謂唯憶念趣一切善道故云何名爲斷除無明謂滅一切非善趣憶想故云何名爲滿足解脱所謂得大聖法故云何名爲修禪者猗悦所謂能得喜樂一心故云何名

爲眼見者所謂見於實義無所見故云何名爲神通變現所謂善修無障法故云何名爲神足現前謂能獲一切法無分別智無有障礙故云何名爲樂聞陀羅尼所謂了知一切法於一切法能趣向涅槃平等故云何念持不忘謂一切攀緣自性滅故云何名爲如來住持謂出生諸功德智慧不可壞故云何名爲方便善巧導師謂令他趣向安隱快樂大城故云何名爲微細智猶如毛端謂難可測知故云何難知難可相應謂昔所未曾得故云何遠離文字句謂言語道不可得故云何名爲音聲難知謂一切法不可思議故云何名爲智人能知謂知法是無價寶故云何名爲巳知調伏智所知謂如言而作故云何名爲知於少欲謂知多欲過故云何名爲勇猛精進謂知不捨要期故云何名爲憶念總持謂隨所爲作不失故云何名爲窮盡於苦謂斷除貪恚癡故云何名爲一切法無生謂滅一切識一切願故云何名爲一言演說能知一切生死諸趣謂觀一切法猶如夢幻以不取著故童子是名解釋三百句法門義了矣童子是爲大方等大集一切諸佛說月燈正行一切諸法體性平等無戲論三昧爾時世尊而說偈言

佛法智無量　演說無窮盡　廣說諸法巳
普獲諸功德　廣大如虛空　是法相如是
此爲究竟寶　故名爲方廣　衆生行無邊
爲說法亦廣　無盡阿含義　故號爲方便

說此法時無量衆生悉發阿耨多羅三藐三菩提心無量衆生於菩提得不退轉無量衆

生發辟支佛心無量衆生證於二果復於此三千大千世界六種震動雨天妙香灑散天華擊作百千萬種諸天音樂於虚空中雨諸天衣旋轉而下作如是言是諸衆生聞此法故獲大善利是諸衆生於無量佛所宿植善本故聞此法歡喜受持讀誦書寫爲人解説與一切衆生作上福田成就利益一切衆生不斷佛種是諸衆生決定能爲菩提先道聞是法門起如實行爾時佛告阿難汝當受持如是法門讀誦受持書寫爲人廣説阿難白佛言當何名斯經云何奉持佛告阿難是經名爲入於大悲大方等大集説汝當受持名爲一切諸法體性平等無戲論三昧汝當受持阿難白佛言如佛勑旨我當受持此法門説此經已爾時十方來集會無量無邊阿僧祇菩薩摩訶薩與月光童子歡喜踊躍阿逸多菩薩等八十億那由他菩薩長老阿難及諸四衆比丘比丘尼優婆塞優婆夷淨居天子娑婆世界主梵天王及天帝釋四天王等諸天世人阿脩羅衆聞佛所説歡喜奉行

月燈三昧經卷第十一

音釋

盛内（盛時征切内諾合切） 篋（詰叶切箱篋也） 雹（弼角切雨冰也） 熊羆（熊胡弓切羆班糜切） 捫摸（捫莫昆切摸末各切） 鞕（魚孟切堅强也） 呰（祖似切） 憒閙（憒古外切心亂也閙奴教切不静也） 甄（稽延切識也） 捍（侯旰切衛也）